stephen king

KOMÓRKA

Z angielskiego przełożył
ZBIGNIEW A. KRÓLICKI

ALBATROS
Wydawnictwo
A. Kuryłowicz

Tytuł oryginału:
CELL

Copyright ©Stephen King 2006
All rights reserved
Polish edition copyright © Wydawnictwo Albatros A. Kuryłowicz 2007
Polish translation copyright © Zbigniew A. Królicki 2007

Redakcja: Jacek Ring
Ilustracja na okładce: Jacek Kopalski
Projekt graficzny okładki i serii: Andrzej Kuryłowicz
Skład: Laguna

ISBN 978-83-7359-432-6

Dystrybucja
Firma Księgarska Jacek Olesiejuk
Poznańska 91, 05-850 Ożarów Maz.
t./f. 022-535-0557, 022-721-3011/7007/7009
www.olesiejuk.pl

Sprzedaż wysyłkowa – księgarnie internetowe
www.merlin.pl
www.empik.com
www.ksiazki.wp.pl

WYDAWNICTWO ALBATROS
ANDRZEJ KURYŁOWICZ
Wiktorii Wiedeńskiej 7/24, 02-954 Warszawa

2009. Wydanie IV
Druk: WZDZ – Drukarnia Lega, Opole

Renewals

0333-370-4700
www.bromley.gov.uk/libraries

Tego autora

ROSE MADDER
DOLORES CLAIBORNE
GRA GERALDA
DESPERACJA
SKLEPIK Z MARZENIAMI
BEZSENNOŚĆ
ZIELONA MILA
MARZENIA I KOSZMARY
SKAZANI NA SHAWSHANK
REGULATORZY
KOMÓRKA
4 PO PÓŁNOCY
CHUDSZY
TO
BASTION
UCIEKINIER
OCZY SMOKA
PO ZACHODZIE

Saga MROCZNA WIEŻA

ROLAND
POWOŁANIE TRÓJKI
ZIEMIE JAŁOWE
CZARNOKSIĘŻNIK I KRYSZTAŁ
WILKI Z CALLA
PIEŚŃ SUSANNAH
MROCZNA WIEŻA

MROCZNA WIEŻA: NARODZINY REWOLWEROWCA
(powieść graficzna)

MROCZNA WIEŻA: DŁUGA DROGA DO DOMU
(powieść graficzna)

MROCZNA WIEŻA: ZDRADA
(powieść graficzna)

www.stephenking.com / www.stephenking.pl

Richardowi Mathesonowi i George'owi Romero

Id nie zniesie zwłoki w zaspokojeniu. Zawsze czuje napięcie niespełnionej żądzy.

Zygmunt Freud

Ludzka agresja jest instynktowna. Ludzie nie wytworzyli żadnego zrytualizowanego mechanizmu tłumienia agresji, aby zapewnić przetrwanie gatunku. Z tego powodu człowieka uważa się za bardzo niebezpieczne zwierzę.

Konrad Lorenz

Słyszycie mnie teraz?

Verizon

Cywilizacja stoczyła się w mrok drugiego średniowiecza, czemu towarzyszył łatwy do przewidzenia rozlew krwi, jednak tempa tego procesu nie przewidział nawet najbardziej pesymistycznie nastawiony futurolog. Niemal jakby na to czekała. Pierwszego października Bóg był w swoim niebie, indeks giełdowy wynosił 10 140, a większość samolotów latała zgodnie z rozkładem (z wyjątkiem startujących i lądujących w Chicago, czego można było się spodziewać). Dwa tygodnie później niebo znów należało wyłącznie do ptaków, a giełda pozostała wspomnieniem W Halloween nad wszystkimi wielkimi miastami od Nowego Jorku po Moskwę unosił się potworny smród, a dotychczasowy świat przestał istnieć.

PULS

1

Zjawisko nazwane później Pulsem rozpoczęło się pierwszego października o 15.03 czasu wschodnioamerykańskiego. Oczywiście nazwa ta była niewłaściwa, ale w ciągu następnych dziesięciu godzin większość uczonych mogących tego dowieść umarła albo postradała zmysły. Poza tym nazwa nie była aż tak istotna. Ważne były skutki.

Tego dnia o trzeciej po południu po bostońskiej Boylston Street szedł na wschód — niemal radośnie podskakując — pewien młody człowiek niemający odegrać żadnej istotnej roli w historii świata. Nazywał się Clayton Riddell. Szedł sprężystym krokiem, któremu towarzyszył malujący się na jego twarzy wyraz nieskrywanego zadowolenia. W lewej ręce trzymał dużą teczkę, taką, w jakich artyści noszą swoje zdjęcia lub obrazy, zamykaną na zatrzaski. Palce lewej dłoni oplatał mu sznurek brązowej plastikowej torby na zakupy, na której dla każdego, komu chciałoby się to czytać, wydrukowano napis **small treasures**.

W lekko kołyszącej się torbie spoczywał niewielki okrągły przedmiot. Prezent, jak moglibyście się domyślać. Moglibyście ponadto zgadywać, iż ten młody człowiek, ów Clayton Riddell, zamierzał tym zakupem uczcić jakieś niewielkie (a może nawet nie takie małe) zwycięstwo. Przedmiot znajdujący się w reklamówce był dość kosztownym przyciskiem do papieru z zatopioną we wnętrzu siwą mgiełką puchu dmuchawca. Clayton kupił go w drodze powrotnej z hotelu Copley Square do znacznie skromniejszego Atlantic Avenue Inn, w którym się zatrzymał. Lekko się przestraszył naklejką z dziewięćdziesięciodolarową ceną na podstawie, a chyba jeszcze bardziej speszyło go to, że teraz mógł sobie pozwolić na coś takiego. Wręczenie sprzedawcy karty kredytowej stanowiło prawdziwy akt odwagi. Wątpił, czy zdobyłby się nań, gdyby zamierzał kupić ten przycisk dla siebie; zapewne wymamrotałby, że zmienił zdanie, po czym czmychnąłby ze sklepu. Jednak to był prezent dla Sharon. Ona lubiła takie rzeczy i nadal lubiła jego. „Trzymam za ciebie kciuki", powiedziała w przeddzień jego wyjazdu do Bostonu. Zważywszy na to, w jakie szambo zmienili swoje życie przez miniony rok, było mu przyjemnie. Teraz on chciał jej zrobić przyjemność, jeśli to jeszcze możliwe. Ten przycisk to drobiazg (**small treasure**), ale Clayton był pewien, że spodoba jej się ten delikatny siwy opar zatopiony głęboko w szkle, niczym kieszonkowa mgła.

2

Uwagę Claya przyciągnęło pobrzękiwanie dzwonka na furgonetce z lodami. Stała naprzeciw hotelu Four Seasons (jeszcze lepszego niż Copley Square), obok parku Boston Common, który przez kilka przecznic ciągnął się wzdłuż ulicy. Na tle dwóch roztańczonych rożków z lodami widniał namalowany tęczowymi literami napis MISTER SOFTEE. Przy okienku tłoczyła się trójka dzieciaków z tornistrami u stóp, czekających na swoje lody. Za nimi stała kobieta w żakiecie i spodniach trzymająca pudla na smyczy oraz dwie nastolatki w dżinsach biodrówkach, z iPod-ami i słuchawkami, które teraz wisiały im na szyjach, żeby nie przeszkadzały w cichej rozmowie — poważnej, bez chichotów.

Clay stanął za nimi, zmieniając małą grupkę w krótką kolejkę. Kupił prezent żonie, z którą był w separacji, a w powrotnej drodze zajdzie do Comix Supreme i kupi synowi najnowsze wydanie „Spider-Mana", tak więc sobie też może sprawić przyjemność. Chciał jak najprędzej przekazać wieści Sharon, ale będzie mógł się z nią skontaktować dopiero po jej powrocie do domu, czyli około trzeciej czterdzieści pięć. Myślał, że spędzi ten czas w hotelu, przechadzając się po pokoiku i zerkając na zamkniętą teczkę ze swoimi rysunkami. Tymczasem lody mogły być przyjemnym urozmaiceniem.

Lodziarz właśnie obsłużył dzieciaki: dwa Dilly Bars i ogromny rożek czekoladowo-waniliowy dla stojącego w środku, który najwidoczniej płacił za całą trójkę. W chwili gdy chłopak wyciągał garść wymiętych banknotów z kieszeni modnie workowatych dżinsów, kobieta z pudlem sięgnęła do torebki, wyjęła z niej telefon komórkowy — kobiety w takich kostiumach nie ruszają się z domu bez komórki i karty kredytowej — i otworzyła go wprawnym ruchem. Za nimi, w parku, zaszczekał pies i ktoś krzyknął. Clay odniósł wrażenie, że ten okrzyk nie zabrzmiał zbyt radośnie, ale zerknąwszy przez ramię, zobaczył tylko kilkoro spacerowiczów, truchtającego psa z frisbee w pysku (czy tu psy nie powinny być trzymane na smyczy? — pomyślał), całe akry nasłonecznionej zieleni i zapraszający do odpoczynku cień. Naprawdę dobre miejsce dla człowieka, który właśnie sprzedał swój pierwszy komiks — także następny, oba za zdumiewająco wysoką sumę — a teraz chce usiąść i zjeść rożek czekoladowy.

Kiedy znów spojrzał na furgonetkę, dzieciaki już sobie poszły, a kobieta w kostiumie zamawiała deser lodowy. Jedna z dwóch stojących za nią dziewcząt miała przypiętą do paska komórkę w kolorze mięty, a kobieta trzymała swoją mocno przyciśniętą do ucha. Clay pomyślał — zawsze to robił, mniej lub bardziej

13

świadomie, na widok takiej sceny — że jest świadkiem tego, jak zachowanie, które jeszcze niedawno uznano by za przejaw wyjątkowego braku kultury, powoli staje się czymś naturalnym i powszechnie akceptowanym. „Wykorzystaj to w »Mrocznym Wędrowcu«, złotko", powiedziała Sharon. Ta jej wersja, którą zachował w swoim umyśle, często zabierała głos i nigdy nie dawała się przegadać. (Dotyczyło to również prawdziwej Sharon, bez względu na to, czy byli w separacji, czy nie). Nigdy jednak nie rozmawiali przez komórkę, bo Clay nie miał telefonu komórkowego.

Telefon w kolorze mięty odegrał początkowe takty melodyjki Szalonej Żaby, którą tak lubił Johnny, chyba noszącej tytuł *Axel F*? Clay nie mógł sobie przypomnieć — być może dlatego, że usilnie starał się go nie zapamiętać. Właścicielka wiszącej na biodrze komórki chwyciła ją i przyłożyła do ucha.

— Beth? — Posłuchała chwilę, uśmiechnęła się i powiedziała do koleżanki: — To Beth!

Tamta również nachyliła się do słuchawki i obie słuchały, ich identyczne chłopięce fryzury rozwiewał popołudniowy wietrzyk (przypominały Clayowi postacie z jakiejś kreskówki, na przykład *Powerpuff Girls*).

— Maddy? — zapytała niemal równocześnie kobieta w żakiecie. Pudel siedział w kontemplacyjnej pozie na końcu smyczy (która była czerwona i oprószona czymś błyszczącym), spoglądając na uliczny ruch na Boylston Street. Po drugiej stronie, przed hotelem Four Seasons, portier w brązowej liberii — te zawsze są brązowe lub granatowe — machał ręką, zapewne na taksówkę. Obok majestatycznie przepłynął turystyczny odkryty autokar w kształcie łodzi, wysoki i sprawiający dziwne wrażenie na suchym lądzie, ogłuszając wszystkich porykiwaniem kierowcy wykrzykującego przez megafon jakieś fakty historyczne. Dziewczęta z telefonem o barwie mięty spojrzały na siebie i uśmiechnęły się, rozbawione czymś, co usłyszały, ale wciąż nie chichotały.

— Maddy? Słyszysz mnie? Czy mnie...

Kobieta w żakiecie podniosła rękę ze smyczą i wetknęła sobie do ucha palec z długim paznokciem. Clay skrzywił się, pełen najgorszych obaw o jej bębenek. Wyobraził sobie, że ją rysuje: psa na smyczy, kostium ze spodniami, modnie ostrzyżone krótkie włosy... i strużkę krwi sączącą się spod tkwiącego w uchu palca. Zapchany turystami autokar wyjeżdżający z kadru i portier w tle, bo takie szczegóły dodałyby rysunkowi realizmu. Z pewnością — takie rzeczy po prostu się wie.

— Maddy, słabo cię słyszę! Chciałam ci powiedzieć, że właśnie ostrzygłam się u tego nowego... ostrzygłam? Os...

Facet w furgonetce Mister Softee pochylił się i wyciągnął rękę z deserem lodowym. Z kubka wznosił się biały alpejski szczyt, po którego zboczach powoli spływała czekoladowo--truskawkowa polewa. Nieogolona twarz lodziarza nie wyrażała żadnych uczuć. Jej wyraz świadczył o tym, że to dla niego nic nowego. Clay był pewien, że facet już to wszystko widział, nawet kilka razy. W parku ktoś wrzasnął. Clay ponownie zerknął przez ramię, wmawiając sobie, że to na pewno okrzyk radości. O trzeciej po południu, w słoneczny dzień w bostońskim parku, to przecież musiał być okrzyk radości, no nie?

Kobieta powiedziała jeszcze coś do Maddy, po czym wprawnym ruchem dłoni zamknęła telefon. Wrzuciła go do torebki i nagle znieruchomiała, jakby zapomniała nie tylko, co robi, ale nawet gdzie się znajduje.

— Należy się cztery pięćdziesiąt — powiedział sprzedawca, cierpliwie trzymając deser lodowy w wyciągniętej ręce.

Clay zdążył pomyśleć, że w tym mieście wszystko jest kurewsko drogie. Być może kobieta w kostiumie też tak uważała — a przynajmniej tak mu się z początku wydawało — ponieważ jeszcze przez chwilę się nie poruszała, patrząc na biały wzgórek i spływającą z niego polewę z taką miną, jakby nigdy życiu w życiu nie widziała nic takiego.

Nagle z parku dobiegł kolejny przeraźliwy wrzask — tym

15

razem niewątpliwie niewydobywający się z ludzkich ust i będący czymś pośrednim między zdumionym warknięciem a bolesnym skowytem. Clay odwrócił się i zobaczył tego psa, który niedawno truchtał z frisbee w pysku. Był to całkiem spory brązowy pies, chyba labrador — Clay nie znał się na rasach, a kiedy musiał jakiegoś psa narysować, brał książkę i kopiował odpowiedni obrazek. Przy tym psie klęczał mężczyzna w garniturze, trzymając zwierzę za kark i — to niemożliwe, na pewno mi się wydaje, pomyślał Clark — gryząc je w ucho. Pies ponownie zawył i spróbował się wyrwać. Mężczyzna nie puścił go i tak, rzeczywiście, w ustach trzymał psie ucho, a potem oderwał je gwałtownym szarpnięciem. Tym razem pies już nie zawył, lecz wydał niemal ludzki wrzask i stado pływających po pobliskim stawie kaczek zerwało się do lotu, głośno kwacząc.

— Szuuurrrr!!! — krzyknął ktoś za plecami Claya.

Zabrzmiało to jak „szczur!" Może wołający krzyczał „sznur!" lub „skur...", ale późniejsze wydarzenia sprawiły, że Clay nabrał przekonania, iż był to nieartykułowany dźwięk wyrażający agresję.

Odwrócił się z powrotem do furgonetki z lodami i zobaczył, jak kobieta w żakiecie rzuca się do okienka, usiłując złapać lodziarza. Zdołała go chwycić za klapy rozpiętego białego fartucha, ale uwolnił się bez trudu, odruchowo robiąc krok wstecz. Jej stopy w pantoflach na wysokich obcasach oderwały się na moment od ziemi i Clay usłyszał trzask dartego materiału oraz grzechot guzików, gdy przeszorowała po krawędzi kontuaru, najpierw w górę, a potem w dół. Deser lodowy wypadł jej z ręki i zniknął z pola widzenia. Gdy szpilki kobiety z głośnym stuknięciem ponownie opadły na chodnik, Clay zobaczył, że jej lewy nadgarstek i przedramię są umazane lodami i polewą truskawkową. Zatoczyła się do tyłu na ugiętych nogach. Obojętnie uprzejmą minę — którą Clay w myślach nazywał maską dla tłumu — zastąpił spastyczny grymas, który zmienił jej oczy

16

w szparki i odsłonił wyszczerzone zęby. Całkowicie wywinięta górna warga odsłoniła aksamitnie różową śluzówkę, równie intymną jak wyściółka pochwy. Pudel wybiegł na ulicę, ciągnąc za sobą czerwoną smycz zakończoną pętlą na dłoń. Zanim zdążył dotrzeć do połowy jezdni, rozjechała go czarna limuzyna. W jednej chwili puchata kulka, w następnej — kupka flaków.

Cholerny biedaczyna zapewne szczekał już w psim niebie, zanim zauważył, że przeniósł się na tamten świat, pomyślał Clay. Wprawdzie zdawał sobie sprawę z tego, że jest w szoku, lecz to ani trochę nie zmniejszało jego zdumienia. Stał tam, trzymając w jednej ręce teczkę, a w drugiej brązową torbę na zakupy, i gapił się z rozdziawionymi ustami.

Gdzieś — prawdopodobnie za rogiem Newbury Street — coś eksplodowało.

Pod słuchawkami iPod-ów obie nastolatki miały identyczne fryzury, lecz ta z telefonem w kolorze mięty była blondynką, a jej koleżanka brunetką. Pixie Jasna i Pixie Ciemna. Pixie Jasna upuściła aparat na chodnik, gdzie się roztrzaskał, i obiema rękami złapała kobietę w talii. Clay zakładał (jeśli w tym momencie mógł cokolwiek zakładać), że zamierzała powstrzymać kobietę przed ponownym zaatakowaniem lodziarza lub przed wybiegnięciem na jezdnię w pogoni za psem. Jakaś cząstka jego umysłu nawet przyklasnęła przytomności umysłu dziewczyny. Pixie Ciemna cofała się, z drobnymi białymi dłońmi przyciśniętymi do piersi i szeroko otwartymi oczami.

Clay wypuścił z rąk obie torby i ruszył na pomoc Pixie Jasnej. Po drugiej stronie ulicy, przed hotelem Four Seasons — co zauważył tylko kątem oka — jakiś samochód gwałtownie skręcił i pomknął po chodniku, zmuszając portiera do ucieczki. W hotelowym ogródku rozległy się krzyki. Zanim Clay zdążył przyjść jej z pomocą, Pixie Jasna z prędkością atakującego węża wysunęła kształtną główkę do przodu, wyszczerzyła

17

niewątpliwie zdrowe zęby i zatopiła je w szyi kobiety. Krew trysnęła strumieniem. Dziewczyna trzymała w niej twarz, a może nawet ją piła (Clay był niemal pewien, że tak), po czym potrząsnęła kobietą jak szmacianą lalką. Kobieta w żakiecie była znacznie wyższa i cięższa co najmniej o czterdzieści funtów, lecz dziewczyna trzęsła nią tak, że głowa rannej gwałtownie kołysała się do przodu i do tyłu, co powodowało jeszcze obfitszy wypływ krwi. Po chwili napastniczka podniosła zakrwawioną twarz ku błękitnemu październikowemu niebu i zawyła triumfalnie.

Oszalała, przemknęło Clayowi przez głowę. Zupełnie oszalała.

— Kim jesteś? — wykrzyknęła Pixie Ciemna. — Co się dzieje?

Na dźwięk głosu przyjaciółki Pixie Jasna błyskawicznie odwróciła głowę w jej stronę. Krew kapała z jej wystrzyżonych nad czołem włosów, a oczy świeciły jak białe lampy w zalanych krwią oczodołach. Pixie Ciemna szeroko otwartymi oczami spojrzała na Claya.

— Kim jesteś? — powtórzyła i zaraz dodała: — Kim ja jestem?

Wypuściwszy z objęć kobietę, która osunęła się na chodnik, wciąż obficie krwawiąc z rozerwanej tętnicy szyjnej, Pixie Jasna rzuciła się na koleżankę, z którą zaledwie przed chwilą przyjaźnie dzieliła się telefonem komórkowym.

Clay działał błyskawicznie. Gdyby się zastanawiał choć przez ułamek sekundy, Pixie Ciemna zginęłaby z rozerwanym gardłem, tak samo jak kobieta w żakiecie. Nawet nie spojrzał w dół. Po prostu opuścił prawą rękę, chwycił torbę z nadrukiem **small treasures**, zamachnął się i uderzył w chwili, gdy Pixie Jasna rzuciła się na przyjaciółkę, rozcapierzając palce jak szpony. Gdyby chybił...

Nie chybił, trafił bezbłędnie. Tkwiący w torbie szklany przycisk do papieru ze stłumionym łoskotem rąbnął Pixie Jasną w tył głowy. Dziewczyna opuściła ręce — jedną zbroczoną krwią, drugą wciąż czystą — i bezwładnie jak worek z pocztą runęła na chodnik u stóp koleżanki.

— Co jest, do cholery? — wykrzyknął lodziarz. Miał nienaturalnie piskliwy głos. Może pod wpływem szoku.

— Nie mam pojęcia — odparł Clay. Serce łomotało mu w piersi. — Szybko, niech mi pan pomoże. Ta kobieta zaraz się wykrwawi.

Za ich plecami, na Newbury Street rozległ się charakterystyczny trzask i brzęk zderzających się samochodów, a potem przeraźliwe krzyki. Po chwili po ulicy przetoczył się ogłuszający huk eksplozji. Za furgonetką Mister Softee następny samochód gwałtownie skręcił, przeciął trzy pasy Boylston Street, skosił dwoje przechodniów, po czym wbił się w tył poprzedniego pojazdu, który zakończył swoją jazdę w wielkich obrotowych drzwiach hotelu Four Seasons. Uderzenie wepchnęło samochód jeszcze głębiej w drzwi, zupełnie je deformując. Clay nie mógł dostrzec, czy ktoś został tam uwięziony — widok zasłaniała mu para buchająca z rozbitej chłodnicy — ale dobiegające z cienia wrzaski sugerowały bardzo nieprzyjemne rzeczy. Bardzo.

Lodziarz, który nie mógł tego widzieć, wychylił się niemal do połowy z okienka i gapił się na Claya.

— Co się tam dzieje?

— Nie wiem. Widzę rozbite samochody. Rannych. Nieważne. Pomóż mi, człowieku!

Clay przyklęknął obok kobiety w żakiecie, w kałuży krwi, wśród potrzaskanych resztek telefonu Pixie Jasnej. Drgawki wstrząsające ciałem kobiety stawały się coraz słabsze.

— Dymi się na Newbury — powiedział lodziarz, wciąż nie opuszczając względnie bezpiecznego schronienia w furgonetce. — Coś tam wybuchło. I to nieźle. Może to terroryści.

Gdy tylko to powiedział, Clay nabrał pewności, że facet ma rację.

— Pomóż mi pan — poprosił lodziarza.

— Kim ja jestem??? — wrzasnęła niespodziewanie Pixie Ciemna.

Clay zupełnie o niej zapomniał. Spojrzał na nią i zobaczył, jak dziewczyna wali się z całej siły otwartą dłonią w czoło, a potem trzykrotnie szybko obraca się w koło, stojąc niemal na czubkach tenisówek. Ten widok przywołał krótkie jak mgnienie oka wspomnienie wiersza przerabianego na zajęciach z literatury w college'u: *Otocz go kołem po trzykroć*. To chyba Coleridge? Dziewczyna zachwiała się, pobiegła przed siebie i wpadła na latarnię. Nawet nie próbowała jej ominąć czy osłonić twarzy rękami. Walnęła w nią z impetem, odbiła się, zatoczyła i znów skoczyła naprzód.

— Przestań! — krzyknął Clay.

Zerwał się na równe nogi, chciał pobiec, ale poślizgnął się w kałuży krwi kobiety w żakiecie, omal nie padł, znów rzucił się naprzód, potknął się o Pixie Jasną i o mało znowu nie upadł.

Pixie Ciemna obejrzała się na niego. Miała złamany nos, z którego płynęła krew, zalewając dolną połowę twarzy. Na jej czole błyskawicznie wyrastał podłużny pionowy guz, zaskakujący jak błyskawica w letni dzień. Jedno jej oko przekrzywiło się w oczodole. Otworzyła usta, prezentując smętne resztki tego, co jeszcze przed chwilą prawdopodobnie było rezultatem pracy drogiego ortodonty, i parsknęła śmiechem. Clay wiedział, że nigdy nie zapomni tego widoku.

A potem z dzikim wrzaskiem pobiegła przed siebie chodnikiem.

Za jego plecami rozległ się warkot uruchamianego silnika oraz wzmocnione przez głośniki dźwięki melodii z *Ulicy Sezamkowej*. Clay odwrócił się i zobaczył, jak furgonetka Mister Softee gwałtownie rusza. W tej samej chwili jedno z okien na ostatnim piętrze hotelu po drugiej stronie ulicy jakby eksplodowało. Razem z odłamkami szkła poszybowało w dół ludzkie ciało, by kilka sekund później niemal rozprysnąć się na chodniku. Z ogródka przed budynkiem dobiegły kolejne krzyki. Okrzyki przerażenia i bólu.

— Nie! — ryczał Clay, biegnąc za furgonetką. — Wracaj tu i pomóż mi! Potrzebna mi pomoc, sukinsynu!

Lodziarz nie zareagował, zresztą najprawdopodobniej w ogóle go nie słyszał przez głośno grającą muzykę. Clay pamiętał słowa tej piosenki z czasów, kiedy miał powody przypuszczać, że jego małżeństwo będzie trwać wiecznie. W tamtych czasach Johnny oglądał codziennie *Ulicę Sezamkową*, siedząc w swoim błękitnym foteliku z kubeczkiem w dłoniach. W piosence śpiewano o słonecznym dniu i o rozganianiu ciemnych chmur.

Z parku wybiegł mężczyzna w garniturze, z rozwianymi połami marynarki, wrzeszcząc coś ile sił w płucach. Clay rozpoznał go po koziej bródce z kłaczków psiej sierści. Mężczyzna wypadł na Boylston Street. Samochody gwałtownie hamowały i omijały go w ostatniej chwili. Przebiegł na drugą stronę ulicy, wciąż wrzeszcząc i wymachując rękami. Zniknął Clayowi z oczu w cieniu markizy przed hotelem i najwyraźniej napotkał następne ofiary, gdyż zaraz potem dobiegły stamtąd przeraźliwe wrzaski.

Clay zrezygnował z pościgu za furgonetką Mister Softee i przystanął z jedną nogą na chodniku, a drugą w rynsztoku, patrząc, jak wóz z lodami, wciąż brzęcząc muzyką, wjeżdża na środkowy pas Boylston Street. Już miał się odwrócić do nieprzytomnej dziewczyny i umierającej kobiety, gdy zza zakrętu wyjechał kolejny odkryty autokar turystyczny, który nie toczył się majestatycznie, lecz pędził z rykiem silnika, szaleńczo kołysząc się na boki. Część pasażerów bezradnie przetaczała się do przodu i do tyłu po podłodze, rozpaczliwie błagając kierowcę, żeby się zatrzymał. Pozostali kurczowo trzymali się metalowych poręczy biegnących wzdłuż burt niezgrabnego pojazdu, który jechał Boylston Street pod prąd.

Jakiś człowiek w bluzie od dresu złapał kierowcę od tyłu i Clay znów usłyszał ten nieartykułowany okrzyk, wzmocniony przez prymitywny system nagłaśniający autokaru, gdy szofer z zaskakującą siłą odepchnął napastnika. Tym razem nie było to „szur", ale coś, co zabrzmiało jak „glut". A potem kierowca zauważył furgonetkę Mister Softee i — Clay był tego pewien — celowo skręcił prosto na nią.

— O Boże, proszę, nie! — wrzasnęła kobieta siedząca z przodu autokaru, a gdy ogromny pojazd zaczął gwałtownie zbliżać się do co najmniej sześciokrotnie mniejszej od niego furgonetki, Clayowi przypomniała się telewizyjna transmisja z parady zwycięstwa po tym, jak drużyna Red Sox zdobyła puchar. Zespół jechał powoli właśnie takimi odkrytymi autokarami, pozdrawiając szalejące tłumy w zimnej jesiennej mżawce.

— Boże, proszę, nie! — ponownie krzyknęła kobieta, a tuż obok Claya jakiś mężczyzna powiedział niemal spokojnie: — Jezu Chryste.

Autokar uderzył w bok furgonetki i przewrócił ją jak zabawkę. Samochód wylądował na boku, wciąż wygrywając melodię z *Ulicy Sezamkowej*, sunąc po jezdni w kierunku parku i krzesząc snopy iskier. Dwie przyglądające się temu kobiety uskoczyły mu z drogi, trzymając się za ręce. Ledwie zdołały uciec. Furgonetka uderzyła w krawężnik, przekoziołkowała w powietrzu, po czym wyrżnęła w ogrodzenie z żelaznych prętów i znieruchomiała. Głośniki jeszcze dwukrotnie czknęły muzyką i umilkły.

W tym czasie szaleniec siedzący za kierownicą autokaru całkowicie stracił panowanie nad pojazdem. Autokar ze swym ładunkiem przerażonych i uczepionych poręczy pasażerów przeciął Boylston Street niemal pod kątem prostym, wpadł na chodnik po przeciwnej stronie ulicy około pięćdziesięciu jardów od miejsca, gdzie ucichła melodyjka furgonetki, i z ogromną siłą rąbnął w witrynę Citylights — sklepu z luksusowymi meblami. Wielka szyba rozpadła się z donośnym i niemelodyjnym trzaskiem. Szeroki tył autokaru (z różowym napisem

Harbor Mistress) uniósł się pięć stóp nad ziemię. Przy tym pędzie ciężki pojazd mało nie dachował, ale masa na to nie pozwoliła. Autokar opadł na wszystkie koła i znieruchomiał, z maską wśród potrzaskanych kosztownych sof i foteli, lecz wcześniej co najmniej dziesięć osób wystrzeliło do przodu jak z procy i zniknęło z oczu patrzących. W zniszczonym wnętrzu rozdzwonił się alarm.

— Jezu Chryste — powtórzył ten sam cichy głos gdzieś na prawo od Claya. Ten obrócił się i stwierdził, że głos należał do niskiego mężczyzny o przerzedzonych ciemnych włosach, z niewielkim wąsikiem i okularach w złoconej oprawce. — Co się dzicje?

— Nie mam pojęcia — odparł Clay, a właściwie wykrztusił z najwyższym trudem. Przypuszczalnie miał problemy z mówieniem w wyniku szoku. Po drugiej stronie ulicy ludzie uciekali z hotelu i rozbitego autokaru. Clay zobaczył, jak oddalający się od autokaru człowiek wpadł na uciekiniera z hotelu i obaj runęli na chodnik. Zaczął się zastanawiać, czy może oszalał i wyobraża sobie to wszystko w jakimś szpitalu dla psychicznie chorych. Na przykład w Juniper Hill w Auguście, w przerwach między zastrzykami z torazyny. — Lodziarz powiedział, że to pewnie terroryści.

— Nie widzę żadnych ludzi z bronią — zauważył niski mężczyzna. — Ani z bombami w plecakach.

Clay też nie widział nikogo takiego, ale widział swoją reklamówkę ze sklepu **small treasures** i teczkę z portfolio, a także kałużę krwi z rozszarpanego gardła kobiety w żakiecie — prawie sięgającą już do teczki. Wewnątrz znajdowały się wszystkie — może z wyjątkiem dwunastu — rysunki „Mrocznego Wędrowca". Pospiesznie ruszył ku teczce, a niski mężczyzna podążył za nim. Prawie podskoczył, gdy w hotelu rozdźwięczał się przeraźliwie kolejny alarm przeciwwłamaniowy (w każdym razie jakiś alarm), dołączając swój ochrypły jazgot do buczenia tego w sklepie meblowym.

— To w hotelu — powiedział Clay.

— Wiem, tylko że... O mój Boże! — Zobaczył kobietę w żakiecie, leżącą w kałuży czerwonego płynu, który... Kiedy? Dwie, a może cztery minuty temu krążył jakby nigdy nic w jej ciele.

— Nie żyje — stwierdził Clay. — W każdym razie tak mi się wydaje. — Wskazał na Pixie Jasną. — Ona to zrobiła. Zębami.

— Żartuje pan.

— Chciałbym.

Gdzieś na Boylston Street rozległa się kolejna eksplozja. Obaj mężczyźni się skulili. Clay uświadomił sobie, że czuje woń dymu. Podniósł torbę i teczkę, zabierając je na bezpieczną odległość od powiększającej się kałuży krwi.

— To moje — wyjaśnił, zastanawiając się, dlaczego to mówi.

Niski mężczyzna, który miał na sobie tweedowy garnitur — całkiem szykowny, pomyślał Clay — wciąż gapił się z przerażeniem na skulone ciało kobiety, która chciała tylko kupić deser lodowy i najpierw straciła psa, a zaraz potem życie. Po chodniku za ich plecami przebiegli trzej młodzi ludzie, śmiejąc się i pokrzykując. Dwaj z nich mieli czapeczki Red Soksów włożonę daszkami do tyłu. Jeden przyciskał oburącz do piersi spore kartonowe pudło z błękitnym napisem **Panasonic** na boku. Ten młodzian wdepnął prawą nogą w rozlewającą się kałużę krwi kobiety w żakiecie i pozostawił za sobą szybko niknący ślad jednej stopy, gdy pobiegł z kumplami w kierunku wschodniego końca parku i znajdującej się tam Chinatown.

3

Clay przyklęknął na jedno kolano i ręką, w której nie ściskał teczki z rysunkami (na widok uciekającego ze skradzionym **Panasonikiem** nastolatka jeszcze bardziej zaczął się obawiać ich utraty), chwycił przegub Pixie Jasnej. Natychmiast wyczuł puls — wolny, ale mocny i regularny. Clay poczuł ogromną ulgę. Bez względu na to, co zrobiła, była tylko dzieckiem. Nie chciałby żyć ze świadomością, że zatłukł ją przyciskiem do papieru zakupionym w prezencie dla żony.

— Uwaga, uwaga! — zawołał niemal śpiewnie mężczyzna z wąsikiem.

Na szczęście niebezpieczeństwo okazało się odległe. Pojazd — jedna z tych przyjaznych krajom OPEC ogromnych terenówek — zjechał nagle z Boylston Street około dwunastu jardów od klęczącego Claya, wyłamał fragment ogrodzenia z żelaznych prętów i zatrzymał się w stawie, zanurzony w nim przednim zderzakiem. Z kabiny wyskoczył bełkoczący coś niezrozumiale młody mężczyzna. Z impetem uklęknął w wodzie, nabrał jej w dłonie i podniósł do ust. Clayowi przemknęła przez głowę myśl o tych wszystkich kaczkach, które przez długie lata z satysfakcją zostawiały w tym stawie odchody. Kierowca terenówki wstał, brodząc w wodzie, wyszedł na brzeg i zniknął wśród drzew, wciąż wymachując rękami i wykrzykując swoją bezsensowną tyradę.

— Musimy sprowadzić pomoc dla tej dziewczyny — powiedział Clay do mężczyzny z wąsikiem. — Jest nieprzytomna, ale żyje.

— Przede wszystkim musimy zejść z ulicy, zanim nas coś rozjedzie — zauważył przytomnie mężczyzna z wąsikiem.

Jakby na potwierdzenie słuszności jego słów w pobliżu wraku autokaru taksówka zderzyła się z przedłużoną limuzyną. Co prawda to limuzyna jechała pod prąd, ale kolizja skończyła się znacznie gorzej dla taksówki: wciąż klęczący na chodniku Clay zobaczył, jak kierowca wyleciał przez rozbitą przednią szybę i wylądował na jezdni, krzycząc wniebogłosy i trzymając się za zakrwawione ramię.

Mężczyzna z wąsikiem miał oczywiście rację. Ta odrobina zdrowego rozsądku, na jaki potrafił się zdobyć wstrząśnięty i oniemiały Clay, podpowiadała mu, że postąpiliby najmądrzej, wynosząc się stąd do diabła i szukając czym prędzej jakiegoś schronienia. Jeśli mieli do czynienia z aktem terroru, to niepodobnym do żadnego, o jakim czytał lub słyszał. Powinien — obaj powinni — ukryć się w bezpiecznym miejscu i poczekać, aż sytuacja się wyjaśni. Tak więc należałoby znaleźć jakiś działający telewizor. Nie chciał jednak zostawiać nieprzytomnej dziewczyny na ulicy, która niespodziewanie zamieniła się w dom wariatów. Takie postępowanie było całkowicie sprzeczne z jego łagodnym charakterem i bezsprzecznie cywilizowanymi przyzwyczajeniami.

— Niech pan idzie — rzekł do mężczyzny z wąsikiem. Powiedział to niezwykle niechętnie. Pierwszy raz widział tego człowieka na oczy, lecz ten facet przynajmniej nie bełkotał i nie wymachiwał rękami. No i nie rzucił mu się do gardła z obnażonymi zębami. — Niech się pan gdzieś schowa, a ja... ja...

Nie wiedział, co powiedzieć.

— Pan co? — zapytał mężczyzna z wąsikiem, po czym skulił się i skrzywił, gdy rozległa się kolejna eksplozja, tym razem jakby za budynkiem hotelu. Po chwili zaczął się stamtąd unosić słup ciemnego dymu, plamiąc błękitne niebo, zanim wzbił się dostatecznie wysoko, żeby rozwiał go wiatr.

— Wezwę policję! — wpadł na pomysł Clay. — Ona ma komórkę. — Wskazał kciukiem na kobietę w żakiecie, która leżała martwa w kałuży własnej krwi. — Rozmawiała przez nią, zanim... no wie pan... zanim...

Zamilkł, próbując sobie dokładnie przypomnieć, co się działo na moment przedtem, nim rozpętało się to szaleństwo. Po chwili stwierdził, że nieświadomie przeniósł wzrok z martwej kobiety na nieprzytomną dziewczynę, a potem na szczątki telefonu komórkowego w kolorze mięty.

Powietrze rozdarło przeciągłe wycie syren w dwóch różnych tonacjach. Clay domyślił się, że jedna z nich należała do radiowozu, a druga do wozu strażackiego. Stali mieszkańcy miasta zapewne rozróżniali je bez trudu, ale on nie mieszkał w Bostonie tylko w Kent Pond w stanie Maine, gdzie w tej chwili bardzo chciałby się znaleźć.

Zanim rozpętało się to szaleństwo, kobieta w żakiecie zadzwoniła do swojej przyjaciółki Maddy, by powiedzieć jej, że była u fryzjera, a do Pixie Jasnej zadzwoniła któraś z jej koleżanek. Pixie Ciemna przysłuchiwała się rozmowie. A zaraz potem wszystkie trzy oszalały.

Chyba nie sądzisz, że...

Ze wschodu dobiegł odgłos najsilniejszej z dotychczasowych eksplozji. Clay zerwał się na równe nogi. Z przerażeniem popatrzyli po sobie z niskim mężczyzną w tweedowym garniturze, po czym obaj skierowali wzrok w stronę Chinatown oraz bostońskiego North Endu. Nie widzieli, co tym razem wybuchło, lecz teraz nad domami na horyzoncie powoli unosił się jeszcze większy i ciemniejszy słup dymu.

Kiedy nań patrzyli, przed budynek hotelu Four Seasons zajechał radiowóz bostońskiej policji oraz wóz strażacki z drabiną. Clay spojrzał w tym kierunku w tej samej chwili, gdy z ostatniego piętra skoczył kolejny człowiek, a z dachu następnych dwóch. Miał wrażenie, że ta ostatnia para jeszcze w powietrzu zawzięcie ze sobą walczyła.

— Jezus, Maria, nie! — rozległ się przeraźliwy kobiecy krzyk. — Już wystarczy, wystarczy!

Pierwszy z trójki samobójców spadł na radiowóz, rozbijając tylną szybę i opryskując wóz krwią i wnętrznościami. Dwaj kolejni wylądowali z łoskotem na dachu wozu strażackiego, gdy strażacy w jaskrawożółtych kurtkach rozbiegli się w popłochu jak ogromne, niesamowite ptaki.

— NIE! — krzyczała dalej kobieta. — Już dość! Już dość! Dobry Boże, już dość!

Jednak z piątego albo szóstego piętra wyskoczyła jakaś kobieta, koziołkując jak szalona akrobatka. Wylądowała na policjancie, który stał na chodniku i gapił się w górę. Zapewne zabiła i siebie, i jego.

Z północy dotarł odgłos kolejnego z tych potężnych wybuchów, jakby sam diabeł wypalił z dubeltówki. Clay znów spojrzał z niepokojem na niskiego mężczyznę, który odpowiedział mu takim samym spojrzeniem. Kolejne słupy dymu uniosły się w powietrze i pomimo silnego wiatru niemal zupełnie zasnuły niebo.

— Znowu posłużyli się samolotami — powiedział człowiek z wąsikiem. — Ci parszywi dranie znowu posłużyli się samolotami!

Jakby na poparcie jego słów usłyszeli kolejną eksplozję, tym razem w północno-wschodniej części miasta.

— Ale przecież... przecież tam jest lotnisko! — Clay miał ponownie problemy z mówieniem, a jeszcze większe z myśleniem. Po głowie kołatał mu się kiepski ni to żart, ni to historyjka: „Słyszeliście o tych (tu należy wstawić nazwę ulubionej grupy etnicznej) terrorystach, którzy postanowili rzucić Amerykę na kolana, wysadzając w powietrze lotnisko?".

— I co z tego? — zapytał niemal urągliwie mężczyzna.

— Dlaczego nie wysadzili Hancock Building? Albo Pru? Człowieczck się skulił.

— Nie wiem. Wiem tylko tyle, że chcę stąd zniknąć.

W tym momencie tuż obok nich przebiegło kilkoro młodych ludzi. Boston to przecież miasto młodzieży, pomyślał Clay, tyle tu uczelni. Ci młodzi ludzie — trzej chłopcy i troje dziewcząt — przynajmniej niczego nie ukradli i z pewnością się nie śmiali. Jeden z nich, nie zwalniając kroku, wyciągnął z kieszeni telefon komórkowy i przyłożył do ucha.

Po drugiej stronie ulicy z piskiem opon zatrzymał się drugi radiowóz, tak więc nie było potrzeby wzywania policji z aparatu martwej kobiety — i bardzo dobrze, bo Clay już zdecydował, że nie powinien tego robić. Wystarczyłoby mu przejść na drugą stronę ulicy i porozmawiać z nimi... tyle że wcale nie był pewien, czy odważyłby się teraz przekroczyć Boylston Street. A nawet gdyby, to czy przyszliby tu z nim, żeby zająć się nieprzytomną dziewczyną, kiedy tam z pewnością było Bóg wic ile ofiar? Właśnie w tej chwili strażacy zaczęli w pośpiechu szykować się do odjazdu — pewnie na lotnisko albo...

— Jezu Chryste, niech pan spojrzy — wyszeptał mężczyzna z wąsikiem. Patrzył na zachód, w kierunku centrum, skąd jeszcze niedawno nadszedł Clay, gdy największym problemem w jego życiu było zadzwonienie do Sharon. Wiedział już nawet, od czego zacznie tę rozmowę: „Mam dobre wieści, kochanic. Obojętnic, jak się między nami ułoży, zawsze będą pieniądze na buty dla dzieciaka". W myślach zabrzmiało to lekko i zabawnie, jak za dawnych lat.

To, co zobaczył, wcale nie było zabawne. W ich kierunku zbliżał się — nie biegnąc, lecz idąc długimi i miarowymi krokami — blisko pięćdziesięcioletni mężczyzna w spodniach od garnituru oraz resztkach koszuli i krawata. Spodnie były szare. Koloru koszuli i krawata nie dało się określić, ponieważ zwisały w strzępach, zbroczone krwią. W prawej ręce ściskał coś, co wyglądało na nóż rzeźnicki o prawie osiemnasto-calowym ostrzu. Clay mógłby przysiąc, że widział ten nóż na wystawie sklepu Soul Kitchen, kiedy wracał ze spotkania w hotelu Copley Square. Rząd noży na wystawic (SZWEDZKA STAL! — głosił napis wytłoczony na karteczce) lśnił w blasku sprytnie ukrytych lampek, lecz to ostrze musiało się sporo napracować od chwili zdjęcia z wystawy, gdyż było matowe od krwi.

Mężczyzna w podartej koszuli wymachiwał nożem, zbliżając się do nich miarowym krokiem. Ostrze unosiło się i opadało. W pewnej chwili wypadł z rytmu i skaleczył się. Świeża strużka krwi popłynęła przez nowe rozcięcie koszuli. Poszarpany krawat powiewał na wietrze. Podchodząc do nich, mężczyzna przemawiał niczym wiejski kaznodzieja, na którego właśnie spłynęło objawienie.

— *Eyelah! Eeelah-eyelah-a-babbalah-naz! A-babbalah czemu? A-bunnaloo-jak? Kazzalah! Kazzalah-mogę! Fuj! Wstyd-fuj!*

Opuścił rękę z nożem do prawego biodra, a Clay swoim wyostrzonym wzrokiem ujrzał cios, który tamten zamierzał zadać. Mordercze cięcie, przy którym nawet nie zwolni kroku, kontynuując swój szalony marsz donikąd w to październikowe popołudnie.

— Uwaga! — wykrzyknął mężczyzna z wąsikiem, ale sam nie uważał. Ten niski facet, pierwsza normalna osoba, z którą Clay Riddell rozmawiał, od kiedy zaczęło się całe to szaleństwo, i zarazem pierwszy człowiek, który sam się do niego odezwał, co w tych okolicznościach zapewne wymagało sporej odwagi, stał nieruchomo jak posąg, z oczami jak spodki za szkłami okularów w złotych oprawkach. Czy ten szaleniec szedł na niego, ponieważ z nich dwóch facet z wąsikiem był mniejszy i wyglądał na łatwiejszy cel? Jeśli tak, to może obszarpany pseudokaznodzieja nie był kompletnie szalony. Nagle Clay poczuł nie tylko strach, ale i gniew — zupełnie jakby zerknął nad ogrodzeniem boiska i zobaczył szkolnego osiłka zamierzającego spuścić łomot znacznie mniejszemu, młodszemu dzieciakowi.

— UWAGA! — niemal załkał mężczyzna z wąsikiem, wciąż nie schodząc z drogi nadchodzącej śmierci, śmierci wypuszczonej na wolność ze sklepu Soul Kitchen, w którym z całą pewnością honorowano karty Diner's Club i Visa, a także czeki, rzecz jasna za okazaniem dokumentu tożsamości.

Clay nie zastanawiał się, tylko po prostu ponownie chwycił teczkę z rysunkami i wetknął ją między swojego nowego znajomego a napastnika. Ostrze z głuchym stuknięciem przebiło teczkę, ale zatrzymało się cztery cale od brzucha mężczyzny z wąsikiem. Ten wreszcie się otrząsnął i skoczył w kierunku parku, głośno wzywając pomocy.

Człowiek w postrzępionej koszuli i krawacie — który miał

lekko obwisłe policzki i trochę za gruby kark, jakby mniej więcej przed dwoma laty przestał równoważyć solidne posiłki równie solidnymi ćwiczeniami fizycznymi — nagle przerwał swoją bezsensowną przemowę. Na jego twarzy pojawił się dziwny wyraz zadumy, graniczącej z lekkim zdziwieniem.

Clay wpadł w szał. Ostrze przebiło wszystkie obrazy z „Mrocznego Wędrowca" (dla niego zawsze były to obrazy, nie rysunki czy ilustracje), a on poczuł się tak, jakby przeszyło mu serce. Była to idiotyczna reakcja, bo przecież miał reprodukcje każdego z nich włącznie z poczwórnymi planszami, a jednak tak właśnie się czuł. Nóż szaleńca przebił Czarnoksiężnika Johna (nazwanego tak na cześć syna Claya, oczywiście), Czarodzieja Flaka, Franka i chłopaków Posse, Śpiocha Gene'a, Sally Trucicielkę, Lily Astolet, Błękitną Wiedźmę oraz, rzecz jasna, Raya Damona, Mrocznego Wędrowca we własnej osobie. Wszystkie te fantastyczne istoty żyjące w zakamarkach jego wyobraźni miały oszczędzić mu trudów nauczania wychowania plastycznego w kilkunastu wiejskich szkołach stanu Maine, przejeżdżania tysięcy mil miesięcznie i spędzania połowy życia w samochodzie.

Mógłby przysiąc, że usłyszał ich zbiorowy jęk, kiedy przeszyło je trzymane przez szaleńca ostrze ze szwedzkiej stali. Rozwścieczony, zupełnie zapomniał o nożu (przynajmniej na chwilę) i z całej siły odepchnął człowieka w podartej koszuli, posługując się teczką niczym tarczą. Widząc, jak zgięła się przy tym w V, wpadł w jeszcze większy gniew.

— Blet! — wrzasnął szaleniec, usiłując wyszarpnąć ostrze, które za mocno utkwiło. — Blet ky-yam doe-ram kazzalalah a-babbalah!

— Zaraz zbaballahuję ci kazzalah, pierdoło! — ryknął Clay i podstawił mu nogę.

Dopiero później zdał sobie sprawę, że ciało samo wie, jak walczyć, kiedy trzeba. Na co dzień ukrywa tę wiedzę przed swoim właścicielem, tak samo jak ukrywa umiejętność biegania, przeskakiwania przez strumień, pokazywania komuś środkowego palca albo umierania, kiedy nie ma innego wyjścia. Pod wpływem silnego stresu przejmuje kontrolę i robi to, co należy, podczas gdy mózg stoi z boku i może co najwyżej gwizdać, nerwowo przytupywać i spoglądać w niebo. Albo kontemplować odgłos, z jakim rzeźnickie ostrze przebija kartonową teczkę, którą dostałeś od żony na dwudzieste ósme urodziny.

Szaleniec potknął się zgodnie z planem opracowanym przez sprytne ciało Claya i runął na wznak na chodnik. Clay stał nad nim, ciężko dysząc i trzymając oburącz teczkę jak tarczę. Rzeźnicki nóż nadal w niej tkwił, rękojeść wystawała z jednej, a ostrze z drugiej strony.

Szaleniec próbował wstać. Nowy znajomy Claya doskoczył i kopnął go mocno w kark. Niski mężczyzna głośno łkał, łzy spływały mu po policzkach, a okulary zachodziły mgłą. Szaleniec ponownie osunął się na chodnik i z wywalonym językiem bełkotał coś, co bardzo przypominało jego wcześniejszą przemowę.

— Chciał nas zabić! — szlochał mężczyzna z wąsikiem. — Ten drań chciał nas zabić!

— Tak, tak... — powiedział Clay i niemal natychmiast uświadomił sobie, że takim samym uspokajającym głosem mówił do Johnny'ego w czasach, kiedy jeszcze nazywali go Johnny-ojej i przybiegał do nich z otartymi kolanami albo łokciami, krzycząc „Mam krew!".

Leżący na chodniku szaleniec (który miał mnóstwo krwi) próbował wstać, opierając się na łokciach. Tym razem to Clay poczuł się obowiązany kopniakiem podciąć mu rękę i ponownie rozciągnął go na chodniku. Tę metodę można jednak było potraktować co najwyżej jako tymczasowe i w dodatku dość obrzydliwe rozwiązanie. Clay chwycił rękojeść noża, skrzywił się, czując pod palcami maź nie całkiem zakrzepłej krwi (wrażenie podobne do ściskania kawałka zimnego sadła) i pociągnął. Ostrze wysunęło się odrobinę i uwięzło... albo palce ześlizgnęły mu się z rękojeści. Pomyślał, że słyszy dobiegające z wnętrza teczki pojękiwania swoich bohaterów, i sam też jęknął. Nie mógł się powstrzymać. Tak jak nie mógł przestać się zastanawiać, co pocznie z nożem, kiedy już zdoła go wyszarpnąć. Zadźga nim szaleńca? Zapewne mógłby to zrobić jeszcze przed chwilą, ale chyba nie teraz.

— Co się dzieje? — zapytał płaczliwie człowieczek z wąsikiem. Pomimo zdenerwowania Claya ujęła autentyczna troska w głosie tamtego. — Zranił pana? Przez moment zasłaniał mi go pan i nie widziałem, co się działo. Dorwał pana? Jest pan ranny?

— Nie, wszystko w po...

Z północy dobiegł odgłos kolejnej potężnej eksplozji, niemal na pewno na lotnisku Logan po drugiej stronie zatoki. Obaj odruchowo skulili się i skrzywili. Szaleniec skorzystał z okazji i usiadł, ale nic zdążył zrobić nic więcej, ponieważ niski mężczyzna w tweedowym garniturze wymierzył mu niezdarnego, ale skutecznego kopniaka w klatkę piersiową, trafiając w sam środek pociętego krawata i znów przewracając mężczyznę na plecy. Wariat ryknął i próbował chwycić go za stopę. Przyciągnąłby go do siebie i zamknął w śmiertelnym uścisku, gdyby Clay nie złapał nowego znajomego za ramię i nie odciągnął na bok.

— Zabrał mi but! — wykrzyknął człowieczek. Za ich plecami rozbiły się dwa kolejne samochody. Rozległy się nowe krzyki i sygnały alarmów: samochodowych, przeciwpożarowych, przeciwwłamaniowych. W oddali zawodziły syreny. — Ten drań zabrał mi...

Nagle obok nich pojawił się policjant. Zapewne jeden z interweniujących po drugiej stronie ulicy, pomyślał Clay i gdy funkcjonariusz przyklęknął przy bełkoczącym szaleńcu, Clay był niemal gotów go pokochać. Że też zadał sobie trud, by do nich przybiec! Że też w ogóle zwrócił na nich uwagę!

— Lepiej niech pan uważa — ostrzegł policjanta mężczyzna z wąsikiem. — On jest...

— Wiem, czym on jest — przerwał mu policjant i Clay zauważył, że gliniarz trzyma w ręce pistolet. Nie miał pojęcia, czy wyciągnął go wcześniej, czy dopiero teraz, za bardzo był zajęty wyrażaniem wdzięczności, żeby zwracać uwagę na takie szczegóły.

Funkcjonariusz spojrzał na szaleńca. Pochylił się nad nim nisko, bardzo nisko. Jakby zamierzał złożyć mu intymną propozycję.

— No, koleś, co z tobą? — mruknął. — Co wyrabiasz?

Tamten natychmiast rzucił się na niego, chwytając go za gardło. Gdy tylko to zrobił, policjant błyskawicznie przyłożył mu lufę do skroni i nacisnął spust. Z siwawych włosów po drugiej stronie głowy wytrysnął gejzer krwi i szaleniec opadł bezwładnie na chodnik, melodramatycznie rozkładając ręce. *Spójrz, mamusiu, nie żyję.*

Clay i niski mężczyzna z wąsikiem spojrzeli po sobie. Potem popatrzyli na policjanta, który schował pistolet do kabury i sięgnął po skórzane etui do kieszeni na piersi. Clay z ulgą dostrzegł, że ręka, którą to robił, lekko drżała. Obawiał się go, ale bałby się jeszcze bardziej, gdyby policjantowi nie trzęsły się ręce. To, co się stało, nie było odosobnionym przypadkiem. Huk wystrzału sprawił, że Clay jakby odzyskał słuch. Teraz słyszał inne wystrzały, pojedyncze trzaski przebijające się przez coraz głośniejszą kakofonię.

Policjant wyjął jakąś karteczkę ze skórzanego etui — Clay miał wrażenie, że to wizytówka — po czym schował je do kieszeni. Trzymał kartkę w dwóch palcach lewej ręki, a prawą ponownie położył na rękojeści służbowego pistoletu. Obok jego nienagannie wyczyszczonych butów na chodniku rozlewała się kałuża krwi szaleńca. Nieco dalej leżała martwa kobieta w żakiecie, w drugiej kałuży krwi, która już zaczęła zasychać i przybrała ciemniejszą barwę.

— Jak się pan nazywa? — zapytał policjant Claya.

— Clayton Riddell.

— Może mi pan powiedzieć, kto jest teraz prezydentem? Clay powiedział.

— Może mi pan powiedzieć, jaki mamy dzisiaj dzień?

— Pierwszy października. Czy wie pan, co się...

Funkcjonariusz przeniósł wzrok na niskiego mężczyznę z wąsikiem.

— Pańskie nazwisko?

— Jestem Thomas McCourt, Salem Street sto czterdzieści, Malden. Ja...

— Czy potrafi pan podać nazwisko kontrkandydata obecnego prezydenta w ostatnich wyborach?

Tom McCourt potrafił.

— Z kim ożenił się Brad Pitt?

McCourt bezradnie rozłożył ręce.

— A skąd mam wiedzieć? Pewnie z jakąś gwiazdą filmową...

— W porządku. — Gliniarz wręczył Clayowi karteczkę, którą trzymał w palcach. — Jestem oficer Ulrich Ashland. To moja wizytówka. Obaj panowie możecie zostać wezwani w charakterze świadków. Potrzebowaliście pomocy, pospieszyłem z nią, zostałem zaatakowany, zareagowałem.

— Pan chciał go zabić — powiedział Clay.

— Tak, proszę pana. Staramy się jak najszybciej zakończyć męczarnie tylu z nich, ilu się da. Jeśli powtórzy pan moje słowa przed sędzią lub jakąś komisją, bez wahania się ich wyprę. Jednak tak to wygląda. Ci nieszczęśnicy są dosłownie wszędzie. Niektórzy tylko popełniają samobójstwo. Inni atakują ludzi. — Zawahał się, po czym dodał: — Zdaje się, że atakują wszyscy pozostali. — Jakby na potwierdzenie jego słów po drugiej stronie ulicy padł strzał, a potem trzy kolejne, następujące szybko po sobie. Wszystkie dobiegły od strony zadaszonego wejścia do hotelu Four Seasons, które teraz zamieniło się w stertę potłuczonego szkła, zwłok, rozbitych samochodów i kałuż krwi. — Zupełnie jak w jakiejś pieprzonej *Nocy żywych trupów*. — Policjant zaczął wycofywać się na drugą stronę

Boylston Street, wciąż trzymając dłoń na rękojeści pistoletu. — Tyle że ci ludzie nie są martwi. Dopóki im nie pomożemy, rzecz jasna.

— Rick! — wołał jego partner z drugiej strony ulicy. — Rick, musimy jechać na lotnisko! Wszystkie jednostki! Chodź tu prędko!

Ashland rozejrzał się na boki, ale ulicą nie nadjeżdżał żaden pojazd. Jeśli nie liczyć wraków rozbitych samochodów, Boylston Street była chwilowo zupełnie pusta. Jednak z okolicznych ulic wciąż dobiegały odgłosy wybuchów i łoskot zderzeń. Coraz wyraźniej czuć było również woń spalenizny. Policjant zaczął przechodzić przez jezdnię, ale w połowie zatrzymał się i odwrócił.

— Schowajcie się gdzieś. Do tej pory mieliście szczęście, ale to się może zmienić.

— Oficerze Ashland — zawołał Clay. — Wy chyba nie używacie telefonów komórkowych, prawda?

Policjant przyjrzał mu się uważnie, stojąc na środku Boylston Street. Zdaniem Claya nie było to zbyt bezpieczne miejsce. Wciąż miał w pamięci ten rozpędzony autokar turystyczny.

— Nie, proszę pana — odparł policjant. — Mamy w samochodach radiostacje. I te... — Poklepał krótkofalówkę zawieszoną przy pasie na drugim biodrze.

Clay, pożerający komiksy, od kiedy nauczył się czytać, natychmiast pomyślał o cudownym wielofunkcyjnym pasie Batmana.

— Więc nie korzystajcie z nich — ostrzegł. — Niech pan powie innym. Nie używajcie telefonów komórkowych.

— Dlaczego pan tak mówi?

— Ponieważ one ich używały. — Wskazał na martwą kobietę i nieprzytomną dziewczynę. — Na moment przedtem, nim oszalały. Założę się, o co tylko pan chce, że ten facet z nożem...

— Rick! — wrzasnął policjant po drugiej stronie ulicy. — Pospiesz się, do cholery!

— Schowajcie się gdzieś — powtórzył Ashland i potruchtał na drugą stronę Boylston Street. Clay chętnie ponowiłby ostrzeżenie o telefonach komórkowych, ale ucieszył się, że policjant bezpiecznic dotarł do hotelu. Chociaż Clay nie wierzył, żeby tego popołudnia ktokolwiek w Bostonie naprawdę był bezpieczny.

4

— Co pan robi? — zapytał Clay Toma McCourta. — Proszę go nie dotykać, może to jest... sam nie wiem, zaraźliwe.

— Nie zamierzam go dotykać — odparł Tom — ale muszę odzyskać but.

But, leżący tuż obok rozczapierzonych palców lewej ręki szaleńca, był przynajmniej daleko od kałuży krwi. Tom ostrożnie zahaczył go palcami i przyciągnął do siebie. Potem usiadł na krawężniku Boylston Street — w tym samym miejscu, w którym furgonetka Mister Softee stała tak niedawno, choć Clay przysiągłby, że całe wieki temu — i włożył but.

— Sznurowadło jest zerwane — powiedział. — Ten cholerny świr rozerwał sznurowadło.

I znów zaczął płakać.

— Niech pan zrobi z nimi, co się da — rzekł Clay. Zaczął wyciągać nóż wbity w teczkę. Ostrze weszło z potworną siłą, tak więc musiał poruszać nim w górę i w dół, żeby je wyrwać. Wysuwało się opornie, małymi skokami, ze zgrzytem, od którego cierpła skóra. Zastanawiał się, która z postaci najbardziej ucierpiała. Zdawał sobie sprawę, że to głupie myśli spowodowane szokiem, ale nic nie mógł na to poradzić. — Może pan zawiązać je niżej?

— Tak, myślę, że...

Clay od pewnego czasu słyszał jakieś brzęczenie, jakby mechanicznego komara, które zbliżało się i zmieniło w wyraźny warkot. Tom podniósł głowę, siedząc na krawężniku. Clay odwrócił się na pięcie. Niewielka karawana radiowozów ruszających sprzed hotelu Four Seasons zatrzymała się przed sklepem meblowym i rozbitym autokarem turystycznym. Policjanci wychylili się z okien, gdy jakaś prywatna maszyna — średniej wielkości, może cessna, a może twin bonanza, Clay za słabo znał się na samolotach, żeby je odróżnić — przeleciała powoli nad budynkami między portem a parkiem, szybko tracąc wysokość.

Nad parkiem samolot wszedł w niekontrolowany głęboki skręt, prawie zawadzając skrzydłem o czubek jednego z rozjaśnionych przez jesień drzew, po czym wyrównał lot nad Charles Street, jakby pilot uznał, że znalazł się nad pasem startowym. Zaraz potem, na wysokości około dwudziestu stóp nad ziemią, maszyna przechyliła się ostro w lewo i zawadziła skrzydłem o fasadę budynku z szarego piaskowca — być może banku — na rogu Charles i Bacon Street. Wrażenie, że maszyna porusza się powoli, niemal jak szybowiec, w mgnieniu oka okazało się złudzeniem. Samolot zawirował jak jarmarczny wiatraczek, uderzył w sąsiadujący z bankiem dom z czerwonej cegły i zniknął w rozbłysku pomarańczowoczerwonego ognia. Fala uderzeniowa przetoczyła się przez park. Kaczki pierzchły przed nią w popłochu.

Clay spojrzał w dół i spostrzegł, że trzyma w ręce nóż rzeźnicki. Wyrwał go bezwiednie, obserwując z Tomem McCourtem katastrofę samolotu. Wytarł ostrze o koszulę, uważając, żeby się nie skaleczyć (teraz jemu trzęsły się ręce). Potem równie ostrożnie wsunął go za pasek, aż po rękojeść. Robiąc to, przypomniał sobie jedną ze swych pierwszych prac... a właściwie młodzieńczych prób.

— Pirat Joxer do twoich usług, moja droga... — wymamrotał.

— Co takiego? — zapytał Tom.

Stał teraz obok Claya, gapiąc się na szalejący pożar, który trawił szczątki samolotu. Z ognia sterczał tylko ogon maszyny. Clay odczytał numer **LN6409B**. Nad nim widniał jakiś emblemat, chyba aeroklubu.

Po chwili i on zniknął w płomieniach.

Clay poczuł na twarzy pulsujące fale ciepła.

— Nic — powiedział do niskiego faceta w tweedowym garniturze. — Lepiej spadajmy stąd.

— Hę?

— Wynośmy się stąd.

— Ach, tak. Jasne.

Clay ruszył wzdłuż parku, w tym samym kierunku, w którym zmierzał o trzeciej po południu, czyli osiemnaście minut i wieki temu. Tom McCourt pospieszył za nim. Naprawdę był bardzo niski.

— Niech mi pan powie — rzekł. — Czy często gada pan od rzeczy?

— Jasne — odparł Clay. — Niech pan tylko spyta o to moją żonę.

5

— Dokąd idziemy? — zapytał Tom. — Ja szedłem do metra. — Wskazał na pomalowany na zielono kiosk niemal przecznicę dalej. Kłębił się tam spory tłumek. — Teraz nie jestem pewien, czy schodzenie pod ziemię to dobry pomysł.

— Ani ja. Mam pokój w Atlantic Avenue Inn, jakieś pięć przecznic stąd.

Tom się rozpromienił.

— Wiem, gdzie to jest. W Louden, tuż nad Atlantykiem.

— Zgadza się. Chodźmy tam. Zobaczymy, co mówią w telewizji. Poza tym muszę zadzwonić do żony.

— Ze stacjonarnego?

— Jasne. Nawet nie mam komórki.

— Ja mam, ale zostawiłem ją w domu. Jest zepsuta. Rafe — mój kot — zrzucił ją z barku. Dzisiaj chciałem kupić nową, ale... Niech pan posłucha, panie Riddell...

— Clay.

— Clay... Jesteś pewien, że telefon w hotelu będzie bezpieczny?

Clay stanął jak wryty. Rzeczywiście, nie przyszło mu to do głowy. Tylko że jeśli nawet zwykłe telefony nie są bezpieczne, to co jest? Właśnie miał podzielić się tą myślą z Tomem, ale nie zdążył, gdyż przy wejściu do metra wybuchło jakieś zamieszanie. Słychać było okrzyki przestrachu, dzikie wrzaski, a także ten idiotyczny bełkot — który teraz rozpoznawał jako niechybną oznakę szaleństwa. Tłum ludzi kręcących się przy budce kasy i wiodących na stację schodach rozpierzchł się. Kilka osób wybiegło na jezdnię (dwie mocno obejmowały się i z przerażeniem spoglądały za siebie). Pozostałe rozpierzchły się po parku, każda w inną stronę, na widok czego Clayowi ścisnęło się serce. Wydawało mu się, że tamtym dwojgu, obejmującym się, jest lżej.

Przy zejściu do stacji zostało dwóch mężczyzn i dwie kobiety. Clay był przekonany, że to właśnie oni wyszli ze stacji i spowodowali tę paniczną ucieczkę. Teraz ta pozostała czwórka zaczęła walczyć ze sobą. Bili się z histerycznym zapamiętaniem, które już widział, ale kompletnie bez sensu. To nie była walka trojga na jedno ani dwojga przeciwko dwojgu, czy chłopców z dziewczynami — tym bardziej że jedna z „dziewczyn" wyglądała na sześćdziesięciokilkuletnią, a krępa budowa ciała i krótko ostrzyżone włosy upodobniały ją do kilku znanych Clayowi, zbliżających się do wieku emerytalnego nauczycielek.

Kopali, młócili pięściami, drapali i rwali zębami, sapiąc i wrzeszcząc, nie zwracając uwagi na leżących wokół ludzi — nieprzytomnych albo martwych. Jeden z mężczyzn potknął się o czyjąś nogę i padł na kolana. Młodsza kobieta w ułamku sekundy skoczyła na niego, on zaś chwycił jakiś przedmiot z najwyższego stopnia — Clay ani trochę się nie zdziwił, spostrzegłszy, że to telefon komórkowy — i z całej siły rąbnął ją w bok głowy. Aparat rozpadł się na kawałki, kalecząc policzek kobiety. Strumień krwi trysnął na jasny żakiet, lecz odgłos, który wydobył się z jej ust, był raczej okrzykiem wściekłości niż bólu. Chwyciła klęczącego mężczyznę za uszy jak za uchwyty dzbana, z impetem opadła mu kolanami na podbrzusze i popchnęła go w tył, w mrok schodów metra. Zniknęli z oczu patrzących, spleceni w ciasny kłąb jak parzące się koty.

— Chodźmy — wymamrotał Tom i zaskakująco delikatnie pociągnął Claya za koszulę. — Chodźmy stąd. Drugą stroną ulicy. Chodźmy.

Clay pozwolił się przeprowadzić przez Boylston Street. Albo Tom McCourt uważnie się rozglądał, albo mieli dużo szczęścia, ponieważ cali i zdrowi dotarli na drugą stronę. Przystanęli przed witryną księgarni (Najlepsze Stare i Najlepsze Nowe), patrząc, jak nieoczekiwana zwyciężczyni bitwy przy wejściu do metra maszeruje wielkimi krokami w kierunku płonącego samolotu, a krew kapie jej na kołnierzyk z końców ostrzyżonych siwych włosów. Clay wcale nie był zaskoczony tym, że z potyczki zwycięsko wyszła kobieta o wyglądzie szkolnej bibliotekarki albo nauczycielki łaciny na rok lub dwa przed emeryturą. Kiedy pracował w szkole, spotykał takie damy i wiedział, że te, które dotrwały wieku przedemerytalnego, były niemalże niezniszczalne.

Otworzył usta, by podzielić się tą refleksją z Tomem — wydawało mu się, że będzie to całkiem dowcipne — ale z ust wydobył mu się tylko cichy jęk. Równocześnie zaszkliły mu się oczy, a świat stał się niewyraźny i rozmazany. Najwidoczniej nie tylko Tom McCourt, nieduży człowieczek w tweedowym garniturze, miał problemy z gospodarką wodną. Clay otarł oczy rękawem i ponownie spróbował coś powiedzieć — z takim samym skutkiem.

— W porządku — powiedział Tom. — Nie walcz z tym.

I Clay posłuchał go, stojąc przed witryną księgarni pełnej stosów książek otaczających maszynę do pisania marki Royal, wyprodukowaną na długo przed epoką telefonii komórkowej. Płakał nad kobietą w żakiecie i spodniach, nad Pixie Jasną i Pixie Ciemną, a także nad sobą, ponieważ Boston nie był jego domem, który jeszcze nigdy nie wydawał się tak odległy.

6

W pewnej odległości od parku Boylston Street zwężała się i była tak zapchana samochodami — zarówno rozbitymi, jak i porzuconymi — że mogli już się nie obawiać rozpędzonych limuzyn ani autokarów. Co za ulga. Z całego miasta dobiegały odgłosy, jakie mogłyby towarzyszyć sylwestrowej zabawie w piekle. W pobliżu też słychać było hałasy — głównie zawodzenie samochodowych i sklepowych alarmów — ale sama ulica była w tym momencie dziwnie pusta. „Schowajcie się gdzieś — powiedział funkcjonariusz Ashland. — Do tej pory mieliście szczęście, ale to się może zmienić".

Dwie przecznice od księgarni i jedną przed niezbyt reprezentacyjnym hotelem Claya znów dopisało im szczęście. Z bocznej ulicy wypadł następny szaleniec — tym razem blisko dwudziestopięcioletni mężczyzna, którego muskulaturę ukształtowały sterydy — i przemknął przez ulicę, przechodząc po maskach dwóch sczepionych przednimi zderzakami samochodów i bełkocząc niezrozumiale. W obu rękach ściskał anteny samochodowe, którymi wściekle dźgał powietrze, maszerując jak automat. Miał na sobie tylko nowiutkie sportowe buty Nike z jaskrawoczerwonymi sznurowadłami. Penis kołysał mu się na boki jak wahadło zegara. Przeszedł na drugą stronę ulicy i skręcił na zachód, w kierunku parku, prężąc mięśnie pośladków w niesamowitym rytmie.

Tom McCourt złapał Claya za ramię i mocno trzymał, dopóki szaleniec nie znikł im z oczu. Dopiero wtedy rozluźnił chwyt.

— Gdyby nas zauważył...

— Taak, ale nie zauważył — przerwał mu Clay.

Nagle poczuł się absurdalnie szczęśliwy. Oczywiście zdawał sobie sprawę, że to uczucie szybko minie, ale na razie się nim rozkoszował. Czuł się jak człowiek, który trzyma w ręku bombową kartę i zaraz zgarnie dużą pulę.

— Współczuję temu, kogo zauważy — mruknął Tom.

— Ja nie zazdroszczę temu, kto zobaczy jego — powiedział Clay. — Chodźmy.

7

Drzwi Atlantic Avenue Inn były zamknięte.

Clay był tym tak zaskoczony, że przez chwilę tylko stał, bezskutecznie próbując przekręcić klamkę i usiłując oswoić się z tą myślą. Drzwi jego hotelu zamknięto.

Tom dołączył do niego, oparł czoło o szybę i zajrzał do środka. Z północy — na pewno z lotniska — dobiegł odgłos kolejnej potężnej eksplozji, lecz tym razem Clay zaledwie się skrzywił. Tom McCourt w ogóle nie zareagował. Był zbyt zaabsorbowany tym, co zobaczył.

— Na podłodze leży martwy facet — oznajmił wreszcie. — W liberii, ale chyba za stary na boya.

— Nie potrzebuję, żeby ktoś mi poniósł pieprzony bagaż — mruknął Clay. — Chcę tylko dostać się do pokoju!

Tom wydał dziwny, zduszony odgłos. Clay pomyślał, że jego mały towarzysz znów płacze, ale zaraz zrozumiał, że to stłumiony śmiech.

Na jednym skrzydle szklanych drzwi widniał napis **ATLANTIC AVENUE INN**, a na drugim bezczelne kłamstwo: **NAJLEPSZY ADRES W BOSTONIE**. Tom uderzył otwartą dłonią w szybę między „najlepszym adresem w Bostonie" a rzędem symboli kart kredytowych.

Clay również zajrzał do środka. Hol nie był duży. Po lewej znajdowała się recepcja. Po prawej dwie windy. Na posadzce leżał turkusowy chodnik, a na nim mężczyzna w podeszłym wieku w liberii, twarzą do dołu, z jedną stopą opartą o krawędź kanapy i z dużą, oprawioną w ramy reprodukcją marynistycznego obrazu na tyłku.

Clay natychmiast stracił dobry humor, a kiedy Tom zaczął walić pięścią w szklaną taflę, położył mu dłoń na ramieniu.

— Daj spokój — powiedział. — Nie wpuszczą nas, nawet jeśli są żywi i normalni. — Zastanowił się. — Szczególnie jeśli są normalni — dodał.

Tom zmierzył go badawczym spojrzeniem.

— Jeszcze nie rozumiesz, co?

— Niby czego? — spytał Clay.

— Wszystko się zmieniło. Nie mogą nas nie wpuścić. — Strząsnął dłoń Claya z ramienia, zbliżył twarz do szyby i krzyknął ile sił w płucach: — Hej! Hej tam, w środku!

Clay pomyślał, że Tom ma zaskakująco silny głos jak na człowieka takiej postury.

Żadnej reakcji. Stary portier nadal leżał martwy z obrazem na tyłku.

— Hej, jeśli tam jesteście, to lepiej otwórzcie te cholerne drzwi! Człowiek, który jest ze mną, mieszka w tym hotelu, a ja jestem jego gościem! Otwórzcie, bo jak nie, to wezmę brukowiec i wybiję szybę! Słyszycie mnie?

— Brukowiec? — powtórzył z niedowierzaniem Clay i parsknął śmiechem. — Naprawdę powiedziałeś „brukowiec"? Ale numer.

Roześmiał się jeszcze głośniej. Nie mógł się powstrzymać. Nagle kątem oka dostrzegł jakiś ruch po lewej stronie. Odwrócił się i zobaczył nastolatkę, stojącą na chodniku kilka jardów od nich. Przyglądała się im wytrzeszczonymi ze strachu oczami. Miała na sobie białą sukienkę z wielką plamą krwi na dekolcie. Krew zaschła jej pod nosem, na ustach i brodzie. Poza rozbitym nosem dziewczyna nie miała żadnych poważniejszych obrażeń i nie sprawiała wrażenia szalonej, tylko zszokowanej. Niemal na śmierć.

— Nic ci nie jest? — zapytał Clay.

Zrobił krok w jej kierunku, a ona natychmiast cofnęła się o krok. Trudno było mieć jej to za złe, zważywszy na okoliczności. Zatrzymał się i podniósł rękę jak policjant na skrzyżowaniu: nie ruszaj się.

Tom zerknął w jej stronę, po czym ponownie załomotał pięścią w szybę, tym razem tak silnie, że szklana tafla zadrżała w starej drewnianej ramie, a jego odbicie zamigotało.

— To ostatnie ostrzeżenie! Wpuśćcie nas albo wejdziemy sami!

Clay już otworzył usta, by mu powiedzieć, że ten numer nie przejdzie, na pewno nie dzisiaj, kiedy zza kontuaru recepcji powoli wyłoniła się łysa głowa. Jakby patrzyli na wynurzający się peryskop. Clay rozpoznał tego człowieka, zanim jeszcze zobaczył jego twarz. To był recepcjonista, który zameldował go, podbił bilet parkingowy na parking przecznicę dalej, a dzisiaj rano mu wytłumaczył, jak trafić do hotelu przy Copley Square. Jeszcze przez chwilę pozostał za swoim biurkiem, więc Clay pokazał mu przez szybę klucz z zieloną plastikową przywieszką Atlantic Avenue Inn. Potem podniósł także teczkę z portfolio w nadziei, że może recepcjonista ją sobie przypomni.

Może tak właśnie się stało, ale raczej facet doszedł do wniosku, że nie ma innego wyjścia. Tak czy inaczej wyszedł zza kontuaru i potruchtał do drzwi, omijając szerokim łukiem nieruchome ciało. Clay Riddell pomyślał, że chyba po raz pierwszy w życiu widzi, jak ktoś biegnie z ociąganiem. Znalazłszy się przy drzwiach, recepcjonista zmierzył wzrokiem najpierw Claya, a potem Toma, i znów Claya. Chociaż najwyraźniej nie uspokoiło go to, co zobaczył, wyjął z kieszeni pęk kluczy na metalowym kółku, szybko odszukał właściwy, włożył do zamka i przekręcił. Clay natychmiast sięgnął do gałki, ale recepcjonista powstrzymał go takim samym gestem, jakiego on użył niedawno wobec dziewczyny, innym kluczem otworzył drugi zamek i uchylił drzwi.

— Wchodźcie — powiedział. — Szybko. — Potem zauważył obserwującą ich z bezpiecznej odległości dziewczynę. — Ona nie.

— Ona też — rzekł Clay. — Chodź, mała.

Nie zareagowała. Kiedy zrobił krok w jej kierunku, odwróciła się na pięcie i uciekła.

8

— Ona tam może zginąć! — rzekł Clay.

— To nie mój problem — odparł recepcjonista. — Wchodzi pan czy nie, panie Riddle?

Mówił z mocnym bostońskim akcentem, zupełnie niepodobnym do tego, do którego przywykł Clay, a którym mówili urzędnicy z południa Maine, gdzie można było odnieść wrażenie, iż co trzeci dopiero co przyjechał z Massachusetts i usiłuje przypomnieć słuchaczom o swoich brytyjskich sympatiach.

— Nazywam się Riddell — poprawił go Clay.

Jasne, że wchodził. Teraz, kiedy drzwi były otwarte, ten facet nie zdołałby go zatrzymać na zewnątrz, ale jeszcze przez chwilę stał na chodniku, rozglądając się za dziewczyną.

— Chodźmy — powiedział cicho Tom. — Nic nie możemy zrobić.

Miał rację. Nic nie mogli zrobić. I to było w tym wszystkim najgorsze. Wszedł do środka za Tomem, a recepcjonista natychmiast zamknął za nimi na dwa zamki drzwi Atlantic Avenue Inn, jakby to wystarczyło, żeby uchronić ich przed chaosem panującym na ulicach.

— To Franklin — poinformował ich recepcjonista, kiedy omijali mężczyznę w liberii, leżącego twarzą do podłogi.

Ten facet jest chyba za stary na hotelowego boya, powiedział Tom, zaglądając przez szklane drzwi, i miał rację. Franklin był niskim człowieczkiem o bujnej siwej czuprynie. Niestety głowa, na której wciąż rosły te włosy (Clay wyczytał gdzieś, że włosy i paznokcie reagują ze sporym opóźnieniem na śmierć ich właściciela), była wykrzywiona pod nieprawdopodobnym kątem, jak głowa wisielca.

— Pracował tu od trzydziestu pięciu lat, o czym z pewnością informował każdego nowego gościa. Niektórych nawet dwa razy.

Bostoński akcent coraz mocniej działał Clayowi na nerwy. Przemknęło mu przez głowę, że gdyby recepcjonista pierdnął, zabrzmiałoby to jak dźwięk wydawany przez urodzinową trąbkę, w którą dmucha astmatyczny dzieciak.

— Z windy wyskoczył jakiś człowiek — ciągnął recepcjonista, chowając się za kontuar. Najwyraźniej czuł się tam w miarę bezpieczny. Żyrandol w holu oświetlił jego twarz i Clay zobaczył, że recepcjonista jest blady jak ściana. — Jeden z tych szaleńców. Franklin miał pecha, bo stał tuż przy drzwiach i...

— Szkoda, że nie pomyślał pan o tym, żeby choć zdjąć mu ten obraz z tyłka — wtrącił Clay.

Pochylił się, podniósł oprawioną w ramy reprodukcję Curriera & Ivesa i postawił na kanapie. Jednocześnie strącił z kanapy stopę nieboszczyka. Ta opadła na podłogę z odgłosem, który Clay doskonale znał. Wielokrotnie wpisywał go w dymki swoich komiksów jako ŁUP!

— Ten z windy uderzył go tylko raz — powiedział recepcjonista. — Biedny Franklin poleciał aż pod ścianę. Podejrzewam, że skręcił sobie kark. W każdym razie ten obraz spadł, kiedy Franklin rąbnął w ścianę.

Wydawało się, że zdaniem recepcjonisty to wszystko usprawiedliwiało.

— A co z tym, który go uderzył? — zapytał Tom. — Co się z nim stało? Dokąd poszedł?

— Na ulicę — odparł recepcjonista. — Właśnie wtedy pomyślałem, że najmądrzej będzie dobrze zamknąć drzwi. Zaraz po tym, jak wyszedł. — Spojrzał na nich ze strachem i niepohamowaną ciekawością. To połączenie wzbudziło głęboki niesmak Claya. — Co tam się właściwie dzieje? Jak bardzo jest źle?

— Podejrzewam, że w tej kwestii świetnie się pan orientuje. Czyż nie dlatego zamknął pan drzwi na klucz?

— Tak, ale...

— Co mówią w telewizji? — przerwał mu Tom.

— Nic. Kablówka nie działa od... — Zerknął na zegarek. — Co najmniej od pół godziny.

— A co z radiem?

Recepcjonista obrzucił Toma wyniosłym spojrzeniem typu *chyba pan żartuje*. Clay nabierał przekonania, że ten gość mógłby bez trudu napisać bestsellerowy poradnik *Jak szybko zrażać do siebie ludzi*.

— Radio w hotelu? W jakimkolwiek hotelu w śródmieściu? Chyba pan żartuje.

Z zewnątrz dobiegł piskliwy krzyk strachu. Dziewczyna w zakrwawionej białej sukience ponownie pojawiła się przy drzwiach i zaczęła tłuc w nie otwartymi dłońmi, oglądając się przez ramię. Clay natychmiast ruszył w jej kierunku.

— On zamknął drzwi! — zawołał za nim Tom.

Clay zupełnie o tym zapomniał.

— Otwieraj.

— Nie — odparł recepcjonista i stanowczo skrzyżował ramiona na wąskiej piersi, dając w ten sposób do zrozumienia, że stanowczo sprzeciwia się takiemu postępowaniu. Dziewczyna ponownie obejrzała się przez ramię i zaczęła dobijać się jeszcze mocniej. Jej zakrwawioną twarz wykrzywiał grymas przerażenia.

Clay wyjął zza paska nóż rzeźnicki. Niemal o nim zapomniał i trochę zaskoczyło go to, jak szybko i naturalnie mu to przyszło.

— Otwieraj, sukinsynu — warknął do recepcjonisty. — Bo poderżnę ci gardło.

10

— Nie ma na to czasu! — wrzasnął Tom, chwycił jedno z ozdobnych, udających antyki krzeseł stojących po obu stronach sofy. Trzymając je nogami do przodu popędził w kierunku szklanych drzwi.

Na jego widok dziewczyna cofnęła się o krok i zasłoniła twarz rękami. W tej samej chwili przed wejściem do hotelu pojawił się ścigający ją człowiek. Był to wielki, potężnie zbudowany mężczyzna w żółtym podkoszulku opiętym na wydatnym brzuchu, z przetłuszczonymi szpakowatymi włosami związanymi w kucyk z tyłu głowy.

Nogi krzesła uderzyły w szklane drzwi: lewe w skrzydło z nazwą **ATLANTIC AVENUE INN**, a prawe w to z napisem **NAJLEPSZY ADRES W MIEŚCIE**. Po rozbiciu szklanej tafli nogi krzesła z prawej strony trafiły mężczyznę z kucykiem w mięsisty, opięty cienkim żółtym materiałem bark w tej samej chwili, gdy złapał dziewczynę za kark. Ułamek sekundy później spód siedziska zatrzymał się na drewnianej framudze i Tom McCourt zatoczył się w tył oszołomiony.

Mężczyzna z kucykiem wykrzykiwał coś bez ładu i składu. Krew zaczęła mu ściekać po piegowatym bicepsie. Dziewczyna zdołała mu się wyrwać, ale zaplątały jej się nogi i upadła dolną połową ciała na chodnik, a górną na jezdnię, krzycząc z bólu i strachu.

Clay stał w miejscu, gdzie jeszcze przed chwilą znajdowała się jedna ze szklanych tafli. Nie pamiętał, jak przeszedł przez hol, i ledwie kojarzył to, że odrzucił na bok krzesło.

— Hej, palancie! — zawołał i poczuł przypływ otuchy, gdy szaleniec na chwilę przestał pokrzykiwać i znieruchomiał. — Tak, ty! — A potem, ponieważ nic innego nie przyszło mu do głowy, wrzasnął: — Pieprzyłem twoją matkę i była do niczego!

Olbrzymi szaleniec w żółtej koszulce wydał okrzyk zaskakująco podobny do tego, który tuż przed śmiercią wyskrzeczała kobieta w żakiecie, upiornie przypominający „szur" — po czym zaatakował budynek, który najpierw go ukąsił, a potem coś do niego krzyknął. Jeśli cokolwiek widział, to z pewnością nie ponurego, spoconego człowieka z nożem rzeźnickim w ręku, który wychyla się z framugi rozbitych szklanych drzwi, ponieważ mężczyzna z kucykiem po prostu sam nadział się na nóż. Ostrze ze szwedzkiej stali z łatwością wbiło się w obwisłe opalone podgardle, wypuszczając fontannę krwi, która zbryzgała dłoń Claya. Była zaskakująco gorąca — niemal jak świeżo zaparzona kawa — i Clay z trudem powstrzymał odruchową chęć cofnięcia ręki. Zamiast tego wepchnął ostrze głębiej, aż poczuł lekki opór. Zawahał się, ale włożył jeszcze trochę siły i ostrze przeszło na wylot, wychodząc u podstawy karku. Mężczyzna pochylił się do przodu — Clay z pewnością nie powstrzymałby go jedną ręką, nie miał żadnych szans, tamten ważył na pewno z dwieście pięćdziesiąt funtów — i przez chwilę stał oparty o pustą futrynę jak pijak o słup latarni, z wytrzeszczonymi piwnymi oczami i wywalonym, żółtym od nikotyny językiem. Potem ugięły się pod nim kolana i osunął się na ziemię. Clay nie puścił rękojeści noża i zdziwił się, jak łatwo ostrze wyszło z ciała. Znacznie łatwiej, niż kiedy wyszarpywał je ze swojej skórzanej teczki.

Kiedy szaleniec upadł, Clay znów zobaczył dziewczynę,

która klęczała jednym kolanem na jezdni, a drugim na chodniku. Krzyczała przeraźliwie, a włosy opadały jej na twarz.

— Skarbie — powiedział. — Nie krzycz, skarbie.

Jednak ona nie przestawała krzyczeć.

11

Nazywała się Alice Maxwell. Tylko tyle potrafiła im powiedzieć. A także to, że przyjechała z matką pociągiem do Bostonu — na zakupy, jak prawie w każdą środę, bo wtedy miała mniej lekcji. Wysiadły na South Station i wzięły taksówkę. Kierowca miał na głowie błękitny turban. Następną rzeczą, jaką pamiętała, było to, że recepcjonista otworzył rozbite drzwi i wpuścił ją do Atlantic Avenue Inn.

Clay podejrzewał, że dziewczyna pamięta znacznie więcej. Świadczył o tym dreszcz, jaki wstrząsnął jej ciałem, kiedy Tom McCourt zapytał, czy ona albo jej matka miały przy sobie telefony komórkowe. Twierdziła, że nie pamięta, ale Clay był pewien, że przynajmniej jedna z nich miała. Albo obie. W dzisiejszych czasach chyba każdy miał telefon komórkowy. On był tylko wyjątkiem potwierdzającym regułę. A Tom zapewne zawdzięczał życie kotu, który zrzucił mu komórkę na podłogę.

Rozmawiał z Alice (co polegało głównie na tym, że Clay zadawał pytania, a ona siedziała w milczeniu, wpatrując się w swoje podrapane kolana, i od czasu do czasu kręciła głową) w hotelowym holu. Wcześniej wspólnie z Tomem przeciągnął ciało Franklina za kontuar, ignorując głośne protesty recepcjonisty, że „to będzie leżało mi pod nogami". Recepcjonista — który przedstawił się jako Ricardi — znikł na zapleczu, ale Clay upewnił się jeszcze, że Ricardi mówił prawdę o niedziałającej telewizji, po czym zostawił go w spokoju. Sharon Riddell powiedziałaby zapewne, że pan Ricardi jest zamknięty w sobie.

— Teraz każdy tu może wejść — zauważył kwaśno. — Mam nadzieję, że jest pan zadowolony.

— Panie Ricardi... — odparł Clay, siląc się na spokój. — Niespełna godzinę temu widziałem, jak na ulicy po drugiej stronie parku rozbiła się awionetka. Zdaje się, że co najmniej kilka — i to większych maszyn — rozbiło się na lotnisku. Być może szaleńcy przypuszczają samobójcze ataki na terminale. W całym mieście słychać eksplozje. Wygląda na to, że teraz każdy może wejść wszędzie.

Jakby na potwierdzenie jego słów gdzieś w górze rozległ się potężny wybuch. Ricardi nawet nie podniósł wzroku, tylko z rezygnacją machnął ręką. Ekran telewizora był pusty, więc siedział nieruchomo za biurkiem i gapił się w ścianę.

12

Clay i Tom przenieśli dwa ozdobne krzesła do drzwi, gdzie swymi wysokimi oparciami prawie zasłoniły otwory po wybitych szybach. Chociaż Clay był przekonany, że zabarykadowany dostęp od strony ulicy daje złudne poczucie bezpieczeństwa, uważał, że dobrze jest zasłonić się przed wzrokiem przechodniów, a Tom przyznał mu rację. Kiedy ustawili krzesła, opuścili żaluzje w głównym oknie, dzięki czemu w holu zrobiło się znacznie ciemniej, a na czerwonej jak indyczy grzebień wykładzinie pojawiły się nikłe cienie, jakby więziennych krat.

Dopiero zrobiwszy to wszystko i wysłuchawszy mocno okrojonej opowieści Alice Maxwell, Clay w końcu podszedł do telefonu za kontuarem. Zerknął na zegarek. Była 16.22, w zasadzie nic nadzwyczajnego, tyle że zatracił poczucie czasu. Wydawało mu się, że od kiedy zobaczył, jak mężczyzna w parku gryzie psa, minęło co najmniej kilka godzin... albo zaledwie parę minut. Jednak czas nadal płynął w tym samym tempie, a więc w Kent Pond Sharon z pewnością już wróciła do domu, który Clay wciąż uważał za swój. Koniecznie musiał z nią porozmawiać. Musiał się upewnić, że u niej wszystko w porządku, i powiedzieć, że nic mu się nie stało, ale nie to było najważniejsze. Upewnić się, że Johnny'emu nic nie jest, oto co było ważne, ale jeszcze ważniejsze było coś innego. Najważniejsze.

Ani on, ani Sharon nie mieli telefonów komórkowych — w zasadzie był tego pewien. Mogła kupić sobie aparat od czasu ich kwietniowej separacji, ale wciąż mieszkali w tym samym miasteczku, widywał ją prawie codziennie i z pewnością by to zauważył. Nie mówiąc o tym, że na pewno dałaby mu numer, prawda? Prawda. Jednak...

Jednak Johnny miał komórkę. Mały Johnny-ojej, który już wcale nie był taki mały, bo dwanaście lat to całkiem poważny wiek, zażyczył ją sobie na dwunaste urodziny. Mały czerwony aparacik, przy połączeniu odgrywający melodyjkę z jego ulubionego programu telewizyjnego. Oczywiście nie wolno mu było włączać go w szkole czy choćby wyjmować z plecaka, ale teraz przecież były wakacje. Ponadto Clay i Sharon wręcz zachęcali chłopca, żeby miał go zawsze przy sobie, między innymi ze względu na ich separację. Zdarzają się przecież różne sytuacje awaryjne albo kogoś dopadnie pech, na przykład spóźni się na autobus. Clay jednak przypomniał sobie narzekania Sharon, która ostatnio zazwyczaj znajdowała aparat na parapecie przy łóżku Johnny'ego, rozładowany, zakurzony i zupełnie zapomniany. To mu dodało trochę otuchy. Ale i tak ten czerwony telefon Johnny'ego był dla Claya tykającą bombą.

Dotknął słuchawki telefonu stojącego na kontuarze recepcji, ale zaraz cofnął rękę. Z zewnątrz dobiegł odgłos kolejnej, tym razem odległej eksplozji. Jakby usłyszeli wybuch pocisku artyleryjskiego, chociaż znajdowali się daleko za linią frontu.

Nawet tak nie myśl, skarcił się natychmiast. Nie zakładaj, że istnieje jakaś linia frontu.

Spojrzał w głąb holu i zobaczył Toma, który przykucnął obok siedzącej na sofie Alice. Szeptał coś do niej łagodnie, dotykając jej buta i patrząc dziewczynie w twarz. To dobrze. Tom był... dobry. Clay coraz bardziej się cieszył, że spotkał Toma McCourta — a raczej, że Tom McCourt spotkał jego. Telefony przewodowe przypuszczalnie powinny działać. Pytanie tylko, czy „powinny" okaże się wystarczająco dobre. Miał przecież żonę, za którą wciąż czuł się trochę odpowiedzialny, i syna, za którego czuł się odpowiedzialny bez żadnego „trochę". Teraz nawet bał się o nim myśleć. Natomiast miał wrażenie, że w głowie mu się miota przerażony szczur, gotów w każdej chwili wyrwać się na wolność i gryźć wszystko, co znajdzie się w zasięgu jego drobnych i ostrych zębów. Gdyby Clay miał pewność, że Sharon i Johnny są bezpieczni, mógłby poskromić oszalałe zwierzę i ułożyć plan działania. Jeśli jednak zrobi coś głupiego, nie zdoła nikomu pomóc. Może nawet sprowadzić nieszczęście na swoich towarzyszy. Zastanawiał się nad tym przez chwilę, po czym zawołał recepcjonistę.

Kiedy ten się nie odezwał, Clay zawołał jeszcze raz. A gdy i tym razem nie otrzymał żadnej odpowiedzi, powiedział:

— Wiem, że pan mnie słyszy, panie Ricardi. Zirytuję się, jeśli będę musiał tam po pana pójść. Może rozzłoszczę się tak bardzo, że wyrzucę pana na ulicę

— Nie może pan tego zrobić — odparł pewnym siebie głosem Ricardi. — Jest pan gościem naszego hotelu.

Clay już miał powtórzyć to, co powiedział mu Tom na zewnątrz — że teraz wszystko się zmieniło — ale coś sprawiło, że zdołał się powstrzymać.

— Czego? — zapytał wreszcie Ricardi, jeszcze bardziej ponurym tonem.

Z pierwszego piętra dobiegło stłumione łupnięcie, jakby ktoś przewrócił ciężki mebel. Może biurko. Tym razem nawet dziewczyna uniosła głowę. Clay odniósł wrażenie, że usłyszał zduszony krzyk — a może ryk bólu — ale nawet jeśli tak było, to odgłos już się nie powtórzył. Co się znajdowało na pierwszym piętrze? Na pewno nie restauracja, bo Clay pamiętał, że wpisując się do książki, usłyszał od Ricardiego, że w hotelu nie ma restauracji, ale obok jest Metropolitan Café. Sale konferencyjne, pomyślał. Założę się, że to sale konferencyjne o wymyślnych indiańskich nazwach.

— Czego? — powtórzył Ricardi bardziej niechętnie niż zwykle.

— Próbował pan do kogoś dzwonić, kiedy to wszystko się zaczęło?

— Oczywiście! — odparł Ricardi. Stanął w drzwiach między biurem a kontuarem recepcji, z jej przegródkami na listy, monitorami systemu bezpieczeństwa i komputerami. Spojrzał na Claya z urazą. — Włączył się alarm pożarowy, a ja go wyłączyłem. Doris powiedziała, że to tylko pali się kosz na śmieci na drugim piętrze, więc zadzwoniłem do straży, żeby nie przyjeżdżali. Linia była zajęta. Wyobraża pan sobie? Zajęta!

— Musiał się pan bardzo zdenerwować — powiedział Tom.

Ricardi po raz pierwszy wyglądał na zmieszanego.

— Kiedy na zewnątrz zrobiło się... no cóż... nieprzyjemnie, zadzwoniłem na policję.

— No tak — powiedział Clay. „Kiedy zrobiło się nieprzyjemnie", rzeczywiście, można tak to ująć. — Czy ktoś odebrał telefon?

— Jakiś człowiek kazał mi natychmiast zwolnić linię i odłożył słuchawkę — odparł Ricardi. W jego głosie znów zabrzmiało oburzenie. — A kiedy zadzwoniłem drugi raz, już po tym, jak ten szaleniec wyskoczył z windy i zabił Franklina, odebrała jakaś kobieta. Powiedziała mi... — Ricardiemu zadrżał głos i Clay ujrzał pierwsze łzy, spływające wąskimi bruzdami po obu stronach jego nosa. — Powiedziała...

— Co powiedziała, panie Ricardi? — zapytał Tom tym samym współczującym tonem.

— Powiedziała, że skoro Franklin nie żyje, a człowiek, który go zabił, uciekł, to mam problem z głowy. To ona poradziła mi, żebym zamknął drzwi. Kazała mi również ściągnąć windy na parter i zablokować, co też zrobiłem. Clay i Tom spojrzeli po sobie z aprobatą. To była dobra rada. Nagle Clay wyobraził sobie owady uwięzione między zamkniętym oknem a firanką, wściekle bzyczące i niepotrafiące wydostać się z pułapki. Ten obraz z pewnością miał coś wspólnego z łoskotem dochodzącym z góry. Ciekawe, ile jeszcze minie czasu, zanim ci, co łomoczą, odkryją schody.

— Kobieta odłożyła słuchawkę. Potem zadzwoniłem do mojej żony w Milton.

— I połączył się pan? — zainteresował się Clay.

— Była bardzo wystraszona. Prosiła, żebym wrócił do domu. Powiedziałem jej, że kazano mi zostać w środku i zamknąć drzwi na klucz. Że policja mi tak poradziła. Kazałem jej zrobić to samo. Zamknąć drzwi i no... siedzieć cicho. Błagała mnie, żebym wracał do domu. Mówiła, że słyszała strzały na ulicy i wybuch gdzieś w pobliżu. Powiedziała, że widziała nagiego mężczyznę biegającego po podwórku Benzycksów. Benzycksowie to nasi sąsiedzi.

— Ach tak — powiedział Tom łagodnie, a nawet ze współczuciem.

Clay milczał. Teraz trochę było mu wstyd, że tak się wściekł na Ricardiego, ale Tom też był zły na recepcjonistę.

— Powiedziała, że wydawało jej się... wydawało się, tylko się wydawało... że ten człowiek niósł... nagie ciało dziecka. Pewnie to była lalka. Żona znów błagała, żebym natychmiast wracał do domu.

Clay wiedział już to, czego chciał się dowiedzieć. Telefony stacjonarne były bezpieczne. Ricardi był w szoku, ale nie oszalał. Clay położył dłoń na słuchawce. Ricardi zakrył jego dłoń swoją. Palce miał długie, białe i bardzo zimne. Jeszcze nie skończył. Miał im jeszcze coś do powiedzenia.

— Nazwała mnie sukinsynem i rzuciła słuchawkę. Wiem, że była na mnie wściekła, i rozumiem dlaczego. Jednak to policja kazała mi tu zostać! Policja. Władze!

Clay skinął głową.

— Władze. Oczywiście.

— Przyjechaliście metrem? — zapytał Ricardi. — Ja zawsze jeżdżę metrem. Stacja jest tylko dwie przecznice stąd. To bardzo wygodne.

— Dzisiaj raczej nie byłoby tak wygodne — odparł Tom. — Po tym, co widzieliśmy, nikt by mnie nie zmusił, żebym tam zszedł.

— A widzicie? — wykrzyknął Ricardi żałośnie.

Clay ponownie skinął głową.

— Tu na pewno jest pan bezpieczniejszy. — Mówiąc to, doskonale zdawał sobie sprawę, że zamierza wrócić do domu, do swojego syna. Do Sharon też, oczywiście, ale przede wszystkim do syna. Wiedział, że nic go nie powstrzyma, chyba że coś ostatecznego. Ta myśl rzucała w jego umyśle cień, zaciemniający wszystko inne. — Znacznie bezpieczniejszy.

Potem podniósł słuchawkę i nacisnął 9, żeby wyjść na miasto. Nie był pewien, czy mu się uda, ale udało się. Potem wybrał 1 oraz 207, czyli kierunkowy do Maine, a potem 692, czyli kierunkowy do Kent Pond i okolicznych miasteczek. Zdążył jeszcze wybrać trzy z ostatnich czterech cyfr — numer do domu, który wciąż traktował jak swój — zanim usłyszał charakterystyczny trzytonowy sygnał. Potem nagrany kobiecy głos:

— *Przepraszamy. Wszystkie linie są zajęte. Prosimy zadzwonić później.*

Zaraz potem rozległ się modulowany dźwięk, gdy jakiś automatyczny obwód rozłączył go ze stanem Maine... jeśli to stamtąd mówił nagrany głos. Clay powoli opuścił słuchawkę, która nagle zrobiła się dziwnie ciężka. Odłożył ją na widełki.

13

Tom powiedział mu, że chyba oszalał, jeśli chce stąd wyjść. Po pierwsze, dowodził, w Atlantic Avenue Inn byli względnie bezpieczni, szczególnie że windy i wejście z klatki schodowej zostały zablokowane. Dokonali tego, układając stertę skrzynek i walizek przy drzwiach na końcu krótkiego korytarza za windami. Nawet gdyby z drugiej strony na drzwi naparł ktoś obdarzony nadzwyczajną siłą, zdołałby co najwyżej przesunąć stos bagaży pod ścianę, tworząc sześciocalową szparę. Za wąską, żeby się przez nią przecisnąć.

Po drugie, chaos panujący w mieście, poza ich maleńką bezpieczną oazą, zdawał się powiększać. Wciąż słychać było wycie alarmów, wrzaski, krzyki i warkot silników, a od czasu do czasu czuć było niepokojącą woń spalenizny, chociaż lekki wietrzyk najwidoczniej porywał większość tych zapachów. Na razie, pomyślał Clay, ale nie powiedział tego głośno, ponieważ nie chciał jeszcze bardziej przestraszyć dziewczyny. Do tego odgłosy eksplozji, rzadko pojedynczych, przeważnie następujących całymi seriami. Jedna z nich rozległa się tak blisko, że wszyscy się skulili, pewni, że podmuch rozbije wielką frontową szybę. Tak się nie stało, ale zaraz potem przenieśli się do biura Ricardiego.

Tom dodał także, że Clay musi być szalony, skoro zamierza opuścić względnie bezpieczny hotel teraz, kwadrans po piątej. Dzień miał się ku końcowi. Próba opuszczenia Bostonu po zmroku byłaby całkowitym szaleństwem.

— Spójrz tylko — powiedział, wskazując na znajdujące się w biurze Ricardiego okienko, które wychodziło na Essex Street. Ulica była zatarasowana porzuconymi samochodami. Było na niej przynajmniej jedno ciało, młodej kobiety w dżinsach i bluzie Red Soksów. Leżała twarzą do ziemi, z szeroko rozłożonymi ramionami, jakby umarła, próbując pływać. VARITEK, głosił napis na jej bluzie. — Myślałeś, że pojedziesz samochodem? Jeśli tak, to lepiej pomyśl raz jeszcze.

— On ma rację — rzekł Ricardi. Z ponurą miną siedział za swoim biurkiem, znów założywszy ręce na chudej piersi. — Pański wóz stoi na parkingu przy Tamworth Street. Wątpię, czy zdołałby pan choćby odzyskać kluczyki.

Clay, który pogodził się już z myślą o tym, że stracił samochód, otworzył usta, aby powiedzieć, że nie zamierza jechać samochodem (przynajmniej na początku), gdy nad ich głowami rozległo się kolejne łupnięcie, tym razem tak silne, że sufit zadrżał. Towarzyszył temu znacznie cichszy, ale wyraźny brzęk tłuczonego szkła. Alice Maxwell, która siedziała w fotelu przy biurku naprzeciw Ricardiego, spojrzała nerwowo w górę, po czym skuliła się jeszcze bardziej.

— Co tam jest? — zapytał Tom.

— Sala Irokezów — odparł Ricardi. — Największa z naszych sal konferencyjnych, w której trzymamy całe wyposażenie: krzesła, stoły, sprzęt audiowizualny. — Zamilkł i zaraz dodał: — I zastawę, bo choć nie mamy restauracji, to na życzenie klientów przygotowujemy bufet na przyjęcia koktajlowe. Ten ostatni łoskot...

Nie dokończył. Jeśli chodziło o Claya, nie musiał. Ten ostatni łoskot był dźwiękiem zastawionego szkłem wózka, przewróconego na podłogę Sali Irokezów, gdzie wiele innych rzeczy już zostało wywróconych przez jakiegoś miotającego się tam szaleńca. Rzucał się tam jak owad uwięziony między szybą a firanką, nie potrafiąc znaleźć wyjścia. Umiał tylko biegać i niszczyć, biegać i niszczyć.

Alice po raz pierwszy odezwała się niepytana, po prawie półgodzinnym milczeniu.

— Mówił pan o kimś, kto ma na imię Doris.

— Doris Gutierrez. — Ricardi skinął głową. — Szefowa sprzątaczek. Doskonała pracownica. Chyba najlepsza. Z tego, co wiem, ostatnio była na drugim piętrze.

— Czy miała przy sobie...

Zamiast dokończyć, Alice wykonała gest, który stał się dla Claya równie znajomy jak przyłożenie palca wskazującego do ust gestem nakazującym milczenie. Przytknęła do policzka prawą rękę, wyprostowanym kciukiem do ucha, a mały palec trzymając przy ustach.

— Nie — odparł niemal z dumą Ricardi. — Personel w godzinach pracy musi je zostawiać w swoich szafkach. Jeśli zdarzy im się raz zapomnieć, dostają upomnienie. Za drugim razem wylatują z pracy. Uprzedzam ich o tym, kiedy są przyjmowani. — Wzruszył wąskimi ramionami. — To nie mój pomysł, tylko dyrekcji.

— Mogła zejść piętro niżej, żeby sprawdzić, co tam się dzieje? — zapytała Alice.

— To możliwe. Wiem tylko tyle, że nie miałem od niej żadnych wieści, od kiedy dała mi znać, że pali się kosz na śmieci. Dwa razy wysyłałem jej wiadomość na pager.

Ze względu na Alice Clay nie chciał powiedzieć na głos: „A widzicie? Tu wcale nie jest bezpiecznie", więc tylko spojrzał na Toma w nadziei, że zdoła przekazać mu to spojrzeniem.

— Ilu ludzi, pańskim zdaniem, może być na górze? — zapytał Tom.

— Nie mam pojęcia.

— A gdyby miał pan zgadywać?

— Niewielu. Ze sprzątaczek chyba tylko Doris. Dzienna zmiana wychodzi o trzeciej, a nocna przychodzi dopiero o szóstej. — Recepcjonista na chwilę zacisnął usta. — Oczywiście, to szukanie oszczędności. Niestety, bezskuteczne. Co do gości, to... — Zastanawiał się przez chwilę. — Popołudniami niewiele się u nas dzieje, naprawdę niewiele. Ci, którzy mieli się wymeldować, już to zrobili — w Atlantic Inn doba hotelowa kończy się w południe — a nowi zwykle zaczynają pojawiać się dopiero około czwartej. W zwyczajny dzień, a ten na pewno taki nie jest. Goście zatrzymujący się na kilka dni na ogół przyjeżdżają tu w interesach. Tak jak zapewne pan, panie Riddle.

Clay skinął głową, tym razem nie poprawiając Ricardiego.

— W południe biznesmeni załatwiają na mieście sprawy, które sprowadziły ich do Bostonu, tak więc praktycznie rzecz biorąc, zostaje tylko obsługa.

Na górze, jakby zadając kłam temu twierdzeniu, rozległ się kolejny łoskot, brzęk tłuczonego szkła i złowrogie warczenie. Wszyscy spojrzeli na sufit.

— Clay, posłuchaj — powiedział Tom. — Jeśli ten facet na górze odkryje schody, to... Nie wiem, czy ci ludzie potrafią logicznie myśleć, ale...

— Sądząc po tym, co widzieliśmy na ulicach, nawet nie można ich nazwać ludźmi — odrzekł Clay. — Mam wrażenie, że ten na górze bardziej przypomina owada, który dostał się między szybę a firankę. Taki owad może się wydostać, jeśli znajdzie dziurę, czyli schody, ale jeśli tak się stanie, to jedynie przez przypadek.

— Nawet jeżeli zejdzie na parter, znajdzie drzwi do holu zamknięte, a wtedy wyjdzie awaryjnymi w boczną uliczkę — powiedział Ricardi, jak na niego bardzo entuzjastycznie. — Usłyszymy alarm, bo ten włącza się przy otwarciu drzwi, więc będziemy wiedzieli, że sobie poszedł. O jednego świrusa mniej.

Gdzieś na południe od hotelu coś potężnie huknęło. Wszyscy się skulili. Clay podejrzewał, że teraz już wie, jak żyło się w Bejrucie w latach osiemdziesiątych.

— Usiłuję wam coś udowodnić — powiedział cierpliwie.

— Nie sądzę — odparł Tom. — Pójdziesz bez względu na wszystko, bo martwisz się o żonę i syna. Próbujesz nas przekonać, bo nie chcesz iść sam.

Clay westchnął zirytowany.

— Oczywiście, że nie chcę iść sam, ale wcale nie dlatego próbuję was przekonać! Odór spalenizny jest coraz silniejszy, a kiedy po raz ostatni słyszeliście syreny?

Nie odpowiedzieli.

— Też nie słyszałem — rzekł Clay. — I coś mi się nie wydaje, żeby sytuacja w Bostonie miała szybko się poprawić. Będzie coraz gorzej. Jeśli to rzeczywiście przez telefony komórkowe, to...

— Zamierzała zostawić tacie wiadomość — odezwała się niespodziewanie Alice. Mówiła szybko, jakby chciała mieć pewność, że wspomnienie nie zniknie, zanim zdąży się nim podzielić. — Chciała mu przypomnieć, żeby odebrał rzeczy z pralni, bo potrzebowała tej żółtej sukienki na zebranie komitetu, a ja zapasowego stroju na niedzielny mecz. Jechałyśmy taksówką. Nagle mama zaczęła dusić kierowcę i ugryzła go, aż spadł mu turban, i miał całą twarz we krwi, i rozbiliśmy się.

Spojrzała na trzech mężczyzn w nią wpatrzonych, po czym ukryła twarz w dłoniach i wybuchła płaczem. Tom podniósł się, żeby ją pocieszyć, ale Ricardi zaskoczył go, wychodząc zza biurka i obejmując dziewczynę chudym ramieniem.

— No już, już — powiedział. — To na pewno było tylko nieporozumienie.

Spojrzała na niego szeroko otwartymi, zdumionymi oczami.

— Nieporozumienie? — Wskazała na zaschniętą plamę krwi na sukience. — Czy to wygląda jak nieporozumienie? Na szczęście uczyłam się karate na kursie samoobrony w podstawówce. Musiałam się bronić przed własną matką! Chyba złamałam jej nos... To znaczy, na pewno. — Potrząsnęła głową. — A i tak gdyby nie udało mi się chwycić klamki i otworzyć drzwi...

— Zabiłaby cię — dokończył półgłosem Clay.

— Tak, zabiłaby mnie — przyznała szeptem dziewczyna. — Nie wiedziała, kim jestem. Moja własna matka. — Przeniosła wzrok z Claya na Toma. — To przez telefony komórkowe. To przez komórki, na pewno.

14

— Ile tych świństw jest w Bostonie? — zastanawiał się głośno Clay. — Jakie tu mogło być nasycenie rynku? — Biorąc pod uwagę liczbę uczniów i studentów, sądzę, że ogromne — powiedział Ricardi. Wrócił na swoje miejsce za biurkiem i teraz jakby nabrał wigoru. Może sprawił to kontakt z dziewczyną, a może fakt, że usłyszał konkretne pytanie. — Chociaż nie tylko młodzi ludzie używają komórek, to oczywiste. Niedawno wyczytałem w „Inc.", że w Chinach jest już tyle komórek, ilu ludzi w Ameryce. Wyobrażacie sobie?

Clay wolał sobie tego nie wyobrażać.

— No dobrze. — Tom niechętnie skinął głową. — Widzę, do czego zmierzasz. Ktoś, pewnie jacyś terroryści, w jakiś sposób zmodyfikował sygnały przekazywane przez komórki. Teraz jeśli ktoś dzwoni albo odbiera, otrzymuje... czy ja wiem... jakiś podprogowy przekaz, od którego traci się zmysły. To brzmi jak science fiction, ale sądzę, że piętnaście czy dwadzieścia lat temu takie telefony komórkowe, jakie są teraz, większości ludzi też wydawały się czystą fantazją.

— Jestem pewien, że to coś takiego — rzekł Clay. — Działa nie tylko na tych, którzy rozmawiali przez telefon, ale nawet na tych, którzy słuchali z boku. — Miał na myśli Pixie Ciemną. — A najgorsze w tym wszystkim jest to, że jak ktoś widzi jakąś niezwykłą lub niebezpieczną sytuację, to...

— ...to odruchowo sięga po komórkę i usiłuje się dowiedzieć, co się dzieje — dokończył za niego Tom.

— Otóż to — rzekł Clay. — Widziałem, jak ludzie tak właśnie robili.

Tom spojrzał na niego ponuro.

— Ja też.

— Nie mam pojęcia, co to wszystko ma wspólnego z pomysłem opuszczenia hotelu, szczególnie tuż przed zmrokiem — odezwał się Ricardi.

Jakby w odpowiedzi rozległa się donośna eksplozja. Zaraz potem kilka następnych, oddalających się na południowy wschód niczym cichnące kroki olbrzyma. Na górze znów rozległ się łoskot i wściekły wrzask.

— Nie sądzę, żeby szaleńcy potrafili opuścić miasto, tak samo jak ten na górze nie umie znaleźć schodów — powiedział Clay.

Przez chwilę myślał, że na twarzy Toma widzi zaskoczenie, a potem zrozumiał, że to coś innego. Może zdumienie. I chyba budząca się nadzieja.

— O Chryste — odrzekł Tom i klepnął się w czoło. — Oni nie opuszczą miasta. Nie przyszło mi to do głowy!

— To nie wszystko — wtrąciła Alice. Przygryzała wargę, spoglądając na swoje niespokojnie splatające się dłonie. Zmusiła się, by spojrzeć na Claya. — Być może nawet bezpieczniej iść po zmroku.

— Dlaczego?

— Bo jeśli cię nie widzą — jeśli uda ci się schować za czymś, ukryć przed nimi — to niemal od razu o tobie zapominają.

— Dlaczego tak uważasz, skarbie? — spytał Tom.

— Ponieważ ukryłam się przed człowiekiem, który mnie ścigał — odparła cicho. — Tym w żółtej koszulce. To było tuż przed tym, jak was zobaczyłam. Schowałam się w bocznej uliczce. Chyba za jednym z tych dużych pojemników na śmieci. Bałam się, ponieważ myślałam, że nie uda mi się stamtąd uciec, gdyby mnie jednak znalazł, ale nic innego nie przyszło mi do głowy. Widziałam, jak stoi u wylotu tej uliczki i rozgląda się, jak chodzi tam i z powrotem — lata jak kot z pęcherzem, jak mówi moja babcia — i z początku podejrzewałam, że bawi się ze mną, rozumiecie? No bo przecież musiał widzieć, jak wbiegłam w ten zaułek. Był tuż za mną... tuż, tuż... prawie mnie miał... — Zadrżała. — A gdy tylko zniknłam mu z oczu, to jakby... sama nie wiem...

— Co z oczu, to z serca — podpowiedział Tom. — Skoro był tak blisko, to czemu przestałaś uciekać?

— Bo już nie mogłam — wyjaśniła Alice. — Po prostu nie mogłam. Nogi miałam jak z waty, a czułam, że zaraz rozpadnę się na kawałki. Jednak okazało się, że nie musiałam dalej uciekać. Pochodził tak przez chwilę, bełkocząc coś bez sensu, a potem po prostu odszedł. Nie mogłam w to uwierzyć. Myślałam, że próbuje mnie wywabić z kryjówki, a jednocześnie dobrze wiedziałam, że jest zbyt szalony na coś takiego. — Zerknęła na Claya, a potem znów na swoje dłonie. — Miałam pecha, że znowu na niego wpadłam. Powinnam była zostać z wami za pierwszym razem. Czasem potrafię być okropnie głupia.

— Byłaś przera... — zaczął Clay, gdy przerwała mu najgłośniejsza eksplozja ze wszystkich dotychczasowych, dobiegające ze wschodu ogłuszające BA-BACH!, na którego dźwięk skulili się i zasłonili uszy. Usłyszeli brzęk rozsypującej się szyby w holu.

— Mój... Boże — wykrztusił Ricardi. Jego szeroko otwarte oczy i łysina przypominały Clayowi mentora Małej Sierotki Annie, Daddy Warbucksa. — To pewnie ta nowa stacja Shella, którą postawili przy Kneeland. Ta, gdzie tankują wszystkie taksówki i autokary turystyczne.

Clay nie wiedział, czy Ricardi ma rację. Nie czuł zapachu płonącej benzyny — przynajmniej na razie — ale dzięki swojej wyobraźni z łatwością mógł zobaczyć ten trójkąt betonowej zabudowy, płonący jak pochodnia o zmierzchu.

— Czy nowoczesne miasto może spłonąć? — zapytał Toma. — Takie zbudowane z betonu i szkła? Czy może spłonąć tak jak Chicago, gdy krowa pani O'Leary kopytem przewróciła lampę?

— Ta historia z lampą naftową to taka miejska legenda — powiedziała Alice. Masowała sobie kark, jakby dokuczał jej ból głowy. — Tak nam mówiła pani Myers na lekcjach historii.

— Jasne, że może — odparł Tom. — Spójrz tylko, co się stało z World Trade Center po tym, jak uderzyły w nie samoloty.

— Ze zbiornikami pełnymi paliwa — dorzucił znacząco Ricardi.

Wtem poczuli odór płonącej benzyny, jakby przez niego przywołany, napływający przez wybite okna w holu i wślizgujący się przez szparę pod drzwiami biura.

— Chyba miał pan nosa z tą stacją benzynową — zauważył Tom.

Ricardi podszedł do drzwi prowadzących do holu. Przekręcił klucz i otworzył je. Clay zobaczył pusty, ponury i dziwnie zmalały hol, pogrążony w półmroku. Ricardi głośno wciągnął nosem powietrze, po czym znów zamknął drzwi i przekręcił klucz.

— Już trochę mniej cuchnie — ocenił.

— Pobożne życzenia — odparł Clay. — Albo już zdążył się pan przyzwyczaić do tego zapachu.

— Sądzę, że on może mieć rację — rzekł Tom. — Wieje dość silny wiatr z zachodu, który pcha masy powietrza w kierunku oceanu, a jeżeli to rzeczywiście wybuchła ta nowa stacja benzynowa na rogu Kneeland i Washington, obok New England Medical Center...

— To na pewno ona! — wpadł mu w słowo Ricardi. Na jego twarzy malował się wyraz ponurej satysfakcji. — Och, ludzie protestowali! Jednak za pieniądze wszystko mo...

Tym razem przerwał mu Tom:

— ...to pewnie szpital też już płonie... oczywiście razem ze wszystkimi, którzy w nim zostali...

— Nie! — wykrzyknęła Alice i przycisnęła dłoń do ust.

— Niestety tak. A następne w kolejce jest Wang Center. Wiatr może przycichnąć po zmierzchu, ale jeśli nie, to do dziesiątej wieczór wszystko na wschód od Mass Pike zamieni się w popiół.

— My jesteśmy na zachód od Mass Pike — przypomniał Ricardi.

— Czyli nic nam nie grozi — rzekł Clay. — Przynajmniej z tej strony.

Podszedł do okienka, stanął na palcach i wyjrzał na Essex Street.

— Co pan widzi? — zapytała Alice. — Są tam ludzie?

— Nie... To znaczy, tak. Jeden. Po drugiej stronie ulicy.

— Normalny czy szaleniec?

— Trudno powiedzieć. — Jednak Clay dobrze wiedział. Sposób, w jaki ten człowiek się poruszał i co chwila nerwowo spoglądał przez ramię, wyjaśniał wszystko. W pewnej chwili mężczyzna minął skrzyżowanie i skręcił w Lincoln Street, o mało przy tym nie wpadł w witrynę warzywniaka. — Już pobiegł.

— Nikogo więcej? — zapytał Tom.

— Chwilowo nikogo, ale jest dym. — Clay zamilkł, lecz zaraz dodał: — I sadza, i popiół. Mnóstwo. Wiatr roznosi je wszędzie.

— W porządku, przekonałeś mnie — powiedział Tom. — Zawsze uczyłem się powoli, ale jednak się uczyłem. Miasto spłonie i nikt zdrowy na umyśle tutaj nie zostanie.

— Tak mi się zdaje — rzekł Clay. I podejrzewał, że nie dotyczy to jedynie Bostonu, chociaż w tym momencie tylko Boston go obchodził. Może z czasem zacznie myśleć o innych miastach, ale nie wcześniej, nim nabierze pewności, że Johnny'emu nic nie grozi. A może nigdy nie zdoła ogarnąć całego obrazu. W końcu zarabiał na życie, rysując małe obrazki. Jednak pomimo wszystkiego, co działo się dokoła, ukryta gdzieś głęboko egoistyczna część jego świadomości zdołała sformułować jedno pytanie. Wielkimi, niebiesko-złotymi literami. *Dlaczego to musiało się wydarzyć właśnie dziś? Akurat wtedy, kiedy wreszcie podpisałem doskonały kontrakt?*

— Mogę pójść z wami, jeśli się zdecydujecie? — zapytała Alice.

— Jasne. — Clay spojrzał na recepcjonistę. — Pan oczywiście też, panie Ricardi.

— Zostanę na posterunku — odparł Ricardi.

Powiedział to bardzo wyniośle, ale zanim odwrócił głowę, Clay dostrzegł w jego oczach strach.

— Nie sądzę, żeby w tych okolicznościach zwierzchnicy mieli panu za złe, gdyby zamknął pan interes i poszedł z nami. Tom powiedział to tym łagodnym głosem, który coraz bardziej podobał się Clayowi.

— Zostanę na posterunku — powtórzył Ricardi. — Pan Donnelly, kierownik dziennej zmiany, wyszedł tylko na chwilę do banku i zostawił wszystko pod moją opieką. Może kiedy wróci...

— Proszę, panie Ricardi — powiedziała Alice. — Tu naprawdę nie jest bezpiecznie.

Jednak Ricardi znów skrzyżował przedramiona na chudej piersi i pokręcił głową.

15

Odsunęli na bok jedno z krzeseł, a Ricardi otworzył drzwi frontowe. Clay wyjrzał na zewnątrz. Nie zauważył nikogo idącego ulicą, ale może po prostu dlatego, że w powietrzu unosiło się mnóstwo czarnego popiołu. Wirował na wietrze niczym czarny śnieg

— Chodźmy — powiedział Clay.

Na początek zamierzali dotrzeć tylko do sąsiedniej Metropolitan Café.

— Zamknę drzwi i zabarykaduję je krzesłem — rzekł Ricardi — ale będę nasłuchiwał. Gdybyście mieli jakieś problemy i musieli wrócić, to zawołajcie: „Panie Ricardi, panie Ricardi, potrzebujemy pomocy!". Wtedy będę wiedział, że to wy, i otworzę. Rozumiecie?

— Jasne. — Clay uścisnął chude ramię recepcjonisty. Recepcjonista drgnął, ale nie cofnął się (chociaż nie sprawiał wrażenia zachwyconego tym gestem). — Porządny z pana gość. Szczerze mówiąc, z początku tak nie myślałem, ale myliłem się.

— Robię, co mogę — odparł chłodno recepcjonista. — Pamiętajcie tylko, żeby...

— Będziemy pamiętać — przerwał mu Tom. — Pewnie zatrzymamy się tam na jakieś dziesięć minut. Gdyby w tym czasie coś się tutaj wydarzyło, niech pan zawoła.

— Dobrze.

Jednak Clay wiedział, że nie zawoła. Nie miał pojęcia, skąd o tym wie, gdyż głupotą było myśleć, że ktoś mógłby nie próbować się ratować, ale wiedział na pewno, że tak właśnie będzie.

— Panie Ricardi, proszę się zastanowić — namawiała go Alice. — W Bostonie nie jest teraz bezpiecznie. Chyba dobrze już pan o tym wie.

Ricardi tylko w milczeniu odwrócił wzrok. Tak wygląda człowiek, który woli ryzyko śmierci od ryzyka zmian, przemknęło Clayowi przez głowę.

— Chodźmy — powtórzył. — Trzeba zrobić trochę kanapek na zapas, dopóki jeszcze mamy światło.

— Kilka butelek wody też by się przydało — dorzucił Tom.

16

Światło zgasło akurat wtedy, kiedy kończyli pakować kanapki w schludnej, wyłożonej białymi kafelkami kuchni Metropolitan Café. Do tego czasu Clay już trzykrotnie próbował dodzwonić się do Maine: do swojego dawnego domu, do podstawówki, w której uczyła Sharon, i do szkoły Johnny'ego. Za każdym razem rozłączało go po wybraniu numeru kierunkowego.

Kiedy w Metropolitan zgasły światła, Alice zaczęła przeraźliwie krzyczeć w ciemnościach, które w pierwszej chwili wydały się Clayowi nieprzeniknione. Potem włączyły się słabe światła awaryjne, lecz Alice wcale nie poczuła się pewniej. Jedną ręką kurczowo trzymała się Claya, a w drugiej ściskała nóż do krojenia chleba. Oczy miała wielkie i dziwnie puste.

— Alice, odłóż ten nóż! — powiedział Clay, nieco ostrzej, niż zamierzał. — Zanim zranisz nim któregoś z nas.

— Albo siebie — dodał Tom swoim łagodnym tonem. Szkła jego okularów błysnęły odbiciem świateł awaryjnych.

Alice odłożyła nóż, ale natychmiast chwyciła go z powrotem.

— Chcę go mieć — powiedziała. — Zabiorę go. Ty masz nóż, Clay. Ja też chcę.

— W porządku — rzekł — ale co z paskiem? Zrobimy ci z obrusa. A tymczasem uważaj.

Połowa kanapek była ze smażoną wołowiną i serem, a połowa z szynką i serem. Alice zawinęła je w folię. Clay znalazł przy kasie stertę reklamówek z napisem DOGGY BAG po jednej, a PEOPLE BAG (znacznie mniejszymi literami) po drugiej stronie. Razem z Tomem załadowali je do dwóch takich toreb. Do trzeciej włożyli trzy butelki wody mineralnej.

Stoły były już zastawione do kolacji, której nikt już nie zje. Kilka przewrócono, ale większość stała nienaruszona, połyskując szkłem i zastawą w ostrym blasku świateł awaryjnych. Ich bezlitosna obojętność łamała Clayowi serce. Czyste i starannie złożone serwetki, lampki elektryczne na każdym stoliku. Teraz nie świeciły i Clay podejrzewał, że minie sporo czasu, zanim ich żarówki znów zapłoną.

Zauważył, że Alice i Tom patrzą na to z równie przygnębionymi minami jak on. Nagle poczuł niemal szaleńczo gwałtowną potrzebę pocieszenia ich. Przypomniał sobie sztuczkę, którą zabawiał syna. Znów pomyślał o telefonie komórkowym Johnny'ego i spanikowany szczur ponownie go ukąsił. Clay miał gorącą nadzieję, że to cholerstwo leży zapomniane pod łóżkiem wśród kurzu, z zupełnie rozładowaną baterią.

— Patrzcie uważnie — powiedział, odstawiając torbę z kanapkami — i zwróćcie uwagę, że ani na moment nie odrywam rąk.

Zacisnął palce obu rąk na zwisającym obrusie.

— To chyba nie jest odpowiednia pora na sztuczki cyrkowe — zauważył Tom.

— Chcę to zobaczyć! — powiedziała Alice.

Po raz pierwszy, od kiedy ją spotkali, na twarzy Alice pojawił się uśmiech. Wprawdzie niepewny, ale jednak uśmiech.

— Potrzebny nam ten obrus — rzekł Clay. — To zajmie tylko chwilę, a poza tym nasza dama najwyraźniej chce obejrzeć pokaz. — Spojrzał na Alice. — Jednak najpierw musisz wypowiedzieć zaklęcie. Może być „Sezam".

— Sezam!

Ostatnio demonstrował tę sztuczkę dwa, może nawet trzy lata temu, i niewiele brakowało, żeby się nie udało. Równocześnie jednak jego błąd — niewątpliwie minimalne wahanie — sprawił, że efekt końcowy był jeszcze bardziej widowiskowy. Zamiast zostać dokładnie na swoim miejscu, cała zastawa przesunęła się lekko w prawo, w związku z czym podstawka kieliszka stojącego najbliżej Claya niemal do połowy wysunęła się poza krawędź stołu.

Alice roześmiała się głośno i nagrodziła go oklaskami, a on nisko się skłonił.

— Możemy już iść, Wielki Magu? — zapytał Tom, ale nawet on się uśmiechał.

— Gdy tylko skończę — odparł Clay. — Ona może nieść w jednej ręce nóż, a w drugiej torbę z kanapkami. Ty weźmiesz wodę.

Złożył obrus w trójkąt, a potem szybko zrolował. Wsunął go w uchwyty torby, po czym owinął tym prowizorycznym pasem cienką talię dziewczyny. Była taka wąska, że musiał zawiązać końce z tyłu. Później wsunął za ten pas nóż do krojenia chleba.

— Zgrabnie ci to wyszło — zauważył Tom.

— Bo zgrabny ze mnie chłopak — odparł Clay, a wtedy znów coś wybuchło w pobliżu, tak blisko, że eksplozja wstrząsnęła ścianami restauracji. Kieliszek stojący na krawędzi stołu spadł na podłogę i roztrzaskał się na kawałki. Przez chwilę wszyscy troje w milczeniu spoglądali na okruchy szkła. Clay chciał powiedzieć towarzyszom, że nie wierzy w złe wróżby, ale to tylko pogorszyłoby sprawę. Poza tym wierzył.

17

Clay miał swoje powody, żeby wrócić do Atlantic Avenue Inn, zanim wyruszą w drogę. Pragnął odzyskać teczkę z rysunkami, którą zostawił w holu. Ponadto chciał sprawdzić, czy nie uda im się znaleźć jakiejś prowizorycznej pochwy na nóż Alice. Zakładał, że nadałoby się nawet etui na przybory toaletowe, byle było dostatecznie długie. Po trzecie chciał dać Ricardiemu jeszcze jedną szansę na przyłączenie się do nich. Ze zdziwieniem odkrył, że zależy mu na tym bardziej niż na rysunkach. Chyba po prostu polubił tego człowieka.

Powiedział o tym Tomowi, a ten, ku jego zdziwieniu, skinął głową.

— Takie same uczucia budzi we mnie pizza z owocami morza. Mówię sobie, że jest coś obrzydliwego w tym połączeniu sera, sosu pomidorowego i martwych ryb... ale czasem po prostu nie potrafię się powstrzymać.

Na ulicy i między budynkami szalała zamieć czarnego popiołu i sadzy. Zawodziły alarmy samochodowe, wyły systemy alarmowe sklepów i jazgotały sygnalizacje przeciwpożarowe. Powietrze wciąż było chłodne, ale Clay słyszał trzask płomieni na południu i na wschodzie. Odór spalenizny także przybrał na sile. Słyszeli krzyki dobiegające od strony parku, gdzie poszerzała się Boylston Street.

Kiedy dotarli do drzwi Atlantic Avenue Inn, Tom pomógł Clayowi usunąć jedno z krzeseł blokujących rozbite drzwi. Hol był pogrążony w półmroku, w którym kontuar recepcji i sofa majaczyły jako jeszcze ciemniejsze cienie i gdyby Clay nie był tu wcześniej, nie wiedziałby, co kryją cienie. Nad windami żarzyło się samotne awaryjne światełko; bateria w oprawce pod nim bzyczała jak końska mucha.

— Panie Ricardi? — zawołał Tom. — Panie Ricardi, wróciliśmy zapytać, czy zmienił pan zdanie!

Nie usłyszeli żadnej odpowiedzi. Po chwili Alice zaczęła ostrożnie wybijać ostre zęby szkła sterczącego z ram.

— Panie Ricardi! — ponownie zawołał Tom, a kiedy i tym razem nie doczekał się odpowiedzi, spojrzał pytająco na Claya. — I tak tam wejdziesz, prawda?

— Oczywiście. Po moją teczkę. Są w niej rysunki.

— Nie masz kopii?

— To są oryginały — odparł Clay takim tonem, jakby to wszystko wyjaśniało. Jego zdaniem wyjaśniało. A poza tym był jeszcze Ricardi. Powiedział, że będzie nasłuchiwał.

— A jeśli dopadł go ten rozrabiaka z góry? — zapytał Tom.

— Gdyby tak było, chyba już byśmy go usłyszeli — odparł Clay. — Pewnie przybiegłby, słysząc nasze głosy, i bełkotałby jak ten gość, który próbował nas pokroić w parku.

— Nie wiadomo — wtrąciła Alice. Przygryzała dolną wargę. — Jeszcze za wcześnie sądzić, że znamy wszystkie reguły gry.

Oczywiście miała rację, ale nie powinni tak stać i dyskutować, gdyż to mogło się źle skończyć.

— Będę uważał — powiedział, przekładając nogę przez ramę. Otwór był wąski, ale przecisnął się przezeń. — Tylko zajrzę do biura. Jeśli go tam nie będzie, na pewno nie zacznę go szukać jak głupawa panienka w horrorze, tylko złapię teczkę i spadamy.

— Cały czas coś wołaj — poradziła mu Alice. — Krzycz „wszystko w porządku" albo coś w tym rodzaju. Przez cały czas.

— Dobrze. Ale jeśli przestanę wołać, uciekajcie. Nie przychodźcie po mnie.

— Spokojna głowa — odparła poważnie dziewczynka. — Ja też widziałam te wszystkie horrory. Mamy kablówkę.

18

— Wszystko w porządku! — zawołał Clay, podnosząc swoją teczkę i kładąc ją na biurku recepcjonisty. Powinienem zmykać, pomyślał. Ale jeszcze chwila.

Przechodząc za kontuar, zerknął przez ramię i na tle okiennego prostokąta wypełnionego poświatą gasnącego dnia ujrzał dwie sylwetki zdające się unosić w półmroku.

— Wszystko w porządku, w porządku, idę tylko sprawdzić co w biurze, wciąż wszystko w porządku...

— Clay?

W głosie Toma słychać było niepokój graniczący z paniką, ale akurat w tej chwili Clay nie mógł odpowiedzieć, by rozwiać jego obawy. Na środku sufitu był hak żyrandola. Ricardi wisiał na nim na sznurze od zasłon. Na głowie miał białą torbę. Clay odniósł wrażenie, że to jedna z tych toreb, do których w hotelach wkłada się brudne rzeczy przeznaczone do prania.

— Clay, wszystko w porządku?

— Clay? — Głos Alice był piskliwy, na granicy histerii.

— Wszystko w porządku — odparł. Miał wrażenie, że jego usta poruszają się całkiem samodzielnie, bez żadnego udziału umysłu. — Nic mi nie jest. — Przypomniał sobie wyraz twarzy Ricardiego, który mówił: „Zostanę na posterunku". Słowa brzmiały dumnie, ale w oczach tliło się przerażenie. Przypominały oczy szopa zapędzonego w kąt garażu przez dużego, rozwścieczonego psa. — Już wychodzę.

Wycofywał się tyłem, jakby w obawie, że gdy tylko się odwróci, Ricardi wysunie głowę z pętli i rzuci się na niego. Nagle zaczął jeszcze bardziej martwić się o Sharon i Johnny'ego; tęsknił za nimi tak bardzo, że aż przypomniał mu się pierwszy dzień w szkole, kiedy matka zostawiła go samego przy bramie prowadzącej na podwórze. Inni rodzice odprowadzili dzieci do środka, ale ona powiedziała: „Idź dalej sam, Clayton. Pierwsza sala po prawej stronie. Wszystko będzie w porządku, chłopcy powinni samodzielnie załatwiać takie sprawy". Zanim zrobił to, co mu kazała, patrzył, jak odchodziła w górę Cedar Street. Ten jej błękitny płaszcz. Teraz, stojąc samotnie w ciemności, czuł się podobnie jak wtedy — z tą różnicą, że teraz znał główny powód swojego przygnębienia. Tom i Alice byli w porządku, ale on tęsknił do tych, których kochał.

Minął kontuar recepcji, po czym odwrócił się twarzą do ulicy i poszedł przez hol. Dotarł już prawie do wejścia i zobaczył przestraszone twarze swoich towarzyszy, ale przypomniał sobie, że nie zabrał tej cholernej teczki, i musiał wrócić. Sięgając po nią, był niemal pewny, że dłoń Ricardiego zaraz wysunie się z zalegającej za biurkiem ciemności i zaciśnie na jego nadgarstku. Tak się nie stało, ale na górze rozległ się kolejny łoskot. Coś tam wciąż było, coś wciąż błąkało się w ciemnościach. Coś, co do trzeciej po południu było człowiekiem.

Gdy znów znalazł się w połowie drogi do wejścia, światełko awaryjne nad windami zamigotało i zgasło. To naruszenie przepisów przeciwpożarowych, przemknęło mu przez głowę. Powinienem to zgłosić.

Podał przez okno Tomowi swoją teczkę.

— A gdzie pan Ricardi? — zapytała Alice. — Nie było go tam?

— Nie żyje — powiedział Clay. Zdawał sobie sprawę, że raczej powinien skłamać, ale po prostu nie mógł. Zanadto wstrząsnęło nim to, co zobaczył. Jak można się samemu powiesić? To po prostu nie mieściło mu się w głowie. — Samobójstwo.

Alice wybuchnęła płaczem. Clay uświadomił sobie, że nie wiedziała o tym, iż gdyby to zależało od recepcjonisty, ona najprawdopodobniej też by już nie żyła. W zasadzie Clayowi też chciało się płakać. Pewnie dlatego, że Ricardi jednak się zmienił. Być może większość ludzi zmieniłaby się, gdyby dać im szansę.

Od strony parku dobiegł przeraźliwy wrzask, tak przeraźliwy, że wydawało się niemożliwe, aby wydobywał się z ludzkiego gardła. Clayowi bardziej przypominał ryk słonia. Nie było w nim ani bólu, ani radości, tylko szaleństwo. Alice przywarła do Claya, a on ją objął ramieniem. Miał wrażenie, że trzyma zwój kabla, przez który przepuszczono prąd o dużym natężeniu.

— Jeśli mamy się stąd wydostać, zróbmy to — rzekł Tom. — Jeżeli nie wpadniemy w jakieś tarapaty, to może zdołamy dotrzeć do Malden i zanocować u mnie.

— To cholernie dobry pomysł — ucieszył się Clay.

Tom uśmiechnął się ostrożnie.

— Naprawdę tak myślisz?

— Oczywiście. Kto wie, może Ashland już tam jest?

— A kim jest ten Ashland? — wtrąciła się Alice.

— Policjantem, którego poznaliśmy w parku — odparł Tom. — On nam... no wiesz, on nam pomógł — dokończył niezręcznie Tom. Szli we trójkę na wschód, w kierunku Atlantic Avenue, wśród popiołu i zawodzenia alarmów. — Ale na pewno go nie spotkamy. Clay zażartował.

— Och — powiedziała. — Cieszę się, że ktoś chociaż próbuje.

Na chodniku obok kosza na śmieci leżał telefon komórkowy z pękniętą błękitną obudową. Nie zwalniając kroku, Alice posłała go kopniakiem do rynsztoka.

— Dobry wykop! — pochwalił ją Clay.

Dziewczynka wzruszyła ramionami.

— Pięć lat gry w piłkę nożną — powiedziała i w tym momencie zapaliły się uliczne latarnie, jakby na znak, że jeszcze nie wszystko stracone.

MALDEN

1

Tysiące ludzi stało na Mystic River Bridge i patrzyło, jak płonie cały obszar między Comm Ave a bostońskim portem. Choć słońce już zaszło, z zachodu wciąż wiał silny i ciepły wiatr, więc ogień buzował jak w piecu hutniczym, przesłaniając gwiazdy. Wschodzący księżyc w pełni sprawiał odrażające wrażenie. Chwilami zasłaniał go dym, ale aż za często to wyłupiaste smocze oko bezlitośnie spoglądało w dół, rzucając upiorny pomarańczowy blask. Dla Claya był to typowy księżyc z komiksowego horroru, ale nie powiedział tego głośno.

Mało kto się odzywał. Ludzie zgromadzeni na moście w milczeniu patrzyli na miasto, które opuścili tak niedawno, obserwując, jak płomienie ogarniają drogie apartamentowce nad portem. Nad wodą unosił się misternie tkany gobelin alarmów — głównie przeciwpożarowych i samochodowych, z dodatkiem zawodzących syren. Przez chwilę czyjś wzmocniony głos nakazywał obywatelom OPUŚCIĆ ULICE, potem drugi radził WYCHODZIĆ Z MIASTA, KIEROWAĆ SIĘ NA ZACHÓD I PÓŁNOC. Przez kilka minut te dwa głosy rywalizowały ze sobą, wydając sprzeczne polecenia, aż w końcu OPUŚCIĆ ULICE umilkł. Po kilku minutach WYCHODZIĆ Z MIASTA poszedł w jego ślady. Teraz słychać było jedynie ryk wygłodniałego, podsycanego wiatrem pożaru oraz nieustanny cichy trzask. Clay podejrzewał, że to dźwięk szyb okiennych, pękających w wysokiej temperaturze.

Zastanawiał się, ilu ludzi wpadło tam w pułapkę i zostało uwięzionych między ogniem a wodą.

— Pamiętasz, jak pytałeś, czy nowoczesne miasto może spłonąć? — W blasku płomieni drobna, inteligentna twarz Toma była zmęczona i chora. Na jednym policzku miał smugę sadzy. — Pamiętasz?

— Zamknijcie się i chodźcie — powiedziała Alice. Była wstrząśnięta, ale podobnie jak Tom mówiła przyciszonym głosem. Jakbyśmy byli w bibliotece, przemknęło Clayowi przez głowę. Raczej w domu pogrzebowym, niemal natychmiast poprawił się w myślach. — Możemy iść? Ten widok mnie dobija.

— Jasne — rzekł Clay. — Oczywiście. Jak daleko stąd do ciebie, Tom?

— Niecałe dwie mile — odparł. — Jednak obawiam się, że jeszcze możemy mieć kłopoty.

Patrzyli teraz na północ, a on wskazał na wprost i w prawo. Bijący stamtąd blask do złudzenia przypominał pomarańczową poświatę lamp ulicznych, tyle że ta noc była jasna i latarnie nie świeciły. Poza tym nad lampami sodowymi nie unoszą się kłęby czarnego dymu.

Alice jęknęła i natychmiast zakryła sobie usta dłonią, jakby w obawie, że ktoś z milczącego tłumu obserwującego płonący Boston zgani ją za zbyt głośne zachowanie.

— Nie bójcie się — powiedział Tom z zaskakującym spokojem. — My idziemy do Malden, a to chyba płonie Revere. Biorąc pod uwagę kierunek, z którego wieje wiatr, Malden powinno być bezpieczne.

Nie mów nic więcej, prosił go w myślach Clay, ale na próżno.

— Na razie — dodał Tom.

2

Na dolnym poziomie mostu stało kilkadziesiąt porzuconych samochodów, a także zepchnięty z jezdni przez ciężarówkę do przewozu cementu wóz strażacki z napisem EAST BOSTON na zielonym jak awokado boku, ale poza tym niepodzielnie panowali tu piesi. Teraz trzeba ich chyba nazywać uchodźcami, pomyślał Clay i natychmiast zdał sobie sprawę z tego, że nie ma żadnych ich. Teraz trzeba nazwać uchodźcami nas. Wciąż panowała cisza. Mało kto rozmawiał, większość po prostu stała i w milczeniu patrzyła na płonące miasto. Ci, którzy się poruszali, szli powoli, często spoglądając za siebie.

Kiedy już prawie dotarli na drugą stronę mostu (Clay widział z niego „Old Ironsides" — a przynajmniej wydawało mu się, że to „Old Ironsides", zakotwiczony w porcie, wciąż poza zasięgiem płomieni), zauważył coś dziwnego. Wielu uchodźców patrzyło również na Alice. W pierwszej chwili pomyślał, że ci ludzie zapewne uważają, iż on i Tom porwali dziewczynę i mają wobec niej niemoralne zamiary. Zaraz jednak uświadomił sobie, że ci nieszczęśnicy na Mystic Bridge są w głębokim szoku, wyrwani z normalnego życia bardziej niż ofiary huraganu Katrina — które przynajmniej zostały ostrzeżone — i z pewnością w tej chwili nie byli zdolni do tworzenia tak skomplikowanych koncepcji. Większość była zbyt głęboko pogrążona we własnych myślach, żeby moralizować. A potem księżyc wspiął się nieco wyżej i zaświecił trochę jaśniej i Clay zrozumiał, o co chodzi: Alice była w tym tłumie jedyną nastolatką. Nawet on sam był młody w porównaniu z większością uciekinierów. Prawie wszyscy na pewno przekroczyli czterdziestkę, a wielu bez problemu otrzymałoby u Denny'ego zniżkę dla klientów w podeszłym wieku. Zauważył kilka osób z małymi dziećmi, a nawet niemowlętami, ale to były jedyne dzieci.

Po przejściu kilkuset jardów dostrzegł coś jeszcze. Na drodze leżały porzucone telefony komórkowe. Co kilka kroków mijali jakiś i żaden z nich nie był cały. Rozjechano je lub rozdeptano jak jadowite węże, unicestwiono, zanim znów zdołały zaatakować.

3

— Jak się nazywasz, kochanie? — zapytała pulchna kobieta, która utykając, przeszła na ich stronę jezdni. Mniej więcej pięć minut wcześniej zeszli z mostu. Tom powiedział, że najdalej za kwadrans dotrą do zjazdu na Salem Street, skąd wystarczy przejść cztery przecznice, żeby dostać się do jego domu. Zapowiedział, że kot ogromnie ucieszy się na widok swego właściciela, co wywołało słaby uśmiech Alice. Clay uznał, że lepszy taki niż żaden.

Teraz dziewczyna z instynktowną nieufnością spoglądała na pulchną kobietę, gdy ta odłączyła się od na ogół milczących mężczyzn i kobiet — ledwie widocznych w mroku, niosących walizki, plecaki lub po prostu torby na zakupy — którzy przeszli przez most i podążali na północ drogą numer jeden, byle dalej od wielkiego pożaru na południu i drugiego, który wybuchł na północnym wschodzie.

Kobieta patrzyła na nią z czułością i zainteresowaniem. Siwe włosy miała starannie ułożone w loki, na nosie okularki, a na ramionach płaszczyk, który matka Claya nazywała „kurtką samochodową". Sprawiała wrażenie niegroźnej. Na pewno nie należała do telefonicznych szaleńców — od kiedy opuścili Atlantic Avenue Inn, nie spotkali ani jednego — jednak Clay uznał, że mimo to powinni mieć się na baczności. Nawiązywanie przyjacielskiej pogawędki, jakby pili popołudniową herbatkę, a nie uciekali z płonącego miasta, wydawało się nienormalne? Chociaż biorąc pod uwagę okoliczności, co było normalne. Pewnie zaczął popadać w paranoję, ale jeśli tak, to Tom również. Mierzył pulchną kobietę nieprzychylnym spojrzeniem.

— Alice — odparła w końcu Alice, gdy Clay był już prawie pewien, że się nie odezwie. Wymówiła swoje imię jak uczennica usiłująca odpowiedzieć na podchwytliwe pytanie ze zbyt trudnego dla niej materiału. — Nazywam się Alice Maxwell.

— Alice — powtórzyła pulchna kobieta i jej usta rozciągnęły się w uśmiechu równie miłym jak jej zainteresowanie. Nie było żadnego powodu, dla którego ten uśmiech miałby jeszcze bardziej zirytować Claya, ale tak się stało. — Piękne imię. Znaczy „błogosławiona przez Boga".

— Tak naprawdę, proszę pani, znaczy „ze szlachetnego rodu" lub po prostu „szlachetnie urodzona" — powiedział Tom. — A teraz, jeśli pani wybaczy... Ta dziewczynka straciła dziś matkę, i...

— Wszyscy dzisiaj kogoś straciliśmy, prawda, Alice? — rzekła pulchna kobieta, nie patrząc na Toma.

Kunsztownie ułożone loki podskakiwały w rytmie jej kroków. Alice obserwowała kobietę z mieszaniną zaniepokojenia i fascynacji. Wokół nich czasem truchtali ludzie, lecz przeważnie szli lub wlekli się z pochylonymi głowami, podobni w mroku do zjaw, i oprócz Alice Clay nadal nie dostrzegł żadnych nastolatków, jedynie kilkoro dzieci i niemowląt. Żadnych nastolatków, ponieważ większość miała komórki, tak jak Pixie Jasna przy furgonetce Mister Softee. Albo jak syn Claya, który miał czerwoną komórkę odgrywającą melodyjkę z *The Monster Club*, i jak jego młoda pracująca matka, która mogła być przy nim albo gdzieś, gdzie...

Przestań. Nie wypuszczaj tego szczura. On potrafi tylko biegać, kąsać i gonić za własnym ogonem.

Tymczasem pulchna kobieta wciąż kiwała głową. Jej loczki podskakiwały.

— Tak, każdy z nas kogoś dziś stracił, bo dzisiaj jest dzień cierpienia. Wszystko jest tu, w Księdze Objawienia.

Podniosła wyżej książkę, którą przyciskała do piersi. Oczywiście była to Biblia i teraz Clay właściwie zinterpretował błysk w skrytych za szkłami okularków oczach kobiety. To nie było życzliwe zainteresowanie, lecz szaleństwo.

— No dobra, wystarczy, wszyscy z basenu! — powiedział Tom.

W jego głosie Clay usłyszał irytację (zapewne był zły na siebie, że nie zorientował się od razu, z kim mają do czynienia, i pozwolił kobiecie nawiązać rozmowę) oraz niesmak. Oczywiście pulchna kobieta nie zwróciła na niego najmniejszej uwagi, hipnotyzując Alice wzrokiem. Kto miałby ją odciągnąć? Policja, jeśli jeszcze jakaś istniała, była zajęta czym innym. Tu zostali tylko zszokowani, wlokący się uchodźcy, których nic nie obchodziła zwariowana staruszka z Biblią w dłoniach i sztuczną ondulacją.

— Zawartość Flaszy Szaleństwa wlała się w głowy niegodziwych, a Miasto Grzechu stanęło w ogniu od oczyszczającej pochodni Jee-hoo-wy! — wrzasnęła kobieta. Usta miała pomalowane czerwoną szminką. Zęby tak równe, że nie mogły być niczym innym jak sztuczną szczęką. — A teraz widzicie, jak niewierni uciekają, zaprawdę, niczym larwy z rozerwanego brzucha...

Alice zatkała uszy rękami.

— Uciszcie ją! — zawołała.

Widmowe cienie niedawnych mieszkańców miasta nadal mijały ich obojętnie; zaledwie kilka osób obrzuciło ich apatycznymi spojrzeniami, po czym znów zapatrzyło się w mrok, w którym gdzieś leżało New Hampshire.

Pulchna kobieta perorowała coraz głośniej, z uniesioną Biblią i roziskrzonym wzrokiem, z kołyszącymi się i podrygującymi lokami.

— Odsłoń uszy, dziewczyno, i wysłuchaj Słowa Bożego, zanim pozwolisz, by ci mężczyźni cię uprowadzili i spółkowali z tobą w otwartych wrotach piekieł! Albowiem ujrzałam gwiazdę gorejącą na niebie, a imię tej gwiazdy było Zepsucie, a podążający za nią wielbili Lucyfera, a ci, którzy wielbią Lucyfera, zdążają prosto w czeluście...

Clay ją uderzył. W ostatniej chwili osłabił cios, ale uderzenie i tak było wystarczająco silne, żeby zabolał go bark. Okulary podskoczyły pulchnej kobiecie na nosie i opadły. Jej oczy straciły blask i przekręciły się w oczodołach. Kolana ugięły się pod wariatką i Biblia wypadła jej z rąk. Alice, choć oszołomiona i przerażona, oderwała dłonie od uszu i zdążyła złapać księgę. Tom McCourt chwycił osuwającą się kobietę. Wszystko to wydarzyło się tak płynnie i szybko, jak dobrze przećwiczony układ choreograficzny.

Nagle Clay był bliższy załamania niż kiedykolwiek od początku tego szaleństwa. Nie miał pojęcia, dlaczego akurat to wytrąciło go z równowagi bardziej niż widok kilkunastoletniej dziewczyny rozszarpującej zębami gardło kobiecie albo wymachującego nożem biznesmena, albo Ricardiego wiszącego pod sufitem z torbą na głowie, ale tak właśnie było. Kopnął biznesmena z nożem, Tom także, ale tamten facet był szalony w inny sposób. Ta staruszka z lokami na głowie była...

— O Jezu — jęknął. — To zwyczajna wariatka, a ja dałem jej w dziób.

Zaczął się trząść.

— Terroryzowała dziewczynę, która dzisiaj straciła matkę — powiedział Tom i Clay uświadomił sobie, że słyszy w jego głosie nie tylko spokój, ale też lodowaty chłód. — Postąpiłeś właściwie. Poza tym nie zrobiłeś jej nic złego. Już dochodzi do siebie. Pomóż mi przenieść ją na pobocze.

4

Dotarli do tego odcinka płatnej autostrady — niekiedy zwanego Cudowną Milą, a czasem Aleją Występku — przy którym tłoczyły się sklepy z alkoholem, tanie butiki, sklepy sportowe i jadłodajnie o takich nazwach jak Fuddruckers. Tu wszystkie sześć pasów miejscami zupełnie tarasowały porozbijane albo po prostu porzucone samochody, których kierowcy spanikowali, sięgnęli po telefony komórkowe i oszaleli. Uchodźcy w milczeniu lawirowali między przeszkodami, przypominając Clayowi Riddellowi mrówki ewakuujące mrowisko zniszczone butem jakiegoś nieostrożnego przechodnia.

Na narożniku niskiego, różowego splądrowanego budynku wisiała zielona oświetlona tablica z napisem MAIDEN SALEM STREET, ZJAZD $^1/_4$ MI. Otaczał go nieregularny krąg rozbitego szkła, a zawodzący ze znużeniem alarm powoli dogorywał. Wystarczył rzut oka na neon nad wejściem, by Clay zrozumiał, dlaczego to miejsce stało się celem zainteresowania rabusiów w chwili takiego nieszczęścia: MISTER BIG — OGROMNY WYBÓR TANICH ALKOHOLI.

Chwycił pulchną staruszkę za jedną rękę, Tom za drugą, a Alice podtrzymała jej głowę. Razem oparli mamroczącą kobietę o jeden ze słupów drogowskazu. Kiedy ją puścili, otworzyła oczy i spojrzała na nich nieprzytomnie. Tom pstryknął palcami przed jej nosem. Zamrugała, po czym skupiła wzrok Clayu.

— Ty... uderzyłeś mnie.

Dotknęła palcami szybko rosnącej opuchlizny na szczęce.

— Bardzo mi przy... — zaczął Clay.

— Jemu może jest przykro, ale mnie wcale — przerwał mu Tom. Powiedział to tym samym lodowatym tonem. — Terroryzowała pani naszą podopieczną.

— Podopieczną! — Kobieta roześmiała się, ale w oczach miała łzy. — Podopieczną! Różnie się to nazywa, ale tego określenia jeszcze nie słyszałam. Jakbym nie wiedziała, co mężczyźni robią z takimi niewinnymi dziewczynkami, szczególnie w takich czasach. Nie cofną się przed żadnym bezeceństwem, przed żadnym wszetecznym uczynkiem czy...

— Zamknij się — powiedział Tom — albo tym razem ja cię walnę. A w przeciwieństwie do mojego przyjaciela, który miał szczęście i nie wychował się wśród dewotek, więc nie poznał, z kim ma do czynienia, uderzę z całej siły. To ostatnie ostrzeżenie.

Mówiąc to, podsunął kobiecie pod nos zaciśniętą pięść i choć Clay zdążył się już zorientować, że Tom jest dobrze wychowanym, cywilizowanym i zazwyczaj zapewne opanowanym człowiekiem, to jednak nie mógł opanować dreszczu niepokoju na widok jego zaciśniętej pięści, jakby patrzył na złowrogą zapowiedź nadchodzących czasów.

Pulchna kobieta też popatrzyła na pięść i milczała. Jedna duża łza spłynęła po jej uróżowanym policzku.

— Wystarczy, Tom. Nic mi nie jest — powiedziała Alice.

Tom położył na podołku kobiety jej torbę z rzeczami. Clay dopiero teraz zauważył, że Tom ją zabrał. Wziął Biblię od Alice i z rozmachem wcisnął ją w upierścienione palce staruszki. Zrobił dwa kroki, zatrzymał się i zawrócił.

— Tom, daj spokój, wystarczy — powiedział Clay.

Ale Tom nie zwrócił uwagi na jego słowa. Pochylił się nad opartą o słup kobietą. Oparł dłonie na kolanach i widok tych dwojga — pulchnej kobiety w okularkach i niskiego szczupłego mężczyzny, też w okularach — natychmiast skojarzył się Clayowi ze zwariowaną parodią jednej z wczesnych ilustracji do powieści Dickensa.

— Mam dla ciebie radę, siostro — wycedził Tom. — Policja już nie będzie chronić ani ciebie, ani innych nadętych dewotek, z którymi maszerowałaś na ośrodki planowania rodziny albo na klinikę Emily Cathcart w Waltham...

— Fabryka aborcji! — Splunęła, po czym natychmiast uniosła Biblię, jakby chciała zasłonić się przed ciosem.

Tom nie uderzył jej, ale uśmiechnął się ponuro.

— Nic nie wiem na temat Flaszy Szaleństwa, ale na pewno dzisiaj roi się tu od szaleńców. Mam mówić jaśniej? Lwy wydostały się z klatek i być może przekonasz się, że najpierw wzięły na ząb pyskujących chrześcijan. Mniej więcej o trzeciej po południu ktoś bezterminowo zawiesił wam prawo swobody wypowiedzi. Potraktuj to jako dobrą radę. — Przeniósł wzrok na Alice i Claya, który dostrzegł lekkie drżenie jego ukrytej pod wąsami górnej wargi. — Możemy iść?

— Tak — odparł Clay.

— O rany — mruknęła Alice, kiedy znów ruszyli w kierunku zjazdu na Salem Street, pozostawiwszy w tyle sklep z tanimi alkoholami. — Naprawdę wychowałeś się wśród takich jak ona?

— Moja matka i jej obie siostry należały do Pierwszego Kościoła Chrystusa Odkupiciela. Każda z nich traktowała Jezusa jak swojego osobistego zbawiciela, a Kościół uważał je za gołębice niosące dobrą nowinę.

— Gdzie jest teraz twoja matka? — zapytał Clay.

Tom zerknął na niego spod oka.

— W niebie. Chyba że łobuzy nie dotrzymali słowa. Szczerze mówiąc, jestem prawie pewien, że tak właśnie się stało.

5

Przy znaku stopu na końcu zjazdu dwaj mężczyźni bili się o beczułkę piwa. Gdyby Clay musiał zgadywać, powiedziałby, że zabrano ją ze sklepu z tanimi alkoholami. Teraz leżała zapomniana przy barierce, pogięta i ociekająca pianą, podczas gdy dwaj mężczyźni — obaj postawni i zakrwawieni — okładali się pięściami. Alice przytuliła się do niego, a Clay objął ją ramieniem, choć dla niego ten widok był dziwnie krzepiący. Ci dwaj byli źli, a nawet wściekli, ale przynajmniej zdrowi na umyśle. W przeciwieństwie do ludzi w mieście.

Jeden z mężczyzn był łysy i miał na sobie kurtkę Boston Celtics. Zadał przeciwnikowi potężny cios, który rozbił tamtemu wargi i obalił go na ziemię. Kiedy facet w kurtce pochylił się nad powalonym, ten szybko wycofał się rakiem, a potem niezgrabnie wstał, wciąż się cofając. Splunął krwią.

— Weź ją sobie, pierdoło! — wrzasnął z silnym bostońskim akcentem. — Mam nadzieję, że się udławisz!

Łysol w kurtce udał, że zamierza się na niego rzucić, a pokonany uciekł w kierunku autostrady. Łysy schylił się po trofeum, zauważył Claya, Alice i Toma i znowu się wyprostował. Ich było troje, a on jeden, w dodatku z podbitym okiem i paskudnie rozdartym uchem, ale Clay nie dostrzegł ani śladu strachu na jego twarzy, chociaż widział ją tylko w słabej poświacie pożaru Revere. Dziadek Claya powiedziałby pewnie, że ten gość to Irlandczyk całą gębą.

— Na co się, kurwa, gapicie?

— Na nic   odparł spokojnie Tom. — Tylko przechodzimy. Mieszkam przy Salem Street.

— No to idź pan sobie na tę Salem Street albo gdziekolwiek — powiedział mężczyzna w kurtce. — Przecież to wolny kraj, no nie?

— Dzisiaj? — mruknął Clay. — Chyba nawet trochę zbyt wolny.

Łysol zastanowił, po czym parsknął niewesołym śmiechem.

— Co się, kurwa, stało? Czy ktoś z was wie?

— To komórki — oświadczyła Alice. — Ludzie przez nie powariowali.

Mężczyzna schylił się ponownie i podniósł baryłkę. Trzymał ją bez wysiłku, lekko przechyloną, co powstrzymywało przeciek.

— Pieprzone gówna — rzekł. — Nigdy nie miałem czegoś takiego. Po cholerę to komu?

Clay też nie wiedział. Być może Tom wiedział — w końcu miał telefon komórkowy — ale się nie odezwał. Prawdopodobnie wolał nie wdawać się w dyskusję z Łysolem, co zapewne było bardzo rozsądne. Clay miał wrażenie, że rozmawiają z odbezpieczonym granatem.

— Zdaje się, że miasto się pali — powiedział łysy. — Płonie, prawda?

— Owszem — odparł Clay. — Wątpię, czy w tym roku Celtics zagrają choć raz na swoim stadionie.

— I tak by niewiele ugrali. Doc Rivers to żaden trener. — Przez chwilę przyglądał im się w milczeniu, z baryłką piwa w objęciach i krwią spływającą po policzku. Mimo to sprawiał wrażenie niemal całkowicie spokojnego. — Idźcie już. I na waszym miejscu trzymałbym się z dala od miasta. Tu będzie jeszcze gorzej, zanim coś się poprawi. Przede wszystkim wybuchnie więcej pożarów. Myślicie, że wszyscy wędrujący teraz na północ pamiętali o tym, żeby zakręcić gaz? Bardzo w to, kurwa, wątpię.

Wszyscy troje ruszyli, ale Alice przystanęła. Wskazała na baryłkę.

— Czy to było pańskie?

Łysy mężczyzna zmierzył ją rzeczowym spojrzeniem.

— W takich czasach nie ma „było", ślicznotko. Jest tylko „jest" i „może będzie". Ta beczułka teraz jest moja, a jeśli trafi się jeszcze jakaś, to może też będzie moja. A teraz zmywajcie się już stąd, do kurwy nędzy.

— Na razie — powiedział Clay, unosząc rękę.

— Może lepiej nie — odparł łysy bez uśmiechu, ale zrewanżował się takim samym gestem. Minęli już znak stopu i przechodzili na drugą stronę ulicy, gdy zawołał za nimi: — Hej, przystojniaku!

Odwrócili się obaj i spojrzeli po sobie rozbawieni. Łysy mężczyzna z beczułką piwa był już tylko czarną sylwetką na rampie, wyglądał jak jaskiniowiec z maczugą na ramieniu.

— Gdzie się podziały te świrusy? — zapytał. — Chyba nie powiecie mi, że wszyscy nie żyją, co? Ponieważ ni cholery nie uwierzę.

— To bardzo dobre pytanie — rzekł Clay.

— Ja myślę, kurwa. Uważajcie na tę waszą ślicznotkę.

I nie czekając na odpowiedź, człowiek, który zwyciężył w walce o baryłkę piwa, odwrócił się i wtopił w mrok.

6

— To tutaj — oznajmił Tom jakieś dziesięć minut później. W tej samej chwili — jakby ten niski mężczyzna w wąsikiem i okularami dał sygnał Niebiańskiemu Mistrzowi Oświetlenia — księżyc wyłonił się zza zasłony chmur i dymu. Jego blask — teraz srebrny, a nie niezdrowo pomarańczowy — wydobył z mroku dom, który mógł być granatowy, zielony, a może nawet szary, gdyż przy wygaszonych latarniach nie dało się tego otwierdzić. Natomiast Clay bez trudu spostrzegł, że budynek jest schludny i zadbany, choć może nie tak duży, jak wydawało się w pierwszej chwili. To wrażenie pogłębiał blask księżyca, ale głównie schody, które wiodły z dobrze utrzymanego trawnika Toma McCourta do jedynego wspartego na kolumnach ganku na ulicy. Po lewej stronie wznosił się wysoki komin z polnych kamieni. Znad werandy spoglądało na nich niewielkie okienko.

— Och, Tom, jakie to piękne! — wykrzyknęła Alice z odrobinę nadmiernym entuzjazmem.

Clay miał wrażenie, że dziewczyna jest wyczerpana i bliska histerii. Jego zdaniem dom nie był piękny, ale z pewnością wyglądał na własność człowieka, który dysponował telefonem komórkowym i wszystkimi innymi gadżetami dwudziestego pierwszego wieku. Zresztą inne domy przy Salem Street wyglądały podobnie. Clay miał poważne wątpliwości, czy ich właściciele mieli tyle szczęścia co Tom. Nerwowo rozejrzał się wokół. We wszystkich oknach było ciemno — brakowało zasilania — ale miał wrażenie, że obserwuje ich wiele oczu.

Oczu wariatów? Telefonicznych szaleńców? Pomyślał o kobiecie z rozerwanym gardłem i o Pixie Jasnej, o szaleńcu w szarych spodniach i porwanym krawacie, o mężczyźnie w garniturze, który odgryzł ucho swojemu psu. O golasie biegnącym i dźgającym powietrze antenami samochodowymi. Nie, obserwacja nie była czynnością z repertuaru telefonicznych szaleńców. Oni po prostu atakowali. Jeśli jednak w okolicznych domach ukrywali się tylko normalni ludzie, to gdzie podziali się szaleńcy?

Clay nie wiedział.

— Nie jestem pewien, czy można nazwać go pięknym — powiedział Tom — ale nadal stoi i to mi wystarcza. Prawdę mówiąc, sądziłem, że zastaniemy tu tylko dymiącą dziurę w ziemi. — Wyjął z kieszeni niewielki pęk kluczy. — Chodźcie. To dla mnie wielki zaszczyt i tak dalej.

Ruszyli i przeszli zaledwie kilka kroków, gdy Alice krzyknęła.

— Stójcie!

Clay błyskawicznie się odwrócił, przestraszony i potwornie zmęczony. Zaczął trochę lepiej rozumieć, czym jest znużenie bitewne. Nawet adrenalina niewiele pomagała. Jednak nikogo tam nie było: ani szaleńców, ani wielkiego łysego faceta z krwią spływającą po policzku, ani nawet staruszki roztaczającej apokaliptyczne wizje. Tylko Alice klęcząca na chodniku w miejscu, w którym jeszcze przed chwilą stał Tom.

— O co chodzi, skarbie? — zapytał Tom.

Wstała i Clay zobaczył, że dziewczyna ściska w dłoniach mały sportowy but.

— To dziecięcy bucik — powiedziała. — Czy masz...

Tom pokręcił głową.

— Mieszkam sam. To znaczy z Rafe'em. On wprawdzie uważa się za króla, ale to tylko kot.

— W takim razie kto go tu zostawił? — zapytała, spoglądając na nich zdziwiona.

Clay pokręcił głową.

— Nie mam pojęcia. Chyba możesz go wyrzucić.

Jednak wiedział, że Alice tego nie zrobi. To było déjà vu w swej najbardziej dezorientującej postaci. Dziewczyna, wciąż ściskając bucik w dłoni, podeszła do Toma, który stał na schodach, w słabym świetle wybierając właściwy klucz.

A teraz usłyszymy kota, pomyślał Clay. Rafe'a. I rzeczywiście, z głębi domu radosnym miauczeniem powitał ich kot, który uratował życie Tomowi.

7

Tom pochylił się i Rafe albo Rafer — oba zdrobnienia od Rafaela — głośno mrucząc, skoczył mu w objęcia i wyciągnął szyję, by badawczo obwąchać jego starannie przystrzyżony wąsik.

— Tak, ja też za tobą tęskniłem — rzekł Tom. — Wszystko zostało wybaczone, wierz mi.

Głaszcząc kota po głowie, ruszył przez werandę. Alice szła tuż za nim. Clay zamykał pochód. Zamknął za sobą drzwi na zasuwę, zanim dołączył do pozostałych.

— Idźcie do kuchni — powiedział Tom, kiedy znaleźli się w środku. W powietrzu unosił się przyjemny zapach, chyba płynu do pielęgnacji mebli i skóry, który Clayowi kojarzył się z domami mężczyzn wiodących uregulowane życie, niekoniecznie w towarzystwie kobiet. — Drugie drzwi po prawej. Trzymajcie się blisko siebie. Hol jest szeroki, na podłodze nic nie leży, ale przy ścianach stoją stoliki, a ciemno tam jak w grobie. Jak chyba sami widzicie.

— Można tak powiedzieć — rzekł Clay.

— Cha, cha.

— Masz latarki? — zapytał Clay.

— Latarki i lampę Colemana, która powinna być nawet bardziej przydatna, ale najpierw chodźmy do kuchni.

Poszli za nim korytarzem. Clay wyraźnie słyszał przyspieszony oddech. Alice starała się opanować lęk, jaki budziło w niej nieznane otoczenie, lecz przychodziło jej to z trudem. Do licha, jemu też. Był zdezorientowany. Żeby tu było choć trochę jaśniej, ale...

Uderzył kolanem w jeden ze stolików, o których wspomniał Tom, i coś, co chyba było gotowe rozpaść się na kawałki, zaklekotało jak zęby kościotrupa. Clay przygotował się na brzęk i krzyk Alice. To, że dziewczyna krzyknie, było niemal pewne. W końcu jednak to coś, waza lub inny kruchy przedmiot, postanowiło pożyć jeszcze trochę i pozostało na swoim miejscu. Mimo to Clay miał wrażenie, że minęło sporo czasu, zanim Tom powiedział:

— Już dochodzimy na miejsce. Teraz w prawo.

W kuchni było niemal równie ciemno jak w holu. Clay przez moment myślał o tych wszystkich rzeczach, których mu brakowało, a Tomowi z pewnością jeszcze bardziej: o cyfrowym wyświetlaczu kuchenki mikrofalowej, jednostajnym mruczeniu lodówki, może blasku świateł z sąsiedniego domu, wpadającym przez okno nad zlewozmywakiem i rzucającym cienie na podłodze.

— Jest tutaj stół — oznajmił Tom. — Alice, teraz wezmę cię za rękę. Tu masz krzesło, w porządku? Przepraszam, jeśli to wygląda, jakbym bawił się...

— W porząd... — zaczęła i wydała zduszony okrzyk, na którego dźwięk Clay podskoczył.

Jego dłoń bezwiednie zacisnęła się na rękojeści tkwiącego za paskiem noża.

— Co się stało? — zapytał ostro Tom. — Co jest?

— Nic — powiedziała. — To tylko kot. Otarł się ogonem o moją nogę.

— Och. Przepraszam.

— Wszystko w porządku. Jestem głupia! — rzuciła z taką pogardą, że Clay skrzywił się w mroku.

— Nie przejmuj się, Alice — powiedział. — Wszyscy mieliśmy ciężki dzień.

— Ciężki dzień! — powtórzyła ze śmiechem, który wcale mu się nie podobał.

Brzmiał prawie tak samo jak wtedy, kiedy nazwała dom

Toma pięknym. W końcu to dopadnie ją na dłużej, pomyślał, i co wtedy zrobimy? W filmach wystarczy spoliczkować taką rozhisteryzowaną pannicę, żeby doszła do siebie, ale w filmach widzi się, gdzie ona jest.

Nie musiał jednak nią potrząsać, policzkować jej ani przytulać, od czego zresztą by zaczął. Chyba sama usłyszała swój niepokojący ton i wzięła się w garść. Z jej ust jeszcze przez chwilę wydobywał się zduszony chichot, później stłumiony jęk, a potem umilkła.

— Siadaj — powiedział Tom. — Na pewno jesteś zmęczona. Ty też, Clay. Zaraz zorganizuję jakieś światło.

Clay wymacał krzesło i usiadł przy stole, którego prawie nie widział, choć jego wzrok chyba już przywykł do ciemności. Coś delikatnie otarło się o jego nogę i cicho miauknęło. Rafe.

— Wiesz co? — powiedział w kierunku sylwetki dziewczyny, kiedy kroki Toma umilkły w ciemności. — Stary Rafer mnie też przestraszył.

Choć właściwie nie była to prawda.

— Musimy mu wybaczyć — odparła. — Gdyby nie on, Tom oszalałby jak wszyscy. A to byłaby szkoda.

— Istotnie.

— Boję się. Myślisz, że jutro, za dnia, będzie lepiej? To znaczy, że będę się mniej bała?

— Nie wiem.

— Na pewno okropnie się martwisz o żonę i synka.

Clay westchnął i potarł twarz.

— Najtrudniej pogodzić się z bezsilnością. Widzisz, jesteśmy w separacji i... — Urwał i potrząsnął głową. Nie powiedziałby nic więcej, gdyby nie wyciągnęła ręki i nie ujęła jego dłoni. Miała silne i chłodne palce. — Jesteśmy w separacji od wiosny. Wciąż mieszkamy w tym samym miasteczku. Moja matka nazywa to papierowym małżeństwem. Żona uczy w podstawówce. — Pochylił się, usiłując dojrzeć w ciemności jej twarz. — Wiesz, co jest w tym najgorsze? Gdyby to się wydarzyło rok temu, Johnny byłby razem z nią. Jednak od września chodzi do gimnazjum, które znajduje się pięć mil dalej. Przez cały czas próbuję wyliczyć, czy mógł już być w domu, kiedy to wszystko się zaczęło. Razem z kolegami wracał do domu autobusem. Myślę, że powinien już dotrzeć do domu. Jeśli tak, to pobiegł prosto do niej.

Albo wyjął z plecaka komórkę i zadzwonił do mamusi — wesoło podpowiedział szczur... i ukąsił. Clay poczuł, że ściska dłoń Alice i nakazał sobie przestać, ale nie mógł powstrzymać potu, który oblał mu czoło i plecy.

— Tego nie wiesz na pewno.

— Nie.

— Mój tata ma w Newton zakład ramiarski — powiedziała. — Jestem pewna, że nic mu się nie stało, bo jest bardzo zaradny, ale na pewno martwi się o mnie. O mnie i o moją... Moją... wiesz kogo.

Clay wiedział.

— Wciąż się zastanawiam, co jadł na obiad — wyznała. — Wiem, że to bez sensu, ale on przypaliłby nawet wodę.

Już otwierał usta, żeby zapytać, czy jej ojciec miał komórkę, ale coś go powstrzymało.

— Już ci lepiej?

— Tak — odparła i wzruszyła ramionami. — Cokolwiek z nim się stało, i tak tego nie zmienię.

Wolałbym, żebyś tego nie powiedziała, pomyślał.

— Mówiłem ci już, że mój synek ma komórkę? — Własny głos brzmiał mu w uszach jak krakanie wron.

— Mówiłeś. Zanim przeszliśmy przez most.

— No tak, rzeczywiście. — Przygryzł dolną wargę i też kazał sobie przestać. — Jednak nie zawsze jest naładowana. O tym pewnie też ci mówiłem.

— Tak.

— Po prostu nie wiem.

Teraz szczur na dobre wydostał się z klatki. Biegał i kąsał.

Zamknęła obie jego dłonie w swoich. Nie chciał tego spokoju, który z nich płynął, trudno było się poddać i korzystać z jej wsparcia, ale w końcu tak zrobił, gdyż wyczuwał, że dziewczyna potrzebuje tego bardziej niż on. Trwali tak w bezruchu, z dłońmi splecionymi tuż obok solniczki i pieprzniczki na kuchennym stole Toma McCourta, gdy Tom wrócił z piwnicy z czterema zwykłymi latarkami i jedną lampą Colemana, jeszcze w firmowym pudełku.

8

Lampa dawała tak silne światło, że nie musieli korzystać z latarek. Clayowi podobał się jej jaskrawy blask oraz to, że rozgoniła wszystkie cienie z wyjątkiem ich własnych oraz cienia kota, bo te skakały na ścianach niczym niesamowite dekoracje z czarnej bibułki.

— Chyba powinieneś zaciągnąć zasłony — powiedziała Alice.

Tom właśnie otwierał jedną z foliowych toreb z Metropolitan Café, tę z napisem DOGGY BAG po jednej i PEOPLE BAG po drugiej stronie. Znieruchomiał i ze zdziwieniem spojrzał na dziewczynę.

— Dlaczego? — zapytał.

Uśmiechnęła się i wzruszyła ramionami. Clay pomyślał, że to najdziwniejszy uśmiech, jaki widział na twarzy nastolatki. Co prawda starła już krew z nosa i podbródka, ale wokół oczu miała ciemne obwódki, w blasku lampy jej skóra stała się biała jak papier, a zęby — błyszczące między drżącymi wargami, z których znikły ostatnie ślady szminki — nadawały temu uśmiechowi zwodniczo dorosłą sztuczność. Pomyślał, że Alice wygląda jak aktorka z końca lat czterdziestych, grająca rolę panienki z dobrego domu będącą na skraju załamania nerwowego. Dziecięcy bucik leżał przed nią na stole. Obracała go

97

palcem i za każdym obrotem końcówki sznurowadeł uderzały o krawędź stołu. Clay miał nadzieję, że dziewczyna wkrótce się załamie. Im dłużej wytrzyma, tym później będzie gorzej. Wprawdzie już trochę zeszło z niej pary, ale nie dość dużo. Na razie to on zdecydowanie przodował w tej dziedzinie.

— Po prostu wydaje mi się, że nikt nie powinien wiedzieć, że tu jesteśmy — wyjaśniła. Znów zakręciła sportowym bucikiem. Końcówki sznurowadeł po raz kolejny zawadziły o krawędź politurowanego stołu Toma. — Wydaje mi się, że tak byłoby... lepiej.

Tom spojrzał na Claya.

— Może mieć rację — mruknął Clay. — Nie podoba mi się, że ten dom jest jedynym oświetlonym w okolicy, nawet jeśli światło pali się tylko w oknie od podwórza.

Tom wstał i bez słowa zaciągnął zasłony nad zlewozmywakiem. W kuchni były jeszcze dwa inne okna, które także zasłonił. Już miał wrócić do stołu, ale jeszcze zmienił kurs i zamknął drzwi prowadzące do holu. Alice kręciła bucikiem na stole. W ostrym, bezlitosnym blasku lampy wyraźnie było widać różowe i purpurowe paski — takie, jakie mogły się podobać tylko dziecku. Następny obrót. Sznurówki znów stuknęły o krawędź stołu. Tom spojrzał na to i zmarszczył brwi, siadając.

Powiedz jej, żeby zdjęła go ze stołu, błagał go w myślach Clay. Powiedz jej, że nie wiadomo, w co ten but wdepnął, i nie życzysz sobie czegoś takiego na swoim stole. To powinno wystarczyć, żeby wybuchła, a wtedy jakoś sobie z tym poradzimy. Powiedz jej to. Myślę, że ona chce coś takiego usłyszeć. Pewnie dlatego to robi.

Jednak Tom tylko wyjął z torby kanapki — wołowina z serem, szynka z serem — i porozdzielał je. Następnie wziął z lodówki dzbanek z mrożoną herbatą („Nadal zimna!") i nałożył kotu do miski resztki surowego hamburgera.

— Należy mu się — powiedział, jakby się tłumaczył. — Poza tym bez prądu i tak by się zaśmiardło.

Na ścianie wisiał telefon. Clay zdjął słuchawkę i przyłożył ją do ucha, traktując to jako czystą formalność. Tym razem nawet nie usłyszał sygnału. Telefon był martwy jak... jak kobieta w żakiecie, leżąca niedaleko parku. Clay znów usiadł i zaczął pracowicie żuć kanapkę. Był głodny, ale nie miał ochoty na jedzenie.

Alice odłożyła swoją zaledwie po trzech kęsach.

— Nie mogę — oznajmiła. — Nie teraz. Chyba jestem za bardzo zmęczona. Chce mi się spać. I chcę wreszcie zdjąć tę sukienkę. Pewnie nie będę mogła się wykąpać, ale dałabym wszystko, żeby pozbyć się tej cholernej sukienki. Śmierdzi potem i krwią. — Dziecięcy bucik po raz kolejny zakręcił się na stole, tuż obok serwetki z kanapką. — I zapachem mojej mamy. Czuję jej perfumy.

Przez chwilę nikt się nie odzywał. Clay nie miał pojęcia, co powiedzieć. Przez chwilę miał przed oczami Alice bez sukienki, w białym staniczku i majteczkach, z wielkimi, podkrążonymi oczami upodabniającymi ją do papierowej lalki. Artystyczna wyobraźnia, zawsze chętna i gotowa do działania, dodała zszywki na dekolcie i poniżej kolan. Efekt okazał się szokujący — nie dlatego, że był seksowny, ale dlatego, że nie był. Gdzieś w oddali coś eksplodowało z przeciągłym hukiem.

Tom przerwał milczenie i Clay był mu za to wdzięczny.

— Założę się, że jedna para moich dżinsów będzie akurat na ciebie, jeśli podwiniesz nogawki. — Wstał z krzesła. — Wiesz co? Myślę, że będziesz w nich świetnie wyglądała, coś jak Huck Finn w przedstawieniu w szkole dla dziewcząt. Chodźmy na górę, przygotuję ci jakieś ubranie na jutro. Prześpisz się w pokoju gościnnym. Mam mnóstwo piżam, całą stertę. Chcesz zabrać lampę?

— Chyba... chyba wystarczy mi latarka. Jesteś pewien?

— Jasne — odparł. Wziął jedną latarkę i dał jej drugą. Już miał coś powiedzieć na temat bucika, który wzięła ze stołu, ale w ostatniej chwili zmienił zdanie. — Możesz się też umyć.

Pewnie nie będzie dużo wody, ale z kranów powinno coś lecieć nawet wtedy, kiedy nie ma prądu. Jestem pewien, że napełnisz umywalkę. — Spojrzał nad jej głową na Claya. — W piwnicy zawsze mam zgrzewkę wody mineralnej, więc nie powinno nam zabraknąć.

Clay skinął głową.

— Dobrej nocy, Alice.

— Nawzajem — odparła odruchowo, po czym dodała bezbarwnym tonem: — Miło było cię poznać.

Tom otworzył jej drzwi. Przez chwilę widać było dwa podskakujące światła, po czym drzwi się zamknęły. Clay słyszał ich kroki, najpierw na schodach, potem na piętrze. Szum płynącej wody. Czekał na bulgot zapowietrzonych rur, ale woda przestała płynąć, zanim się doczekał. W tak krótkim czasie dziewczyna zdążyła co najwyżej napełnić umywalkę. Clay chciał zmyć z siebie krew i kurz, Tom pewnie też. Domyślił się, że na parterze również jest łazienka, a jeśli Tom rzeczywiście był tak schludnym człowiekiem, na jakiego wyglądał, to zapewne woda w misce sedesowej powinna być całkiem czysta. Poza tym pozostawała jeszcze ta w spłuczce.

Rafer wskoczył na krzesło Toma i w blasku lampy zaczął lizać sobie łapy. Nawet przez głośny syk lampy Colemana Clay słyszał jego mruczenie. Zdaniem kota wszystko nadal było w całkowitym porządku. Clay przypomniał sobie Alice obracającą w dłoni dziecięcy bucik i zaczął się zastanawiać, czy piętnastoletnia dziewczyna może przeżywać załamanie nerwowe.

— Nie bądź idiotą — zwrócił się do kota. — Jasne, że może. Takie rzeczy zdarzają się bez przerwy. Co tydzień kręcą o tym filmy.

Rafer spojrzał na niego mądrymi zielonymi oczami i dalej lizał łapę. Nie przerywaj, zdawały się mówić te oczy. Bito cię, kiedy byłeś dzieckiem? Miałeś fantazje seksualne na temat swojej matki?

Czuję zapach mojej mamy. Jej perfum.

Alice jako papierowa laleczka, ze zszywkami sterczącymi z ramion i nóg.

Ty nie bądź idiota, zdawały się mówić zielone oczy Rafera.

Zszywki móc sterczeć z ubrania, nie z ciała. Miau, co z ciebie za artysta?

— Bezrobotny — odpowiedział mu Clay. — Może byś się przymknął?

Zamknął oczy, ale tak było jeszcze gorzej. Zielone ślepia Rafera unosiły się bezcieleśnie w ciemności, jak oczy kota z Cheshire z powieści Lewisa Carrolla. „Tu wszyscy jesteśmy szaleni, droga Alicjo". A mimo syku lampy wciąż słyszał jego mruczenie.

9

Tom wrócił po kwadransie. Bezceremonialnie zrzucił Rafera z krzesła i zdecydowanie odgryzł potężny kęs kanapki.

— Już śpi — oznajmił. — Przebrała się w jedną z moich piżam, gdy czekałem na korytarzu, a potem razem wyrzuciliśmy jej sukienkę do śmieci. Myślę, że zasnęła, ledwie dotknęła głową poduszki. Jestem pewien, że pomogło jej pozbycie się sukienki. — Zamilkł na chwilę, po czym dodał: — Naprawdę paskudnie zalatywała.

— Kiedy cię nie było — rzekł Clay — mianowałem Rafe'a prezydentem Stanów Zjednoczonych. Wniosek przeszedł jednogłośnie.

— Dobrze — rzekł Tom. — Mądry wybór. Kto głosował?

— Miliony. Wszyscy normalni. Głosowali telepatycznie. — Clay wytrzeszczył oczy i popukał się w skroń. — Ja czytać w myślach.

Tom przestał żuć, ale tylko na moment.

— Wiesz co — powiedział — w tych okolicznościach to właściwie wcale nie jest takie zabawne.

Clay westchnął, pociągnął łyk mrożonej herbaty i zmusił się, żeby przełknąć kęs kanapki. W duchu powtarzał sobie, że jedzenie jest paliwem niezbędnym do funkcjonowania organizmu.

— Nie. Pewnie nie jest. Przepraszam.

Tom podniósł szklankę, imitując toast.

— W porządku. Doceniam starania. Słuchaj, a gdzie jest twoja teczka?

— Zostawiłem na ganku. Chciałem mieć wolne ręce w trakcie przechodzenia przez Korytarz Śmierci Toma McCourta.

— No to naprawdę wszystko w porządku. Słuchaj, Clay, cholernie mi przykro z powodu twojej rodziny...

— Nie spiesz się z wyrazami współczucia — przerwał mu Clay trochę ostrzej, niż zamierzał. — Jeszcze nie ma powodu.

— ...ale cieszę się, że cię poznałem. Tylko tyle chciałem powiedzieć.

— Nawzajem — odparł Clay. — Jestem zadowolony, że mam gdzie bezpiecznie spędzić noc, Alice na pewno też to docenia.

— Jeśli Malden nie zacznie nagle płonąć.

Clay z uśmiechem skinął głową.

— Jeśli. Zabrałeś jej ten cholerny bucik?

— Nie. Wzięła go do łóżka jak... sam nie wiem, jak misia. Gdy się wyśpi, jutro poczuje się znacznie lepiej.

— Naprawdę tak myślisz?

— Nie — odparł Tom. — Jeśli jednak obudzi się z krzykiem, będę przy niej siedział całą noc. Może nawet położę się przy niej. Wiesz, że będzie przy mnie bezpieczna, prawda?

— Jasne. — Wiedział, że przy nim też byłaby bezpieczna, ale doskonale rozumiał, co Tom ma na myśli. — Jutro o świcie chcę wyruszyć na północ. Wydaje mi się, że powinniście oboje pójść ze mną.

Tom zastanawiał się przez chwilę, po czym zapytał:

— A co z jej ojcem?

— Sama powiedziała, że on potrafi o siebie zadbać. Martwiła się tylko, co przyrządzi sobie na kolację. Wyczuwam, że tak naprawdę nie jest przygotowana na to, by dowiedzieć się, co się z nim stało. Oczywiście będziemy musieli ją o to zapytać, ale ja uważam, że powinna zostać z nami, a nie mam najmniejszego zamiaru iść przez przemysłowe miasteczka na zachodzie.

— Nie chcesz iść na zachód.

— Nie.

Spodziewał się sprzeciwu, ale się go nie doczekał.

— A co robimy z tą nocą? Myślisz, że powinniśmy pełnić wartę?

Do tej pory Clay nie brał tego pod uwagę.

— Nie wiem, czy to by nam coś dało. Gdyby Salem Street nadciągnął tłum szaleńców wymachujących pochodniami, co moglibyśmy zrobić?

— Zejść do piwnicy?

Clay zastanowił się nad tym pomysłem. Ukrywanie się w piwnicy wydawało mu się rozpaczliwym rozwiązaniem — jak zejście do bunkra — ale kto wie, może hipotetyczny tłum szaleńców uznałby dom za opuszczony i pognałby dalej. Pewnie lepsze to, niż zostać zarżniętym w kuchni. A wcześniej być może zmuszonym do przyglądania się zbiorowemu gwałtowi na Alice.

Do niczego takiego nie dojdzie, pomyślał. Zaczynasz gubić się w tych hipotezach. Boisz się własnego cienia. Do niczego takiego nie dojdzie.

Tyle że za ich plecami płonął Boston. Rabowano sklepy z alkoholem, toczono krwawe walki o baryłki z piwem. Oto do czego już doszło.

Tom obserwował go w milczeniu, pozwalając mu to przemyśleć... co oznaczało, że sam zapewne już to zrobił. Rafe wskoczył mu na kolana. Tom odłożył kanapkę i zaczął głaskać kota.

— Powiem ci coś — odezwał się wreszcie Clay. — Jeśli masz parę koców, w które mógłbym się zawinąć, to może spędzę noc na ganku? Jest obudowany i ciemniej tam niż na ulicy. Co oznacza, że pierwszy zobaczę każdego, kto spróbuje podejść. Szczególnie nadchodzących szaleńców. Nie wydaje mi się, żeby oni mieli się skradać.

— Rzeczywiście, niezbyt się do tego nadają. A jeśli ktoś podejdzie od tyłu? Niedaleko jest Lynn Avenue.

Clay wzruszył ramionami na znak, że tak czy inaczej nie zdołają zabezpieczyć się przed wszystkim, a wszelkie podjęte środki ostrożności i tak będą niewystarczające.

— W porządku — powiedział Tom, przełknąwszy kolejny kęs i poczęstowawszy Rafe'a kawałeczkiem szynki. — Ale obudź mnie około trzeciej. Może Alice pośpi do rana.

— Zobaczmy, jak to wszystko się potoczy — rzekł Clay. — Posłuchaj, chyba wiem, co mi odpowiesz, ale i tak zapytam: nie masz broni, prawda?

— Nie — odparł Tom. — Nawet pojemnika z gazem pieprzowym. — Przyjrzał się kanapce i odłożył ją na stół. Kiedy ponownie spojrzał na Claya, jego oczy nie wyrażały żadnych uczuć. Mówił cicho, jakby zwierzał się z jakichś tajemnic: — Pamiętasz, co powiedział policjant, zanim zastrzelił tamtego szaleńca?

Clay skinął głową. „Koleś, co z tobą? Co wyrabiasz?". Nigdy tego nie zapomni.

— Wiem, że to było zupełnie inaczej niż w filmach — rzekł Tom — ale nie przypuszczałem, że to będzie tak... że kiedy pociągnie za spust... jego głowa...

Nagle pochylił się, przyciskając dłoń do ust. Niespodziewany ruch spłoszył Rafera, który dał susa na podłogę. Tom wydawał z siebie gardłowe jęki i Clay był pewien, że zaraz zwymiotuje. Miał tylko nadzieję, że nie pójdzie w jego ślady. Wiedział, że niewiele mu brakuje. Doskonale rozumiał, co Tom ma na myśli. Strzał i wilgotny gęsty rozbryzg na chodniku.

Tom nie zwymiotował. Jakoś wziął się w garść i spojrzał na niego załzawionymi oczami.

— Przepraszam. Nie powinienem do tego wracać.

— Nie musisz przepraszać.

— Sądzę, że jeśli mamy poradzić sobie z tym, co nas czeka, powinniśmy zapomnieć o subtelniejszych uczuciach. Myślę, że ci, którzy tego nie zrobią... — Zamilkł, po czym znów zaczął: — Ci, którzy tego nie zrobią... — Udało mu się dokończyć dopiero za trzecim razem: — Ci, którzy tego nie zrobią, niemal na pewno zginą.

Patrzyli na siebie w białym blasku lampy Colemana.

10

— Odkąd wyszliśmy z miasta, nie zauważyłem żadnych uzbrojonych ludzi — powiedział Clay. — Z początku ich nie wypatrywałem, ale później tak.

— Wiesz dlaczego, prawda? W całym kraju, może z wyjątkiem Kalifornii, stan Massachusetts ma najbardziej restrykcyjne przepisy regulujące posiadanie broni.

Clay pamiętał, że przed kilkoma laty widział ogromne tablice informujące o tym wszystkich wjeżdżających do stanu. Ostatnio zastąpiły je inne, z ostrzeżeniem, że każdy kierowca przyłapany na prowadzeniu samochodu pod wpływem alkoholu spędzi noc w areszcie.

— Jeśli gliny znajdą w twoim samochodzie ukryty rewolwer, na przykład w schowku na rękawiczki obok karty rejestracyjnej i ubezpieczenia, mogą cię zapuszkować nawet na siedem lat. Naładowana strzelba w furgonetce, nawet w sezonie łowieckim, to dziesięć tysięcy dolarów grzywny i dwa lata prac społecznych. — Tom podniósł resztki kanapki, obejrzał je i odłożył z powrotem. — Jeśli nie byłeś karany, możesz trzymać broń w domu. Ale pozwolenia na jej noszenie nie dostaniesz. Może gdybyś był ministrantem i miał pisemne poparcie ojca O'Malleya, ale zapewne i ono by nie pomogło.

— Być może dziś te przepisy uratowały życie wielu ludziom.

— Całkowicie się z tobą zgadzam — rzekł Tom. — Na przykład tych dwóch z baryłką piwa. Dzięki Bogu żaden z nich nie miał trzydziestkiósemki.

Clay skinął głową.

Tom odchylił się do tyłu razem z krzesłem, splótł ramiona na chudej piersi i rozejrzał się. Okulary błysnęły w świetle lampy. Krąg rzucanego przez lampę blasku był niewielki, ale jasny.

— Teraz jednak nie miałbym nic przeciwko temu, żeby mieć pistolet. I to nawet po tym, co widziałem. A uważam się za pacyfistę.

— Od jak dawna tu mieszkasz, Tom?

— Już prawie dwanaście lat. Wystarczająco długo, żeby zaobserwować, jak okolica schodzi na psy. Jeszcze całkiem nie zeszła, ale mówię ci, jest na dobrej drodze.

— W porządku, więc zastanów się. Który z twoich sąsiadów może mieć broń w domu?

— Arnie Nickerson, po drugiej stronie ulicy i trzy domy stąd — odparł bez namysłu Tom. — Nalepka Krajowego Związku Strzeleckiego na zderzaku jego forda, tuż obok naklejki wyborczej Busha i Cheneya...

— No tak, sprawa oczywista...

— ...i dwie nalepki związku na pick-upie, na którym w listopadzie umieszcza nadbudówkę kempingową i wyrusza na polowanie w twoje strony.

— Gdzie z przyjemnością inkasujemy od niego pieniądze za licencję na polowanie na terenie innego stanu — zauważył Clay. — Proponuję jutro rano włamać się do jego domu i zabrać broń.

Tom spojrzał na niego jak na wariata.

— Ten facet nie jest aż takim paranoikiem jak niektórzy członkowie milicji z Utah, ale na trawniku ma tabliczkę z symbolem alarmu antywłamaniowego, której wymowę należy rozumieć jako: CHCESZ SPRÓBOWAĆ SZCZĘŚCIA, ŚMIE-

CIU? Ponadto jestem pewien, że zna zalecenia związku strzeleckiego, na wypadek gdyby ktoś próbował odebrać mu broń.

— Zdaje się, że może to zrobić jedynie po jego trupie?

— Właśnie.

Clay pochylił się do przodu i powiedział głośno to, co było
dla niego oczywiste od chwili, gdy zeszli z autostrady: że
Malden jest teraz tylko jednym z wielu popieprzonych miasteczek Stanów Zjednoczonych, a kraj ten chwilowo nie działa,
stanął na głowie, dziękujemy, proszę zadzwonić później. Salem
Street była zupełnie pusta. Czuł to wyraźnie, kiedy tu przyszli...
prawda?

Nie. Gówno prawda. Czułeś, że jesteście obserwowani.

Naprawdę? Nawet jeśli tak, to czy po takim dniu mógł
jeszcze polegać na jakichkolwiek przeczuciach? To śmieszne.

— Posłuchaj, Tom. Jeden z nas pójdzie do domu tego
Nacklesona, jak tylko się rozwidni...

— Nickersona. To chyba nie jest najlepszy pomysł, szczególnie że jasnowidz McCourt widzi go klęczącego przy oknie
salonu z automatem, dotychczas schowanym gdzieś na wypadek
końca świata... który właśnie nadszedł.

Ja to zrobię — oświadczył Clay. — Ale tylko wtedy, gdy
ani dziś w nocy, ani jutro rano nie usłyszymy stamtąd żadnych
strzałów. I na pewno nie wtedy, gdy rano na jego trawniku
zobaczymy jakieś trupy, z ranami postrzałowymi czy bez. Ja
też oglądałem wszystkie stare odcinki *Strefy mroku*, a szczególnie te, w których cała nasza cywilizacja okazuje się jedynie
cieniutką warstewką politury.

— Bardzo cienką — rzekł ponuro Tom. — Idi Amin, Pol
Pot i inni.

— Pójdę z podniesionymi rękami. Zadzwonię do drzwi.
Jeśli ktoś się odezwie, powiem, że chciałem tylko porozmawiać.
W najgorszym razie każe mi się wynosić.

— Nie. W najgorszym razie palnie ci w łeb na wycieraczce
z powitalnym napisem i zostawi mnie samego z nastoletnią

sierotą — warknął Tom. — Wymądrzaj się o *Strefie mroku*, ile chcesz, ale nie zapomnij o tych ludziach, których widziałeś walczących dzisiaj przy zejściu do metra w Bostonie.

— To było... Nie wiem, co to było, ale tamci po prostu oszaleli, i tyle. Nie możesz w to wąpić, Tom.

— A co z paniusią wymachującą Biblią? I tymi dwoma facetami walczącymi o beczułkę piwa? Też byli szaleni?

Nie, oczywiście, że nie, ale jeśli w tym domu po drugiej stronie ulicy rzeczywiście była broń, to Clay chciał ją mieć. A jeżeli jest jej tam więcej, to chciał uzbroić także Toma i Alice.

— Sądzę, że powinniśmy odejść stąd co najmniej sto mil na północ — oświadczył Clay. — Może uda nam się zdobyć jakiś samochód i przejechać część tej drogi, ale niewykluczone, że trzeba będzie pokonać ją pieszo. Chcesz, żebyśmy szli uzbrojeni jedynie w noże? Pytam całkiem poważnie, bo wielu tych, których napotkamy po drodze, będzie miało broń. I wiem, że ty też zdajesz sobie z tego sprawę.

— To prawda. — Tom przesunął dłonią po krótko ostrzyżonych włosach, zabawnie je strosząc. — I wiem też, że Arniego i Beth najprawdopodobniej nie ma w domu. Oboje mieli świra nie tylko na punkcie broni, ale i na punkcie nowoczesnych gadżetów. Kiedy przejeżdżał ulicą w tym swoim wielkim czerwonym przedłużaczu penisa, zawsze gadał przez komórkę.

— A widzisz.

Tom westchnął.

— W porządku. Zależnie od tego, jaka rano będzie sytuacja. Dobrze?

— Dobrze.

Clay ponownie sięgnął po kanapkę. Teraz trochę bardziej chciało mu się jeść.

— Gdzie oni się podziali? — zapytał Tom. — Ci, których nazywasz telefonicznymi szaleńcami? Gdzie się podziali?

— Nie mam pojęcia.

— Wiesz, co myślę? — kontynuował Tom. — Sądzę, że o zachodzie słońca wpełzli do domów i tam umarli.

Clay spojrzał na niego z powątpiewaniem.

— Zastanów się, a przyznasz mi rację. Chyba zgodzisz się ze mną, że mieliśmy do czynienia z jakimś rodzajem ataku terrorystycznego?

— To rzeczywiście najbardziej prawdopodobne wytłumaczenie, choć niech mnie diabli porwą, jeśli rozumiem, jak można było zaprogramować na coś takiego jakikolwiek sygnał.

— Jesteś naukowcem?

— Przecież wiesz, że nie. Jestem grafikiem.

— Zatem kiedy rząd mówi ci, że dysponuje technologią pozwalającą trafić w drzwi pustynnego bunkra pociskiem wystrzelonym z myśliwca oddalonego o dwa tysiące mil, to nie pozostaje ci nic innego, jak oglądać zdjęcia i wierzyć.

— Czyż Tom Clancy mógłby mnie okłamać? — odparł poważnie Clay.

— A jeśli istnieje taka technologia, to dlaczego nie miałbyś zaakceptować istnienia i tej, choćby hipotetycznie?

— No dobrze, wytłumacz mi. Tylko prostymi słowami.

— Dzisiaj około trzeciej po południu przez jakąś organizację terrorystyczną, a może nawet przez jakiś rząd, został wysłany szczególny sygnał lub impuls. Musimy założyć, że ten sygnał dotarł do wszystkich telefonów komórkowych na świecie. Miejmy nadzieję, że tak nie było, ale uważam, że na razie powinniśmy zakładać najgorsze.

— Czy to się już skończyło?

— Nie wiem — odparł Tom. — Chcesz wziąć telefon komórkowy i sprawdzić?

— Tusz — rzekł Clay. — Tak mój syn wymawia słowo *touché*.

I spraw, dobry Boże, żeby nadal tak mówił.

— Skoro ten sygnał potrafił doprowadzić do szaleństwa wszystkich, którzy go usłyszeli, to czy nie mógł również

109

zawierać zakodowanej instrukcji, nakazującej odbiorcom popełnić samobójstwo kilka godzin później? Albo po prostu położyć się spać i przestać oddychać?

— Powiedziałbym, że to niemożliwe.

— A ja bym powiedział, że to niemożliwe spotkać przed hotelem Four Seasons wariata z nożem — odparł Tom. — Albo że cały Boston spali się do cna, a jego mieszkańcy — przynajmniej ci, którzy na szczęście dla siebie nie mieli telefonów komórkowych — ucieką gdzie oczy poniosą.

Pochylił się do przodu, wpatrując się z napięciem w Claya. On bardzo chce w to uwierzyć, pomyślał Clay. Nie trać czasu na przekonywanie go, bo on naprawdę bardzo, bardzo chce w to uwierzyć.

— W pewnym sensie niczym się to nie różni od bioterroryzmu, którego nasz rząd tak bardzo obawiał się po jedenastym września. Wykorzystując telefony komórkowe, które stały się najpowszechniejszym środkiem przekazywania informacji, można równocześnie stworzyć sobie z ludności potężną, niczego nieobawiającą się armię szaleńców i zniszczyć infrastrukturę nieprzyjaciela. Gdzie była dzisiaj Gwardia Narodowa?

— W Iraku? — spróbował Clay. — W Luizjanie?

Nie był to udany żart i nie rozbawił Toma.

— Nigdzie. Jak zmobilizować pospolite ruszenie, jeśli robi się to teraz głównie za pomocą telefonów komórkowych? A jeśli chodzi o samoloty, to ostatnim, który widziałem w powietrzu, była ta mała maszyna, co rozbiła się na rogu Charles i Beacon. — Zamilkł i po chwili zaczął mówić dalej, patrząc nad stołem prosto w oczy Claya. — To wszystko ich sprawka... kimkolwiek są. Spojrzeli na nas z miejsca, w którym żyją i czczą swoich bogów, i co zobaczyli?

Clay tylko potrząsnął głową, zafascynowany błyskiem w ukrytych za okularami oczach Toma. Były to oczy wizjonera.

— Zobaczyli, że od nowa zbudowaliśmy wieżę Babel... opartą jedynie na sieci elektronicznych połączeń. W ciągu kilku sekund zniszczyli ten fundament i nasza wieża runęła. Zrobili to, a my troje jesteśmy jak trzy żuczki, które szczęśliwym zbiegiem okoliczności uniknęły zmiażdżenia butem olbrzyma. Skoro tego dokonali, to czy nie mogli zakodować w tym sygnale polecenia, żeby wszyscy, którzy go odebrali, po kilku godzinach zasnęli i przestali oddychać? Czy to wielka sztuka w porównaniu z tym, co zrobili wcześniej? Powiedziałbym, że nie.

— A ja powiedziałbym, że już czas iść spać — rzekł Clay.

Przez kilka sekund Tom trwał w niezmienionej pozycji, pochylony nad stołem, patrząc na Claya tak, jakby nie mógł go zrozumieć. Potem roześmiał się.

— Taak. Chyba masz rację. Za bardzo się nakręcam. Przepraszam.

— Nie ma za co — odparł Clay. — Mam nadzieję, że się nie mylisz i wszyscy szaleńcy poumierali. To znaczy... — Zamilkł. — Chyba że mój synek... Johnny-ojej...

Nie był w stanie dokończyć. Częściowo, a może głównie dlatego, że uświadomił sobie, iż jeśli Johnny korzystał tego popołudnia z komórki i spotkało go to samo, co Pixie Jasną oraz kobietę w żakiecie, to on jako ojciec nie jest pewien, czy chciałby, żeby syn nadal żył.

Tom wyciągnął do niego rękę nad stołem i Clay ujął w dłonie jego długie, delikatne palce. Zobaczył tę scenę jakby spoza swojego ciała, a kiedy się odezwał, wcale nie był pewien, czy to on mówi, choć czuł, że porusza ustami i łzy płyną mu z oczu.

— Tak się o niego boję — mówiły jego usta. — Boję się o nich oboje, ale najbardziej o mojego synka.

— Wszystko będzie dobrze — odparł Tom i Clay wiedział, że Tom ma dobre chęci, lecz mimo to te słowa przeraziły go jeszcze bardziej, gdyż takich słów używa się wtedy, kiedy już naprawdę nic nie można powiedzieć oprócz „Pogodzisz się z tym" albo „Teraz jest w lepszym miejscu niż ten padół łez".

11

Krzyki Alice zbudziły Claya z niespokojnego, ale dość przyjemnego snu, w którym był w namiocie do gry w bingo podczas święta stanowego w Akron. W tym śnie znów miał sześć lat — może mniej, ale na pewno nie więcej — i schowany pod długim stołem, przy którym siedziała jego matka, patrzył na las kobiecych nóg i wdychał słodkawy zapach trocin, podczas gdy prowadzący wykrzykiwał: „B-12, panie i panowie, B-12! Słoneczna witamina!".

W pewnej chwili jego podświadomość próbowała włączyć krzyki dziewczyny do snu jako dźwięk syreny obwieszczającej południe, ale tylko przez moment. Clay po godzinie stróżowania zasnął na werandzie Toma, ponieważ był przekonany, że nic się tam nie stanie, a przynajmniej nie dzisiaj. Chyba równie mocno wierzył w to, że Alice nie zaśnie, bo kiedy jego umysł wreszcie zidentyfikował jej wrzaski, nie zastanawiał się, gdzie jest i co się dzieje. W jednej chwili był małym chłopcem schowanym pod stołem do gry w bingo w Ohio, w następnej stoczył się z wygodnej leżanki na podłogę oszklonej frontowej werandy w domu Toma, z kocem wciąż owiniętym wokół nóg. Gdzieś w domu wrzeszczała Alice Maxwell, piskliwym głosem w tak wysokiej tonacji, że mogłaby nim tłuc kryształ, dając świadectwo koszmarom minionego dnia i jednym krzykiem po drugim wyrażając swoje głębokie przekonanie, że takie rzeczy w ogóle nie powinny się zdarzać i należy zaprzeczyć ich istnieniu.

Clay próbował wyplątać się z koca, ale z początku nie zdołał. Tak więc podskakując, dotarł do wewnętrznych drzwi i zaczął nerwowo szarpać klamkę, równocześnie spoglądając na Salem Street, pewien, że lada chwila w całym kwartale zaczną zapalać się światła, chociaż wiedział, że przecież nie ma prądu.... Albo że ktoś — na przykład miłośnik broni oraz rozmaitych gadżetów, pan Nickerson z naprzeciwka — zaraz wyjdzie na trawnik i wrzaśnie, żeby ktoś, na litość boską, zamknął dziób tej małej. Nie zmuszajcie mnie, żebym tam przyszedł! — zawoła Arnie Nickerson. — Nie zmuszajcie mnie, żebym tam przyszedł i ją zastrzelił! Albo że jej krzyki zwabią telefonicznych szaleńców, jak światło świecy przyciąga ćmy. Wprawdzie Tom uważał, że poumierali, ale Clay wierzył w to mniej więcej tak samo jak w Świętego Mikołaja mieszkającego na biegunie północnym.

Jednak Salem Street, a przynajmniej ich kawałek ulicy, na zachód od centrum miasta i poniżej tej części Malden, którą Tom nazywał Granada Highlands, pozostała ciemna, cicha i pusta. Nawet łuna pożaru Revere jakby przygasła.

Clay w końcu pozbył się koca, wpadł do środka i stanął u podnóża schodów, spoglądając w górę, w ciemność. Teraz słyszał głos Toma — nie poszczególne słowa, tylko sam głos, cichy, łagodny, uspokajający. W mrożącym krew w żyłach wrzasku dziewczyny zaczęły się pojawiać przerwy na złapanie oddechu, potem szlochy i niezrozumiałe okrzyki, stopniowo przeistaczające się w słowa. Jedno z nich usłyszał całkiem wyraźnie: koszmar. Tom nie przestawał mówić, uspokajająco monotonnym głosem powtarzając kłamstwa, że wszystko będzie dobrze, sama się przekona, rano wszystko będzie wyglądało lepiej. Clay wyobrażał sobie, jak siedzą obok siebie na łóżku w pokoju gościnnym, oboje w piżamach z inicjałami **TM** na kieszonkach. Mógłby ich tak narysować. Uśmiechnął się na samą myśl o tym.

Kiedy nabrał pewności, że Alice nie zacznie znów krzyczeć, wrócił na werandę, gdzie było trochę chłodno, ale całkiem przyjemnie, gdy owinął się kocem. Siedział na leżance, obserwując widoczną część ulicy. Po lewej, na wschód od domu Toma, rozciągała się dzielnica biurowa. Wydawało mu się, że widzi światła na skrzyżowaniu przed głównym placem miasta. Po prawej — tam, skąd przyszli — stały domy mieszkalne. Wszystkie wciąż były całkowicie pogrążone w mroku.

— Gdzie jesteście? — mruknął. — Niektórzy z was, wciąż

przy zdrowych zmysłach, skierowali się na północ lub na zachód. Jednak gdzie podziali się pozostali?

Z ulicy nie nadeszła żadna odpowiedź. Do diabła, może Tom miał rację — telefony komórkowe przekazały im wiadomość, żeby zwariowali o trzeciej i poumierali o ósmej. Wydawało się to zbyt piękne, żeby mogło być prawdą, ale pamiętał, że tak samo myślał o płytach CD do wielorazowego nagrywania.

Cisza na ulicy przed nim; cisza w domu za jego plecami. Po pewnym czasie Clay wyciągnął się na kanapie i zamknął oczy. Sądził, że się zdrzemnie, ale wątpił, by naprawdę mógł znów zasnąć. Jednakże w końcu to zrobił i tym razem nic mu się nie śniło. Raz, tuż po wschodzie słońca, jakiś kundel podszedł do domu Toma McCourta i spojrzał na chrapiącego pod kocem mężczyznę, po czym odszedł. Nie spieszył się: tego ranka w Malden było mnóstwo jedzenia i tak miało być jeszcze przez pewien czas.

12

— Clay. Zbudź się.

Jakaś dłoń nim potrząsała. Clay otworzył oczy i zobaczył pochylającego się nad nim Toma, ubranego w niebieskie dżinsy i szarą roboczą koszulę. Werandę oświetlało silne blade światło. Spuszczając nogi z kanapy, Clay spojrzał na zegarek i zobaczył, że jest dwadzieścia po szóstej.

— Musisz to zobaczyć — powiedział Tom.

Był blady, niespokojny, z siwą szczeciną zarostu na policzkach. Jedna poła koszuli wystawała mu ze spodni, a włosy sterczały na wszystkie strony.

Clay spojrzał na Salem Street, zobaczył psa niosącego coś w pysku i truchtającego obok znieruchomiałych samochodów pół kwartału dalej. Poza tym żadnego śladu ruchu. Wyczuł w powietrzu słabą woń dymu i domyślił się, że to zapach pożarów w Bostonie lub Revere. Może w obu tych miastach, ale przynajmniej wiatr ucichł. Spojrzał na Toma.

— Nie tutaj — rzekł Tom ściszonym głosem. — Z tyłu na podwórku. Zobaczyłem to, kiedy poszedłem do kuchni zaparzyć kawę, zanim przypomniałem sobie, że nie ma kawy, przynajmniej na razie. Może to nic takiego, ale... człowieku, to mi się nie podoba.

— Czy Alice jeszcze śpi?

Clay po omacku próbował znaleźć pod kocem skarpetki.

— Tak, i dobrze. Nie szukaj skarpetek i butów, to nie kolacja w Ritzu. Chodź.

Przeszedł przez korytarz do kuchni w ślad za Tomem, mającym na nogach klapki, które wyglądały na wygodne. Na kuchennej szafce stała szklanka z niedopitą mrożoną herbatą.

— Nie mogę zacząć dnia bez porannej kofeiny, wiesz? — powiedział Tom. — Tak więc nalałem sobie szklankę mrożonej herbaty — nawiasem mówiąc, poczęstuj się, jest jeszcze dobra i zimna — po czym odsunąłem firankę nad zlewem, żeby spojrzeć na ogród. Bez powodu, tak żeby nawiązać kontakt ze światem zewnętrznym. I wtedy zobaczyłem... sam popatrz.

Clay wyjrzał przez okno nad zlewem. Zobaczył ładne ceglane patio z gazowym grillem. Dalej ciągnął się ogród, przecięty w połowie trawnikiem. Kończył się wysokim płotem z desek i taką samą bramą. Brama była otwarta. Zamykająca ją zasuwa najwidoczniej została odstrzelona, gdyż teraz zwisała krzywo, przypominając Clayowi rękę złamaną w przegubie. Przyszło mu do głowy, że Tom mógłby zaparzyć kawę na tym gazowym grillu, gdyby nie mężczyzna, który siedział w jego ogrodzie obok czegoś wyglądającego na ozdobną taczkę i wyjadał miąższ z rozłupanej dyni, wypluwając pestki. Gość miał na sobie kombinezon mechanika i zatłuszczoną czapeczkę z wyblakłą literą *B*. Równie wyblakłe czerwone litery na lewej piersi jego kombinezonu głosiły *George*. Clay słyszał ciche mlaskanie za każdym razem, gdy facet zatapiał zęby w miąższu.

— Kurwa — zaklął cicho Clay. — To jeden z nich.

— Tak. A tam gdzie jest jeden, będzie ich więcej.

— Rozwalił bramę, żeby się dostać do środka?

— Oczywiście — rzekł Tom. — Nie widziałem, jak to robił, ale kiedy wyjeżdżałem wczoraj, była na pewno zamknięta. Nie jestem w najlepszych stosunkach ze Scottonim, facetem mieszkającym obok. On „nie trawi takich gości jak ja", co powiedział mi już kilka razy. — Zamilkł na moment, po czym ciągnął ściszonym głosem. Od początku mówił dość cicho i teraz Clay musiał się nachylić, żeby go usłyszeć. — Wiesz, co jest najbardziej zwariowane? To, że znam tego faceta. Pracuje u Sonny'ego, na stacji benzynowej Texaco, w centrum. To jedyna stacja w mieście, na której nadal naprawiają samochody. Albo naprawiali. Kiedyś wymienił mi przewód doprowadzający wodę do chłodnicy. Opowiadał, jak razem z bratem pojechali w zeszłym roku na stadion Jankesów i widzieli, jak Curt Schilling dołożył wielkiej drużynie. Wyglądał na miłego gościa. A teraz popatrz na niego! Siedzi w moim ogrodzie i je surową dynię!

— Co się dzieje, ludzie? — zapytała zza ich pleców Alice.

Tom odwrócił się ze zmieszaną miną.

— Nie chcesz tego oglądać — powiedział.

— To nie przejdzie — rzekł Clay. — Ona musi to zobaczyć.

Uśmiechnął się do Alice, co nie było wcale takie trudne. Wprawdzie piżama, którą pożyczył jej Tom, nie miała monogramu na kieszonce, ale była niebieska, tak jak przypuszczał, i wyglądała w niej wyjątkowo ładnie, boso, z nogawkami podwiniętymi do kolan i zmierzwionymi od snu włosami. Pomimo koszmarnych snów sprawiała wrażenie bardziej wypoczętej niż Tom. Clay był gotów się założyć, że wyglądała na bardziej wypoczętą także od niego.

— To nie jest rozbity samochód ani nic takiego — powiedział. — Tylko facet jedzący dynię na tyłach domu Toma.

Stanęła między nimi, oparła dłonie o brzeg zlewu i stanęła na palcach, żeby lepiej widzieć. Otarła się ramieniem o Claya, który poczuł wciąż promieniujące z jej skóry ciepło rozgrzanego snem ciała. Przyglądała się długą chwilę, po czym odwróciła się do Toma.

— Mówiłeś, że oni wszyscy popełniają samobójstwo — rzekła i Clay nie wiedział, czy w jej głosie usłyszał oskarżycielskie czy kpiące nutki.

Pewnie sama tego nie wie, pomyślał.

— Nie mówiłem, że na pewno — odparł Tom, co zabrzmiało dość kulawo.

— Miałam wrażenie, że jesteś tego pewien. — Znów spojrzała za okno. Przynajmniej, pomyślał Clay, nie wpadła w panikę. Prawdę mówiąc, pomyślał, że sprawia wrażenie dość opanowanej, chociaż trochę komicznie wygląda w tej przydużej piżamie. — Hmm... wiecie co?

— Co? — zapytali jednocześnie.

— Spójrzcie na tę taczkę, obok której siedzi. Popatrzcie na koło.

Clay już zauważył, o czym mówiła: stertę łupin, miąższu i pestek z dyni.

— Rozbił dynię o koło, żeby ją otworzyć i dobrać się do środka — ciągnęła Alice. — Sądzę, że jest jednym z nich...

— Och, na pewno jest jednym z nich — powiedział Clay.

Mechanik George siedział w ogrodzie z szeroko rozłożonymi nogami, tak więc Clay widział, że facet od wczorajszego popołudnia zapomniał, co mówiła mu matka o zdejmowaniu gaci przed załatwianiem dużej potrzeby.

— ...ale użył tego koła jako narzędzia. To nie wydaje mi się takie szalone.

— Jeden z nich wczoraj używał noża — przypomniał Tom. — A inny wymachiwał antenami samochodowymi.

— No tak, ale... ten wygląda jakoś inaczej.

— Chciałaś powiedzieć, że sprawia wrażenie spokojniejszego? — Tom obejrzał się na intruza w swoim ogrodzie. — Nie mam ochoty wychodzić, żeby to sprawdzić.

117

— Nie, nie o to chodzi. Nie twierdzę, że jest spokojniejszy. Nie wiem, jak to wytłumaczyć.

Clay miał wrażenie, że wie, o czym ona mówi. Agresja, jaką widzieli poprzedniego dnia, była ślepa i gwałtowna. Skierowana przeciw każdemu, kto się nawinie pod rękę. Owszem, był ten biznesmen z nożem i muskularny młodzieniec dźgający w biegu powietrze antenami samochodowymi, ale również mężczyzna z parku, który zębami rozerwał ucho psu. Pixie Jasna też posłużyła się zębami. Zachowanie tego tutaj wydawało się zupełnie inne i nie tylko dlatego, że jadł, a nie zabijał. Jednak podobnie jak Alice, Clay nie potrafił uchwycić, na czym polega różnica.

— O Boże, jeszcze dwoje — powiedziała Alice.

Przez otwartą tylną bramę weszła kobieta w średnim wieku w brudnym szarym spodniumie oraz starszy jegomość w szortach do joggingu i podkoszulku z nadrukiem SZARA WŁADZA na piersi. Kobieta w spodniumie miała na sobie zieloną bluzkę, która teraz wisiała w strzępach, odsłaniając miseczki jasnozielonego biustonosza. Mężczyzna mocno utykał, przy każdym kroku wyrzucając łokcie na boki niczym kura machająca skrzydłami, żeby utrzymać równowagę. Jego chuda lewa noga była pokryta zaschniętą krwią i nie miał na niej sportowego buta. Resztki sportowej skarpety, ubrudzonej ziemią i krwią, zwisały mu z lewej kostki. Przydługie białe włosy opadały jak szal na twarz o nieobecnym wyrazie. Kobieta w spodniumie raz po raz wydawała z siebie dźwięk podobny do *Goom! Goom!*, oglądając podwórko i ogród. Spojrzała na George'a Zjadacza Dyń, jakby wcale go nie widziała, po czym przeszła obok niego do grządki z ogórkami. Przyklękła, zerwała jeden z pędu i zaczęła żuć. Mężczyzna w podeszłym wieku i podkoszulku z napisem SZARA WŁADZA pomaszerował na skraj ogrodu i tylko stał tam przez chwilę jak robot, któremu wreszcie wyczerpało się zasilanie. Na nosie miał maleńkie złote okularki — do czytania, pomyślał Clay — błyszczące w świetle poranka. Na Clayu sprawił wrażenie kogoś, kto kiedyś był bardzo mądry, a teraz jest wyjątkowo głupi.

Trójka w kuchni tłoczyła się przy oknie, spoglądając przez nie i wstrzymując oddech.

Spojrzenie starego spoczęło na George'u, który odrzucił kawałek łupiny, obejrzał resztę, a potem znów zanurzył w dyni twarz, podejmując przerwane śniadanie. Nie wykazywał nawet śladu agresji wobec nowo przybyłych, zdawał się wcale ich nie zauważać. Starszy gość pokuśtykał naprzód, pochylił się i zaczął tarmosić dynię wielkości piłki futbolowej. Był niecałe trzy stopy od George'a. Clay, pamiętając zaciętą potyczkę przy zjeździe, wstrzymał oddech i czekał.

Poczuł, że Alice ściska jego rękę. Z jej dłoni uszło już ciepło snu.

— Co on zamierza zrobić? — zapytała ściszonym głosem.

Clay tylko bezradnie pokręcił głową.

Stary próbował ugryźć dynię, ale tylko stłukł sobie nos, co powinno być zabawne, ale nie było. Okularki mu się przekrzywiły, a on podniósł rękę i je poprawił. Ten gest był tak normalny, że przez moment Clay był niemal pewien, że to on jest szalony.

— *Goom!* — zawołała kobieta w podartej bluzce i odrzuciła niedojedzony ogórek. Dostrzegła kilka późnych pomidorów i ruszyła ku nim na czworakach, z włosami opadającymi na twarz. Jej spodnium był mocno zanieczyszczony na siedzeniu.

Stary zauważył ozdobną taczkę. Podszedł do niej ze swoją dynią i jakby dopiero wtedy zauważył George'a, siedzącego obok. Popatrzył na niego, przechylając głowę na bok. George okrytą pomarańczowym kombinezonem ręką wskazał na taczkę, gestem, który Clay widywał tysiące razy.

— Rozgość się — mruknął Tom. — A niech mnie licho.

Stary klęknął, co najwyraźniej sprawiło mu ból. Skrzywił się, podniósł pobrużdżoną twarz do jaśniejącego nieba i głośno stęknął. Potem podniósł dynię nad kołem. Przez długą chwilę wybierał kąt uderzenia, prężąc starcze bicepsy, po czym uderzył dynią o koło, rozbijając ją na dwie soczyste połowy. Potem wszystko wydarzyło się błyskawicznie. George upuścił prawie wyjedzoną dynię na podołek, pochylił się, chwycił głowę starego w swoje wielkie poplamione pomarańczowym miąższem dłonie i przekręcił. Nawet przez podwójną szybę usłyszeli trzask pękających kręgów. Długie siwe włosy starego rozsypały się w nieładzie. Okularki wpadły w liście jakichś roślin, które Clay uznał za buraki. Ciało zadygotało i zwiotczało. George puścił ofiarę. Alice zaczęła krzyczeć i Tom zakrył jej usta dłonią. Nad jego palcami widać było jej oczy, wytrzeszczone ze zgrozy. George podniósł świeżą połówkę dyni i spokojnie zaczął jeść.

Kobieta w podartej bluzce rozglądała się przez chwilę obojętnie, po czym zerwała pomidor i wbiła weń zęby. Czerwony sok spływał jej po brodzie i ściekał po brudnej szyi. Patrząc, jak ona i George siedzą w ogrodzie na tyłach domu Toma McCourta, jedząc warzywa, Clayowi z jakiegoś powodu przypomniał się tytuł jednego z jego ulubionych obrazów: *Królestwo spokoju*.

Nie zdawał sobie sprawy z tego, że powiedział to na głos, dopóki Tom nie spojrzał na niego ponuro, mówiąc:

— Już nie.

13

Wszyscy troje wciąż stali przy kuchennym oknie, gdy pięć minut później gdzieś w oddali włączył się alarm. Syrena wyła ospale i ochryple, jakby wkrótce miała ucichnąć.

— Domyślasz się, co to może być? — zapytał Clay.

W ogrodzie George zostawił dynie i wykopał duży kartofel. Robiąc to, znalazł się bliżej kobiety, ale nie okazywał żadnego zainteresowania jej osobą. Przynajmniej jeszcze nie.

— Podejrzewam, że to właśnie wysiadł generator w Safewayu w centrum — odparł Tom. — Zapewne mają tam instalację alarmową z zasilaniem awaryjnym, która włącza się w takich sytuacjach ze względu na te wszystkie szybko psujące się artykuły. Jednak tylko zgaduję. Równie dobrze może to być bank albo...

— Patrzcie! — powiedziała Alice.

Kobieta znieruchomiała w trakcie zrywania kolejnego pomidora, wstała i poszła w kierunku wschodniej ściany domu. George uniósł się, kiedy go mijała, i Clay był pewien, że zamierza ją zabić, tak jak zabił starego. Skrzywił się w oczekiwaniu na to i zauważył, że Tom wyciąga rękę do Alice, chcąc odwrócić ją plecami do okna. Jednak George tylko poszedł za kobietą i zniknął w ślad za nią za narożnikiem domu.

Alice odwróciła się i pobiegła do drzwi kuchennych.

— Niech cię nie zauważą! — zawołał Tom cicho, biegnąc za nią.

— Bez obawy — odparła.

Clay ruszył za nimi, martwiąc się o całą trójkę.

Dotarli do drzwi jadalni w samą porę, by zobaczyć, jak kobieta w brudnym spodniumie i George w jeszcze brudniejszym kombinezonie przechodzą pod oknem. Opuszczone, lecz niezamknięte żaluzje pocięły ich ciała na paski. Nawet nie spojrzeli w kierunku domu, a George szedł teraz tak blisko za kobietą, że mógł ugryźć ją w kark. Alice, a za nią Tom i Clay przeszli korytarzem do małego gabinetu Toma. Tutaj żaluzje były zamknięte, ale Clay zobaczył szybko przesuwające się po nich cienie tamtych dwojga. Alice ruszyła dalej korytarzem, w kierunku otwartych na oścież drzwi na oszkloną werandę. Jedna połowa koca leżała na kanapie, a druga na podłodze, tak jak zostawił go Clay. Weranda była zalana jasnym porannym słońcem. Wydawało się, że deski płoną.

— Alice, uważaj! — ostrzegł Clay. — Nie...

Jednak ona się zatrzymała. Tylko patrzyła. W następnej chwili Tom stanął obok niej, był niemal tego samego wzrostu.

Stojąc tak, mogli uchodzić za rodzeństwo. Oboje nawet nie próbowali się kryć.

— Jasna cholera — zaklął Tom.

Wykrztusił to, jakby zabrakło mu tchu. Stojąca obok niego Alice zaczęła płakać. Był to urywany szloch zmęczonego dziecka. Takiego, które zaczyna przyzwyczajać się do bicia. Clay stanął przy nich. Kobieta w spodniumie przechodziła przez trawnik Toma. George wciąż podążał za nią. Szli prawie noga w nogę. Odrobinę zgubili krok przy krawężniku, gdy George zajął miejsce po jej lewej, przechodząc z pozycji środkowego obrońcy na lewoskrzydłowego.

Na Salem Street roiło się od szaleńców.

W pierwszej chwili Clayowi wydało się, że jest ich tysiąc lub więcej. Potem do głosu doszedł Clay obserwator, patrzący chłodnym okiem artysta, który stwierdził, że ta liczba jest znacznie zawyżona w wyniku zaskoczenia wywołanego widokiem tylu ludzi na zazwyczaj pustej ulicy i szoku spowodowanego faktem, że wszyscy byli odmienieni. Nie mogło być mowy o pomyłce: obojętne twarze, oczy zdające się spoglądać gdzieś w dal, brudne, zakrwawione i niechlujne odzienie (a w kilku wypadkach całkowity jego brak), sporadyczne niezrozumiałe okrzyki lub dziwaczne gesty. Był tam mężczyzna, ubrany w obcisłe białe bokserki i koszulkę polo, który raz po raz salutował nie wiadomo komu; krępa kobieta z rozciętą dolną wargą, zwisającą płatami i odsłaniającą wszystkie dolne zęby; wysoki nastolatek w niebieskich dżinsach, maszerujący środkiem Salem Street z zakrwawioną łyżką do opon w ręce; Hindus lub Pakistańczyk, który minął dom Toma, poruszając szczęką na boki i jednocześnie szczękając zębami; chłopiec — dobry Boże, w wieku Johnny'ego — nieokazujący bólu, chociaż jedna ręka zwisała mu bezwładnie z wybitego stawu barkowego; śliczna dziewczyna w minispódniczce i topie, która najwyraźniej wyjadała zawartość rozerwanego wroniego żołądka. Jedni jęczeli, inni wydawali dziwne dźwięki, które kiedyś może były słowami, a wszyscy podążali na wschód. Clay nie miał pojęcia, czy przyciągało ich wycie alarmu, czy zapach jedzenia, ale wszyscy podążali w kierunku Malden Center.

— Chryste, to zlot zombi — powiedział Tom.

Clay nie odpowiedział. Ci ludzie właściwie nie byli zombi, ale Tom się wiele nie pomylił. *Jeśli któryś spojrzy w tę stronę, zobaczy nas i postanowi zaatakować, koniec z nami. Nie będziemy mieli żadnych szans. Nawet gdybyśmy zabarykadowali się w piwnicy. A co z tą bronią od sąsiada z naprzeciwka? Możesz o niej zapomnieć.*

Myśl o tym, że jego żona i syn mogą — a prawdopodobnie muszą — mieć do czynienia z takimi stworzeniami, przeraziła go. Jednak to nie był komiks, a on nie był bohaterem. Czuł się bezradny. Zapewne wszyscy troje byli bezpieczni w tym domu, lecz chyba przez najbliższe dni nie będą mogli się stąd ruszyć.

14

— Są jak ptaki — powiedziała Alice. Nasadą dłoni otarła łzy z policzków. — Jak stado ptaków.

Clay natychmiast pojął, co miała na myśli, i uścisnął ją pod wpływem wewnętrznego impulsu. Właśnie spostrzegła coś, co zwróciło i jego uwagę, kiedy patrzył, jak mechanik George idzie za kobietą, zamiast zabić ją, tak jak starego. Oboje najwyraźniej mieli nierówno pod sufitem, ale zawarli jakiś niepisany pakt i razem wyszli na ulicę.

— Nie chwytam — rzekł Tom.

— Widocznie nie oglądałeś *Marszu pingwinów* — powiedziała Alice.

— Prawdę mówiąc, widziałem — odparł Tom. — Jeśli chcę zobaczyć faceta we fraku, idę do francuskiej restauracji.

— Nigdy nie zwróciłeś uwagi, jak zachowują się ptaki, szczególnie wiosną i jesienią? — spytał Clay. — Powinieneś.

Wszystkie siadają na tym samym drzewie albo drucie telefonicznym...

— Czasem jest ich tak wiele, że drut obwisa — wtrąciła Alice. — Wtedy wszystkie naraz odlatują. Mój tata mówi, że muszą mieć przewodnika stada, ale pan Sullivan od przyrody... to było w liceum.... mówił nam, że to instynkt stadny, jak u mrówek wychodzących z mrowiska lub pszczół wylatujących z ula.

— Stado skręca w prawo lub w lewo i wszystkie ptaki robią to równocześnie, nie zderzając się ze sobą — rzekł Clay. — Czasem niebo jest od nich czarne, a wrzask, jaki podnoszą, może doprowadzić do szału... — Zamilkł. — Przynajmniej tak jest tam, gdzie mieszkam. — Znów umilkł na moment. — Tom, czy ty... czy rozpoznajesz kogoś w tym tłumie?

— Kilka osób. To pan Potowami z piekarni — wyjaśnił, wskazując Hindusa poruszającego żuchwą i szczękającego zębami. — A ta śliczna dziewczyna... zdaje się, że pracuje w banku. Pamiętacie, jak mówiłem o Scottonim, facecie mieszkającym obok?

Clay skinął głową.

Tom, nagle bardzo blady, wskazał kobietę w zaawansowanej ciąży ubraną jedynie w poplamiony fartuszek sięgający jej zaledwie do połowy ud. Jasne włosy oblepiały pulchne policzki, a z nosa zwisał błyszczący gil.

— To jego synowa — powiedział. — Judy. Zawsze była dla mnie miła. — I dodał sucho, beznamiętnie: — Ten widok łamie mi serce.

Gdzieś w centrum miasta rozległ się huk wystrzału. Alice krzyknęła, lecz tym razem Tom nie musiał zatykać jej ust — zrobiła to sama. Żaden z ludzi na ulicy nie spojrzał w jej kierunku. Odgłos strzału — Clay miał wrażenie, że z dubeltówki — zdawał się nie sprawiać na nich żadnego wrażenia. Szli dalej, ani szybciej, ani wolniej. Clay czekał na następny strzał. Zamiast niego usłyszał krzyk, bardzo krótki, jakby gwałtownie urwany.

Stojąc w cieniu tuż za progiem, patrzyli w milczeniu. Wszyscy przechodzący ludzie zmierzali na wschód i chociaż nie maszerowali w szyku, był to dość składny pochód. Clay dostrzegał ten ład nie w samych telefonicznych szaleńcach, którzy często utykali, a czasem zataczali się, mamrotali i wykonywali dziwaczne gesty, lecz w bezgłośnym i składnym przesuwaniu się ich cieni po bruku. Ten widok przypominał mu widziany kiedyś dokumentalny film o drugiej wojnie światowej, pokazujący kolejne fale bombowców przelatujących po niebie. Zanim przestał liczyć, naliczył dwieście pięćdziesiąt osób. Mężczyzn, kobiet, nastolatków obojga płci. I całkiem sporo dzieci w wieku Johnny'ego. Znacznie więcej dzieci niż starców, chociaż spostrzegł tylko kilkoro mających mniej niż dziesięć lat. Wolał nie myśleć o tym, co stało się z małymi chłopcami i dziewczynkami po tym, jak doszło do Pulsu i nie miał się kto nimi zajmować.

Albo z małymi chłopcami i dziewczynkami, którzy znajdowali się pod opieką ludzi używających telefonów komórkowych.

Clay zastanawiał się, ile z tych dzieci o nieobecnym spojrzeniu męczyło przez cały zeszły rok rodziców o komórki ze specjalnymi dzwonkami, tak jak robił to Johnny.

— Zbiorowa świadomość — powiedział w końcu Tom. — Naprawdę w to wierzycie?

— Ja częściowo wierzę — odrzekła Alice. — Ponieważ... no... jaką inną świadomość teraz mają?

— Ma rację — stwierdził Clay.

Migracja (kiedy już spojrzało się na to w ten sposób, trudno było myśleć o tym inaczej) zmniejszyła się, lecz nie zakończyła, nawet po półgodzinie: trzej mężczyźni przemaszerowali ramię w ramię — jeden w sportowej koszuli, drugi w resztkach garnituru, trzeci z dolną połową twarzy niemal zupełnie zasłoniętą przez skorupę zaschniętej krwi — potem dwaj mężczyźni i kobieta poruszający się w opętańczym pląsie, po nich kobieta w średnim wieku o wyglądzie bibliotekarki (jeśli pominąć jedną obnażoną i kołyszącą się pierś) idąca razem ze smarkatą, niezgrabną dziewczyną, która mogła być jej pomocnicą. Po krótkiej przerwie nadszedł tuzin następnych, podążających w niemal zwartym czworoboku, jak oddział z czasów wojen napoleońskich. A w oddali Clay usłyszał odgłosy bitewne — karabinowe lub pistoletowe strzały i jeden (gdzieś blisko, może na sąsiedniej Medford lub w centrum Malden) potężny huk wystrzału z broni dużego kalibru. I kolejne wrzaski. Chociaż dobiegały z daleka, Clay był pewien, że słuch go nie myli.

W okolicy nadal byli inni normalni ludzie, być może wielu, i niektórzy zdołali zdobyć broń. Ci ludzie prawdopodobnie strzelali do telefonicznych szaleńców. Jednak inni nie mieli szczęścia i nie byli w domach, gdy wzeszło słońce i obłąkańcy wyszli na ulice. Przypomniał sobie mechanika George'a chwytającego głowę starca rękami usmarowanymi miąższem dyni, szybki skręt, trzask, okularki do czytania wpadające w buraki, gdzie pozostaną. Na długo. Na zawsze.

— Chyba wrócę do salonu i usiądę — oznajmiła Alice. — Nie chcę już na nich patrzeć. Ani słuchać. Niedobrze mi się robi.

— Jasne — powiedział Clay. — Tom, może...

— Nie — odparł Tom. — Ty idź. Ja zostanę tutaj i jeszcze chwilę popatrzę. Myślę, że jeden z nas powinien stać na warcie, nie sądzisz?

Clay kiwnął głową. Też tak uważał.

— Potem, za jakąś godzinę, możesz mnie zmienić. Będziemy kolejno trzymać wartę.

— W porządku. Tak zrobię.

Gdy ruszyli z powrotem korytarzem i Clay objął ramieniem Alice, Tom powiedział:

— Jeszcze jedno.

Obejrzeli się.

— Myślę, że wszyscy powinniśmy starać się dziś maksymalnie wypocząć. Przynajmniej jeśli nadal zamierzamy wyruszyć na północ.

Clay przyjrzał mu się uważnie, sprawdzając, czy Tom nadal jest przy zdrowych zmysłach. Sprawiał takie wrażenie, ale...

— Widzieliście, co tam się dzieje? — zapytał. — Słyszeliście strzelaninę? I te... — Nie chciał powiedzieć „wrzaski" w obecności Alice, chociaż było trochę za późno na próbę ratowania resztek jej zdrowych zmysłów. — Te... pokrzykiwania?

— Oczywiście — odparł Tom. — Jednak te świry nie weszły w nocy do środka, prawda?

Clay i Alice na moment znieruchomieli. Potem Alice zaczęła klaskać w cichym, niemal bezgłośnym aplauzie. A Clay uśmiechnął się. Ten uśmiech wydawał się czymś dziwnym dla zesztywniałych mięśni jego twarzy, a towarzysząca mu nadzieja była niemal bolesna.

— Tom, chyba właśnie okazałeś się geniuszem — powiedział.

Tom nie odwzajemnił jego uśmiechu.

— Nie licz na to — odparł. — Na testach SAT nigdy nie przekroczyłem tysiąca punktów.

15

Alice, która wyraźnie czuła się lepiej — i dobrze, pomyślał Clay — poszła na górę poszukać w rzeczach Toma czegoś, co mogłaby na siebie włożyć. Clay usiadł na kanapie, myśląc o Sharon i Johnnym, próbując wydedukować, co mogli zrobić i dokąd się udać, przy tym zawsze zakładał, że mieli szczęście i nadal byli razem. Zdrzemnął się i zobaczył ich oboje w podstawówce Kent Pond, szkole Sharon. Byli zabarykadowani w sali gimnastycznej z dwoma lub trzema tuzinami innych, jedli kanapki z bufetu i popijali mlekiem z tych małych kartoników. Oboje...

Alice zbudziła go, wołając z piętra. Spojrzał na zegarek i odkrył, że spał na kanapie prawie dwadzieścia minut. Strużka śliny ciekła mu po brodzie.

— Alice? — Podszedł do schodów. — Wszystko w porządku? Zobaczył, że Tom też patrzył.

— Tak, ale możesz przyjść tu na minutkę?

— Pewnie.

Spojrzał na Toma, wzruszył ramionami i poszedł na górę.

Alice była w pokoju gościnnym, który wyglądał tak, jakby nie widział wielu gości, chociaż dwie poduszki świadczyły o tym, że Tom spędził tu z nią większość nocy, a pomięta pościel dowodziła, że niezbyt dobrze wypoczął. Alice znalazła parę niemal pasujących na nią spodni khaki i bluzę z napisem CANOBIE LAKE PARK na piersi, poniżej zarysu kolejki górskiej. Na podłodze stał duży przenośny radiomagnetofon, o jakim Clay i jego przyjaciele niegdyś marzyli, tak jak Johnny o tym czerwonym telefonie komórkowym. Clay i jego koledzy nazywali taki sprzęt getto blasterami lub boomboksami.

— Był w szafie i baterie wyglądają na dobre — oznajmiła. — Miałam ochotę go włączyć i poszukać jakiejś stacji radiowej, ale bałam się.

Spojrzał na radiomagnetofon stojący na gładkiej podłodze pokoju gościnnego i też się bał. Jakby patrzył na naładowaną broń. Mimo to pragnął wyciągnąć rękę i przekręcić gałkę wyboru funkcji na FM, gdyż teraz wskazywała CD. Wyobrażał sobie, że Alice czuła to samo i dlatego go zawołała. Niczym nie różniło się to od chęci dotknięcia nabitej broni.

— Siostra dała mi go na urodziny dwa lata temu — powiedział od drzwi Tom i oboje drgnęli. — W lipcu włożyłem nowe baterie i zabrałem go na plażę. Kiedy byłem chłopcem, wszyscy chodziliśmy na plażę i słuchaliśmy muzyki, chociaż wtedy nie miałem tak dużego radiomagnetofonu.

— Ja też nie — rzekł Clay. — Jednak chciałem mieć.

— Wziąłem go na Hampton Beach w New Hampshire razem ze stertą płyt Van Halena i Madonny, ale to nie było to samo. Ani trochę. Od tamtej pory nie używałem tego sprzętu. Sądzę, że wszystkie stacje radiowe zamilkły, prawda?

— Założę się, że niektóre wciąż nadają — powiedziała Alice. Przygryzała dolną wargę. Clay pomyślał, że jeśli zaraz nie przestanie tego robić, zacznie krwawić. — Te, które moi znajomi nazywali zrobotyzowanymi stacjami. Mają przyjazne nazwy, takie jak BOB czy FRANK, ale wszystko jest nadawane przez olbrzymią skomputeryzowaną radiostację w Kolorado i transmitowane przez satelitę. A przynajmniej tak mówili moi znajomi. A... — Polizała wargę w miejscu, gdzie ją przygryzła. Tuż pod skórą warga była lśniąca od krwi. — A właśnie w taki sposób jest przekazywany sygnał telefonów komórkowych, prawda? Za pośrednictwem satelity

— Nie wiem — przyznał się Tom. — Sądzę, że być może rozmowy międzymiastowe... a na pewno międzynarodowe... i podejrzewam, że jakiś geniusz mógł przesłać zmodyfikowany sygnał satelitarny do tych wszystkich wież radarowych, które widzicie... tych, które przekazują sygnały dalej...

Clay wiedział, o których wieżach on mówi — stalowych szkieletach obwieszonych talerzami niczym szarymi przylgami. Przez dziesięć ostatnich lat wyrosły wszędzie.

— Gdybyśmy złapali lokalną stację — kontynuował Tom — moglibyśmy posłuchać wiadomości. Dowiedzieć się, co robić, dokąd iść...

— Tak, ale co będzie, jeśli to jest i w radiu? — spytała Alice. — Właśnie o tym mówię. Co się stanie, jeśli nastroicie je na to, co... — Ponownie oblizała wargę i znów ją przygryzła. — Co usłyszała moja matka? I mój tata? On też, oczywiście, miał nowiuteńki telefon komórkowy z wszystkimi bajerami — kamerą, automatycznym wybieraniem, łączem internetowym... uwielbiał tę zabawkę! — Prychnęła śmiechem, który był histeryczny i smutny zarazem — zabójcza kombinacja. — Co będzie, jeśli usłyszycie to, co oni usłyszeli? Moi rodzice i tamci? Chcecie tak ryzykować?

W pierwszej chwili Tom nie odpowiedział. Potem rzekł ostrożnie, jakby rozważając ten pomysł:

129

— Jeden z nas mógłby zaryzykować. Dwoje pozostałych mogłoby odejść i zaczekać...

— Nie — powiedział Clay.

— Proszę, nie — rzekła Alice. Znów była bliska płaczu. — Chcę was obu. Potrzebuję was obu.

Stali nad radiomagnetofonem, patrząc na niego. Clay myślał o powieściach science fiction, które czytywał jako nastolatek (czasem na plaży, słuchając w radiu Nirvany zamiast Van Halena). W wielu z nich nadchodził koniec świata. A potem bohaterowie go odbudowywali. Nie bez trudu i przeszkód, ale używając narzędzi i zaawansowanych technologii, odbudowywali go. Nie pamiętał, żeby w którejś z nich bohaterowie stali w sypialni i gapili się na radiomagnetofon. Prędzej czy później ktoś weźmie do ręki jakieś narzędzie albo włączy radio, pomyślał, ponieważ ktoś będzie musiał to zrobić.

Tak. Jednak nie tego ranka.

Czując się, jak zdrajca jakiejś większej sprawy, której nie ogarniał umysłem, podniósł wielki radiomagnetofon Toma, wepchnął go z powrotem do szafy i zamknął drzwi.

16

Mniej więcej godzinę później regularna migracja na wschód zaczęła się załamywać. Clay stał na warcie. Alice była w kuchni i jadła jedną z kanapek, które przywieźli z Bostonu. Powiedziała, że muszą skończyć kanapki, zanim otworzą jakąś puszkę ze spiżarni Toma, ponieważ nie wiadomo, kiedy znów będą jedli świeże mięso. Tom spał na kanapie w salonie. Clay słyszał jego miarowe pochrapywanie.

Zauważył kilka osób idących pod prąd, a potem wyczuł jakieś rozluźnienie wśród wędrujących Salem Street, jakąś zmianę tak subtelną, że jego mózg tylko dzięki intuicji zarejestrował przekazywany przez oczy obraz. Z początku zignorował to jako złudzenie wywołane przez tych kilku wędrowców — bardziej szalonych od innych — którzy podążali na zachód zamiast na wschód, a potem przyjrzał się cieniom. Wyraźnie zarysowane sylwetki, jakie obserwował wcześniej, teraz zaczęły się rozmywać. Niebawem przestały być widoczne.

Coraz więcej ludzi zmierzało na zachód zamiast na wschód i niektórzy z nich jedli żywność zabraną ze sklepu spożywczego. Synowa pana Scottoniego, Judy, niosła wielki pojemnik z topiącymi się lodami czekoladowymi, które spływały jej po fartuszku i pokrywały ją od kolan po czubek nosa. Z twarzą usmarowaną czekoladą wyglądała jak pani Bones z konkursu piosenkarskiego. Jeśli pan Potowami był kiedyś wegetarianinem, teraz najwyraźniej o tym zapomniał, gdyż szedł obok niej, rwąc kęsy z trzymanego oburącz surowego hamburgera. Grubas w brudnym garniturze niósł coś, co wyglądało jak częściowo rozmrożona jagnięca noga, i kiedy Judy Scottoni próbowała mu ją zabrać, grubas rąbnął tą nogą Judy w czoło. Dziewczyna padła jak długa, wydętym brzuchem rozgniatając i tak już pognieciony pojemnik z lodami czekoladowymi Breyers.

Na ulicy panowało zamieszanie, któremu towarzyszyły liczne akty przemocy, lecz już nie tak gwałtownej jak poprzedniego popołudnia. Przynajmniej tutaj. W Malden Center syrena, od początku zawodząca słabym głosem, już dawno ucichła. W oddali nadal sporadycznie słychać było strzały, lecz od czasu tamtego wystrzału z dubeltówki w centrum miasta żaden nie padł w pobliżu Salem Street. Clay chciał zobaczyć, czy szaleńcy nie zaczną włamywać się do domów, lecz chociaż czasem przechodzili po trawnikach, nic nie świadczyło o tym, żeby mieli wtargnąć na cudzy teren i zacząć się włamywać. Większość kręciła się po ulicy, czasem próbując odebrać żywność innym, czasem walcząc ze sobą lub gryząc się. Trzy lub cztery osoby — wśród nich żona młodego Scottoniego — leżały na ulicy, martwe lub nieprzytomne. Clay domyślał się, że większość tych, którzy wcześniej przeszli obok domu Toma, nadal była na rynku, biorąc udział w ulicznych tańcach albo w Pierwszym Dorocznym Festynie Świeżego Mięsa w Malden — i dzięki Ci za to, Boże. Jednak to dziwne, że ich poczucie celu — ten instynkt stadny — tak nagle zupełnie zanikło.

Około południa, kiedy poczuł się bardzo senny, poszedł do kuchni i znalazł Alice śpiącą przy stole, z głową opartą na rękach. W jednej dłoni trzymała sportowy bucik, ten, który nazywała „Baby Nike". Kiedy Clay ją zbudził, spojrzała na niego sennie i przycisnęła bucik do piersi, jakby obawiała się, że może go jej zabrać.

Zapytał, czy mogłaby przez jakiś czas poobserwować ulicę z końca korytarza, pod warunkiem że nie zaśnie ani nie będzie się pokazywać. Odparła, że tak. Clay jej uwierzył i zaniósł tam krzesło. Przystanęła na moment w drzwiach do salonu.

— Tylko popatrz — powiedziała.

Spojrzał jej przez ramię i zobaczył kota, Rafera, który spał na brzuchu Toma. Clay chrząknął z rozbawieniem.

Alice usiadła na postawionym przez niego krześle, dostatecznie daleko od drzwi, żeby ktoś patrzący na dom nie zdołał jej zauważyć. Rzuciła okiem na ulicę.

— Już nie są stadem. Co się stało? — zapytała.

— Nie wiem.

— Która jest godzina?

Spojrzał na zegarek.

— Dwadzieścia po dwunastej.

— O której zauważyliśmy, że ruszyli?

— Naprawdę nie wiem, Alice. — Starał się zachować cierpliwość, ale oczy same mu się zamykały. — Szósta trzydzieści? Siódma? Nie wiem. Czy to ważne?

— Gdybyśmy zdołali znaleźć jakąś prawidłowość w ich postępowaniu, byłoby to bardzo ważne, nie sądzisz?

Powiedział jej, że zastanowi się nad tym, kiedy się trochę prześpi.

— Parę godzin, potem obudź mnie lub Toma — rzekł. — Wcześniej, gdyby coś było nie tak.

— Chyba gorzej już być nie może. Idź na górę. Naprawdę wyglądasz na wykończonego.

Poszedł na górę do pokoju gościnnego, zdjął buty i położył się. Przez chwilę myślał o tym, co powiedziała: „Gdybyśmy zdołali znaleźć jakąś prawidłowość w ich postępowaniu". Może coś w tym było. Mało prawdopodobne, ale...

Pokój był ładny, bardzo ładny, słoneczny. Leżąc w takim pokoju, łatwo zapomnieć o tym, że w szafie jest radio, które boisz się włączyć. Trudniej zapomnieć, że twoja żona, opuszczona, lecz nadal kochana, może już nie żyje, a twój syn — nie tylko kochany, lecz wręcz uwielbiany — być może jest szaleńcem. Jednak ciało ma swoje potrzeby, prawda? A jeśli był kiedyś idealny pokój na popołudniową drzemkę, to właśnie ten. Szczur paniki poruszył się nerwowo, ale nie ugryzł i Clay zasnął niemal natychmiast, gdy tylko zamknął oczy.

17

Tym razem to Alice go zbudziła, szarpiąc za ramię. Czerwony bucik kołysał się, kiedy to robiła. Przywiązała go sobie do przegubu lewej ręki niczym jakiś dziwaczny talizman. Światło w pokoju zmieniło się. Wpadało z innej strony i było słabsze. Obrócił się na bok i poczuł, że musi iść do toalety — wyraźny sygnał, że spał przez jakiś czas. Pospiesznie usiadł i ze zdziwieniem — a nawet przestrachem — stwierdził, że jest za piętnaście szósta. Spał ponad pięć godzin. Oczywiście, ostatnia noc nie była pierwszą zarwaną, poprzedniej również źle spał. Przez zdenerwowanie, spowodowane nadchodzącym spotkaniem z ludźmi od komiksów wydawnictwa Dark Horse.

— Wszystko w porządku? — zapytał, biorąc ją za rękę. — Dlaczego pozwoliłaś mi tak długo spać?

— Ponieważ tego potrzebowałeś — odparła. — Tom spał do drugiej, a ja do czwartej. Od tej pory obserwowaliśmy razem. Zejdź na dół i popatrz. To zdumiewające.

— Znów idą stadem?

Skinęła głową.

— Tylko teraz w przeciwnym kierunku. I to nie wszystko. Chodź i zobacz.

Opróżnił pęcherz i pospieszył na dół. Tom i Alice stali objęci w drzwiach na werandę. Już nie było obawy, że tamci ich zobaczą, gdyż niebo zachmurzyło się i weranda Toma znalazła się w głębokim cieniu. Poza tym na Salem Street nie było wielu przechodniów. I wszyscy zmierzali na zachód, może nie biegiem, ale rączym truchtem. Czteroosobowa grupka przemknęła środkiem ulicy, po ciałach leżących ludzi i resztkach jedzenia, w tym po ogryzionym do kości jagnięcym udźcu, mnóstwie porozdzieranych torebek celofanowych i kartonowych pudełek, po porozrzucanych owocach i warzywach. Za nią nadciągnęła sześcioosobowa grupa, której ostatni członkowie szli po chodnikach. Nie patrzyli na siebie, lecz byli bezsprzecznie razem, tak że mijając dom Toma, wydawali się jednością i Clay zauważył, że nawet rękami poruszali w równym rytmie. Za nimi szedł chyba czternastoletni chłopak, mocno utykający i wydający niezrozumiałe porykiwania, usiłujący dotrzymać im kroku.

— Zostawili martwych i nieprzytomnych — informował Tom — ale pomogli tym, którzy się ruszali.

Clay poszukał wzrokiem młodej Scottoni, ale nie znalazł.

— Pani Scottoni?

— Jej pomogli — odparł Tom.

— Zatem znów zachowują się jak ludzie.

— Wcale nie — zaprzeczyła Alice. — Jeden z tych, którym próbowali pomóc, nie mógł chodzić i kiedy upadł kilka razy, jeden z podnoszących go ludzi znudził się udawaniem skauta i po prostu...

134

— Zabił go — dokończył Tom. — Nie rękami, jak tamten w ogrodzie. Zębami. Rozerwał mu gardło.

— Zorientowałam się, co zamierza, i odwróciłam głowę — powiedziała Alice — ale wszystko słyszałam. On... piszczał.

— Spokojnie — odezwał się Clay. Delikatnie uścisnął jej ramię. — Spokojnie.

Teraz ulica była prawie zupełnie pusta. Nadciągnęli jeszcze dwaj piechurzy i chociaż szli niemal ramię w ramię, obaj utykali tak mocno, że nie wydawali się jednością.

— Dokąd oni idą? — zapytał Clay.

— Alice sądzi, że może szukają schronienia — rzekł z ozywieniem Tom. — Zanim zrobi się ciemno. Może mieć rację.

— Gdzie? Jakiego schronienia? Widzieliście, żeby któryś z nich wchodził do jakiegoś domu przy tej ulicy?

— Nie — odparli jednocześnie.

— Nie wszyscy wrócili — zauważyła Alice. — Po Salem Street na pewno nie przeszło ich tylu, ilu rano poszło w przeciwną stronę. Tak więc wielu jest wciąż w Malden Center albo dalej. Mogli skierować się do budynków użyteczności publicznej, takich jak szkolne sale gimnastyczne...

Szkolne sale gimnastyczne. Clayowi nie podobała się ta myśl.

— Czy widziałeś film *Świt żywych trupów*? — zapytała.

— Tak — odpowiedział Clay. — Nie mów mi, że ktoś wpuścił cię na ten film do kina, co?

Popatrzyła na niego jak na wariata. Albo starca.

— Jedna z moich przyjaciółek miała DVD. Oglądaliśmy go na piżama-party w ósmej klasie.

Ton jej głosu sugerował czasy poczty konnej i prerii czarnej od nieprzeliczonych stad bizonów.

— Na tym filmie wszyscy martwi — no, nie wszyscy, ale wielu — budzili się i szli do centrum handlowego.

Tom McCourt gapił się na nią przez moment, po czym wybuchnął śmiechem. I nie było to krótkie parsknięcie, ale długi ryk śmiechu. Musiał oprzeć się o ścianę i Clay pospiesznie zamknął drzwi prowadzące z korytarza na werandę. Trudno powiedzieć, jak dobry słuch mają stwory wędrujące ulicą. W tym momencie myślał tylko o tym, że obłąkany narrator z opowiadania Poego *Serce oskarżycielem* miał niezwykle wyostrzony słuch.

— Tak robili — upierała się Alice, wziąwszy się pod boki. Bucik zakołysał się na jej przegubie. — Walili prosto do centrum handlowego.

Tom zaśmiał się jeszcze głośniej. Kolana ugięły się pod nim i powoli osunął się na podłogę korytarza, rycząc ze śmiechu i machając rękami.

— Umarli... — wysapał — ...i wrócili... żeby pójść na zakupy. Jezu Chryste, czy Jerry F-Falwell... — Przerwał, znów zanosząc się ze śmiechu. Łzy ciekły mu strużkami po policzkach. Wreszcie opanował się na tyle, by dokończyć: — Czy Jerry Falwell uważa, że niebo to centrum handlowe?

Clay też zaczął się śmiać. Alice również, chociaż Clay sądził, że była trochę wkurzona tym, że jej uwaga nie spotkała się z zainteresowaniem czy choćby lekką kpiną, tylko wywołała wybuch śmiechu. Jednak kiedy ludzie zaczynają się śmiać, trudno się do nich nie przyłączyć. Nawet kiedy jest się wkurzonym.

Prawic już przestali rechotać, kiedy Clay powiedział ni stąd, ni zowąd:

— Jeśli w niebie nie jest jak w Dixielandzie, to nie chcę tam iść.

To znów ich rozśmieszyło, wszystkich troje. Alice wciąż się śmiała, mówiąc:

— Jeśli kieruje nimi instynkt stadny i w nocy gnieżdżą się w salach gimnastycznych, kościołach i marketach, można by setki ich wystrzelać.

Clay pierwszy przestał się śmiać. Tom po nim. Spojrzał na nią, ocierając równo przystrzyżone wąsiki.

Alice skinęła głową. Zarumieniła się ze śmiechu, w tym momencie była nie tylko ładna, ale wręcz piękna.

— Może nawet tysiące, jeśli wszyscy zmierzają w to samo miejsce.

— Jezu — rzekł Tom. Zdjął okulary i zaczął je także wycierać. — Nie żartujesz.

— Chodzi o przetrwanie — odparła beznamiętnie Alice. Spojrzała na przywiązany do przegubu but, a potem na nich obu. Znów skinęła głową. — Powinniśmy obserwować ich zwyczaje. Ustalić, czy naprawdę kieruje nimi instynkt stadny. Czy gniazdują i gdzie gniazdują. Ponieważ jeśli zdołamy to ustalić...

18

Clay wyprowadził ich z Bostonu, lecz gdy wszyscy troje opuszczali dom przy Salem Street, piętnastoletnia Alice Maxwell była ich niekwestionowaną przywódczynią. Im dłużej Clay o tym myślał, tym mniej go to dziwiło.

Tomowi McCourtowi nie brakowało odwagi, ale nie był i nigdy nie będzie urodzonym przywódcą. Clay wykazywał pewne zdolności przywódcze, ale tego wieczoru Alice miała pewną przewagę: pogodziła się ze stratami i postanowiła iść dalej. Opuszczając dom przy Salem Street, obaj mężczyźni musieli uporać się z następnymi problemami. Clay wpadł w dość zatrważającą depresję, którą początkowo uznał za skutek decyzji — naprawdę nieuniknionej — żeby pozostawić teczkę z rysunkami. Jednak po pewnym czasie uświadomił sobie, że była to głęboka obawa przed tym, co może zastać, jeśli dotrze do Kent Pond.

W przypadku Toma powód był prostszy. Niechętnie opuszczał Rafe'a.

— Zostaw mu uchylone drzwi — poradziła Alice, nowa i twardsza Alice, która z każdą minutą wydawała się bardziej stanowcza. — Na pewno nic mu się nie stanie, Tom. Znajdzie tu mnóstwo jedzenia. Minie sporo czasu, zanim koty zaczną głodować lub telefoniczni szaleńcy stoczą się tak nisko w łańcuchu pokarmowym, że zaczną jeść kocie mięso.

— Zdziczeje — stwierdził Tom.

Siedział na kanapie w salonie, wyglądając godnie, lecz zarazem żałośnie w płaszczu przeciwdeszczowym i kapelusiku. Rafer okupował jego kolana. Mruczał i wyglądał na znudzonego.

— Tak, właśnie tak się dzieje z kotami — rzekł Clay. — Pomyśl o tych wszystkich psach, dużych i małych, które po prostu wyzdychają.

— Mam go od dawna. Naprawdę. Od kiedy był kociakiem. — Podniósł głowę i Clay zobaczył, że Tom jest bliski łez. — Ponadto chyba uważałem go za talizman. Rodzaj dobrego ducha. Uratował mi życie, pamiętacie?

— Teraz my jesteśmy twoimi dobrymi duchami — oświadczył Clay. Nie chciał przypominać, że sam już co najmniej raz uratował Tomowi życie, ale tak było. — Prawda, Alice?

— Tak — potwierdziła. Tom znalazł dla niej poncho, a na plecach miała plecak, chociaż obecnie niosła w nim tylko baterie do latarki... a także, czego Clay był pewien, ten dziwaczny bucik, którego przynajmniej już nie miała przywiązanego do przegubu. Clay też miał w swoim plecaku baterie i lampę Colemana. Zgodnie z sugestią Alice nie wzięli nic więcej. Powiedziała, że nie ma powodu, aby nieść rzeczy, które mogą znaleźć po drodze. — Jesteśmy jak trzej muszkieterowie, Tom — wszyscy za jednego i jeden za wszystkich. Teraz chodźmy do domu pana Nickleby'ego i zobaczmy, czy uda nam się zdobyć jakieś muszkiety.

— Nickersona — poprawił, wciąż głaszcząc kota.

Była dostatecznie mądra — a może również litościwa — żeby nie powiedzieć czegoś w rodzaju „nieważne", ale Clay widział, że zaczynała tracić cierpliwość.

— Tom. Czas ruszać — zarządził.

— Taak, chyba tak. — Już miał umieścić kota na kanapie, ale jeszcze podniósł go i pocałował między uszami. Rafe zniósł to mężnie, jedynie trochę zmrużył ślepia. Tom położył go na kanapie i wstał. — Podwójna racja w kuchni przy piecyku, mały — rzekł. — Plus duża miska mleka z domieszką śmietanki do kawy. Tylne drzwi otwarte. Postaraj się pamiętać, gdzie twój dom, to może... może cię jeszcze zobaczę.

Kot zeskoczył z kanapy i z podniesionym ogonem poszedł w kierunku kuchni. I jak to koty, nie odwrócił się.

Teczka Claya, zgięta i z poziomą zmarszczką biegnącą z obu końców dziury po nożu na środku, była oparta o ścianę salonu. Zerknął na nią, wychodząc, i powstrzymał się przed jej dotknięciem. Przez moment myślał o zamkniętych w niej osobach, z którymi tak długo żył, zarówno w swojej małej pracowni, jak i w znacznie rozleglejszej (jak lubił sobie pochlebiać) przestrzeni swojej wyobraźni: Czarodzieja Flaka, Skaczącego Jacka Flasha, Śpiocha Gene'a, Sally Trucicielkę. I oczywiście, Mrocznego Wędrowca. Dwa dni temu myślał, że może zostaną gwiazdami. Teraz mieli dziurę po pchnięciu nożem i kota Toma McCourta za towarzysza.

Pomyślał o Śpiochu Genie, opuszczającym miasto na Robo-Cayusie i mówiącym: „N-na razie, ch-chłopcy! M-m-może b-będę t-tędy wracał!”.

— Na razie, chłopcy — powiedział na głos, trochę bezwiednie, ale nie całkiem.

Bądź co bądź to koniec świata. Jako pożegnanie nie było to specjalnie wyszukane, ale musiało wystarczyć... i jak mógłby powiedzieć Śpioch Gene: „T-to i t-tak lepsze niż z-z-zardzewiały g-gwóźdź w oku”.

Clay wyszedł w ślad za Alice i Tomem na werandę, w cichy plusk jesiennego deszczu.

Tom miał swój kapelusik, Alice kaptur przy poncho, a Clay znalazł czapeczkę Red Soksów, która przez jakiś czas mogła uchronić włosy przed zamoczeniem, jeśli tylko nie zacznie mocniej padać. A jeśli zacznie... no cóż, zaopatrzenie nie powinno być problemem, jak powiedziała Alice. To z pewnością obejmuje również odzież przeciwdeszczową. Z niewysokiej werandy widzieli odcinek Salem Street niemal aż do następnego skrzyżowania. W zapadającym zmierzchu nie można było mieć pewności, ale ulica wyglądała na kompletnie pustą, nie licząc kilku ciał i porozrzucanych resztek jedzenia, które pozostawili za sobą szaleńcy. Wszyscy troje schowali noże w pochwy zrobione przez Claya. Jeśli Tom miał rację co do Nickersona, wkrótce zdobędą coś lepszego. Clay na to liczył. Może zdołałby ponownie użyć noża rzeźnickiego, ale wcale nie był pewien, · czy potrafiłby to zrobić z zimną krwią.

Alice w lewej ręce trzymała latarkę. Obejrzała się, sprawdzając, czy Tom ma swoją, i skinęła głową.

— W porządku — powiedziała. — Zaprowadzisz nas do domu Nickersona?

— Tak — odparł Tom.

— A jeśli po drodze zobaczymy kogoś, natychmiast zatrzymamy się i oświetlimy go latarkami. — Z lekkim niepokojem spojrzała najpierw na Toma, a potem na Claya. Już to omawiali. Clay odgadł, że zapewne tak samo denerwowała się przed ważnymi egzaminami... a oczywiście ten był bardzo ważny.

— Tak — rzekł Tom. — Powiemy: jesteśmy Tom, Clay i Alice. Jesteśmy normalni. Jak wy się nazywacie?

— Gdyby mieli latarki tak jak my, możemy założyć... — powiedział Clay.

— Niczego nie możemy zakładać — przerwała niecierpliwie, wręcz kłótliwie. — Mój ojciec mówi, że gdyby babcia miała wąsy, toby była dziadkiem. No wiesz...

— Wiem — odparł Clay.

Alice przetarła oczy. Clay nie był pewien, czy otarła krople deszczu, czy łzy. Przez moment ze smutkiem zastanawiał się, czy Johnny teraz gdzieś płacze za nim z tęsknoty. Clay miał nadzieję, że tak. Miał nadzieję, że jego syn nadal może płakać. I pamięta.

— Jeśli odpowiedzą i podadzą nam swoje imiona, są w porządku i zapewne można do nich podejść — kontynuowała Alice. — Zgadza się?

Zgadza — powiedział Clay.

— Taak — potwierdził Tom, lekko roztargniony.

Patrzył na ulicę, na której nie było widać żywej duszy ani żadnych świateł latarek, blisko czy daleko.

Gdzieś w oddali zagrzechotały strzały. Przypominały trzask petard. W powietrzu unosił się zapach spalenizny i sadza, jak przez cały dzień. Clay pomyślał, że teraz ta woń jest lepiej wyczuwalna z powodu deszczu. Zastanawiał się, jak szybko odór rozkładających się zwłok zmieni wiszący nad Bostonem smog w cuchnącą chmurę. Upalne dni na pewno by temu sprzyjały.

— Jeśli spotkamy normalnych ludzi, którzy zapytają nas, co robimy lub dokąd idziemy, pamiętajcie, co należy powiedzieć — przypomniała Alice.

— Szukamy ocalałych — rzekł Tom.

— Właśnie. Ponieważ to nasi przyjaciele i sąsiedzi. Wszyscy ludzie, których spotkamy, będą tędy tylko przechodzili. I zechcą iść dalej. Później zapewne zechcemy przyłączyć się do normalnych, ponieważ w gromadzie bezpieczniej, ale teraz...

— Teraz chcemy dobrać się do broni — dokończył Clay. — Jeśli jakaś tam jest. Chodźmy, Alice, zróbmy to.

Popatrzyła na niego z niepokojem.

— Co się stało? Co przeoczyłam? Możesz mi powiedzieć, wiesz, że jestem jeszcze dzieckiem.

Cierpliwie — tak cierpliwie, jak zdołał, mimo nerwów napiętych niczym struny gitary — Clay odparł:

— Nic się nie stało, kochanie. Po prostu chcę coś zrobić. Poza tym nie sądzę, żebyśmy kogoś spotkali. Myślę, że jest na to za wcześnie.

— Obyś się nie mylił — westchnęła. — Mam gniazdo na głowie i złamałam paznokieć.

Przez moment spoglądali na nią w milczeniu, a potem się roześmiali. Później wszystko między nimi wróciło do normy i tak zostało do końca.

20

— Nie — powiedziała Alice. Zakrztusiła się. — Nie. Nie mogę. — Zakrztusiła się jeszcze bardziej. Potem wyjąkała: — Zaraz zwymiotuję. Przepraszam.

Wypadła z blasku lampy Colemana w mrok salonu Nickersonów, połączonego z kuchnią łukowatym przejściem. Clay usłyszał cichy łomot, gdy opadła na kolana na dywan, a potem znów głuchy kaszel. Krótka przerwa, głośne sapnięcie, a potem odgłosy wymiotowania. Prawie poczuł ulgę.

— O Chryste — powiedział Tom. Wziął długi, spazmatyczny wdech i tym razem rzekł drżącym głosem, niemal przechodzącym w skowyt: — O Chryste.

— Tom — powiedział Clay.

Widział, że tamten chwieje się na nogach i jest bliski zemdlenia. A czemu nie? Te krwawe szczątki to byli jego sąsiedzi.

— Tom! — Stanął między Tomem a dwoma ciałami leżącymi na podłodze kuchni, między Tomem a większością rozpryśniętej krwi, która była czarna jak atrament w bezlitosnym świetle lampy Colemana. Poklepał Toma po policzku. — Nie mdlej! — Kiedy zobaczył, że Tom przestał się chwiać, odrobinę zniżył głos. — Idź do sąsiedniego pokoju i zajmij się Alice. Ja rozejrzę się po kuchni.

— Dlaczego chcesz tam wejść? — zapytał Tom. — To Beth Nickerson z mózgiem... z mózgiem roz... — Głośno przełknął ślinę. — Większość jej twarzy zniknęła, ale poznaję tę niebieską bluzę w białe śnieżynki. A tam na środku kuchni to Heidi. Ich córka, poznaję ją, chociaż nie... — Pokręcił głową, jakby chciał otrzeźwieć, a potem powtórzył: — Dlaczego chcesz tam wejść?

— Jestem pewien, że widzę to, po co przyszliśmy — odparł Clay. Sam był zaskoczony spokojnym tonem swojego głosu.

— W kuchni?

Tom spróbował spojrzeć mu przcz ramię, ale Clay zasłonił mu widok.

— Zaufaj mi. Zajmij się Alice. Jeśli możecie, poszukajcie więcej broni. Zawołaj, kiedy ją znajdziecie. I uważajcie, bo pan Nickerson też może tu być. Chcę powiedzieć, żc jeśli nie był w pracy, kiedy to wszystko się zdarzyło... ale jak mówi ojciec Alice...

— Gdyby babcia miała wąsy, toby była dziadkiem — podsunął Tom. Zdobył się na krzywy uśmiech. — Załapałem. — Zaczął odchodzić, ale jeszcze się odwrócił. — Nie obchodzi mnie, dokąd pójdziemy, Clay, ale nie chcę zostać tu ani chwili dłużej niż to konieczne. Niespecjalnie lubiłem Arniego i Beth Nickersonów, ale byli moimi sąsiadami. I traktowali mnie o niebo lepiej niż ten idiota Scottoni z sąsiedztwa.

— Rozumiem.

Tom włączył latarkę i wszedł do salonu Nickersonów. Clay usłyszał, jak mamrotał coś do Alice, pocieszając ją.

Zebrawszy wszystkie siły, Clay wszedł do kuchni, wysoko trzymając lampę Colemana i obchodząc kałuże krwi na deskach podłogi. Była już zaschnięta, lecz mimo to nie chciał po niej deptać.

Dziewczyna leżąca na plecach obok stołu stojącego na środku pomieszczenia była wysoka, lecz zarówno kucyki, jak i kanciaste linie ciała świadczyły o tym, że była dwa lub trzy lata młodsza od Alice. Głowę miała odchyloną pod dziwnym kątem, niemal w zabawnie pytający sposób, i wytrzeszczone oczy. Jej włosy były jasne jak słoma, ale cała lewa połowa twarzy — ta, na którą spadł morderczy cios — miała teraz taką samą ciemnokasztanową barwę jak kałuże na podłodze.

Jej matka leżała obok stołu na prawo od kuchenki, w miejscu gdzie stykały się ładne szafki z wiśniowego drewna, tworząc narożnik. Miała dłonie upiornie białe od mąki, a zakrwawione, pogryzione nogi nieprzyzwoicie rozrzucone. Kiedyś, zanim zaczął pracę nad niskonakładowym komiksem zatytułowanym „Bitwa w piekle", Clay ściągnął z sieci wiele zdjęć ukazujących ofiary postrzałów, sądząc, że może uda mu się któreś wykorzystać. Pomylił się. Rany postrzałowe przemawiały własnym niezrozumiałym i strasznym językiem, także tutaj. Od lewego oka w górę czaszka Beth Nickerson zmieniła się w mazistą ciecz. Jej prawe oko przekręciło się w oczodole i spoglądało w górę, jakby umarła, próbując zajrzeć sobie do wnętrza głowy. Czarne włosy i większość mózgu oblepiły szafkę z wiśniowego drewna, o którą oparła się przez chwilę, gdy konała. Nad nią bzyczało kilka much.

Clay zaczął się krztusić. Odwrócił głowę i zakrył dłonią usta. Powiedział sobie, że musi wziąć się w garść. W sąsiednim pokoju Alice przestała wymiotować, a nawet słyszał, jak rozmawia z Tomem, idąc w głąb domu.

Myśl o nich jak o kukłach albo statystach w filmie, powtarzał sobie, ale wiedział, że nigdy nie zdoła.

Kiedy się odwrócił, popatrzył nie na zwłoki, lecz na inne rzeczy leżące na podłodze. To pomogło. Broń już widział. Kuchnia była przestronna i broń znajdowała się na jej drugim końcu, leżała między lodówką a jedną z szafek. Lufa sterczała ze szpary. Na widok zabitej kobiety i dziewczyny w pierwszym odruchu odwrócił oczy i przypadkiem ją zauważył.

Może jednak domyśliłbym się, że musi tu być broń.

Nawet odgadł, gdzie wisiała: na ścianie pomiędzy zabudowanym telewizorem a sporych rozmiarów otwieraczem do puszek. „Miłośnik broni oraz rozmaitych gadżetów", powiedział Tom. Pistolet wiszący na ścianie w kuchni i wprost proszący się o to, żeby wziąć go do ręki... No cóż, jeśli to nie najlepszy ze światów, to który jest lepszy?

— Clay? — To był głos Alice. Dochodził z daleka.

— Co?

Zaraz usłyszał tupot nóg, gdy wbiegała po schodach, a potem jej wołanie z salonu.

— Tom powiedział, że chciałeś wiedzieć, jeśli coś znajdziemy. Właśnie znalćźliśmy. W pokoju na dole jest chyba z tuzin sztuk. Karabiny i pistolety. Są w szafie z nalepką firmy ochroniarskiej, więc pewnie nas aresztują... Żartowałam. Idziesz?

— Za chwilkę, skarbie. Nie wchodź tu.

— Nie martw się. Sam też nie siedź tam i nie przyglądaj się tym okropnościom.

Nie miał już ochoty się przyglądać, najmniejszej. Na zakrwawionej kuchennej podłodze Nickersonów leżały jeszcze dwa inne przedmioty. Jednym był wałek do ciasta, co miało sens. Na stole stała forma do ciasta, misa i żółty pojemnik z napisem MĄKA. Drugim przedmiotem leżącym na podłodze, niedaleko rąk Heidi Nickerson, był telefon komórkowy, jaki mógł się podobać tylko nastolatce — niebieski w wielkie pomarańczowe stokrotki.

Clay widział, co tu się stało. Beth Nickerson robiła ciasto. Czy wiedziała, że zaczęło się dziać coś strasznego w centrum Bostonu, w Ameryce, może na całym świecie? Czy podano to w telewizji? Jeśli tak, to telewizja nie przesłała jej kodu wywołującego szaleństwo, Clay był tego pewien.

Jednak jej córka go otrzymała. Och tak. I Heidi zaatakowała matkę. Czy Beth Nickerson próbowała przemówić córce do rozsądku, zanim powaliła ją na podłogę uderzeniem wałka do ciasta, czy od razu zadała cios? Nie z nienawiści, ale bólu i strachu. Tak czy inaczej to nie wystarczyło. A Beth nie nosiła spodni. Miała na sobie sukienkę bez rękawów i gołe nogi.

Clay obciągnął sukienkę zabitej kobiety. Zrobił to delikatnie, zasłaniając zwykłą bawełnianą bieliznę do noszenia po domu, którą zanieczyściła, umierając.

Heidi, czternastolatka, a może tylko dwunastolatka, zapewne bełkotała w tym niezrozumiałym i idiotycznym języku, którym oni wszyscy zaczynali się posługiwać natychmiast po otrzymaniu pełnej dawki neutralizatora rozumu, narzeczem złożonym z takich słów jak *rast, eelah* i *kazzalah-mogę!* Pierwsze uderzenie wałkiem do ciasta powaliło ją, lecz nie ogłuszyło, i oszalała nastolatka zaczęła gryźć matkę w nogi. Nie podgryzać, lecz wbijać zęby tak głęboko, że niektóre z ugryzień doszły aż do kości. Clay widział nie tylko ślady zębów, ale upiorne sińce, zapewne pozostawione przez aparat korekcyjny młodej Heidi. I tak — zapewne krzycząc, niewątpliwie cierpiąc i niemal na pewno nie zdając sobie sprawy z tego, co robi — Beth Nickerson uderzyła ponownie, tym razem znacznie mocniej. Clay niemal słyszał stłumiony trzask pękających kręgów. Ukochana córka upadła martwa na podłogę nowocześnie urządzonej kuchni, z aparacikiem na zębach i nowoczesnym telefonem komórkowym w wyciągniętej ręce.

Czy jej matka zawahała się choć chwilę, zanim zdjęła broń z wieszaka między telewizorem a otwieraczem do puszek, gdzie czekała nie wiadomo jak długo na włamywacza lub gwałciciela, który pojawiłby się w tej czystej, jasno oświetlonej kuchni? Clay nie przypuszczał, by tak było. Uważał, że nie zastanawiała się ani chwili, chcąc dogonić uchodzącą duszę, dopóki Heidi miała jeszcze na wargach słowa wyjaśnienia.

Clay podszedł do broni i podniósł ją. U takiego amatora gadżetów jak Arnie Nickerson oczekiwał pistoletu automatycznego, może nawet z celownikiem laserowym, tymczasem to był zwyczajny rewolwer, Colt .45. Clay doszedł do wniosku, że to ma sens. Ten typ broni mógł lepiej odpowiadać potrzebom Nickersona: żadnych głupot ze sprawdzaniem, czy broń jest naładowana (ani marnowania czasu na wyławianie magazynka zza szpatułek czy przypraw, jeśli nie była), lub odciągania suwadła, aby upewnić się, że nabój tkwi w komorze. Nie, przy tego rodzaju starym cholerstwie wystarczyło otworzyć bębenek, co Clay zrobił z łatwością. Narysował z tysiąc rysunków tej broni do „Mrocznego Wędrowca". Tak jak oczekiwał, w jednej z sześciu komór tkwiła łuska. Wytrząsnął naboje z pozostałych, dobrze wiedząc, co znajdzie. Czterdziestkapiątka Beth Nickerson była załadowana niedozwoloną amunicją, zwaną „zabójcy gliniarzy". Nic dziwnego, że cała górna część jej czaszki znikła. Cud, że w ogóle coś zostało. Spojrzał na szczątki leżącej w kącie kobiety i zaczął płakać.

— Clay? — To był Tom, który wchodził po schodach na górę, wracając z piwnicy. — Człowieku, Arnie miał wszystko! Jest tu broń automatyczna, za którą — gotów jestem się założyć — długo posiedziałby w Walpole... Clay? Wszystko w porządku?

— Już idę — odpowiedział Clay, ocierając oczy. Zabezpieczył rewolwer i wepchnął go za pasek. Potem wziął nóż i położył go w prowizorycznej pochwie na kuchennym stole Beth Nickerson. Wyglądało na to, że dokonali wymiany. — Daj mi jeszcze dwie minuty.

— Taa.

Clay usłyszał, jak Tom z łoskotem zbiega po schodach z powrotem do zbrojowni Arniego Nickersona, i uśmiechnął się przez wciąż spływające po twarzy łzy. Oto coś, co powinien zapamiętać: daj miłemu facecikowi z Malden pokój pełen broni do zabawy, a zaraz zaczyna mówić „taa", jak jakiś Sylvester Stallone.

Clay zaczął przetrząsać szuflady. W trzeciej z kolei znalazł ciężkie czerwone pudełko z napisem **AMERICAN DEFENDER** KALIBER .45 **AMERICAN DEFENDER** 50 NABOI. Było pod ścierkami do naczyń. Schował pudełko do kieszeni i poszedł dołączyć do Toma i Alice. Chciał wyjść stąd jak najprędzej. Zdaje się, że trudno będzie ich stąd wyprowadzić bez całej kolekcji uzbrojenia zgromadzonej przez Arniego Nickersona.

W połowie korytarza przystanął i obejrzał się, wysoko unosząc lampę Colemana. Popatrzył na ciała. Obciągnięcie rąbka sukni kobiety niewiele pomogło. Matka i córka były martwe, a ich rany rzucały się w oczy tak samo jak opilstwo Noego, gdy zaskoczył go syn. Clay mógł znaleźć coś, żeby je zakryć, lecz gdyby raz zaczął okrywać ciała, na kim by skończył? Na kim? Na Sharon? Na swoim synu?

— Broń Boże — szepnął, ale wątpił, by Bóg spełnił jego prośbę. Opuścił lampę i poszedł za roztańczonym blaskiem latarek na dół, do Toma i Alice.

21

Oboje przypasali sobie kabury z bronią automatyczną dużego kalibru. Tom ponadto zarzucił na ramię pas z amunicją. Clay nie wiedział, czy śmiać się, czy znów zacząć płakać. Miał ochotę na jedno i drugie jednocześnie. Oczywiście, gdyby to zrobił, pomyśleliby, że wpadł w histerię. I mieliby rację.

Telewizor plazmowy zamontowany na ścianie był duży — bardzo duży — tej samej marki co ten w kuchni. Inny telewizor, tylko trochę mniejszy, miał interfejs umożliwiający podłączenie gier wideo różnych producentów. Clay chętnie by sprawdził jego działanie. Może nawet pokochał. Jakby dla równowagi w kącie obok stołu do ping-ponga stała leciwa szafa grająca Seeberga. Jej bajecznie kolorowe lampki były ciemne i martwe. I oczywiście były tam szafki z bronią, dwie, wciąż zamknięte, lecz z rozbitymi szklanymi drzwiczkami.

— Były w nich kraty, ale w garażu miał skrzynkę z narzędziami — powiedział Tom. — Alice zerwała je kluczem nastawnym.

— Bułka z masłem — rzekła skromnie Alice. — A to było

w garażu za skrzynką z narzędziami, owinięte kawałkiem koca. Czy to jest to, co myślę?

Podniosła broń ze stołu do ping-ponga, ostrożnie chwytając za składaną kolbę, po czym podała Clayowi.

— Jasna cholera. To... — Zmrużył oczy, patrząc na napis wytłoczony nad osłoną języka spustowego. — To chyba rosyjska broń.

— Na pewno — rzekł Tom. — Myślisz, że to kałasznikow?

— Czy ja wiem. Są do niego naboje? W pudełkach z takim samym napisem jak na broni?

— Pół tuzina pudełek. Ciężkich. To pistolet maszynowy, prawda?

— Chyba można go tak nazwać. — Clay przesunął dźwigienkę. — Jestem pewien, że jedno z tych dwóch ustawień to ogień pojedynczy, a drugie ciągły.

— Ile pocisków wystrzeliwuje na minutę? — zapytała Alice.

— Nie wiem — odparł Clay — ale myślę, że podaje się liczbę wystrzeliwaną na sekundę.

— O. — Zrobiła wielkie oczy. — Potrafisz dojść do tego, jak z niego strzelać?

— Alice, jestem przekonany, że strzelać z takiej broni uczą szesnastoletnich chłopców ze wsi. Tak, dojdę do tego, jak z niej strzelać. Może zmarnuję pudełko amunicji, ale dojdę.

Boże, nie pozwól, żeby wybuchł mi w rękach, pomyślał.

— Czy taka broń jest legalna w Massachusetts? — zapytała.

— Teraz jest, Alice — powiedział bez uśmiechu Tom. — Chyba czas ruszać?

— Tak — zgodziła się, a potem — może jeszcze nieprzyzwyczajona do tego, że to ona podejmuje decyzje — spojrzała na Claya.

— Tak — potwierdził. — Na północ.

— Mnie to pasuje — rzekła Alice.

— Na północ. Chodźmy — rzekł Tom.

AKADEMIA GAITEN

1

Deszczowym świtem następnego ranka Clay, Alice i Tom obozowali w stodole przylegającej do opuszczonej stadniny koni w North Reading. Patrzyli przez otwarte drzwi, gdy pojawiła się pierwsza grupa szaleńców, maszcrujących na południowy zachód drogą numer 62 w kierunku Wilmington. Wszyscy byli w jednakowo przemoczonych i niechlujnych ubraniach. Niektórzy nie mieli butów. Do południa przeszli. Około czwartej, gdy słońce przebiło się przez chmury długimi, skośnymi promieniami, zaczęli maszerować z powrotem, tam skąd przyszli. Wielu coś jadło po drodze. Niektórzy pomagali tym, którzy z trudem szli o własnych siłach. Jeśli dochodziło do morderstw, to Clay, Tom i Alice żadnego nie widzieli.

Kilku szaleńców taszczyło jakieś duże przedmioty, które wyglądały znajomo: Alice znalazła jeden taki w szafie w pokoju gościnnym Toma. Potem wszyscy troje stali wokół, bojąc się to włączyć.

— Clay? — spytała Alice. — Dlaczego niektórzy z nich niosą radiomagnetofony?

— Nie wiem — odpowiedział.

— Nie podoba mi się to — rzekł Tom. — Nie podoba mi się ich instynkt stadny, nie podoba mi się to, że sobie pomagają, a najbardziej nie podoba mi się to, że dźwigają te wielkie przenośne radiomagnetofony.

— Tylko kilku z nich... — zaczął Clay.

— Przyjrzyj się tej tam — przerwał mu Tom, wskazując na kobietę w średnim wieku, wlokącą się drogą numer 62 i tulącą w ramionach radio z odtwarzaczem CD wielkości sporego taboretu. Przyciskała je do piersi, jakby to było śpiące niemowlę. Przewód zasilania wysunął się ze swojego schowka i wlókł się po asfalcie. — Nie widać, żeby ktoś z nich niósł lampę czy toster, prawda? A co się stanie, jeśli są tak zaprogramowani, żeby nastawić przenośne radia, włączyć je i zacząć nadawać ten tonowy lub pulsacyjny podprogowy sygnał czy cokolwiek to jest? Lub jeśli zechcą dopaść tych, których ominęli za pierwszym razem?

Oni. Wiecznie żywe, paranoiczne słowo „oni". Alice wyjęła skądś swój bucik i ściskała go w dłoni, ale kiedy się odezwała, jej głos brzmiał dość spokojnie.

— Nie sądzę, żeby tak było — powiedziała.

— Dlaczego? — zapytał Tom.

Pokręciła głową.

— Nie potrafię tego wyjaśnić. Po prostu nie wydaje mi się.

— Kobieca intuicja? — Uśmiechał się, ale nie szyderczo.

— Może — odparła — ale jedno jest oczywiste.

— Co takiego, Alice? — spytał Clay. Domyślał się, co dziewczyna powie, i miał rację.

— Stają się sprytniejsi. Nie pojedynczo, ale jako zbiorowość. Może to głupio brzmi, ale i tak bardziej prawdopodobnie niż to, że gromadzą zasilane bateryjnie radiomagnetofony, by przenieść nas wszystkich do krainy szaleństwa.

— Telepatyczne myślenie zbiorowe — mruknął Tom. Przetrawiał to. Alice go obserwowała. Clay, który już zdecydował, że dziewczyna ma rację, spojrzał na kończący się dzień. Pomyślał, że powinni zatrzymać się gdzieś i poszukać atlasu drogowego.

Tom pokiwał głową.

— Hej, czemu nie? W końcu tym właśnie jest instynkt stadny: telepatycznym myśleniem zbiorowym.

— Naprawdę tak myślisz czy tylko mówisz tak, żeby mi...

— Naprawdę tak myślę. — Wyciągnął rękę i dotknął jej dłoni, która raz po raz zaciskała się na buciku. — Naprawdę. Daj mu trochę odpocząć, dobrze?

Posłała mu przelotny, roztargniony uśmiech. Clay zobaczył to i ponownie pomyślał, że jest piękna, naprawdę piękna. I bliska załamania.

— To siano wygląda na miękkie. Myślę, że utnę sobie długą i miłą drzemkę.

— Zbudzisz się w lepszym humorze — powiedział Clay.

2

Clayowi śniło się, że razem ze Sharon i Johnnym-ojej zrobili sobie piknik za ich domkiem w Kent Pond. Sharon rozłożyła na trawie indiański koc. Jedli kanapki i popijali mrożoną herbatą. Nagle wszystko pociemniało. Sharon wskazała coś ręką nad ramieniem Claya i powiedziała: „Spójrzcie! Telepaci!". Kiedy jednak odwrócił się i popatrzył, zobaczył tylko stado wron, tak liczne, że przesłoniło słońce. Wtedy usłyszał sygnał. Brzmiał jak motyw z *Ulicy Sezamkowej* grany przez furgonetkę z lodami Mister Softee, ale Clay wiedział, że to dzwonek telefonu i we śnie był przerażony. Odwrócił się i zobaczył, że Johnny-ojej zniknął. Kiedy zapytał Sharon, gdzie on się podział — już przerażony, już znając odpowiedź — powiedziała mu, że Johnny schował się pod koc, żeby odebrać telefon. Pod kocem było widać wybrzuszenie. Clay zanurkował tam, we wszechobecny słodki zapach siana, krzycząc do Johnny'ego, żeby nie odbierał, nie odpowiadał. Wyciągnął rękę, ale znalazł tylko zimną szklaną kulę: przycisk do papieru, który kupił w Small Treasures, ten z mgiełką puszku dmuchawca unoszącego się w nim niczym kieszonkowa mgła.

Tom potrząsał nim, mówiąc, że według jego zegarka jest po dziewiątej, księżyc wzeszedł i jeśli chcą iść dalej, to powinni ruszać. Clay jeszcze nigdy nie cieszył się tak z tego, że wyrwano go ze snu. Jeśli już, to wolał śnić o namiocie do gry w bingo. Alice dziwnie na niego patrzyła.

— Co? — spytał Clay, sprawdzając, czy ich automatyczna broń jest zabezpieczona, co już zaczynało wchodzić mu w krew.

— Mówiłeś przez sen. Powtarzałeś: „Nie odbieraj, nie odbieraj".

— Nikt nie powinien był odbierać — powiedział Clay. — Wszystkim wyszłoby to na dobre.

— No tak, ale kto potrafi zignorować dzwoniący telefon? — zapytał Tom. — I wtedy zaczyna się bal.

— Tako rzecze pieprzony Zaratustra — skomentował Clay.

Alice uśmiała się do łez.

3

W blasku księżyca chowającego się i wyglądającego zza chmur — jak na ilustracji do powieści przygodowej o piratach i zakopanych skarbach, pomyślał Clay — opuścili stadninę koni i podjęli przerwany marsz na północ. Tej nocy znów zaczęli spotykać podobnych do siebie.

Ponieważ teraz to nasza pora, pomyślał Clay, przekładając kałasznikowa z jednej ręki do drugiej. Naładowany był cholernie ciężki. Dni należą do telefonicznych szaleńców; gdy pojawiają się gwiazdy, nadchodzi nasz czas. Jesteśmy jak wampiry. Skazani na nocne życie. Z bliska się rozpoznajemy, ponieważ nadal potrafimy mówić; a niewielkiej odległości poznajemy się po plecakach i broni, którą coraz więcej z nas nosi; jednak z daleka jedynym pewnym znakiem jest migotanie światła latarki. Trzy dni temu nie tylko władaliśmy Ziemią, ale mieliśmy poczucie winy gatunku, który zniszczył tyle innych na swej drodze do nirwany całodobowych kanałów informacyjnych i prażonego w mikrofalówce popcornu. Teraz jesteśmy Ludem Latarników.

Spojrzał na Toma.

— Gdzie oni się podziewają? — zapytał. — Gdzie szaleńcy podziewają się po zmroku?

Tom popatrzył na niego.

— Na biegunie północnym. Wszystkie elfy wymarły na chorobę szalonych reniferów i ci faceci pomagają im, dopóki nie pojawią się nowe.

— Jezu — rzekł Clay — czyżby komuś tu odbiło?

Jednak Tom się nie uśmiechał.

— Myślę o moim kocie — powiedział. — Zastanawiam się, czy nic mu nie jest. Na pewno uważasz, że to głupie.

— Nie — odparł Clay, chociaż odniósł takie wrażenie, bo miał syna i żonę, o których się martwił.

4

Znaleźli atlas drogowy w sklepie papierniczym połączonym z księgarnią w niewielkiej mieścinie Ballardvale. Podążali na północ, bardzo zadowoleni z tego, że wybrali drogę przez mniej lub bardziej sielskie obszary trójkąta pomiędzy między-stanowymi autostradami 93 i 95. Inni wędrowcy, których napotykali — przeważnie zmierzający na zachód, z dala od autostrady 95 — opowiadali o potwornych korkach i strasznych karambolach. Jeden z niewielu pielgrzymujących na wschód powiedział, że przy zjeździe z I-93 do Wakefield rozbiła się cysterna i pożar, który wybuchł, strawił długi sznur zmierzają-cych na północ pojazdów. Mówił, że wszędzie unosił się „odór jak z piekielnej smażalni ryb".

Przechodząc przez przedmieścia Andover, napotkali więcej Latarników i usłyszeli plotkę powtarzaną tak uparcie, że uznawaną już za fakt: granica New Hampshire jest zamknięta. Policja stanowa i zastępcy szeryfa najpierw strzelają, a dopiero potem zadają pytania. Nie ma dla nich znaczenia, czy jesteś szalony, czy zdrowy na umyśle.

— To po prostu nowa wersja tego pieprzonego napisu, który od niepamiętnych czasów widnieje na ich pieprzonych tablicach rejestracyjnych — powiedział skrzywiony mężczyzna w podeszłym wieku, z którym wędrowali przez jakiś czas. Miał drogi płaszcz, plecaczek i długą latarkę. Z kieszeni płaszcza wystawała kolba pistoletu. — Jeśli jesteś w New Hampshire, jesteś wolny. Jeśli chcesz dostać się do New Hampshire, to, kurwa, zdychaj.

— Po prostu... trudno w to uwierzyć — rzekła Alice.

— Możesz wierzyć, w co chcesz, panienko — odparł ich chwilowy towarzysz. — Spotkałem kilku takich, którzy próbowali iść na północ jak wy, ale w pośpiechu zawrócili na południe, kiedy zobaczyli ludzi zastrzelonych na miejscu za próbę przekroczenia granicy stanu na północ od Dunstable.

— Kiedy? — zapytał Clay.

— Zeszłej nocy.

Clayowi przyszło na myśl kilka innych pytań, ale trzymał język za zębami. W Andover skrzywiony mężczyzna oraz większość innych ludzi — z którymi dzielili zapchaną samochodami (ale nie zatarasowaną) drogę — poszli autostradą 133, w kierunku Lowell i dalej na zachód. Clay, Tom i Alice zostali na głównej ulicy Andover — pustej, nie licząc kilku błyskających latarkami poszukiwaczy żywności — i musieli podjąć decyzję.

— Wierzysz w to? — zapytał Clay Alice.

— Nie — powiedziała i spojrzała na Toma.

Tom pokręcił głową.

— Ja też nie. Opowieść tego faceta brzmi jak historyjki o krokodylach w ściekach.

Alice pokiwała głową.

— Wiadomości nie rozchodzą się teraz tak szybko. Nie bez telefonów komórkowych.

— Taak — rzekł Tom. — To zdecydowanie nowy wielkomiejski mit. Uważam, że powinniśmy przekroczyć granicę w najbardziej odludnym miejscu, jakie znajdziemy.

— To brzmi jak plan — powiedziała Alice i ponownie ruszyli chodnikiem.

5

Na przedmieściach Andover jakiś mężczyzna z dwiema latarkami umocowanymi na stelażu (po jednej przy każdej skroni) wyszedł z rozbitego okna wystawowego IGA. Pomachał im przyjaźnie, po czym ruszył ku nim, lawirując między wózkami na zakupy, wkładając po drodze puszki do czegoś, co wyglądało jak torba gazeciarza. Stanął przy przewróconym na bok pick-upie, przedstawił się jako Roscoe Handt z Methuen i zapytał, dokąd idą. Kiedy Clay powiedział, że do Maine, Handt pokręcił głową.

— Granica New Hampshire jest zamknięta. Niecałe pół godziny temu spotkałem dwoje ludzi, którzy stamtąd wrócili. Powiedzieli, że próbują tam odróżnić telefonicznych szaleńców od normalnych ludzi takich jak my, ale niespecjalnie się starają.

— Czy ci ludzie widzieli to na własne oczy? — zapytał Tom.

Roscoe Handt spojrzał na niego jak na wariata.

— Trzeba wierzyć ludziom, człowieku. Chcę powiedzieć, że nie można tam zadzwonić i poprosić o potwierdzenie, prawda? — Zamilkł i po chwili dodał: — W Salem i Nashua palą zwłoki, tak powiedzieli mi ci ludzie. Ponoć śmierdzi, jakby pieczono wieprzowinę. Mam pięcioosobową grupę, którą prowadzę na zachód, i chcemy jeszcze przejść kilka mil przed wschodem słońca. Droga na zachód jest otwarta.

— Tak pan słyszał, co? — spytał Clay.

Handt spojrzał na niego z lekką pogardą.

— Tak słyszałem, owszem. A mądrej głowie dość dwie słowie, jak mówiła moja mama. Jeśli naprawdę chcecie iść na północ, starajcie się dotrzeć do granicy w środku nocy. Szaleńcy nie wychodzą po zmroku.

— Wiemy — rzekł Tom.

Mężczyzna z latarkami umocowanymi przy skroniach zignorował go i nadal mówił do Claya. Widocznie uznał go za przywódcę.

— I nie mają latarek. Machajcie zapalonymi latarkami. Mówcie coś. Wołajcie. Szaleńcy tego nie robią. Wątpię, czy ci na granicy was przepuszczą, ale jeśli będziecie mieli szczęście, to was nie zastrzelą.

— Szaleńcy robią się coraz mądrzejsi — powiedziała Alice. — Wie pan o tym, panie Handt?

Handt prychnął.

— Wędrują gromadami i już się nie zabijają. Nie wiem, czy to czyni ich mądrzejszymi, czy nie. Jednak wiem, że wciąż zabijają nas.

Widocznie zauważył powątpiewającą minę Claya, ponieważ uśmiechnął się. Światło latarki zmieniło uśmiech w nieprzyjemny grymas.

— Dziś rano widziałem, jak złapali kobietę — kontynuował. — Widziałem to na własne oczy, rozumiecie?

Clay skinął głową.

— Rozumiemy.

— Myślę, że wiem, dlaczego była na ulicy. To było w Topsfield, jakieś dziesięć mil na wschód stąd. Siedziałem z moimi ludźmi w motelu. Ona przechodziła obok. Właściwie nie przechodziła. Spieszyła się. Prawie biegła. Oglądała się za siebie. Zobaczyłem ją, ponieważ nie mogłem zasnąć. — Potrząsnął głową. — Cholernie trudno przywyknąć do sypiania w dzień.

Clay już miał powiedzieć Handtowi, że oni się przyzwyczaili, ale się powstrzymał. Zauważył, że Alice znów ściska swój talizman. Nie chciał, żeby tego słuchała, ale wiedział, że w żaden sposób nie zdoła temu zapobiec. Częściowo dlatego, że była to informacja istotna dla przetrwania (i w przeciwieństwie do wieści o granicy New Hampshire był przekonany, że prawdziwa), a częściowo dlatego, że przez jakiś czas świat miał być pełen takich opowieści. Jeśli wysłuchają ich odpowiednio dużo, może zaczną się one układać w jakąś sensowną całość.

— Pewnie szukała jakiegoś lepszego miejsca na nocleg, wiecie? Nic poza tym. Zobaczyła motel i pomyślała: Hej, pokój z łóżkiem. Tuż przy stacji Exxon. Zaledwie przecznicę dalej. Jednak zanim przeszła pół drogi, zza rogu wyszła banda świrów. Szli... wiecie, jak oni chodzą?

Roscoe Handt zrobił dwa kroki, sztywno wyprostowany jak ołowiany żołnierzyk, machając torbą gazeciarza. Telefoniczni szaleńcy tak nie chodzili, ale wszyscy troje wiedzieli, co chce im powiedzieć, i kiwnęli głowami.

— A ona... — Oparł się plecami o przewróconego pick-upa i otarł twarz. — Właśnie to chcę wam wyjaśnić, rozumiecie? Dlatego nie możecie dać się złapać, nabrać na to, że oni robią się normalni, ponieważ od czasu do czasu któryś z nich przypadkiem naciśnie właściwy przycisk radiomagnetofonu i włączy odtwarzacz CD...

— Widział pan to? — zapytał Tom. — Słyszał pan?

— Taak, dwa razy. Ten drugi facet, którego widziałem, szedł, tak mocno kołysząc tym sprzętem, że dźwięk rwał się jak diabli, ale zestaw grał. Zatem oni lubią muzykę i może odzyskali kilka klepek, ale właśnie dlatego powinniście uważać, no nie?

— Co się stało z tą kobietą? — zapytała Alice. — Tą, którą złapali?

— Próbowała zachowywać się tak jak jedna z nich — odparł Handt. — I stojąc w oknie mojego pokoju, pomyślałem sobie:

161

Tak, zrób to, dziewczyno, może ci się uda, jeśli będziesz udawała przez chwilę, a potem wskoczysz do jakiegoś budynku. Bo oni nie lubią wchodzić do budynków, zauważyliście to? Clay, Tom i Alice przecząco pokręcili głowami. Mężczyzna pokiwał swoją.

— Mogą wchodzić, widziałem, jak to robią, ale nie lubią tego.

— Jak ją rozpoznali? — zapytała ponownie Alice.

— Nie wiem. Wyczuli po zapachu albo czymś innym.

— A może zajrzeli w jej myśli — podsunął Tom.

— Albo nie mogli w nie zajrzeć — powiedziała Alice.

— Nie mam pojęcia — rzekł Handt — ale wiem, że zabili ją na miejscu. Dosłownie rozszarpali ją na kawałki.

— Kiedy to się stało? — spytał Clay.

Zauważył, że Alice chwieje się, i objął ją ramieniem.

— O dziewiątej rano. W Topsfield. Tak więc jeśli zobaczycie bandę tych świrów idących po Yella Brick Road z radiomagnetofonem grającym *Why Can't We be Friends...* — Spojrzał na nich ponuro w świetle umocowanych przy skroniach latarek. — Nie biegłbym do nich, wołając *kemo sabe!*, to wszystko. — A po chwili dorzucił: — I nie szedłbym na północ. Nawet jeśli nie zastrzelą was na granicy, to strata czasu.

Jednak po krótkiej naradzie na skraju parkingu IGA mimo wszystko ruszyli na północ.

6

Zatrzymali się niedaleko North Andover, stając na kładce dla pieszych nad drogą numer 495. Chmury znów gęstniały, ale księżyc przedzierał się przez nie na tyle, by ukazać sześć pasm zapchanych znieruchomiałymi pojazdami. W pobliżu kładki, na której stali, na pasach wiodących na południe, wywrócona szesnastokołowa ciężarówka leżała jak martwy słoń. Wokół niej porozstawiano pomarańczowe słupki na znak, że ktoś przyjął choć symboliczną odpowiedzialność za ten bałagan, a obok stały dwa porzucone radiowozy, jeden przewrócony na bok. Tylna połowa ciężarówki się spaliła. Nie było widać ciał, przynajmniej w tym niepewnym księżycowym świetle. Kilka osób wlokło się na zachód po trawniku oddzielającym przeciwne pasy, ale nawet tamtędy trudno było przejść.

— Ten widok jakby urealniał to wszystko, no nie? — powiedział Tom.

— Nie — odparła Alice. Jej głos brzmiał obojętnie. — Dla mnie to wygląda jak efekty specjalne jakiegoś superfilmu. Kup kubełek popcornu i colę, a potem oglądaj koniec świata w... jak to nazywają? Grafika komputerowa? CGI? Niebieska skrzynka? Jakoś tak. — Podniosła but, trzymając go z sznurowadło. — Tylko tego mi trzeba, bym wiedziała, że to wszystko dzieje się naprawdę. Czegoś tak małego, żeby zmieściło się w dłoni. No już, chodźmy.

7

Na autostradzie numer 28 stało mnóstwo porzuconych pojazdów, ale w porównaniu z 495 było zupełnie luźno i o czwartej zbliżali się do Methuen, rodzinnego miasteczka pana Handta od dwóch latarek. Na tyle uwierzyli w jego opowieść, że poszukali schronienia na długo przed wschodem słońca. Wybrali motel przy skrzyżowaniu 28 i 110. Przed motelem stało kilkanaście zaparkowanych samochodów, lecz Clay wyczuwał, że zostały tu porzucone. A jakżeby inaczej? Obiema tymi drogami można się było poruszać, ale wyłącznie pieszo. Clay i Tom stanęli na skraju parkingu, machając trzymanymi nad głowami latarkami.

— Jesteśmy w porządku! — zawołał Tom. — Normalni! Wchodzimy!

Zaczekali. Nie otrzymali żadnej odpowiedzi z budynku, który — jak głosił szyld — był zajazdem Sweet Valley, z podgrzewanym basenem, HBO i zniżkami dla grup.

— Chodźcie — poganiała Alice. — Bolą mnie nogi. I wkrótce będzie jasno, no nie?

— Spójrzcie na to — powiedział Clay. Podniósł płytę kompaktową z motelowego automatu i poświecił na nią latarką. *Love Songs* Michaela Boltona.

— A mówiłeś, że stają się mądrzejsi — powiedział Tom.

— Nie sądź zbyt pochopnie — odparł Clay, gdy ruszyli w kierunku pokojów. — Przecież ten ktoś ją wyrzucił, prawda?

— Raczej upuścił — mruknął Tom.

Alice poświeciła latarką na okładkę kompaktu.

— Co to za facet?

— Kochanie — odparł Tom — nie chcesz tego wiedzieć.

Wziął od niej płytę i cisnął przez ramię.

Wyważyli drzwi trzech sąsiednich pokoi — jak najdelikatniej, żeby po wejściu do środka móc je zaryglować — i na miękkich łóżkach przespali większość dnia. Nikt im nie przeszkadzał, choć wieczorem Alice twierdziła, że raz słyszała dochodzącą z oddali muzykę. Przyznała jednak, że to mogło być częścią snu.

8

W holu zajazdu Sweet Valley sprzedawano mapy bardziej szczegółowe od tych w atlasie samochodowym. Znajdowały się w szklanej witrynie, która została rozbita. Clay wziął jedną mapę Massachusetts oraz jedną New Hampshire, sięgając ostrożnie, żeby nie skaleczyć ręki. Kiedy to robił, zobaczył młodego człowieka leżącego po drugiej stronie lady. Jego niewidzące oczy patrzyły gniewnie. Przez moment Clay myślał, że ktoś włożył mu do ust dziwnego koloru bukiecik. Potem zauważył zielonkawe igły sterczące z policzków trupa i uświadomił sobie, że pasują do kawałków szkła leżących na półkach rozbitej gabloty. Trup miał identyfikator głoszący JESTEM HANK PYTAJCIE O TYGODNIOWE ZNIŻKI. Patrząc na Hanka, Clay przelotnie pomyślał o Ricardim.

Tom i Alice czekali na niego tuż przed drzwiami recepcji. Była za kwadrans dziewiąta i na zewnątrz zrobiło się zupełnie ciemno.

— Jak ci poszło? — zapytała Alice.

— Mogą się przydać — powiedział. Dał jej mapy, a potem podniósł lampę Colemana, żeby obejrzała je z Tomem, porównała z atlasem samochodowym i zaplanowała całonocną wędrówkę. Usiłował wyrobić sobie fatalistyczny stosunek do problemu Johnny'ego i Sharon, próbując oswoić się ze smutną prawdą o sytuacji swojej rodziny: co się stało w Kent Pond, to się nie odstanie. Jego syn i żona byli bezpieczni lub nie. Znajdzie ich albo nie. To udawało mu się pogodzić z tą myślą, to znów nie.

Kiedy przestało mu się udawać, powiedział sobie, że miał szczęście, uchodząc z życiem, co z pewnością było prawdą. To szczęście niweczył fakt, że w chwili gdy nastąpił Puls, przebywał w Bostonie sto mil na południe od Kent Pond, nawet jeśli brać pod uwagę najkrótszą drogę (którą zdecydowanie nie podążali). Jednak napotkał dobrych ludzi. I to się liczy. Ludzi, o których mógł myśleć jak o przyjaciołach. Widział wielu innych — Faceta z Baryłką Piwa, Pulchną Dewotkę czy pana Handta z Methuen — którzy nie mieli tyle szczęścia.

Jeśli dotarł do ciebie, Share, jeśli Johnny do ciebie dotarł, to lepiej dobrze się nim opiekuj. Lepiej go pilnuj.

A jeśli miał swój telefon? Jeśli zabrał do szkoły czerwoną komórkę? Czy ostatnio nie robił tego trochę częściej? Ponieważ tyle innych dzieci zabierało telefony do szkoły?

Chryste.

— Clay? Dobrze się czujesz? — zapytał Tom.

— Jasne. Czemu pytasz?

— Nie wiem. Wyglądałeś trochę... ponuro.

— Trup za ladą. Niezbyt przyjemny widok.

— Spójrzcie tu — powiedziała Alice, przesuwając palcem po mapie. Cienka nitka przecinała granicę stanu, a potem łączyła się z New Hampshire Route 38 trochę na wschód od Pelham. — To mi wygląda nieźle. Jeśli pójdziemy osiem, dziewięć mil autostradą... — Wskazała na 110, gdzie samochody i asfalt słabo lśniły w deszczu. — Powinniśmy na nią trafić. Jak uważacie?

— Moim zdaniem to dobrze brzmi — rzekł Tom.

Przeniosła spojrzenie na Claya. Bucik został schowany — zapewne w plecaku — ale Clay widział, że miała ochotę go ściskać. Pewnie dobrze, że nie paliła, bo doszłaby do czterech paczek dziennie.

— Jeśli pilnują przejścia... — zaczęła.

— Będziemy się tym martwić, gdy zajdzie potrzeba — odparł Clay, wcale nieprzejęty. Tak czy inaczej, dostanie się do Maine. Nawet gdyby musiał czołgać się przez pokrzywy jak nielegalny imigrant przez kanadyjską granicę na wrześniowe zrywanie jabłek, zrobi to. Jeżeli Tom i Alice postanowią zostać, to trudno. Z żalem ich opuści... ale pójdzie. Ponieważ musi. Ponieważ musi wiedzieć.

Czerwona nitka wijąca się na mapie z zajazdu Sweet Valley miała nazwę — Dostie Stream Road — i była niemal zupełnie pusta. Podczas czteromilowego marszu do granicy stanu napotkali najwyżej pięć lub sześć porzuconych pojazdów i tylko jeden wrak. Minęli także dwa domy, w których paliły się światła i słychać było warkot agregatów prądotwórczych. Przez chwilę zastanawiali się, czy nie zajść do nich.

— Zapewne doszłoby do strzelaniny, bo jakiś facet broniłby swojego domostwa — powiedział Clay. — Zakładając, że w ogóle ktoś tam jest. Te agregaty zapewne miały włączać się samoczynnie przy awarii zasilania i będą pracować, dopóki nie skończy się paliwo.

— Nawet gdyby byli tam jacyś normalni ludzie i wpuścili nas, co raczej nie byłoby rozsądne, co byśmy powiedzieli? — rzekł Tom. — Poprosili o możliwość skorzystania z telefonu? Dyskutowali, czy zatrzymać się gdzieś i spróbować zdobyć jakiś pojazd (słowa „zdobyć" użył Tom), ale w końcu zrezygnowali i z tego pomysłu. Jeśli granicy stanu bronili szeryfowie lub straż obywatelska, podjeżdżanie do niej chevroletem tahoe nie byłoby najmądrzejszym posunięciem.

Tak więc poszli dalej i oczywiście na granicy stanu nie zastali nikogo, tylko billboard (mały, jak przystało na dwupasmową asfaltową drogę biegnącą przez typowo wiejską krainę) z napisem WJEŻDŻACIE DO NEW HAMPSHIRE oraz BIENVENUE! W ciszy słychać było jedynie krople spadające z drzew w lesie po obu stronach drogi i sporadyczne westchnienia wiatru. Czasem szelest jakiegoś zwierzątka. Przystanęli na moment, żeby przeczytać ten napis, po czym poszli dalej, zostawiając za plecami Massachusetts.

9

Poczucie samotności skończyło się wraz z Dostie Stream Road, przy drogowskazie głoszącym NH ROUTE 38 i MANCHESTER 19 MI. Jeszcze na 38 napotykali niewielu wędrowców, lecz kiedy pół godziny później skręcili w 128 — szeroką, usłaną wrakami drogę biegnącą niemal prosto na północ — ta cienka strużka zmieniła się w szeroki potok uchodźców. Przeważnie wędrowali małymi grupkami po trzy lub cztery osoby i zdaniem Claya w bezmyślny sposób interesowali się wyłącznie sobą.

Napotkali kobietę w średnim wieku i starszego od niej o jakieś dwadzieścia lat mężczyznę, którzy popychali wózki na zakupy, każdy z dzieckiem w środku. W tym pchanym przez mężczyznę był chłopczyk, za duży na taki środek transportu, ale jakoś zdołał zwinąć się w kłębek i zasnąć. Kiedy Clay i jego towarzysze mijali tę nieporadną rodzinę, od wózka mężczyzny odpadło koło. Wózek wywrócił się i chłopiec — chyba siedmioletni — wypadł. Tom złapał go za rękę i złagodził upadek, ale mały i tak podrapał sobie kolano. I oczywiście przestraszył się. Tom podniósł chłopca, ale mały nie znał go i zaczął mu się wyrywać, płacząc jeszcze głośniej.

— W porządku, dzięki, już go trzymam — odezwał się mężczyzna. Wziął chłopca i usiadł z nim na poboczu, raz po raz powtarzając *buba*, określenie, którego Clay chyba nie słyszał, od kiedy sam skończył siedem lat. — Gregory pocałuje i zaraz będzie lepiej.

Ucałował podrapane kolano, a chłopczyk położył głowę na jego ramieniu. Znów zasypiał. Gregory uśmiechnął się do Toma i Claya i kiwnął głową. Sprawiał wrażenie śmiertelnie strudzonego człowieka, który zaledwie tydzień temu był silnym i sprawnym sześćdziesięciolatkiem, a teraz wyglądał jak siedemdziesięciopięcioletni Żyd usiłujący zwiać z Polski, póki jeszcze czas.

— Nic nam nie będzie — powiedział. — Możecie już iść.

Clay otworzył usta, by powiedzieć: Dlaczego nie mielibyśmy pójść razem? Może przyłączycie się do nas? Co o tym myślisz, Greg? Bohaterowie powieści fantastycznonaukowych, które czytywał jako nastolatek, zawsze mówili: Może przyłączycie się do nas?

— Właśnie, idźcie, na co czekacie? — zapytała kobieta, zanim zdążył coś powiedzieć. Pięcioletnia dziewczynka w jej wózku nadal spała. Kobieta zasłaniała wózek własnym ciałem, jakby zdobyła jakiś cenny towar i bała się, że Clay lub któreś z jego przyjaciół mogą go jej odebrać. — Myślicie, że mamy coś, co wam się przyda?

— Natalie, przestań — powiedział cierpliwie i ze znużeniem Gregory.

Ona jednak nie zamierzała i Clay nagle zrozumiał, co było tak przygnębiające w tej scenie. Nie to, że apetyt na lunch —

nocny lunch — odbierała mu kobieta, u której wyczerpanie i strach wywołały paranoję. To było zrozumiałe i wybaczalne. Podupadł na duchu, widząc, jak ludzie idą dalej, kołysząc latarkami i cicho rozmawiając między sobą w małych grupkach, od czasu do czasu przekładając walizki z jednej ręki do drugiej. Jakiś pacan na miniskuterze lawirował między wrakami i śmieciami, a ludzie schodzili mu z drogi, mamrocząc niechętnie. Clay pomyślał, że byłoby tak samo, gdyby mały, wypadając z wózka, skręcił sobie kark, a nie tylko podrapał kolano. Byłoby tak samo, gdyby ten krępy facet sapiący na poboczu drogi pod ciężarem przeładowanego worka nagle padł na zawał. Nikt nie próbowałby go reanimować, a dni wzywania 911 minęły.

Nikt nawet nie krzyknął: Wygarnij mu, kobieto! albo Hej, facet, czemu nie każesz jej się zamknąć? Po prostu szli dalej.

— ...bo wszystko, co mamy, to te dzieciaki, odpowiedzialność, o jaką się nie prosiliśmy, skoro ledwie możemy zadbać o siebie, on ma rozrusznik, co zrobimy, kiedy *baderia* się skończy, chciałabym wiedzieć? A teraz te dzieciaki! Chcecie dziecko? — Rozejrzała się. — Hej! Czy ktoś chce dziecko?

Dziewczynka poruszyła się.

— Natalie, przestraszysz Portię — powiedział Gregory.

Kobieta imieniem Natalie zaczęła się śmiać.

— No i co, kurwa! To strasznie dupowaty świat!

Ludzie wokół nadal byli zajęci Marszem Uchodźców. Nikt nie zwracał na nią uwagi i Clay pomyślał: A więc tak postępujemy. Tak się dzieje, kiedy wszystko się wali. Kiedy nie ma kamer, płonących budynków, Andersona Coopera mówiącego „A teraz wracamy do studia CNN w Atlancie". Tak jest, kiedy bezpieczeństwo narodowe odwołano z powodu braku zdrowych zmysłów.

— Pozwólcie mi wziąć chłopca — zaproponował Clay. — Poniosę go, dopóki nie znajdziecie lepszego wózka. Ten jest do niczego.

Spojrzał na Toma. Tom wzruszył ramionami i skinął głową.

— Trzymajcie się od nas z daleka — ostrzegła Natalie i nagle w jej dłoni pojawił się pistolet.

Nie był duży, zapewne kalibru .22, ale nawet dwudziestkadwójka potrafi zrobić swoje, jeśli kula trafi w odpowiednie miejsce.

Clay usłyszał szmer wyjmowanej z kabur broni, którą Tom i Alice zabrali z domu Nickersonów. Wiedział, że właśnie wycelowali je w Natalie. Wyglądało na to, że teraz tak się postępuje.

— Schowaj broń, Natalie — powiedział. — My już idziemy.

— Masz, kurwa, cholerną rację — odparła i wierzchem dłoni odgarnęła kosmyk włosów spadający jej na oczy. Zdawała się nie widzieć, że towarzyszący Clayowi mężczyzna i dziewczyna wycelowali w nią broń. Teraz przechodzący obok ludzie patrzyli na nich, lecz ich jedyną reakcją było przyspieszenie kroku, aby jak najszybciej oddalić się od miejsca ewentualnego starcia i rozlewu krwi.

— Chodź, Clay — odezwała się cicho Alice. Wolną ręką chwyciła go za przegub. — Zanim ktoś zginie.

Ruszyli dalej. Alice szła, trzymając Claya za rękę, niemal jakby był jej chłopakiem. Zwyczajny spacerek o północy, pomyślał Clay, chociaż nie miał pojęcia, która jest godzina, i nic go to nie obchodziło. Serce waliło mu jak młot. Tom szedł z nimi, tyłem i z wycelowaną bronią, dopóki nie minęli zakrętu. Clay podejrzewał, że Tom był gotowy odpowiedzieć ogniem, gdyby Natalie postanowiła jednak użyć swojej pukawki. Ponieważ odpowiadanie ogniem też było czymś zwyczajnym teraz, kiedy telefony wyłączono do odwołania.

10

Tuż przed świtem, idąc drogą numer 102 na wschód od Manchesteru, usłyszeli dźwięki muzyki, bardzo ciche.

— Chryste — powiedział Tom, przystając. — To *Baby Elephant Walk.*

— Co takiego? — zapytała Alice.

W jej głosie usłyszał rozbawienie.

— Bigbandowy utwór instrumentalny z epoki dinozaurów. Les Brown i jego orkiestra czy jakoś tak. Moja matka miała tę płytę.

Dwaj mężczyźni zrównali się z nimi i przystanęli, by złapać oddech. Byli w podeszłym wieku, ale obaj wyglądali na sprawnych. Jak dwaj emerytowani listonosze wędrujący po górach Cotswold, pomyślał Clay. Gdziekolwiek one są. Jeden miał plecak — i nie jakiś gówniany plecaczek, ale solidny turystyczny, na stelażu — a drugi worek zawieszony na prawym ramieniu. Na lewym wisiało coś, co wyglądało na strzelbę kalibru .30-.30.

Plecakowy otarł przedramieniem pot z pomarszczonego czoła i powiedział:

— Pańska mama mogła mieć aranżację Lesa Browna, synu, ale prędzej Dona Costy albo Henry'ego Manciniego. Te były bardziej popularne. A ta — ruchem głowy wskazał kierunek, z którego dobiegały upiorne dźwięki — to Lawrence Welk, jakem żyw i oddycham.

— Lawrence Welk. — Tom westchnął, niemal z podziwem.

— Kto? — spytała Alice.

— Słuchaj, jak idzie ten słoń — powiedział Clay i roześmiał się. Był zmęczony i czuł się głupio. Przyszło mu do głowy, że Johnny'emu spodobałby się ten utwór.

Plecakowy spojrzał na niego z lekką wzgardą, a potem znów na Toma.

— To Lawrence Welk, jak nic — rzekł. — Moje oczy nie są już nawet w połowie tak dobre jak kiedyś, ale słuch wciąż mam dobry. Oglądaliśmy z żoną jego program w każdy pieprzony sobotni wieczór.

— Dodge też miał dobrą porę — powiedział Workowy.

Był to jego jedyny wkład w tę konwersację i Clay nie miał zielonego pojęcia, co chciał przez to powiedzieć.

— Lawrence Welk i jego Champagne Band — rzekł Tom. — Pomyśleć tylko.

— Lawrence Welk i jego Champagne Music Makers — poprawił Plecakowy. — Jezu Chryste.

— Nie zapomnij pan o Lennon Sisters i ślicznej Alice Lon — dodał Tom.

W oddali zaczął się inny kawałek.

— Ten to *Calcutta* — wyjaśnił Plecakowy. Westchnął. — No cóż, pójdziemy. Miło było spędzić razem kawałek dnia.

— Nocy — poprawił Clay.

— Nie — odparł Plecakowy. — Teraz noc to nasz dzień. Nie zauważyliście? Powodzenia, chłopcy. Pani też, panienko.

— Dziękuję — odrzekła słabym głosem panienka stojąca między Clayem i Tomem.

Plecakowy zaczął odchodzić. Workowy dzielnie ruszył za nim. Wokół długim szeregiem podskakujących świateł latarek ludzie szli w głąb New Hampshire. Nagle Plecakowy zatrzymał się i odwrócił, żeby powiedzieć ostatnie słowo.

— Lepiej nie zostawajcie na drodze dłużej niż godzinę — rzekł. — Znajdźcie sobie jakiś dom lub motel i wejdźcie do środka. Wiecie o butach, prawda?

— Co z butami? — spytał Tom.

Plecakowy spojrzał na niego cierpliwie, tak jak zapewne patrzył na każdego, kto nic nie mógł poradzić na to, że jest durniem. Gdzieś w oddali skończyła się *Calcutta* — jeśli to był ten utwór — i zaczęła polka. W tej mglistej i dżdżystej nocy brzmiała upiornie. A stary z wielkim plecakiem mówił o butach.

— Kiedy wejdziecie do środka, zostawcie buty na progu — poradził Plecakowy. — Szaleńcy ich nie zabiorą, nie bójcie się, a inni ludzie będą wiedzieli, że to miejsce jest zajęte, i pójdą szukać innego. W ten sposób unika się... — zerknął na kałasznikowa, który trzymał Clay — ...wypadków.

— Były jakieś wypadki? — zapytał Tom.

— Och tak — odparł Plecakowy z mrożącą krew w żyłach

obojętnością. — Zawsze zdarzają się jakieś wypadki, bo ludzie już tacy są. Jednak miejsca jest dużo, więc nie ma potrzeby, żeby wam się też przydarzył. Tylko zostawcie buty na widoku.

— Skąd pan o tym wie? — zapytała Alice.

Posłał jej uśmiech, który wspaniale rozpromienił mu twarz. Nietrudno było uśmiechać się do Alice: była młoda i nawet o trzeciej rano ładna.

— Ludzie mówią, ja słucham. Ja mówię, czasem ludzie mnie słuchają. Wy słuchaliście?

— Tak — potwierdziła Alice. — Umiejętność słuchania to jedna z moich największych zalet.

— Zatem przekażcie to innym. Wystarczy, że musimy uważać na nich. — Nie musiał tłumaczyć, kogo miał na myśli. — Nie trzeba nam na dodatek nieszczęśliwych wypadków.

Clay pomyślał o Natalie celującej z dwudziestkidwójki.

— Ma pan rację — powiedział. — Dziękuję.

— A to jest *Beer Barrel Polka*, prawda? — wtrącił się Tom.

— Zgadza się, synu — odparł Plecakowy. — I Myron Floren gra na harmonii. Pokój jego duszy. Może zechcecie zatrzymać się w Gaiten. To miłe miasteczko jakieś dwie mile stąd.

— Tam zamierzacie się zatrzymać? — zapytała Alice.

— Och, ja i Rolfe chyba pójdziemy trochę dalej.

— Dlaczego?

— Ponieważ możemy, panienko, to wszystko. Miłego dnia.

Chociaż tamci zbliżali się do siedemdziesiątki, wkrótce zniknęli im z oczu, podążając za światłem jednej latarki, trzymanej przez Workowego — czyli Rolfe'a.

— Lawrence Welk i jego Champagne Music Makers — nie mógł wyjść z podziwu Tom.

— *Baby Elephant Walk* — rzekł Clay i zaśmiał się.

— Dlaczego Dodge też miał dobrą porę? — chciała wiedzieć Alice.

— Przypuszczalnie dlatego, że mógł — odparł Tom i parsknął śmiechem na widok jej zdumionej miny.

11

Muzyka dochodziła z Gaiten, tego miłego miasteczka, które Plecakowy zarekomendował im jako dobre miejsce na odpoczynek. Nie była tak głośna jak koncert AC/DC, na którym Clay był w Bostonie jako nastolatek — i po którym przez kilka dni dzwoniło mu w uszach — ale wystarczająco głośna, aby przypomnieć mu letnie koncerty zespołów bigbandowych, na które chodził z rodzicami w South Berwick. Prawdę mówiąc, wyobrażał sobie, że odkryją, iż ta muzyka płynie ze świetlicy miasteczka Gaiten — zapewne puszczana przez kogoś w podeszłym wieku, niebędącego telefonicznym szaleńcem, kto jednak ucierpiał w wyniku katastrofy i postanowił umilać trwający exodus przyjemnymi starymi kawałkami.

Istotnie w Gaiten była świetlica, ale pusta, nie licząc kilku osób spożywających późną kolację albo wczesne śniadanie przy świetle latarek lub lamp Colemana. Dźwięki muzyki dochodziły z miejsca leżącego trochę dalej na północ. Lawrence'a Welka zastąpił ktoś tak pięknie grający na trąbce, że niemal niebiańsko.

— To Wynton Marsalis, prawda? — zapytał Clay.

Był gotów zakończyć już działalność na tę noc i uważał, że Alice wygląda na śmiertelnie zmęczoną.

— On albo Kenny G — powiedział Tom. — Wiesz, co powiedział, kiedy wysiadł z windy?

— Nie — odparł Clay — ale na pewno mi powiesz.

— Człowieku! Ona się kiwa!

Clay skrzywił się.

— To takie śmieszne, że chyba implodowało mi poczucie humoru.

— Nie łapię — przyznała Alice.

— Nie warto wyjaśniać — rzekł Tom. — Słuchajcie, ludzie, musimy zakończyć działalność na tę noc. Jestem wykończony.

— Ja też — przyznała Alice. — Myślałam, że jak gram w piłkę nożną, to jestem w formie, ale padam z nóg.

— Tak — zgodził się Clay. — To jest nas troje.

Już minęli dzielnicę handlową Gaiten i według tabliczek Main Street — będąca zarazem drogą numer 102 — stała się Academy Avenue. To nie zdziwiło Claya, ponieważ tablica na przedmieściach miasta głosiła, że Gaiten jest siedzibą Historycznej Akademii Gaiten, instytucji, o której Clay słyszał dziwne plotki. Sądził, że to jedna z tych elitarnych szkół Nowej Anglii dla dzieci, które nie zdołały dostać się do Exeter czy Milton. Uważał, że wkrótce wszyscy troje znów znajdą się w krainie Burger Kinga, warsztatów naprawiających tłumiki i moteli należących do dużych sieci, lecz ta część New Hampshire była zabudowana bardzo ładnymi domkami. Problem w tym, że buty — czasem nawet cztery pary — stały niemal przed każdymi drzwiami.

Pieszy ruch znacznie zrzedł, gdyż inni wędrowcy już poznajdowali schronienie na nadchodzący dzień, jednak minąwszy Academy Grove Citgo i dochodząc do kamiennych filarów przy wjeździe na teren Akademii Gaiten, zaczęli doganiać trójkę pieszych przed nimi: dwóch mężczyzn i kobietę, wszystkich w średnim wieku. Tamci powoli szli chodnikiem i zaglądali do każdego domu, przed którym nie stały buty. Kobieta mocno utykała, a jeden z mężczyzn podtrzymywał ją, obejmując w pasie.

Akademia Gaiten znajdowała się po lewej i Clay odkrył, że to właśnie stamtąd dochodzą dźwięki muzyki (aktualnie dudniąca, przeładowana strunowym brzmieniem wersja *Fly Me to the Moon*). Zauważył jeszcze dwie rzeczy. Po pierwsze, że śmieci — podarte torby, niedojedzone warzywa, ogryzione kości — zalegały tu szczególnie grubą warstwą, a ich szlak prowadził na żwirowy podjazd szkoły. Po drugie, dwie stojące tam osoby. Jedną był staruszek wsparty na lasce. Drugą chłopiec z zasilaną bateriami lampą, którą postawił między swoimi stopami. Wyglądał na nie więcej niż dwanaście lat i drzemał pod jedną z kolumn. Miał na sobie strój wyglądający na mundurek szkolny: szare spodnie i sweter oraz kasztanową marynarkę z jakimś godłem.

Gdy idące przed Clayem i jego towarzyszami trio znalazło się na wysokości podjazdu szkoły, stary — w tweedowej marynarce z łatami na łokciach — przemówił do nich donośnym „chcę-by-słyszano-mnie-nawet-na-końcu-sali" głosem:

— Cześć, wy tam! Cześć, mówię! Nie zajdziecie tu? Możemy zaoferować wam schronienie, ale — co ważniejsze — mamy...

— My nie mamy nic, proszę pana — odezwała się kobieta. — Ja mam tylko cztery pęcherze, po dwa na każdej nodze, i ledwie chodzę.

— Tu jest mnóstwo miejsca... — zaczął stary.

Mężczyzna podtrzymujący kobietę obrzucił go spojrzeniem, które widocznie było nieprzyjazne, ponieważ stary zamilkł. Troje wędrowców minęło kolumny i podjazd oraz zawieszoną na staroświeckich żelaznych hakach tablicę z napisem **AKADEMIA GAITEN ROK ZAŁ. 1846 „Młody umysł jest lampą w ciemności".**

Stary ciężko wsparł się na lasce, a potem zauważył Claya, Toma oraz Alice i znów się wyprostował. Wydawało się, że zawoła do nich, ale najwyraźniej doszedł do wniosku, że jego akademickie podejście nie działa, i końcem laski szturchnął towarzysza w żebra. Chłopiec ocknął się i spojrzał nieprzytomnie w chwili, gdy tam, gdzie w mroku łagodnego zbocza majaczyły zarysy ceglanych budynków, skończyło się *Fly Me to the Moon*, a zaczęła równie ospała aranżacja czegoś, co kiedyś chyba było *I Get a Kick out of You*.

— Jordan! — powiedział. — Twoja kolej! Poproś, żeby weszli!

Chłopiec o imieniu Jordan drgnął i zamrugał, patrząc na starego, a potem ponuro i nieufnie spojrzał na nadchodzących. Clayowi przypomniał się Marcowy Zając i Mysz z *Alicji w krainie czarów*. Może było to niewłaściwe skojarzenie — zapewne tak — ale był bardzo zmęczony.

— Eee, z tymi nie będzie inaczej, proszę pana — powiedział. — Nie wejdą. Nikt nie wejdzie. Spróbujemy jutro wieczorem. Chce mi się spać.

Clay zrozumiał, że zmęczeni czy nie, sprawdzą, czego chce ten stary... no chyba że Tom i Alice stanowczo odmówią. Trochę dlatego, że młody towarzysz starca przypominał mu Johnny'ego, ale głównie z tego powodu, że chłopiec doszedł do wniosku, iż nikt im nie pomoże w tym nowym, niezbyt wspaniałym świecie — że on i ten, do którego zwracał się „proszę pana", są zdani tylko na siebie, ponieważ tak już jest. Tylko że gdyby tak było naprawdę, bardzo szybko nie zostałoby nic, co warto by ocalić.

— Idź — zachęcił go stary. Ponownie szturchnął Jordana końcem laski, ale nie za mocno. Nieboleśnie. — Powiedz, że możemy udzielić im schronienia, mamy mnóstwo miejsca, ale najpierw powinni popatrzeć. Ktoś musi to zobaczyć. Jeśli oni też odmówią, naprawdę damy sobie spokój tej nocy.

— W porządku, proszę pana.

Stary uśmiechnął się, pokazując garnitur końskich zębów.

— Dziękuję ci, Jordan.

Chłopiec podszedł do nich bez cienia entuzjazmu, powłócząc nogami, z koszulą wystającą spod swetra. W jednej ręce trzymał lampę, która cicho syczała. Miał ciemne kręgi pod oczami, a jego włosom bardzo przydałoby się mycie.

— Tom? — odezwał się Clay.

— Zobaczymy, czego chce — rzekł Tom — ponieważ wiem, czego ty chcesz, ale...

— Panowie? Bardzo przepraszam...

— Chwileczkę — powiedział Tom do chłopca, a potem odwrócił się do Claya. Miał poważną minę. — Za godzinę zrobi się jasno. Może prędzej. Lepiej, żeby ten stary miał rację i żeby to miejsce nadawało się na nocleg.

— Och tak, proszę pana — potwierdził Jordan. Miał taką minę, jakby wciąż się łudził nadzieją, choć wcale tego nie chciał. — Mnóstwo miejsca. Setki pokoi, nie wspominając Cheatham Lodge. W zeszłym roku był tu Tobias Wolfe i zatrzymał się tam. Wygłosił wykład o swojej książce *Old School*.

— Czytałam ją — powiedziała z rozbawieniem Alice.

— Chłopcy, którzy nie mieli telefonów komórkowych, uciekli. Ci, którzy je mieli...

— Wiemy — przerwała mu Alice.

— Jestem stypendystą. Mieszkałem w Holloway. Nie miałem komórki. Kiedy chciałem zadzwonić do domu, musiałem korzystać z telefonu w portierni i inni chłopcy śmiali się ze mnie.

— Wygląda na to, że ty śmiejesz się ostatni, Jordan — zauważył Tom.

— Tak, proszę pana — odparł posłusznie, lecz w świetle jego syczącej lampy Clay nie ujrzał rozbawienia, tylko smutek i znużenie. — Zechcecie wejść i zobaczyć się z panem dyrektorem?

I chociaż Tom też musiał być bardzo zmęczony, odpowiedział tak uprzejmie, jakby stali na nasłonecznionej werandzie — może na zebraniu rodziców — a nie na zaśmieconym chodniku Academy Avenue o czwartej piętnaście rano.

— Z przyjemnością, Jordan.

12

— Interkomy diabła, tak je nazywałem — powiedział Charles Ardai, który od dwudziestu pięciu lat był nauczycielem anglistyki w Akademii Gaiten, a od czasu Pulsu pełnił funkcję jej dyrektora. Teraz z zaskakującą szybkością kuśtykał pod górę, wspierając się na lasce, i nie schodził z chodnika podczas omijania rzeki śmieci pokrywających podjazd szkoły. Jordan czujnie szedł obok niego, a troje wędrowców za nimi. Jordan obawiał się, że stary może stracić równowagę, a Clay, że może dostać ataku serca, próbując jednocześnie mówić i wspinać się na szczyt wzgórza, nawet tak niewielkiego jak to. — Oczywiście naprawdę tak nie myślałem. To był żart, dowcip, komiczna przesada, ale rzeczywiście nigdy nie lubiłem tych urządzeń, szczególnie na terenie szkoły. Może nawet spróbowałbym zakazać ich używania, ale zostałbym przegłosowany. Równie dobrze można by wprowadzić prawo zabraniające przypływów, co? — Sapnął kilka razy. — Brat sprezentował mi taki aparat na moje sześćdziesiąte piąte urodziny. Leżał, aż rozładowała się bateria... Uff, chyy... I nigdy jej ponownie nie naładowałem. Emitują promieniowanie, zdajecie sobie z tego sprawę? To prawda, że w niewielkich ilościach, ale zawsze... źródło promieniowania tak blisko głowy... i mózgu...

— Proszę pana, powinien pan zaczekać, aż dojdziemy do Tonney — odezwał się Jordan.

Podtrzymał Ardaia, gdy laska dyrektora poślizgnęła się na kawałku zgniłego owocu i stary na moment (ale bardzo gwałtownie) przechylił się w prawo.

— To chyba dobry pomysł — poparł go Clay.

— Tak — przyznał dyrektor. — Ja tylko... nigdy nie miałem do nich zaufania, to chciałem powiedzieć. Co innego z komputerem. Przy nim czułem się jak ryba w wodzie.

Na szczycie wzgórza rozwidlała się główna droga campusu. Lewe odgałęzienie biegło w kierunku budynków wyglądających na internaty. Prawe wiodło do sal wykładowych, zgrupowania budynków administracji oraz sklepionego przejścia bielejącego w ciemności. Przepływała pod nim rzeka śmieci i pustych opakowań. Dyrektor Ardai poprowadził ich tamtędy, starając się omijać śmieci, a Jordan trzymał go pod rękę. Muzyka — teraz Bette Midler śpiewająca *Wind Beneath My Wings* — dochodziła zza tego przejścia i Clay zobaczył dziesiątki pustych opakowań po płytach kompaktowych między ogryzionymi kośćmi i pustymi torebkami po chipsach ziemniaczanych. Zaczął mieć niedobre przeczucia.

— Hmm, proszę pana? Dyrektorze? Może powinniśmy...

— Wszystko będzie dobrze — odparł dyrektor. — Czy jako dzieci bawiliście się kiedyś w *Musical chairs*? Oczywiście, że tak. No cóż, dopóki muzyka nie przestanie grać, nie mamy się czego bać. Zerkniemy sobie, a potem pójdziemy do Cheatham Lodge. To rezydencja dyrektora. Niecałe dwieście jardów od Tonney Field. Obiecuję, że nie więcej.

Clay spojrzał na Toma, który wzruszył ramionami. Alicja kiwnęła głową.

Jordan akurat patrzył na nich (dość niespokojnie) i najwidoczniej zauważył tę milczącą zgodę.

— Powinniście ich zobaczyć — powiedział im. — Pan dyrektor ma rację. Dopóki tego nie zobaczycie, nic nie więcie.

— Co mamy zobaczyć, Jordan? — spytała Alice.

Lecz on tylko spojrzał na nią w ciemności wielkimi młodymi oczami.

— Poczekajcie.

13

— O kurwa mać! — zaklął Clay. W jego myślach te słowa zabrzmiały jak donośny ryk zdziwienia i przestrachu — może z odrobiną wściekłości — lecz w rzeczywistości z ust wydobył mu się zduszony skowyt. Być może dlatego, że z bliska ta muzyka była tak głośna jak ten koncert AC/DC sprzed lat (chociaż Debby Boone jako słodka uczennica śpiewająca *You Light Up My Life* bardzo się różniła od *Hell's Bells*, nawet gdy kawałek odtwarzano na cały regulator), ale głównie z powodu szokującego widoku. Myślał, że po Pulsie i spowodowanej nim ucieczce z Bostonu będzie przygotowany na wszystko, lecz się mylił.

Nie sądził, by w tak elitarnej uczelni jak ta oddawano się tak plebejskiej (i brutalnej) rozrywce jak futbol, ale piłka nożna najwyraźniej cieszyła się popularnością. Ławki po obu stronach

Tonney Field sprawiały wrażenie mogących pomieścić nawet tysiąc widzów i były udekorowane flagami, które dopiero teraz, po kilku deszczowych dniach, zaczynały wyglądać niechlujnie. Na drugim końcu boiska stała pokaźna tablica wyników, na której widniał jakiś napis, głoszący coś wielkimi literami. Clay nie mógł go przeczytać w ciemności, a zapewne nie trudziłby się nawet za dnia. Było dostatecznie jasno, żeby zobaczyć samo boisko i tylko to się liczyło.

Każdy cal kwadratowy boiska pokrywali telefoniczni szaleńcy. Leżeli na plecach upchani jak sardynki w puszce, noga przy nodze, biodro przy biodrze i ramię przy ramieniu. Twarze mieli zwrócone ku czarnemu nocnemu niebu.

— O Panie Jezu — wyjęczał Tom stłumionym głosem, przez przyciśniętą do ust pięść.

— Trzymajcie dziewczynę! — wychrypiał dyrektor. — Zemdleje!

— Nie, nic mi nie jest — powiedziała Alice, lecz kiedy Clay objął ją ramieniem, oparła się na nim, ciężko dysząc.

Jej oczy były szeroko otwarte, ale nieruchome, nieprzytomne.

— Pod ławkami też leżą — poinformował ją Jordan. Mówił z wystudiowanym, niemal demonstracyjnym spokojem, w który Clay nie wierzył ani przez chwilę. Był to głos chłopca zapewniającego kolegów, że nie brzydzi się robaków w ślepiach zdechłego kota... na chwilę przedtem, nim się pochyli i zwróci wszystko, co jadł. — Ja i pan dyrektor uważamy, że kładą pod nimi rannych, którzy nie wydobrzeją.

— Pan dyrektor i ja, Jordanie.

— Przepraszam, panie dyrektorze.

Debby Boone doszła do poetyckiego katharsis i zamilkła. Po krótkiej przerwie Champagne Music Makers Lawrence'a Welka znów zaczęła grać *Baby Elephant Walk*. Dodge też miał dobrą porę, pomyślał Clay.

— Ile tych przenośnych radiomagnetofonów połączyli razem? — zapytał dyrektora Ardaia. — I jak to zrobili? Przecież to bezmózgowcy, rany boskie, zombi! — Nagle przyszła mu do głowy okropna myśl, nielogiczna, lecz zarazem nieodparta. — Pan to zrobił? Żeby ich uspokoić lub... sam nie wiem...

— On tego nie zrobił — powiedziała Alice.

Mówiła z bezpiecznej przystani, jaką tworzyły ramiona Claya.

— Nie, oba pańskie przypuszczenia są błędne — odparł dyrektor.

— Oba? Ja nie...

— Muszą być prawdziwymi miłośnikami muzyki — głośno myślał Tom — ponieważ nie lubią wchodzić do budynków. A przecież płyty CD są w budynkach, prawda?

— Nie mówiąc już o radiomagnetofonach — wtrącił Clay.

— Teraz nie ma czasu na wyjaśnienia. Niebo już zaczęło jaśnieć i... powiedz im, Jordan.

— Wszystkie dobre wampiry muszą być pod dachem, nim zapieje kur, proszę pana.

— Zgadza się, nim zapieje kur. Na razie tylko popatrzcie. Nic więcej nie musicie robić. Nie wiedzieliście, że istnieją takie miejsca jak to, prawda?

— Alice wiedziała — rzekł Clay.

Patrzyli. A ponieważ naprawdę zaczynało świtać, Clay zauważył, że wszyscy ci leżący mieli otwarte oczy. Był całkowicie pewien tego, iż nic nie widzieli, po prostu... leżeli z otwartymi oczami.

Tutaj dzieje się coś złego, pomyślał. Stadne zachowania to był zaledwie początek.

Widok upchniętych na takiej przestrzeni ciał i pozbawionych wyrazu twarzy (przeważnie białych, w końcu to Nowa Anglia) był okropny, lecz niewidzące oczy zwrócone ku nocnemu niebu budziły w nim irracjonalny lęk. Gdzieś w pobliżu odezwał się pierwszy poranny ptak. Wprawdzie nie kruk, ale dyrektor i tak drgnął i zachwiał się. Tym razem podtrzymał go Tom.

— Chodźcie — powiedział dyrektor. — Cheatham Lodge jest niedaleko, ale powinniśmy już ruszać. Od tej wilgoci zesztywniałem bardziej niż zwykle. Weź mnie pod rękę, Jordan.

Alice wysunęła się z objęć Claya i stanęła z drugiej strony dyrektora. Posłał jej odmowny uśmiech i pokręcił głową.

— Jordan się mną zajmie. Teraz jesteśmy zdani na siebie, prawda, Jordan?

— Tak, proszę pana.

— Jordan? — zapytał Tom.

Zbliżali się do dużego (i dość pretensjonalnego) budynku w stylu Tudorów, który, jak Clay przypuszczał, był właśnie Cheatham Lodge.

— Tak?

— Napis na tablicy wyników — nie mogłem go odczytać. Co tam było napisane?

— WITAJCIE WYCHOWANKOWIE W TYGODNIU AB-SOLWENTA.

Jordan prawie się uśmiechnął, ale zaraz przypomniał sobie, że w tym roku nie będzie tygodnia absolwenta — flagi na trybunach już zaczęły się strzępić — i znowu spochmurniał. Gdyby nie był tak zmęczony, może jeszcze by się trzymał, lecz zrobiło się bardzo późno, prawie świtało, i kiedy szli w kierunku rezydencji dyrektora, ostatni uczeń Akademii Gaiten, wciąż noszący jej szare i kasztanowe barwy, zaczął płakać.

14

— To było niewiarygodne, panie dyrektorze — rzekł Clay. W zupełnie naturalny sposób zaczął zwracać się do Ardaia tak jak Jordan. Tom i Alice również. — Dziękuję.

— Tak — powiedziała Alice. — Dzięki. Jeszcze nigdy nie zjadłam dwóch hamburgerów naraz, a przynajmniej nie takich dużych.

Była trzecia po południu. Siedzieli na werandzie na tyłach Cheatham Lodge. Charles Ardai — czyli pan dyrektor, jak nazywał go Jordan — usmażył hamburgery na małym gazowym grillu. Powiedział, że mięso można spokojnie jeść, ponieważ generator zasilający zamrażarkę w bufecie chodził jeszcze w południe poprzedniego dnia (istotnie, porcje, które wyjął z lodówki, a Tom i Jordan przynieśli ze spiżarni, wciąż były białe od szronu i twarde jak krążki hokejowe). Powiedział, że grillowanie będzie zapewne bezpieczne aż do piątej, aczkolwiek ostrożność nakazywała zjeść wcześniej.

— Wyczują zapach smażonego mięsa? — zapytał Clay.

— Powiedzmy, że nie mam ochoty tego sprawdzać — odparł dyrektor. — Prawda, Jordan?

— Tak, proszę pana — zgodził się Jordan i ugryzł drugiego hamburgera. Wprawdzie zwolnił tempo, ale Clay pomyślał, że chłopak spełni swój obowiązek. — Lepiej być w środku, kiedy się budzą i kiedy wracają z miasta. Bo tam właśnie chodzą, do miasta. Splądrują je doszczętnie, jak ptaki pole pszenicy. Tak mówi pan dyrektor.

— Wcześniej, w Malden, widzieliśmy, jak całym stadem wracali do domu — powiedziała Alice. — Teraz wiemy, gdzie jest ich dom. — Spoglądała na tacę z kubeczkami puddingu. — Mogę wziąć jeden?

— Tak, oczywiście. — Dyrektor podsunął jej tacę. — I następnego hamburgera, jeśli chcesz. Jak czegoś nie zjemy, wkrótce się popsuje.

Alice jęknęła i pokręciła głową, ale wzięła kubek z puddingiem. Tom także.

— Wychodzą chyba codziennie o tej samej porze, ale przejawy stadnych zachowań pojawiły się później — rzekł w zadumie Ardai. — Z jakiego powodu?

— Gorszych łupów? — podsunęła Alice.

— Może... — Połknął ostatni kęs hamburgera, a resztę starannie nakrył papierową serwetką. — Tu jest wiele stad,

184

wiecie. Może nawet tuzin w promieniu pięćdziesięciu mil. Od ludzi idących na południe wiemy, że są stada w Sandown, Fremont i Candi. Za dnia ci szaleńcy kręcą się niemal bez celu, chyba szukając muzyki i pożywienia, a potem wracają tam, skąd przyszli.

— To już pan wie na pewno — wtrącił Tom.

Skończył jeden pudding i sięgnął po następny. Ardai pokręcił głową.

— Nie ma niczego pewnego, panie McCourt. — Jego włosy, długie, siwe i zmierzwione (niewątpliwie włosy profesora języka angielskiego, pomyślał Clay), lekko powiewały w łagodnych podmuchach popołudniowego wiatru. Chmury znikły. Z werandy na tyłach mieli dobry widok na cały campus, na razie pusty. Jordan w regularnych odstępach czasu obchodził dom i sprawdzał stok opadający do Academy Avenue, po czym meldował, że tam również panuje spokój. — Nie widzieliście innych gniazd?

— Nie — odparł Tom.

— Jednak wędrowaliśmy po zmroku — przypomniał mu Clay — a teraz ciemność jest naprawdę ciemnością.

— Tak — przyznał dyrektor. Powiedział niemal sennie: — Jak w *le moyen âge*. Przetłumaczysz, Jordanie?

— W średniowieczu, proszę pana.

— Dobrze.

Poklepał go po ramieniu.

— Nawet duże stado łatwo przeoczyć — powiedział Clay. — Wcale nie muszą się kryć.

— Nie, oni się nie kryją — przyznał dyrektor Ardai, splatając palce. — Przynajmniej jeszcze nie. Zbierają się w stada... zaopatrują... przy czym ich zbiorowy umysł trochę się rozpada... chyba coraz mniej. Chyba z każdym dniem mniej.

— Manchester doszczętnie spłonął — wtrącił nagle Jordan. — Widzieliśmy stąd pożar, prawda, proszę pana?

— Tak — potwierdził dyrektor. — To było bardzo smutne i przerażające.

— Czy to prawda, że strzela się do ludzi próbujących przejść granicę Massachusetts? — zapytał Jordan. — Tak ludzie opowiadają. Mówią, że trzeba iść do Vermontu, że to jedyna bezpieczna droga.

— To bujda — powiedział Clay. — My słyszeliśmy to samo o granicy z New Hampshire.

Jordan gapił się na niego przez moment, a potem wybuchnął śmiechem. Jasny i piękny śmiech rozchodził się w nieruchomym powietrzu. Wtem w oddali huknął strzał. Nieco bliżej ktoś wrzasnął z wściekłości lub przerażenia.

Jordan przestał się śmiać.

— Powiedzcie nam o tym dziwnym stanie, w jakim znajdowali się w nocy — poprosiła spokojnie Alice. — I o muzyce. Czy wszystkie stada słuchają w nocy muzyki?

Dyrektor spojrzał na Jordana.

— Tak — powiedział chłopiec. — Samych spokojnych kawałków, żadnego rocka czy country...

— Domyślam się, że również żadnej muzyki klasycznej — wtrącił dyrektor. — Przynajmniej ambitniejszej.

— To ich kołysanki — rzekł Jordan. — Tak uważamy, ja i pan dyrektor, prawda, proszę pana?

— Pan dyrektor i ja, Jordanie.

— Pan dyrektor i ja, tak jest, proszę pana.

— Istotnie tak myślimy — potwierdził dyrektor. — Choćiaż podejrzewam, że może się za tym kryć coś więcej. Tak, znacznie więcej.

Clay był speszony. Nie miał pojęcia, co powiedzieć. Spojrzał na swoich przyjaciół i na ich twarzach zobaczył odbicie własnych uczuć: nie tylko zdziwienie, ale dziwną niechęć do poznania prawdy.

Pochyliwszy się, dyrektor Ardai rzekł:

— Mogę być szczery? Muszę być szczery — to przyzwyczajenie. Chcę, żebyście pomogli nam zrobić tu coś strasznego. Czasu jest niewiele i choć jeden taki czyn może być daremny, nigdy nie wiadomo, prawda? Nigdy nie wiadomo, w jaki sposób mogą przekazywać sobie wiadomości te... stada. W każdym razie nie zamierzam stać bezczynnie, gdy te... stwory... kradną nie tylko moją szkołę, ale nawet dzień. Spróbowałbym to zrobić sam, ale jestem stary, a Jordan bardzo młody. Za młody. Czymkolwiek teraz są, niedawno były to istoty ludzkie. Nie chcę, żeby brał w tym udział.

— Zrobię, co do mnie należy, proszę pana! — zapewnił Jordan.

Clay pomyślał, że przemówił równie zdecydowanie jak muzułmański nastolatek zakładający pas wypchany materiałami wybuchowymi.

— Podziwiam twoją odwagę, Jordanie — powiedział mu dyrektor — ale raczej nie. — Obrzucił chłopca łagodnym spojrzeniem, które natychmiast stało się twardsze, gdy zwrócił je na pozostałych. — Macie broń — i to dobrą — podczas gdy ja mam tylko starą dwudziestkędwójkę, która może nawet już nie działa, chociaż lufa wciąż jest drożna — sprawdzałem. Nawet jeśli jest w porządku, to naboje, które do niej mam, mogą być zleżałe. Jednak w naszym warsztacie mamy dystrybutor i możemy pozbawić ich życia, używając benzyny.

Widocznie dostrzegł ich przerażone miny, ponieważ skinął głową. W tym momencie dla Claya przestał wyglądać jak miły starszy pan Chips; wyglądał jak purytański radny ze starego obrazu. Taki, który bez wahania zakułby człowieka w dyby. Albo posłał na stos kobietę oskarżoną o czary.

To kiwnięcie było przeznaczone dla Claya. Clay był tego pewien.

— Wiem, co mówię. Wiem, jak to brzmi. Jednak to nie byłoby morderstwo, nie — po prostu eliminacja. I nie mogę was do niczego zmusić. Jednak tak czy inaczej... czy pomożecie mi ich spalić czy nie, musicie przekazać wiadomość.

— Komu? — zapytała cicho Alice.

— Każdemu, kogo spotkacie, panno Maxwell. — Pochylił

się nad resztkami posiłku, mierząc ich tymi przenikliwymi i pałającymi oczkami sędziego Roya Beana. — Musicie opowiedzieć, co się z nimi dzieje — z tymi, którzy przekazują sobie tę straszliwą wiadomość przez swoje diabelskie interkomy. Musicie o tym opowiedzieć. Każdy, kogo obrabowano z dziennego światła, musi to usłyszeć, zanim będzie za późno. — Przesunął dłonią po twarzy i Clay zauważył, że palce lekko mu drżały. Łatwo byłoby to uznać za objaw podeszłego wieku, ale przedtem nie widział, żeby się trzęsły. — Obawiamy się, że wkrótce będzie za późno. Prawda, Jordanie?

— Tak, proszę pana.

Jordan najwidoczniej wiedział o czymś, bo wyglądał na przerażonego.

— Co? Co się z nimi dzieje? — zapytał Clay. — To ma coś wspólnego z muzyką i połączonymi radiomagnetofonami, prawda?

Dyrektor oklapł, nagle znużony.

— One nie są połączone — odparł. — Nie pamięta pan, jak powiedziałem, że oba pańskie przypuszczenia są błędne?

— Tak, ale nie zrozumiałem, co ma pan na...

— To jeden zestaw nagłaśniający z płytą CD, co do tego ma pan absolutną rację. Jedna płyta ze składanką, jak mówi Jordan, dlatego w kółko grają te same utwory.

— Mamy szczęście — mruknął Tom, ale Clay ledwie go usłyszał.

Próbował znaleźć jakiś sens w tym, co przed chwilą powiedział Ardai — one nie są połączone. Jak to możliwe. Nieprawdopodobne. Dyrektor mówił dalej.

— Te systemy nagłaśniające — radiomagnetofony, jeśli wolicie — są rozmieszczone wokół boiska — i wszystkie są włączone. Przez całą noc widać ich czerwone diody...

— Tak — powiedziała Alice. — Widziałam te czerwone światełka, ale nie zwróciłam na nie uwagi.

— Jednak nic w nich nie ma, żadnych płyt kompaktowych

czy kaset, nie są też połączone ze sobą przewodami. To po prostu przekaźniki odbierające sygnał z głównego odtwarzacza i emitujące dźwięki.

— Jeśli ci szaleńcy mają otwarte usta, muzyka wydobywa się również z nich — dodał Jordan. — Bardzo cicha... nie głośniejsza od szeptu... ale można ją usłyszeć.

— Nie — rzekł Clay. — Wydawało ci się, mały. To niemożliwe.

— Ja tego nie słyszałem — rzekł Ardai — ale oczywiście mój słuch nie jest już taki jak wtedy, kiedy byłem fanem Gene'a Vincenta i Blue Caps. W dawnych czasach, jak powiedziałby Jordan i jego koledzy.

Należy pan do bardzo starej szkoły — potwierdził Jordan. Powiedział to z uprzejmą powagą i niewątpliwym uznaniem.

— Tak, Jordanie, należę — przyznał dyrektor. Poklepał chłopaka po ramieniu, a potem skupił uwagę na pozostałych. — Jeśli Jordan mówi, że to słyszał... ja mu wierzę.

— To niemożliwe — upierał się Clay. — Nie bez nadajnika.

— Oni nadają — odparł dyrektor. — To umiejętność, której nabyli od czasu Pulsu.

— Poczekajcie — powiedział Tom. Uniósł jedną rękę jak policjant na skrzyżowaniu, opuścił, zaczął mówić i znów ją podniósł. Ze swojego wątpliwie bezpiecznego miejsca u boku dyrektora Ardaia Jordan uważnie mu się przyglądał. — Czy mówimy o telepatii?

— Mógłbym rzec, iż nie jest to dokładnie *le mot juste* tego szczególnego zjawiska — odparł dyrektor — ale po co czepiać się drobiazgów? Gotów jestem założyć się o wszystkie mrożone hamburgery, jakie zostały mi w lodówce, że już wcześniej padło między wami to słowo.

— Miałby pan podwójną porcję hamburgerów — rzekł Clay.

— No tak, ale instynkt stadny to co innego — powiedział Tom.

— Ponieważ? — Dyrektor podniósł krzaczaste brwi.

— No cóż... — Tom nie potrafił dokończyć i Clay wiedział dlaczego. Ponieważ nie było żadnej różnicy. Instynkt stadny nie jest typowym ludzkim zachowaniem i wiedzieli o tym od chwili, gdy na Salem Street zobaczyli, jak mechanik George idzie za kobietą w brudnym spodniumie przez trawnik przed domem Toma. Szedł tuż za nią, tak blisko, że mógł ugryźć ją w kark... ale nie ugryzł. A dlaczego? Ponieważ telefoniczni szaleńcy przestali już gryźć i zaczęli tworzyć stada.

A przynajmniej przestali gryźć się między sobą. Chyba że...

— Profesorze Ardai, na początku zabijali każdego...

— Tak — przyznał dyrektor. — Mieliśmy szczęście, że udało nam się uciec, prawda, Jordanie?

Jordan zadrżał i skinął głową.

— Dzieciaki biegały wszędzie. Nawet kilku nauczycieli też. Zabijali... gryźli... bełkotali bzdury... na jakiś czas schowałem się w jednej ze szklarni.

— A ja na strychu tego domu — dodał dyrektor. — Widziałem przez okienko, jak campus — i całą szkołę, którą kocham — dosłownie diabli wzięli.

— Większość tych, którzy nie umarli, pobiegła do miasta. Teraz wielu z nich wróciło. Są tam.

Skinął głową w kierunku boiska.

— I do czego to wszystko nas prowadzi? — zapytał Clay.

— Sądzę, żc pan wic, panie Riddell.

— Clay.

— Dobrze, Clay. Myślę, że to, co się dzieje teraz, to nie jest tylko chwilowe zamieszanie. Sądzę, że to początek wojny. Będzie krótka, ale wyjątkowo nieprzyjemna.

— Nie uważa pan, że to przesadne...

— Nie. Chociaż mogę opierać się tylko na własnych spostrzeżeniach — moich i Jordana — mamy tu duże stado do obserwowania i widzieliśmy, jak przychodzą i odchodzą, a także... powiedzmy, odpoczywają. Przestali się zabijać, ale nadal zabijają ludzi, których my zaliczylibyśmy do normalnych. Nazwałbym to wypowiedzeniem wojny.

— Widział pan, jak zabijali normalnych? — zapytał Tom.

Siedząca obok niego Alice otworzyła plecak, wyjęła bucik Nike'a i trzymała go w dłoni.

Dyrektor spojrzał na niego poważnie.

— Widziałem. Z przykrością muszę powiedzieć, że Jordan też.

— Nie mogliśmy pomóc — wtrącił się Jordan. Oczy miał błyszczące od łez. — Było ich zbyt wielu. Przyszli tu mężczyzna i kobieta. Nie wiem, co robili w campusie o tak późnej porze, ale z pewnością nic nie wiedzieli o Tonney Field. Ona była ranna. On pomagał jej iść. Natknęli się na dwudziestu tamtych wracających z miasta. Mężczyzna próbował ją nieść. — Jordanowi zaczął się łamać głos. — Sam może by uciekł, ale z nią... dotarł tylko do Horton Hall. To jeden z internatów. Tam upadł i tamci ich dopadli. *Oni...*

Jordan nagle wtulił twarz w płaszcz starego, tego popołudnia czarny jak węgiel. Dyrektor szeroką dłonią pogłaskał go po głowie.

— Najwidoczniej znają swoich wrogów — głośno myślał dyrektor. — Może to było zawarte w tym sygnale telefonicznym. Nie sądzicie?

— Może — przyznał Clay. Miałoby to paskudny sens.

— Natomiast jeśli chodzi o to, co robią w nocy, gdy leżą tak nieruchomo z otwartymi oczami, słuchając muzyki... — Dyrektor westchnął, z jednego rękawa płaszcza wyjął chusteczkę i machinalnie wytarł nią oczy chłopca. Clay zauważył, że Jordan jest bardzo przestraszony i przekonany, że ma rację. — Sądzę, że ponownie ładują program — powiedział.

15

— Widzicie czerwone lampki, prawda? — zapytał dyrektor tym donośnym głosem typu chcę-by-słyszano-mnie-nawet-na--końcu-sali-wykładowej. — Naliczyłem co najmniej sześćdziesiąt...

— Ciii! — syknął Tom. Miał ochotę ręką zatkać staremu usta.

Dyrektor spojrzał na niego z niewzruszonym spokojem.

— Zapomniałeś, co zeszłej nocy mówiłem o *Musical Chairs*, Tom?

Tom, Clay i Ardai stali tuż za kołowrotami, mając za plecami łukowate wejście na Tonney Field. Alice, za obopólną zgodą, została w Cheatham Lodge z Jordanem. Z boiska liceum płynęła właśnie jazzowa instrumentalna aranżacja *Dziewczyny z Ipanemy*. Clay pomyślał, że to zapewne odlotowy przebój telefonicznych szaleńców.

— Nie zapomniałem — odparł Tom. — Dopóki muzyka nie przestanie grać, nie mamy powodów do niepokoju. Ja tylko nie chciałbym być facetem, któremu rozszarpie gardło cierpiący na bezsenność wyjątek od tej reguły.

— Nie będziesz.

— Skąd ta pewność, panie dyrektorze? — zapytał Tom.

— Ponieważ, pozwolę sobie na mały literacki żarcik, tego nie można nazwać snem. Chodźcie.

Ruszył cementową pochylnią, po której kiedyś gracze wychodzili na boisko, zobaczył, że Tom i Clay się ociągają, i spojrzał na nich z niczmąconą cierpliwością.

— Kto nie ryzykuje, ten niewiele się dowie — rzekł — a w tej sytuacji powiedziałbym, że wiedza jest krytycznym czynnikiem, prawda? Chodźcie.

Poszli po pochylni w ślad za postukiwaniem jego laski, w kierunku boiska. Clay nieznacznie wyprzedził Toma. Tak, widział czerwone diody radiomagnetofonów rozmieszczonych wokół boiska. Było ich z sześćdziesiąt lub. siedemdziesiąt. Dużych zestawów nagłaśniających rozstawionych w dziesięcio- lub piętnastostopowych odstępach, każdy otoczony ciałami. W blasku gwiazd te ciała sprawiały niesamowity widok. Nie leżały jedno na drugim — każde miało swoje miejsce — ale były poupychane tak, że nie pozostał nawet cal wolnej przestrzeni. Nawet ich ręce były splecione ze sobą, tak że wyglądało to jak dywan wyciętych z papieru lalek, leżących jedna przy drugiej na boisku w dźwiękach rozchodzącej się w ciemności muzyki. Kawałek jak z supermarketu, pomyślał Clay. W powietrzu unosiło się jeszcze coś: zastarzały zapach kurzu i gnijących warzyw oraz kryjąca się tuż pod nim silniejsza woń ludzkich odchodów i ropiejących ran.

Dyrektor ominął bramkę, zepchniętą na bok, przewróconą, z podartą siatką. Tutaj, gdzie zaczynało się jezioro ciał, leżał młody człowiek około trzydziestki, ze śladami ugryzień biegnącymi od nadgarstka do ramienia wystającego z koszulki z napisem NASCAR. Ugryzienia wyglądały na zakażone. W jednej ręce trzymał czerwoną czapeczkę, która Clayowi skojarzyła się z ulubionym bucikiem Alice. Tępo patrzył w gwiazdy, gdy Bette Midler znów zaczęła śpiewać o wietrze pod skrzydłami.

— Cześć! — zawołał dyrektor chrapliwym, przenikliwym głosem. Końcem laski raźnie szturchnął młodzieńca w brzuch i zaczął naciskać, aż tamten głośno pierdnął. — Cześć, mówię!

— Przestań! — prawie jęknął Tom.

Dyrektor uśmiechnął się do niego pogardliwie zaciśniętymi ustami, po czym wetknął koniec laski w czapeczkę, którą trzymał młodzieniec. Podrzucił czapkę. Przeleciała jakieś dziesięć stóp i wylądowała na twarzy kobiety w średnim wieku. Clay patrzył, zafascynowany, jak powoli zsunęła się na bok, odsłaniając jedno wytrzeszczone i nieruchome oko.

Młody człowiek powoli jak we śnie wyciągnął rękę i zacisnął w pięść tę dłoń, w której trzymał czapeczkę. Potem znów znieruchomiał.

— Myśli, że znów ją trzyma — szepnął zafascynowany Clay.

— Może — odparł dyrektor, bez szczególnego zainteresowania. Dźgnął końcem laski jedno z zainfekowanych ugryzień. Młody człowiek nie zareagował, chociaż powinno go zaboleć jak diabli. Nadal wpatrywał się w niebo, gdy Bette Midler zastąpił Dean Martin. — Mógłbym przycisnąć mu laskę do szyi, a on nie próbowałby mnie powstrzymać. A ci wokół niego nie zerwaliby się w jego obronie, chociaż nie wątpię, że w dzień rozszarpaliby mnie na strzępy.

Tom przykucnął przy jednym z radiomagnetofonów.

— Są w nim baterie — orzekł. — Wyczuwam ich ciężar.

— Tak. Są we wszystkich. Widocznie potrzebują baterii. — Dyrektor rozważył to, po czym dodał coś, czego Clay wolałby nie słyszeć: — Przynajmniej na razie.

— Moglibyśmy po nich chodzić, prawda? — rzekł Clay. — Moglibyśmy wybić ich tak jak w tysiąc osiemset osiemdziesiątym myśliwi wybijali stada gołębi wędrownych.

Dyrektor skinął głową.

— Rozbijali im łebki, gdy ptaki siadały na ziemi, prawda? Niezła analogia. Jednak wolno by mi to szło z moją laską. Obawiam się, że nawet tobie z tym pistoletem maszynowym zajęłoby to mnóstwo czasu.

— Poza tym nie mam tylu pocisków. Tu musi ich być... — Clay ponownie przesunął wzrokiem po masie ciał. Od patrzenia na nich bolała go głowa. — Musi ich tu być sześciuset lub siedmiuset. Nie licząc tych pod ławkami.

— Proszę pana? Panic Ardai? — mówił Tom. — Kiedy pan... jak pan...

— Jak ustaliłem, że są pogrążeni w transie? O to mnie pytasz?

Tom kiwnął głową.

— Pierwszej nocy wyszedłem na dwór obserwować. Oczywiście stado było wtedy znacznie mniejsze. Kierowała mną zwykła, lecz przemożna ciekawość. Jordan został w budynku. Obawiam się, że z trudem przeszedł na nocny tryb życia.

— Ryzykował pan życie — powiedział Clay.

— Nie miałem wyboru — odparł dyrektor. — Byłem jak zahipnotyzowany. Szybko się zorientowałem, że oni mimo

194

otwartych oczu są nieprzytomni, a kilka eksperymentów z końcem laski potwierdziło, że są w głębokim transie.

Clay pomyślał o jego utykaniu, miał ochotę zapytać, czy wie, co by się z nim stało, gdyby się pomylił i tamci zaczęliby go gonić, ale ugryzł się w język. Dyrektor z pewnością powtórzyłby to, co już raz powiedział: niczego się nie dowiesz, jeśli nie zaryzykujesz. Jordan miał rację — ten facet naprawdę należał do starej szkoły. Clay na pewno nie chciałby być czternastolatkiem wezwanym do jego gabinetu na dywanik.

Tymczasem Ardai patrzył na niego, kręcąc głową.

— Sześciuset lub siedmiuset to zaniżona liczba, Clay. To boisko ma regulaminowe wymiary. Ma sześć tysięcy jardów kwadratowych.

— Zatem ilu?

— Upchniętych w ten sposób? Powiedziałbym, że co najmniej tysiąc.

— I tak naprawdę wcale ich tu nie ma, co? Jest pan tego pewien.

— Jestem. A ponadto z każdym dniem — i Jordan też tak twierdzi, a on jest spostrzegawczy, możesz mi wierzyć — oni stają się inni. Mniej ludzcy.

— Możemy już wrócić do Lodge? — zapytał Tom słabym głosem.

— Oczywiście — zgodził się dyrektor.

— Chwileczkę — powiedział Clay.

Przyklęknął przy młodym człowieku w koszulce z nadrukiem NASCAR. Nie miał na to ochoty — nie mogąc oprzeć się wrażeniu, że dłoń, która wcześniej kurczowo zaciskała się na czerwonej czapeczce, teraz zaciśnie się na jego szyi — ale zmusił się. Przy ziemi smród był jeszcze gorszy. Już myślał, że się do niego przyzwyczaił, ale nie.

— Clay, co ty... — zaczął Tom.

— Cicho.

Clay pochylił się ku ustom młodzieńca, lekko rozchylonym.

Zawahał się, a potem nachylił się jeszcze bliżej, aż dojrzał ciemny połysk śliny na jego dolnej wardze. Z początku myślał, że wyobraźnia płata mu figle, lecz gdy zbliżył się o kolejne dwa cale — kiedy był już tak blisko, że niemal mógłby pocałować to nieśpiące stworzenie z Rickym Cravenem na piersi — rozwiało się to złudzenie.

„Bardzo cicha — powiedział Jordan. — Nie głośniejsza od szeptu... ale można ją usłyszeć".

Clay słyszał śpiew jakimś cudem o sylabę lub dwie wyprzedzający dźwięki wydobywające się z radiomagnetofonów. Dean Martin wykonywał *Everybody Loves Somebody Sometime.*

Wstał i o mało nie krzyknął, przestraszony głośnym jak wystrzał trzaskiem swoich stawów kolanowych. Tom podniósł lampę, patrząc na niego szeroko otwartymi oczami.

— Co? No co? Chyba nie powiesz mi, że dzieciak...

Clay skinął głową.

— Chodź. Wracajmy.

W połowie pochylni mocno chwycił dyrektora za ramię. Ardai odwrócił się do niego, wcale nieoburzony takim traktowaniem.

— Miał pan rację, panie dyrektorze. Musimy się ich pozbyć. Tylu, ilu zdołamy, i to jak najszybciej. To może być nasza jedyna szansa. A może uważa pan, że się mylę?

— Nie — odparł dyrektor. — Niestety nie. Jak już mówiłem, to wojna — przynajmniej ja tak uważam — a na wojnie zabija się wrogów. Może wrócimy i przedyskutujemy to? Moglibyśmy napić się gorącej czekolady. Ja jako barbarzyńca z odrobiną bourbona.

Na końcu pochylni Clay obejrzał się jeszcze raz. Tonney Field było nieoświetlone, lecz w silnym blasku gwiazd nietrudno było dostrzec dywan ciał pokrywających całą jego szerokość, od końca do końca. Pomyślał, że trafiwszy tu przypadkiem, można by nie zrozumieć, co się widzi, ale kiedy już się zrozumie... wtedy...

Wzrok płatał mu figle i przez moment prawie mu się zdawało, że widzi, jak oddychają — osiemset lub tysiąc osób — jak jeden organizm. To bardzo go przestraszyło, więc odwrócił się i prawie biegiem dogonił Toma oraz dyrektora Ardaia.

16

Dyrektor zrobił gorącą czekoladę w kuchni i wypili ją w salonie, przy świetle dwóch gazowych lamp. Clay sądził, że stary zaproponuje, żeby później wyszli na Academy Avenue i spróbowali zwerbować więcej ochotników do armii Ardaia, lecz on zdawał się zadowolony z tego, co ma.

Dystrybutor benzyny w warsztacie samochodowym, powiedział im dyrektor, jest podłączony do czterystugalonowego zbiornika na dachu, więc wystarczy wyciągnąć szpunt. W szklarniach są trzydziestogalonowe spryskiwacze. Co najmniej tuzin. Mogliby załadować je na pick-upa i tyłem zjechać po jednej z tych pochylni...

— Chwileczkę — rzekł Clay. — Zanim zaczniemy omawiać strategię, to chciałbym usłyszeć pańską teorię na ten temat, jeśli jakąś pan ma.

— Nic aż tak zaawansowanego — odparł stary. — Jednak razem z Jordanem prowadziliśmy obserwacje, mamy intuicję, a także spore doświadczenie...

— Jestem maniakiem komputerowym — rzekł Jordan znad kubka z gorącą czekoladą. Clay uznał jego ponurą pewność siebie za dziwnie czarującą. — Prawdziwym świrem. Mam z komputerami do czynienia prawie przez całe życie. Te stwory naprawdę ponownie ładują program. Równie dobrze mogłyby mieć na czołach mrugający napis INSTALACJA PROGRAMU, PROSZĘ CZEKAĆ.

— Nie rozumiem, co mówisz — przyznał Tom.

— A ja tak — powiedziała Alice. — Jordan, myślisz, że

Puls naprawdę był impulsem, tak? I każdy, kto go usłyszał... ma skasowany twardy dysk.

— No właśnie — odparł Jordan.

Tom z zakłopotaniem patrzył na Alice. Tylko Clay wiedział, że Tom nie jest głupi, i nie wierzył, żeby tak wolno kontaktował.

— Przecież miałeś komputer — powiedziała Alice. — Widziałam go w twoim gabinecie.

— Tak...

— I instalowałeś oprogramowanie, prawda?

— Jasne, ale... — Tom zamilkł i uważnie przyglądał się Alice. Odpowiedziała takim samym spojrzeniem. — Ich mózgi? Mówisz o ich mózgach?

— A jak pan myśli, czym jest mózg? — zapytał Jordan. — Dużym, starym twardym dyskiem. Organiczne obwody. Nikt nie wie, ile bajtów. Powiedzmy giga do n-tej potęgi. Nieskończenie wiele bajtów. — Podniósł dłonie do uszu, małych i zgrabnych. — Zawartych tutaj.

— Nie wierzę — rzekł Tom, ale powiedział to cicho i z kwaśną miną.

Clay pomyślał, że jednak uwierzył. Wracając myślą do szaleństwa, które wstrząsnęło Bostonem, Clay musiał przyznać, że była to nęcąca koncepcja. A jednoczcśnie straszna: miliony, może nawet miliardy umysłów jednocześnie wykasowanych tak, jak kasuje się stary dysk komputerowy.

Przypomniała mu się Pixie Ciemna, przyjaciółka dziewczyny z telefonem komórkowym koloru miety. „Kim jesteś? Co się dzieje? — zawołała Pixie Ciemna. — Kim jesteś? Kim ja jestem?". Potem dwukrotnie uderzyła się nasadą dłoni w czoło i z impetem wpadła na słup latarni ulicznej, nie raz, ale dwa razy, niwecząc efekt kosztownych usług ortodonty.

„Kim jesteś? Kim ja jestem?".

To nie był jej telefon. Ona tylko przysłuchiwała się rozmowie i nie dostała pełnej dawki.

Clay, który od dawna myślał bardziej obrazami niż słowami,

teraz ujrzał w myślach kolorowy ekran komputera, po którym przewijał się ten napis: KIM JESTEŚ KIM JA JESTEM KIM JESTEŚ KIM JA JESTEM KIM JESTEŚ KIM JA JESTEM KIM JESTEŚ KIM JA JESTEM i w końcu, na samym dole zimny i niezmienny jak los Pixie Ciemnej:

AWARIA SYSTEMU

Pixie Ciemna jako częściowo wymazany twardy dysk? To było straszne, a jednocześnie wydawało się absolutnie prawdziwe.

— Mam dyplom z anglistyki, ale jako młody człowiek bardzo interesowałem się psychologią — powiedział im dyrektor. — Oczywiście, zacząłem od Freuda, każdy od niego zaczyna... potem Jung... Adler... a potem wielu innych. Za wszystkimi tymi teoriami wyjaśniającymi działanie umysłu czai się inna, większa: teoria Darwina. W słowniku Freuda idea przetrwania jako nadrzędnego imperatywu jest wyrażona poprzez koncepcję id. U Junga przez bardziej rozwiniętą ideę świadomości krwi. Sądzę, że żaden z nich nie spierałby się z tym, że gdyby na moment pozbawić człowieka świadomości, wszystkich wspomnień i zdolności racjonalnego myślenia, pozostałość byłaby czysta i straszna.

Przerwał, czekając na komentarze. Nikt się nie odezwał. Dyrektor z satysfakcją pokiwał głową i podjął przerwany wątek.

— Chociaż ani zwolennicy Freuda, ani zwolennicy Junga nie powiedzieli tego otwarcie, najwyraźniej zdają się sugerować istnienie jakiegoś jądra, podstawowej fali nośnej czy też — używając znanego Jordanowi języka — jednej linijki prostego kodu, którego nie można usunąć.

— PD — podsunął Jordan. — Pierwsza dyrektywa.

— Tak — potwierdził dyrektor. — Widzicie, chodzi o to, że wcale nie jesteśmy *Homo sapiens*. Naszym jądrem jest szaleństwo. Nadrzędnym imperatywem chęć zabijania. Moi drodzy,

Darwin był zbyt uprzejmy, by powiedzieć, że rządzimy Ziemią nie dlatego, że jesteśmy najinteligentniejsi czy choćby najsilniejsi, ale dlatego że zawsze byliśmy najbardziej szalonymi i żądnymi krwi skurwielami w naszej dżungli. Co Puls wykazał przed pięcioma dniami.

17

— Nie wierzę, że przede wszystkim jesteśmy szaleńcami i mordercami — rzekł Tom. — Chryste, człowieku, a co z Partenonem? Co z *Dawidem* Michała Anioła? Co z tablicą na Księżycu, która głosi: „Przybyliśmy w pokoju w imię całej ludzkości"?

— Na tej tablicy jest też nazwisko Richarda Nixona — powiedział sucho Ardai. — Chociaż był kwakrem, trudno go nazwać pokojowo nastawionym. Panie McCourt — Tom — nie zamierzam wygłaszać przemówienia oskarżającego całą ludzkość. Gdybym chciał to zrobić, przypomniałbym, że na każdego Michała Anioła przypada markiz de Sade, na każdego Gandhiego — Eichmann, na Martina Luthera Kinga — Osama bin Laden. Poprzestańmy na tym: człowiek stał się dominującym gatunkiem na tej planecie dzięki dwóm podstawowym cechom. Jedną jest inteligencja. Drugą gotowość zabicia każdego, kto stanie mu na drodze.

Pochylił się, spoglądając na nich.

— Inteligencja w końcu zatriumfowała nad żądzą mordu i rozsądek wziął górę nad instynktem. To również było kwestią przetrwania. Sądzę, że do finałowego starcia między tymi dwiema cechami doszło w październiku tysiąc dziewięćset sześćdziesiątego trzeciego roku, w trakcie kryzysu wywołanego próbą rozmieszczenia rakiet na Kubie, ale to temat do innej dyskusji. Chodzi o to, iż większość ludzi zepchnęła te najgorsze cechy w głąb podświadomości, aż przyszedł Puls i odarł nas ze wszystkiego prócz samego jądra.

— Ktoś wypuścił diabła tasmańskiego z klatki — mruknęła Alice. — Kto?

— To również nie powinno nas obchodzić — odparł dyrektor. — Podejrzewam, że sprawcy nie zdawali sobie sprawy z tego, co robią... albo z rozmiarów szkód. Na podstawie pobieżnych eksperymentów, pospiesznie prowadzonych zaledwie przez kilka lat — a może tylko kilka miesięcy — doszli do wniosku, że wywołają niszczycielską terrorystyczną burzę. Zamiast tego spowodowali tsunami o niewiarygodnej sile, w dodatku mutujące. Choć ostatnie dni mogą wydawać nam się okropne, później przypuszczalnie będziemy patrzeć na nie jak na ciszę przed burzą. Mogą być również naszą jedyną szansą, by coś zmienić.

— Co pan miał na myśli, mówiąc o mutowaniu? — zapytał Clay.

Jednak dyrektor nie odpowiedział. Zamiast tego zwrócił się do dwunastoletniego Jordana.

— Jeśli pozwolisz, młody człowieku.

— Tak. No cóż. — Jordan zastanowił się. — Nasz umysł wykorzystuje niewielki procent możliwości mózgu. Wiecie o tym, prawda?

— Tak — odparł nieco pobłażliwie Tom. — Czytałem o tym. Jordan skinął głową.

— Nawet biorąc pod uwagę kontrolowane przez mózg czynności autonomiczne oraz związane z podświadomością, takie jak sen, odruchy bezwarunkowe, pociąg seksualny i tym podobne, nasz mózg pracuje na najniższych obrotach.

— Zadziwiasz mnie, Holmesie — powiedział Tom.

— Tom, nie dogryzaj! — wtrąciła Alice i Jordan posłał jej zdecydowanie promienny uśmiech.

— Nie dogryzam — odparł Tom. — Mały jest dobry.

— Istotnie — rzekł sucho dyrektor. — Jordan miewa sporadyczne kłopoty z angielszczyzną, ale nie dostał stypendium za granie w pchełki. — Zauważył zmieszanie chłopca i czule pogłaskał go po głowie kościstymi palcami. — Proszę, mów dalej.

— Cóż... — Clay widział, że Jordan szuka właściwych słów, a potem znów łapie rytm. — Gdyby mózg naprawdę był twardym dyskiem, byłby zupełnie pusty. — Dostrzegł, że tylko Alice go rozumie. — Ujmijmy to tak: pasek informacyjny pokazuje dwa procent używanej, dziewięćdziesiąt osiem procent dostępnej objętości. Nikt tak naprawdę nie wie, po co te dziewięćdziesiąt osiem procent, ale to spory potencjał. Na przykład ofiary wylewu czasem zaczynają wykorzystywać uprzednio nieużywane obszary mózgu, żeby znów chodzić i mówić. Jakby ich mózgi odcinały uszkodzony obszar. Przepuszczały impulsy przez podobny obszar mózgu, ale na drugiej półkuli.

— Studiujesz te zagadnienia? — zapytał Clay.

— To naturalna konsekwencja zainteresowania komputerami i cybernetyką — odparł Jordan, wzruszając ramionami. — Ponadto czytałem mnóstwo cyberpunkowej fantastyki naukowej. Williama Gibsona, Bruce'a Sterlinga, Johna Shirleya...

— Neala Stephensona? — podsunęła Alice.

Jordan promiennie się uśmiechnął.

— Neal Stephenson jest boski.

— Do rzeczy — skarcił go dyrektor, ale łagodnie.

Jordan wzruszył ramionami.

— Jeśli wykasować twardy dysk komputera, nie zregeneruje się spontanicznie... chyba że w powieści Grega Beara. — Ponownie się uśmiechnął, lecz tym razem przelotnie i zdaniem Claya raczej nerwowo. Częściową winę ponosiła za to Alice, której widok mocno na niego działał. — Z ludźmi jest inaczej.

— Jednak jest wielka różnica między ponowną nauką chodzenia po wylewie a telepatycznym zasilaniem przenośnych radiomagnetofonów — powiedział Tom. — Ogromna różnica.

Kiedy z jego ust padło słowo „telepatycznym", nieświadomie powiódł wzrokiem po twarzach rozmówców, jakby spodziewając się, że wybuchną śmiechem. Nikt się nie śmiał.

— Tak, ale stan ofiary wylewu, nawet bardzo ciężkiego, jest odległy o całe lata świetlne od tego, co stało się z ludźmi korzystającymi z komórek podczas Pulsu — odparł Jordan. — Ja i pan dyrektor... Pan dyrektor i ja uważamy, że oprócz oczyszczenia ludzkiego mózgu ze wszystkiego poza tą jedną linijką podstawowego kodu Puls coś uruchomił. Coś, co zapewne tkwiło w nas wszystkich przez miliony lat, ukryte w tych dziewięćdziesięciu ośmiu procentach niewykorzystywanego twardego dysku.

Dłoń Claya dotknęła kolby rewolweru podniesionego z podłogi kuchni Beth Nickerson.

— Język spustowy — powiedział.

Jordan ożywił się.

— Tak, właśnie! Impuls powodujący mutację. Nie mogłoby do niej dojść bez tego wymazania zawartości mózgu — na ogromną skalę. Ponieważ to, co powstaje, co tworzy się w tych ludziach... a właściwie już nie ludziach... To, co powstaje...

— To jeden organizm — przerwał mu dyrektor. — Tak uważamy.

— Owszem, ale coś więcej niż stado — ciągnął Jordan. — Ponieważ to, co robią z radiomagnetofonami, może być zaledwie początkiem. Są jak dzieci uczące się wkładać buty. Pomyślcie, do czego mogą być zdolni za tydzień. Albo za miesiąc. Albo za rok.

— Możesz się mylić — powiedział Tom, lecz jego głos zabrzmiał sucho jak trzask łamanej gałęzi.

— Może też mieć rację — dodała Alice.

— Och, jestem pewien, że on ma rację — wtrącił dyrektor. Upił łyk gorącej czekolady. — Oczywiście, jestem stary i niewiele życia mi pozostało. Pogodzę się z waszą decyzją. — Zamilkł na moment. Powiódł wzrokiem po Clayu, Alice i Tomie. — Oczywiście, jeśli będzie właściwa.

— Wiecie, że stada spróbują się połączyć — dodał Jordan. — Jeśli jeszcze się nie słyszą, to niedługo będą.

— Bzdury — rzekł niechętnie Tom. — Opowieści o duchach.

— Może — powiedział Clay — ale trzeba się nad tym zastanowić. Na razie noce są nasze. Co będzie, gdy dojdą do wniosku, że nie potrzebują tyle snu? Lub że wcale nie boją się ciemności?

Przez długą chwilę nikt się nie odzywał. Na zewnątrz wzmagał się wiatr. Clay upił łyk czekolady, która od początku była zaledwie ciepła, a teraz stała się prawie zimna. Kiedy znów podniósł głowę, Alice odstawiła swój kubek i zamiast niego trzymała w dłoni bucik Nike'a.

— Chcę ich załatwić — oznajmiła. — Tych na boisku, chcę ich załatwić. Nie mówię tego, ponieważ uważam, że Jordan ma rację, ani dla dobra ludzkości. Chcę to zrobić za moją matkę i ojca, bo jego też już nie ma. Wiem, czuję to. Chcę to zrobić za moje przyjaciółki, Vickie i Tess. Były moimi najlepszymi przyjaciółkami, ale obie miały komórki i nigdzie się bez nich nie ruszały, więc wiem, co się z nimi stało i gdzie teraz śpią: w takim samym miejscu jak to pierdolone boisko. — Zerknęła na dyrektora i zaczerwieniła się. — Przepraszam pana.

Dyrektor zbył jej przeprosiny machnięciem ręki.

— Możemy to zrobić? — zapytała go. — Możemy ich załatwić?

Charles Ardai, który wraz z końcem świata został tymczasowym dyrektorem Akademii Gaiten, pokazał zniszczone zęby w uśmiechu, który Clay bardzo chętnie uchwyciłby piórkiem lub pędzlem: nie było w nim ani krzty litości.

18

O czwartej rano następnego dnia Tom McCourt siedział przy stole piknikowym między dwiema szklarniami Akademii Gaiten, które od czasu Pulsu zostały poważnie uszkodzone. Stopy, na których miał sportowe reeboki zabrane jeszcze z Malden, oparł o ławkę, a głowę na rękach, wspartych łokciami o kolana.

Wiatr rozwiewał mu włosy to w jedną, to w drugą stronę. Alice siedziała naprzeciw niego, z brodą opartą na splecionych dłoniach. Światła latarek wyostrzały rysy jej twarzy i tworzyły na niej cienie. Ostre światło podkreślało urodę dziewczyny pomimo jej widocznego zmęczenia; w tym wieku każde oświetlenie jest korzystne. Siedzący obok niej dyrektor wyglądał na zmęczonego. W bliżej położonej szklarni płomienie gazowych lamp Colemana drżały jak dwie niespokojne dusze.

Lampy spotkały się przy drzwiach szklarni, przez które wyszli Clay i Jordan, chociaż w szklanych taflach po obu stronach ziały wielkie dziury. Po chwili Clay usiadł obok Toma, a Jordan zajął swoje stałe miejsce przy dyrektorze. Chłopiec roztaczał zapach benzyny i nawozu sztucznego, a przede wszystkim przygnębienia. Clay rzucił kilka pęków kluczy na stół, między stojące tam latarki. Jeśli o niego chodziło, mogły tam sobie zostać, dopóki jakiś archeolog nie odkryje ich za kilka stuleci.

— Przykro mi — powiedział łagodnie dyrektor Ardai. — Wydawało się to takie proste.

— Taak — mruknął Clay.

Istotnie, wydawało się to proste: napełnić benzyną opryskiwacze w szklarni, załadować je na pakę pick-upa, przejechać Tonney Field, oblewając przy tym leżących ludzi, a potem rzucić zapaloną zapałkę. Zastanawiał się, czy powiedzieć Ardaiowi, że iracka przygoda Busha zapewne wydawała się równie prosta — załadować opryskiwacze, rzucić zapałkę — ale nie zrobił tego. Byłoby to zbyteczne okrucieństwo.

— Tom? — zapytał Clay. — Wszystko w porządku?

Zdążył się już zorientować, że Tom nie należy do szczególnie wytrzymałych.

— Taak, po prostu jestem zmęczony. — Podniósł głowę i uśmiechnął się do Claya. — Nie przywykłem do pracy na nocnej zmianie. Co teraz robimy?

— Chyba pójdziemy spać — odparł Clay. — Za jakieś czterdzieści minut zacznie świtać.

Niebo na wschodzie już pojaśniało.

— To niesprawiedliwe — powiedziała Alice. Ze złością potarła policzki. — To niesprawiedliwe, tak się staraliśmy! Rzeczywiście bardzo się starali, ale nic lekko nie przychodziło. Każde małe (i w sumie nieistotne) zwycięstwo było okupione wywołującym wściekłość wysiłkiem, jaki jego matka nazywała burłaczeniem. Clay częściowo miał ochotę winić za to dyrektora... a także siebie, ponieważ nie potraktował pomysłu Ardaia z większym sceptycyzmem. Teraz zaczynał podejrzewać, że obmyślony przez starego nauczyciela angielskiego plan podpalenia boiska trochę przypomina atak z bagnetem na gniazdo karabinów maszynowych. Mimo wszystko... no cóż, pomysł wydawał się niezły.

Przynajmniej dopóki nie odkryli, że zbiornik z benzyną znajduje się w zamkniętej szopie. Spędzili prawie pół godziny w pobliskim biurze, przy świetle lampy przeszukując irytująco nieoznakowane klucze na tablicy za biurkiem dozorcy. To Jordan w końcu znalazł ten, który otwierał drzwi baraku.

Później odkryli, że niezupełnie „wystarczy tylko wyjąć zatyczkę". Zbiornik miał zawór, nie zatyczkę. I tak samo jak barak, w którym znajdował się zbiornik, zawór był zamknięty. Z powrotem do biura, kolejne poszukiwania przy świetle lampy i w końcu znaleźli klucz pasujący do zaworu. Wtedy Alice zwróciła im uwagę, że skoro zawór znajduje się na dole zbiornika, zapewniając samoczynny wypływ w razie braku zasilania, jego otwarcie bez podłączenia jakiejś rury lub węża spowodowałoby istny potop. Prawie przez godzinę szukali odpowiedniej rury, ale nie znaleźli nic takiego. Tom znalazł mały lejek, co wywołało zbiorowy atak histerycznego śmiechu.

Ponadto, ponieważ klucze samochodowe nie były oznakowane (przynajmniej w sposób zrozumiały dla osób niebędących pracownikami warsztatu), poszukiwania odpowiedniego zestawu również musiały być prowadzone metodą prób i błędów. Te przynajmniej poszły szybciej, gdyż za warsztatem stało tylko osiem ciężarówek.

I w końcu szklarnie. Znaleźli w nich nie tuzin, lecz zaledwie osiem opryskiwaczy i o pojemności nie trzydziestu galonów, lecz dziesięciu. Może zdołaliby napełnić je paliwem ze zbiornika, ale musieliby brodzić przy tym w benzynie i w rezultacie mieliby w opryskiwaczach jedynie osiemdziesiąt galonów łatwopalnej cieczy. Na myśl o próbie załatwienia tysiąca telefonicznych szaleńców osiemdziesięcioma galonami płynu Tom, Alice i dyrektor poszli posiedzieć na ławce. Clay i Jordan wytrwali trochę dłużej, szukając większych opryskiwaczy, ale nie znaleźli.

— Znaleźliśmy kilka mniejszych — oznajmił Clay. — No wiecie, takich do roślin doniczkowych.

— Ponadto — rzekł Jordan — te duże opryskiwacze są do połowy napełnione jakimś środkiem chwastobójczym albo nawozem. Musielibyśmy najpierw je opróżnić, co wymagałoby nałożenia masek, inaczej moglibyśmy się otruć albo co.

— Rzeczywistość skrzeczy — powiedziała smętnie Alice. Przez chwilę spoglądała na bucik, a potem schowała go do kieszeni.

Jordan wziął kluczyki pasujące do jednego z pick-upów obsługi.

— Moglibyśmy pojechać do centrum — rzekł. — Jest tam sklep ze sprzętem. Na pewno mają tam spryskiwacze.

Tom pokręcił głową.

— To trochę ponad milę stąd i na drodze jest pełno rozbitych lub porzuconych pojazdów. Może udałoby się objechać niektóre, ale nie wszystkie. A nie da się przejechać po trawnikach. Domy stoją za blisko siebie. Nie bez powodu wszyscy poruszają się na piechotę.

Widzieli kilka osób na rowerach, ale niewiele: nawet te z zamontowanymi światłami nie gwarantowały niebezpieczeństwa przy szybszej jeździe.

— Czy furgonetka zdołałaby przejechać bocznymi uliczkami? — zapytał dyrektor.

— Zapewne moglibyśmy sprawdzić to jutrzejszej nocy — odparł Clay. — Najpierw zrobić pieszy zwiad, a potem wrócić po samochód. — Zastanowił się. — W sklepie ze sprzętem ogrodniczym powinni mieć też różne rodzaje węży.

— W twoim głosie nie słyszę entuzjazmu — zauważyła Alice.

Clay westchnął.

— Niewiele trzeba, żeby zablokować boczną uliczkę. Nawet jeśli będziemy mieli więcej szczęścia niż tej nocy, to robota głupiego. Sam nie wiem. Może zmienię zdanie, kiedy odpocznę.

— Z pewnością — powiedział dyrektor, ale bez przekonania. — Jak my wszyscy.

— A co ze stacją benzynową naprzeciwko szkoły? — spytał Jordan bez specjalnej nadziei w głosie.

— Jaką stacją? — zapytała Alice.

— On mówi o Citgo — odparł dyrektor. — Ten sam problem, Jordanie — mnóstwo benzyny w zbiornikach pod dystrybutorami, ale brak zasilania. I wątpię, żeby mieli tam więcej niż kilka kanistrów o pojemności dwóch lub pięciu galonów. Naprawdę, myślę... — Jednak nie skończył mówić, co naprawdę myśli. Urwał. — O co chodzi, Clay?

Clay przypomniał sobie tę trójkę idących przed nimi, utykających osób. Minęli stację benzynową, mężczyzna podtrzymywał kobietę, obejmując ją w talii.

— Academy Grove Citgo — powiedział. — Tak się nazywa, prawda?

— Tak...

— Myślę, że oni sprzedają nie tylko benzynę.

Nie myślał — wiedział. Przecież zauważył te dwie ciężarówki zaparkowane z boku. Widział je i nic nie przyszło mu do głowy. No, wtedy nie mogło przyjść. Nie było powodu.

— Nie wiem, co chcesz... — zaczął dyrektor i zamilkł. Napotkał spojrzenie Claya. Ponownie pokazał niekompletne uzębienie w tym bezlitosnym uśmiechu. — Och — mruknął. — Och. O rany. Och, tak.

Tom spoglądał na nich z rosnącym zmieszaniem. Alice również. Jordan po prostu czekał.

— Może zechcielibyście nam wyjaśnić, o czym właściwie mówicie? — poprosił Tom.

Clay już miał to zrobić — gdyż wiedział, jak zrealizować ten plan, i było to zbyt dobre, żeby się tym nie podzielić — gdy muzyka na Tonney Field ucichła. Nie urwała się tak jak rankiem, kiedy się budzili; ścichła tak, jakby ktoś kopniakiem zrzucił jej źródło do szybu windy.

— Wcześnie wstali — zauważył Jordan.

Tom chwycił Claya za rękę.

— Coś się zmieniło — powiedział. — I jeden z tych cholernych odtwarzaczy wciąż gra... słyszę go, bardzo cicho.

Wiatr był silny i Clay wiedział, że wieje od strony boiska, ponieważ niósł stamtąd przykre zapachy: odór psującej się żywności, smród rozkładających się tkanek i setek niemytych ciał. A ponadto upiorne dźwięki Lawrence'a Welka i jego Champagne Music Makers grających *Baby Elephant Walk*.

Nagle, gdzieś na północnym zachodzie — w odległości dziesięciu, a może trzydziestu mil, trudno powiedzieć, z jak daleka przyniósł go wiatr — dał się słyszeć niesamowity, dziwnie owadzi jęk. Potem zrobiło się cicho... cicho... i stwory na boisku Tonney — ani przebudzone, ani śpiące — odpowiedziały w podobny sposób. Ich jęk był o wiele głośniejszy: głuchy, donośny jęk wzniósł się ku czarnemu i gwiaździstemu niebu.

Alice zakryła dłonią usta. Sportowy bucik sterczał z jej dłoni. Zza niego błyszczały wytrzeszczone oczy. Jordan objął rękami dyrektora w pasie, tuląc twarz do jego boku.

— Spójrz, Clay! — powiedział Tom. Zerwał się na równe nogi i potruchtał w kierunku trawiastego przejścia między dwoma zniszczonymi szklarniami, pokazując na niebo. — Widzisz? Mój Boże, widzisz to?

Na północnym zachodzie, skąd nadleciał upiorny jęk, na horyzoncie wykwitła pomarańczowoczerwona łuna. Błyskawicznie pojaśniała i wiatr znów przywiał ten straszny dźwięk... któremu natychmiast odpowiedział podobny, lecz o wiele głośniejszy, z Tonney Field.

Dołączyła do nich Alice, a potem dyrektor, opiekuńczo obejmujący Jordana.

— Co tam jest? — zapytał Clay, wskazując na łunę. Ta już zaczęła gasnąć.

— Chyba Glen's Falls — powiedział dyrektor. — Albo Littleton.

— Cokolwiek to jest, fajczy się jak diabli — rzekł Tom. — Palą się. A nasi goście o tym wiedzą. Słyszeli.

— Albo poczuli — dodała Alice. Zadrżała, a potem wyprostowała się i pokazała zęby. — Mam nadzieję, że tak!

Jakby w odpowiedzi na Tonney Field znów rozległ się jęk: chóralny okrzyk współczucia i — być może — cierpienia. Jeden odtwarzacz — główny, domyślił się Clay, ten z płytą kompaktową w środku — wciąż grał. Po dziesięciu minutach inne znów dołączyły do niego. Muzyka — tym razem *Close to You* The Carpenters — stopniowo przybierała na sile, tak jak przedtem cichła. Wtedy dyrektor Ardai, mocno podpierając się laską, już prowadził ich z powrotem do Cheatham Lodge. Wkrótce muzyka znów ucichła... lecz tym razem po prostu urwała się, tak jak poprzedniego ranka. W oddali, niesiony z wiatrem przez Bóg jeden wie ile mil, rozległ się cichy huk wystrzału. Potem świat pogrążył się w niesamowitej i kompletnej ciszy, czekając, aż mrok ustąpi przed światłem dnia.

19

Gdy słońce zaczęło słać pierwsze czerwone promienie przez korony drzew na horyzoncie, patrzyli, jak telefoniczni szaleńcy znów zaczynają opuszczać boisko, w zorganizowanych grupach kierując się ku centrum Gaiten i przyległym dzielnicom. Szli całą szerokością podjazdu ku Academy Avenue, jakby pod koniec nocy nie zdarzyło się nic niezwykłego. Jednak Clay nie ufał temu widokowi. Uważał, że powinni jak najszybciej załatwić sprawę na stacji benzynowej Citgo, najlepiej jeszcze dzisiaj, jeśli w ogóle zamierzają to zrobić. Wyjście za dnia oznaczało, że być może będą musieli zastrzelić kilku z nich, ale dopóki tamci zbijali się w stado tylko na początku i pod koniec dnia, był gotów podjąć ryzyko.

Z pokoju stołowego obserwowali to, co Alice nazwała „świtem żywych trupów". Później Tom i dyrektor poszli do kuchni. Clay znalazł ich siedzących przy stole w smudze słońca i pijących letnią kawę. Zanim Clay zdążył wyjaśnić, co zamierza później zrobić, Jordan dotknął jego ręki.

— Kilku szaleńców nadal tam jest — powiedział. I nieco ciszej dodał: — Z niektórymi z nich chodziłem do szkoły.

— Myślałem, że do tej pory wszyscy będą już na zakupach w Kmarcie, szukając promocji.

— Lepiej to sprawdźcie — poradziła Alice od drzwi. — Nie jestem pewna, czy to następny, jak twierdzicie, szczebel ich rozwoju, ale niewykluczone. Prawdopodobnie tak.

— Na pewno — rzekł ponuro Jordan.

Telefoniczni szaleńcy, którzy pozostali — Clay doliczył się około stu — wyciągali martwych spod ławek. Z początku po prostu przenosili ich na parking na południe od boiska, za długi i niski budynek z cegły. Wracali z pustymi rękami.

— Ten budynek to hala sportowa — wyjaśnił dyrektor. — Tam przechowuje się wszelki sprzęt. Po drugiej stronie jest urwisko. Sądzę, że zrzucają z niego ciała.

— Założę się, że tak — dodał słabym głosem Jordan. — Na dole są mokradła. Tam rozłożą się zwłoki.

— I tak by się rozłożyły, Jordanie — rzekł łagodnie Tom.

— Wiem — powiedział jeszcze bardziej nieswoim głosem — ale na słońcu rozłożą się szybciej. — Po chwili zwrócił się do Ardaia: — Panie dyrektorze?

— Tak, Jordanie?

— Widziałem Noaha Chutsky'ego. Z koła dramaturgicznego.

Dyrektor poklepał go po ramieniu. Był bardzo blady.

— Nie przejmuj się.

— Trudno się nie przejmować — szepnął Jordan. — Kiedyś zrobił mi zdjęcie. Swoją... no, wie pan.

Znów zmarszczył brwi. Dwa tuziny pszczół robotnic bez żadnych narad oderwało się od głównej grupy i skierowało ku zniszczonym szklarniom, posuwały się w szyku w kształcie klina, który przypominał klucz dzikich gęsi. Wśród nich był ten, którego Jordan rozpoznał jako Noaha Chutsky'ego. Reszta grupy sprzątaczy zwłok przez moment obserwowała odchodzących, po czym znów trójkami pomaszerowała na trybuny, żeby wyciągać ciała spod ławek.

Dwadzieścia minut później grupka ze szklarni wróciła, teraz szli rzędem. Niektórzy nadal mieli puste ręce, ale większość pchała taczki albo wózki używane do przewożenia dużych worków z wapnem lub nawozem. Niebawem szaleńcy zaczęli wykorzystywać te wózki i taczki do wywożenia zwłok i praca poszła im szybciej.

— To rzeczywiście krok naprzód — ocenił Tom.

— Więcej niż jeden — dodał dyrektor. — Sprzątanie domu i używanie do tego narzędzi.

— Nie podoba mi się to — rzekł Clay.

Jordan spojrzał na niego. Twarz miał bladą, zmęczoną i za starą jak na swoje lata.

— Witamy w klubie — powiedział.

20

Spali aż do pierwszej po południu. Potem, upewniwszy się, że grupa sprzątaczy zakończyła pracę i poszła dołączyć do poszukiwaczy, zeszli do kamiennych kolumn stojących przy wjeździe do Akademii Gaiten. Alice odrzuciła propozycję Claya, który chciał tam zejść tylko z Tomem.

— Dajmy spokój tym głupotom z Batmanem i Robinem — powiedziała.

— O rany, zawsze chciałem być Cudownym Chłopcem — rzekł Tom, lekko sepleniąc, ale oklapł, gdy obrzuciła go ponurym spojrzeniem, zaciskając w dłoni but (już wyglądający na lekko sfatygowany). — Przepraszam.

— Możecie sami iść na drugą stronę, na stację benzynową. To ma sens. Jednak my zostaniemy tu na straży.

Dyrektor zaproponował, żeby Jordan został w Lodge. Zanim chłopiec zdążył coś powiedzieć — a wyglądało, że jest gotowy wybuchnąć — Alice zapytała:

— Jaki masz wzrok, Jordan?

Posłał jej uśmiech, znów poparty tym roziskrzonym spojrzeniem.

— Dobry. Doskonały.

— A grywałeś w gry wideo? W strzelanki?

— Jasne, często.

Wręczyła mu swój pistolet. Clay zauważył, że chłopiec lekko zadrżał, jak trącony kamerton, gdy ich palce się zetknęły.

— Jeśli ci powiem, żebyś wycelował i strzelał — albo jeśli powie ci to dyrektor Ardai — zrobisz to?

— Jasne.

Alice wyzywająco, lecz i przepraszająco spojrzała na Ardaia.

— Potrzebujemy wsparcia.

Dyrektor ustąpił i teraz byli tutaj, a naprzeciwko znajdowała się Academy Grove Citgo, po drugiej stronie ulicy i kawałek w kierunku miasta. Z tego miejsca łatwo można było przeczytać napis na drugiej, trochę mniejszej tablicy: ACADEMY LP GAS. Stojący przy dystrybutorach samotny samochód z otwartymi drzwiami od strony kierowcy już miał przykurzony wygląd od dawna porzuconego pojazdu. Wielka szyba frontowa stacji benzynowej była rozbita. Po prawej stronie budynku, zaparkowane w cieniu ostatnich zachowanych w północnej Nowej Anglii wiązów, stały dwie ciężarówki w kształcie wielkich butli na propan-butan. Na burtach obu widniały napisy **Academy LP Gas** oraz **Obsługujemy południe New Hampshire od 1982 roku.**

Ta część Academy Avenue nie nosiła żadnych śladów plądrowania i chociaż buty stały przed frontowymi drzwiami prawie wszystkich tych domów, które Clay stąd widział, przed kilkoma ich nie było. Strumień uchodźców zaczął wysychać. Za wcześnie na takie wnioski, przestrzegł się w duchu.

— Proszę pana? Clay? Co to? — zapytał Jordan. Wskazywał na środek Academy Avenue — która, rzecz jasna, była jednocześnie drogą numer 102, choć łatwo było o tym zapomnieć w to słoneczne, spokojne popołudnie, przerywane jedynie śpiewem ptaków i szelestem liści na wietrze. Na asfalcie widniał jakiś napis zrobiony różową kredą, ale z miejsca, gdzie stał, Clay nie mógł go odczytać. Pokręcił głową.

— Jesteś gotowy? — zapytał Toma.

— Jasne — powiedział Tom. Starał się, by zabrzmiało to obojętnie, lecz widać było, jak gwałtownie przyspieszył mu puls. — Ty Batman, ja Cudowny Chłopiec.

Z bronią w dłoniach przeszli przez ulicę. Clay zostawił pistolet maszynowy Alice, prawie pewien, że odrzut zakręciłby nią jak zakrętką, gdyby musiała się nim posłużyć.

Nagryzmolony różową kredą na nawierzchni napis głosił:

KASHWAK = NI-FO

— Czy to ci coś mówi? — zapytał Tom.

Clay pokręcił głową. Nie mówiło i w tym momencie nie dbał o to. Chciał tylko zejść z Academy Avenue, na której czuł się widoczny jak mrówka w misce ryżu. Nagle i nie po raz pierwszy przyszło mu do głowy, że sprzedałby swoją duszę za pewność, że jego syn ma się dobrze i jest gdzieś, gdzie nie daje się broni dzieciom, które dobrze radziły sobie w gry wideo. Dziwne. Już myślał, że ustanowił hierarchię swoich spraw, że radzi sobie z kartami rozdawanymi przez los, a tu nagle opadały go takie myśli, każda dokuczliwa i bolesna jak wyrzut sumienia.

Zmykaj stąd, Johnny. Nic tu po tobie. To nie twoje miejsce, nie twój czas.

Cysterny były puste i zamknięte, ale to nic: dziś sprzyjało im szczęście. Kluczyki wisiały na tablicy w biurze, pod napisem: **ŻADNYCH KURSÓW MIĘDZY PÓŁNOCĄ A 6 RANO. ŻADNYCH WYJĄTKÓW.** Przy każdym był breloczek w formie maleńkiej butli gazowej. Kiedy wracali, w połowie drogi do drzwi Tom położył dłoń na ramieniu Claya.

Dwoje telefonicznych szaleńców szło środkiem jezdni, obok siebie, lecz bynajmniej nie noga w nogę. On wyjadał wafle z pudełka: twarz miał oblepioną kremem, okruchami i polewą. Ona trzymała przed sobą jakąś książkę wielkości tacy śniadaniowej. Clayowi przypominała chórzystkę, trzymającą wielki psałterz. Na okładce widniała fotografia collie przeskakującego przez obręcz z opony. Fakt, że kobieta trzymała książkę do góry nogami, trochę Claya uspokoił. Jeszcze bardziej ich wyprane z wszelkiego wyrazu, nieobecne twarze — oraz to, że byli sami, co oznaczało, że środek dnia pozostał porą, w której nie gromadzili się w stada.

Jednak nie podobała mu się ta książka.

Wcale mu się nie podobała.

Tamci minęli kamienne kolumny i Clay widział, jak Alice, Jordan i dyrektor gapią się na nich szeroko otwartymi oczami. Dwoje szaleńców przeszło po tajemniczej wiadomości napisanej kredą na ulicy — KASHWAK = NI-FO — i kobieta sięgnęła po wafelka. Mężczyzna odsunął się, zabierając pudełko z zasięgu jej ręki. Kobieta odrzuciła książkę (ta upadła okładką do góry i Clay zobaczył, że to *100 najpopularniejszych ras psów na świecie*) i sięgnęła ponownie. Mężczyzna uderzył ją w twarz tak mocno, że brudne włosy rozsypały jej się na ramiona.

Odgłos policzka odbił się głośnym echem w ciszy. Dwoje szaleńców nawet nie zwolniło kroku. Kobieta krzyknęła „Aj!", mężczyzna odpowiedział (Clay odniósł wrażenie, że to naprawdę była odpowiedź) „Iii!". Kobieta sięgnęła po wafelka. Właśnie mijali Citgo. Tym razem mężczyzna uderzył ją w kark, zamaszystym ciosem, a potem zanurzył dłoń w pudełku. Kobieta zatrzymała się. Spojrzała na niego. Po chwili mężczyzna też przystanął. Odrobinę ją wyprzedził, więc stał prawie plecami do niej.

Clay wyczuł coś w rozgrzanym słońcem, cichym wnętrzu stacji benzynowej. Nie, pomyślał, nie w tym pomieszczeniu, lecz we mnie. Coś jak lekka zadyszka po zbyt szybkim wejściu po schodach.

Chociaż może i w tym pomieszczeniu, ponieważ...

Tom stanął na palcach i szepnął mu do ucha:

— Czujesz to?

Clay skinął głową i pokazał biurko. Nie było wiatru ani przeciągu, lecz leżące tam papiery trzepotały. A popiół w popielniczce zaczął leniwie wirować, jak woda wypływająca z wanny. Były tam dwa niedopałki i wirujący popiół spychał je w kierunku środka.

Mężczyzna odwrócił się do kobiety. Spojrzał na nią. Ona na niego. Patrzyli na siebie. Z ich twarzy Clay niczego nie mógł wyczytać, ale czuł, jak jeżą mu się włosy na karku, i słyszał ciche pobrzękiwanie. To dzwoniły klucze na tablicy z napisem **ŻADNYCH KURSÓW**. One też drżały i cichutko brzęczały, uderzając o siebie.

— Aj! — powiedziała kobieta. Wyciągnęła rękę.

— Iii! — odparł mężczyzna.

Miał na sobie wyblakłe resztki garnituru. Na nogach zwykłe czarne półbuty. Sześć dni wcześniej mógł być kierownikiem działu, sprzedawcą lub zarządcą budynku. Teraz interesowało go jedynie pudełko z wafelkami. Przycisnął je do piersi, poruszając lepkimi wargami.

— Aj! — upierała się kobieta.

Tym razem wyciągnęła obie ręce, odwiecznym gestem oznaczającym „daj mi to", i kluczyki zabrzęczały głośniej. Rozległo się głośne pstryknięcie, z jakim fluorescencyjna żarówka zamigotała (pomimo braku zasilania) i zgasła. Ze środkowego dystrybutora spadł kran i z głuchym szczękiem uderzył o beton.

— Iii — powiedział mężczyzna.

Zgarbił się i oklapł. Napięcie wyraźnie zelżało. Kluczyki na tablicy przestały pobrzękiwać. Popiół zakończył ostatnie, coraz wolniejsze okrążenie swojego powyginanego metalowego relikwiarza i znieruchomiał. Nie wiedziałbyś, że cokolwiek się wydarzyło, pomyślał Clay, gdyby nie leżący na betonie kran i dwa niedopałki na samym środku popielniczki.

— Aj — powtórzyła kobieta.

Wciąż wyciągała obie ręce. Jej towarzysz zrobił krok ku niej. Wzięła wafelki w obie ręce i zaczęła je jeść, razem z opakowaniami. Clay znów poczuł ulgę, ale niewielką. Tamci podjęli przerwany marsz w kierunku miasta. Kobieta przystanęła na chwilę, żeby kątem ust wypluć kawałek oblepionego nadzieniem celofanu. Nie okazała nawet cienia zainteresowania *100 najpopularniejszymi rasami psów na świecie*.

— Co to było? — zapytał Tom cichym i drżącym głosem, gdy tamci dwoje już znikali im z oczu.

— Nie wiem, ale mi się nie podobało — odparł Clay. Trzymał kluczyki od cystern. Wręczył jeden Tomowi. — Potrafisz prowadzić samochód z ręczną skrzynią biegów?

— Na takim robiłem prawo jazdy. A ty?

Clay uśmiechnął się cierpliwie.

— Ja jestem normalny, Tom. Normalni faceci nie potrzebują kursu, żeby prowadzić pojazd z ręczną skrzynią biegów. To u nas instynktowne.

— Bardzo zabawne. — Tom prawie go nie słuchał. Patrzył w ślad za odchodzącą parą i tętnica szyjna pulsowała mu jeszcze szybciej. — Koniec świata, sezon na świrów, czemu nie?

— Właśnie. Zacznie się sezon polowań na normalnych, jeśli nie zrobią porządku z tym gównem. No chodź, zróbmy to.

Ruszył do drzwi, ale Tom zatrzymał go jeszcze na moment.

— Posłuchaj. Pozostali może też to poczuli, albo nie. Jeśli nie, to może powinniśmy na razie zachować tę informację dla siebie. Jak sądzisz?

Clay pomyślał o tym, że Jordan stara się nie tracić z oczu dyrektora, a Alice zawsze ma pod ręką ten swój bucik. O ich podkrążonych oczach i o tym, co zamierzali zrobić tego wieczoru. Armagedon zapewne byłby zbyt mocnym określeniem, ale nie bardzo. Czymkolwiek się stali, telefoniczni szaleńcy kiedyś byli ludźmi i palenie ich żywcem to wystarczająco ciężkie brzemię. Nawet myślenie o tym bolało.

— Mnie to nie przeszkadza — powiedział. — Jedź pod górę na niskim biegu, dobrze?

— Najniższym, jaki znajdę — zapewnił Tom. Szli już do cystern. — Jak myślisz, ile taka ciężarówka może mieć biegów?

— Jeden do przodu powinien wystarczyć — odparł Clay.

— Jak tak na nie patrzę, myślę, że trzeba będzie zacząć od znalezienia wstecznego.

— Pieprzyć to — powiedział Clay. — Co za pożytek z końca świata, jeśli nie można rozjechać jakiegoś cholernego płotu? I tak też zrobili.

21

To długie, łagodnie nachylone zbocze opadające z campusu do głównej drogi dyrektor Ardai i jego ostatni uczeń nazywali Academy Slope. Trawa na nim była jeszcze jasnozielona i dopiero zaczynały ją pokrywać spadające z drzew liście. Gdy popołudnie przeszło we wczesny wieczór i Academy Slope jeszcze było puste — nie było widać wracających telefonicznych szaleńców — Alice zaczęła krążyć po głównym holu Cheatham Lodge, po każdym okrążeniu przystając na chwilę, aby spojrzeć przez wykuszowe okno salonu. Dobrze było przez nie widać zbocze, dwie największe sale wykładowe oraz Tonney Field. Bucik znów miała przywiązany do nadgarstka.

Pozostali siedzieli w kuchni, pijąc colę z puszek.

— Nie wracają — powiedziała im pod koniec kolejnego okrążenia. — Wyczuli, co planujemy, wyczytali to w naszych myślach albo co, i nie wrócą.

Jeszcze dwukrotnie przeszła długim holem, za każdym razem wyglądając przez okno, a potem znów na nich popatrzyła.

— A może to masowa migracja. Czy przyszło wam to do głowy? Może na zimę przemieszczają się na południe jak jakieś cholerne ptaki.

Odeszła, nie czekając na odpowiedź. Do końca holu i z powrotem. Do końca i z powrotem.

— Ona jest jak Ahab polujący na Moby Dicka — zauważył dyrektor.

— Może Eminem to kutas, ale miał rację co do tego faceta — rzekł smętnie Tom.

— Słucham? — zdziwił się dyrektor.

Tom zbył go machnięciem ręki.

Jordan spojrzał na zegarek.

— Zeszłej nocy wrócili pół godziny później — poinformował ich. — Pójdę i powiem jej to, jeśli chcecie.

— Nie sądzę, żeby to coś pomogło — rzekł Clay. — Ona musi oswoić się z tą myślą, to wszystko.

— Jest bardzo przestraszona, prawda, proszę pana?

— A ty nie, Jordan?

— Tak — odparł cicho chłopiec. — Trzęsę się ze strachu.

Kiedy Alice znów przyszła do kuchni, powiedziała:

— Może byłoby lepiej, gdyby nie wrócili. Nie wiem, czy przeprogramowują sobie mózgi w jakiś nowy sposób, ale z pewnością dzieje się z nimi coś złego. Wyczuwam to już od dwóch dni. Ta kobieta z książką i mężczyzna z wafelkami? — Pokręciła głową. — Coś jest nie tak.

Wyruszyła na kolejny obchód, zanim ktoś zdążył jej odpowiedzieć. Bucik kołysał się, przywiązany do nadgarstka. Dyrektor spojrzał na Jordana.

— Czułeś coś, synu?

Jordan zawahał się, a potem powiedział:

— Coś czułem. Włosy na głowie próbowały stanąć mi dęba.

Teraz dyrektor spojrzał na dwóch mężczyzn po drugiej stronie stołu.

— A wy? Byliście znacznie bliżej.

Alice wybawiła ich. Wbiegła do kuchni. Miała zarumienione policzki i szeroko otwarte oczy, a podeszwy jej sportowych butów zapiszczały na kafelkach podłogi.

— Nadchodzą — oznajmiła.

22

Z wykuszowego okna wszyscy czworo obserwowali telefonicznych szaleńców, coraz ciaśniejszymi rzędami idących w górę zbocza. Ich długie cienie tworzyły kształt wiatraka na zielonej trawie. Zbliżając się do tego, co Jordan i dyrektor nazywali Tonney Arch, zacieśniali szyk i wiatrak zdawał się obracać w złotych promieniach słońca, kurczyć i scalać.

Alice nie wypuszczała bucika z ręki. Zdjęła go z przegubu i kurczowo ściskała w dłoni.

— Ujrzą, co zrobiliśmy i zawrócą — powiedziała cicho i gwałtownie. — Chyba mają choć tyle rozumu; jeśli znów interesują ich książki, to muszą mieć.

— Zobaczymy — odezwał się Clay.

Był prawie pewien, że telefoniczni szaleńcy wejdą na Tonney Field, nawet jeśli to, co tam zobaczą, wzbudzi niepokój ich zbiorowego umysłu. Wkrótce zapadnie zmrok, a oni nie mają się gdzie podziać. Przypomniał mu się fragment kołysanki, którą śpiewała mu matka: „Mały człowieku, miałeś pracowity dzień".

— Mam nadzieję, że tam pójdą i zostaną — dodała jeszcze ciszej. — Chyba zaraz eksploduję. — Zaśmiała się nerwowo. — Tylko że to oni mają eksplodować, prawda? Oni. — Tom odwrócił się i popatrzył na nią, a ona ciągnęła: — Nic mi nie jest. Wszystko w porządku, więc zamknij się.

— Chciałem tylko powiedzieć, co ma być, to będzie.

— Głupie gadanie. Mówisz jak mój ojciec. Król ram do obrazów.

Łza spłynęła jej po policzku i niecierpliwie otarła ją ręką.

— Uspokój się, Alice. Patrz.

— Spróbuję, jasne? Spróbuję.

— I przestań miętosić ten but — rzekł Jordan urażonym tonem, który u niego był oznaką irytacji. — Ten pisk doprowadza mnie do szału.

Popatrzyła na bucik, jakby zdziwiona, po czym ponownie zawiesiła go na pętelce na przegubie. Patrzyli, jak telefoniczni szaleńcy zwierali szyki przed Tonney Arch i przechodzili pod nim bez przepychanek i tak składnie, że nie mógłby się z nimi równać żaden tłum podążający na mecz piłki nożnej z okazji Dnia Absolwenta — tego Clay był najzupełniej pewien. Widzieli, jak szaleńcy znów rozpraszają się po drugiej stronie przejścia, przecinając plac i schodząc po pochylniach. Czekali, aż ten pochód zwolni i zatrzyma się, ale tak się nie stało. Ostatni nadchodzący — w większości ranni i pomagający sobie wzajemnie, ale mimo to maszerujący w zwartym szyku — znaleźli się na boisku na długo przedtem, nim czerwone słońce skryło się za internaty na zachodnim krańcu campusu Akademii Gaiten. Wrócili tu jak gołębie do gniazda lub jaskółki do Capistrano. Niecałe pięć minut po tym, jak na ciemniejącym niebie pojawiła się wieczorna gwiazda, Dean Martin zaczął śpiewać *Everybody Loves Somebody Sometime*.

— Niepotrzebnie się martwiłam, prawda? — odezwała się

Alice. — Czasem straszny ze mnie przygłup. Tak mówi mój ojciec.

— Nie — odparł dyrektor. — Wszystkie przygłupy miały telefony komórkowe. Dlatego oni są tam, a ty jesteś tutaj, z nami.

— Zastanawiam się, czy Rafe jakoś sobie radzi — rzekł Tom.

— Ja się zastanawiam co z Johnnym — powiedział Clay. — Z Johnnym i Sharon.

23

Tej wietrznej jesiennej nocy o dziesiątej, w blasku księżyca właśnie wchodzącego w ostatnią kwadrę, Clay i Tom stali przy ławce trenerów na końcu boiska Tonney Field. Tuż przed nimi była sięgająca do pasa barierka, od strony boiska obłożona miękką wyściółką. Po drugiej stronie stało kilka zardzewiałych straganów i zalegała gruba warstwa śmieci: wiatr przywiał tu i zgromadził podarte torebki oraz strzępy papieru. Za nimi, nieco wyżej, znowu przy kołowrotach, Alice i Jordan stali po bokach dyrektora, wysokiego i wspartego na cienkiej lasce.

Głos Debby Boone przetoczył się po boisku zabawnie majestatycznymi, wzmocnionymi falami. Zwykle po niej Lee Ann Womack zaśpiewałaby *I Hope You Dance*, a potem znów produkowałby się Lawrence Welk ze swymi Champagne Music Makers, ale może nie tej nocy.

Wiatr przybierał na sile. Przynosił woń rozkładających się zwłok z mokradeł za halą sportową oraz odór brudnych i spoconych ciał żywych, zapełniających boisko za barierką. Jeśli można to nazwać życiem, pomyślał Clay i gorzko uśmiechnął się w duchu. Racjonalne uzasadnianie to ulubiona rozrywka ludzi, może najlepsza rozrywka, ale on nie zamierzał sam się oszukiwać: oczywiście, że oni uważali to za życie. Kimkolwiek byli i czymkolwiek się stawali, uważali się za równie żywych jak on.

— Na co czekasz? — mruknął Tom.

— Na nic — odparł równie cicho Clay. — Po prostu... na nic.

Z kabury znalezionej przez Alice w piwnicy Nickersonów Clay wyjął należący do Beth Nickerson staroświecki rewolwer Colt .45, teraz znów z załadowanymi wszystkimi komorami.

Alice proponowała, żeby wziął kałasznikowa — z którego dotychczas nie oddali nawet próbnego strzału — lecz Clay nie chciał, wyjaśniając, że jeśli rewolwer nie wystarczy, to zapewne żadna inna broń też nic nie da.

— Nie rozumiem, dlaczego automat nie byłby lepszy, jeśli wypuszcza trzydzieści lub czterdzieści kul na sekundę — powiedziała. — Mógłbyś przerobić te cysterny na ser szwajcarski.

Zgodził się z tym, ale przypomniał Alice, że chodzi im nie o dokonanie zniszczeń, lecz wywołanie zapłonu. Następnie wyjaśnił działanie niedozwolonej amunicji, jaką Arnie Nickerson zdobył do rewolweru swojej żony. Kiedyś nazywano takie pociski dum-dum.

— No dobrze, ale jeśli nie poskutkują, mógłbyś jednak wypróbować Pana Szybkostrzelnego. No chyba że ci faceci tam, no wiesz...

Nie użyła słowa „zaatakują", lecz poruszyła dwoma palcami wolnej ręki, w której nie trzymała buta, gestem oznaczającym chodzenie.

— W takim wypadku bierzcie nogi za pas.

Wiatr oddarł wystrzępiony pasek flagi z tablicy wyników i tarmosił go nad upchanymi na boisku śpiącymi. Wokół boiska, zupełnie jakby unosiły się w ciemności, jarzyły się czerwone oczy radiomagnetofonów, oprócz jednego głównego grających bez płyty kompaktowej. Kawałek flagi upadł na zderzak jednej z cystern, trzepotał tam przez kilka sekund, a potem zsunął się i odleciał w ciemność. Ciężarówki stały zaparkowane obok siebie na środku boiska, niczym dwa dziwne metalowe szczyty wznosząc się nad dywanem ludzkich ciał. Telefoniczni szaleńcy spali pod nimi, a niektórzy byli przyciśnięci do kół. Clay znów pomyślał o gołębiach wędrownych i o tym, jak dziewiętnastowieczni myśliwi rozbijali pałkami łebki siedzącym na ziemi ptakom. Cały gatunek zniknął na początku dwudziestego wieku... ale oczywiście to były tylko ptaki o małych móżdżkach, niezdolne do ponownego załadowania systemu.

— Clay? — odezwał się ściszonym głosem Tom. — Na pewno chcesz to zrobić?

— Nie — odparł Clay. Teraz, kiedy stanął z tym twarzą w twarz, widział zbyt wiele znaków zapytania. Pytanie, co zrobią, jeśli coś pójdzie nie tak, było tylko jednym z wielu. Inne brzmiało, co będzie, jeśli wszystko pójdzie zgodnie z planem. Ponieważ gołębie wędrowne nie potrafiły się mścić. Natomiast te stworzenia... — Jednak zrobię to.

— No to już — rzekł Tom. — Ponieważ, pomijając wszystko inne, tym *You Light Up My Life* można by tępić szczury.

Clay podniósł czterdziestkępiątkę i lewą dłonią mocno przytrzymał przegub prawej ręki. Wycelował w cysternę po lewej. Odda do niej dwa strzały, a potem dwa do drugiej. W ten sposób zostanie mu jeszcze po jednej kuli na obie, w razie potrzeby. Jeżeli to nie poskutkuje, użyje karabinu automatycznego, który Alicja zaczęła nazywać Panem Szybkostrzelnym.

— Schowaj głowę, jeśli wybuchnie — powiedział Tomowi.

— Nie ma obawy — odparł Tom.

Twarz miał ściągniętą, gdy oczekiwał huku wystrzałów i tego, co nastąpi potem.

Debby Boone zbliżała się do wielkiego finału. Nagle Clayowi wydało się niezwykle ważne, żeby ją wyprzedzić. Jeśli chybisz z tej odległości, będziesz frajerem, pomyślał i ściągnął spust.

Nie miał okazji oddać drugiego, zupełnie zbytecznego, strzału. Na środku cysterny wykwitł jasnoczerwony kwiat i w jego świetle dostrzegł głębokie wgłębienie w uprzednio gładkiej metalowej powierzchni. W środku rozżarzyło się piekło i szybko rosło. Kwiat zmienił się w rzekę, a czerwień w pomarańczową biel.

— Padnij! — wrzasnął i chwycił Toma za ramię. Upadł na niego, przyciskając mniejszego mężczyznę do ziemi, w tej samej chwili, gdy noc zmieniła się w pustynny dzień. Rozległ się potężny, świszczący ryk, a po nim głuche łupnięcie, które Clay poczuł w każdej kości. Nad ich głowami przeleciały odłamki. Wydawało mu się, że Tom wrzasnął, ale nie był tego pewien, ponieważ rozległ się kolejny świszczący ryk i nagle powietrze stało się ciepłe, cieplejsze. Gorące.

Chwycił Toma częściowo za kark, a częściowo za kołnierzyk koszuli i zaczął ciągnąć po betonowej pochylni w stronę kołowrotów, mrużąc oczy w potwornie silnym blasku płynącym ze środka boiska. Coś wielkiego upadło wśród pomocniczych stanowisk po jego prawej ręce. Wydawało mu się, że to chyba silnik. Był najzupełniej pewien, że kawałki szkła i poskręcanego metalu pod jego nogami to resztki straganów.

Tom wrzeszczał i miał przekrzywione okulary, ale trzymał się na nogach i wyglądał na nietkniętego. Obaj pobiegli pochylnią w górę, jak uciekinierzy z Gomory. Clay zauważył mknące przed nimi cienie, długie i pająkowate, i uświadomił sobie, że wszędzie wokół spadają z nieba różne rzeczy: ręce, nogi, kawałek zderzaka, głowa kobiety z płonącymi włosami. Za ich plecami rozległ się drugi — a może trzeci — potworny huk i tym razem to Clay krzyknął. Potknął się i runął jak długi. Cały świat nagle się ocieplił i pojaśniał. Clay miał wrażenie, że stoi na prywatnej scenie pana Boga.

Nie wiedzieliśmy, co robimy, pomyślał, patrząc na kulkę gumy do żucia, rozdeptane pudełko miętówek, niebieską zakrętkę od pepsi. Nie mieliśmy pojęcia, a teraz przypłacimy to naszym cholernym życiem.

— Zjeżdżaj! — to był głos Toma i Clay pomyślał, że to on krzyczy, lecz głos towarzysza zdawał się dobiegać z daleka. Poczuł delikatne, długie palce Toma szarpiące jego ramię. Potem znalazła się tam również Alice. Ona szarpała go za drugie ramię i w blasku pożaru spoglądała na niego gniewnie.

Widział sportowy bucik, wirujący i podskakujący na sznurku umocowanym do nadgarstka. Dziewczyna była obryzgana krwią, kawałkami ubrań i dymiącego ciała.

Clay piął się w górę, a gdy nagle opadł na kolana, Alice poderwała go siłą. Za ich plecami gaz ryczał jak smok. Podbiegł do nich Jordan, z dyrektorem kłusującym tuż za nim, zarumieniony i spływający potem.

— Nie, Jordanie, nie, tylko zabierz go z drogi! — wrzasnął Tom i Jordan odciągnął dyrektora, mocno obejmując chwiejącego się starca w pasie.

Płonący tors z kolczykiem w pępku wylądował u stóp Alice, która kopniakiem zrzuciła go z rampy. Pięć lat gry w piłkę nożną, przypomniał sobie jej słowa Clay. Płonący kawałek koszuli wylądował jej na głowie i Clay strącił go, zanim zajęły się włosy dziewczyny.

Na szczycie pochylni płonąca opona na feldze z kawałkiem urwanej osi oparła się o ostatni rząd rezerwowych siedzeń. Gdyby zatarasowała im drogę, upiekliby się — dyrektor niemal na pewno. A tak jakoś zdołali prześlizgnąć się obok, wstrzymując oddech w chmurach oleistego dymu. Chwilę potem już przechodzili przez obrotową bramkę, Jordan z jednej strony dyrektora, a Clay z drugiej, prawie niosąc starego. Wywijając laską, dyrektor dwukrotnie zdzielił Claya w ucho, ale trzydzieści sekund po ominięciu płonącej opony stali pod Tonney Arch, z osłupiałymi i pełnymi niedowierzania minami spoglądając na ogromny słup dymu wznoszący się między trybunami i lożą dziennikarzy.

Płonący strzęp proporczyka opadł na beton w pobliżu głównej kasy, sypnął skrami i znieruchomiał.

— Wiedziałeś, że tak będzie? — zapytał Tom.

Jego twarz była biała wokół oczu, a czerwona na czole i policzkach. Opalił sobie pół wąsa. Clay słyszał go jak z oddali. Tak jak wszystkie dźwięki. Miał wrażenie, że w uszach ma kulki waty albo koreczki, które mąż Beth Nickerson, Arnie, z pewnością kazał jej wkładać, kiedy zabierał ją na ich ulubioną strzelnicę. Gdzie zapewne strzelali z telefonami komórkowymi przyczepionymi na jednym biodrze, a pagerami na drugim.

— Wiedziałeś? — Tom próbował nim potrząsnąć, ale zdołał tylko szarpnąć go za koszulę i rozedrzeć ją aż do pasa.

— Nie, kurwa, oszalałeś? — Głos Claya nie był ochrypły ani nawet chrapliwy: brzmiał jak spieczony. — Myślisz, że stałbym tam z rewolwerem, gdybym wiedział? Gdyby nie ta betonowa barierka, rozerwałoby nas na strzępy. Albo zamieniło w parę.

Niewiarygodne, ale Tom zaczął się uśmiechać.

— Rozdarłem ci koszulę, Batmanie.

Clay miał ochotę zdzielić go w łeb. A także uściskać i ucałować, tylko dlatego, że wciąż żył.

— Chcę wrócić do Lodge — powiedział Jordan.

W jego głosie słychać było strach.

— Jasne, odejdźmy na bezpieczną odległość — zgodził się dyrektor. Cały drżał, ale nie odrywał oczu od pożaru szalejącego za przejściem i trybunami. — Dzięki Bogu, że wiatr wieje w kierunku zbocza.

— Może pan iść? — zapytał Tom.

— Dziękuję, tak. Jeśli Jordan mi pomoże, z pewnością dojdę do Lodge.

— Dostaliśmy ich — powiedziała Alice.

Niemal machinalnie ocierała z twarzy krople krwi, pozostawiając czerwone smugi. Takie oczy, jakie miała teraz, Clay widział tylko na kilku fotografiach i w paru natchnionych komiksach z lat pięćdziesiątych i sześćdziesiątych. Pamiętał, jak raz, jeszcze jako dzieciak, wziął udział w zlocie miłośników komiksów i słyszał Wallace'a Wooda opowiadającego o tym, jak próbował narysować coś, co nazywał Spanikowanym Spojrzeniem. Teraz Clay widział je na twarzy piętnastoletniej dziewczyny z przedmieścia.

— Alice, chodź — rzekł. — Musimy wrócić do Lodge i wziąć dupy w troki. Trzeba wynieść się stąd.

Zaledwie wypowiedział te słowa, już musiał je powtórzyć, żeby posłuchać, czy brzmią szczerze. Za drugim razem pobrzmiewała w nich nie tylko prawda, ale i strach. Jakby go nie słyszała. Wyglądała na podnieconą. Upojoną sukcesem. Na chorą od tego widoku, jak dziecko, które w Halloween w drodze do domu zjadło za dużo słodyczy. W jej oczach błyszczał zapał.

— Nic nie zdołałoby tego przeżyć.

Tom złapał Claya za ramię. Zabolało tak, jak bolą oparzenia słoneczne.

— Co się z wami dzieje?

— Sądzę, że popełniliśmy błąd — odparł Clay.

— Tak jak tam na stacji benzynowej? — zapytał go Tom. Jego oczy bystro spoglądały zza szkieł przekrzywionych okularów. — Kiedy mężczyzna i kobieta walczyli o te przeklęte waf...

— Nie, po prostu myślę, że popełniliśmy błąd — powtórzył Clay. Prawdę mówiąc, nie tylko myślał. Wiedział, że to był błąd. — Chodźcie. Musimy stąd odejść jeszcze tej nocy.

— W porządku, jeśli tak mówisz — rzekł Tom. — Chodź, Alice.

Zeszła z nimi kawałek ścieżką w kierunku Lodge, gdzie zostawili parę latarni gazowych, palących się w wielkich wykuszowych oknach, a potem odwróciła się, żeby spojrzeć jeszcze raz. Cała loża dziennikarzy już stała w ogniu i trybuny również. Gwiazdy nad boiskiem znikły; nawet księżyc był zaledwie cieniem tańczącym dzikiego giga w rozgrzanym powietrzu nad buchającym strumieniem gazów.

— Są martwi, zabici, usmażeni — powiedziała. — Płoń, dziecino, p...

Wtedy rozległ się krzyk, lecz tym razem nie dochodził z Glen's Falls lub oddalonego o dziesięć mil Littleton. Rozlegał się tuż za nimi. I nie było w nim niczego widmowego czy ulotnego. Był to krzyk bólu, wrzask jakiejś — Clay był pewien,

228

że obdarzonej jaźnią — istoty, która przebudziła się z głębokiego snu i odkryła, że płonie żywcem.

Alice z krzykiem zakryła uszy rękami. W blasku pożaru widać było jej wytrzeszczone oczy.

— Musimy to cofnąć! — krzyknął Jordan, chwytając dyrektora za rękę. — Proszę pana, musimy to cofnąć!

— Za późno, Jordanie — odparł Ardai.

24

Gdy godzinę później oparli plecaki o frontowe drzwi Cheatham Lodge, były trochę bardziej pękate. W każdym znajdowała się para koszul, torebki z suszonymi owocami, puszki z sokiem i opakowania Slim Jima, jak również baterie i zapasowe latarki. Clay poganiał Toma i Alice, żeby jak najprędzej pozbierali swoje rzeczy, i teraz to on co chwila wpadał do salonu, żeby zerknąć przez wielkie okno.

Pożar zaczynał przygasać, ale trybuny wciąż się paliły i loża dziennikarzy też. Tonney Arch również się zajął i świecił w ciemności jak podkowa w kuźni. Żaden z tych, którzy byli na boisku, nie mógł przeżyć — Alice niewątpliwie miała co do tego rację — lecz od kiedy wrócili do Cheatham Lodge (z dyrektorem zataczającym się jak stary pijak, choć z całej siły starali się go podtrzymać), dwukrotnie słyszeli przyniesione przez wiatr upiorne okrzyki innych stad. Clay mówił sobie, że nie słychać w nich gniewu, że to tylko wyobraźnia nadaje im taką wymowę — chora wyobraźnia mordercy, jego wyobraźnia — ale sam w to nie wierzył.

To był błąd, ale co innego mieli zrobić? Razem z Tomem wyczuwali tego popołudnia rosnącą siłę telefonicznych szaleńców, widzieli ją, a i to tylko u dwojga z nich, zaledwie dwojga. Jak mogli to zostawić? Pozwolić temu urosnąć?

— Zrobić coś — źle, nie kiwnąć palcem, jeszcze gorzej —

mruknął pod nosem i odwrócił się plecami do okna. Nawet nie wiedział, jak długo patrzył na płonący stadion. Powstrzymał chęć zerknięcia na zegarek. Łatwo byłoby poddać się panice, już niewiele mu brakowało, ale gdyby jej uległ, szybko udzieliłaby się pozostałym. W pierwszej kolejności Alice. Dziewczyna jakoś zdołała wziąć się w garść, ale był to słaby chwyt. Tak słaby, że nie utrzymałaby gazety, powiedziałaby jego matka, miłośniczka bingo. Chociaż Alice sama była dzieckiem, trzymała się głównie ze względu na młodszego od niej chłopca, który w przeciwnym razie mógłby się zupełnie załamać.

Chłopiec. Jordan.

Clay pospieszył z powrotem do holu, zauważył, że przy drzwiach nie ma czwartego plecaka, i zobaczył schodzącego na dół Toma. Samego.

— Gdzie dzieciak? — zapytał Clay. Już trochę lepiej słyszał, lecz jego głos nadal brzmiał jak z oddali i obco. — Miałeś pomóc mu się spakować. Ardai mówił, że przyniósł sobie plecak z internatu, kiedy...

— On nie idzie. — Tom potarł policzek. Wyglądał na zmęczonego, smutnego i rozkojarzonego. Bez jednego wąsa wyglądał również śmiesznie.

— Co takiego?

— Ciszej, Clay. Ja nie tworzę tych wieści, tylko je przynoszę.

— Rany boskie, o co chodzi?

— Nie pójdzie bez dyrektora. Powiedział: „Nie możecie mnie zmusić". A jeśli poważnie mówiłeś o odejściu jeszcze dziś w nocy, to sądzę, że ma rację.

Alice wyszła z kuchni, zapłakana. Umyła się, związała włosy i włożyła czystą koszulę — sięgającą jej prawie do kolan — lecz na twarzy miała takie same oparzenia, jakie Clay czuł na swojej. Pewnie powinni uważać się za szczęśliwców, że nie mają pękających pęcherzy.

— Alice — zaczął. — Musisz wypróbować swoje kobiece sztuczki na Jordanie. On...

Przeszła obok niego, jakby nic nie powiedział, klęknęła, chwyciła swój plecak i otworzyła go szarpnięciem. Patrzył z niepokojem, gdy zaczęła wyjmować zawartość. Spojrzał na Toma i zobaczył, jak na jego twarzy pojawia się zrozumienie i współczucie.

— Co jest? — spytał Clay. — Co jest, jak rany? — Bardzo często czuł aż nazbyt podobne zniecierpliwienie i irytację wobec Sharon przez ten ostatni rok wspólnego życia i nienawidził się za to, że czuje je właśnie teraz. Do licha, przecież takie komplikacje to ostatnia rzecz, jakiej im teraz potrzeba. Przegarnął palcami włosy. — No co?

— Spójrz na jej przegub — powiedział Tom.

Clay spojrzał. Brudne sznurowadło nadal tam było, ale bucik zniknął. Clay poczuł absurdalne ściskanie w dołku. A może nie tak absurdalne. Jeśli miało to znaczenie dla Alice, chyba było istotne. Co z tego, że to tylko but?

Zapasowy podkoszulek i bluza, które zapakowała (z napisem GAITEN BOOSTER'S CLUB na piersi) odleciały na bok. Baterie potoczyły się po podłodze. Zapasowa latarka upadła na kafelki posadzki i osłona żarówki pękła. To wystarczyło, żeby przekonać Claya. To nie były fochy Sharon Riddell wywołane brakiem ulubionego rodzaju kawy albo lodów Chunky Monkey, ale czysty strach.

Podszedł do Alice, klęknął przy niej i wziął ją za ręce. Czuł, jak płyną sekundy, zmieniając się w minuty, które powinni wykorzystać do szybkiego opuszczenia miasta, ale czuł także opętańczo szybki puls pod swoimi palcami. I widział jej oczy. Teraz nie było w nich lęku, tylko cierpienie i zrozumiał, że ten sportowy but uosabiał dla niej wszystko: matkę i ojca, przyjaciół, Beth Nickerson i jej córkę, piekło Tonney Field, wszystko.

— Nie ma go tu! — wykrzyknęła. — Myślałam, że go zapakowałam, ale nie! Nigdzie nie mogę go znaleźć!

— Tak, kochanie, wiem. — Clay wciąż trzymał ją za ręce.

Teraz podniósł tę z przegubem owiązanym sznurowadłem. — Widzisz?

Upewnił się, że skupiła na niej wzrok, a potem poruszył końcami poniżej węzła, gdzie był drugi węzeł.

— Teraz jest za długa — powiedziała. — Przedtem nie była taka.

Clay usiłował sobie przypomnieć, kiedy ostatni raz widział but. Mówił sobie, że nie można zapamiętać czegoś takiego po tym wszystkim, co zaszło, ale uświadomił sobie, że można. I to bardzo dokładnie. To było wtedy, kiedy pomagała Tomowi ciągnąć go w górę po eksplozji drugiej cysterny. Wtedy but kołysał się na sznurowadle. Ona była pokryta krwią, kawałkami ubrań i tkanki, ale sportowy bucik wciąż był przywiązany do jej nadgarstka. Clay spróbował przypomnieć sobie, czy nadal tam był, kiedy kopniakiem strąciła płonący tors z pochylni. Raczej nie. Może tylko tak sobie wmawiał, ale raczej nie.

— Odwiązał się, kochanie — powiedział. — Odwiązał się i odpadł.

— Zgubiłam go? — W jej oczach było niedowierzanie. I pierwsze łzy. — Jesteś pewien?

— Prawie pewien, tak.

— To był mój talizman — szepnęła, roniąc łzy.

— Nie — powiedział Tom i objął ją. — My jesteśmy twoim talizmanem.

Popatrzyła na niego.

— Skąd wiesz?

— Ponieważ najpierw znalazłaś nas — rzekł Tom. — A my wciąż tu jesteśmy.

Uściskała ich obu i stali tak przez chwilę w holu, wszyscy troje, obejmując się ramionami, ze skromnym dobytkiem Alice porozrzucanym wokół.

25

Ogień przeskoczył na budynek sali wykładowej, który dyrektor nazywał Hackery Hall. Potem, około czwartej rano, wiatr ucichł i pożar przestał się rozprzestrzeniać. Kiedy wzeszło słońce, cały campus śmierdział propanem, zwęglonym drewnem i spalonymi ciałami. Jasne i idealnie błękitne niebo Nowej Anglii przesłonił wielki słup szaroczarnego dymu. A w Cheatham Lodge wciąż byli mieszkańcy. W końcu wszystko sprowadzało się do zasady domina: dyrektor mógł podróżować wyłącznie samochodem, podróż samochodem była niemożliwa, a Jordan nie chciał iść bez dyrektora. Ardai nie zdołał go przekonać. Alice, chociaż pogodziła się z utratą talizmanu, nie chciała iść bez Jordana. Tom nie zamierzał iść bez Alice. A Clay nie mógł zostawić tu tych dwojga, chociaż przeraziło go odkrycie, że ci nowi znajomi przynajmniej chwilowo stali się dla niego ważniejsi od jego syna, i chociaż był pewien, że zapłacą wysoką cenę za to, co zrobili na Tonney Field, jeśli zostaną w Gaiten na miejscu zbrodni.

Myślał, że z nadejściem świtu poczuje się lepiej, ale nie.

Wszyscy pięcioro czekali, patrząc przez okno salonu, lecz oczywiście nic nie powstało z płonących zgliszczy i w ciszy słychać było tylko cichy trzask płomieni pochłaniających biura wydziału sportu i szatnie oraz dopalających się trybun. Gnieżdżący się tam w liczbie około tysiąca telefoniczni szaleńcy zostali — jak powiedziała Alice — usmażeni. Ich zapach był silny i stawał w gardle. Clay raz zwymiotował i wiedział, że inni także — nawet dyrektor.

Popełniliśmy błąd, pomyślał ponownie.

— Powinniście pójść sami — powiedział Jordan. — Nic by nam się nie stało. Przecież wcześniej byliśmy tu sami, prawda, proszę pana?

Dyrektor Ardai zignorował to pytanie. Przyglądał się Clayowi.

— Co się stało wczoraj, kiedy razem z Tomem byliście na stacji benzynowej? Myślę, że coś się stało, skoro teraz tak wyglądasz.

— Och? A jak wyglądam, proszę pana?

— Jak zwierzę wietrzące pułapkę. Czy ci dwoje na ulicy was widzieli?

— Właściwie nie o to chodzi — powiedział Clay.

Niespecjalnie podobało mu się, że nazwano go zwierzęciem, ale nie mógł temu zaprzeczyć: pobieranie tlenu i pokarmu, wydalanie ekskrementów i dwutlenku węgla — i mamy łasicę. Dyrektor szeroką dłonią zaczął niespokojnie masować lewy bok w okolicy brzucha. Jak wiele jego gestów tak i ten wydał się Clayowi nieco teatralny — nie sztuczny, ale taki, co ma być widoczny nawet w ostatnich rzędach sali wykładowej.

— A co to właściwie było?

Nie mogąc ich dłużej chronić przed prawdą, Clay opowiedział dyrektorowi, co dokładnie widzieli na stacji Citgo — utarczkę o pudełko zleżałych wafli, która nagle zmieniła się w coś innego. Powiedział o trzepoczących papierach, o popiele wirującym w popielniczce jak woda uchodząca z wanny, o kluczach dzwoniących na tablicy i kranie, który spadł z dystrybutora.

— Widziałem to — powiedział Jordan, a Alice kiwnęła głową.

Tom wspomniał, że zaparło mu dech, i Clay to potwierdził. Obaj twierdzili, że powstaje jakaś potężna siła. Clay rzekł, że coś takiego czuje się przed burzą. Tom powiedział, że powietrze wydawało się gęste. Ciężkie.

— Potem pozwolił jej wziąć dwa pieprzone wafle i wszystko minęło — rzekł Tom. — Popiół przestał wirować, klucze dzwonić, powietrze się oczyściło.

Spojrzał na Claya, szukając potwierdzenia, a Clay skinął głową.

— Dlaczego nie powiedzieliście nam o tym wcześniej? — zapytała Alice.

— Ponieważ to by niczego nie zmieniło — odparł Clay. — I tak spalilibyśmy ich gniazdo.

— Właśnie — przytaknął Tom.

— Uważacie, że telefoniczni szaleńcy zmieniają się w telepatów, prawda? — powiedział nagle Jordan.

— Nie wiem, co oznacza to słowo, Jordanie — rzekł Tom.

— Ludzi, którzy na przykład potrafią poruszać przedmioty siłą woli. Albo przypadkowo, jeśli nie panują nad swoimi emocjami. Niektóre telepatyczne zdolności, takie jak telekineza i lewitacja...

— Lewitacja? — prawie warknęła Alice.

Jordan nie zwrócił na to uwagi.

— ...są jedynie odgałęzieniami. Wyrastają ze wspólnego pnia telepatii i właśnie tego się obawiacie, tak? Ich zdolności telepatycznych.

Tom podniósł rękę i dotknął palcami zaczerwienionej skóry nad górną wargą, w miejscu gdzie brakowało mu połowy wąsa.

— No cóż, taka myśl przyszła mi do głowy. — Zamilkł, przechylił głowę. — Może to zabawne. Nie jestem pewien.

Jordan na to też nie zwrócił uwagi.

— Powiedzmy, że oni są telepatami. Mam na myśli prawdziwych telepatów, a nie zombi, którymi kieruje instynkt stadny. I co z tego? Stado z Akademii Gaiten nie istnieje i szaleńcy zginęli, nie wiedząc, kto ich spalił, ponieważ umarli w tym swoim śnie, więc jeśli się martwicie, że telepatycznie przefaksowali nasze nazwiska i rysopisy swoim kolesiom w sąsiednich stanach, możecie się uspokoić.

— Jordanie... — zaczął dyrektor i skrzywił się. Wciąż masował sobie brzuch.

— Tak, proszę pana? Dobrze się pan czuje?

— Tak. Przynieś mi zantac z łazienki na dole, dobrze? I butelkę wody mineralnej. Dobry z ciebie chłopiec.

Jordan pospieszył wykonać zadanie.

— To nie wrzód, prawda? — spytał Tom.

— Nie — odparł dyrektor. — To stres. Stary... nie można powiedzieć przyjaciel... raczej znajomy.

— Serce ma pan w porządku? — zapytała ściszonym głosem Alice.

— Tak sądzę — odparł dyrektor i wyszczerzył zęby w niepokojąco radosnym uśmiechu. — Jeśli zantac nie poskutkuje, będę zmuszony zmienić zdanie... Jednak dotychczas zawsze działał, a nie ma sensu szukać problemów, kiedy jest ich już tak wiele. Ach, Jordanie, dziękuję ci.

— Bardzo proszę.

Chłopiec jak zwykle z uśmiechem podał mu szklankę i tabletkę.

— Myślę, że powinieneś iść z nimi — powiedział mu Ardai, kiedy połknął zantac.

— Proszę pana, z całym szacunkiem mówię panu, że oni w żaden sposób nie mogą być tego pewni, w żaden sposób.

Dyrektor pytająco spojrzał na Toma i Claya. Tom podniósł ręce, Clay tylko wzruszył ramionami. Mógł głośno wyrazić to, co czuł, powiedzieć to, co oni teraz już musieli wiedzieć — popełniliśmy błąd, a pozostając tutaj, pogarszamy sprawę — ale nie widział sensu. Pod maską uporu Jordana krył się strach. Nie uda im się go przekonać. A ponadto już wstał dzień. A dzień to czas telefonicznych szaleńców.

Rozwichrzył chłopcu włosy.

— Jeśli tak mówisz, Jordanie. Zamierzam trochę się zdrzemnąć.

Jordan przyjął to z ulgą graniczącą z zachwytem.

— Dobry pomysł. Ja chyba też.

— Zanim pójdę na górę, zamierzam wypić filiżankę światowej sławy letniego kakao — oznajmił Tom. — I chyba zgolę resztę tych wąsów. Jeśli usłyszycie płacz i lamenty, to będę ja.

— Mogę popatrzeć? — spytała Alice. — Zawsze chciałam zobaczyć, jak dorosły mężczyzna płacze i lamentuje.

26

Clay i Tom dzielili niewielką sypialnię na trzecim piętrze; Alice zajmowała jedyną pozostałą. Gdy Clay zdejmował buty, usłyszał krótkie pukanie do drzwi, po którym do pokoju natychmiast wszedł dyrektor. Na policzkach miał ceglastoczerwone rumieńce. Poza tym był trupio blady.

— Dobrze się pan czuje? — zapytał Clay, wstając. — Czy to jednak serce?

— Cieszę się, że pan o to zapytał — odparł dyrektor. — Nie byłem pewien, czy udało mi się zasiać to ziarno, ale wygląda na to, że tak. — Zerknął przez ramię na korytarz, a potem końcem laski zamknął drzwi. — Niech pan uważnie posłucha, panie Riddell, Clay, i nie zadaje żadnych pytań, chyba że uzna pan to za absolutnie konieczne. Dziś późnym popołudniem albo wczesnym wieczorem zostanę znaleziony martwy w moim łóżku, a pan powie, że to jednak był atak serca wywołany tym, co zrobiliśmy zeszłej nocy. Rozumie pan?

Clay kiwnął głową. Rozumiał i powstrzymał odruchowy protest. Ten byłby sensowny w starym świecie, ale nie w tym. Wiedział, co i dlaczego zamierza zrobić dyrektor.

— Gdyby Jordan zaczął podejrzewać, że mogłem odebrać sobie życie, aby uwolnić go od tego, co na swój chłopięcy i godny podziwu sposób uważa za swój święty obowiązek, mógłby zrobić to samo. W najlepszym razie pogrążyłby się w tym, co w czasach mojego dzieciństwa nazywano czarną rozpaczą. I tak będzie mnie opłakiwał, ale to dopuszczalne. W przeciwieństwie do myśli, że popełniłem samobójstwo po to, żeby on mógł opuścić Gaiten. Rozumie pan?

— Tak — odparł Clay. — Proszę, niech pan zaczeka jeszcze dzień. To... o czym pan myśli, może okazać się niepotrzebne. Może wszystko rozejdzie się po kościach. — Sam w to nie wierzył, a poza tym Ardai już podjął decyzję: dostrzegało się to w jego wymizerowanej twarzy, mocno zaciśniętych wargach i błyszczących oczach. Mimo to spróbował jeszcze raz: — Niech pan zaczeka jeden dzień. Może nikt się nie zjawi.

— Słyszał pan ten krzyk — odparł dyrektor. — To był krzyk wściekłości. Przyjdą.

— Może, ale...

Dyrektor uciszył go, podnosząc laskę.

— A jeśli tak i jeżeli potrafią czytać w naszych myślach tak samo jak w swoich, co przeczytają w waszych, jeśli nadal tu będziecie?

Clay nie odpowiedział, tylko patrzył mu w twarz.

— Nawet jeśli nie czytają w myślach — ciągnął dyrektor — co pan proponuje? Zostać tu dni, tygodnie? Aż spadnie śnieg? Aż w końcu umrę ze starości? Mój ojciec dożył dziewięćdziesięciu siedmiu lat. Poza tym ma pan żonę i syna.

— Moja żona i syn są bezpieczni lub nie. Pogodziłem się z tą myślą.

To było kłamstwo i przypuszczalnie Ardai je przejrzał, gdyż uśmiechnął się w ten niepokojący sposób.

— I sądzi pan, że pański syn pogodził się z tym, że nie wie, czy jego ojciec jest żywy, martwy czy szalony? Już po tygodniu?

— To cios poniżej pasa — powiedział lekko drżącym głosem Clay.

— Naprawdę? Nie wiedziałem, że walczymy. W każdym razie nikt tego nie słyszał. Tylko my, panienki, jak to się mówi. — Dyrektor zerknął na zamknięte drzwi, a potem znów na Claya. — Sprawa jest prosta. Wy nie możecie zostać, a ja nie mogę iść. Lepiej, żeby Jordan poszedł z wami.

— Owszem, ale to nie oznacza, że trzeba pana dobić jak konia ze złamaną nogą...

— Nic podobnego — przerwał mu dyrektor. — Konie nie praktykują eutanazji, w przeciwieństwie do ludzi. — Drzwi się otworzyły i wszedł Tom. Dyrektor, po króciutkiej przerwie na złapanie tchu, powiedział: — Czy zastanawiałeś się kiedyś nad podjęciem pracy ilustratora, Clay? Nad wykonywaniem rysunków do książek.

— Dla większości takich wydawnictw mój styl jest zbyt barokowy. Wykonywałem okładki dla kilku pomniejszych wydawnictw, takich jak Grant i Eulalia. Do kilku książek Edgara Rice'a Burroughsa.

— Barsoom! — wykrzyknął dyrektor i energicznie potrząsnął laską. Potem pomasował sobie splot słoneczny i skrzywił się. — Przeklęte kłucie! Bardzo przepraszam, Tom. Przyszedłem na krótką pogawędkę, zanim też położę się spać.

— Nie ma za co — odparł Tom i odprowadził go wzrokiem. Kiedy postukiwanie laski zaczęło cichnąć w głębi korytarza, odwrócił się do Claya i zapytał: — Wszystko z nim w porządku? Naprawdę jest bardzo blady.

— Sądzę, że nic mu nie jest. — Wskazał palcem na twarz Toma. — Myślałem, że zamierzasz zgolić drugą połowę.

— Rozmyśliłem się ze względu na obecność Alice — powiedział Tom. — Lubię ją, ale w niektórych sprawach potrafi być nieprzyjemna.

— To chyba paranoja.

— Dzięki, Clay, właśnie tego było mi trzeba. Minął dopiero tydzień, a już tęsknię za moim psychoanalitykiem.

— Połączona z manią prześladowczą i manią wielkości.

Clay wyciągnął nogi na jednym z dwóch wąskich łóżek, splótł dłonie za głową i zapatrzył się w sufit.

— Wolałbyś, żebyśmy byli daleko stąd, co? — zapytał Tom.

— Możesz być tego pewien — powiedział beznamiętnie Clay.

— Wszystko będzie dobrze, Clay. Naprawdę.

— Tak twierdzisz, ale masz manię prześladowczą i wielkości.

— To prawda — przyznał Tom — jednak równoważy je kiepska samoocena i menstruacje ego w przybliżeniu co sześć tygodni. A poza tym...

— Jest już na to za późno, przynajmniej dzisiaj — dokończył Clay.

— Zgadza się.

Było w tym coś uspokajającego. Tom powiedział jeszcze coś, ale Clay usłyszał tylko „Jordan uważa..." i zasnął.

27

Obudził się z krzykiem, a przynajmniej tak z początku sądził. Dopiero pospieszny rzut oka na drugie łóżko, na którym Tom wciąż spał spokojnie z czymś — chyba zwiniętym ręcznikiem — na oczach, przekonał Claya, że ten krzyk zrodził się w jego głowie. Może jakiś okrzyk wyrwał mu się z ust, ale jeśli nawet, to nie tak głośny, żeby zbudzić współlokatora.

W pokoju nie było ciemno — ponieważ na zewnątrz było dopiero popołudnie — ale Tom zaciągnął zasłony, zanim poszedł spać, dzięki czemu panował łagodny półmrok. Clay przez moment nie ruszał się, leżąc na plecach. W ustach miał sucho, jakby wysypano je trocinami, serce waliło mu w piersi i krew łomotała w uszach, brzmiąc jak tupot nóg owiniętych w welwet. Poza tym w budynku panowała cisza. Może jeszcze nie przyzwyczaili się do zamiany dnia z nocą, ale ostatnia noc była bardzo wyczerpująca i w tym momencie nie ruszał się żaden z lokatorów Cheatham Lodge. Na zewnątrz świergotały ptaki i gdzieś w oddali — raczej nie w Gaiten — monotonnie ryczał alarm.

Czy miał kiedyś gorszy sen? Może raz. Mniej więcej miesiąc po narodzinach Johnny'ego Clayowi śniło się, że wyjął niemowlę z łóżeczka, żeby je przewinąć, i pulchne ciałko Johnny'ego po prostu rozpadło mu się w dłoniach jak źle złożona lalka. Tamten sen mógł zrozumieć — strach przed ojcostwem, przed spieprzeniem czegoś. Strach, z którym wciąż żył, jak zauważył dyrektor Ardai. Co miał myśleć o tym?

Cokolwiek oznaczał ten sen, nie zamierzał go zapomnieć, a z doświadczenia wiedział, że trzeba działać szybko, jeśli chce się temu zapobiec.

W pokoju stało biurko, a długopis był w jednej z kieszeni dżinsów, które Clay zostawił zwinięte w nogach łóżka. Wziął go, na bosaka podszedł do biurka, usiadł i otworzył środkową szufladę. Znalazł to, co miał nadzieję znaleźć — plik czystych kartek z nagłówkiem **AKADEMIA GAITEN** oraz mottem *Młody umysł jest lampą w ciemności* na każdej. Wziął jedną i położył na blacie biurka. Światło było słabe, ale musiało wystarczyć. Wysunął końcówkę długopisu i zamyślił się na chwilę, starając sobie jak najdokładniej przypomnieć ten sen.

On, Tom, Alice i Jordan stali rzędem na środku boiska. Nie do piłki nożnej, jak Tonney — może boiska do futbolu amerykańskiego? W tle był szkielet jakiejś konstrukcji z mrugającym na nim czerwonym okiem. Clay nie miał pojęcia, co to takiego, ale wiedział, że na stadionie jest pełno ludzi, którzy im się przyglądają, ludzi o zniekształconych twarzach i podartych ubraniach, których znał aż za dobrze. On i jego przyjaciele byli... czyżby w klatkach? Nie, na platformach. Te jednak były klatkami, chociaż bez krat. Clay nie wiedział, jak to możliwe, ale jednak tak było. Już zaczynał gubić szczegóły tego snu.

Tom stał na końcu szeregu. Jakiś człowiek podszedł do niego, dziwny człowiek, i przyłożył dłoń do jego czoła. Clay nie pamiętał, jak ten człowiek zdołał to zrobić, skoro Tom — tak samo jak Alice, Jordan i sam Clay — znajdowali się na platformach, ale zrobił to. I powiedział: *Ecce homo — insanus.* A tłum — wielotysięczny — odpowiedział na to chóralnym okrzykiem: NIE DOTYKAJ! Mężczyzna podszedł do Claya i wszystko się powtórzyło. Trzymając dłoń nad głową Alice, powiedział: *Ecce femina — insana.* Nad Jordanem — *Ecce puer — insanus.* Za każdym razem odpowiedź tłumu była taka sama: „Nie dotykaj!".

Ani mężczyzna — gospodarz? reżyser? — ani ludzie w tłumie przez cały czas trwania tego rytuału nie otworzyli ust. Pytania i odpowiedzi były przekazywane telepatycznie.

Nagle, pozostawiając myślenie swojej prawej ręce (ręce

i temu szczególnemu zakamarkowi mózgu, który ją prowadzi), Clay zaczął rysować na kartce portret. Cały ten sen był straszny — jego fałszywa wymowa, jego wyrazistość — lecz najstraszniejszy był ten mężczyzna, który podchodził do każdego z nich i wyciągał im rękę nad głowy, niczym licytator szykujący się do sprzedaży bydła na festynie. Clay czuł, że jeśli zdoła uchwycić tę postać na rysunku, będzie miał uosobienie strachu.

Mężczyzna był czarnoskóry, o kształtnej głowie i ascetycznej twarzy, szczupły, niemal chudy. Czarne kręcone włosy oblepiały mu czaszkę, z jednej strony wycięte w brzydkie trójkątne zakole. Wąskie ramiona, niemal brak bioder. Poniżej kędziorów Clay pospiesznie naszkicował szerokie i ładne czoło — czoło uczonego. Następnie przeciął je ostrą kreską i wycieniował zwisający płat skóry, zasłaniający jedną brew. Lewy policzek mężczyzny był otwarty, zapewne w wyniku ugryzienia, a dolna warga po tej stronie także była rozdarta i opadła w zmęczonym, szyderczym grymasie. Clay miał problem z narysowaniem oczu. Nie mógł oddać ich wyrazu. We śnie były zarazem martwe i pełne życia. Po dwóch próbach zostawił je i zabrał się do bluzy, zanim zapomniał, jak wyglądała: z ulubionym przez dzieciaki kapturem (CZERWONA, napisał na końcu wskazującej ją strzałki) z napisem białymi drukowanymi literami. Bluza była za duża na jego chude ciało i fałda materiału zasłaniała górną połowę liter, ale Clay był pewien, że tworzyły napis HARVARD. Już zaczął go pisać, gdy gdzieś na dole rozległ się płacz, cichy i zduszony.

28

To Jordan, pomyślał Clay. Wciągając dżinsy, zerknął przez ramię na Toma, lecz ten się nie poruszył. Śpi jak zabity, pomyślał Clay. Otworzył drzwi, wyślizgnął się na korytarz i zamknął je za sobą.

Alice, w podkoszulku Akademii Gaiten zamiast nocnej koszuli, siedziała na podeście drugiego piętra, trzymając chłopca w ramionach. Jordan przyciskał twarz do jej ramienia. Słysząc kroki Claya na schodach, podniosła głowę i odezwała się, zanim zdążył powiedzieć to, czego później mógłby żałować: Czy to dyrektor?

— Miał zły sen — wyjaśniła.

Clay powiedział pierwszą rzecz, jaka przyszła mu do głowy. W tym momencie wydawało się to bardzo istotne.

— A ty?

Zmarszczyła brwi. Bosonoga, z włosami ściągniętymi w kucyk i twarzą zaczerwienioną jak po całym dniu opalania na plaży, wyglądała jak jedenastoletnia siostra Jordana.

— Co? Nie. Usłyszałam jego płacz na korytarzu. Chyba i tak się zbudziłam, więc...

— Chwileczkę — rzekł Clay. — Zostań tam.

Wrócił do swojego pokoju na trzecim piętrze i wziął z biurka szkic. Tym razem Tom otworzył oczy. Rozejrzał się, przestraszony i zdezorientowany, po czym zobaczył Claya i uspokoił się.

— Powrót do rzeczywistości — powiedział. A potem, jedną ręką pocierając twarz i podpierając się na łokciu drugiej, dodał: — Dzięki Bogu. Jezu. Która godzina?

— Tom, śniło ci się coś? Miałeś zły sen?

Tom skinął głową.

— Chyba tak. I słyszałem płacz. Czy to Jordan?

— Tak. Co ci się śniło? Pamiętasz?

— Ktoś nazywał nas szaleńcami — odparł Tom i Clay poczuł się tak, jakby rąbnięto go w brzuch. — Którymi pewnie jesteśmy. Reszty nie pamiętam. Dlaczego pytasz? Czy ty...

Clay nie czekał dłużej. Wypadł z pokoju i ponownie zbiegł po schodach. Kiedy siadał, Jordan rozglądał się nieśmiało i z oszołomieniem. Zniknął gdzieś komputerowy maniak. Jeśli Alice ze swoim kucykiem i opalenizną wyglądała na jedenaście lat, to Jordan na dziewięć.

— Jordan — powiedział Clay. — Twój sen... ten koszmar. Pamiętasz go?

— Już zaczynam zapominać. Ustawili nas na podium. Patrzyli na nas jak na... sam nie wiem, jak na dzikie zwierzęta... i powiedzieli...

— ...że jesteśmy szaleni.

Chłopiec zrobił wielkie oczy.

— Tak!

Clay usłyszał za plecami kroki schodzącego Toma. Nie odwrócił się. Pokazał Jordanowi swój rysunek.

— Czy ten mężczyzna wszystkim kierował?

Jordan nie odpowiedział. Nie musiał. Odwrócił głowę, złapał Alice i znów przycisnął twarz do jej ramienia.

— Co to takiego? — zapytała ze zdumieniem Alice. Sięgnęła po rysunek, ale Tom ją wyprzedził.

— Chryste — rzekł i oddał rysunek. — Już prawie zapomniałem ten sen, ale pamiętam rozszarpany policzek.

— I wargę — dodał Jordan zduszonym głosem. — To, jak zwisała. To on na nas pokazywał.

Zadrżał. Alice pogłaskała go po plecach i położyła dłonie na jego łopatkach, mocniej tuląc go do siebie.

Clay pokazał jej rysunek.

— Coś ci to mówi? Czy to mężczyzna z twoich snów?

Pokręciła głową i już miała zaprzeczyć. Zanim zdążyła, usłyszeli głośny, przeciągły grzechot i szereg głuchych trzasków od strony drzwi frontowych Cheatham Lodge. Alice wrzasnęła. Jordan objął ją jeszcze mocniej, jakby chciał się w nią wtopić, i krzyknął. Tom złapał Claya za ramię.

— Człowieku, co się, kurwa...

Przed drzwiami frontowymi znów rozległ się grzechot, długi i głośny. Alice znowu wrzasnęła.

— To strzały! — krzyknął Clay. — Strzały!

Przez moment wszyscy stali jak sparaliżowani na zalanym słońcem podeście, a potem znowu usłyszeli ten przeciągły i donośny grzechot, jakby toczących się kości. Tom pomknął na trzecie piętro, a Clay za nim, ślizgając się w samych skarpetkach i przytrzymując poręczy. Alice odepchnęła Jordana i pobiegła do swojego pokoju, łopocząc bawełnianą koszulką, zostawiając Jordana przytulonego do słupka balustrady, spoglądającego wielkimi błyszczącymi oczami na schody i hol frontowy.

29

— Spokojnie — powiedział Clay. — Zachowajmy spokój, dobrze?

Wszyscy troje stali u podnóża schodów niecałe dwie minuty po tym, jak przed drzwiami frontowymi padły te długie serie strzałów. Tom miał rosyjski karabinek szturmowy, który zaczęli nazywać Panem Szybkostrzelnym, Alice trzymała dwa pistolety kalibru 9 milimetrów, a Clay czterdziestkępiątkę Beth Nickerson, rewolwer, którego jakimś cudem nie zgubił poprzedniej nocy (chociaż nie pamiętał, kiedy wetknął go za pasek, gdzie go potem znalazł). Jordan nadal kulił się na podeście. Nie widział stamtąd okien na parterze i Clay pomyślał, że to chyba dobrze. Po południu w Cheatham Lodge było znacznie ciemniej, niż powinno, a to dobrze nie wróżyło.

Było ciemniej, ponieważ przy każdym oknie stali telefoniczni szaleńcy, tłocząc się przy szybach i zaglądając do środka: dziesiątki, może setki nieruchomych twarzy, przeważnie noszących ślady stoczonych walk i ran odniesionych w ciągu ostatniego tygodnia wszechobecnego chaosu. Clay widział powybijane oczy i zęby, naddarte uszy, sińce, oparzenia, pęcherze i zwisające płaty poczerniałej skóry. Milczeli. Była w nich jakaś upiorna ciekawość, spowijająca ich, sugerująca obecność jakiejś potwornej i wciąż rosnącej siły, ledwie trzymanej w ryzach. Clay miał wrażenie, że broń zaraz wypadnie mu z rąk i zacznie sama strzelać.

W nas, pomyślał.

— Teraz wiem, jak czują się homary w akwarium nadmorskiej restauracji w promocyjny wtorkowy wieczór — powiedział Tom cichym, spiętym głosem.

— Zachowaj spokój — powtórzył Clay. — Niech zrobią pierwszy ruch.

Jednak nie zrobili. Padła kolejna długa seria, która Clayowi przypominała odgłosy rozładowywanej na ganku wywrotki, a potem stwory cofnęły się od okien, jakby na jakiś tylko dla nich słyszalny sygnał. Zrobiły to w zwartym szyku. Nie była to ta pora dnia, kiedy zazwyczaj zbijały się w stada, ale coś się zmieniło. To oczywiste.

Clay podszedł do wykuszowego okna w salonie, trzymając rewolwer w opuszczonej ręce. Tom i Alice poszli za nim. Patrzyli, jak telefoniczni szaleńcy (którzy Clayowi już wcale nie wydawali się szaleni, przynajmniej nie w zrozumiały sposób) wycofują się, idąc tyłem z niesamowitą zręcznością, przez cały czas zachowując niewielkie odstępy między sobą. Zatrzymali się pomiędzy Cheatham Lodge a dymiącymi resztkami stadionu piłkarskiego, niczym jakiś łachmaniarski oddział na usłanym liśćmi placu defilad. Niezupełnie nieobecne spojrzenia wszystkich skierowały się na rezydencję dyrektora.

— Dlaczego oni wszyscy mają brudne dłonie i stopy? — zapytał cichy głosik. Obejrzeli się. To był Jordan. Clay wcześniej nie zwrócił uwagi na sadzę i popiół pokrywające dłonie tych milczących setek, ale zanim zdążył to powiedzieć, Jordan sam odpowiedział na swoje pytanie. — Poszli zobaczyć, prawda? Jasne. Poszli zobaczyć, co zrobiliśmy ich przyjaciołom. I są wściekli. Czuję to. Wy też?

Clay nie chciał tego potwierdzić, ale oczywiście czuł. Ta ciężka, naładowana atmosfera, to wrażenie gromadzącego się ładunku: to była wściekłość. Pomyślał o Pixie Jasnej wbijającej zęby w szyję kobiety w obcisłych spodniach i starszej pani, zwyciężczyni bitwy o stację metra na Boylston Street, tej, która pomaszerowała Boston Common z krwią ściekającą z krótko ostrzyżonych siwych włosów. O młodym człowieku, mającym na sobie tylko tenisówki, który biegł, wymachując trzymanymi w rękach antenami samochodowymi. Cała ta wściekłość... czy sądził, że po prostu znikła, kiedy zaczęli zbierać się w stada? Jeśli tak, to powinien to przemyśleć.

— Czuję ich — powiedział Tom. — Jordan, jeżeli mają taką moc, dlaczego nie sprawią, żebyśmy sami się pozabijali?

— Albo żeby eksplodowały nam czaszki — dodała Alice. Głos jej drżał. — Kiedyś widziałam to na jednym starym filmie.

— Nie wiem — odparł Jordan. Podniósł głowę i spojrzał na Claya. — Gdzie jest Łachmaniarz?

— Tak na niego mówisz?

Clay spojrzał na rysunek, który wciąż trzymał w dłoni — rozdarte ciało, podarty rękaw bluzy, workowate dżinsy. Uznał, że Łachmaniarz to całkiem niezły przydomek dla faceta w bluzie z kapturem i napisem HARVARD.

— Mówię na niego kłopoty, ot co — rzekł piskliwym głosem Jordan. Ponownie spojrzał na nowo przybyłych — co najmniej trzystu, może czterystu, właśnie przybyłych tu Bóg wie z których okolicznych miasteczek — a potem znów na Claya. — Widzieliście go?

— Tylko w złym śnie.

Tom potrząsnął głową.

— Dla mnie on jest tylko rysunkiem na kartce papieru — oznajmiła Alice. — Nie śnił mi się i nie widzę tam nikogo w bluzie z kapturem. Co oni robili na boisku? Myślicie, że próbowali zidentyfikować zabitych? — Najwyraźniej sama w to nie wierzyła. — I czy tam nie jest jeszcze za gorąco? Na pewno jest.

— Na co oni czekają? — zapytał Tom. — Jeśli nie zamierzają nas zaatakować ani zmusić, żebyśmy pozarzynali się nożami kuchennymi, to na co czekają?

Clay nagle zrozumiał, na co czekali, a także gdzie się podział

Łachmaniarz Jordana. Pan Devane, jego nauczyciel algebry ze szkoły średniej, nazywał takie olśnienia chwilami „aha!". Odwrócił się i poszedł w kierunku frontowego holu.

— Dokąd idziesz? — spytał Tom.

— Zobaczyć, co nam zostawili — odparł Clay.

Pospieszyli za nim. Tom dogonił go pierwszy, gdy Clay właśnie kładł dłoń na klamce.

— Nie wiem, czy to dobry pomysł — powiedział.

— Może nie, ale oni właśnie na to czekają. I wiesz co? Myślę, że gdyby chcieli nas zabić, już bylibyśmy martwi.

— Pewnie ma rację — rzekł Jordan cichym, bezbarwnym głosem.

Clay otworzył drzwi. Długi frontowy ganek Cheatham Lodge z wygodnymi wiklinowymi meblami i widokiem na Academy Slope opadającego ku Academy Avenue, był wprost stworzony do takich słonecznych jesiennych popołudni, lecz w tym momencie Clay był daleki od podziwiania uroków otoczenia. U podnóża schodów stała ustawiona w klin grupka telefonicznych szaleńców: jeden na przedzie, dwaj za nim, za nimi trzej, potem czterech, pięciu i sześciu. Razem dwudziestu jeden. Ten na przedzie był Łachmaniarzem ze snu Claya, ożywioną postacią z rysunku. Litery na podartej czerwonej bluzie z kapturem rzeczywiście tworzyły napis HARVARD. Rozszarpany lewy policzek został podciągnięty i przymocowany z boku nosa dwoma niezgrabnymi szwami, które wydarły łezkowate otwory w źle zagojonym czarnym ciele. Po trzecim i czwartym szwie zostały tylko postrzępione brzegi. Clay pomyślał, że zapewne zszyto ranę żyłką. Obwisła dolna warga odsłaniała zęby sprawiające wrażenie, że jeszcze niedawno zajmował się nimi dobry ortodonta, dopóki świat nie przestał być przyjemnym miejscem.

Przed drzwiami frontowymi, całkowicie zakrywając wycieraczkę i kawałek chodnika po obu jej stronach, leżała sterta poczerniałych, zdeformowanych przedmiotów. Wyglądały niemal jak dzieło jakiegoś na wpół szalonego rzeźbiarza. Clay dopiero po chwili zdał sobie sprawę z tego, że patrzy na stopione resztki radiomagnetofonów stada z Tonney Field.

Nagle Alice wrzasnęła. Kilka nadtopionych radiomagnetofonów zsunęło się ze sterty, kiedy Clay otworzył drzwi, a wraz z nimi spadło coś, co zapewne znajdowało się na samym wierzchu, na pół zagrzebane w resztkach. Alice wysunęła się naprzód zanim Clay zdążył ją powstrzymać, upuściła jeden pistolet i złapała to coś. Był to sportowy bucik. Przycisnęła go do piersi.

Clay spojrzał nad jej głową na Toma Ten na niego. Nie byli telepatami, ale w tym momencie rozumieli się bez słów. I co teraz? — pytały oczy Toma.

Clay ponownie skupił uwagę na Łachmaniarzu. Zastanawiał się, czy można wyczuć, kiedy ktoś czyta ci w myślach, i czy jego myśli właśnie teraz czytano. Wyciągnął obie ręce do Łachmaniarza. W jednej z nich wciąż trzymał pistolet, lecz wydawało się, że to nie robi żadnego wrażenia na Łachmaniarzu i jego grupie. Clay podniósł ręce: Czego chcecie?

Łachmaniarz uśmiechnął się. W tym uśmiechu nie było wesołości. Clayowi wydawało się, że w jego ciemnobrązowych oczach dostrzega gniew, ale tylko powierzchowny. Pod nim nic było nic, a przynajmniej niczego nie dało się zauważyć. Jakby patrzeć na uśmiechającą się lalkę.

Łachmaniarz przechylił głowę i podniósł palec... Poczekaj. Nagle, jak na dany znak, na Academy Avenue w dole rozległy się krzyki. Przeraźliwe wrzaski konających. Towarzyszyło im kilka gardłowych, drapieżnych pomruków. Niewiele.

— Co robicie? — zawołała Alice. Zrobiła krok naprzód, konwulsyjnie ściskając bucik w dłoni. Ścięgna jej przedramienia uwydatniały się tak, że na skórze pojawiły się cienie, wyglądające jak długie kreski narysowane ołówkiem. — Co robicie tym ludziom?

Jakby były co do tego jakieś wątpliwości, pomyślał Clay.

Podniosła rękę, w której trzymała broń. Tom złapał ją i wyrwał jej pistolet, zanim zdążyła nacisnąć spust. Rzuciła się na niego, drapiąc wolną ręką.

— Oddaj go, nie słyszysz tych krzyków? Nie słyszysz? Clay odciągnął ją od Toma. Jordan patrzył na to wszystko szeroko otwartymi, przerażonymi oczami, a Łachmaniarz stał na czele swojego oddziału z uśmiechniętą twarzą, na której pod rozbawieniem kryła się wściekłość, a pod wściekłością... nie było nic — przynajmniej zdaniem Claya. Zupełnie nic.

— I tak nie był odbezpieczony — rzekł Tom, obejrzawszy pistolet. — Dzięki Ci, Panie, za twe drobne łaski. — A do Alice: — Chcesz, żeby nas zabili?

— Myślicie, że pozwolą nam odejść? — Płakała tak, że trudno było ją zrozumieć. Cała była zasmarkana. Na dole, na alei biegnącej szpalerem drzew obok Akademii Gaiten, słychać było krzyki i wrzaski. Jakaś kobieta zawołała „Nie, proszę, nie!" — a potem jej słowa zagłuszyło przeraźliwe wycie.

— Nie wiem, co zamierzają z nami zrobić — powiedział Tom, siląc się na spokój — ale gdyby chcieli nas zabić, nie robiliby tego. Spójrz na niego, Alice. To, co się tam dzieje, to pokaz dla nas.

Padło kilka strzałów, gdy ludzie próbowali się bronić, ale niewiele. Głównie słychać było tylko krzyki bólu i straszliwego zaskoczenia, dochodzące z obszaru bezpośrednio przylegającego do terenu, gdzie zostało spalone stado. Na pewno nie trwało to dłużej niż dziesięć minut, ale czasem — pomyślał Clay — czas naprawdę jest pojęciem względnym.

Wydawało się, że trwa to godzinami.

30

Kiedy krzyki w końcu ucichły, Alice stała spokojnie między Clayem i Tomem, ze spuszczoną głową. Położyła oba pistolety na stoliku na kapelusze i dyplomatki, stojącym tuż za drzwiami

frontowymi. Jordan trzymał ją za rękę, spoglądając na Łachmaniarza i jego kompanów, zgromadzonych u podnóża schodów. Chłopiec jeszcze nic zauważył nieobecności dyrektora.
Clay wiedział, że wkrótce zauważy, a wtedy zacznie się kolejny
akt tego okropnego spektaklu.

Łachmaniarz zrobił krok naprzód i skłonił się, trzymając
ręce lekko odsunięte od tułowia, jakby mówił: *Do waszych
usług*. Potem podniósł głowę i wyciągnął rękę, wskazując
Academy Slope i aleję na dole. Robiąc to, patrzył na grupkę
stojącą w otwartych drzwiach za rzeźbą ze stopionych radiomagnetofonów. Dla Claya sens tego zachowania był jasny:
Droga jest wasza. Ruszajcie.

— Może to zrobimy — rzekł. — A na razie wyjaśnijmy
sobie jedno. Jestem pewien, że możecie nas załatwić, jeśli
zechcecie, bo na pewno macie przewagę liczebną, ale jeśli nie
zamierzasz schować się w głównej kwaterze, to jutro będzie
dowodził ktoś inny. Ponieważ osobiście dopilnuję, żebyś poszedł
do diabła pierwszy.

Łachmaniarz przyłożył obie dłonie do policzków i szeroko
otworzył oczy: *O rany!* Pozostali za jego plecami byli obojętni
jak roboty. Clay patrzył na nich jeszcze przez chwilę, po czym
delikatnie zamknął drzwi.

— Przepraszam — powiedziała ponuro Alice. — Nie mogłam stać tam i słuchać tych krzyków.

— W porządku — rzekł Tom. — Nic się nie stało. I popatrz,
przynieśli ci Pana Bucika.

Popatrzyła na sportowy but.

— Czy w ten sposób dowiedzieli się, że to my? Wyczuli
nasz zapach jak ogary trop?

— Nie — odparł Jordan. Siedział na krześle z wysokim
oparciem obok stojaka na parasole, wydawał się mały, wymize-
rowany i zmęczony. — W ten sposób chcieli powiedzieć *znamy
was*. A przynajmniej tak sądzę.

— Taak — mruknął Clay. — Założę się, że wiedzieli, że to

my, zanim tutaj przyszli. Zobaczyli to w naszych snach, tak jak my widzieliśmy we śnie jego twarz.

— Ja nie... — zaczęła Alice.

— Ponieważ się obudziłaś — przerwał jej Tom. — Na pewno wkrótce go zobaczysz. — Po chwili dodał: — Jeśli będzie miał jeszcze coś do powiedzenia. Nie rozumiem tego, Clay. My to zrobiliśmy. Zrobiliśmy i oni wiedzieli, że to my, jestem o tym przekonany.

— Tak — przyznał Clay.

— Dlaczego więc zabili grupę niewinnych wędrowców, kiedy w zasadzie bez trudu... no, może niezupełnie... mogli wedrzeć się tutaj i zabić nas? No wiesz, rozumiem ideę represji, ale nie widzę sensu...

W tym momencie Jordan zsunął się z krzesła i spoglądając wokół z niepokojem, zapytał:

— Gdzie jest pan dyrektor?

31

Clay dogonił Jordana, ale dopiero wtedy, gdy chłopiec znalazł się na podeście drugiego piętra.

— Zaczekaj, Jordan — powiedział.

— Nie — odparł Jordan. Twarz miał bledszą i bardziej ściągniętą niż zwykle. Włosy sterczały mu na wszystkie strony, zapewne dlatego, że powinien je ostrzyc, ale wyglądało to tak, jakby stanęły mu dęba. — Przy całym tym zamieszaniu powinien być z nami! Byłby z nami, gdyby nic mu się nie stało! — Wargi zaczęły mu drżeć. — Pamiętasz, jak masował sobie brzuch? A jeśli to nie była tylko nadkwasota?

— Jordanie...

Jordan nie zwracał na niego uwagi i Clay był gotów się założyć, że chłopiec zupełnie zapomniał o Łachmaniarzu i jego kohortach, przynajmniej chwilowo. Wyrwał dłoń z palców

Claya i pobiegł korytarzem, krzycząc: „Panie dyrektorze! Panie dyrektorze!" — podczas gdy kolejni dyrektorzy, poczynając od dziewiętnastowiecznych, groźnie spoglądali na niego ze ścian.

Clay spojrzał za siebie, na hol na dole. Alice w niczym mu nie pomoże — siedziała u podnóża schodów z pochyloną głową, wpatrując się w ten pieprzony but niczym w czaszkę Jorika — ale Tom niechętnie zaczął wchodzić na górę.

— Jak bardzo będzie źle? — zapytał Claya.

— No cóż... Jordan myśli, że dyrektor dołączyłby do nas, gdyby nic mu nie było, i jestem skłonny...

Jordan zaczął wrzeszczeć. Był to przeraźliwy i piskliwy krzyk, który niczym włócznia przeszył głowę Claya. Tom wszedł tam pierwszy, gdyż Clay co najmniej przez trzy, a może nawet siedem sekund stał jak wryty na końcu schodów, powstrzymywany przez jedną myśl: Tak nie krzyczy ktoś, kto znalazł ofiarę ataku serca. Stary spieprzył sprawę. Może zażył nie takie tabletki. Był już w połowie korytarza, kiedy usłyszał wstrząśnięty głos Toma: — O mój Boże, Jordan nie patrz — mówiącego to tak szybko, że słowa zlały się w jedno.

— Zaczekajcie! — zawołała zu nimi Alice, ale Clay nie czekał. Drzwi do małego apartamentu dyrektora były otwarte. Ujrzał gabinet z książkami i bezużytecznym teraz podgrzewaczem oraz przylegającą do niego sypialnię z otwartymi drzwiami, przez które wpadało światło. Tom stał przed biurkiem, przyciskając głowę Jordana do swojego brzucha. Dyrektor siedział za biurkiem. Ciężar jego ciała odchylił fotel do tyłu, tak że jednym pozostałym okiem zdawał się wpatrywać w sufit. Zmierzwione siwe włosy zwisały z oparcia fotela. Clayowi przypominał koncertującego pianistę, który właśnie odegrał finałowy akord trudnego utworu.

Clay usłyszał zduszony okrzyk zgrozy Alice, ale nie zwrócił na to uwagi. Czując się jak pasażer w swoim ciele, podszedł do biurka i spojrzał na kartkę papieru spoczywającą na bibularzu.

Chociaż była poplamiona krwią, zdołał odczytać słowa nakreślone wyraźnym, kaligraficznym charakterem pisma. Stara szkoła do samego końca, jak powiedziałby Jordan.

aliéné   geisteskrank
  insano
elnebajos   vansinnig   fou
  atamagaokashii   gek   dolzinnig
                                    hullu
gila
meschuge   nebun
dement

Clay mówił tylko po angielsku i trochę po francusku, ale dobrze wiedział, co to jest i co oznacza. Łachmaniarz chciał, by odeszli, i w jakiś sposób wiedział, że dyrektor Ardai jest za stary i zbyt schorowany, żeby iść z nimi. Dlatego zmusił go, by usiadł za biurkiem i napisał słowo „szaleniec" w czternastu różnych językach. A kiedy dyrektor to zrobił, zmusili go, by wbił sobie w oko wieczne pióro, którym to pisał. Stalówka przebiła gałkę oczną i doszła do mądrego, starego mózgu.

— Zmusili go, żeby się zabił, prawda? — zapytała łamiącym się głosem Alice. — Dlaczego jego, a nie nas? Dlaczego jego, a nie nas? Czego oni chcą?

Clay pomyślał o geście Łachmaniarza, który wskazał Academy Avenue — Academy Avenue, będącą zarazem New Hampshire Route 102. Telefoniczni szaleńcy, którzy nie byli już szaleni — a może byli, tylko w jakiś zupełnie nowy sposób — chcieli, by Clay i jego towarzysze poszli dalej. Nic więcej nie wiedział, ale może to i dobrze. Może tak było lepiej. Pewnie był to akt miłosierdzia.

RÓŻE WIĘDNĄ, TEN OGRÓD WYSECHŁ

1

W szafie na końcu korytarza na tyłach domu znaleźli kilka obrusów i jeden z nich posłużył jako całun dla dyrektora Ardaia. Alice powiedziała, że go zaszyje, a potem zalała się łzami, gdy zabrakło jej umiejętności albo odporności psychicznej do tej ostatniej posługi. Wyręczył ją Tom, naciągając obrus, kładąc podwójny ścieg i zaszywając go szybkimi ruchami, z niemal profesjonalną wprawą. Clay pomyślał, że przypomina boksera, walczącego jedną ręką z cieniem.

— Nie żartuj — powiedział Tom, nie podnosząc głowy. — Doceniam to, co zrobiłeś na górze — ja nigdy bym nie potrafił — ale teraz nie jestem w nastroju do żartów, nawet tak neutralnych jak w serialu *Para nie do pary*. Ledwie się trzymam.

— W porządku — powiedział Clay. Wcale nie miał ochoty żartować. A jeśli chodzi o to, co zrobił na górze... No cóż, trzeba było wyjąć pióro z oka dyrektora. W żaden sposób nie mogli go tam zostawić. Tak więc Clay zajął się tym, odwracając wzrok i patrząc w kąt pokoju, gdy wyciągał pióro, starając się nie myśleć o tym, co robi i dlaczego ono tkwi tak cholernie głęboko. Prawie mu się to udało, ale wychodzące wreszcie z oczodołu pióro zazgrzytało o kość, a potem dało się słyszeć ciche plaśnięcie, gdy coś spadło ze zgiętej stalówki na bibularz.

Clay miał wrażenie, że zawsze będzie pamiętał te odgłosy, ale udało mu się wyjąć to przeklęte pióro i tylko to było ważne.

Na zewnątrz prawie tysiąc telefonicznych szaleńców stało na trawniku między dymiącymi ruinami boiska piłkarskiego a Cheatham Lodge. Stali tam przez większość popołudnia. Potem, około piątej, w milczeniu odeszli całym stadem w kierunku centrum Gaiten. Clay z Tomem znieśli zaszyte w całun ciało dyrektora po schodach i złożyli na ganku na tyłach domu. Gdy cienie na zewnątrz zaczęły się wydłużać, czworo ocalałych zebrało się w kuchni i zjadło posiłek, który teraz nazywali śniadaniem.

Jordan jadł z zaskakującym apetytem. Był zarumieniony i mówił z ożywieniem. Opowiadał o swoim życiu w Akademii oraz wpływie, jaki dyrektor Ardai wywarł na uczucia i myśli samotnego, introwertycznego maniaka komputerowego z Madison w stanie Wisconsin. Niezwykła klarowność tych wspomnień sprawiła, że Clay czuł się coraz bardziej nieswojo i kiedy pochwycił najpierw spojrzenie Alice, a potem Toma, zobaczył, że oni podzielali jego uczucia. Jordan był bliski załamania nerwowego i nie mieli pojęcia, co z tym zrobić, przecież nie mogli posłać go do psychiatry.

W końcu, po zapadnięciu zmroku, Tom zasugerował Jordanowi, żeby trochę odpoczął. Jordan odparł, że zrobi to dopiero wtedy, gdy pochowają dyrektora. Zaproponował, żeby pogrzebali go w ogrodzie za domem. Powiedział, że dyrektor nazywał ten mały warzywnik swoim „ogrodem zwycięstwa", chociaż nigdy nie wyjaśnił Jordanowi dlaczego.

— To odpowiednie miejsce — rzekł z uśmiechem Jordan. Miał zaczerwienione policzki. Oczy, zapadnięte i podkrążone, skrzyły się czymś, co mogło być natchnieniem, humorem, szaleństwem lub wszystkimi tymi uczuciami. — Nie tylko ziemia jest tam miękka, ale on zawsze najbardziej lubił to miejsce... no, ze wszystkich w pobliżu domu. Co wy na to?

Tamci poszli, nadal nie pokazują się w nocy, to się nie zmieniło, a my możemy kopać przy świetle lamp gazowych. Co powiecie?

— Są tu gdzieś łopaty? — zapytał po namyśle Tom.

— Założę się, że w szopie na narzędzia ogrodnicze. Nawet nie musimy chodzić do szklarni. — Jordan zaśmiał się.

— Zróbmy to — wtrąciła się Alice. — Pochowajmy go i niech to już się skończy.

— A potem odpoczniesz — oznajmił Clay, patrząc na Jordana.

— Pewnie, pewnie! — zawołał niecierpliwie Jordan. Wstał z krzesła i zaczął nerwowo krążyć po pokoju. — No chodźcie, ludzie!

Jakby próbował namówić ich do zabawy w berka.

Tak więc wykopali grób w ogrodzie dyrektora za Lodge i pochowali go między fasolą a pomidorami. Tom i Clay opuścili zaszyte ciało do dziury mającej mniej więcej trzy stopy głębokości. Rozgrzali się przy tym i dopiero kiedy skończyli, zauważyli, że noc zrobiła się zimna, niemal mroźna. Gwiazdy jasno świeciły, lecz z dołu po zboczu nadciągała mgła. Academy Avenue już była zanurzona w tej wznoszącej się białej fali. Tylko strome dachy największych starych domów wystawały z jej odmętów.

— Chciałbym, żeby ktoś powiedział jakiś wiersz — rzekł Jordan. Policzki miał bardzo zaczerwienione, ale oczy zapadły mu jeszcze głębiej w oczodoły i trząsł się, chociaż włożył dwa swetry. Oddech miał głośny, urywany. — Dyrektor lubił poezję, uważał, że proza to gówno. Był taki... — W tym momencie załamał mu się głos, dziwnie wesoły przez cały ten wieczór. — Naprawdę był taki staroświecki.

Alice objęła go. Jordan próbował się wyrwać, ale poddał się.

— Powiem ci coś — rzekł Tom. — Przykryjmy go, okryjmy go przed chłodem, a potem wyrecytuję mu jakiś wiersz. Czy tak będzie dobrze?

— Naprawdę znasz jakiś wiersz?

— Naprawdę — odparł Tom.

— Jesteś taki mądry, Tom. Dziękuję.

I znużony Jordan uśmiechnął się z wdzięcznością.

Zasypywanie grobu poszło im szybko, chociaż pod koniec musieli podebrać trochę ziemi z uprawnej części ogrodu, żeby usypać kopczyk. Zanim skończyli, Clay znów był spocony i czuł, że śmierdzi. Od ostatniego prysznica minęło sporo czasu.

Alice próbowała powstrzymać Jordana, ale wyrwał się jej i zaczął im pomagać, gołymi rękami spychając ziemię do dziury. Gdy Clay zaczął uklepywać kopczyk łopatą, chłopiec miał szklisty wzrok i chwiał się z wyczerpania.

Pomimo to spojrzał na Toma.

— Zaczynaj. Obiecałeś.

Clay niemal spodziewał się, że chłopiec zaraz doda jak groźny bandyta z westernu Sama Peckinpaha: I niech to będzie dobre, señor, albo wpakuję ci kulkę.

Tom stanął na końcu grobu — Clay pomyślał, że chyba nad głową nieboszczyka, ale ze zmęczenia sam już nie pamiętał. Nie był nawet pewien, czy dyrektor miał na imię Charles, czy Robert. Pasma mgły owinęły się wokół stóp i kostek Toma, zakryły zeschnięte łodygi fasoli. Zdjął swoją czapkę baseballową, Alice również. Clay sięgnął po swoją i przypomniał sobie, że jej nie nałożył.

— Dobrze! — zawołał Jordan. Uśmiechał się, rozgorączkowany. — Czapki z głów! Czapki z głów przed dyrektorem! — Jordan też miał gołą głowę, ale udał, że zdejmuje czapkę — zdejmuje i podrzuca w powietrze. Clay znów zaczął się obawiać o jego zdrowe zmysły. — A teraz wiersz! Zaczynaj, Tom!

— Dobrze — rzekł Tom — ale musisz się uciszyć. Okazać szacunek.

Jordan przyłożył palec do ust na znak, że rozumie, i widząc

rozpacz w jego oczach, Clay pojął, że chłopiec jeszcze nie postradał zmysłów. Stracił przyjaciela, ale nie rozum.

Clay czekał, ciekawy, co Tom wyrecytuje. Spodziewał się czegoś Frosta, może fragmentu Szekspira (dyrektor z pewnością zaaprobowałby Szekspira, nawet gdyby było to tylko *Rychłoż się zejdziem znów**) albo nawet zaimprowizowanej przemowy Toma McCourta. Nie spodziewał się tego, co cichymi, precyzyjnie odmierzonymi zdaniami wyszło z ust Toma.

— Nie odmawiaj nam swej łaski, Panie; niechaj Twoja miłość i prawda zawsze nas chronią. Albowiem niezliczone są nasze troski i zaślepiły nas nasze grzechy. Nasze grzechy są liczniejsze niż włosy na głowie, a w nasze serca wkradło się zwątpienie. Zechciej ocalić nas, Panie. Błagamy Cię, dopomóż nam, Panie.

Alice trzymała bucik i płakała u stóp grobu. Miała spuszczoną głowę. Jej szloch był urywany i cichy.

Tom mówił dalej, trzymając wyciągniętą rękę nad świeżym grobem.

— Niechaj wszyscy usiłujący pozbawić nas życia, tak jak pozbawili jego, zostaną wystawieni na wstyd i pośmiewisko; niechaj wszyscy pragnący naszej zguby popadną w niełaskę. Niech tych, którzy pozostają obojętni, przerazi ich własny wstyd. Oto leży zmarły, proch tej ziemi...

— Tam mi przykro, dyrektorze! — zawołał drżącym, łamiącym się głosem Jordan. — Tak mi przykro, to nie w porządku, proszę pana, nie w porządku, że pan nie żyje...

Przewrócił oczami i osunął się na świeży grób. Mgła wyciągnęła po niego swe chciwe białe palce.

Clay podniósł Jordana i dotknął jego szyi, sprawdzając puls. Ten był silny i regularny.

— Tylko zemdlał. Co recytowałeś, Tom?

---

* *Rychłoż się zejdziem znów przy blasku błyskawic i piorunów trzasku?* Makbet, akt 1, scena 1, przeł. Józef Paszkowski.

Tom popatrzył na niego z zakłopotaniem.

— To była dość swobodna interpretacja psalmu czterdziestego. Wnieśmy go do domu...

— Nie — powiedział Clay. — To już długo nie potrwa, dokończ.

— Tak, proszę — poparła go Alice. — Dokończ. To jest ładne. Balsam na rany.

Tom znów odwrócił się twarzą do grobu. Zdawał się zbierać w sobie, a może tylko szukał swojego miejsca.

— Oto leży zmarły, proch tej ziemi, a myśmy tu żywi, biedni i w potrzebie. Pomyśl o nas, Panie. Tyś naszą ostoją i zbawieniem. O Panie mój, nie zwlekaj. Amen.

— Amen — powiedzieli jednocześnie Clay i Alice.

— Zabierzmy chłopca do środka — zaproponował Tom. — Cholernie tu zimno.

— Nauczyłeś się tego od sióstr z Pierwszego Prezbiteriańskiego Kościoła Chrystusa Odkupiciela w Nebrasce? — zapytał Clay.

— Och tak — odparł Tom. — Znam na pamięć wiele psalmów, którym zawdzięczałem dodatkowe desery. Nauczyłem się również żebrać na rogach ulic i jak w dwadzieścia minut wetknąć za wycieraczkę każdego samochodu na parkingu Searsa takie broszury jak „Milion lat w piekle" i „Ani kropli wody". Połóżmy dzieciaka do łóżka. Założę się, że będzie spał co najmniej do czwartej po południu i zbudzi się w znacznie lepszej formie.

— A co będzie, jeśli ten człowiek z rozdartym policzkiem przyjdzie i zobaczy, że nadal tu jesteśmy, chociaż kazał nam odejść? — zapytała Alice.

Clay uważał, że to dobre pytanie, ale nie zamierzał się nad tym zastanawiać. Łachmaniarz da im jeszcze dzień... albo nie. Niosąc Jordana na górę, do jego łóżka, Clay odkrył, że jest zbyt zmęczony, by się tym przejmować.

2

Około czwartej rano półprzytomna Alice powiedziała Clayowi i Tomowi dobranoc i powlekła się do swojego łóżka. Dwaj mężczyźni usiedli w kuchni, pili mrożoną herbatę i niewiele się odzywali. Nie było o czym mówić. Później, tuż przed świtem, z mgieł na północnym wschodzie nadleciał kolejny donośny jęk, upiornie przeciągły. Falował jak dźwięki podkładu muzycznego ze starego horroru, a kiedy już zaczynał cichnąć, odpowiedział mu znacznie głośniejszy odzew z Gaiten, gdzie Łachmaniarz zabrał swoje nowe, większe stado.

Clay i Tom wyszli przed dom, odsuwając na bok stertę stopionych radiomagnetofonów, żeby dostać się na schodki. Niczego nie dostrzegli: cały świat tonął w bieli. Postali przez chwilę i wrócili do domu.

Ani ten przedśmiertny krzyk, ani odzew z Gaiten nie zbudziły Alice i Jordana, więc mieli za co dziękować losowi. Atlas samochodowy, zgięty i z pozałamywanymi rogami, leżał na kuchennym stole. Tom przejrzał go i rzekł:

— Ten mógł dochodzić z Hooksett lub Suncook. To spore miasta na północny wschód stąd. Spore jak na New Hampshire, rzecz jasna. Zastanawiam się, ilu dostali? I jak to zrobili.

Clay potrząsnął głową.

— Oby wielu — rzekł Tom z krzywym i nieprzyjemnym uśmiechem. — Mam nadzieję, że co najmniej tysiąc i że usmażyli ich powoli. To mi się kojarzy z jakąś siecią restauracji, reklamującą swoje „spieczone kurczaki". Ruszamy jutro wieczorem?

— Jeśli Łachmaniarz da nam przeżyć ten dzień, to chyba powinniśmy. Nie sądzisz?

— Nie widzę innego wyjścia — odparł Tom — ale coś ci powiem, Clay. Czuję się jak byk pędzony wąskim korytarzem do rzeźni. Niemal wyczuwam zapach krwi moich braci w muczeniu.

Clay odnosił takie samo wrażenie, ale znów zadał sobie pytanie: Jeśli zbiorowy umysł zamierzał ich zabić, to dlaczego tego nie zrobił? Mógł zabić ich wczoraj, zamiast zostawiać na ganku stopione radiomagnetofony i but będący maskotką Alice.

Tom ziewnął.

— Kładę się. Wytrzymasz jeszcze parę godzin?

— Pewnie tak. — Prawdę mówiąc, Clayowi wcale nie chciało się spać. Był wyczerpany, lecz jego umysł pracował na najwyższych obrotach. Powoli zaczął się uspokajać, ale potem znów przypomniał sobie dźwięk wydawany przez pióro wyciągane z oczodołu dyrektora: cichy pisk metalu trącego o kość. — Dlaczego pytasz?

— Ponieważ jeśli postanowią zabić nas dzisiaj, wolałbym odejść na swój sposób. Ich sposób już widziałem. Zgadzasz się?

Clay pomyślał, że jeśli zbiorowy umysł reprezentowany przez Łachmaniarza naprawdę zdołał zmusić dyrektora, żeby wbił sobie pióro w oko, to samobójstwo może już nie być jedną z możliwości dostępnych dla czworga pozostałych mieszkańców Cheatham Lodge. Jednak nie zamierzał dzielić się tą myślą z idącym spać Tomem. Skinął głową.

— Zabiorę broń na górę. Ty masz tę wielką starą czterdziestkępiątkę, tak?

— Tak, zgadza się, tę, która należała do Beth Nickerson.

— No to dobranoc. A jeśli zobaczysz — lub wyczujesz — że nadchodzą, to krzyknij. — Po chwili Tom dodał: — Rzecz jasna, jeśli zdążysz. I jeśli ci na to pozwolą.

Clay patrzył, jak Tom wychodzi z kuchni, i myślał o tym, że Tom zawsze wyprzedza go o krok. Myślał o tym, jak bardzo lubi Toma i że chciałby go lepiej poznać. Ale zdawał sobie sprawę, że niewielkie są na to szanse. A Johnny i Sharon? Jeszcze nigdy nie wydawali się tak odlegli.

3

O ósmej rano Clay siedział na ławce na końcu „ogrodu zwycięstwa" dyrektora, mówiąc sobie, że gdyby nie był tak zmęczony, ruszyłby tyłek i oznaczył jakoś grób starego. Krzyż nie postałby długo, ale facet zasłużył sobie na niego, choćby za opiekę nad swoim ostatnim uczniem. Tyle że Clay nie był nawet pewien, czy zdoła wstać, dowlec się do domu i zbudzić Toma na wartę.

Wkrótce zacznie się chłodny i piękny jesienny dzień — idealny na zrywanie jabłek, robienie cydru i grę w piłkę na podwórku za domem. Na razie mgła była gęsta, ale poranne słońce już przez nią przeświecało, zmieniając maleńki światek wokół Claya w oślepiającą biel. W powietrzu wisiały drobniutkie kropelki wody i przed oczami, które same mu się zamykały, wirowały setki tęczowych kół.

Z płonącej bieli wyłoniło się coś czerwonego. Przez moment bluza Łachmaniarza zdawała się unosić w powietrzu, a potem, gdy jej właściciel ruszył przez ogród w kierunku Claya, nad nią zmaterializowała się jego ciemnobrązowa twarz, a po bokach dłonie. Tego ranka kaptur był naciągnięty na głowę, obramowując uśmiechniętą zdeformowaną twarz i nieruchome oczy.

Szerokie czoło naukowca, przecięte raną.

Brudne, workowate dżinsy, z porozrywanymi kieszeniami, noszone ponad tydzień.

Napis HARVARD na wąskiej piersi.

Czterdziestkapiątka Beth Nickerson tkwiła w kaburze przy pasie Claya. Nawet po nią nie sięgnął. Łachmaniarz zatrzymał się jakieś dziesięć stóp. Stał na grobie dyrektora i Clay pomyślał, że nie przypadkowo.

— Czego chcesz? — zapytał Łachmaniarza i natychmiast sam sobie odpowiedział. — Powiedzieć. Ci.

Siedział i oniemiały ze zdziwienia patrzył na Łachmaniarza. Spodziewał się telepatii i niczego innego. Łachmaniarz uśmiechnął się — na ile mógł się uśmiechać, mając tak paskudnie rozciętą dolną wargę — i rozłożył ręce, jakby mówiąc: Kurczę, to nic takiego.

— No to mów, co masz do powiedzenia — rzekł Clay i starał się przygotować na to, że tamten znów użyje jego głosu. Odkrył, że na to nie można się przygotować. Jakbyś się zmieniał w uśmiechniętą figurkę z drewna, siedzącą na kolanie brzuchomówcy.

— Idźcie. Dziś. — Clay skupił się i powiedział: — Zamknij się, przestań!

Łachmaniarz czekał jak uosobienie spokoju.

— Myślę, że mogę cię zablokować, jeśli bardzo się postaram — powiedział Clay. — Nie jestem pewien, ale sądzę, że mogę.

Łachmaniarz czekał z miną mówiącą: Skończyłeś?

— Mów — polecił Clay i zaraz dorzucił: — Mogłem. Sprowadzić. Wielu. Przychodzę. Sam.

Clay pomyślał, co by było, gdyby wolę Łachmaniarza wzmocniło całe stado, i przyznał mu rację.

— Idźcie. Dziś. Na. Północ. — Clay zaczekał, a kiedy nabrał pewności, że Łachmaniarz skończył używać jego głosu, zapytał: — Dokąd? Po co?

Tym razem nie usłyszał słów, lecz nagle ujrzał obraz. Nie miał pojęcia, czy ten obraz pojawił się w jego umyśle, czy też Łachmaniarz w jakiś sposób wyczarował go na białym ekranie mgły. Zobaczył ten napis, który widzieli nagryzmolony różową kredą na środku Academy Avenue.

KASHWAK = NI-FO

— Nie rozumiem — powiedział.

Jednak Łachmaniarz już odchodził. Clay jeszcze przez moment widział jego czerwoną bluzę, ponownie zdającą się unosić w powietrzu w oślepiająco białej mgle, a potem ona też znikła. Clayowi została tylko ta słaba pociecha, że i tak zamierzali pójść na północ i zyskali jeszcze jeden dzień zwłoki. Co oznaczało, że nie ma potrzeby stać na warcie. Postanowił pójść do łóżka i dać pospać pozostałym.

4

Jordan zbudził się zdrowy na umyśle, ale opuściło go nerwowe ożywienie. Ponuro skubał połówkę twardego jak kamień bajgla i słuchał, jak Clay relacjonuje swoje poranne spotkanie z Łachmaniarzem. Kiedy Clay skończył, Jordan wziął atlas samochodowy, sprawdził indeks na końcu, a potem otworzył atlas na stronie z zachodnią częścią Maine.

— Tu — powiedział, pokazując miasto nieopodal Fryeburga. — Tutaj jest Kashwak, na wschodzie, a Little Kashwak na zachodzie, niemal na samej granicy stanów Maine i New Hampshire. Wiedziałem, że skądś znam tę nazwę. To przez to jezioro. Postukał palcem. — Prawie tak duże jak Sebago.

Alicja pochyliła się, żeby odczytać nazwę jeziora.

— Kash... chyba Kashwakamak.

— To teren o luźnej zabudowie zwany TR-dziewięćdziesiąt — kontynuował Jordan. Znów postukał palcem w mapę. — Kiedy już się to wie, zagadka Kashwak równa się Ni-Fo nie jest już taka trudna, nie uważacie?

— To martwa strefa, zgadza się? — rzekł Tom. — Nie ma tam przekaźników telefonii komórkowej.

Jordan posłał mu słaby uśmiech.

— No cóż, wyobrażam sobie, że mnóstwo ludzi ma tam anteny satelitarne, ale poza tym... strzał w dziesiątkę.

— Nie rozumiem — powiedziała Alice. — Dlaczego mieliby wysyłać nas do strefy, gdzie nie działają telefony komórkowe, gdzie wszyscy powinni być normalni?

— Równie dobrze można by zapytać, dlaczego w ogóle pozostawili nas przy życiu — zauważył Tom.

— Może chcą zrobić z nas zdalnie sterowane pociski i wykorzystać do zniszczenia tego miejsca — zasugerował Jordan. — Pozbyć się nas i tamtych. Dwa ptaki jednym kamieniem.

Przez chwilę rozważali to w milczeniu.

— Chodźmy tam i sprawdźmy — zaproponowała Alice. — Jednak nikogo nie zamierzam wysadzać.

Jordan zmierzył ją posępnym spojrzeniem.

— Widziałaś, co zrobili dyrektorowi. Gdyby do tego doszło, sądzisz, że miałabyś jakiś wybór?

5

Buty wciąż stały na większości ganków naprzeciw kolumn z kamieni polnych, stojących przy wjeździe na teren Akademii Gaiten, lecz drzwi do ładnych domków były pootwierane lub wyrwane z zawiasów. Gdy ponownie ruszyli na północ, zobaczyli na trawnikach zwłoki — niektóre telefonicznych szaleńców, lecz przeważnie niewinnych wędrowców, którzy przypadkiem znaleźli się w niewłaściwym miejscu w niewłaściwym czasie. Nie mieli butów na nogach, ale właściwie nie było potrzeby oglądać ich nóg: większość ofiar represji została dosłownie rozerwana na strzępy.

Nieco dalej od szkoły, w miejscu gdzie Academy Avenue ponownie stawała się drogą numer 102, ślady rzezi były widoczne po obu jej stronach na odcinku długości pół mili. Alice szła z zamkniętymi oczami, pozwalając się prowadzić Tomowi, jakby była niewidoma. Clay proponował to samo Jordanowi, lecz ten tylko pokręcił głową i dzielnie maszerował środkiem drogi — chudy chłopiec z plecakiem i włosami wymagającymi strzyżenia. Kilkakrotnie zerknąwszy na zabitych, teraz patrzył tylko pod nogi.

— Są ich setki — powiedział w pewnej chwili Tom. Była ósma i zupełnie ciemno, ale wciąż widzieli więcej, niżby chcieli.

Na rogu Academy i Spofford dziewczynka w czerwonych spodniach i marynarskiej bluzie leżała owinięta wokół znaku stop. Wyglądała na dziewięć lat i była bosa. Kilka jardów dalej stały otworem drzwi domu, z którego zapewne ją wywleczono, błagającą o litość. — Setki.

— Może nie aż tyle — odparł Clay. — Niektórzy z naszych byli uzbrojeni. Zastrzelili sporo tych drani. Jeszcze więcej zadźgali. Widziałem nawet jednego ze strzałą sterczącą z...

— My to spowodowaliśmy — zauważył Tom. — Myślisz, że są jeszcze jacyś nasi?

Odpowiedź na to pytanie otrzymali cztery godziny później, kiedy jedli zimny lunch na przydrożnym parkingu. Byli już wtedy na drodze numer 156 i tablica informowała, że znajdują się w punkcie widokowym, z którego można było zobaczyć Historic Flint Hill na zachodzie. Clay wyobrażał sobie, że to ładny widok, jeśli je się tu lunch w południe, a nie o północy, przy świetle lamp gazowych.

Właśnie doszli do deseru — zleżałych batoników — gdy nadeszła kilkuosobowa grupka, złożona z ludzi w podeszłym wieku. Obwieszeni bronią, pchali wózki pełne żywności. Byli pierwszymi wędrowcami, których napotkali od opuszczenia Akademii.

— Hej! — zawołał Tom, machając do nich. — Jeśli chcecie chwilę pogadać, siądźcie przy stole obok!

Tamci popatrzyli na nich. Starsza z dwóch kobiet, typ babci z mnóstwem siwych loczków błyszczących w blasku gwiazd, już miała pomachać im w odpowiedzi, ale się rozmyśliła.

— To oni — odezwał się jeden z mężczyzn i w jego głosie Clay usłyszał pogardę lub strach. — To ci z Gaiten.

Jeden z pozostałych powiedział:

— Idź do diabła, koleś.

Ruszyli dalej, nawet trochę szybciej, chociaż babcia utykała i idący obok niej mężczyzna musiał pomóc jej ominąć subaru, które zaczepiło zderzakiem porzuconego przez kogoś saturna.

Alice zerwała się, o mało nie wywracając jednej z lamp. Clay chwycił ją za rękę.

— Daj spokój, skarbie.

Zignorowała go.

— Przynajmniej coś robiliśmy! — krzyknęła za tamtymi. — A co wy zrobiliście? No, co zrobiliście, kurwa?

— Powiem ci, czego nie zrobiliśmy — odparł jeden z mężczyzn. Cała grupka minęła już punkt widokowy i musiał odwrócić głowę. — Nie doprowadziliśmy do śmierci mnóstwa normalnych. Tamtych jest więcej niż nas, jakbyście nie zauważyli...

— Gadasz bzdury, skąd możesz to wiedzieć! — krzyknął Jordan.

Clay uświadomił sobie, że chłopiec odezwał się pierwszy raz, od kiedy minęli granicę miasta.

— Może tak, a może nie, ale potrafią robić dziwne i straszne rzeczy. Tyle chyba już wiecie. Mówią, że dadzą nam spokój, jeśli my zostawimy w spokoju ich... i was. Zgadzamy się z tym.

— Jeśli wierzysz w to, co oni mówią — albo wam przekazują — to jesteś idiotą — podsumowała Alice.

Mężczyzna odwrócił się do nich plecami, podniósł rękę i pomachał nią w taki sposób, jakby chciał powiedzieć „pierdol się" i zarazem „cześć".

We czwórkę patrzyli, jak grupka z wózkami na zakupy znika im z oczu, a potem spojrzeli na siebie, siedzących przy piknikowym stole porytym starymi inicjałami.

— No, teraz już wiemy — powiedział Tom. — Jesteśmy wyrzutkami.

— Może nie, skoro telefoniczni chcą, żebyśmy poszli tam, gdzie... jak mówili? Tam dokąd idzie reszta normalnych? — odparł Clay. — Może jesteśmy...

— No kim? — zapytała Alice.

Clay miał pewne podejrzenia, ale wolał o nich nie wspominać. Nie w środku nocy.

— Teraz bardziej mnie interesuje Kent Pond — rzekł. — Chcę... muszę sprawdzić, czy uda mi się znaleźć żonę i syna.

— Raczej mało prawdopodobne, że nadal tam są, prawda? — powiedział Tom cicho i łagodnie. — Moim zdaniem cokolwiek się z nimi stało, czy są normalni, czy nie, zapewne stamtąd odeszli.

— Jeśli nic im nie jest, na pewno zostawili wiadomość. Tak czy inaczej to jakiś cel.

I dopóki tam nie dotrą, nie będzie musiał się zastanawiać, dlaczego Łachmaniarz posłał ich w bezpieczne miejsce, jeśli tamtejsi ludzie nienawidzili i bali się ich.

I dlaczego, jeśli telefoniczni wiedzieli o tym, Kashwak Ni-Fo było bezpiecznym miejscem.

6

Bardzo wolno zmierzali na wschód ku drodze numer 19, autostradzie, która miała doprowadzić ich do granicy stanu i do Maine, ale w nocy tam nie dotarli. Wszystkie drogi w tej części New Hampshire zdawały się przechodzić przez miasteczko Rochester, a Rochester zostało całkowicie spalone. Ogień jeszcze się tlił, rzucając niemal radioaktywny blask. Alice objęła dowodzenie i poprowadziła ich na zachód, szerokim łukiem omijając płonące ruiny. Kilkakrotnie widzieli napis **KASHWAK = NI-FO** nabazgrany na chodnikach, a raz namalowany sprayem na skrzynce pocztowej.

— Za to grozi miliardowa grzywna i dożywocie w więzieniu w zatoce Guantanamo — powiedział ze słabym uśmiechem Tom.

W pewnej chwili musieli przejść przez rozległy parking Rochester Mall. Zanim do niego dotarli, przez dłuższy czas słyszeli przesterowane dźwięki kiepskiego jazzowego trio, grającego ten rodzaj muzyki New Age, który zdaniem Claya pasował tylko do kotleta. Parking był zasypany stertami gnijących odpadków — pozostawione na nim samochody stały po osie w śmieciach. Wiatr przynosił odór wzdętych i rozkładających się ciał.

— Jest tu gdzieś stado — stwierdził Tom.

Było na cmentarzu nieopodal centrum handlowego. Wprawdzie ich droga wiodła na południowy zachód od niego, to jednak kiedy opuścili parking, znaleźli się dostatecznie blisko, żeby zauważyć za drzewami czerwone diody radiomagnetofonów.

— Może powinniśmy ich załatwić — zaproponowała nagle Alice, gdy wrócili na North Main Street. — Gdzieś musi tu być cysterna z gazem.

— Tak, dziecino! — zgodził się Jordan. Podniósł na wysokość skroni zaciśnięte pięści i potrząsnął nimi, ożywiony po raz pierwszy, od kiedy opuścili Cheatham Lodge. — Za dyrektora!

— Nie sądzę — powiedział Tom.

— Boisz się, że stracą cierpliwość? — zapytał Clay.

Ze zdziwieniem odkrył, że nawet podoba mu się ten szalony pomysł Alice. Nie miał żadnych wątpliwości, że spalenie następnego stada to szalony pomysł, ale...

Pomyślał: Jestem gotów to zrobić tylko dlatego, że to absolutnie najgorsza aranżacja *Misty*, jaką słyszałem w życiu. Scyzoryk otwiera się w kieszeni.

— Nie o to chodzi — odparł Tom. Zastanawiał się. — Widzicie tamtą ulicę?

Wskazał na aleję biegnącą między centrum handlowym a cmentarzem. Była zapchana porzuconymi samochodami. Niemal wszystkie stały tyłem do centrum handlowego. Clay z łatwością mógł sobie wyobrazić, że siedziało w nich mnóstwo ludzi usiłujących dostać się do domu po Pulsie. Ci ludzie chcieli wiedzieć, co się dzieje i czy ich bliskim nic się nie stało. Bez namysłu sięgnęli po komórki lub telefony zainstalowane w samochodach.

— Co z nią? — zapytał.

— Przejdźmy nią kawałek — zaproponował Tom. — Bardzo ostrożnie.

— Co tam zobaczyłeś, Tom?

— Nie powiem. Może nic. Zejdźcie z chodnika i trzymajcie się w cieniu drzew. Strasznie zakorkowana. Będą zwłoki. Dziesiątki trupów leżało pomiędzy Twombley Street a cmentarzem West Side, wracając do obiegu materii. Zanim dotarli do pierwszych drzew, *Misty* zmieniła się w słodką jak syrop przeciwkaszlowy przeróbkę *I Left My Heart in San Francisco*. Znów zobaczyli czerwone diody kontrolek zasilania radiomagnetofonów. Clay nagle zauważył coś i skulił się.

— Jezu — szepnął.

Tom kiwnął głową.

— Co? — rzekł Jordan. — Co jest?

Alice nic nie powiedziała, ale kiedy Clay zobaczył, gdzie patrzyła i jak opadły jej ręce, wiedział, że ujrzała to samo co on. Cmentarza pilnowali ludzie uzbrojeni w karabiny. Clay obrócił Jordana do siebie i zobaczył, że dzieciak też jest przygnębiony.

— Chodźmy — szepnął chłopiec. — Niedobrze mi od tego smrodu.

7

W Melrose Corner, cztery mile na północ od Rochester (wciąż widzieli jego czerwoną poświatę, falującą i dogasającą na horyzoncie), natrafili na następny przydrożny parking, tym razem nie tylko ze stołami, ale też z kamiennym kręgiem do rozpalania ogniska. Clay, Tom i Jordan nazbierali chrustu. Alice, która twierdziła, że była skautką, dowiodła swoich umiejętności, zręcznie rozpalając ognisko, a potem podgrzewając na nim trzy puszki czegoś, co nazywała „fasolą łazęgi".

Gdy jedli, minęły ich dwie grupki wędrowców. Obie ich widziały, ale nikt się nie odezwał ani nie pomachał.

Zaspokoiwszy trochę wilczy głód, Clay rzekł:

— Widziałeś tych facetów, Tom? Widziałeś ich już z parkingu? Chyba powinieneś zmienić nazwisko na Sokole Oko.

Tom pokręcił głową.

— Czysty przypadek. To i Rochester. No wiesz, łuna pożaru.

Clay skinął głową. Wiedział.

— Przypadkiem w odpowiedniej chwili i pod odpowiednim kątem spojrzałem w kierunku cmentarza i zauważyłem błyszczące lufy karabinów. Powiedziałem sobie, że to na pewno nie to, co mi się zdaje, zapewne metalowe słupki ogrodzenia albo coś takiego, ale... — Tom westchnął, spojrzał na resztki fasoli i odsunął talerz. — Możesz zjeść resztę.

— Może to byli telefoniczni szaleńcy — powiedział Jordan, ale sam w to nie wierzył. Clay słyszał to w jego głosie.

— Telefoniczni szaleńcy nie stoją w nocy na warcie — przypomniała Alice.

— Może teraz potrzebują już mniej snu — rzekł Jordan. — Może tak zostali zaprogramowani.

Claya zawsze przechodził zimny dreszcz, kiedy słyszał go mówiącego w ten sposób, jakby telefoniczni byli biologicznymi komputerami podlegającymi cyklicznemu przeprogramowaniu.

— Telefoniczni nie noszą karabinów, Jordanie — zwrócił mu uwagę Tom. — Nie są im potrzebne.

— Zatem teraz mają kolaborantów, którzy pilnują, żeby nikt nie zakłócił im snu — doszła do wniosku Alice. Tuż pod pogardą w jej głosie kryły się łzy. — Mam nadzieję, że będą się smażyć w piekle.

Clay nic nie powiedział, ale przyłapał się na tym, że myśli o tych ludziach, których napotkali wcześniej, tych pchających wózki na zakupy — o strachu i pogardzie w głosie mężczyzny, który nazwał ich tymi z Gaiten. Dobrze, że nie nazwał nas bandą gangsterów, pomyślał. I nagle coś sobie uzmysłowił. Już nie myślę o nich jak o telefonicznych szaleńcach, teraz nazywam ich telefonicznym ludem. Dlaczego? Następna myśl była jeszcze bardziej nieprzyjemna. Kiedy kolaborant przestaje być kolaborantem? Odpowiedź wydawała się prosta: kiedy kolaboranci są w zdecydowanej większości. Wtedy ci, którzy nie byli kolaborantami, stają się...

No cóż, romantyk może nazwać takich ludzi „ruchem oporu". Jeśli nie jesteś romantykiem, nazwiesz ich banitami.

Albo przestępcami.

Dotarli do Hayes Station i zatrzymali się na nocleg w zrujnowanym motelu o nazwie Whispering Pines. W zasięgu wzroku stał drogowskaz z napisem Route 19, 7 MI **SANFORD THE BERWICKS KENT POND**. Nie zostawili butów przed drzwiami pokoi, które wybrali.

Już nie było takiej potrzeby.

8

Znów stał na trybunie na środku tego przeklętego boiska, nie mogąc się ruszyć, na oczach wszystkich. Na horyzoncie wznosiła się jakaś ażurowa konstrukcja z mrugającym czerwonym światełkiem na czubku. To miejsce było większe niż Foxboro. Przyjaciele byli wraz z nim, ale teraz towarzyszyli im jeszcze inni ludzie. Na całej tej otwartej przestrzeni wznosiły się podobne trybuny. Po lewej ręce Toma stała ciężarna kobieta w bawełnianej koszulce z obciętymi rękawami i emblematem Harleya-Davidsona. Po prawej starszy pan — młodszy niż dyrektor Ardai, ale niewiele — z siwiejącymi włosami ściągniętymi w kucyk i przestraszonym wyrazem pociągłej, inteligentnej twarzy. Za nim młodszy mężczyzna w sfatygowanej czapeczce Delfinów z Miami.

Clay wśród tysięcy widzów dostrzegł znajome postacie i wcale go to nie zdziwiło: czyż nie tak zawsze bywa we snach?

W jednej chwili jesteś w pierwszej klasie i stoisz z nauczycielką w budce telefonicznej, a w następnej masz randkę z całym trzyosobowym składem Destiny's Child na platformie obserwacyjnej Empire State Building.

Zespołu Destiny's Child nie było w jego śnie, ale Clay zobaczył tego młodego człowieka, który biegł nago, machając antenami samochodowymi (teraz ubranego w sportowe spodnie i czysty biały podkoszulek), faceta z dużym plecakiem, który zwracał się do Alice „panienko", i utykającą kobietę w typie babci. Wskazała palcem Claya i jego przyjaciół, stojących mniej więcej pięćdziesiąt jardów od niej, a potem powiedziała coś do kobiety obok... którą, co Clay spostrzegł ze zdumieniem, była ciężarna synowa pana Scottoniego. To ci z Gaiten, powiedziała utykająca kobieta w typie babci, a ciężarna synowa pana Scottoniego uniosła pełną górną wargę w pogardliwym grymasie.

— *Pomóż mi!* — zawołała kobieta na sąsiedniej platformie. Kierowała te słowa do synowej pana Scottoniego. — *Chcę mieć dziecko tak samo jak ty! Pomóż mi!*

— *Powinnaś pomyśleć o tym, kiedy jeszcze był na to czas* — odparła synowa pana Scottoniego i Clay uświadomił sobie, tak jak w innym śnie, że nikt nie powiedział słowa. Przekazywali je sobie telepatycznie.

Łachmaniarz szedł wzdłuż szeregu, wyciągając rękę nad głowę każdej mijanej osoby. Robił to tak samo jak Tom nad grobem dyrektora: wyprostowana dłoń z zaciśniętymi palcami. Clay zauważył bransoletkę z identyfikatorem błyszczącą na przegubie Łachmaniarza, być może jedną z tych z wygrawerowaną grupą krwi, i nagle zdał sobie sprawę z tego, że tu jest zasilanie, bo reflektory na wieżach były zapalone. Zobaczył coś jeszcze. Łachmaniarz mógł wyciągać rękę nad ich głowami, chociaż stali na trybunie, ponieważ nie szedł po ziemi. Unosił się w powietrzu, cztery stopy nad ziemią.

— *Ecce homo — insanus* — mówił. — *Ecce femina — insana.*

A tłum za każdym razem odpowiadał mu gromkim rykiem *NIE DOTYKAJ*, jednym głosem, telefoniczni i normalni. Ponieważ teraz nie było między nimi żadnej różnicy. We śnie Claya byli tacy sami.

9

Obudził się późno po południu, zwinięty w kłębek i obejmujący płaską motelową poduszkę. Wyszedł na zewnątrz i zobaczył Alice oraz Jordana siedzących na krawężniku między parkingiem a motelem. Alice jedną ręką obejmowała chłopca. On trzymał głowę na jej ramieniu i obejmował ją w talii. Włosy z tyłu głowy miał rozczochrane. Clay podszedł do nich. Przed nimi autostrada wiodąca do drogi numer 19 i Maine była pusta, jeśli nie liczyć furgonetki Federal Express, stojącej z otwartymi tylnymi drzwiami na białej linii oraz rozbitego motocykla.

Clay usiadł przy nich.

— Czy wy...

— *Ecce puer, insanus* — powiedział Jordan, nie podnosząc głowy z ramienia Alice. — To ja.

— A ja jestem *femina* — dodała Alice. — Clay, czy w Kashwak jest jakiś ogromniasty stadion piłkarski? Bo jeśli jest, to ja tam nie idę.

Za ich plecami trzasnęły drzwi. Usłyszeli zbliżające się kroki.

— Ja również — rzekł Tom, siadając przy nich. — Mam wiele wad, sam pierwszy to przyznam, ale nigdy nie miałem skłonności samobójczych.

— Nie jestem pewien, ale nie sądzę, żeby tam było coś większego od szkoły podstawowej — odparł Clay. — Do liceum dzieciaki pewnie dowozili autobusem.

— To wirtualny stadion — powiedział Jordan.

— Hę? — zdziwił się Tom. — Mówisz o takim jak w grze komputerowej?

— Mówię o takim jak w komputerze. — Jordan podniósł głowę, wciąż patrząc na pustą drogę do Sanford, Berwicks i Kent Pond. — Nieważne, nie dbam o to. Jeśli oni nas nie chcą — telefoniczni i normalni — to kto nas zechce? — Clay nigdy nie widział tyle cierpienia w oczach dziecka. — Kto nas zechce? Nikt mu nie odpowiedział.

— Czy Łachmaniarz nas zechce? — zapytał Jordan, nieco podnosząc głos. — Czy on nas zechce? Ponieważ nas obserwuje, czuję, że nas obserwuje.

— Jordan, ponosi cię wyobraźnia — rzekł Clay, ale ta koncepcja miała swój przedziwny sens.

Jeśli zesłał im ten sen — ten, w którym stali na trybunach — to może rzeczywiście ich obserwował. Nie wysyłasz listu, jeśli nie znasz adresu.

— Nie chcę iść do Kashwak — oświadczyła Alice. — Nie obchodzi mnie, czy to martwa strefa, czy nie. Wolę iść do... do Idaho.

— Zanim pójdę do Kashwak, Idaho czy dokądkolwiek, najpierw zajrzę do Kent Pond — oznajmił Clay. — Mogę tam dojść w dwie noce. Ucieszyłbym się, gdybyście poszli ze mną, ale jeśli nie chcecie lub nie możecie, zrozumiem.

— Ten człowiek pragnie mieć pewność, więc mu ją dajmy — odparł Tom. — Potem zastanowimy się, co dalej. Chyba że ktoś ma inny pomysł.

Nikt nie miał.

10

Droga numer 19 była na krótkich odcinkach całkowicie pusta, czasem nawet ponad ćwierć mili, co ośmielało sprinterów. Tak nazwał Jordan samobójców w ryczących pojazdach z silnikami dużej mocy, którzy przejeżdżali obok nich zwykle środkiem drogi, zawsze z włączonymi światłami.

Clay i pozostali na widok zbliżających się świateł pospiesznie schodzili z jezdni na pobocze, a nawet w pole, jeśli przed sobą widzieli jakieś wraki lub inne przeszkody. Te Jordan zaczął nazywać „rafami". Sprinterzy przejeżdżali, a siedzący w pojazdach ludzie często pohukiwali (niemal na pewno podchmieleni). Jeśli przeszkoda była tylko jedna — czyli jeżeli „rafa" była mała — kierowca niemal zawsze próbował ją ominąć. Jeśli droga była kompletnie zatarasowana, i tak czasem usiłował objechać przeszkodę, ale często on i jego pasażerowie po prostu zostawiali pojazd i podejmowali dalszą podróż na wschód pieszo, dopóki nie znaleźli innego wozu wyglądającego na odpowiedni do przejażdżki — czyli dostatecznie szybkiego i efektownego. Clay uważał, że taka podróż przypomina onanizm... ale cóż, większość tych sprinterów to zwykłe kutasy, jeszcze jeden wrzód na dupie świata, który stał się dupowaty. Gunner wydawał się w pełni uzasadniać tę opinię.

Był czwartym sprinterem, który minął ich pierwszej nocy wędrówki autostradą numer 19. W blasku reflektorów zauważył ich, jak stali na poboczu drogi. Zauważył Alice. Przejeżdżając obok czarnym cadillakiem escalade, wychylił się przez okno — przy czym wiatr rozwiał mu długie czarne włosy — i wrzasnął „Possij mi, chuda suko!".

Jego pasażerowie zawyli, machając rękami. Któryś krzyknął: „Ale jej powiedział!". Clay pomyślał, że to okrzyk czystej ekstazy wyrażonej z akcentem południowego Bostonu.

— Czarujące — krótko skomentowała Alice.

— Niektórzy ludzie nie mają... — zaczął Tom, ale zanim zdążył powiedzieć, czego niektórzy ludzie nie mają, w ciemnościach przed nimi rozległ się przeraźliwy pisk opon, a po nim głośny huk oraz brzęk szkła.

— O Jezu, o kurwa — zaklął Clay i pobiegł. Zanim zdążył przebiec dwadzieścia jardów, Alice go wyprzedziła. — Zaczekaj, oni mogą być niebezpieczni! — zawołał.

W odpowiedzi pokazała mu pistolet i pobiegła dalej, zostawiając go daleko w tyle.

Tom dogonił Claya, choć z trudem łapał oddech. Biegnący obok niego Jordan oddychał tak spokojnie, jakby siedział w fotelu bujanym.

— Co zrobimy... jeśli będą... ciężko ranni? — zapytał Tom. — Wezwiemy... karetkę?

— Nie wiem — odparł Clay, ale myślał o tym pistolecie, który trzymała w dłoni Alice.

Wiedział.

11

Dogonili ją za następnym zakrętem. Stała obok cadillaca. Ten leżał na boku z nadmuchanymi poduszkami. Nietrudno było się domyślić, co zaszło. Cadillac wypadł zza zakrętu z szybkością około sześćdziesięciu mil na godzinę i tuż przed nim wyrosła porzucona cysterna na mleko. Kierowca, kutas czy nie, zdołał w ostatniej chwili uniknąć zderzenia. Teraz, oszołomiony, krążył wokół pogiętego cadillaca, odgarniając włosy z twarzy. Krew płynęła mu z nosa i rozciętego czoła. Clay podszedł do cadillaca, z chrzęstem rozgniatając kawałki hartowanego szkła, i zajrzał do środka. W samochodzie nikogo nie było. Poświecił latarką i zobaczył krew na kierownicy, nigdzie indziej. Pasażerowie najwidoczniej wyszli z wypadku cało i uciekli, zapewne instynktownie. Z kierowcą został tylko kurduplowaty młokos ze śladami po trądziku, krzywymi zębami i długimi rudymi włosami. Swoją nieustanną paplaniną przypominał Clayowi pieska z kreskówek Warner Bros., łaszącego się do uwielbianego Spike'a.

— Nic ci nie jest, Gunnah? — pytał. Clay domyślił się, że mieszkaniec Południa tak wymawia „Gunner". — Kurwa mać, krwawisz jak cholera. Ja pierdolę, myślałem, że już po nas. — A potem rzucił do Claya: — Na co się gapisz?

— Zamknij dziób — powiedział Clay dość uprzejmym tonem, zważywszy na okoliczności.

Rudzielec wycelował w niego palec, a potem odwrócił się do swojego krwawiącego kompana.

— To jeden z nich, Gunnah! To oni!

— Zamknij się, Harold — odparł Gunner, bynajmniej nie uprzejmie. Potem spojrzał na Claya, Toma, Alice i Jordana.

— Pozwól, że opatrzę ci czoło — powiedziała Alice. Już schowała pistolet do kabury i zdjęła plecak. Teraz przetrząsała jego zawartość. — Mam przylepiec i gazę. A także wodę utlenioną, która trochę piecze, ale chyba lepsze pieczenie niż zakażenie, prawda?

— Biorąc pod uwagę, jak ten młody człowiek powiedział do ciebie, gdy nas mijali, jesteś lepszą chrześcijanką niż ja w twoim wieku — zauważył Tom.

Zdjął z ramienia Pana Szybkostrzelnego i spojrzał na Gunnera i Harolda.

Gunner wyglądał na jakieś dwadzieścia pięć lat. Jego długie czarne włosy wokalisty rockowego były teraz zlepione krwią. Spojrzał na cysternę na mleko, na cadillaca, a potem na Alice, która w jednej ręce trzymała gazę, a w drugiej buteleczkę z wodą utlenioną.

— Tommy, Frito i ten facet, który zawsze dłubał w nosie, wszyscy uciekli — mówił rudy kurdupel. Wypiął chudą pierś. — Jednak ja zostałem, Gunnah! Kurwa mać, koleś, krwawisz jak świnia.

Alice zwilżyła gazę wodą utlenioną i zrobiła krok w kierunku Gunnera. Ten natychmiast się cofnął.

— Odejdź ode mnie. Nie dotykaj mnie.

— To oni! — krzyknął rudy. — Ze snów! A nie mówiłem?

— Trzymaj się ode mnie z daleka — powiedział Gunner. — Pieprzę cię. I was wszystkich.

Clay miał ochotę go zastrzelić i wcale nie był tym zdziwiony. Gunner wyglądał i zachowywał się jak wściekły pies zapędzony w kąt: szczerzył zęby gotowy kąsać. Czyż nie zabija się niebezpiecznych zwierząt, kiedy nie ma innego wyjścia? Czy nie strzela się do nich? Jednak tu było inne wyjście, a jeśli Alice chce być dobrą samarytanką i pomóc temu gówniarzowi, który nazwał ją chudą suką, to Clay może się powstrzyma i go nie rozwali. Chciał jednak czegoś się dowiedzieć, zanim puści wolno tych dwóch czarujących osobników.

— Te sny — powiedział. — Czy mieliście w nich... nie wiem... jakiegoś duchowego przewodnika? Na przykład faceta w czerwonej bluzie?

Gunner wzruszył ramionami. Oddarł kawałek swojej koszuli i otarł nią krew z czoła. Zaczął trochę dochodzić do siebie i wydawał się nieco bardziej świadomy tego, co się stało.

— Z napisem Harvard, tak. Mam rację, Harold?

Mały rudzielec skinął głową.

— Taak. Harvard. Czarny facet. Tylko że to nie sny. Jeśli tego nie wiecie, to nie ma wam co tłumaczyć, kurwa. To pierdolone audycje. Nadawane we śnie. Jeśli ich nie odbieracie, to dlatego że jesteście toksyczni. Prawda, Gunnah?

— Spieprzyliście, ludzie — rzekł ponuro Gunner i otarł czoło. — Nie dotykajcie mnie.

— Będziemy mieli swoje miejsce — powiedział Harold. — No nie, Gunnah? W Maine, właśnie, kurwa. Jedzie tam każdy, kogo nie załatwił Puls, i tam zostawią nas w spokoju. Będziemy polować, łowić ryby, żyć z uprawy ziemi, kurwa. Tak mówi Harvard.

— A wy mu wierzycie? — zapytała Alice.

W jej głosie słychać było głębokie zdziwienie.

Gunner pogroził jej lekko drżącym palcem.

— Zamknij się, suko.

— Lepiej sam się zamknij — ostrzegł Jordan. — Mamy broń.

— Nie wyobrażajcie sobie, że możecie nas zastrzelić! — pisnął Harold. — Jak myślisz, co Harvard by zrobił, gdybyście nas zastrzelili, ty pierdolony mały dupku?

— Nic — rzekł Clay.

— Wy nie... — zaczął Gunner, ale zanim zdążył powiedzieć coś więcej, Clay doskoczył do niego i uderzył go w szczękę czterdziestkąpiątką Beth Nickerson. Muszka na końcu lufy otworzyła nową ranę na szczęce Gunnera, ale Clay miał nadzieję, że to okaże się lepszym lekarstwem od wody utlenionej, której smarkacz nie chciał. Niestety, mylił się.

Gunner oparł się o bok porzuconej cysterny na mleko, ze zdumieniem patrząc na Claya. Harold odruchowo zrobił krok naprzód. Tom wycelował w niego Pana Szybkostrzelnego i ostrzegawczo pokręcił głową. Harold skulił się i zaczął ogryzać brudne paznokcie. Oczy miał wielkie i wilgotne.

— Teraz odejdziemy — powiedział Clay. — Radzę wam zostać tu co najmniej godzinę, ponieważ naprawdę nie chcecie zobaczyć nas znowu. Darujemy wam życie. Jeśli znów was zobaczymy, odbierzemy je wam. — Cofnął się do Toma i pozostałych, wciąż patrząc w zakrwawioną, wykrzywioną i niedowierzającą twarz tamtego. Czuł się jak stary poskramiacz lwów, Frank Buck, trzymający zwierzęta w ryzach samą siłą woli. — I jeszcze jedno. Nie wiem, dlaczego telefoniczni chcą mieć wszystkich normalnych w Kashwak, ale wiem, po co zwykle spędza się bydło. Możecie zastanowić się nad tym, odbierając następną z tych waszych nocnych audycji.

— Pieprzę cię — powiedział Gunner, ale wbił wzrok w ziemię.

— Chodź, Clay — rzekł Tom. — Ruszajmy.

— Nie pokazuj nam się więcej na oczy, Gunner — ostrzegł Clay, ale na próżno.

12

Gunner i Harold najwidoczniej ich wyprzedzili, może ryzykowali i przechodzili kilka mil za dnia, kiedy Clay, Tom, Alice i Jordan spali w motelu State Line, znajdującym się niecałe dwieście jardów za granicą Maine. Ci dwaj mogli zaczaić się na leśnym parkingu Salmon Falls, gdzie Gunner ukrył nowy pojazd między kilkoma innymi porzuconymi tam samochodami. To naprawdę nie miało znaczenia. Istotne było tylko to, że tamci ich wyprzedzili, zaczekali, aż przejdą, a potem ruszyli.

Clay nie zwrócił uwagi na warkot nadjeżdżającego samochodu i słowa Jordana: „Nadjeżdża następny sprinter". To były jego rodzinne strony i kiedy mijali kolejne charakterystyczne punkty — Freneau Lobster Pond dwie mile na wschód od motelu State Line, Shaky's Tastee Freeze po drugiej stronie, pomnik generała Joshuy Chamberlaina na ryneczku Turnbull — coraz bardziej czuł się jak we śnie. Nie zdawał sobie sprawy z tego, jak niewielką miał nadzieję dotrzeć do domu, dopóki nie zobaczył wielkiego plastikowego kubka wznoszącego się nad Shaky's — wyglądającego jednocześnie prozaicznie i dziwacznie, niczym dekoracja z majaków szaleńca, wznosząca swój zagięty stożek do gwiazd.

— Droga jest mocno zaśmiecona dla sprintera — zauważyła Alice.

Kiedy światła na wzgórzu za nimi pojaśniały, zeszli na pobocze drogi. Na białej linii leżała przewrócona furgonetka. Clay pomyślał, że nadjeżdżający samochód może na nią wpaść, ale światła reflektorów gwałtownie przesunęły się w lewo, gdy tylko pojazd minął szczyt wzgórza i sprinter z łatwością ominął pick-upa, przez kilka sekund jechał poboczem, a potem wrócił na drogę. Później Clay doszedł do wniosku, że Gunner i Harold musieli przejść ten odcinek drogi, zapamiętując położenie „raf".

Stali i patrzyli. Clay znajdował się najbliżej nadjeżdżającego pojazdu. Alice stała obok niego, po jego lewej. Tom i Jordan za nią. Tom obejmował ramieniem Jordana.

— Rany, ale szybko jedzie — powiedział chłopiec.

W jego głosie nie było obawy — po prostu rzucił luźną uwagę. Clay też nie spodziewał się niczego złego. Nie przeczuwał tego, co miało się stać. Zupełnie zapomniał o Gunnerze i Haroldzie.

Jakiś sportowy samochód, chyba MG, stał przednimi kołami na poboczu drogi, niecałe pięćdziesiąt stóp na zachód od miejsca, gdzie się na chwilę zatrzymali. Harold, siedzący za kierownicą, skręcił, żeby go ominąć. Nie był to ostry skręt, ale chyba dlatego Gunner chybił. A może nie. Może wcale nie celował w Claya. Może chciał trafić właśnie Alice.

Tej nocy jechali nierzucającym się w oczy chevroletem. Gunner klęczał na tylnym siedzeniu, po pas wychylony z okna, trzymając w rękach sporą bryłę żużlu. Wydał nieartykułowany okrzyk, sprawiający wrażenie żywcem wziętego z dymka jednego z komiksów, które Clay rysował jako wolny strzelec — „Jaaaach!" — i rzucił kamień. Ten zatoczył krótki, śmiercionośny łuk i uderzył Alice w skroń. Clay miał nigdy nie zapomnieć dźwięku, który temu towarzyszył. Latarka, którą trzymała — i która czyniła ją doskonałym celem, chociaż wszyscy czworo ściskali je w rękach — wypadła z jej bezwładnej dłoni i rzuciła klin światła na nawierzchnię drogi, ukazując kamyki i kawałek szkła odblaskowego, błyszczący jak rubin.

Clay z krzykiem padł na kolana obok niej, ale nie słyszał swojego głosu w huku Pana Szybkostrzelnego, który w końcu doczekał się próby. Błysk strzałów przeszył mrok i w ich świetle ujrzał krew spływającą po lewej stronie jej twarzy — ślicznej twarzy — ciemnym strumieniem.

Huk strzałów ucichł. Tom krzyczał: „Lufa poszła w górę, nie mogłem jej utrzymać, chyba wywaliłem cały pieprzony magazynek w powietrze". Jordan wołał: „Czy zranił ją, czy ją trafił?", a Clay myślał o tym, jak chciała przemyć Gunnerowi czoło wodą utlenioną i zabandażować ranę. „Lepsze pieczenie niż zakażenie, prawda?" — powiedziała, ale on musiał teraz powstrzymać krwotok. Musiał zatrzymać go natychmiast. Zdjął kurtkę i sweter, który miał pod spodem. Użyje swetra, owinie nim jej głowę jak jakimś pieprzonym turbanem.

Błądzące światło latarki Toma natrafiło na bryłę żużlu i znieruchomiało. Kamień był oblepiony krwią i włosami. Jordan zobaczył to i zaczął krzyczeć. Clay, dysząc i pocąc się okropnie mimo nocnego chłodu, zaczął owijać głowę Alice. Sweter natychmiast nasiąknął krwią. Clay odniósł wrażenie, że ma na rękach ciepłe rękawiczki. Światło latarki Toma odnalazło Alice, jej głowę owiniętą swetrem aż po nos, tak że wyglądała jak więzień muzułmańskich fundamentalistów na zdjęciu w Internecie, jej policzek (a raczej resztki policzka), zakrwawioną szyję i Tom też zaczął krzyczeć.

Pomóżcie mi, chciał powiedzieć Clay. Przestańcie krzyczeć i pomóżcie mi. Jednak głos uwiązł mu w gardle i Clay mógł tylko przyciskać mokry sweter do miękkiego boku jej głowy, myśląc o tym, że krwawiła, kiedy spotkał ją po raz pierwszy, i że skoro wtedy nic jej się nie stało, to może teraz też nic jej nie będzie.

Bezsilnie poruszała palcami, wzbijając obłoczki kurzu. Niech któryś poda jej ten bucik, pomyślał Clay, ale bucik był w plecaku, na którym spoczywała jej głowa rozbita przez kogoś, kto uważał, że ma rachunek do wyrównania. Clay zauważył, że jej nogi też się poruszają, i wciąż czuł wypływającą z rany krew, sączącą się przez sweter i jego palce.

Oto jesteśmy na końcu świata, pomyślał. Spojrzał w niebo i zobaczył gwiazdę.

13

Nie straciła przytomności ani jej nie odzyskała. Tom wziął się w garść i pomógł ją wnieść na zbocze po ich stronie drogi. Rosły tam drzewa. Clay przypomniał sobie, że to stary sad. Pamiętał, że przyjechali tu kiedyś na jabłka z Sharon, kiedy Johnny był mały. Kiedy jeszcze wszystko między nimi było dobrze, kiedy nie kłócili się o pieniądze, ambicje i przyszłość.

— Nie powinno się ruszać ludzi z ranami głowy — przestrzegał Jordan, idąc za nimi i niosąc jej plecak.

— Nie musimy się tym przejmować — rzekł Clay. — Ona nie wyjdzie z tego, Jordanie. Nie w takim stanie. Nie sądzę, żeby nawet w szpitalu zdołali jej pomóc. — Zobaczył, że twarz chłopca wykrzywia grymas bólu. Światło latarki było dostatecznie jasne, żeby to dostrzec. — Przykro mi.

Położyli ją na trawie. Tom spróbował napoić ją wodą mineralną z butelki i nawet zdołała wypić kilka łyków. Jordan podał jej bucik, a ona wzięła go i ścisnęła w dłoni, zostawiając na nim ślady krwi. Potem siedzieli i czekali, aż umrze. Czekali całą noc.

14

— Tatuś powiedział, że mogę odpocząć, więc nie miejcie do mnie pretensji — odezwała się.

To było około jedenastej. Leżała z głową na plecaku Toma, wypchanym motelowym kocem zabranym ze Sweet Valley Inn. Z motelu na przedmieściach Methuen, które teraz wydawały się częścią innego życia. Lepszego życia. Plecak był już przesiąknięty krwią. Jedynym okiem patrzyła w niebo. Jej lewa ręka leżała bezwładnie na trawie. Nie poruszyła nią już od godziny. Prawą dłonią nieustannie ściskała sportowy bucik. Ściskała... i rozluźniała palce. Ściskała... i rozluźniała.

— Alice — spytał Clay. — Chce ci się pić? Chcesz wody? Nie odpowiedziała.

15

Potem — według zegarka Claya za piętnaście pierwsza — zapytała kogoś, czy może pójść popływać. Dziesięć minut później powiedziała: „Nie chcę tych tamponów, te tampony są brudne"...

i roześmiała się. Jej śmiech brzmiał szokująco naturalnie i obudził drzemiącego Jordana. Chłopiec zobaczył, w jakim Alice jest stanie, i rozpłakał się. Odszedł na bok. Kiedy Tom próbował usiąść przy nim i go pocieszyć, Jordan krzyknął, żeby poszedł. Kwadrans po drugiej drogą poniżej przemaszerowała duża grupa normalnych, migocząc w ciemności wieloma latarkami. Clay podszedł na skraj zbocza i zawołał do nich:

— Nie ma wśród was lekarza? — zapytał bez większej nadziei.

Latarki znieruchomiały. Ledwie widoczne postacie na dole naradziły się szeptem, a potem miły kobiecy głos zawołał:

— Zostawcie nas w spokoju. Nie wolno się z wami kontaktować.

Tom dołączył do Claya.

— I lewita także przeszedł obok! — zawołał. — Ewangelia świętego Jana i pieprz się, paniusiu!

Za nimi Alice nagle przemówiła silnym głosem.

— Zajmiemy się tymi ludźmi w samochodzie. To nie przysługa, ale przestroga dla innych. Rozumiecie.

Tom zimną dłonią złapał przegub Claya.

— Jezu Chryste, to brzmi tak, jakby była przytomna.

Clay ujął dłoń Toma i przytrzymał.

— To nie ona. To ten gość w czerwonej bluzie używa jej jako... jako głośnik.

W ciemności zobaczył, jak Tom robi wielkie oczy.

— Skąd wiesz?

— Wiem — odparł Clay.

Poniżej światła latarek już się oddaliły. Wkrótce znikły i Clay ucieszył się z tego. To była wyłącznie ich sprawa.

16

O wpół do czwartej, nad ranem, Alice powiedziała:

— Och, mamo, to niedobrze! Róże więdną, ten ogród wysechł. — I zaraz dodała raźniejszym tonem: — Czy spadnie śnieg? Zrobimy fort, zrobimy liść, zrobimy ptaka, zrobimy dłoń, zrobimy błękit, zrobimy...

Umilkła, spoglądając w gwiazdy odmierzające upływ czasu. Noc była zimna. Opatulili Alice. Każdy jej oddech zmieniał się w chmurę pary. Krwawienie w końcu ustało. Jordan usiadł przy niej i głaskał jej dłoń, tę, która już był martwa, i czekał, aż martwota obejmie resztę ciała.

— Puść ten zmysłowy kawałek, który lubię — powiedziała. — Ten Hall i Oatesa.

17

— To najładniejsza sukienka, jaką miałam — odezwała się za dwadzieścia piąta.

Wszyscy zebrali się przy niej. Clay powiedział, że jego zdaniem odchodzi.

— Jaki ma kolor, Alice? — zapytał, nie spodziewając się odpowiedzi.

— Zielony — odparła.

— Dokąd w niej pójdziesz?

— Panie podeszły do stolika. — Jej dłoń wciąż miarowo ściskała bucik, ale już wolniej. Krew pokrywająca cały bok jej twarzy zakrzepła i lśniła jak emalia. — Panie podeszły do stolika, panie podeszły do stolika. Pan Ricardi jest na swoim posterunku, a panie podeszły do stolika.

— Zgadza się, kochanie — rzekł łagodnie Tom. — Pan Ricardi został na posterunku, prawda?

— Panie podeszły do stolika. — Spojrzała na Claya ocalałym okiem i ponownie przemówiła innym głosem. Tym, który niedawno słyszał z własnych ust. — Twój syn jest z nami.

— Kłamiesz — szepnął Clay. Zacisnął pięści i z trudem

powstrzymał chęć uderzenia umierającej dziewczyny. — Kłamiesz, draniu.

— Panie podeszły do stolika i wszyscy napiliśmy się herbaty — powiedziała Alice.

18

Na wschodzie pojawiły się pierwsze promienie słońca. Tom usiadł obok Claya i delikatnie położył dłoń na jego ramieniu.

— Jeśli czytają w myślach — rzekł — to mogli się dowiedzieć, że masz syna i strasznie się o niego martwisz. Mogli się tego dowiedzieć równie łatwo jak czegoś, co można znaleźć wyszukiwarką Google. Ten facet wykorzystywał Alice, żeby ci popieprzyć w głowie.

— Zdaję sobie sprawę — odparł Clay. Wiedział jednak, że to, co Alice powiedziała głosem Harvarda, było aż nazbyt prawdopodobne. — Wiesz, o czym wciąż myślę?

Tom pokręcił głową.

— Kiedy był mały, miał trzy lub cztery latka — kiedy między Sharon i mną jeszcze wszystko było w porządku — przybiegał zawsze, gdy zadzwonił telefon. Wołał: „Fo-fo-mi-mi?". To nas powalało. I jakby to była jego grzechotka lub maskotka, mówiliśmy „Fo-fo-ci-ci" i dawaliśmy mu słuchawkę. Wciąż pamiętam, jak cholernie duża wydawała się w jego rączkach... i przyciśnięta do ucha...

— Clay, przestań.

— A teraz... teraz...

Nie mógł powiedzieć nic więcej. I nie musiał.

— Chodźcie tu, ludzie! — zawołał udręczonym głosem Jordan. — Pospieszcie się!

Wrócili tam, gdzie leżała Alice. Na pół uniosła się z ziemi w skurczach agonii, wygięta w łuk. Jej jedyne oko o mało nie wyszło z oczodołu, a kąciki ust opadły. Potem nagle zwiotczała. Wypowiedziała czyjeś imię, które nic im nie mówiło — Henry — i po raz ostatni ścisnęła w dłoni but. Potem palce jej zwiotczały i wypuściły go. Westchnęła i ostatni biały obłoczek, ledwie widoczny, uleciał spomiędzy jej rozchylonych warg. Jordan spojrzał na Claya, potem na Toma i znów na Claya.

— Czy ona...

— Tak — powiedział Clay.

Jordan zalał się łzami. Clay pozwolił Alice jeszcze przez chwilę spoglądać na gasnące gwiazdy, a potem zamknął jej oko.

19

Niedaleko sadu była farma. W jednej z szop znaleźli łopaty i pochowali Alice pod jabłonią, z bucikiem w dłoni. Wszyscy trzej zgodnie uważali, że tego by chciała. Na prośbę Jordana Tom znów wyrecytował psalm czterdziesty, chociaż tym razem z trudem doszedł do końca. Potem każdy z nich opowiedział o jednym swoim wspomnieniu związanym z Alice. W trakcie tej improwizowanej uroczystości pogrzebowej na północ od nich przeszło niewielkie stadko telefonicznych. Zauważyli stojących w sadzie, ale ich nie niepokoili. To wcale nie zdziwiło Claya. Wszyscy trzej byli szaleni, niedotykalni... i był pewien, że Gunner i Harold przekonają się o tym w skrajnie nieprzyjemny sposób.

Większość dnia przespali na farmie, a potem ruszyli do Kent Pond. Clay już się nie spodziewał, że znajdzie tam syna, ale jeszcze nie stracił nadziei, że dowie się tam czegoś o Johnnym albo o Sharon. Gdyby wiedział, że ona żyje, łatwiej byłoby mu dźwigać brzemię smutku ciążącego mu niczym płaszcz podszyty ołowiem.

KENT POND

1

Jego stary dom — ten, w którym Johnny i Sharon mieszkali w chwili Pulsu — stał przy Livery Lane, dwie przecznice na północ od skrzyżowania z nieczynnymi światłami, znajdującego się w centrum Kent Pond. Była to nieruchomość, jaką w niektórych ogłoszeniach o sprzedaży nazywano „domem do małego remontu", a w innych „pierwszym domem". Clay i Sharon żartowali — na długo przed rozwodem — że ich „pierwszy dom" zapewne będzie także ostatnim. A kiedy Sharon zaszła w ciążę, zastanawiali się, czy dać dziecku na imię Olivia, gdyby — jak mówiła Sharon — żeńskie geny okazały się dominujące. Wtedy, zauważyła, mieliby Livvie z Livery Lane. Strasznie się z tego śmiali.

Clay, Tom i Jordan — blady i zamyślony Jordan, który teraz zwykle odpowiadał dopiero zapytany po raz drugi lub trzeci — dotarli do skrzyżowania Main z Livery tuż po północy, w wietrzną noc w drugim tygodniu października. Clay obrzucił nieprzytomnym spojrzeniem znak stopu na rogu jego dawnej ulicy, na której przez ostatnie cztery miesiące bywał jako gość. Zrobiony za pomocą szablonu napis *ENERGII ATOMOWEJ* wciąż tam był, namalowany sprayem, zanim jeszcze Clay wyjechał do Bostonu. STOP... *ENERGII ATOMOWEJ.* STOP... *ENERGII ATOMO-WEJ.* Nie widział w tym sensu. Nie chodziło o treść, ta była dość oczywista, ktoś sprytnie wyrażał swój pogląd na pewne sprawy (gdyby poszukać, pewnie znalazłoby się taki sam napis na wszystkich znakach stop w mieście, może w Springvale i Acton też), ale Clay nie potrafił pojąć, jak ten napis mógł pozostać taki sam, kiedy zmienił się cały świat. Miał dziwne wrażenie, że gdyby przez długi czas wpatrywał się w to STOP... *ENERGII ATOMOWEJ*, otworzyłby jakiś tunel czasoprzestrzenny z powieści fantastyczno-naukowej, którym mógłby powrócić do przeszłości, i to wszystko ponownie znalazłoby się na swoim miejscu. Cały ten mrok.

— Clay? — zapytał Tom. — Nic ci nie jest?

— To moja ulica — powiedział Clay, jakby to wszystko wyjaśniało, a potem, nie zdając sobie sprawy, że zamierza to zrobić, zaczął biec.

Livery Lane była ślepym zaułkiem, jak wszystkie inne uliczki w tej części miasta kończącym się u podnóża Kent's Hill, które w rzeczywistości nie było wzgórzem, lecz mocno zerodowaną górą. Dęby pochylały się nad ulicą, którą zaściełały uschnięte liście, szeleszczące pod nogami. Było tu też wiele porzuconych samochodów, w tym dwa sczepione chłodnicami w namiętnym mechanicznym pocałunku.

— Dokąd on biegnie? — zawołał za jego plecami Jordan.

Clay z przykrością usłyszał strach w jego głosie, ale nie mógł się zatrzymać.

— Nic mu nie będzie — powiedział Tom. — Zostaw go.

Clay ominął porzucone samochody. Strumień światła latarki podskakiwał i przeszywał mrok. W pewnej chwili oświetlił twarz pana Kretsky'ego. Pan Kretsky zawsze miał lizaka dla Johnny'ego, gdy ten przychodził się ostrzyc, gdy był jeszcze Johnnym-ojej, małym chłopcem wołającym „fo-fo-mi-mi", kiedy dzwonił telefon. Teraz pan Kretsky leżał na chodniku przed swoim domem, na pół przysypany zeschłymi dębowymi liśćmi, i nie miał nosa.

Oni nie mogą być martwi. Ta myśl odbijała mu się miarowym werblem w głowie, raz po raz. Nie po Alice. Oni nie mogą być martwi. A potem nienawistna myśl (jednak w chwili stresu umysł niemal zawsze mówi prawdę): A jeśli już któreś z nich musi być martwe... niech to będzie ona.

Ich dom był ostatni po lewej, a podjazd prowadził do przerobionej na garaż małej szopy, w której mieścił się tylko jeden samochód. Clay już ciężko dyszał, ale nie zwalniał. Wbiegł po podjeździe, kopniakami rozrzucając suche liście, czując ostre kłucie w prawym boku i miedziany posmak w ustach. Podniósł latarkę nad głowę i oświetlił wnętrze garażu. Pusty. Pytanie, czy to dobrze, czy źle?

Odwrócił się, zobaczył na dole podskakujące światła latarek nadchodzącego Toma i Jordana i poświecił swoją na tylne drzwi domu. To, co zobaczył, sprawiło, że serce podeszło mu do gardła. Wbiegł po schodkach na ganek, potknął się i o mało nie wypchnął ręką dodatkowych drzwi, zrywając kartkę z szyby. Notatka była przyklejona kawałkiem przezroczystej taśmy klejącej. Gdyby przyszli tu godzinę, a może nawet pół godziny później, porywisty wiatr oderwałby ją i poniósł daleko na wzgórza. Mógłby ją zabić za to, że nie zadała sobie odrobinę więcej trudu, takie niedbalstwo było typowe dla Sharon, ale przynajmniej...

Tej kartki nie zostawiła jednak jego żona.

2

Jordan przyszedł podjazdem i stanął u stóp schodów, oświetlając latarką Claya. Tom przywlókł się za nim, ciężko dysząc i powłócząc nogami, czemu towarzyszył głośny szelest rozrzucanych liści. Stanął obok Jordana i również oświetlił latarką kawałek papieru, który Clay trzymał w dłoni. Potem powoli przesunął strumień światła na jego twarz.

— Zapomniałem o tej cholernej cukrzycy jej matki — powiedział Clay i podał mu kartkę, która była przyklejona przezroczystą taśmą do drzwi.

Tom i Jordan razem przeczytali list.

Tatusiu!

Coś się stało jak pewni wiesz, mam nadzieję, że nic ci nie jest i znajdziesz ten list. Mitch Steinman i George Gendron są ze mną, ludzie wariują i uważamy, że to przez komórki. Tato, teraz najgorsze: przyszliśmy tu bo się bałem. Chciałem rozbić moją gdybym się mylił, ale się nie myliłem, nie było jej. Mama nosiła ją bo jak wiesz babcia jest chora i chciała sprawdzać jak się czuje. Muszę iść Jezu jak się boję, ktoś zabił pana Kretsky'ego. Wszędzie są zabici i wariaci jak w jakimś hororze, ale słyszeliśmy że wszyscy ludzie (NORMALNI ludzie) zbierają się w ratuszu i tam idziemy. Może mama też tam jest ale jezu miała mój TELEFON. Tatusiu jeśli uda ci się tu dotrzeć to PROSZĘ PRZYJDŹ PO MNIE.

Twój syn,
John Gavin Riddell

Tom skończył czytać, a potem powiedział łagodnie i ostrożnie, co przeraziło Claya bardziej niż najbrutalniejsze ostrzeżenie:

— Wiesz, że wszyscy, którzy zebrali się w ratuszu, do tej pory rozeszli się na cztery strony świata, prawda? Minęło dziesięć dni i światem wstrząsnęły konwulsje.

— Wiem — odparł Clay. Piekły go oczy i słyszał, że głos zaczyna mu drżeć. — I wiem, że jego matka zapewne jest... — Wzruszył ramionami i machnięciem drżącej ręki wskazał na mroczny świat na dole, za usianym liśćmi podjazdem. — Jednak... Tom, ja muszę pójść do ratusza i sprawdzić. Mogli zostawić wiadomość. *On* mógł zostawić mi wiadomość.

— Tak — powiedział Tom. — Oczywiście. A kiedy tam dojdziemy, zobaczymy, co dalej.

Nadal mówił uprzejmie i ostrożnie. Clay niemal pragnął, żeby roześmiał się i powiedział coś w rodzaju: Daj spokój, stary durniu, chyba nie sądzisz, że jeszcze go zobaczysz, co? Bądź, kurwa, realistą.

Jordan przeczytał list po raz drugi, a może trzeci lub czwarty. Nawet przerażony i załamany, Clay miał ochotę przeprosić go za kiepski styl i ortografię Johnny'ego — przypomnieć mu, że jego syn musiał pisać to w strasznym stresie, kuląc się na ganku, podczas gdy jego przyjaciele obserwowali panujący wokół chaos.

Jordan opuścił rękę, w której trzymał list, i zapytał:

— Jak wygląda twój syn?

Clay już chciał zapytać, dlaczego o to pyta, ale zdecydował, żc nie chce tego wiedzieć. Przynajmniej nie teraz.

— Johnny jest o głowę niższy od ciebie. Krępy. Szatyn.

— Nie jest chudy. Nie ma blond włosów.

— Nie, ten opis pasuje do jego przyjaciela, George'a.

Jordan i Tom spojrzeli po sobie. Mieli ponure twarze, ale Clayowi wydało się, że dostrzega na nich ulgę.

— Co? — zapytał. — No co? Powiedzcie.

— Po drugiej stronie ulicy — rzekł Tom. — Nie zauważyłeś go, bo biegłeś. Trzy domy stąd leży martwy chłopiec. Chudy blondyn z czerwonym plecakiem...

— To George Gendron — powiedział Clay. Znał ten czerwony plecak George'a niemal równie dobrze jak ten należący do Johnny'ego, niebieski z paskami taśmy odblaskowej. — On i Johnny zrobili razem model dawnej wioski na zajęciach z historii w czwartej klasie. Dostali szóstkę. George nie mógł zginąć.

Jednak niemal na pewno zginął. Clay usiadł na ganku, który znajomo zatrzeszczał pod jego ciężarem. Ukrył twarz w dłoniach.

3

Ratusz znajdował się przy skrzyżowaniu ulic Pond i Mill, naprzeciw parku i stawu, od którego pochodziła nazwa miejscowości. Parking był prawie pusty oprócz miejsc zarezerwowanych dla pracowników, ponieważ obie ulice prowadzące do tego dużego, białego wiktoriańskiego budynku były zapchane porzuconymi pojazdami. Ludzie podjeżdżali jak najbliżej, a potem pokonywali resztę drogi pieszo. Dla takich spóźnialskich jak Clay, Tom i Jordan była to powolna wędrówka. Już dwie przecznice przed ratuszem samochody stały nawet na trawnikach. Kilka domów spłonęło. Niektóre nadal dymiły.

Clay nakrył ciało chłopca leżące na Livery Street — istotnie był nim przyjaciel Johnny'ego, George — ale nic nie mogli zrobić dla dziesiątków wzdętych i rozkładających się zwłok, które napotkali podczas powolnego marszu do ratusza Kent Pond. Były ich setki, ale po ciemku Clay nikogo nie rozpoznał. Przypuszczalnie za dnia też by nie dał rady. Wrony miały mnóstwo roboty przez półtora tygodnia.

Wciąż wracał myślami do George'a Gendrona, który leżał twarzą w stercie zakrwawionych liści. W swoim liście John napisał, że są z nim George i Mitch, jego drugi najlepszy przyjaciel w siódmej klasie. Tak więc cokolwiek przydarzyło się George'owi, musiało się zdarzyć już po tym, jak Johnny przykleił wiadomość do drzwi i we trzech opuścili dom Riddellów. Gdyby nie to, że tylko George leżał w tych zakrwawionych liściach, Clay nic mógłby zakładać, że Johnny i Mitch uszli z Livery Lane z życiem.

Oczywiście, gdyby babcia miała wąsy, toby była dziadkiem, pomyślał. Zasada Alice Maxwell, niech spoczywa w pokoju.

No właśnie. Zabójca George'a mógł gonić ich i dopaść gdzie indziej. Na Main Street czy na Dugway Street, czy w pobliżu Laurel Way. Zadźgać ich nożem rzeźnickim ze szwedzkiej stali albo anteną samochodową...

Dotarli na skraj parkingu przed ratuszem. Po lewej stał pick-up, który próbował przejechać na skróty i ugrzązł w błotnistym rowie niecałe pięć jardów od równiutkiego (i prawie pustego) asfaltowego placu. Po prawej leżała kobieta z rozszarpanym gardłem i twarzą, którą ptasie dzioby zmieniły w czarne dziury i krwawe strzępy. Na głowie wciąż miała czapkę baseballową Wilków Morskich z Portland, a na ramieniu torebkę.

Tcraz zabójców nie interesowały pieniądze.

Tom położył dłoń na ramieniu Claya, który drgnął.

— Przestań myśleć o tym, co mogło się stać.

— Skąd wiesz...

— Nie trzeba czytać w myślach. Jeśli znajdziesz swojego syna — pewnie nie, ale jeśli — na pewno wszystko ci opowie. W przeciwnym razie... czy to ważne?

— Nie Jasne, że nie A jednak Tom, ja znałem George'a Gendrona. Dzieciaki czasem wołały na niego Connecticut, ponieważ jego rodzina przeprowadziła się stamtąd. Jadał hamburgery i hot dogi na naszym podwórku. Jego ojciec czasem przychodził do nas i oglądał ze mną *Patriotę*.

— Wiem — powiedział Tom. — Wiem. — A do Jordana rzucił ostro: — Przestań się na nią gapić, Jordan, ona nie ożyje.

Jordan zignorował go i wciąż patrzył na zmasakrowane przez ptaki zwłoki w czapeczce z emblematem Wilków Morskich.

— Telefoniczni zaczęli zajmować się swoimi, gdy tylko odzyskali część podstawowego oprogramowania — rzekł chłopiec. — Nawet jeśli oznaczało to tylko wyciąganie zmarłych spod ławek i wrzucanie ich w bagno, próbowali coś robić. Jednak nie zajmowali się nami. Zostawiali naszych, żeby rozkładali się tam, gdzie upadli. — Odwrócił się do Claya i Toma. — Obojętnie, co mówią lub obiecują, nie możemy im ufać. Nie możemy, prawda?

— Całkowicie się z tobą zgadzam — odparł Tom.

Clay skinął głową.

— Ja też.

Tom ruchem głowy wskazał ratusz, gdzie wciąż paliły się niektóre lampy alarmowe na baterie o dużej pojemności, rzucając mdłą żółtawą poświatę na samochody personelu, stojące w zaspach suchych liści.

— Wejdźmy tam i zobaczmy, co zostawili.

— Tak, zróbmy to — zgodził się Clay.

Johnny'ego tam nie będzie, tego był pewien, lecz jakaś cząstka jego świadomości, jakaś mała, dziecinna, nigdy niepoddająca się część wciąż miała nadzieję, że usłyszy okrzyk „Tatusiu!" i syn rzuci mu się w ramiona, żywy i rzeczywisty w całym tym koszmarze.

4

Nabrali pewności, że w ratuszu nie ma nikogo, gdy zobaczyli napis na podwójnych drzwiach. W słabym świetle dogasających, zasilanych bateriami lamp alarmowych duże, nierówne litery namalowane czerwoną farbą wyglądały jak zaschnięta krew.

KASHWAK = NI-FO

— Jak daleko stąd jest to całe Kashwak? — zapytał Tom. Clay zastanowił się.

— Jakieś osiemdziesiąt mil, niemal prosto na północ. Prawie cały czas sześćdziesiątką, ale kiedy już się dotrze do TR, to nie wiem jak dalej.

— Co to jest TR? — zainteresował się Jordan.

— TR-dziewięćdziesiąt to miejscowość o rozproszonej zabudowie. Jest tam kilka wiosek, parę kamieniołomów, a na północy nędzne rezerwaty Micmaców, ale przeważnie tylko lasy, niedźwiedzie i jelenie. — Clay ostrożnie pchnął drzwi, które otworzyły się bez oporu. — Zamierzam sprawdzić, co jest w środku. Wy, chłopcy, nie musicie tam wchodzić, jeśli nie chcecie. Zrozum to.

— Nie, wejdziemy — powiedział Tom. — Prawda, Jordan?

— Pewnie. — Jordan westchnął jak chłopiec, którego czeka

prawdopodobnie trudne zadanie. Potem uśmiechnął się. — Patrzcie, w środku palą się światła. Kto wie, kiedy znów je zobaczymy.

5

Johnny Riddell nie wypadł z ciemnego kąta i nie rzucił się ojcu w ramiona, lecz w ratuszu wciąż unosił się zapach potraw gotowanych na gazowych grillach i podgrzewaczach przez ludzi, którzy zebrali się tutaj po Pulsie. Przed główną salą, na długiej tablicy ogłoszeń, na której zwykle wywieszano komunikaty o przetargach i nadchodzących wydarzeniach, przyczepiono ze dwieście ogłoszeń. Clay, tak spięty, że z trudem łapał oddech, zaczął studiować je z uwagą naukowca przekonanego, iż odnalazł zaginioną ewangelię według Marii Magdaleny. Obawiał się tego, co może tam znaleźć, a także tego, czego może tam nie zobaczyć. Tom i Jordan taktownie wycofali się do głównej sali konferencyjnej, nadal zasypanej śmieciami pozostawionymi przez uchodźców, którzy najwyraźniej spędzili tu kilka nocy, daremnie czekając na ratunek.

Czytając pozostawione przez nich ogłoszenia, Clay doszedł do wniosku, że mieli nadzieję nie tylko na ratunek. Wierzyli, że w Kashwak czeka ich ocalenie. Dlaczego akurat w tej mieścinie, skoro cały teren TR-90 (a z pewnością jego północna i zachodnia część) znajdował się poza zasięgiem przekaźników telefonii komórkowej? Notatki na tablicy ogłoszeń tego nie wyjaśniały. Większość piszących najwidoczniej zakładała, że ewentualni czytelnicy będą rozumieli to bez słów, na zasadzie „wszyscy to wiedzą, wszyscy tam idą". I nawet najrozsądniejsi z autorów tych listów wyraźnie zmagali się z panicznym strachem: na ogół listy te sprowadzały się do wiadomości typu: „Idź jak najszybciej Yellow Brick Road do Kashwak i ocalenia".

Po przejrzeniu trzech czwartych korespondencji na tablicy

znalazł kartkę zapisaną znajomym pochyłym pismem syna, na pół zakrytą przez notatkę Iris Nolan, kobiety, którą Clay bardzo dobrze znał (pracującej społecznie w maleńkiej bibliotece miejskiej). Och, dobry Boże, dziękuję ci, pomyślał. Bardzo ci dziękuję. Zdjął karteczkę z tablicy, uważając, by jej nie podrzeć. List był datowany 3 października. Clay usiłował sobie przypomnieć, gdzie był w nocy 3 października, ale nie potrafił. Czy spędził ją w stodole w North Reading, czy w Sweet Valley Inn pod Methuen? Wydawało mu się, że w stodole, ale nie był zupełnie pewien — wszystko zlewało mu się w jedno, a jeśli za bardzo się wysilał, zaczynało mu się wydawać, że mężczyzna z latarkami przy obu skroniach był młodzieńcem wymachującym antenami samochodowymi, że Ricardi nie powiesił się, lecz nałykał odłamków szkła, a w ogrodzie Toma to Alice jadła ogórki i pomidory.

— Przestań — szepnął i skupił się na notatce. W tej ortografia i styl były lepsze, ale też świadczyła o udręce piszącego.

3 października

Drogi Tato!

Mam nadzieję, że żyjesz & to czytasz. Ja & Mitch zdołaliśmy tu dotrzeć, ale Hughie Darden dorwał George'a i chyba go zabił. Ja & Mitch po prostu biegliśmy szybciej. Myślałem, że to przeze mnie, ale Mitch powiedział skąd można było wiedzieć że to telefoniczny jak inni, to nie twoja wina.

Tatusiu, to nie wszystko. Mama jest z nimi, dzisiaj widziałem ją w jednym z ich „stad". (Tak je nazywają, „stadami"). Nie wyglądała tak źle jak niektórzy, ale wiedziałem, że gdybym tam poszedł nawet by mnie nie znała i zaraz by mnie zabiła. JEŚLI JĄ ZOBA-CZYSZ NIE DAJ SIĘ ZWIEŚĆ, PRZYKRO MI ALE TO PRAWDA.

Idziemy do Kashwak (to na północy) jutro lub pojutrze, jest tu mama Mitcha, mógłbym go zabić tak mu zazdroszczę. Tatusiu wiem, że ty nie masz telefonu komórkowego a każdy wie, że Kashwak to bezpieczne miejsce. Jeśli dostaniesz ten list PROSZĘ PRZYJDŹ PO MNIE.

> *Kocham Cię całym Sercem,*
> *Twój syn,*
> *John Gavin Riddell*

Nawet po przeczytaniu wiadomości o Sharon Clay trzymał się, dopóki nie doszedł do *Kocham Cię całym Sercem*. Może nawet wytrzymałby i to, gdyby nie to duże „S". Ucałował podpis swego dwunastoletniego syna, obrzucił tablicę ogłoszeń wzrokiem, który zaczynał go zawodzić — wszystko widział podwójnie, potrójnie, a potem wcale — i wydał ochrypły, bolesny okrzyk. Tom i Jordan natychmiast przybiegli.

— Co jest, Clay? — zapytał Tom. — Co się stało?

Zobaczył żółtą karteczkę — wyrwaną z zeszytu w kratkę — i wyjął ją z dłoni Claya. Razem z Jordanem pospiesznie przeczytali list

— Idę do Kashwak — oświadczył ochryple Clay.

— Clay, to chyba nie jest najlepszy pomysł — rzekł ostrożnie Jordan. — Zważywszy na to, no wiesz, co zrobiliśmy w Gaiten.

— Nie obchodzi mnie to. Idę do Kashwak. Zamierzam znaleźć syna.

6

Uchodźcy, którzy schronili się w ratuszu Kent Pond, pozostawili mnóstwo jedzenia, gdy odchodzili do TR-90 i Kashwak, zapewne całą gromadą. Clay, Tom i Jordan zjedli posiłek złożony z sałatki z kurczaka i suchego chleba, a na deser sałatkę z owoców.

Gdy kończyli, Tom nachylił się do Jordana i szepnął mu coś. Chłopiec kiwnął głową. Obaj wstali.

— Nie pogniewasz się, że odejdziemy na chwilę, Clay? Jordan i ja musimy porozmawiać.

Clay skinął głową. Kiedy poszli, otworzył następną puszkę sałatki owocowej i przeczytał list od Johnny'ego po raz dziewiąty, a potem dziesiąty. Znał go już prawie na pamięć. Równie dobrze pamiętał śmierć Alice, ale teraz miał wrażenie, że zdarzyło się to w innym życiu i zupełnie innemu Claytonowi Riddellowi. Wcześniejszej wersji rysunku.

Skończył posiłek i schował list na moment przedtem, nim Tom i Jordan wrócili z sali konferencyjnej, gdzie zapewne wypracowywali konsensus, jak nazywali to adwokaci w czasach, kiedy jeszcze byli adwokaci. Tom znów przyjaźnie obejmował Jordana. Obaj nie wyglądali na zachwyconych, ale zdecydowanych.

— Clay — zaczął Tom — omówiliśmy to i...

— Nie chcecie iść ze mną. Doskonale to rozumiem.

— Wiem, że to twój syn i w ogóle — zaczął Jordan. — Jednak...

— I wiecie, że tylko on mi został. Jego matka... — Clay zaśmiał się krótko, bez cienia wesołości. — Jego matka. Sharon. Co za ironia losu. A tak się martwiłem, że to Johnny dostanie porcję trucizny od tego przeklętego czerwonego grzechotnika. Gdybym musiał wybierać, wskazałbym na nią. — No, wreszcie wydusił to z siebie. Jak kawałek mięsa, który utkwił w gardle i groził uduszeniem. — I wiecie, jak się teraz czuję? Jakbym złożył propozycję diabłu, a ten ją przyjął.

Tom zignorował to. Kiedy się odezwał, ostrożnie dobierał słowa, jakby obawiał się, że Clay może wybuchnąć niczym mina przeciwczołgowa.

— Oni nas nienawidzą. Z początku nienawidzili wszystkich, teraz tylko nas. Cokolwiek ma zdarzyć się w Kashwak, jeśli to ich pomysł, nie czeka nas tam nic dobrego.

— Jeżeli przechodzą na jakiś wyższy poziom oprogramowania, to może przyjmą zasadę żyj i daj żyć innym — powiedział Clay.

Cała ta rozmowa nie miała sensu, przecież chyba obaj zdają sobie z tego sprawę. Po prostu musiał tam iść.

— Wątpię — rzekł Jordan. — Pamiętasz, jak mówiliśmy o krowach pędzonych wąskim korytarzem do rzeźni?

— Clay, jesteśmy normalni i to pierwszy powód — kontynuował Tom. — Spaliliśmy jedno z ich stad. To powód drugi i trzeci jednocześnie. Zasada żyj i daj żyć innym nas nie obejmuje.

— No bo czemu miałaby obejmować? — dorzucił Jordan. — Łachmaniarz mówi, że jesteśmy szaleńcami.

— Niedotykalnymi — przypomniał Clay. — Tak więc nic nie powinno mi się stać, prawda?

Nie zostało już nic do dodania.

7

Tom i Jordan postanowili skierować się na zachód, przez New Hampshire i do Vermontu, pozostawiając za plecami **KASHWAK = NI-FO** jak najdalej i jak najszybciej się da. Clay powiedział, że droga numer 11, odchodząca w bok w Kent Pond, będzie dla nich dobrym punktem startowym.

— Ja dojdę nią do stosześćdziesiątki na północy — oznajmił — a wy możecie dojść nią aż do Laconii w samym środku New Hampshire. Nie jest to co prawda najkrótsza trasa, ale co tam — przecież nie spieszycie się na samolot, no nie?

Jordan przycisnął dłonie do oczu, przetarł je, a potem odgarnął włosy z czoła gestem, który Clay tak dobrze znał — oznaczającym zmęczenie i trudności z koncentracją. Będzie mu brakowało tego widoku. Będzie mu brakowało Jordana. A Toma jeszcze bardziej.

— Chciałbym, żeby Alice nadal była z nami — powiedział Jordan. — Ona wybiłaby ci ten pomysł z głowy.

— Na pewno nie — odparł Clay.

Mimo to żałował z całego serca, że Alice nie miała takiej szansy. Z całego serca żałował, że nie miała szansy zrobić tak wielu rzeczy. Piętnaście lat to nie wiek, w którym powinno się umierać.

— Twoje obecne plany przypominają mi czwarty akt *Juliusza Cezara* — zauważył Tom. — W piątym akcie wszyscy przebijają się mieczami.

Wciąż musieli obchodzić, a czasem gramolić się przez porzucone samochody tarasujące Pond Street. Alarmowe światła na ratuszu powoli pozostawały w tyle. Przed nimi była nieczynna sygnalizacja na skrzyżowaniach w centrum miasta, lekko kołysząca się w podmuchach wiatru.

— Nie bądź takim cholernym pesymistą — powiedział Clay.

Obiecał sobie, że nie będzie zły — nie chciał rozstawać się z przyjaciółmi w gniewie — ale powoli tracił cierpliwość.

— Przepraszam, jestem zbyt zmęczony, żeby robić za cheerleaderkę — rzekł Tom. Przystanął przy drogowskazie z napisem **JCT RT 11 2 MI**. — A także, jeśli mogę być szczery, zbyt przygnębiony tym, że cię tracę.

— Przykro mi, Tom.

— Gdybym uważał, że jest jedna szansa na pięć, że to dobrze się skończy... do diabła, nawet jedna na pięćdziesiąt... cóż, nieważne. — Tom oświetlił latarką Jordana. — A ty? Nie masz żadnych argumentów przeciwko temu szaleństwu?

Jordan zastanowił się, a potem powoli pokręcił głową.

— Kiedyś dyrektor coś mi powiedział — rzekł. — Chcesz usłyszeć co?

Tom żartobliwie zasalutował ręką, w której trzymał latarkę. Jej światło przesunęło się po markizie kina, w którym wyświetlano nowy film z Tomem Hanksem, i po drzwiach apteki obok.

— Mów.

— Powiedział, że mózg kalkuluje, ale duch wzywa, a serce wie swoje.

— Amen — dodał Clay.

Powiedział to bardzo cicho.

Przeszli dwie mile na wschód Market Street, która była jednocześnie drogą numer 19A. W połowie drogi skończyły się chodniki i zaczęły pojawiać się farmy. W końcu napotkali następne nieczynne światła i tablicę zapowiadającą skrzyżowanie z drogą numer 11. Przy skrzyżowaniu siedziało troje ludzi, opatulonych po szyję śpiworami. Clay rozpoznał ich w świetle latarki: starszy pan o pociągłej, inteligentnej twarzy i siwych włosach ściągniętych w kucyk. Czapeczka z emblematem Delfinów z Miami na głowie drugiego mężczyzny też wyglądała znajomo. Potem Tom skierował latarkę na kobietę siedzącą obok Pana Kucyka i powiedział:

— To pani.

Z powodu śpiwora, który podciągnęła pod szyję, Clay nie widział, czy miała na sobie podkoszulek z obciętymi rękawami i emblematem Harleya-Davidsona, ale wiedział, że nawet jeśli nie, to ta koszulka znajdowała się w jednym z plecaków, które leżały w pobliżu tablicy z napisem Route 11. Tak samo jak wiedział, że ta kobieta jest w ciąży. Ci dwoje śnili mu się w motelu Whispering Pines, dwie noce przed śmiercią Alice. Razem z nim byli na długim boisku, w blasku reflektorów stali na trybunach.

Siwowłosy wstał, pozwalając, by śpiwór zsunął się z jego ciała. Wszyscy troje mieli karabiny, ale podniósł ręce, pokazując puste dłonie. Kobieta zrobiła to samo, a kiedy śpiwór opadł jej do kostek, nie było już cienia wątpliwości, że jest w ciąży. Facet w czapeczce Delfinów był wysoki i w średnim wieku. On też podniósł ręce. Wszyscy troje stali tak przez kilka sekund w świetle latarek, po czym siwowłosy wyjął z kieszonki pomiętej koszuli okulary w czarnych oprawkach i nałożył je na nos. W chłodnym zimnym powietrzu przy każdym oddechu

309

z jego ust wydobywały się białe obłoczki pary i unosiły się do napisu Route 11 i strzałek wskazujących na zachód i na północ.

— No, no — powiedział. — Rektor Harvardu mówił, że zapewne tędy pójdziecie, i oto jesteście. Sprytny gość ten rektor Harvardu, chociaż odrobinę za młody na to stanowisko i moim zdaniem przydałaby mu się operacja plastyczna, zanim zacznie się spotykać z potencjalnymi sponsorami.

— Kim jesteście? — zapytał Clay.

— Przestań świecić mi w oczy, młodzieńcze, to chętnie wam powiem.

Tom i Jordan skierowali światła latarek w ziemię. Clay też opuścił swoją, ale drugą rękę trzymał na rękojeści czterdziestkipiątki Beth Nickerson.

— Jestem Daniel Hartwick z Haverhill w Massachusetts — powiedział siwowłosy. — Ta młoda dama to Denise Link, również z Haverhill. A ten dżentelmen po jej prawej to Ray Huizenga z Groveland, miasteczka sąsiadującego z naszym.

— Czołem — powiedział Ray Huizenga z ukłonem, który był jednocześnie zabawny, czarujący i niezdarny.

Clay zdjął rękę z rękojeści rewolweru.

— Jednak nasze nazwiska nie mają już żadnego znaczenia — kontynuował Daniel Hartwick. — Istotne jest tylko to, kim jesteśmy, przynajmniej dla telefonicznych. — Obrzucił ich ciężkim spojrzeniem. — Jesteśmy szaleni. Tak jak wy.

8

Denise i Ray szybko i sprawnie przygotowali posiłek na kuchence gazowej („Te kiełbaski z puszki nie są takie złe, jeśli najpierw się je obgotuje" — powiedział Ray), kiedy Clay, Tom i Jordan rozmawiali z Danem — przy czym mówił głównie ten ostatni. Najpierw powiedział, że jest dwadzieścia po drugiej, a o trzeciej zamierza poprowadzić dalej „swoją dzielną grupkę". Oznajmił, że chce przejść jak najwięcej przed wschodem słońca, zanim zbudzą się telefoniczni.

— Ponieważ oni nie wychodzą w nocy — rzekł. — Na szczęście. Później, kiedy zostaną zaprogramowani do końca albo prawie, może zaczną to robić, ale...

— Też pan tak uważa? — zapytał Jordan. Po raz pierwszy od śmierci Alice wyglądał na poruszonego. Złapał Dana za rękę. — Też pan uważa, że oni w nocy ładują nowe oprogramowanie jak komputery, których twarde dyski zostały...

— ...skasowane, tak — dopowiedział Dan, jakby to było coś zupełnie oczywistego.

— Czy pan jest... był... naukowcem? — spytał Tom.

Dan posłał mu krzywy uśmiech.

— Byłem opoką wydziału socjologii w Haverhill Arts and Technical. Jeśli rektor Harvardu miewa koszmarne sny, to na pewno widuje w nich mnie.

Dan Hartwick, Denise Link i Ray Huizenga zniszczyli nie jedno stado, lecz dwa. Na pierwsze, na placu za złomowiskiem starych samochodów w Haverhill, natrafili przypadkiem, kiedy ich grupa liczyła pół tuzina osób i próbowała wydostać się z miasta. Było to dwa dni po Pulsie, kiedy telefoniczni byli jeszcze telefonicznymi szaleńcami, zagubionymi i gotowymi zabijać nawet swoich, a nie tylko napotkanych normalnych. To pierwsze stado było niewielkie, zaledwie siedemdziesięcioosobowe, i użyli benzyny.

— Na to drugie, w Nashua, użyliśmy dynamitu wziętego z baraku na budowie — rzekła Denise. — Do tego czasu straciliśmy Charliego, Ralpha i Arthura. Ralph i Arthur po prostu odeszli. Charlie... biedny stary Charlie dostał ataku serca. No cóż, Ray umie obchodzić się z dynamitem. Kiedyś pracował przy budowie dróg.

Ray, pochylony nad kuchenką i mieszający fasolę w puszce z kiełbaskami, podniósł wolną rękę i pomachał.

— Później — powiedział Dan Hartwick — zaczęliśmy widywać napisy Kashwak=Ni-Fo. Wydało nam się to zachęcające, prawda, Denni?

— Tak — przyznała Denise. — Manna z nieba. Szliśmy na północ tak samo jak wy, a kiedy zaczęliśmy napotykać te napisy, ruszyliśmy jeszcze szybciej. Tylko mnie nie do końca podobał się ten pomysł, ponieważ przez Puls straciłam męża. To przez tych popaprańców moje dziecko będzie dorastało, nie znając ojca. — Zobaczyła grymas Claya i dodała: — Przepraszam. Wiemy, że twój chłopiec poszedł do Kashwak.

Clay otworzył usta ze zdziwienia.

— Och, tak — rzekł Dan, biorąc jeden z talerzy roznoszonych przez Raya. — Rektor Harvardu wszystko wie, wszystko widzi i ma teczki na każdego... a przynajmniej chciałby, żebyśmy w to wierzyli.

Mrugnął do Jordana, który się uśmiechnął.

— Dan mnie przekonał — powiedziała Denise. — Jakaś grupa terrorystyczna — a może paru uzdolnionych świrów pracujących w garażu — wywołała tę katastrofę, nie mając pojęcia, do czego to doprowadzi. Telefoniczni po prostu odgrywają swoją rolę. Nie odpowiadali za swoje czyny, kiedy byli szaleni, i nie odpowiadają teraz, ponieważ...

— Ponieważ kieruje nimi jakiś nieodparty impuls — podsunął Tom. — Jak migrującym stadem.

— To rzeczywiście nieodparty impuls, ale nie migracja — oświadczył Ray, siadając przy nich ze swoim talerzem. — Dan mówi, że to instynkt samozachowawczy. Uważam, że ma rację. Cokolwiek to jest, musimy znaleźć jakieś schronienie przed deszczem. Rozumiecie?

— Te sny zaczęły się po tym, jak spaliliśmy pierwsze stado — powiedział Dan. — Bardzo realistyczne sny. *Ecce homo, insanus* — cały Harvard. Potem, kiedy wysadziliśmy stado w Nashua, rektor Harvardu pokazał nam się osobiście w towarzystwie około pięciuset bliskich przyjaciół.

Jadł szybko i elegancko.

— I zostawił wam na progu stertę stopionych radiomagnetofonów — rzekł Clay.

— Niektóre były stopione — przyznała Denis. — Większość rozwalona na kawałki. — Uśmiechnęła się. Był to słaby uśmiech. — I dobrze. Ich gust muzyczny jest do niczego.

— Wy nazywacie go rektorem Harvardu, a my Łachmaniarzem — powiedział Tom.

Odstawił talerz i otworzył swój plecak. Poszperał w nim i wyjął portret narysowany przez Claya wtedy, kiedy telefoniczni zmusili dyrektora do samobójstwa. Denise zrobiła wielkie oczy. Podała rysunek Rayowi Huizendze, który zagwizdał.

Dan ostatni wziął rysunek i z szacunkiem spojrzał na Toma.

— Ty to narysowałeś?

Tom wskazał Claya.

— Masz wielki talent — rzekł Dan.

— Ukończyłem kurs — wyjaśnił Clay. — Rysunku dla początkujących. — Zwrócił się do Toma, który w swoim plecaku miał ich mapy. — Jak daleko jest z Gaiten do Nashua?

— Najwyżej trzydzieści mil.

Clay skinął głową i znów odwrócił się do Dana Hartwicka.

— Czy on z tobą rozmawiał? Ten facet w czerwonej bluzie?

Dan spojrzał na Denise, a ona umknęła spojrzeniem. Ray odwrócił się do swojej kuchenki — zapewne, żeby zgasić ją i zapakować. Clay zrozumiał.

— Przez które z was przemawiał?

— Przeze mnie — odparł Dan. — To było okropne. Też tego doświadczyłeś?

— Taak. Można to powstrzymać, ale przecież chcesz wiedzieć, o co mu chodzi. Jak myślisz, czy on to robi, żeby pokazać, jaki jest silny?

— Zapewne, ale chyba nie tylko. Sądzę, że oni nie umieją mówić. Potrafią wydawać dźwięki i jestem pewien, że myślą — chociaż nie tak jak przedtem, popełniłoby się straszliwy błąd, sądząc, że myślą jak ludzie — ale uważam, że nie potrafią mówić.

— Jeszcze — rzekł Jordan.

— Jeszcze — zgodził się Dan.

Spojrzał na zegarek, co skłoniło Claya do zerknięcia na swój. Była już za kwadrans trzecia.

— Kazał nam iść na północ — powiedział Ray. — Do Kashwak=Ni-Fo. Powiedział, że to koniec z paleniem stad, ponieważ rozstawią straże...

— Tak, widzieliśmy je w Rochester — powiedział Tom.

— I widzieliście mnóstwo napisów Kashwak=Ni-Fo.

Skinęli głowami.

— Z czysto socjologicznego punktu widzenia zacząłem kwestionować ich sens — powiedział Dan. — Nie ich rodowód, ponieważ jestem pewien, że pierwsze takie napisy zostały pozostawione zaraz po Pulsie przez ocalałych, którzy doszli do wniosku, że okolica będąca poza zasięgiem telefonii komórkowej stanie się najlepszym schronieniem. Kwestionowałem sposób, w jaki ten pomysł — ten napis — rozpowszechnił się tak szybko w katastrofalnie rozproszonym społeczeństwie, w którym przestały działać wszelkie środki łączności oprócz ustnego przekazu. Odpowiedź wydawała się oczywista, kiedy uwzględnić fakt, że pojawiła się nowa forma łączności, dostępna tylko dla jednej grupy ludzi.

— Telepatia. — Jordan niemal wyszeptał to słowo. — To oni. Telefoniczni. Oni chcą, żebyśmy poszli do Kashwak. — Z lękiem spojrzał na Claya. — To naprawdę jest spęd do pieprzonej rzeźni. Clay, nie możesz tam iść! To pomysł Łachmaniarza!

Zanim Clay zdążył odpowiedzieć, Dan Hartwick znów zaczął mówić. Zrobił to w sposób typowy dla nauczyciela, uważającego wykładanie za swój obowiązek, a przerywanie innym za swój przywilej.

— Obawiam się, że musimy się streszczać. Musimy wam

314

coś pokazać, rektor Harvardu zażądał, żebyśmy wam to po-
kazali.

We śnie czy osobiście? — spytał Tom.

— W naszych snach — odparła cicho Denise. — Spotkaliś-
my go tylko raz, po tym jak załatwiliśmy stado w Nashua,
a i wtedy był daleko.

— Sprawdzał nas — powiedział Ray. — Tak myślę.

Dan z lekko zniecierpliwioną miną przeczekał tę wymianę
zdań. Kiedy skończyli, podjął przerwany wątek.

— Byliśmy skłonni usłuchać, ponieważ i tak udawaliśmy
się w tamtą stronę...

— Zatem idziecie na północ? — tym razem przerwał
mu Clay.

Dan, teraz już z mocno zniecierpliwioną miną, ponownie
spojrzał na zegarek.

— Jeśli uważnie przyjrzycie się temu drogowskazowi, zobaczycie, że pozostawia wybór. Zamierzamy iść na zachód, nie
na północ.

— Cholerna racja — mruknął Ray. — Może jestem głupcem,
ale nie wariatem.

— To, co wam pokażę, posłuży naszej sprawie, a nie im —
rzekł Dan. — A przy okazji, mówienie o rektorze Harvardu —
albo Łachmaniarzu, jak wolicie — pojawiającym się osobiście
to chyba błąd. Być może fatalny. W rzeczywistości on jest
jakby nibynóżką tego zbiorowego umysłu, superstada, mającym
załatwiać sprawy ze zwykłymi normalnymi i szalonymi normalnymi, takimi jak my. Podejrzewam, że takich superstad są
teraz na świecie tysiące i każde z nich mogło stworzyć taką
nibynóżkę. Może nawet więcej niż jedną. Jednak nie popełniaj-
cie błędu i nie uważajcie, że rozmawiając z Łachmaniarzem,
rozmawiacie z prawdziwym człowiekiem. Rozmawiacie ze
stadem.

— Może pokażesz nam to, co chciał, byśmy zobaczyli? —
poprosił Clay.

Z trudem zachowywał spokój. Szumiało mu w głowie. Jedyną klarowną myślą była ta, że jeśli uda mu się odnaleźć syna, zanim Johnny dotrze do Kashwak — cokolwiek się tam dzieje — może jeszcze zdoła go uratować. Rozsądek mu podpowiadał, że Johnny na pewno już jest w Kashwak, lecz inny głos (i niezupełnie irracjonalny) podsuwał, że coś mogło zatrzymać Johnny'ego i grupę ludzi, z którymi wędrował. Albo mogli wyczuć niebezpieczeństwo. To niewykluczone. Było również możliwe, że w TR-90 nie dzieje się nic złego, że telefoniczni po prostu tworzyli rezerwat dla normalnych. W ostatecznym rezultacie wszystko sprowadzało się do tego, co powiedział Jordan, cytując dyrektora Ardaia: mózg kalkuluje, ale duch wzywa.

— Chodźcie tędy — zarządził Dan. — To niedaleko.

Wyjął latarkę i ruszył na północ poboczem drogi numer 11, świecąc sobie pod nogi.

— Wybaczcie, że nie pójdę — powiedziała Denise. — Już to widziałam. Raz mi wystarczy.

— Myślę, że to miało w pewien sposób sprawić wam przyjemność — rzekł Dan. — Oczywiście, chciał także wyraźnie dać do zrozumienia — mojej grupce i waszej — że to telefoniczni mają teraz władzę i musimy ich słuchać. — Przystanął. — Jesteśmy na miejscu. W tym poglądowym śnie rektor Harvardu pokazał nam wszystkim psa, żebyśmy nie pomylili domu. — Światło latarki padło na skrzynkę pocztową z namalowaną na niej sylwetką owczarka collie. — Przykro mi, że Jordan musi to oglądać, ale chyba lepiej, żebyście wszyscy wiedzieli, z kim macie do czynienia.

Podniósł latarkę wyżej. Ray też poświecił swoją. Oświetlili frontową ścianę skromnego parterowego domku, wznoszącego się na środku trawnika wielkości znaczka pocztowego.

Gunner wisiał ukrzyżowany między oknem salonu a drzwiami. Miał na sobie tylko zakrwawione bokserki. Z jego dłoni, stóp, przedramion i kolan sterczały ćwieki wielkości zwieńczeń

316

prętów żelaznego ogrodzenia. Może naprawdę to zwieńczenia takich prętów, pomyślał Clay. U stóp Gunnera siedział z szeroko rozrzuconymi nogami Harold. Tak jak Alice, kiedy ją poznali, jemu także wisiał krwawy glut, ale nie z nosa. W jednej ręce wciąż ściskał trójkątny odłamek szkła, którym poderżnął sobie gardło po tym, jak ukrzyżował swojego kolegę.

Na szyi Gunnera wisiał na sznurku kawałek kartonu, na którym dużymi ciemnymi literami nagryzmolono trzy słowa: **JUSTITIA COMMODATUM EST**.

9

— Jeśli nie znacie łaciny... — zaczął Dan Hartwick.

— Z liceum pamiętam wystarczająco dużo, żeby to zrozumieć — powiedział Tom. — „Sprawiedliwość została wymierzona". To za Alice. Za to, że ośmielili się tknąć niedotykalnych.

— Racja — rzekł Dan, gasząc latarkę. Ray zrobił to samo. — Ma to być również ostrzeżenie dla innych. I nie oni ich zabili, chociaż na pewno mogli.

— Wiemy — odezwał się Clay. — Kiedy spaliliśmy stado w Gaiten, represje dotknęły innych.

— To samo było w Nashua — przyznał ponuro Ray. — Póki żyję, nie zapomnę tych krzyków. Pierdolony horror. I to gówno tutaj też. — Wskazał na ciemny kontur domu. — Kazali małemu ukrzyżować większego, a większemu nie stawiać oporu. A potem kazali małemu, żeby poderżnął sobie gardło.

— Tak samo było z dyrektorem — wtrącił Jordan i wziął Claya za rękę.

— Taką mają moc — podsumował Ray — i Dan uważa, że wykorzystują ją, by skierować wszystkich na północ, do Kashwak. Może dlatego i my poszliśmy na północ, chociaż wmawiamy sobie, że chcieliśmy tylko wam to pokazać i przekonać was, byśmy połączyli siły. Rozumiecie?

— Czy Łachmaniarz mówił coś o moim synu? — zapytał Clay.

— Nie, ale gdyby to zrobił, jestem pewien, że powiedziałby, iż on jest z innymi normalnymi i spotkacie się w Kashwak — odparł Dan. — No wiesz, zapomnij o tych snach, w których stałeś na podium, a rektor Harvardu mówił wiwatującemu tłumowi, że jesteś szalony i szczęśliwe zakończenie nie jest ci pisane. Jestem pewien, że do tej pory wymyśliłeś już wszelkie możliwe szczęśliwe zakończenia, z których najważniejsze jest to, jak Kashwak i Bóg wie ile innych stref poza zasięgiem telefonii komórkowej są odpowiednikiem rezerwatów, gdzie normalni, niezmienieni Pulsem ludzie będą pozostawiani w spokoju. Ja uważam, że o wiele bardziej prawdopodobne jest to, co twój młody przyjaciel powiedział o wąskim korytarzu prowadzącym do rzeźni, ale nawet zakładając, że normalnych naprawdę pozostawiono by w spokoju, czy przypuszczasz, że telefoniczni przebaczyliby takim jak my? Zabójcom stad?

Clay nie znalazł na to odpowiedzi.

Dan ponownie spojrzał na zegarek.

— Minęła trzecia — oznajmił. — Wracajmy. Denise na pewno już zwinęła obóz. Przyszedł czas, aby zdecydować, czy się rozstaniemy, czy pójdziemy dalej razem.

Tylko że mówiąc o pójściu razem, namawiasz mnie, żebym rozstał się z synem, pomyślał Clay. A tego nigdy bym nie zrobił, chyba że dowiedziałbym się, że Johnny jest martwy.

Albo zmieniony.

10

— Jak możecie liczyć na to, że uda wam się dotrzeć na zachód? — zapytał Clay, gdy wracali do skrzyżowania z drogowskazem. — Może noce przez jakiś czas będą jeszcze nasze, ale dni należą do tamtych, a wiecie, co oni potrafią.

— Jestem prawie pewien, że na jawie możemy nie wpuszczać ich do naszych głów — odparł Dan. — Wymaga to trochę wysiłku, ale jest możliwe. Będziemy sypiać na zmianę, przynajmniej przez jakiś czas. Dużo zależy od tego, czy uda nam się trzymać z daleka od stad.

— A to oznacza, że powinniśmy jak najszybciej dotrzeć do zachodniego New Hampshire, a potem do Vermontu — powiedział Ray. — Jak najdalej od terenów o gęstej zabudowie. — Oświetlił latarką Denise, wygodnie wyciągniętą na śpiworach. — Jesteśmy gotowi, kochana?

— Gotowi — odparła. — Chciałabym, żebyście pozwolili mi coś nieść.

— Niesiesz dziecko — rzekł czule Ray. — To wystarczy. I możemy zostawić tu śpiwory.

— W niektórych miejscach jazda samochodem ma sens — stwierdził Dan. — Ray uważa, że część bocznych dróg może być przejezdna nawet na kilkunastomilowych odcinkach. Mamy dobre mapy. — Przyklęknął na jedno kolano i zarzucił sobie plecak na ramiona, patrząc przy tym na Claya z gorzkim półuśmiechem. — Wiem, że szanse nie są zbyt duże. Nie jestem głupcem, na wypadek gdybyś się nad tym zastanawiał. Jednak zlikwidowaliśmy dwa stada, zabiliśmy setki telefonicznych szaleńców i nie zamierzam skończyć na takim podium.

— Na naszą korzyść działa jeszcze coś — dodał Tom. Clay zapytał się w duchu, czy Tom zdaje sobie sprawę z tego, że właśnie przeszedł do obozu Hartwicka. Zapewne. On na pewno nie był głupi. — Oni chcą mieć nas żywych.

— Racja — przyznał Dan. — Może naprawdę nam się uda. Oni dopiero zaczynają, Clay. Wciąż tkają swoją sieć i założę się, że jest w niej mnóstwo dziur.

— Do diabła — wtrąciła Denise — jeszcze nie zaczęli zmieniać ubrań.

Clay ją podziwiał. Była co najmniej w szóstym miesiącu ciąży, ale twardości jej nie brakowało. Żałował, że Alice nie mogła jej poznać.

— Możemy się wymknąć — rzekł Dan. — Z Vermontu lub Nowego Jorku przejść do Kanady. Piątka jest lepsza od trójki, ale szóstka byłaby jeszcze lepsza. W dzień troje mogłoby spać, a troje stać na warcie i odpierać telepatyczne ataki. Stworzylibyśmy własne małe stado. Co ty na to?

Clay powoli pokręcił głową.

— Zamierzam odszukać syna.

— Przemyśl to, Clay — powiedział Tom. — Proszę.

— Dajcie mu spokój — odezwał się Jordan. — On już podjął decyzję. — Objął Claya i uścisnął go. — Mam nadzieję, że go znajdziesz. Jednak nawet jeśli ci się to uda, pewnie już nigdy nie znajdziesz nas.

— Na pewno znajdę — odparł Clay. Pocałował Jordana w policzek i cofnął się. — Złapię jakiegoś telepatę i użyję go jako kompasu. Może samego Łachmaniarza.

Odwrócił się do Toma i wyciągnął rękę.

Tom nie podał mu swojej, tylko uściskał go i pocałował najpierw w jeden, a potem w drugi policzek.

— Uratowałeś mi życie — szepnął Clayowi do ucha. Jego oddech był gorący i łaskotał. Zarośniętym policzkiem otarł się o równie szczeciniasty policzek Claya. — Pozwól, żebym uratował twoje. Chodź z nami.

— Nie mogę, Tom. Muszę to zrobić.

Tom cofnął się i popatrzył na niego.

— Wiem. Wiem, że musisz. — Otarł oczy. — Cholera, kiepsko wychodzą mi pożegnania. Nie umiałem nawet porządnie pożegnać się z moim cholernym kotem.

11

Clay stał pod drogowskazem i patrzył na niknące w oddali światełka. Skupił wzrok na tym rzucanym przez latarkę Jordana i ono znikło ostatnie. Przez moment świeciło samotnie na wierzchołku pierwszego pagórka na zachodzie — nikła iskierka w ciemności — jakby Jordan przystanął, żeby obejrzeć się za siebie. Światełko zdawało się poruszać, jakby chłopiec machał ręką. Potem ono też znikło i zrobiło się zupełnie ciemno. Clay westchnął — chrapliwie i łzawo — po czym zarzucił na ramiona swój plecak i ruszył na północ żwirowym poboczem drogi numer 11. Mniej więcej za piętnaście czwarta przekroczył granicę miasta North Berwick i zostawił za plecami Kent Pond.

TELEFONICZNE BINGO

1

Nie było żadnego powodu, by nie wrócić do nieco normalniejszego trybu życia i zacząć wędrować za dnia; Clay wiedział, że telefoniczni nie zrobią mu krzywdy. Był niedotykalny, a poza tym chcieli, żeby dotarł do Kashwak. Tyle że zdążył się już przyzwyczaić do nocnego trybu życia. Potrzebna mi tylko trumna i czarny płaszcz, którym owijałbym się, kładąc się w niej spać, pomyślał.

Nazajutrz po rozstaniu z Tomem i Jordanem wstał czerwony i chłodny świt. Clay dotarł na przedmieścia Springvale. Znalazł tam chatę, zapewne należącą do dozorcy, obok Springvale Logging Museum. Domek wyglądał na przytulny. Clay sforsował zamek w bocznych drzwiach i dostał się do środka. Ucieszył się, gdy znalazł w kuchni zwykły piec i ręczną pompę. Była tam również mała spiżarnia, dobrze zaopatrzona i nietknięta przez szabrowników. Uczcił to odkrycie dużą miską płatków zbożowych z mlekiem w proszku, mnóstwem cukru i rodzynkami.

W spiżarce znalazł także foliowane opakowania liofilizowanych jajek na bekonie, ustawione na półce równiutko jak książki. Odgrzał sobie jedno, a resztę zapakował do plecaka. Był to znacznie lepszy posiłek, niż się spodziewał, i położywszy się w sypialni na tyłach, Clay niemal natychmiast zasnął.

Po obu stronach autostrady stały długie namioty.

To nie była droga numer 11 z jej farmami, miasteczkami i rozległymi polami, z przydrożnym sklepikiem zaopatrzonym w dystrybutor co jakieś piętnaście mil, lecz szosa biegnąca przez głuszę. Las podchodził z obu stron aż pod rowy na jej poboczach. Ludzie stali w długich kolejkach po obu stronach środkowej białej linii.

Na prawo i na lewo, wołał wzmocniony głos. *Na prawo i na lewo, z obu szeregów.*

Ten głos trochę przypominał wzmocniony głos prowadzącego grę w bingo podczas święta stanowego w Akron, lecz gdy Clay podszedł bliżej środkiem drogi, uświadomił sobie, że ten głos rozbrzmiewa tylko w jego głowie. Był to głos Łachmaniarza. Tylko że Łachmaniarz był jedynie... Jak nazwał go Dan? Jedynie nibynóżką. A to, co Clay teraz słyszał, było głosem stada.

Na lewo i na prawo, oba szeregi, dobrze. Właśnie tak.

Gdzie ja jestem? Dlaczego nikt na mnie nie spojrzy i nie powie „Hej, koleś, gdzie się pchasz, zaczekaj na swoją kolej"?

Przed nim oba szeregi odchodziły na boki, niczym zjazdy z autostrady, znikając w namiotach po lewej i prawej stronie szosy. Namioty były długie, takie, jakie firmy obsługujące przyjęcia pod gołym niebem ustawiają, żeby ocienić bufet w gorące popołudnia. Clay zauważył, że dochodzące do namiotów szeregi rozdzielają się na dziesięć lub więcej rzędów. Ci ludzie wyglądali jak miłośnicy muzyki, czekający, aż kontrolerzy przedrą bilety i wpuszczą ich na koncert.

Na środku drogi w miejscu, gdzie podwójna kolejka rozchodziła się na prawo i lewo, stał w tej swojej wytartej czerwonej bluzie Łachmaniarz.

Na lewo i na prawo, panie i panowie. Nie poruszał wargami. Telepatyczny przekaz, wzmocniony przez stado. *Przesuwać się. Każdy będzie miał okazję zadzwonić do najbliższej osoby przed wejściem w strefę ni-fo.*

To wstrząsnęło Clayem, ale nie zaskoczyło go — jak puenta dobrego żartu słyszanego po raz pierwszy dziesięć lub dwadzieścia lat wcześniej.

— Gdzie to jest? — zapytał Łachmaniarza. — Co wy robicie? Co tu się dzieje, do diabła?

Jednak Łachmaniarz nawet na niego nie spojrzał i Clay wiedział dlaczego. To tutaj droga numer 160 dochodziła do Kashwak, a on znalazł się tu we śnie. Natomiast to, co się tu działo...

To telefoniczne bingo, pomyślał. To jest telefoniczne bingo, a w tych namiotach toczy się gra.

Ruszajcie się, panie i panowie, przekazywał Łachmaniarz. *Mamy dwie godziny do zachodu słońca i chcemy załatwić jak najwięcej chętnych, zanim będziemy musieli zamknąć sklepik na noc.*

Załatwić.

Czy to naprawdę sen?

Clay poszedł wzdłuż szeregu skręcającego do wielkiego namiotu po lewej stronie drogi, dobrze wiedząc, co tam zobaczy. Na początku każdej z krótkich kolejek stał jeden z telefonicznych, koneser Lawrence'a Welka, Deana Martina i Debby Boone. Każdej kolejnej osobie czekający bileter — w brudnych ciuchach, czasem jeszcze bardziej zmasakrowany niż Łachmaniarz w wyniku zmagań o przetrwanie w ciągu ostatnich jedenastu dni — podawał mu telefon komórkowy.

Clay zobaczył, jak stojący najbliżej mężczyzna bierze komórkę, naciska trzy klawisze i pospiesznie przyciska ją do ucha.

— Halo? — powiedział. — Halo, mama? Mamo? Jesteś...

Zamilkł. Jego oczy stały się puste, a twarz straciła wszelki wyraz. Ręka trzymająca komórkę zaczęła opadać. Pomocnik — gdyż tylko takie określenie przyszło Clayowi do głowy — wziął od niego telefon, lekkim pchnięciem skierował go dalej i skinął na następną osobę w kolejce.

Na lewo i na prawo, wołał Łachmaniarz. *Przechodzić.*
Mężczyzna, który próbował zadzwonić do matki, powlókł
się dalej. Za namiotem Clay zobaczył kłębiący się, zbity tłum.
Czasem ktoś komuś wchodził w drogę i dochodziło do szar-
paniny. Jednak nie tak zaciętej jak wcześniej. Ponieważ...
Ponieważ sygnał został zmodyfikowany.
*Na lewo i na prawo, panie i panowie, przechodzić, musimy
załatwić wielu z was, zanim zapadnie ciemność.*
Clay zobaczył Johnny'ego. Chłopiec miał na sobie dżinsy,
czapeczkę Małej Ligi i ulubioną koszulkę Red Soksów, tę
z nazwiskiem Wakefielda i jego numerem na plecach. Właśnie
dotarł na początek kolejki dwa stanowiska od miejsca, gdzie
stał Clay.
Clay rzucił się ku niemu, ale nie mógł się przedostać.
— Zejdźcie mi z drogi! — krzyknął, lecz oczywiście za-
gradzający mu drogę mężczyzna, nerwowo przestępujący z nogi
na nogę, jakby chciał iść do toalety, nie mógł go usłyszeć. To
był sen, a ponadto Clay należał do normalnych — nie miał
telepatycznych zdolności.
Przemknął między niespokojnym mężczyzną a stojącą za
nim kobietą. Przecisnął się przez następną kolejkę, zbyt skon-
centrowany na tym, by dotrzeć do Johnny'ego, żeby zastanawiać
się, czy odpychani przez niego ludzie są materialni, czy nie.
Znalazł się przy Johnnym w chwili, gdy kobieta — z rosnącym
przerażeniem zobaczył, że to synowa pana Scottoniego, nadal
ciężarna, ale teraz bez jednego oka — podaje chłopcu telefon
komórkowy Motoroli.
Po prostu wybierz dziewięćset jedenaście, powiedziała, nie
poruszając wargami. *Wszystkie rozmowy przechodzą przez
dziewięćset jedenaście.*
— Nie, Johnny, nie rób tego! — krzyknął Clay i sięgnął po
telefon, gdy Johnny-ojej zaczął wybierać numer, z pewnością
ten, pod który dawno temu nauczono go dzwonić, gdyby
kiedykolwiek znalazł się w niebezpieczeństwie. — Nie rób tego!

Johnny obrócił się w lewo, jakby zasłaniając aparat przed spojrzeniem jednookiej ciężarnej pomocnicy i Clay chybił. Zapewne i tak nie zdołałby powstrzymać Johnny'ego. W końcu to był tylko sen.

Johnny skończył wybierać numer (wystukanie trzech cyfr nie trwało długo), nacisnął przycisk „połącz" i przyłożył telefon do ucha.

— Halo? Tato? Tato, jesteś tam? Słyszysz mnie? Jeśli mnie słyszysz, proszę, przyjdź po...

Ponieważ syn stał do niego bokiem, Clay widział tylko jedno z jego oczu, ale to wystarczyło, aby dostrzec, jak gaśnie w nim blask. Johnny zgarbił się. Bezwładnie opuścił rękę, w której trzymał telefon. Synowa pana Scottoniego brudnymi palcami wyrwała mu aparat, po czym brutalnie popchnęła go w kierunku Kashwak, ku innym, którzy przybyli tu szukać schronienia. Skinieniem dała znać następnej osobie w kolejce, żeby podeszła i skorzystała z telefonu.

Na lewo i na prawo, ustawcie się w dwóch kolejkach, ryczał Łachmaniarz w głowie Claya, który zbudził się, głośno wołając syna, gdy tymczasem popołudniowe słońce wpadało przez okna chatki dozorcy.

3

O północy Clay dotarł do miasteczka North Shapleigh. Do tej pory dokuczliwie zimny, niemal zamarzający deszcz rozpadał się na dobre. Sharon nazywała taką pogodę pluchą. Clay usłyszał warkot silników i zszedł z szosy (wciąż poczciwej starej drogi numer 11, nie autostrady ze snu) na asfaltowy podjazd sklepu 7-Eleven. Pojawiły się światła, zmieniające strugi deszczu w srebrzyste linie. Dwaj sprinterzy jechali obok siebie, dosłownie ścigając się w ciemnościach. Szaleństwo. Clay stał za dystrybutorem paliwa, niespecjalnie się chowając, ale też nie rzucając się w oczy. Patrzył, jak przemknęli obok, niczym wizja minionego świata, wzbijając fontanny wody. Jeden z pojazdów wyglądał na starą corvettę, chociaż przy słabym świetle awaryjnym palącym się na narożniku sklepu trudno było mieć pewność. Ścigający przemknęli przez niezbyt skomplikowany system kontroli ruchu North Shapleigh (złożony z jednego nieczynnego sygnalizatora), przez moment świecili w mroku neonowymi wisienkami tylnych świateł i znikli.

Szaleństwo, ponownie pomyślał Clay. Akurat ty nie powinieneś nic mówić o szaleństwie, dodał w duchu, wracając na pobocze drogi.

Racja. Ponieważ jego sen o telefonicznym bingo nie był snem, a przynajmniej niezupełnie. Clay był tego pewien. Telefoniczni wykorzystywali swoje coraz silniejsze telepatyczne zdolności do śledzenia jak największej liczby zabójców stad. To nie było pozbawione sensu. Mogli mieć problemy z takimi grupami jak ta Dana Hartwicka, które naprawdę usiłowały z nimi walczyć, ale wątpił, by on sam stanowił dla nich jakikolwiek problem. Telepatia przedziwnie przypominała połączenie telefoniczne — również działała w obie strony. Co czyniło go... kim? Duchem maszyny? Czymś w tym rodzaju. Kiedy oni mieli go na oku, on miał na oku ich. Przynajmniej kiedy spał. W snach.

Czy na granicy Kashwak naprawdę rozbito namioty, do których normalni stali w kolejkach, żeby dać sobie wyprać mózg? Clay sądził, że tak, zarówno w Kashwak, jak i innych miejscach podobnych do Kashwak, w całym kraju i na świecie. Może już nie panował tam taki tłok, ale punkty kontrolne — punkty przemiany — nadal mogły tam być.

Telefoniczni użyli grupowych zdolności telepatycznych, żeby zwabić tam normalnych. Nakazali im to w snach. Czy to świadczyło o ich sprycie i przebiegłości? Nie, chyba że nazwać sprytnym pająka, ponieważ umie tkać pajęczynę, albo przebiegłym aligatora, który umie leżeć nieruchomo i udawać drewnianą kłodę. Idąc na północ drogą numer 11 w kierunku drogi 160, która miała zaprowadzić go do Kashwak, Clay myślał o tym, że telepatyczny sygnał wysyłany przez telefonicznych niczym syreni śpiew (albo Puls) musi zawierać co najmniej trzy różne wiadomości.

Przyjdź, a będziesz bezpieczny — nie będziesz musiał walczyć o przetrwanie.

Przyjdź, a będziesz wśród swoich, na swoim miejscu.

Przyjdź, a będziesz mógł porozmawiać ze swoimi najbliższymi.

Przyjdź. Tak. To najważniejsze. A kiedy podszedłeś dostatecznie blisko, nie miałeś już wyboru. Telepatia i marzenia o bezpieczeństwie zrobiły swoje. Stawałeś w kolejce. Słuchałeś Łachmaniarza, który kazał ci się przesuwać, bo wszyscy chcą porozmawiać z najbliższymi i musimy załatwić wielu, zanim zajdzie słońce i puścimy *The Wind Beneath My Wings* Bette Midler.

Jak mogli to robić, chociaż nie było prądu, miasta spłonęły, a cywilizacja stoczyła się w krwawą otchłań? Jak zdołali zastąpić miliony telefonicznych szaleńców zabitych w pierwszych spazmach oraz późniejszych rzeziach stad? Mogli nadal to robić, ponieważ Puls się nie skończył. Gdzieś — w laboratorium przestępców albo w garażu jakiegoś świra — jakieś bateryjne urządzenie nadal działało, jakiś modem wciąż wysyłał swój piskliwy, szalony zew. Wysyłał sygnał do satelitów okrążających kulę ziemską lub wież przekaźników radarowych opasujących ją niczym stalowy pas. A pod jaki numer można było zadzwonić i być pewnym, że uzyska się połączenie, nawet jeśli głos w słuchawce płynął z automatycznej sekretarki zasilanej z baterii?

Oczywiście, 911.

I niemal na pewno tak było z Johnnym-ojej.

Clay wiedział, że tak było. Spóźnił się.

Dlaczego więc wciąż szedł na północ w ciemnościach i marznącej mżawce? Przed nim było Newfield, niedaleko, a tam zejdzie z drogi 11 na drogę numer 160 i jak się domyślał, wkrótce potem dni czytania drogowskazów (i czegokolwiek innego) skończą się dla niego na zawsze, więc dlaczego? Wiedział jednak dlaczego, tak jak wiedział, że głuchy trzask w oddali i krótkie, ciche wycie klaksonu dolatujące z deszczu i ciemności przed nim świadczą o tym, że jeden ze ścigających się sprinterów miał wypadek. Szedł dalej z powodu tej notatki na przeszklonych drzwiach, trzymającej się już tylko na jednej czwartej szerokości przezroczystej taśmy naderwanej przez wiatr. I z powodu tej drugiej, znalezionej na tablicy ogłoszeń w ratuszu, na pół zakrytej przez pełen nadziei list Iris Nolan do siostry. W obu listach jego syn napisał to samo, wielkimi literami: *PROSZĘ PRZYJDŹ PO MNIE.*

Jeśli już było za późno, żeby ocalić Johnny'ego, to może chociaż zdąży mu powiedzieć, że próbował. Może uda mu się pozostać sobą dostatecznie długo, żeby powiedzieć o tym synowi, nawet jeśli i jego zmuszą do skorzystania z telefonu komórkowego.

A co do podium i tysięcy widzów...

— W Kashwak nie ma stadionu — rzekł.

W jego myślach Jordan szepnął: *To wirtualny stadion.*

Clay odepchnął od siebie te myśli. Jak najdalej. Już podjął decyzję. Oczywiście to było szaleństwo, lecz ten świat oszalał, tak więc świadczyło o doskonałym dostosowaniu się Claya do rzeczywistości.

4

Za piętnaście trzecia rano, z otartymi nogami i przemoczony pomimo skafandra z kapturem, zabranego z chatki dozorcy w Springvale, Clay dotarł do skrzyżowania dróg numer 11 i 160. Na środku skrzyżowania wznosiła się sterta rozbitych pojazdów i corvetta, która przemknęła obok niego w North

Shapleigh, była teraz jej częścią. Kierowca zwisał z okna po lewej stronie, wypchnięty siłą zderzenia ze spuszczoną głową i rękami, a kiedy Clay próbował obrócić mu głowę, tak żeby zobaczyć jego twarz i sprawdzić, czy żyje, cała górna połowa ciała wypadła na szosę, ciągnąc za sobą gruby sznur wnętrzności. Clay chwiejnie podszedł do słupa telefonicznego, oparł nagle rozpalone czoło o drewno i wymiotował, dopóki miał czym.

Po drugiej stronie skrzyżowania, tam gdzie stosześćdziesiątka biegła na północ, stał sklep Newfield Trading Post. Ogłoszenie na wystawie obiecywało SŁODYCZE SYROP KLONOWY INDIAŃSKIE WYROBY PRZEKĄSKI. Wyglądał tak, jakby został nie tylko splądrowany, ale i rozbity, dawał jednak schronienie przed deszczem i okropnym widokiem. Clay wszedł do środka i usiadł ze spuszczoną głową, aż przestał się bać, że zemdleje. Znajdowały się tam zwłoki, czuł ich odór, ale ktoś nakrył plandeką wszystkie ciała oprócz dwóch, a te przynajmniej nie były w kawałkach. Chłodziarka z piwem była rozbita i pusta, ta z colą tylko rozbita. Wziął sobie ginger ale i wypił długimi, powolnymi łykami, robiąc przerwy na bekanie. Po chwili poczuł się trochę lepiej.

Bardzo tęsknił za przyjaciółmi; Clay widział przez całą noc tylko dwóch sprinterów, z których jeden już nie żył, i nie napotkał żadnej grupy uchodźców. Spędził całą tę noc w towarzystwie własnych myśli. Może pogoda zatrzymała wędrowców pod dachem, a może teraz podróżowali za dnia. Nie mieli żadnego powodu, żeby tego nie robić, jeśli telefoniczni przestali mordować, a zaczęli przemieniać.

Uświadomił sobie, że tego wieczoru nie słyszy tego, co Alice nazywała muzyką stada. Może wszystkie stada były na południu, poza jednym wielkim (zakładał, że ono musi być wielkie) dokonującym Kashwakaskich Konwersji. Nie obchodziło go to, pomimo samotności uważał urlop od *I Hope You Dance* i melodii przewodniej z *Summer Place* za dar losu.

Postanowił maszerować jeszcze najwyżej godzinę, a potem znaleźć jakąś kryjówkę. Ten zimny deszcz go dobijał. Clay wyszedł z Newfield Trading Post, nie patrząc na rozbitą corvettę i leżące obok niej w wodzie ludzkie szczątki.

5

W końcu szedł prawie do świtu, częściowo dlatego, że deszcz przestał padać, ale głównie dlatego, że przy drodze numer 160 nie było żadnego schronienia, tylko lasy. Potem, około czwartej trzydzieści, minął podziurawioną kulami tablicę z napisem WJEŻDŻASZ DO GURLEYVILLE, MIEJSCOWOŚCI O ROZPROSZONEJ ZABUDOWIE. Mniej więcej dziesięć minut później minął Gurleyville *raison d'être*, jeśli można to tak nazwać: miejscowy kamieniołom będący ogromną dziurą w skale z kilkoma barakami, wywrotkami i garażem u podnóża poszarpanych granitowych ścian. Clay zastanawiał się przez chwilę, czy nie spędzić nocy w jednym z baraków ze sprzętem, ale postanowił znaleźć coś lepszego i poszedł dalej. Nadal nie widział żadnych wędrowców i nie słyszał muzyki, nawet w oddali. Jakby był ostatnim człowiekiem na zicmi.

Nie był. Mniej więcej dziesięć minut po tym, jak minął kamieniołom, wdrapał się na szczyt pagórka i zobaczył w dole niewielkie miasteczko. Pierwszym napotkanym budynkiem była siedziba ochotniczej straży pożarnej Gurleyville (NIE ZAPO-MNIJ ODDAĆ KRWI W HALOWEEN — głosił napis na tablicy ogłoszeń; wyglądało na to, że na północ od Springvale nikt nie zna ortografii) i na parkingu stali naprzeciwko siebie dwaj telefoniczni przed smętnie wyglądającym wozem strażackim, który mógł być nowy mniej więcej pod koniec wojny w Korei.

Powoli odwrócili się do Claya, gdy oświetlił ich latarką, ale zaraz znów stanęli twarzami do siebie. Obaj byli mężczyznami, jeden miał około dwudziestu pięciu lat, a drugi ze dwa razy tyle. Niewątpliwie obaj byli telefonicznymi. Ubrania mieli brudne i w strzępach. Twarze pocięte i podrapane. Młodszy miał ciężko poparzoną prawą rękę. Lewe oko starszego było ledwie widoczne zza fałdów paskudnie napuchniętego i zapewne zakażonego ciała. Jednak nie ich wygląd był najważniejszy, tylko to, co poczuł Clay: takie same duszności, jakich on i Tom doświadczyli na stacji benzynowej Citgo w Gaiten, kiedy poszli do biura po kluczyki od cysterny z propanem-butanem. Wrażenie jakiejś wzbierającej siły.

Przecież właściwie była noc. Przy tak grubej warstwie chmur świt szybko nie nadejdzie. Co ci faceci robili tu w nocy?

Clay zgasił latarkę, wyjął czterdziestkępiątkę Beth Nickerson i czekał, co się wydarzy. Przez kilka sekund myślał, że nic się nie stanie i wszystko ograniczy się do tej dziwnej duszności oraz wrażenia, iż zaraz coś się zdarzy. Nagle usłyszał przeciągły jęk, przypominający brzęk rezonującej piły. Spojrzał w górę i zauważył, że elektryczne kable przechodzące nad siedzibą straży gwałtownie się kołyszą, tak szybko, że trudno było je dostrzec.

— Idź-obie! — zawołał z najwyższym trudem młodszy z mężczyzn.

Clay podskoczył. Gdyby trzymał palec na spuście, niemal na pewno by go nacisnął. To nie było „au" czy „ii", ale słowa. Miał wrażenie, że słyszy je także w swojej głowie, ale ledwie, ledwie. Raczej ich gasnące echo.

— Ty! ...Idź! — odparł starszy mężczyzna.

Miał na sobie obszerne bermudy z wielką brązową plamą na siedzeniu. Mogło to być błoto lub kał. On też mówił z wysiłkiem, ale jego słowa nie odbiły się echem w głowie Claya. To jednak upewniło Claya, że naprawdę słyszał poprzednie.

Tamci zupełnie o nim zapomnieli. Tego był pewien.

— Mój! — powiedział młodszy, i tym razem z ogromnym trudem. Wydawało się, że cały trzęsie się z wysiłku. Za jego plecami kilka szyb w okienkach szerokich drzwi garażu rozsypało się na kawałki.

Zapadła długa cisza. Clay patrzył zafascynowany, po raz pierwszy, od kiedy opuścił Kent Pond, zupełnie zapomniawszy o Johnnym. Starszy zdawał się zaciekle myśleć, zaciekle walczyć. Clay doszedł do wniosku, że ten człowiek usiłuje wypowiedzieć się w taki sposób, w jaki mówił przed Pulsem.

Na budynku siedziby ochotniczej straży pożarnej, który był właściwie zwyczajnym garażem, krótko zawyła syrena, jakby przepłynął przez nią jakiś zabłąkany ładunek elektryczny. Stary wóz strażacki zamrugał światłami — przednimi i bocznymi — na moment oświetlając obu mężczyzn i płosząc ich cienie.

— Diabła! Gadanie! — zdołał wykrztusić starszy mężczyzna.

Wypluwał te słowa, jakby były kawałkiem mięsa, który uwiązł mu w gardle.

— Mójóz! — prawie wrzasnął młodszy, a w głowie Claya ten sam głos szepnął: *Mój wóz*. No tak, wszystko jasne. Zamiast o batoniki walczyli o stary wóz strażacki. Tylko że tym razem robili to w nocy — owszem, przed świtem, ale jeszcze po ciemku — i prawie mówili do siebie. Do diabła, naprawdę mówili.

Jednak wyglądało na to, że przestali mówić. Młodszy mężczyzna pochylił głowę, rzucił się na starszego i uderzył go bykiem w pierś. Starszy runął na wznak. Młodszy potknął się o jego nogi i upadł na kolana.

— Diabła! — krzyknął.

— Kurwa! — wrzasnął drugi.

Nie było cienia wątpliwości. Tego słowa nie można pomylić z jakimś niezrozumiałym dźwiękiem.

Podnieśli się z ziemi i znów stanęli jakieś dziesięć stóp od siebie. Clay czuł ich nienawiść. Wypełniała mu czaszkę, wypychała gałki oczne, szukając ujścia.

Młodszy wybełkotał:

— Tto... mójóz!

A jego cichy głos powiedział w głowie Claya: *To mój wóz*.

Starszy nabrał tchu. Z wysiłkiem zamachnął się pokrytą strupami ręką i zdzielił młodego w szczękę.

— Siedź. Na dupie! — powiedział zupełnie wyraźnie.

Obaj pochylili się i skoczyli na siebie. Zderzyli się głowami z trzaskiem, na którego dźwięk Clay aż się skrzywił. Tym razem wyleciała reszta szyb garażu. Syrena na dachu wydała przeciągły okrzyk wojenny i umilkła. Lampy na dachu remizy nagle rozbłysły i paliły się przez jakieś trzy sekundy, zasilane energią czystego szaleństwa. Britney Spears zaczęła gdzieś śpiewać *Oops!... I Did It Again*. Dwa kable energetyczne pękły z melodyjnym brzękiem i upadły tuż przed Clayem, który pospiesznie się cofnął. Pewnie nie były pod napięciem, nie powinny, ale...

Starszy mężczyzna osunął się na kolana. Krew spływała mu po policzkach.

— Mój wóz! — powiedział najzupełniej wyraźnie, po czym upadł na twarz.

Młodszy odwrócił się do Claya, jakby biorąc go na świadka swojego zwycięstwa. Krew sączyła mu się po zlepionych, brudnych włosach i między oczami, a także po obu stronach nosa. Clay zauważył, że jego oczy wcale nie były puste. Płonęło w nich szaleństwo. W tym momencie Clay pojął — natychmiast, całkowicie i bezdyskusyjnie — że jeśli ten cykl prowadził do takiego stanu, to jego synowi już nie można pomóc.

— Mójóz! — wrzasnął młodzieniec. — Mójóz! Mójóz!

Syrena wozu strażackiego zawyła krótkim, cichnącym warknięciem, jakby przytakując.

— MÓJ...

Clay zastrzelił go i wepchnął rewolwer do kabury. Do diabła z tym, pomyślał, tylko raz mogą postawić mnie na podium. Pomimo to cały się trząsł i kiedy włamał się do jedynego motelu w Gurleyville, znajdującego się na drugim końcu miasteczka, długo nie mógł zasnąć. We śnie zamiast Łachmaniarza odwiedził go syn, brudny dzieciak o pustym spojrzeniu, który na jego wołanie odpowiedział: *Idź diabła, mójóz.*

6

Przebudził się z tego snu na długo przed zmrokiem, ale nie mógł już zasnąć i postanowił, że pójdzie dalej. A kiedy pozostawi za sobą Gurleyville — chociaż niewiele było do pozostawiania — pojedzie samochodem. Nie było żadnego powodu, żeby tego nie robić: droga numer 160 była niemal zupełnie pusta, zapewne z powodu tamtego paskudnego karambolu na skrzyżowaniu z drogą numer 11. Po prostu nie zauważył tego w ciemności i deszczu.

Łachmaniarz i jego przyjaciele oczyścili trasę, pomyślał. Oczywiście, że tak, przecież to pieprzony spęd bydła. Mnie zapewne prowadzi do rzeźni. Ponieważ jestem starą, niezałatwioną sprawą. Chcą jak najszybciej przybić stempel ZAPŁACONO i wepchnąć moją teczkę do archiwum. Szkoda, że nie ma tu Toma, Jordana i pozostałych trojga. Ciekawe, czy zdołali dotrzeć bocznymi drogami do środkowego New Hampshire...

Wszedł na szczyt wzniesienia i natychmiast przestał o tym myśleć. Na środku drogi stał zaparkowany mały żółty szkolny autobus z napisem **MAINE SCHOOL DISTRICT 38 NEWFIELD**. Opierając się o niego, stali tam mężczyzna i chłopiec. Mężczyzna obejmował chłopca przyjacielskim gestem, który Clay rozpoznałby wszędzie. Gdy tak stał, skamieniały, nie wierząc własnym oczom, zza tępego nosa autobusu wyszedł drugi mężczyzna. Długie siwe włosy miał związane w kucyk. Za nim podążała ciężarna kobieta w bawełnianej koszulce. Wprawdzie koszulka była stalowoniebieska, a nie czarna z emblematem Harleya-Davidsona, ale to była Denise.

Jordan zauważył go i zawołał po imieniu. Wyrwał się Tomowi i zaczął biec. Clay pobiegł mu naprzeciw. Spotkali się jakieś trzydzieści jardów od szkolnego autobusu.

— Clay! — wykrzyknął Jordan. Szalał z radości. — To naprawdę ty!

— To ja! — potwierdził Clay. Podrzucił Jordana w powietrze, a potem ucałował. Wprawdzie Jordan to nie Johnny, ale też dobrze, przynajmniej na razie. Uściskał chłopca, a potem postawił na ziemi i przyjrzał się jego zmizerniałej twarzy, dostrzegając brązowe kręgi pod oczami. — Jak się tu dostaliście, na Boga?

Jordan spochmurniał.

— Nie mogliśmy... no cóż, śniliśmy...

Tom nadszedł raźnym krokiem. Ponownie zignorował wyciągniętą rękę Claya i uściskał go.

— Jak leci, van Goghu? — zapytał.

— W porządku. Cholernie miło was widzieć, chłopcy, ale nie rozumiem...

Tom posłał mu uśmiech. Znużony i miły, uśmiech — białą flagę.

— Nasz geniusz komputerowy usiłuje ci powiedzieć, że w rezultacie nie mieliśmy wyboru. Wsiądźmy do tego żółtego autobusu. Ray mówi, że jeśli szosa będzie przejezdna — a jestem pewien, że będzie — dotrzemy do Kashwak przed zachodem słońca, nawet jadąc trzydzieści mil na godzinę. Czytałeś kiedyś *Dom na Przeklętym Wzgórzu*?

Zaskoczony Clay przecząco pokręcił głową.

— Widziałem film.

— Jest tam fragment, który pasuje do obecnej sytuacji: „Podróże kończą się spotkaniem zakochanych". Wygląda na to, że może jednak poznam twojego chłopaka.

Zeszli do autobusu. Dan Hartwick podsunął Clayowi puszkę miętusów Altoids, którą trzymał niezupełnie pewną dłonią. Tak jak Jordan i Tom, wyglądał na wyczerpanego. Clay, jak we śnie, wziął jednego miętusa. Koniec świata czy nie, miały dziwnie mocny aromat.

— Hej, człowieku — powiedział Ray.

Siedział za kierownicą autobusu, czapkę Delfinów miał zsuniętą do tyłu, a w jednej ręce trzymał zapalonego papierosa. Był blady i spięty. Patrzył przez przednią szybę, nie na Claya.

— Hej, co powiesz, Ray? — zrymował Clay.

Ray uśmiechnął się krzywo.

— Powiem, że słyszałem to już kilka razy.

— Jasne, co najmniej kilkaset. Powiedziałbym, że miło cię widzieć, ale nie jestem pewien, czy w tych okolicznościach chciałbyś to usłyszeć.

Wciąż patrząc przez przednią szybę, Ray odparł:

— Tam jest ktoś, kogo z pewnością nie chciałbyś oglądać.

Clay spojrzał. Pozostali również. Niecałe ćwierć mili na północ droga numer 160 wspinała się na następne wzgórze. Stał tam Łachmaniarz w bluzie HARVARD jeszcze brudniejszej niż przedtem, ale wciąż dobrze widocznej na tle szarego popołudniowego nieba, i patrzył na nich. Otaczało go około pięćdziesięciu telefonicznych. Zauważył, że mu się przyglądają. Podniósł rękę i pomachał nią dwukrotnie na boki, jak człowiek przecierający przednią szybę. Potem odwrócił się i zaczął odchodzić, a jego świta (jego stadko, pomyślał Clay) poszła za nim w luźnym dwuszeregu nieco przypominającym klucz ptaków. Wkrótce zniknęli w oddali.

ROBAK

1

Zatrzymali się na przydrożnym parkingu kawałek dalej. Właściwie nikt nie był głodny, ale dzięki temu Clay miał okazję zadać im kilka pytań. Ray nic nie jadł, tylko siedział po zawietrznej na obmurowaniu paleniska i palił papierosa, słuchając. Nie brał udziału w rozmowie. Clay pomyślał, że wygląda na kompletnie przybitego.

— Sądzimy, że zatrzymaliśmy się tutaj — powiedział Dan, wskazując na przydrożny parking, otoczony przez świerki i drzewa liściaste w jesiennych barwach, na szemrzący strumyk i początek turystycznego szlaku z napisem IDĄC **ZABIERZ MAPĘ!** — Zapewne zatrzymaliśmy się tutaj, ponieważ... — Spojrzał na Jordana. — Powiedziałbyś, że zatrzymaliśmy się tu, Jordan? Ty chyba masz najlepsze wyczucie.

— Tak — odparł bez namysłu Jordan. — To rzeczywistość.

— Yhm — potwierdził Ray, nie podnosząc wzroku. — Jesteśmy tu, na pewno. — Poklepał obmurówkę paleniska, przy czym jego obrączka cicho brzęknęła o kamień. — To rzeczywistość. Znów jesteśmy razem, tak jak chcieli.

— Nie rozumiem — powiedział Clay.

— My też niezupełnie to rozumiemy — rzekł Dan.

— Oni są znacznie silniejsi, niż przypuszczaliśmy — wtrącił

343

Tom. — Tyle wiem. — Zdjął okulary i wytarł je o koszulę. Zrobił to ze znużeniem, machinalnie. Wyglądał na starszego o dziesięć lat od tego Toma, którego Clay poznał w Bostonie. — Mieszali nam w głowach. Mocno. Nie mieliśmy szans.

— Wyglądacie na wyczerpanych, wszyscy — odparł Clay. Denise zaśmiała się.

— Tak? No cóż, nie bez powodu. Zostawiliśmy cię i poszliśmy jedenastką na zachód. Szliśmy, aż zobaczyliśmy, że zaczyna świtać. Jazda samochodem nie miała sensu, ponieważ droga była zatarasowana. Może dałoby się przejechać z ćwierć mili, a potem...

— „Rafy", wiem — wtrącił Clay.

— Ray powiedział, że będzie lepiej, kiedy znajdziemy się na zachód od Spaulding, ale postanowiliśmy spędzić ten dzień w motelu Twilight.

— Słyszałem o nim — rzekł Clay. — Na skraju lasu Vaughan. W moich stronach jest dość znany.

— Tak? Dobrze. — Wzruszyła ramionami. — Tak więc weszliśmy tam i dzieciak — Jordan — mówi: „Zrobię wam najwspanialsze śniadanie, jakie jedliście w życiu". A my na to: „Śnij dalej, mały", co okazało się zabawne, ponieważ w pewnym sensie był to sen, ale w motelu był prąd i Jordan przyrządził śniadanie. Cholernie obfite. Wszyscy siedliśmy przy stole. To było jak świąteczny posiłek. Dobrze mówię?

Dan, Tom i Jordan skinęli głowami. Siedzący na obmurówce Ray tylko zapalił następnego papierosa.

Według relacji Denise jedli w jadalni, co Clay uznał za fascynujące, ponieważ był pewien, że w Twilight, będącym skromnym motelem na granicy stanów Maine i New Hampshire, nie ma takiej sali. Plotki głosiły, że pokoje są tam mikroskopijne, a jedynymi udogodnieniami są prysznice z zimną wodą i telewizja kablowa z ostrymi filmami dla dorosłych.

Opowieść Denise stawała się coraz dziwniejsza. W motelu była szafa grająca. Bez Lawrence'a Welka i Debby Boone;

zawierała same gorące kawałki (włącznie z piosenką Donny Summer o takim tytule), więc zamiast położyć się spać, tańczyli — wytrwale — przez dwie lub trzy godziny. Potem przed pójściem do łóżek zjedli następny obfity posiłek, tym razem przygotowany przez Denise. Później wszyscy położyli się spać.

— I śniliśmy, że idziemy — rzekł Dan. Powiedział to niepokojąco gorzkim tonem. To nie był ten sam człowiek, którego Clay spotkał dwa dni temu, ten, który mówił: „Jestem prawie pewien, że na jawie możemy nie wpuszczać ich do naszych głów" oraz „Może naprawdę się nam uda. Oni dopiero zaczynają". Teraz zaśmiał się niewesoło. — Człowieku, nic dziwnego, że nam się to śniło, ponieważ właśnie to robiliśmy. Szliśmy przez cały dzień.

— Niecały — sprostował Tom. — Ja śniłem, że prowadzę samochód...

— Taak, prowadziłeś — szepnął Jordan. — Tylko przez godzinę lub dwie, ale prowadziłeś. To było wtedy, kiedy śniliśmy, że śpimy w motelu. W Twilight. Ja też śniłem, że prowadzę. To było jak sen we śnie. Tylko że ten był realny.

— Widzisz? — powiedział Tom, uśmiechając się do Claya. Zmierzwił gęstą czuprynę Jordana. — W pewien sposób Jordan cały czas wiedział.

— Wirtualna rzeczywistość — dodał Jordan. — To wszystko. Niemal jak w grze wideo. I wcale nie aż tak dobrej. — Spojrzał na północ, tam gdzie zniknął Łachmaniarz. W kierunku Kashwak. Będzie lepsza, jeśli oni będą lepsi.

— Te sukinsyny nie mogą tego robić po zmroku — przypomniał Ray. — Muszą kiedyś spać, cholera.

— Pod koniec dnia, tak jak my — powiedział Dan. — O to im chodziło. Chcieli nas zmęczyć, tak byśmy się nie zorientowali, nawet kiedy zapadnie noc i stracą nad nami kontrolę. W ciągu dnia rektor Harvardu zawsze był w pobliżu razem ze sporym stadkiem, przesyłając to telepatyczne pole siłowe, tworząc wirtualną rzeczywistość Jordana.

— Na pewno — przyznała Denise. — Tak.

Clay wyliczył, że wszystko to działo się wtedy, kiedy on spał w chacie dozorcy.

— Nie tylko chcieli nas zmęczyć — dodał Tom — czy nawet zawrócić na północ. Chcieli, byśmy znów byli razem.

Piątka wędrowców napotkała splądrowany motel przy drodze numer 47 — głównej drodze, niezbyt daleko na południe od wielkich stad. Tom przyznał, że czuli się zagubieni. Dźwięki rozbrzmiewającej w pobliżu muzyki jeszcze pogłębiały ten stan. Wszyscy przeczuwali, co się stanie, ale Jordan powiedział to głośno i zwrócił ich uwagę na oczywisty fakt: próba ucieczki okazała się nieudana. Owszem, zapewne mogliby wymknąć się z motelu, w którym się znaleźli, i ponownie ruszyć na zachód, ale jak daleko dotarliby tym razem? Byli wyczerpani. Gorzej, byli przygnębieni. Jordan twierdził, że telefoniczni mogli nawet kazać kilku normalnym, żeby śledzili ich w nocy.

— Zjedliśmy — powiedziała Denise — ponieważ byliśmy bardzo głodni, nie tylko zmęczeni. Potem naprawdę położyliśmy się spać i spaliśmy aż do rana.

— Ja zbudziłem się pierwszy — rzekł Tom. — Łachmaniarz we własnej osobie stał na dziedzińcu. Ukłonił mi się i machnięciem ręki wskazał na drogę. — Clay dobrze pamiętał ten gest. *Droga jest wasza. Idźcie i weźcie ją sobie.* — Pewnie mogłem go zastrzelić, bo miałem Pana Szybkostrzelnego, ale co by nam to dało?

Clay potrząsnął głową. Nic dobrego.

Wrócili na drogę i najpierw poszli czterdziestkąsiódemką. Potem, powiedział Tom, telepatycznie skierowano ich na nieoznakowaną leśną drogę, która wiła się na południowy wschód.

— Tego ranka nie mieliście żadnych wizji? — zapytał Clay. — Żadnych snów?

— Nie — odparł Tom. — Wiedzieli, że zrozumieliśmy. W końcu umieją czytać w myślach.

— Usłyszeli, że się poddajemy — dorzucił Dan tym samym

przygnębionym, gorzkim tonem. — Ray, masz może na zbyciu papierosa? Rzuciłem palenie, ale chyba wrócę do nałogu. Ray bez słowa rzucił mu paczkę.

— Jakby ktoś cię popychał, tylko w twojej głowie — ciągnął Tom. — Niezbyt przyjemne. Wkurzające w stopniu, jakiego nie potrafię opisać. I przez cały czas czuliśmy w pobliżu obecność Łachmaniarza i jego stada wędrującego z nami. Czasem widzieliśmy ich za drzewami, przeważnie jednak nie.

— Zatem już nie migrują rano i wieczorem — powiedział Clay.

— Nie, to się zmieniło — oświadczył Dan. — Jordan ma pewną teorię, bardzo interesująca i popartą dowodami. Ponadto jesteśmy dla nich bardzo ważni. — Zapalił papierosa. Zaciągnął się. Zakaszlał. — Kurwa, wiedziałem, że z jakiegoś powodu rzuciłem palenie. — I dodał, niemal jednym tchem: — Oni potrafią unosić się w powietrzu, wiesz? Lewitować. Pewnie przydaje im się to przy wędrowaniu po tych zablokowanych drogach. Coś jak latający dywan.

Po przejściu około mili drogą pozornie wiodącą donikąd, natrafili na chatę z zaparkowanym przed nią pick-upem. Kluczyki były w stacyjce. Ray poprowadził, a Tom i Jordan jechali z tyłu. Nikt z nich się nie zdziwił, gdy leśna droga w końcu znów skręciła na północ. Zanim się skończyła, nawigacyjny promień w ich głowach kazał im skręcić w następną, a potem jeszcze inną, ledwie widoczną i porośniętą na środku chwastami. Ta skończyła się w błotnistej kałuży, w której ugrzązł pick-up, ale po godzinnym marszu dotarli do drogi numer 11, na południe od jej skrzyżowania ze 160.

— Było tam dwóch martwych telefonicznych — powiedział Tom. — Zginęli niedawno. Zerwane przewody, połamane słupy. Wrony miały ucztę.

Clay już miał im opowiedzieć o tym, co widział przed siedzibą ochotniczej straży pożarnej w Gurleyville, ale się rozmyślił. Jeśli miało to jakiś związek z ich obecną sytuacją, to

347

on go nie dostrzegał. Ponadto było mnóstwo takich telefonicznych, którzy nie walczyli ze sobą, tylko popychali naprzód Toma i pozostałych.

Ta siła nie doprowadziła ich do żółtego autobusu — Ray znalazł go sam, badając okolicę Newfield Trading Post, podczas gdy reszta popijała napoje z tego samego dystrybutora, z którego korzystał Clay. Ray zauważył autobus przez okno na tyłach.

Od tej pory zatrzymali się tylko raz, żeby rozpalić ogień na granitowym dnie kamieniołomu Gurleyville i zjeść gorący posiłek. Ponadto zmienili obuwie na nowe, zabrane z Newfield Trading Post — gdyż po marszu przez las byli ubłoceni prawie do kolan — i odpoczywali przez godzinę. Widocznie przejechali obok motelu Gurleyville mniej więcej wtedy, kiedy Clay się zbudził, gdyż wkrótce potem kazano im przystanąć.

— I oto jesteśmy — rzekł Tom. — To już prawie koniec tej historii. — Machnięciem ręki wskazał na niebo, ziemię i drzewa. — Pewnego dnia, synu, to wszystko będzie twoje.

— Nie czuję już tego ponaglania, przynajmniej na razie — oznajmiła Denise. — I cieszę się z tego. Pierwszy dzień był najgorszy, wiesz? Chcę powiedzieć, że Jordan najlepiej zdawał sobie sprawę z tego, że coś jest nie tak, ale myślę, że wszyscy wiedzieliśmy, że to wszystko nie jest... no wiesz, takie jak należy.

— Taak — mruknął Ray. Pomasował sobie kark. — Jakbyśmy byli w bajce dla dzieci, w której ptaki i węże umieją mówić. I mówią takie rzeczy, jak: „Nic ci nie jest, czujesz się świetnie, nieważne, że bolą cię nogi, jesteś superowy". Superowo — używaliśmy tego słowa, kiedy dorastałem w Lynn.

— Lynn, Lynn, to miasto grzechu, pójdziesz z niego do nieba, nie wpuszczą cię, brachu — zanucił Tom.

— Naprawdę wychowałeś się wśród głęboko wierzących — skomentował ten popis Ray. — No cóż, dzieciak wiedział, jak jest, ja wiedziałem, jak jest, kurwa, chyba wszyscy wiedzieliśmy, jak jest. Tylko skończony półgłówek mógł myśleć, że uda nam się uciec...

— Wierzyłem w to, dopóki mogłem, ponieważ chciałem w to wierzyć — powiedział Dan. — Ale chcecie znać prawdę? Nie mieliśmy szans. Inni normalni być może mieli, ale nie my, zabójcy stad. Chcą nas dopaść za wszelką cenę.

— Jak sądzisz, co zamierzają z nami zrobić? — zapytał Clay.

— Och, zabić — odparł niemal obojętnie Tom. — Przynajmniej wreszcie się wyśpię.

Clay połączył kilka faktów, które dały mu do myślenia. Na początku tej rozmowy Dan twierdził, że zachowanie telefonicznych uległo zmianie i Jordan ma w związku z tym pewną teorię. Teraz powiedział „za wszelką cenę".

— Niedaleko stąd widziałem, jak dwaj telefoniczni rzucili się na siebie — powiedział.

— Naprawdę? — rzekł bez specjalnego zainteresowania Dan.

— W nocy — dodał i teraz wszyscy na niego spojrzeli. — Walczyli o wóz strażacki. Jak dwaj chłopcy o zabawkę. Odebrałem słabe sygnały telepatyczne od jednego z nich, ale obaj mówili.

— Mówili? — spytała sceptycznie Denise. — Prawdziwymi słowami?

— Prawdziwymi słowami. Chwilami niewyraźnie, ale zdecydowanie były to słowa. Ilu zabitych telefonicznych widzieliście? Tylko tych dwóch?

— Od kiedy zdaliśmy sobie sprawę z tego, gdzie naprawdę jesteśmy, widzieliśmy co najmniej tuzin — odrzekł Dan. Popatrzył na pozostałych. Tom, Denise i Jordan skinęli głowami. Ray wzruszył ramionami i zapalił następnego papierosa. — Jednak trudno byłoby ustalić przyczynę ich śmierci. Może cofają się w rozwoju. To pasowałoby do teorii Jordana, chociaż do umiejętności mówienia — nie. Może były to ciała tych, którzy nie pasowali do stad i zostali usunięci. Uprzątanie zwłok teraz nie jest dla nich najważniejsze.

— My jesteśmy dla nich najważniejsi i wkrótce popędzą nas dalej — powiedział Tom. — Nie sądzę, żebyśmy... no wiecie, trafili na ten wielki stadion wcześniej niż jutro, ale jestem pewien, że przed jutrzejszą nocą chcą mieć nas w Kashwak.

— Jordan, jaką masz teorię? — zapytał Clay.

— Sądzę, że w oryginalnym programie był robak — odparł Jordan.

2

— Nie rozumiem — rzekł Clay — ale to u mnie normalne. Jeśli chodzi o komputery, to używam Worda, Adobe Illustratora i MacMaila. Poza tym jestem komputerowym analfabetą. Johnny musiał pokazać mi, jak układać pasjans, który miałem na dysku mojego maca.

Mówienie o tym bolało. Jeszcze bardziej wspomnienie dłoni Johnny'ego, zaciśniętej na jego ręce trzymającej mysz.

— Jednak wiesz, co to jest robak komputerowy, prawda?

— To coś, co dostaje się do twojego komputera i rozwala wszystkie programy, tak?

Jordan przewrócił oczami, ale rzekł:

— Mniej więcej. Może zaszyć się w oprogramowaniu, niszcząc przy tym twoje pliki i twardy dysk. Jeśli dostanie się do programów shareware'owych lub materiałów, które rozsyłasz — a tak się dzieje — rozprzestrzenia się jak wirus. Niekiedy robak ma małe. Sam robak potrafi mutować, a jego potomstwo czasem jeszcze bardziej. Rozumiesz?

— Rozumiem.

— Puls był programem komputerowym rozsyłanym przez modem — tylko w taki sposób mógł działać. I nadal jest wysyłany przez modem. Tyle że miał w sobie robaka, który niszczy program. Tak więc Puls z każdym dniem ulega degradacji. GIGO. Wiesz, co oznacza skrót GIGO?

— Nie wiem nawet, jak dojechać do Doliny Krzemowej — odparł Clay.

— Oznacza „śmieci na wejściu, śmieci na wyjściu". Sądzimy, że telefoniczni zorganizowali punkty, w których zmieniają normalnych w...

Clay przypomniał sobie swój sen.

— W tej kwestii wiem więcej niż wy.

— Tylko że teraz wprowadzają im złe oprogramowanie. Rozumiesz? Ta teoria ma sens, ponieważ to nowi telefoniczni najszybciej giną. W walce, z wycieńczenia albo z przyczyn naturalnych.

Nie masz dość danych, żeby tak twierdzić — odparł natychmiast Clay.

Myślał o Johnnym.

Jordan miał błysk w oczach. Teraz trochę przygasł.

— To prawda. — Zaraz jednak się ożywił. — Jednak to logiczne. Jeśli to założenie jest prawdziwe, jeżeli to robak, który aktywnie zagłębia się coraz bardziej w oryginalny program, to ta teoria jest równie logiczna jak łacina, którą się posługują. Nowi telefoniczni ładują system, ale jest to pochrzanione, felerne oprogramowanie. Mają zdolności telepatyczne, ale nadal umieją mówić. Oni...

— Jordanie, nie możesz wyciągać takiego wniosku na podstawie tych dwóch, których widziałem...

Jordan nie zwracał na niego uwagi. Mówił do siebie.

— Nie tworzą stad jak tamci, nie tak zdecydowanie, ponieważ instynkt stadny nie zostaje prawidłowo zaszczepiony. Tak więc... późno kładą się spać i wcześnie wstają. Są agresywni wobec siebie. I jeśli to się pogorszy... nie rozumiesz? Najnowsi telefoniczni będą pierwszymi, którzy oberwą!

— Jak w *Wojnie światów* — rzekł sennie Tom.

— Hm? — zdziwiła się Denise. — Nie widziałam tego filmu. Wydawał mi się zbyt przerażający.

— Najeźdźców zabiły mikroby tolerowane przez ludzki

organizm — wyjaśnił Tom. — Czyż nie byłaby to poetycka sprawiedliwość, gdyby telefoniczni szaleńcy wyginęli z powodu wirusa komputerowego?

— Ja zadowoliłbym się niekontrolowaną agresją — mruknął Dan. — Niechby się pozabijali w jednej wielkiej bitwie.

Clay wciąż myślał o Johnnym. O Sharon też, ale głównie o Johnnym. O Johnnym, który napisał PROSZĘ PRZYJDŹ PO MNIE wielkimi literami i podpisał się dwoma imionami i nazwiskiem, jakby to dodawało powagi jego prośbie.

— Nic nam to nie pomoże, jeśli nie dojdzie do niej dziś wieczorem — wtrącił Ray Huizenga. Wstał i przeciągnął się. — Wkrótce nas popędzą. Pójdę za potrzebą, póki czas. Nie ruszajcie beze mnie.

— Na pewno nie odjedziemy autobusem — rzucił Tom za wchodzącym na szlak Rayem. — Masz w kieszeni kluczyki.

— Mam nadzieję, że dobrze ci pójdzie, Ray — powiedziała uprzejmie Denise.

— Nikt nie lubi spryciarzy, kochana — odparł Ray i zniknął im z oczu.

— Co zamierzają z nami zrobić? — zapytał Clay. — Czy ktoś się domyśla?

Jordan wzruszył ramionami.

— To może być coś w rodzaju telewizji kablowej, tylko obejmującej różne rejony kraju. Może nawet świata. Rozmiary tego stadionu sugerują...

— I ta łacina — dorzucił Dan. — To przecież *lingua franca*.

— Do czego jest im potrzebna? — spytał Clay. — Przecież są telepatami.

— Jednak myślą głównie słowami — rzekł Tom. — Przynajmniej dotychczas. W każdym razie zamierzają nas stracić, Clay. Tak uważa Jordan, Dan i ja też.

— Ja również — dodała Denise, cicho i smętnie, po czym pogładziła swój zaokrąglony brzuch.

— Łacina to coś więcej niż *lingua franca*. To język sprawiedliwości i widzieliśmy już, w jakich sytuacjach używają go telefoniczni.

Gunner i Harold. Tak. Clay skinął głową.

— Jordan wpadł na jeszcze jeden pomysł — poinformował ich Tom. — Myślę, że powinieneś go wysłuchać, Clay. Na wszelki wypadek. Jordan?

Jordan pokręcił głową.

— Nie mogę.

Tom i Dan Hartwick popatrzyli po sobie.

— No cóż, niech któryś z was mi to powie — rzekł Clay. — Na rany boskie!

— Ponieważ są telepatami, wiedzą, kim są nasi najbliżsi... — wyjaśnił Jordan.

Clay spróbował doszukać się w tym czegoś groźnego, ale nie zdołał.

— I co z tego?

— Mam brata w Providence — powiedział Tom. — Jeśli jest jednym z nich, będzie moim katem. Jeżeli Jordan ma rację.

— A moim siostra — rzekł Dan Hartwick.

— Moim opiekun mojej grupy — oznajmił Jordan. Był bardzo blady. — Ten z megapikselowym telefonem Nokii, która odtwarza filmy wideo.

— Moim mąż — powiedziała Denise i zalała się łzami. — Chyba że nie żyje. Modlę się, żeby nie żył.

Clay przez chwilę nie pojmował. Potem pomyślał: John? Mój Johnny? Zobaczył Łachmaniarza trzymającego rękę nad jego głową, usłyszał, jak Łachmaniarz wypowiada sentencję: *Ecce homo — insanus.* I zobaczył syna idącego ku niemu w czapeczce Małej Ligi odwróconej daszkiem do tyłu i ulubionej koszulce, tej z nazwiskiem i numerem Tima Wakefielda. Mały Johnny oglądany przez miliony obserwujące to jak w kablowej telewizji, dzięki cudowi telepatii stada.

Mały Johnny-ojej, uśmiechnięty. Z pustymi rękami.

Uzbrojony jedynie w swoje zęby.

To Ray przerwał ciszę, chociaż go tam nie było.

— O Jezu! — zawołał gdzieś w pobliżu. — Kurwa. — A potem: — Hej, Clay!

— Co jest? — odkrzyknął Clay.

— Mieszkałeś tu przez całe życie, tak?

Głos Raya nie był głosem szczęśliwego turysty. Clay popatrzył na pozostałych i napotkał zdziwione spojrzenia. Jordan wzruszył ramionami i rozłożył ręce, na jedną wzruszającą chwilę stając się chłopcem, a nie jeszcze jedną ofiarą Wojny Telefonicznej.

— No cóż... w pobliżu, owszem. — Clay wstał. — W czym problem?

— Potrafisz rozpoznać sumaka jadowitego, prawda?

Denise już miała parsknąć śmiechem, ale zakryła usta rękami.

— Tak — zawołał Clay.

Nie zdołał powstrzymać uśmiechu, ale dobrze wiedział, jak wygląda ta roślina, dostatecznie często ostrzegał przed nią Johnny'ego i jego kolegów z podwórka.

— No to przyjdź tu i popatrz — powiedział Ray. — I przyjdź sam. — A potem, niemal jednym tchem: — Denise, nie potrzebuję telepatii, żeby wiedzieć, że się śmiejesz. Przestań, dziewczyno.

Clay opuścił przydrożny parking, przeszedł obok tablicy z napisem IDĄC **ZABIERZ MAPĘ**!, a potem obok malowniczego strumyka. Teraz wszystko w tym lesie było śliczne: całe spektrum ciepłych kolorów zmieszanych z wyrazistą, niezmienną zielenią świerków i Clay pomyślał (nie po raz pierwszy), że jeśli wolą bożą jest, by ludzie umierali, są na to gorsze pory roku niż ta.

Spodziewał się, że zastanie Raya z rozpiętymi spodniami lub opuszczonymi do kostek, lecz zobaczył go stojącego na dywanie igieł, zupełnie ubranego. Wokół nie było żadnych krzaków, sumaka ani niczego takiego. Ray był blady jak Alice, kiedy wpadła do salonu Nickersonów, żeby zwymiotować. Był blady jak śmierć. Tylko jego oczy były wciąż żywe. Paliły się gorączkowym blaskiem.

— Chodź tu — szepnął konspiracyjnie. Clay ledwie go usłyszał przez głośny plusk strumyka. — Szybko. Nie mamy dużo czasu.

— Ray, co do diabła...

— Nic nie mów, tylko słuchaj. Dan i twój kumpel Tom są zbyt sprytni. Jordy też. Czasem rozum przeszkadza. Denise jest lepsza, ale w ciąży. Ciężarnej kobiecie nie można ufać. Tak więc musisz to być ty, panie artysto. Nie podoba mi się to, ponieważ wciąż myślisz o swoim synu, ale z nim już koniec. W głębi serca sam o tym wiesz. Twój dzieciak jest załatwiony.

— Wszystko u was w porządku, chłopcy? — zawołała Denise i Clay usłyszał rozbawienie w jej głosie.

— Ray, nie wiem, co...

— Właśnie i niech tak zostanie. Tylko słuchaj. To, czego chce ten popapraniec w czerwonej bluzie, nie zdarzy się, jeśli mu na to nie pozwolisz. Tylko tyle musisz wiedzieć.

Ray sięgnął do kieszeni spodni i wyjął telefon komórkowy oraz kawałek papieru. Telefon był szary od brudu, jakby większość swojego życia spędził na placu budowy.

— Schowaj go do kieszeni. Kiedy przyjdzie czas, zadzwoń pod ten numer, który masz na kartce. Będziesz wiedział kiedy. Mam nadzieję, że będziesz wiedział.

Clay wziął telefon. Mógł go tylko wziąć lub upuścić. Kawałek papieru wypadł mu z ręki.

— Podnieś go! — syknął wściekle Ray.

Clay pochylił się i podniósł karteczkę. Ray napisał na niej dziesięć cyfr. Trzy pierwsze składały się na numer kierunkowy okręgu Maine.

— Ray, oni czytają w myślach! Jeśli będę to miał...

Wargi Raya wykrzywiły się w okropnej parodii uśmiechu.

— Taak! — szepnął. — Zajrzą ci do głowy i odkryją, że

myślisz o pieprzonej komórce! A o czym innym wszyscy myślimy od pierwszego października? Ci z nas, którzy są jeszcze zdolni do pieprzonego myślenia?

Clay spojrzał na brudny, sfatygowany telefon komórkowy. Na obudowie były przyklejone dwa paski plastikowej taśmy z wytłoczonymi napisami. Pierwszy głosił **PAN FOGARTY**. Ten pod nim głosił **WŁASNOŚĆ KAMIENIOŁOMÓW GURLEYVILLE NIE ZRYWAĆ**.

— Schowaj go do kieszeni!

To nie naglący ton głosu kazał mu usłuchać, lecz ponaglający wyraz tych zrozpaczonych oczu. Clay zaczął wpychać telefon i kartkę do kieszeni. Nosił dżinsy, więc kieszeń była mniejsza niż ta w sportowych spodniach Raya. Gdy spojrzał w dół, próbując ją rozepchać, Ray błyskawicznie sięgnął i zabrał mu czterdziestkępiątkę. Gdy Clay podniósł głowę, Ray już wetknął sobie lufę pod brodę.

— Oddasz przysługę swojemu chłopakowi, Clay. Wierz mi. To nie jest, kurwa, życie.

— Ray, nie!

Ray nacisnął spust. American defender z miękkim czubkiem oderwał mu całą górną połowę głowy. Stado wron poderwało się z drzew. Clay nie wiedział, że tu były, lecz teraz ich wrzaski przeszywały chłodne jesienne powietrze.

Przez chwilę zagłuszał je swoim krzykiem.

4

Ledwie zaczęli kopać mu grób w miękkiej, czarnej ziemi pod świerkami, gdy w ich głowach odezwali się telefoniczni. Clay po raz pierwszy poczuł ich połączoną moc. Było tak, jak mówił Tom, jakby popychała cię jakaś potężna dłoń. I zarówno ta dłoń, jak i twoje plecy znajdowały się w twojej głowie. Żadnych słów. Tylko to popychanie.

— Dajcie nam skończyć! — krzyknął i natychmiast odpowiedział sobie nieco wyższym tonem, który od razu rozpoznał. — Nie. Idźcie. Teraz.

— Pięć minut! — upierał się.

Tym razem stado użyło Denise.

— Idźcie. Teraz.

Tom wrzucił do grobu ciało Raya — z resztkami głowy
owiniętymi pokrowcem zagłówka wziętym z autobusu — i zaczął nogami spychać na nie ziemię. Nagle przycisnął dłonie do
skroni i skrzywił się.

— Dobrze, dobrze — Natychmiast sam sobie odpowiedział: — Idźcie. Teraz.

Zeszli szlakiem z powrotem na leśny parking, Jordan pierwszy. Był bardzo blady, ale Clay pomyślał, że nie tak blady jak
Ray w ostatnich minutach swojego życia. Nawet w przybliżeniu
nie tak. „To nie jest, kurwa, życie" — tak brzmiały jego
ostatnie słowa.

Przy barierce po drugiej stronie drogi, w długim szeregu
ciągnącym się w obie strony jak okiem sięgnąć, czyli na odcinku
pół mili, stali telefoniczni. Musiało ich tu być ze czterystu, ale
Clay nigdzie nie widział Łachmaniarza. Podejrzewał, że Łachmaniarz poszedł przodem poczynić przygotowania, gdyż w jego
domu było wiele komnat.

Z gniazdkiem telefonicznym w każdej, pomyślał Clay.

Gdy maszerowali w kierunku mikrobusu, zobaczył, że trzej
telefoniczni wyszli z szeregu. Dwaj zaczęli walczyć, szarpali
się i gryźli. Warczeli przy tym, ale chyba padały też słowa.
Clayowi wydawało się, że usłyszał wyrażenie „sukinkot", ale
mogła to być tylko przypadkowa zbitka sylab. Trzeci po prostu
odwrócił się i zaczął odchodzić białą, środkową linią w kierunku
Newfield.

— Właśnie, zjeżdżaj, frajerze! — krzyknęła histerycznie
Denise. — Wszyscy zjeżdżajcie!

Jednak nie zamierzali i zanim dezerter — jeśli rzeczywiście

nim był — dotarł do zakrętu, za którym droga numer 160 znikała, biegnąc na południe, potężnie zbudowany, choć w podeszłym wieku telefoniczny po prostu wyciągnął ręce, chwycił idącego za głowę i przekręcił. Odchodzący osunął się na jezdnię.

— Ray miał kluczyki — powiedział znużonym głosem Dan. Kucyk prawie całkiem mu się rozwiązał i włosy rozsypały się na ramionach. — Ktoś będzie musiał wrócić i...

— Mam je — rzekł Clay. — Ja poprowadzę.

Otworzył boczne drzwi autobusu, czując w głowie to miarowe, pulsujące popychanie. Ręce miał uwalane krwią i ziemią. Czuł ciężar komórki w kieszeni i nagle przemknęła mu przez głowę zabawna myśl: może Adam i Ewa zabrali kilka jabłek, zanim wygnano ich z raju. Coś, czym mogli się pokrzepić na długiej i pylistej drodze do siedmiuset kanałów telewizyjnych i bomb w plecakach podłożonych w londyńskim metrze.

— Wsiadajcie, wszyscy.

Tom przyjrzał mu się.

— Nie musisz mówić takim cholernie wesołym głosem, van Goghu.

— A dlaczego nie? — odparł z uśmiechem Clay. Zastanawiał się, czy uśmiecha się tak samo jak Ray, strasznym przedśmiertnym grymasem. — Przynajmniej nie będę musiał dłużej słuchać waszego pieprzenia. Wskakujcie. Następny przystanek Kashwak Ni-Fo.

Zanim jednak wsiedli do autobusu, musieli zostawić broń.

Nie otrzymali wyraźnego telepatycznego rozkazu ani żadna siła nie zawładnęła ich ciałami. Clay nie musiał patrzeć, jak jego ręka sama wyciąga się i wyjmuje czterdziestkępiątkę z kabury. Nie sądził, żeby telefoniczni potrafili to zrobić, przynajmniej jeszcze nie: nie mogli nawet przemawiać cudzymi ustami, jeśli ten ktoś im na to nie pozwolił. Poczuł tylko jakby mrowienie w głowie, straszne i nieznośne.

— Jezusie, Maryjo! — zawołała zduszonym głosem Denise i odrzuciła jak najdalej tę małą dwudziestkędwójkę, którą nosiła za paskiem. Broń wylądowała na drodze. Dan też odrzucił swój pistolet, a potem nóż myśliwski. Nóż upadł ostrzem do przodu niemal po drugiej stronie drogi numer 160, ale żaden ze stojących tam telefonicznych nawet nie drgnął.

Jordan upuścił swój pistolet na ziemię obok autobusu. Potem, jęcząc i wijąc się, otworzył plecak i odrzucił ten, który należał do Alice. Tom dodał do tego Pana Szybkostrzelnego.

Clay dołożył swoją czterdziestkępiątkę do broni leżącej obok autobusu. Od czasu Pulsu przyniosła pecha dwojgu ludziom i rozstał się z nią bez większego żalu.

— Masz — rzekł. Powiedział te słowa do zwróconych ku nim oczu i brudnych twarzy — w większości okaleczonych — obserwujących to z drugiej strony szosy, ale kierował je do Łachmaniarza. — To wszystko. Zadowolony? — I natychmiast sobie odpowiedział: — Dlaczego. On. To zrobił?

Clay przełknął ślinę. Nie tylko telefoniczni chcieli to wiedzieć. Dan i pozostali też na niego patrzyli. Spostrzegł, że Jordan trzyma się paska Toma, jakby obawiał się tej odpowiedzi tak, jak mały chłopczyk mógłby bać się ruchliwej ulicy, pełnej pędzących ciężarówek.

— Powiedział, że nie odpowiada mu wasz sposób na życie — rzekł Clay. — Zabrał mi broń i zastrzelił się, zanim zdążyłem go powstrzymać.

Ciszę przerwało tylko krakanie wron. Potem odezwał się beznamiętnie Jordan:

— Nasz sposób. To jedyny sposób.

Poparł go Dan. Równie beznamiętnie. Nie są zdolni do żadnych uczuć oprócz wściekłości, pomyślał Clay.

— Wsiadajcie. Do autobusu.

Wsiedli do autobusu. Clay zajął miejsce za kierownicą i zapuścił silnik. Pojechał na północ drogą numer 160. Po blisko minucie jazdy dostrzegł jakiś ruch po lewej. Telefoniczni. Przemieszczali się na północ poboczem — nad poboczem — równym rzędem, jakby niewidzialny ruchomy chodnik przenosił ich osiem cali nad ziemią. Nieco dalej, w miejscu gdzie droga pokonywała wzniesienie, unosili się znacznie wyżej, na jakieś piętnaście stóp, tworząc ludzki łuk na tle szarego, zachmurzonego nieba. Znikający za wzgórzem telefoniczni wyglądali jak ludzie jadący niewidoczną kolejką górską.

Nagle coś zakłóciło symetrię tego obrazu. Jedna z unoszących się postaci spadła na pobocze jak zestrzelona śrutem kaczka, z wysokości siedmiu stóp. Ten telefoniczny był mężczyzną w podartym stroju do joggingu. Wściekle wił się na ziemi, wierzgając jedną nogą i powłócząc drugą. Gdy autobus powoli przejeżdżał obok leżącego, Clay zobaczył jego ściągniętą w grymasie wściekłości twarz i poruszające się wargi, z których niemal na pewno wydobywały się ostatnie słowa.

— Zatem już wiemy — rzekł głuchym głosem Tom. Siedział z Jordanem na ławce na końcu autobusu, tuż przed miejscem na bagaż, gdzie leżały ich plecaki. — Naczelne stworzyły człowieka, człowiek stworzył telefonicznych, a telefoniczni stworzyli lewitujących telepatów z zespołem Tourette'a. Koniec ewolucji.

— Co to takiego ten zespół Tourette'a? — zapytał Jordan.

— Niech mnie szlag, jeśli wiem, synu — powiedział Tom i nagle wszyscy zaczęli się śmiać. Po chwili ryczeli ze śmiechu — nawet Jordan, który nie wiedział, z czego się śmieje — podczas gdy ich żółty autobus powoli toczył się na północ, a telefoniczni mijali go, a potem unosili się, unosili, w pozornie niekończącej się procesji.

KASHWAK

1

Godzinę po opuszczeniu leśnego parkingu, przy którym Ray zastrzelił się z rewolweru Claya, minęli tablicę z napisem:

EXPO PÓŁNOCNYCH OKRĘGÓW
5—15 PAŹDZIERNIKA
PRZYJDŹCIE, PRZYJDŹCIE WSZYSCY!!!

ODWIEDŹ KASHWAKAMAK HALL
NIE ZAPOMNIJ O WYJĄTKOWYM „NORTH END"
*AUTOMATY (W TYM JEDNORĘCY BANDYCI)
*INDIAŃSKIE BINGO

POWIESZ „OOO"!!!

— O mój Boże — powiedział Clay. — Expo. Kashwakamak Hall. Chryste. Jeśli jest jakieś idealne miejsce dla stada, to tu.

— Co za expo? — spytała Denise.

— W zasadzie wiejski targ — wyjaśnił Clay — tylko większy niż inne i o wiele bardziej urozmaicony, ponieważ znajduje się przy TR, gdzie mało jest rozrywek. A jeszcze

North End. Wszyscy w Maine wiedzą o North End na Expo Północnych Okręgów. Na swój sposób jest równie dobrze znane jak motel Twilight.

Tom chciał się dowiedzieć, czym jest North End, ale zanim Clay zdążył mu wyjaśnić, Denise powiedziała:

— Tam jest jeszcze dwoje. Jezus, Maria, wiem że to telefoniczni, ale i tak mdli mnie na ten widok.

Mężczyzna i kobieta leżeli w kurzu na poboczu szosy. Umarli, obejmując się lub zaciekle walcząc, a obejmowanie się raczej nie pasowało do stylu życia telefonicznych. Jadąc na północ, minęli pół tuzina innych ciał, niemal na pewno członków i ofiar stada, które na chwilę opadło na ziemię, żeby ich załatwić. Widzieli również dwukrotnie tylu żywych, wędrujących bez celu samotnie lub parami. Jedna z par, najwyraźniej nie mając pojęcia, dokąd iść, próbowała zatrzymać autobus.

— Czy nie byłoby miło, gdyby oni wszyscy rozpierzchli się albo padli trupem, zanim zdążą zrobić z nami to, co zaplanowali na jutro? — odezwał się Tom.

— Nie licz na to — rzekł Dan. — Na każdego zabitego albo dezertera przypada dwudziestu lub trzydziestu innych, którzy wciąż realizują program. I Bóg wie ilu ich czeka w całym Kashśmierdziaku.

— Ale też tego nie wykluczaj — rzucił Jordan ze swojego miejsca obok Toma. Powiedział to ostrym tonem. — Pluskwa w programie — robak — to duża rzecz. Z początku może być tylko upierdliwa, a potem bach i wszystko pada. Gram w taką grę, Star-Mag, wiecie? No... raczej grałem. W każdym razie taki jeden głupek z Kalifornii tak się wkurzył tym, że wciąż przegrywa, że wprowadził do systemu robaka, który położył wszystkie serwery na tydzień. Przez jednego palanta niemal pół miliona graczy wróciło do komputerowej kołyski.

— My nie mamy tygodnia, Jordan — przypomniała Denise.

— Wiem — odparł. — I wiem, że oni wszyscy nie wykitują przez noc... chociaż to możliwe. Nie zamierzam tracić nadziei.

Nie chcę skończyć tak jak Ray. On przestał... no wiecie, mieć nadzieję.

Łza spłynęła mu po policzku.

Tom uścisnął go.

— Nie skończysz jak Ray — powiedział. — Wyrośniesz na następnego Billa Gatesa.

— Nie chcę być taki jak Bill Gates — rzekł smętnie Jordan. — Założę się, że Bill Gates miał telefon komórkowy. — Wyprostował się. — Bardzo chciałbym wiedzieć, dlaczego tyle przekaźników telefonii komórkowej wciąż działa, chociaż nie ma cholernego zasilania.

— FEMA — oznajmił głucho Dan.

Tom i Jordan odwrócili się i popatrzyli na niego, Tom z ostrożnym uśmiechem na ustach. Nawet Clay spojrzał w lusterko.

— Myślicie, że żartuję — powiedział Dan. — Chciałbym, żeby to był żart. Czytałem o tym artykuł w gazecie, kiedy siedziałem w poczekalni mojego lekarza, czekając na to obrzydliwe badanie, podczas którego wkłada gumową rękawicę i zaczyna grzebać...

— Proszę — przerwała mu Denise. — Sytuacja jest wystarczająco paskudna. Możesz pominąć tę część. Co było w tym artykule?

— Po jedenastym września FEMA zażądała sporej sumy od Kongresu... nie pamiętam ile, ale kilkadziesiąt milionów... żeby wyposażyć wszystkie przekaźniki telefonii komórkowej w kraju w awaryjne akumulatory dużej pojemności, aby mieć pewność, że łączność nie zostanie przerwana w razie zmasowanego ataku terrorystycznego. — Dan umilkł i po chwili dodał: — Chyba im się udało.

— FEMA — powtórzył Tom. — Nie wiem, czy się śmiać, czy płakać.

— Radziłabym ci napisać do twojego kongresmana, ale pewnie zwariował.

— Był wariatem na długo przed Pulsem — odparł z lekkim roztargnieniem Tom. Masował sobie kark i patrzył przez okno. — FEMA. Wiecie, to prawie ma sens. Pierdolona FEMA.

— Dałbym równie wiele, żeby się dowiedzieć, dlaczego zadali sobie tyle trudu, łapiąc nas i sprowadzając tutaj — powiedział.

— I pilnując, żebyśmy nie poszli za przykładem Raya — dodała Denise. — Nie zapominaj o tym. — Po chwili ciągnęła: — Nie żebym to zrobiła. Samobójstwo to grzech. Mogą zrobić ze mną, co zechcą, ale ja i moje dziecko pójdziemy do nieba. Wierzę w to.

— Kiedy pomyślę o tym, że posługują się łaciną, przechodzi mnie dreszcz — rzekł Dan. — Jordan, czy to możliwe, że telefoniczni mogą przyswajać dawne rzeczy — mówię o wiedzy sprzed Pulsu — i wbudowywać je do swojego nowego oprogramowania? Jeśli to odpowiada... hmm, sam nie wiem... ich długofalowym celom?

— Chyba tak — odparł Jordan. — Nie jestem pewien, ponieważ nie wiemy, jakiego rodzaju polecenia były zakodowane w Pulsie. W każdym razie nie jest to zwykły program komputerowy. Jest autonomiczny. Organiczny. Chyba samouczący. Mam wrażenie, że naprawdę się uczy. Spełnia wymogi definicji, jak powiedziałby dyrektor. Oni wszyscy uczą się razem, ponieważ...

— Ponieważ są telepatami — dokończył Tom.

— Właśnie — przytaknął Jordan. Wyglądał na zaniepokojonego.

— Dlaczego myśl o łacinie przyprawia cię o dreszcz? — zapytał Clay, patrząc na Dana w lusterku.

— Tom powiedział, że łacina to język wymiaru sprawiedliwości i pewnie to prawda, ale mnie to bardziej wygląda na zemstę. — Pochylił się. Za szkłami okularów jego oczy były zmęczone i niespokojne. — Ponieważ, chociaż posługują się łaciną czy nie, oni tak naprawdę nie myślą. Jestem tego pewien.

A przynajmniej jeszcze nie. Nie posługują się racjonalnym myśleniem, lecz czymś w rodzaju zbiorowej świadomości roju, zrodzonej z czystej wściekłości.

— Wysoki sądzie, zgłaszam sprzeciw, to freudowskie spekulacje! — powiedział wesoło Tom.

— Może to Freud, może Lorenz — rzekł Dan — ale tak czy owak proszę o dobrodziejstwo wątpliwości. Czy byłoby coś dziwnego w tym, że taka świadomość — oszalała z wściekłości — myli pojęcia sprawiedliwości i zemsty?

— Czy to ma jakieś znaczenie? — spytał Tom.

— Dla nas może mieć — odparł Dan. — Jako ktoś, kto kiedyś prowadził zajęcia na temat przejawów chorobliwej podejrzliwości w Ameryce, mogę wam powiedzieć, że żądza zemsty w ostatecznym rezultacie bardziej rani.

2

Niedługo po tej rozmowie dotarli do miejsca, które Clay natychmiast rozpoznał. Co było niepokojące, gdyż jeszcze nigdy nie był w tej części kraju. Nie licząc tego jednego razu, we śnie o masowym nawracaniu.

Namalowany zieloną farbą przez całą szerokość szosy, biegł wielki napis: **KASHWAK = NI-FO**. Autobus przetoczył się po tych słowach ze swą stałą prędkością trzydziestu mil na godzinę, a sznur telefonicznych nadal przepływał w powietrzu po lewej w dostojnej, niesamowitej procesji.

To nie był sen, pomyślał Clay, spoglądając na zaspy śmieci zalegające w krzakach na poboczu, na puszki po piwie i napojach chłodzących leżące w rowie. Torebki po chipsach ziemniaczanych, Doritos i Cheez Doodles, trzeszczały pod kołami mikrobusu. Normalni stali w dwóch rzędach, jedząc przekąski i popijając drinki, czując to zabawne mrowienie w głowach, to upiorne wrażenie, że popycha ich niewidzialna dłoń, czekając na swoją kolej, żeby zadzwonić do ukochanej osoby utraconej w wyniku Pulsu. Stali tu i słuchali, jak Łachmaniarz mówi „Na lewo i na prawo, oba szeregi, dobrze, właśnie tak, ruszajcie się, bo chcemy załatwić jak najwięcej chętnych, zanim zapadnie zmrok". Przed nimi drzewa po obu stronach zaczęły oddalać się od szosy. Teren, który był dla jakiegoś farmera z trudem zdobytym pastwiskiem dla krów lub owiec, teraz został rozdeptany do gołej ziemi przez tysiące stóp. Niemal jakby odbył się tu koncert rockowy. Jeden namiot zniknął, porwany przez wiatr, ale drugi zaczepił się o drzewa i łopotał w przyćmionym wieczornym świetle niczym długi brązowy jęzor.

— Śniło mi się to miejsce — powiedział Jordan.

W jego głosie słychać było napięcie.

— Naprawdę? — spytał Clay. — Mnie też.

— Normalni poszli za znakami Kashwak = Ni-Fo i dotarli tutaj — rzekł Jordan. — Jak do kas przy wjeździe na autostradę, no nie, Clay?

— Tak jakby — powiedział Clay. — Coś w rodzaju kas, owszem.

— Mieli tu duże kartony pełne telefonów komórkowych — ciągnął Jordan. Tego szczegółu Clay nie pamiętał ze swojego snu, alc wcale w to nie wątpił. — Całe stosy. I wszyscy normalni musieli zadzwonić. Posłusznie jak owieczki.

— Kiedy ci się to śniło, Jordy? — zapytała Denise.

— Zeszłej nocy. — Jordan napotkał spojrzenie Clay w lusterku wstecznym. — Wiedzieli, że nie porozmawiają z tymi, z którymi chcieli mówić. W głębi duszy wiedzieli. Mimo to dzwonili. Brali telefony. Brali je i słuchali. Większość nawet nie próbowała stawiać oporu. Dlaczego, Clay?

— Pewnie mieli już dość walki — odparł Clay. — Nie chcieli być inni. Chcieli usłyszeć *Baby Elephant Walk* uszami telefonicznych.

Minęli zdeptane pola, na których stały namioty. Dalej od autostrady odchodziła boczna droga. Była szersza i równiejsza niż stanowa. Telefoniczni podążali wzdłuż niej i znikali w leśnej przecince. Pół mili dalej nad czubkami drzew wznosiło się stalowe rusztowanie, które Clay natychmiast rozpoznał — widział je we śnie. Pomyślał, że to zapewne jedna z atrakcji parku rozrywki, być może wieża spadochronowa. Przy zjeździe z autostrady na boczną drogę stał billboard ukazujący roześmianą rodzinę — tatusia, mamusię, synka i córeczkę — wchodzących do zaczarowanej krainy karuzeli, zabaw i wystaw rolniczych.

EXPO PÓŁNOCNYCH OKRĘGÓW
POKAZ SZTUCZNYCH OGNI 5 PAŹDZIERNIKA

ODWIEDŹ KASHWAKAMAK HALL
W DNIACH 5—15 PAŹDZIERNIKA „NORTH END"
OTWARTY 24 H

POWIESZ „OOO"!!!

Pod tym billboardem stał Łachmaniarz. Podniósł jedną rękę i wyciągnął ją gestem autostopowicza.

O Jezu, pomyślał Clay i zatrzymał autobus. Oczy Łachmaniarza, których Clay nie potrafił właściwie narysować w Gaiten, były nieprzytomne, a zarazem pełne złośliwego zaciekawienia. Clay przekonywał siebie, że nie mogą tak wyglądać, a jednak się mylił. Czasem dominowało w nich nieprzytomne oszołomienie, a chwilę później to upiorne i nieprzyjemne zainteresowanie.

Chyba nie chce jechać z nami.

Jednak wyglądało na to, że Łachmaniarz chciał. Podniósł mocno złączone dłonie i rozchylił je. Był to nawet ładny gest — jakby pokazywał ptaka, który odleciał — lecz jego dłonie były czarne od brudu, a mały palec lewej był paskudnie złamany, chyba w dwóch miejscach.

Oto nowi ludzie, pomyślał Clay. Telepaci, którzy się nie myją.

— Nie wpuszczaj go — powiedziała drżącym głosem Denise.

Clay, który zauważył, że strumień nieustannie przypływających po lewej stronie drogi telefonicznych zatrzymał się, pokręcił głową.

— Nie mam wyboru.

Zajrzą ci do głowy i odkryją, że myślisz o pieprzonej komórce, powiedział — prawie prychnął — Ray. A o czym innym wszyscy myślimy od pierwszego października?

Mam nadzieję, że miałeś rację, Ray, pomyślał, ponieważ jest jeszcze półtorej godziny do zmroku. Co najmniej półtorej godziny.

Przesunął dźwignię otwierającą drzwi i wsiadł Łachmaniarz. Miał rozdartą dolną wargę, wykrzywioną w tym nieustającym szyderczym uśmiechu. Był żałośnie chudy. Brudna czerwona bluza wisiała na nim jak worek. Normalni w autobusie nie grzeszyli czystością — bo higiena nie była najważniejsza od pierwszego października — lecz Łachmaniarz roztaczał gęsty i powalający smród, od którego Clayowi zaczęły łzawić oczy. Był to silny odór szwajcarskiego sera, pozostawionego w gorącym pomieszczeniu.

Łachmaniarz usiadł na fotelu przy drzwiach, tym twarzą do kierowcy, i spojrzał na Claya. Przez moment istniało tylko ciężkie spojrzenie, szyderczy uśmiech i dziwne zaciekawienie.

Potem Tom odezwał się piskliwym, gniewnym tonem, który Clay dotychczas tylko raz słyszał z jego ust, kiedy rzucił: „No dobra, wystarczy, wszyscy z basenu!" do dewotki, która zaczęła prawić Alice kazanie o końcu świata.

— Czego od nas chcecie? Macie świat, taki jaki jest, czego chcecie od nas?

Resztki ust Łachmaniarza sformowały słowo, które wypowiedział Jordan. Tylko jedno, głuche i beznamiętne.

— Sprawiedliwości.

— Skoro mowa o sprawiedliwości — rzekł Dan — to nie sądzę, żebyście mieli pojęcie, co to takiego.

Łachmaniarz odpowiedział gestem, podnosząc rękę z wyciągniętym palcem wskazującym: *Jedź*.

Kiedy autobus ruszył, większość telefonicznych też zaczęła się poruszać. Kilku następnych zaczęło walczyć, a w lusterku wstecznym Clay spostrzegł innych, wracających boczną drogą w kierunku autostrady.

— Tracisz część swoich oddziałów — zauważył Clay.

Jednak Łachmaniarz nie komentował zachowania stada. Nie odrywał spojrzenia raz otępiałego, innym razem zaciekawionego, a niekiedy i takiego, i takiego, od Claya, który miał wrażenie, że niemal czuje to spojrzenie na swoim ciele. Powykręcane i czarne od brudu dłonie Łachmaniarza spoczywały na kolanach jego brudnych dżinsów. Nagle uśmiechnął się. Może to była wystarczająca odpowiedź. Dan jednak miał rację. Na każdego straconego telefonicznego — który wykitował, jak to ujął Jordan — przypadało mnóstwo innych, którzy pozostali. Jednak Clay nie miał pojęcia, jak dużo ich zostało, aż półtorej godziny później las po obu stronach drogi znikł i przejechali pod drewnianą bramą z napisem WITAMY NA EXPO PÓŁNOCNYCH OKRĘGÓW.

3

— Dobry Boże — powiedział Dan.

Denise jeszcze lepiej wyraziła uczucia Claya: cicho jęknęła.

Łachmaniarz, siedzący na fotelu pasażera, twarzą do wąskiego przejścia małego autobusu, tylko gapił się na Claya na pół nieobecnym, złośliwym spojrzeniem małego dziecka, które zamierza poobrywać skrzydełka kilku muszkom. *Podoba ci się?* — zdawał się mówić ten uśmiech. *To naprawdę coś, no nie? Są tu wszyscy.* Oczywiście taki uśmiech mógł oznaczać to albo cokolwiek. Mógł nawet mówić: *Wiem, co masz w kieszeni.*

Za bramą była hala i kilka karuzeli, sądząc po wyglądzie, wznoszono je w momencie Pulsu. Clay nie wiedział, ile stało tu namiotów personelu, ale niektóre porwał wiatr, jak te pawilony przy drodze sześć lub osiem mil stąd, i pozostało zaledwie kilka. Ich wydymające się boki sprawiały, że zdawały się oddychać w podmuchach wieczornego wiatru. Krazy Kups był na pół skończony, tak samo jak gabinet śmiechu naprzeciwko niego (**ODWAŻ SIĘ I WEJDŹ** — biegł napis na jedynym kawałku fasady, który wzniesiono; nad nim tańczyły szkielety). Tylko diabelski młyn i wieża spadochronowa na końcu placu wyglądały na ukończone, lecz nieoświetlone kolorowymi światłami wydawały się Clayowi ponure, bardziej przypominały gigantyczne rekwizyty z sali tortur niż wyposażenie wesołego miasteczka. A jednak jedno światełko działało: dostrzegł maleńką czerwoną lampkę, z pewnością zasilaną bateryjnie i palącą się na samym szczycie wieży spadochronowej.

Spory kawałek za wieżą stał biały budynek z czerwonym belkowaniem, długi jak kilka stodół. Pod jego ścianami leżały sterty siana. Mniej więcej co dziesięć stóp pozatykano w tę słabą wiejską izolację amerykańskie flagi. Cały budynek był patriotycznie udekorowany flagami i nosił napis wykonany jasnoniebieską farbą:

EXPO PÓŁNOCNYCH OKRĘGÓW
KASHWAKAMAK HALL

Jednak nie to wszystko przyciągnęło ich uwagę. Pomiędzy wieżą spadochronową a Kashwakamak Hall znajdowała się kilkuakrowa wolna przestrzeń. Clay odgadł, że to tam gromadziły się tłumy odwiedzające wystawy zwierząt hodowlanych i tam trzymano przyczepy. Koncerty na zakończenie dnia oraz — oczywiście — pokazy sztucznych ogni na otwarcie i zakończenie Expo także odbywały się w tym miejscu. Otaczały je słupy z lampami oświetleniowymi i głośnikami. Teraz ten rozległy i trawiasty plac był zapchany telefonicznymi. Stali ramię w ramię i biodro w biodro, spoglądając na nadjeżdżający żółty autobus.

Clay natychmiast stracił wszelką nadzieję na to, że zobaczy Johnny'ego... albo Sharon. Na pierwszy rzut oka ocenił, że pod tymi nieczynnymi latarniami stłoczyło się co najmniej pięć tysięcy osób. Potem zauważył, że stoją również na trawiastych parkingach przylegających do głównego terenu wystawienniczego, i zmienił tę ocenę. Osiem. Co najmniej osiem tysięcy osób.

Lachmaniarz siedział tam, gdzie powinien siedzieć jakiś trzecioklasista ze szkoły podstawowej w Newfield, uśmiechając się do Claya i pokazując przy tym zęby przez rozdarcie dolnej wargi. *Podoba ci się?* — zdawał się pytać ten uśmiech i Clay ponownie musiał sobie przypomnieć, że takiemu grymasowi można nadać rozmaite znaczenie.

— Kto dzisiaj gra? Vince Gill? A może rozbiliście bank i ściągnęliście Alana Jacksona?

To mówił Tom. Usiłował żartować i Clay podziwiał go za to, ale w głosie jego towarzysza pobrzmiewał strach.

Lachmaniarz wciąż spoglądał na Claya i na środku jego czoła pojawiła się pionowa zmarszczka, jakby czemuś się dziwił.

Clay powoli pojechał autobusem w kierunku wieży spadochronowej oraz milczącego tłumu i zatrzymał się w połowie długości baraku. Leżało tam więcej ciał, które przypominały Clayowi sterty owadów na parapetach po niespodziewanych przymrozkach. Starał się nie zaciskać dłoni. Nie chciał, by Lachmaniarz zobaczył, jak bieleją mu na kierownicy.

Jedź wolno. Powoli i spokojnie. On tylko na ciebie patrzy. A co do telefonów komórkowych, to o czym innym wszyscy myślimy od pierwszego października?

Lachmaniarz podniósł rękę i wycelował w Claya jeden powykręcany, brudny palec.

— Ni-fo, ci — odezwał się Clay nieswoim głosem. — *Insanus!*

— Taak, ni-fo-mi-mi, ni-fo dla nas, wszyscy w tym autobusie jesteśmy stuknięci — kontynuował już normalnie. — Jednak ty to naprawisz, prawda?

Łachmaniarz uśmiechnął się, jakby potwierdzając... ale pionowa zmarszczka nadal przecinała jego czoło. Jakby coś wciąż go dziwiło. Może coś, co wciąż tłukło się Clayowi Riddellowi w głowie.

Kiedy dojeżdżali do końca hali, Clay spojrzał w lusterko wsteczne.

— Tom, pytałeś mnie, co to jest North End.

— Wybacz, Clay, ale jakoś przestało mnie to interesować — odparł Tom. — Może z powodu liczebności komitetu powitalnego.

— Nie, to naprawdę ciekawe — powiedział Clay. Trochę zbyt pospiesznie.

— W porządku, co to takiego? — spytał Jordan.

Niech go Bóg błogosław. Ciekawski do końca.

— W dwudziestym wieku Expo Północnych Okręgów nigdy nie było znaczącą imprezą — rzekł Clay. — Po prostu zwykły gówniany jarmark z wyrobami miejscowych artystów, rzemieślników, płodami rolnymi i zwierzętami wystawianymi w Kashwakamak Hall... gdzie teraz zamierzają umieścić nas, jak mi się wydaje.

Zerknął na Łachmaniarza, lecz ten nie potwierdził ani nie zaprzeczył. Tylko się uśmiechał. Pionowa zmarszczka zniknęła z jego czoła.

— Clay, uważaj — odezwała się Denise spiętym, lecz opanowanym tonem.

Znów spojrzał przed siebie i wdusił hamulec. Z milczącego tłumu wyszła kobieta w podeszłym wieku z ropiejącymi ranami na nogach. Ominęła skraj wieży spadochronowej, przeszła po kilku segmentach gabinetu śmiechu, które ułożono tam, lecz nie zamontowano z powodu Pulsu, a potem pobiegła niezdarnie w kierunku autobusu. Dopadła go i zaczęła powoli bębnić w przednią szybę brudnymi, powykręcanymi przez artretyzm rękami. Clay ujrzał na jej twarzy nie kompletną pustkę, którą przywykł łączyć z telefonicznymi, ale strach i dezorientację. Znał ten wyraz twarzy. *Kim jesteś?* — pytała Pixie Ciemna. Pixie Ciemna, którą Puls zaledwie musnął. *Kim ja jestem?*

Dziewięciu telefonicznych równym czworobokiem ruszyło w ślad za kobietą, której rozgorączkowana twarz znajdowała się niedaleko od twarzy Claya. Poruszyła wargami i usłyszał cztery słowa, w uszach i w myślach:

— *Zabierzcie mnie ze sobą!*

Nie udajemy się tam, gdzie chciałaby się pani znaleźć, pomyślał Clay.

Zaraz złapali ją telefoniczni i powlekli z powrotem w tłum na trawiastym placu. Usiłowała się wyrwać, ale byli silniejsi. Clay dostrzegł błysk jej oczu i pomyślał, że to oczy kobiety, która znalazła się w czyśćcu — jeśli miała szczęście. Przypuszczalnie było to jednak piekło.

Łachmaniarz ponownie podniósł rękę z wyciągniętym wskazującym palcem. *Jedź.*

Po starszej pani został ledwie widoczny ślad dłoni na przedniej szybie. Clay spojrzał przez niego i pojechał dalej.

4

— W każdym razie — podjął przerwany wątek — do tysiąc dziewięćset dziewięćdziesiątego dziewiątego roku Expo było mało ważną imprezą. Jeśli mieszkałeś w tej części kraju i chciałeś pojeździć na karuzeli lub skorzystać z innych rozrywek — wesołego miasteczka — musiałeś jechać na Dni Fryeburga. — Słyszał własny głos jak puszczany z taśmy. Mówił, żeby mówić. To przypominało mu kierowcę wycieczek Duck Boat w Bostonie, pokazującego turystom ciekawe widoki. — Potem, na początku tego stulecia, stanowe biuro do spraw Indian przeprowadziło tu badania. Wszyscy wiedzieli, że tereny Expo znajdują się tuż obok rezerwatu Sockabasin, a pomiary wykazały, że północny koniec Kashwakamak Hall znajduje się już na ziemi należącej do Indian. Ludzie kierujący Expo nie byli głupcami, tak samo jak ci z rady plemiennej Micmaców. Uzgodnili, że usuną stragany z północnego końca hali i ustawią tam automaty do gier. I natychmiast Expo Północnych Okręgów stało się największą jesienną wystawą w Maine.

Dojechali do wieży spadochronowej. Clay skręcił w lewo i skierował autobus w prześwit między karuzelą a niedokończonym gabinetem śmiechu, ale Łachmaniarz poklepał rękami powietrze. Clay zatrzymał autobus. Łachmaniarz wstał i podszedł do drzwi. Clay przestawił dźwignię i Łachmaniarz wysiadł. Potem odwrócił się do Claya i kłaniając się, machnął ręką.

— Co on robi? — spytała Denise.

Ze swojego miejsca nie mogła tego zobaczyć. Nikt z pozostałych nie mógł.

— Chce, żebyśmy wysiedli — odparł Clay.

Wstał. Czuł, jak telefon komórkowy, który dał mu Ray, wpija mu się w udo. Kiedy spojrzał w dół, dostrzegł jego zarys pod niebieskim dżinsem spodni. Wyciągnął z nich podkoszulek, usiłując go zakryć. *Komórka, i co z tego, teraz wszyscy myślą tylko o nich.*

— Idziemy? — zapytał Jordan. Był wystraszony.

— Nie mamy wyjścia — odparł Clay. — Wysiadajcie, ludzie, chodźmy na targi.

5

Łachmaniarz poprowadził ich ku milczącemu tłumowi. Ten rozstąpił się przed nimi, tworząc wąskie przejście — niewiele więcej niż przesmyk — ciągnące się od wieży spadochronowej do Kashwakamak Hall. Clay i jego towarzysze minęli parking pełen ciężarówek (na ich bokach widniał napis NEW ENGLAND AMUSEMENT CORP. obok rysunku kolejki górskiej). Potem wchłonął ich tłum.

Clay miał wrażenie, że droga nie ma końca. Smród był po prostu nieznośny, ostry i agresywny, chociaż rześki wietrzyk i tak porywał jego najgrubszą warstwę. Clay był świadom tego, że porusza nogami i przed sobą widzi czerwoną bluzę Łachmaniarza, lecz miał wrażenie, że wcale nie zbliża się do podwójnych drzwi budynku ozdobionego czerwono-biało-niebieskimi flagami, Czuł odór brudu, krwi, moczu i kału. Wyczuwał smród gnijących ran, trawionych gorączką ciał, śmierdzącej jak zepsute jaja, sączącej się ropy. Zapach odzieży butwiejącej na ciałach, które okrywała. Ponadto wyczuwał coś jeszcze — coś zupełnie nowego. Szaleństwo byłoby zbyt prostym określeniem.

To chyba zapach telepatii. Jeśli tak, to nie jesteśmy nań gotowi. Jest dla nas zbyt silny. Zdaje się płonąć w mózgu, tak jak zbyt silne napięcie pali instalację elektryczną samochodu lub...

— Pomóżcie mi! — usłyszał za plecami krzyk Jordana. — Pomóżcie mi, ona mdleje!

Odwrócił się i zobaczył Denise na czworakach. Jordan klęczał obok niej i obejmował ją ramionami, ale była dla niego za ciężka. Tom i Dan nie mogli się do nich przecisnąć. Korytarz utworzony przez telefonicznych był na to za wąski. Denise uniosła głowę i Clay przez moment widział jej oczy. Było w nich oszołomione zdumienie, jak w oczach okulawionego konia. Zwymiotowała rzadkim kleikiem na trawę i znów opuściła głowę. Włosy niczym kurtyna opadły jej na twarz.

— Pomóżcie! — znowu zawołał Jordan. Zaczął płakać.

Clay zawrócił i zaczął odpychać łokciami telefonicznych, żeby dostać się do Denise.

— Z drogi! — krzyknął. — Z drogi, ona jest w ciąży, nie widzicie, durnie, że ona jest w cią...

Najpierw rozpoznał bluzkę. Z wysokim kołnierzem, bluzkę

z białego jedwabiu, którą zawsze nazywał lekarską bluzką Sharon. Z pewnych względów uważał, że to jej najseksowniejsza część garderoby, między innymi z powodu tego wysokiego, sztywnego kołnierzyka. Lubił oglądać ją nagą, ale jeszcze bardziej lubił dotykać i ściskać jej piersi przez tę jedwabną bluzkę z wysokim kołnierzykiem. Lubił pobudzać jej sutki, aż zaczynały sterczeć pod tym gładkim materiałem.

Teraz ta bluzka była w jednych miejscach pokryta smugami brudu, a w innych rdzawa od zaschniętej krwi. Rozdarta pod jedną pachą. „Nie wygląda tak źle jak niektórzy", napisał Johnny, ale nie prezentowała się dobrze. Z pewnością nie była to Sharon Riddell, która poszła do szkoły w tej lekarskiej bluzce i ciemnoczerwonej spódnicy, podczas gdy jej mąż, z którym pozostawała w separacji, przebywał w Bostonie, gdzie właśnie miał podpisać umowę, co położyłoby kres ich finansowym troskom i może uświadomiło jej, że cała ta gadanina o jego „kosztownym hobby" wynikała ze strachu i niewiary (przynajmniej tak sobie marzył, z lekką niechęcią). Jej ciemnoblond włosy zwisały w strąkach. Twarz miała podrapaną w wielu miejscach i oddartą połowę ucha, po której pozostała zasklepiona strupem rana. Coś, co jadła, jakaś czarna substancja, przywarło w kącikach ust, które całował niemal codziennie prawie przez piętnaście lat. Patrzyła na niego, przez niego, z tym idiotycznym półuśmiechem, który czasem mieli na twarzach.

— Clay, pomóż mi! — niemal załkał Jordan.

Clay wściekle warknął. Sharon nie było tutaj, powinien o tym pamiętać. Sharon nie było tu prawie od dwóch tygodni. Od kiedy próbowała zadzwonić z tej małej czerwonej komórki Jordana w dniu Pulsu.

— Posuń się, suko — powiedział i odepchnął kobietę, która kiedyś była jego żoną. Wepchnął się na jej miejsce, zanim znów zdążyła je zająć. — Ta kobieta jest w ciąży, więc zrób mi trochę pierdolonego miejsca.

Pochylił się, zarzucił sobie rękę Denise na kark i podniósł ją.

— Idź przodem — rzekł Tom do Jordana. — Pozwól... już ją trzymam.

Jordan zdołał przytrzymać rękę Denise dostatecznie długo, żeby Tom zdążył ją złapać. Razem z Clayem przenieśli ją przez ostatnie trzydzieści jardów do drzwi Kashwakamak Hall, gdzie stał i czekał Łachmaniarz. Do tej pory Denise już mamrotała, żeby ją puścili, że może iść sama, że nic jej nie będzie, ale Tom nie zamierzał jej słuchać. Clay też nie. Gdyby ją puścił, może zacząłby rozglądać się za Sharon. A tego nie chciał robić.

Łachmaniarz uśmiechnął się do Claya i tym razem ten grymas wydawał się mieć głębszy sens. Tak jakby właśnie opowiedzieli sobie jakiś żart. Sharon? — zastanowił się Clay. Czy ten żart to Sharon?

Najwyraźniej nie, gdyż Łachmaniarz wykonał gest, który w dawnym świecie wydałby się Clayowi znajomy, lecz teraz był zupełnie nie na miejscu: podniósł prawą dłoń do skroni, kciukiem w kierunku ucha, a małym palcem na wysokości ust. Gest telefonowania.

— Ni-fo-ci-ci — powiedziała Denise i zaraz dodała własnym głosem: — Nie rób tego, nienawidzę, kiedy to robisz!

Łachmaniarz nie zwracał na nią uwagi. Nadal trzymał prawą rękę w geście telefonowania, kciukiem przy uchu i małym palcem przy ustach, spoglądając na Claya. Przez moment Clay był przekonany, że Łachmaniarz patrzył również na kieszeń, w której tkwił telefon komórkowy. Potem Denise powtórzyła: „Ni-fo-ci-ci", okropnie parodiując sposób, w jaki zwracali się do Johnny'ego-ojej. Łachmaniarz udał, że się śmieje, a jego rozdarta warga zamieniła uśmiech w okropny grymas. Clay czuł na plecach potworny ciężar spojrzeń stada.

Nagle podwójne drzwi Kashwakamak Hall otworzyły się same i zmieszane zapachy, które buchnęły ze środka, aczkolwiek słabe — wonie minionych lat, przypraw, dżemów, siana i zwierząt — i tak były niczym panaceum na smród stada. Wewnątrz nie było całkiem ciemno: zasilane z akumulatorów lampy awaryjne jeszcze się paliły, chociaż słabo. Clay pomyślał, że to zdumiewające, chyba że oszczędzano je specjalnie dla nich, w co wątpił. Łachmaniarz nic nie mówił. Tylko z uśmiechem pokazał im, że mają wejść do środka.

— Z przyjemnością, ty dziwolągu — powiedział Tom. — Denise, jesteś pewna, że możesz iść sama?

— Tak. Tylko najpierw muszę załatwić pewną drobną sprawę. — Nabrała tchu, a potem napluła Łachmaniarzowi w twarz. — Masz. Zabierz to do swojego Hah-wadu, pierdolcu.

Łachmaniarz nie zareagował. Dalej szczerzył się do Claya. Jak do kumpla, któremu opowiedział nieprzyzwoity żart.

6

Nikt nie przyniósł im nic do jedzenia, ale był tam bufet z dystrybutorami, a Dan znalazł łom w szafce z narzędziami na południowym końcu budynku. Pozostali stali wokół i patrzyli, jak włamuje się do automatu ze słodyczami. Oczywiście, że jesteśmy szaleni, pomyślał Clay, jemy baby ruthy na obiad, a jutro będziemy mieli paydaysy na śniadanie. Nagle usłyszeli muzykę. I nie było to *You Light Up My Life* ani *Baby Elephant Walk* dobywające się z wielkich głośników wokół trawiastego placu na zewnątrz, nie tym razem. Był to powolny i stateczny utwór, który Clay już słyszał, chociaż wiele lat temu. Te dźwięki wywoływały smutek i gęsią skórkę.

— O mój Boże — powiedział cicho Dan. — To chyba Albinoni.

— Nie — rzekł Tom. — To Pachelbel. Kanon D-dur.

— No tak, oczywiście — odparł zmieszany Dan.

— Tak jakby... — zaczęła Denise i urwała.

Spuściła wzrok.

— Co takiego? — spytał Clay. — No już, powiedz. Jesteś wśród przyjaciół.

380

— To jest jak dźwięk wspomnień. Jakby innych nie mieli.

— Tak — przyznał Dan. — Chyba...

— Hej, ludzie! — zawołał Jordan. Wyglądał przez jedno z okienek. Były umieszczone wysoko, ale stojąc na palcach, mógł przez nie patrzeć. — Chodźcie i spójrzcie na to!

Ustawili się pod ścianą i spojrzeli na plac. Było prawie ciemno. Głośniki i słupy oświetleniowe wznosiły się niczym czarne straże na tle martwego nieba. Dalej majaczyło rusztowanie wieży spadochronowej z jej samotnym mrugającym światełkiem. A tuż przed nimi tysiące telefonicznych klęczało jak szykujący się do modłów muzułmanie, podczas gdy Johann Pachelbel wypełniał powietrze tym, co mogło być dla nich substytutem pamięci. A kiedy się położyli, zrobili to wszyscy jednocześnie, wywołując potężny łoskot i z szumem przemieszczając powietrze, które uniosło puste plastikowe worki i zgniecione kubki po napojach.

— Pora snu dla całej bezmózgiej armii — rzekł Clay. — Jeśli mamy coś zrobić, to dziś w nocy.

— Zrobić? A co możemy zrobić? — spytał Tom. — Próbowałem otworzyć zarówno jedne, jak i drugie drzwi. Są zamknięte. Jestem pewien, że pozostałe również.

Dan podniósł rękę, w której trzymał łom.

— Nie sądzę — powiedział Clay. — Tym można rozbić automat ze słodyczami, ale pamiętajcie, że tutaj było kasyno. — Wskazał na północny koniec budynku, umeblowany z przepychem i zastawiony rzędami jednorękich bandytów, słabo połyskujących chromem w gasnących światłach awaryjnych. — Przypuszczalnie drzwi są pancerne.

— Przez okna? — zapytał Dan, po czym przyjrzał im się uważnie i sam sobie odpowiedział: — Może Jordan.

— Zjedzmy coś — zaproponował Clay. — A potem po prostu usiądźmy i pomilczmy przez chwilę. Ostatnio mało tego było.

— I co będziemy robić? — spytała Denise.

— No cóż, możecie robić, co chcecie — odparł Clay. — Ja

nie rysowałem prawie od dwóch tygodni i zaczyna mi tego
brakować. Myślę, że sobie porysuję.
— Przecież nie masz papieru — zauważył Jordan.
Clay uśmiechnął się.
— Kiedy nie mam papieru, rysuję w myślach.
Jordan popatrzył na niego niepewnie, nie wiedząc, czy Clay
z niego żartuje. Kiedy doszedł do wniosku, że nie, powiedział:
— To nie może być równie dobre jak rysowanie na papierze,
prawda?
— Pod pewnymi względami lepsze. Zamiast wymazywać,
po prostu zmieniam koncepcję.
Z głośnym szczękiem drzwi automatu ze słodyczami ot-
worzyły się na oścież.
— Bingo! — wykrzyknął Dan i podniósł łom nad głowę. —
Kto powiedział, że profesorowie college'u do niczego się nie
nadają?
— Patrzcie — wyszeptała pożądliwie Denise, ignorując
Dana. — Cała szuflada miętówek!
Wyciągnęła rękę.
— Clay? — powiedział Tom.
— Hmm?
— Pewnie nie widziałeś tam syna, co? Ani żony? Sandry?
— Sharon — poprawił Clay. — Nie widziałem ich. —
Spojrzał nad przyjemnie zaokrąglonym biodrem Denise. — Czy
to butterfingery?

7

Pół godziny później mieli już dość słodyczy i ograbili automat
z napojami. Potem sprawdzili pozostałe drzwi budynku i prze-
konali się, że wszystkie są zamknięte. Tom był pewien, że
chociaż drzwi wyglądają na drewniane, to prawdopodobnie
w środku mają stalowe płyty.

— I są podłączone do systemu alarmowego — rzekł Clay. — Jeśli ktoś będzie przy nich gmerał, pojawi się policja z rezerwatu i wyprowadzi go stąd.

Teraz tamci czworo siedzieli kręgiem na miękkiej wykładzinie, między rzędami automatów do gry. Clay siedział na betonie, oparty plecami o podwójne drzwi, przez które Łachmaniarz kazał im wejść tym swoim drwiącym gestem. *Na razie, do zobaczenia rano.*

Myśli Claya wciąż chciały wrócić do tego drugiego drwiącego gestu — ręki podniesionej do skroni w imitacji telefonowania — ale nie pozwolił im na to, przynajmniej nie bezpośrednio. Wiedział z doświadczenia, że w takich sprawach najlepiej jest skorzystać z tylnych drzwi. Tak więc oparł głowę o drewno z ukrytą w środku stalową płytą, zamknął oczy i wyobraził sobie stronę komiksu. Nie z „Mrocznego Wędrowca" — gdyż ten był skończony i nikt nie wiedział o tym lepiej od Claya — ale z nowego komiksu. Nazwijmy go „Komórka", z braku lepszego tytułu. Mrożąca krew w żyłach saga o końcu świata i walce nielicznych pozostałych normalnych z hordami telefonicznych szaleńców...

Tylko że to nie byłoby dobre. Wyglądało dobrze na pierwszy rzut oka, tak jak drzwi w tym budynku wyglądały na drewniane, choć takie nie były. Szeregi telefonicznych zostały poważnie przerzedzone — na pewno tak. Ilu z nich zginęło w aktach przemocy bezpośrednio po Pulsie? Połowa? Przypomniał sobie ich furię i pomyślał: Może więcej. Może sześćdziesiąt lub nawet siedemdziesiąt procent. Oprócz tego straty spowodowane ciężkimi ranami, zakażeniem, zimnem, kolejnymi walkami i zwyczajną głupotą. Ponadto, oczywiście, zadane przez zabójców stad. Ilu udało się zabić? Ile takich dużych stad jak to jeszcze pozostało?

Clay pomyślał, że może dowiedzą się tego jutro, jeśli wszyscy pozostali zbiorą się tutaj, żeby oglądać pokazową egzekucję szalonych. Tylko na co wtedy przyda im się ta wiedza?

Nieważne. Przejdź do sedna. Jeśli w jednostronicowym komiksie chcesz nawiązać do poprzednich wydarzeń, musisz streścić je tak, żeby zmieściły się na jednym rysunku. To niepisana reguła. Sytuację telefonicznych można było podsumować dwoma słowami: ciężkie straty. Wydawało się, że jest ich wielu — do diabła, cholernie wielu — lecz stada gołębi wędrownych też sprawiały wrażenie licznych, aż do końca. Ponieważ przemieszczały się przesłaniającymi niebo stadami. Tylko nikt nie zauważył, że tych wielkich stad było coraz mniej. Dopóki wszystkie nie wyginęły. Wymarły. Koniec. Kropka.

Ponadto, pomyślał, mają teraz jeszcze jeden problem, ze złym oprogramowaniem. Ten robak. Co z nim? Wziąwszy to wszystko pod uwagę, telefoniczni mogą wyginąć jak dinozaury razem ze swoją telepatią, lewitacją i wszystkim innym.

No dobrze, koniec podsumowania. Jaką masz koncepcję? Jaką masz historię, tę, którą zamierzasz porwać czytelników? No, o Clayu Riddellu i Rayu Huizendze, ot co. Stoją w lesie. Ray przykłada sobie pod brodę lufę czterdziestkipiątki Beth Nickerson, a Clay trzyma...

Telefon komórkowy, oczywiście. Ten, który Ray zabrał z kamieniołomów Gurleyville.

CLAY (przerażony): Ray, PRZESTAŃ! To bezcelowe! Nie pamiętasz? W Kashwak nie ma zasięgu...

Na nic! BA-BACH! — poszarpanymi żółtymi wielkimi literami na tle czerwonej plamy, a to naprawdę jest czerwona plama, ponieważ Arnie Nickerson przezornie zaopatrzył żonę w naboje z miękkimi czubkami, sprzedawanymi przez Internet na witrynach amerykańskiej paranoi i wierzch czaszki Raya zmienił się w czerwony gejzer. W tle — jednym z tych delikatnych pociągnięć, co mogłyby uczynić Claya Riddella sławnym na świecie, w którym nie doszłoby do Pulsu — jedna przerażona wrona podrywa się ze świerkowej gałęzi.

Cholernie dobry komiks, pomyślał Clay. Krwawy, pewnie —

w czasach pierwszych komiksów nigdy nie przeszedłby przez cenzurę — ale bardzo wciągający. I chociaż Clay wcale nie powiedział, że komórki nie będą działały poza tym punktem, gdzie telefoniczni przemieniali normalnych, zrobiłby to, gdyby miał czas. Jednak nie zdążył. Ray zabił się, żeby Łachmaniarz i jego kumple telefoniczni nie przeczytali w jego myślach o tym telefonie. Ironia losu. Łachmaniarz dobrze wiedział o tej komórce, której istnienie Ray próbował ukryć, poświęcając życie. Łachmaniarz wiedział, że Clay ma ją w kieszeni... ale wcale się tym nie przejmował.

Stojąc przy podwójnych drzwiach do Kashwakamak Hall, Łachmaniarz wykonał ten gest — kciuk na wysokości ucha, złożone palce przyciśnięte do rozdartego i zarośniętego policzka, mały palec w kierunku ust. Wykorzystał Denise, żeby powiedzieć to ponownie, podkreślić wymowę tego gestu: *Ni-fo-ci-ci.* *Zgadza się. Ponieważ Kashwak = Ni-Fo.*

Ray umarł na próżno... więc dlaczego to go nie irytuje?

Clay zdawał sobie sprawę, że zaczyna drzemać, co często mu się zdarzało, kiedy się tak zamyślił. Oderwał od ziemi. I dobrze. Ponieważ właśnie tak zawsze się czuł na moment przedtem, nim obraz i opowieść stopiły się w jedno — szczęśliwy jak ludzie oczekujący powrotu do domu. Zanim podróż zakończy się spotkaniem zakochanych. Nie miał absolutnie żadnego powodu, żeby teraz tak się czuć, a jednak.

Ray Huizenga umarł za bezużyteczny telefon komórkowy.

A może nie za bezużyteczny? Teraz Clay ujrzał następne okienko. Okienko retrospekcji, łatwo rozpoznawalne przez tę ząbkowaną ramkę.

Zbliżenie na dłoń Raya trzymającą brudny telefon komórkowy i skrawek papieru z zapisanym na nim numerem telefonu. Kciuk Raya zasłania wszystko poza numerem kierunkowym Maine.

RAY: Kiedy przyjdzie czas, zadzwoń pod ten numer, który masz na kartce. Będziesz wiedział kiedy. Mam nadzieję, że będziesz wiedział.

Nie można do nikogo zadzwonić z komórki w Kashwakamak,
Ray, ponieważ Kashwak = ni-fo. Sam spytaj rektora Hah-wad.
I aby podkreślić wagę tych słów, kolejna retrospekcja z ząbkowaną ramką. Oto droga numer 160. Na pierwszym planie mały żółty autobus z napisem **MAINE SCHOOL DISTRICT 38 NEWFIELD**. Na środkowym planie, namalowany w poprzek szosy napis KASHWAK = NI-FO. Ponownie wspaniale oddane szczegóły: pusta puszka po napoju leżąca w rowie, porzucony podkoszulek wiszący na krzaku, a w oddali łopoczący na wietrze namiot, podobny do długiego brązowego jęzora. Nad autobusem cztery dymki. Wprawdzie nie to wtedy mówili (nawet jego podrzemujący umysł był tego świadomy), ale nie w tym rzecz. Teraz już nie chodziło o opowieść.

Pomyślał, że we właściwej chwili zrozumie, o co chodzi.

DENISE: Czy to tutaj...?

TOM: Tutaj dokonywali przemiany, zgadza się. Stań w kolejce, normalny, zadzwoń, a potem dołącz do stada zmierzającego na Expo jako jeden z NICH. Nieźle.

DAN: Dlaczego tutaj? Czemu nie na terenie Expo?

CLAY: Nie pamiętacie? Kashwak = Ni-Fo. Zgromadzili ich tutaj, ponieważ tu kończy się zasięg. Dalej nie ma nic. Zero. Nul. Brak łączności.

Następne okienko. Zbliżenie na Łachmaniarza w całej jego nędznej okazałości. Uśmiecha się zmasakrowanymi wargami i podsumowuje wszystko jednym gestem. *Ray miał jakiś wspaniały pomysł, którego realizacja wymagała wybrania numeru z telefonu komórkowego. Pomysł był tak wspaniały, że Ray zupełnie zapomniał, że tutaj nie ma zasięgu. Pewnie musiałby dotrzeć do Quebecu, żeby ożył aparat, który mi dał. Zabawne, ale wiecie, co jest jeszcze śmieszniejsze? To, że go wziąłem! Jak idiota!*

Zatem Ray umarł na próżno? Być może, ale w myślach Claya już formował się nowy obraz. Na zewnątrz Pachelbela zastąpił Fauré, a Faurégo — Vivaldi. Dźwięki płynęły z głośników, a nie z radiomagnetofonów. Czarne głośniki na tle martwego nieba z niedokończonymi karuzelami w tle. Na pierwszym planie Kashwakamak Hall ze swymi flagami i tanią izolacją z siana. I ostatni drobny szczegół, z którego Clay Riddell już zaczynał słynąć...

Otworzył oczy i wstał. Pozostali wciąż siedzieli na wykładzinie w północnym końcu budynku. Clay nie wiedział, ile czasu spędził pod tymi drzwiami, ale dostatecznie długo, żeby zdrętwiał mu tyłek.

Hej, ludzie — usiłował powiedzieć, ale za pierwszym razem nie zdołał. Zaschło mu w gardle. Serce waliło mu jak młot. Odchrząknął i spróbował ponownie.

— Hej, ludzie! — zawołał, a oni spojrzeli na niego.

Coś w jego głosie sprawiło, że Jordan podniósł się z podłogi, a Tom zaraz za nim.

Clay podszedł do nich na sztywnych nogach — zupełnie mu ścierpły. Idąc, wyjął w kieszeni telefon komórkowy. Ten, za który umarł Ray, ponieważ pod wpływem emocji zapomniał o najważniejszym fakcie związanym z Kashwakamak: tutaj, na terenie Expo Północnych Okręgów, te urządzenia nie działały.

8

— Jeśli nie działa, co nam po nim? — zapytał Dan.

Ożywił się na widok nagłego podekscytowania Claya, ale zaraz oklapł, gdy zobaczył, że ten nie trzyma w dłoni darmowego biletu na wyjście z więzienia, ale tylko jeszcze jeden cholerny telefon komórkowy. Brudny stary aparat Motoroli z popękaną obudową. Pozostali spoglądali na niego z mieszaniną strachu i zaciekawienia.

— Okażcie mi cierpliwość — rzekł Clay. — Dobrze?

— Mamy całą noc — odparł Dan. Zdjął okulary i zaczął je przecierać. — Jakoś musimy ją spędzić.

— Zatrzymaliście się przy Newfield Trading Post, żeby coś zjeść i wypić — powiedział Clay. — I tam znaleźliście ten szkolny autobus.

— Wydaje się, że to było miliard lat temu — powiedziała Denise.

Wysunęła dolną wargę i zdmuchnęła sobie włosy z czoła.

— To Ray znalazł ten szkolny autobus — rzekł Clay. — Dwanaście miejsc...

— Dokładnie szesnaście — wtrącił Dan. — Tak jest napisane na desce rozdzielczej. Człowieku, muszą tutaj mieć malutkie klasy.

— Szesnaście miejsc, za tylnymi siedzeniami miejsce na plecaki albo lekki sprzęt do wycieczek. Wsiedliście i pojechaliście. A kiedy dotarliście do kamieniołomu Gurleyville, założę się, że to był pomysł Raya, żeby zrobić tam postój.

— Wiesz co, faktycznie — potwierdził Tom. — Uważał, że przyda nam się gorący posiłek i odpoczynek. Skąd o tym wiesz, Clay?

— Wiem, ponieważ to narysowałem — odparł Clay, niewiele mijając się z prawdą; rzeczywiście widział to, kiedy mówił. — Dan, ty z Denise i Rayem zlikwidowaliście dwa stada. Pierwsze benzyną, ale drugie za pomocą dynamitu. Ray umiał się z nim obchodzić, ponieważ pracował przy budowie dróg.

— Kurwa — zaklął Tom. — Wziął z kamieniołomu dynamit, prawda? Kiedy myśmy spali. Mógł to zrobić, bo spaliśmy jak zabici.

— To Ray nas obudził — przypomniała Denise.

— Nie wiem, czy to dynamit, czy inny materiał wybuchowy — powiedział Clay — ale jestem prawie pewien, że kiedy wy spaliście, on zmienił ten żółty autobus w bombę na kółkach.

— Umieścił go z tyłu — zgadł Jordan. — W bagażniku.

Clay skinął głową.

Jordan zaciskał pięści.

— Ile tego jest, jak myślisz?

— Nie dowiemy się, dopóki nie wybuchnie — rzekł Clay.

— Niech sprawdzę, czy dobrze zrozumiałem — powiedział Tom. Na zewnątrz Vivaldiego zastąpił Mozart — *Eine Kleine Nachtmusik.* Telefoniczni wyraźnie rozwijali się jako melomani. — Umieścił ładunek wybuchowy z tyłu autobusu... a potem połączył go z komórką jako detonatorem?

Clay skinął głową.

— Tak sądzę. Myślę, że w biurze kamieniołomu znalazł dwie komórki. Z tego, co wiem, mogło ich tam być z tuzin do użytku pracowników — Bóg wie, że są obecnie dostatecznie tanie. W każdym razie połączył jedną z zapalnikiem. W taki sposób powstańcy odpalają na drogach w Iraku bomby.

— Zrobił to wszystko, kiedy spaliśmy? — zapytała Denise. — I nic nam nie powiedział?

— Specjalnie, żeby nie wyczytali tego w waszych myślach — rzekł Clay.

— I zabił się, żeby nie wyczytali z jego — podsumował Dan. Potem parsknął gorzkim śmiechem. — No dobrze, jest cholernym bohaterem! Zapomniał tylko o tym, że komórki nie działają za tą linią, na której tamci rozstawili swoje namioty i dokonywali przemiany! Założę się, że tam już ledwie miały zasięg!

— Zgadza się — przyznał Clay z uśmiechem. — Właśnie dlatego Łachmaniarz pozwolił mi zatrzymać ten telefon. Nie domyślił się, do czego go potrzebuję... Właściwie wcale nie jestem pewien, czy oni myślą...

— Na pewno nie tak jak my — przerwał mu Jordan. — I nigdy nie będą.

— ...ale nie przejmował się tym, ponieważ wiedział, że tu telefon nie będzie działał. Nawet nie mógłbym się przemienić za jego pomocą, ponieważ Kashwak równa się ni-fo. Ni-fo-mi-mi.

— Dlaczego więc się śmiejesz? — spytała Denise.

— Ponieważ wiem coś, o czym on nie wie — odparł Clay. — Coś, o czym oni nie wiedzą. — Odwrócił się do Jordana. — Umiesz prowadzić?

Jordan wyglądał na zaskoczonego.

— Hej, mam dopiero dwanaście lat. No wiesz...

— Nigdy nie jeździłeś gokartem? Wózkiem akumulatorowym? Skuterem śnieżnym?

— No, pewnie... na przedmieściach Nashua jest tor dla gokartów i kilka razy...

— To wystarczy. Nie będziesz musiał jechać daleko. Oczywiście zakładając, że pozostawili autobus przy wieży spadochronowej. Założę się, że tak. Nie podejrzewam, żeby umieli prowadzić.

— Clay, oszalałeś? — zapytał Tom.

— Nie — odparł. — Może jutro na tym swoim wirtualnym stadionie wykonają egzekucję na masowych zabójcach stad, ale my nie weźmiemy w tym udziału. Wynosimy się stąd.

9

Szyba w oknie była gruba, ale nie oparła się łomowi Dana. On, Tom i Clay pracowali na zmianę, aż wybili ostatnie odłamki szkła. Wtedy Denise zdjęła sweter i położyła go na dolnej części ramy.

— W porządku, Jordanie? — zapytał Tom.

Jordan skinął głową. Był przestraszony — wargi zupełnie mu zbielały — ale dzielnie się trzymał. Na zewnątrz kołysanką telefonicznych znów był kanon Pachelbela, nazwany przez Denise muzyką wspomnień.

— W porządku — odparł Jordan. — Myślę, że będzie dobrze. Jak tylko ruszę.

— Może Tom zdołałby się przecisnąć... — zaczął Clay.

Stojący za nim Tom spojrzał na małe okienko, niemające nawet osiemnastu cali szerokości, i pokręcił głową.

— Nic mi nie będzie — powiedział Jordan.

— Dobrze. Powtórz mi wszystko.

— Mam obejść budynek, dotrzeć do autobusu i zajrzeć do bagażnika. Upewnić się, że są tam materiały wybuchowe, ale niczego nie dotykać. Poszukać telefonu komórkowego.

— Właśnie. Upewnij się, że jest włączony. Jeżeli nie jest...

— Wiem, mam go włączyć. — Jordan posłał mu spojrzenie mówiące „nie jestem idiotą". — Potem zapuścić silnik...

— Nie, nie spiesz się...

— Przesunąć fotel do przodu, żebym mógł dosięgnąć pedałów i dopiero wtedy zapuścić silnik.

— Dobrze.

— Przejechać między wieżą spadochronową a gabinctem śmiechu. Jechać bardzo wolno. Przejadę po różnych prefabrykatach, które mogą się łamać — pękać pod kołami — ale niech mnie to nie zatrzymuje.

— Doskonale.

— Podjechać jak najbliżej.

— Tak, właśnie tak. Potem obejść budynek i wrócić pod to okno. Tak żeby barak znalazł się pomiędzy mną a epicentrum wybuchu.

— Jeśli będzie wybuch — wtrącił Dan.

Clay wolałby, żeby tego nie mówił, ale pominął to milczeniem. Pochylił się i ucałował Jordana w policzek.

— Kocham cię, wiesz — powiedział.

Jordan mocno go uścisał. Potem Toma. I Denise.

Dan wyciągnął do niego rękę, a potem rzekł: „Och, do diabła" i zamknął chłopca w niedźwiedzim uścisku. Clay, który dotychczas nie darzył sympatią Dana Hartwicka, polubił go za to.

10

Clay splótł dłonie i podsadził Jordana.

— Pamiętaj — powiedział. — To będzie jak skok do wody, tylko w siano. Ręce nad głowę i skacz.

Jordan wyciągnął ręce nad głowę, wystawiając je przez rozbite okienko w mrok. Twarz pod grzywą włosów miał bledszą niż zwykle; pierwsze pryszcze okresu dojrzewania uwidoczniały się na niej jak maleńkie oparzenia. Bał się i Clay nie miał mu tego za złe. Czekał go upadek z wysokości dziesięciu stóp i nawet lądowanie na sianie mogło być bolesne. Clay miał nadzieję, że Jordan zapamięta, że ma trzymać ręce nad głową i przyciskać brodę do piersi. Byłoby fatalnie dla nich wszystkich, gdyby skręcił kark, skacząc z okna Kashwakamak Hall.

— Mam policzyć do trzech, Jordan? — zapytał.

— Kurwa, nie! Po prostu zrób to, zanim się posikam!

— Trzymaj ręce nad głową, już! — krzyknął Clay i gwałtownie podniósł splecione ręce.

Jordan wyleciał przez okienko i znikł. Clay nie słyszał odgłosu upadku; muzyka była zbyt głośna.

Pozostali cisnęli się do okienka, które znajdowało się tuż nad ich głowami.

— Jordan! — zawołał Tom. — Jordan, jesteś tam?

Przez moment panowała cisza i Clay był pewien, że Jordan naprawdę skręcił sobie kark. Potem rozległ się drżący głos:

— Jestem tu. Rany, jak boli. Walnąłem się w łokieć. Lewy. Całkiem zdrętwiała mi ręka. Zaczekajcie...

Czekali. Denise ujęła dłoń Claya i ścisnęła ją.

— Mogę nią ruszać — oznajmił Jordan. — Chyba nie jest złamana, ale może powinienem pójść do szkolnej higienistki.

Wszyscy roześmiali się nieszczerze.

Tom przywiązał kluczyki do autobusu do podwójnej nitki, którą wyciągnął z koszuli, a nitkę do klamry swojego paska. Teraz Clay znów splótł dłonie i podsadził go.

— Opuszczę ci kluczyki, Jordanie. Gotowy?

— Tak.

Tom chwycił się krawędzi okna, spojrzał w dół i spuścił pasek.

— W porządku, masz je — powiedział. — Teraz słuchaj. Zrób to tylko wtedy, gdy będziesz mógł. Jeżeli nie, nie poślemy cię na ławkę kar. Rozumiesz?

— Tak.

— No to idź. Zmykaj. — Patrzył przez chwilę, po czym rzekł: — Już poszedł. Niech go Bóg ma w opiece. To dzielny dzieciak. Opuść mnie.

11

Jordan ruszył na drugą stronę budynku, oddalając się od śpiącego stada. Clay, Tom, Denise i Dan przeszli na środek sali. Mężczyźni przewrócili rozbity automat ze słodyczami i przesunęli go pod ścianę. Stojąc na nim, Clay i Dan z łatwością mogli wyglądać przez umieszczone pod sufitem okienko, Tom musiał stawać na palcach. Clay postawił na automacie skrzynkę, żeby Denise też mogła patrzeć. W duchu modlił się, żeby nie spadła i nie zaczęła rodzić.

Zobaczyli, jak Jordan podchodzi na skraj placu, na którym spały tysiące telefonicznych, stoi tam przez chwilę, jakby rozmyślając, a potem skręca w lewo. Clay miał wrażenie, że jeszcze go widzi, potem rozsądek podpowiedział mu, że Jordan już znikł w ciemnościach i obchodzi śpiące stado.

— Jak myślisz, ile zajmie mu to czasu? — zapytał Tom.

Clay potrząsnął głową. Nie wiedział. To zależało od wielu czynników. Liczebność stada była tylko jednym z nich.

— A jeśli oni zajrzeli na tył autobusu? — zapytała Denise.

— Albo jeśli Jordy tam zajrzy i niczego nie znajdzie? — odezwał się Dan i Clay z trudem powstrzymał się i nie powiedział mu, żeby zachował dla siebie swoje czarne myśli.

Czas wlókł się niemiłosiernie. Czerwone światełko na wieży spadochronowej migało. Pachelbela znów zastąpił Fauré, a Faurégo — Vivaldi. Clay zaczął wspominać śpiącego chłopczyka, który wypadł z wózka na zakupy, i towarzyszącego mu mężczyznę — zapewne niebędącego jego ojcem — który siedział na poboczu i mówił: „Gregory pocałuje i zaraz będzie lepiej". Wspominał mężczyznę z plecakiem, słuchającego *Baby Elephant Walk* i mówiącego: „Dodge też miał dobrą porę". Myślał o tym, jak w namiocie do gry w bingo z czasów jego dzieciństwa mężczyzna z mikrofonem niezmiennie wykrzykiwał „Słoneczna witamina!", wyciągając B-12 z pojemnika z wirującymi piłeczkami pingpongowymi. Chociaż przeciwkrzywicze działanie miała witamina D.

Teraz czas zdawał się wlec czterokrotnie wolniej niż na początku i Clay zaczął tracić nadzieję. Jeśli mieli usłyszeć warkot silnika autobusu, do tej pory powinni już go słyszeć.

— Coś poszło nie tak — szepnął Tom.

— Może nie — rzekł Clay.

Starał się ukryć przygnębienie.

— Nie, Tommy ma rację — powiedziała Denise. Była bliska łez. — Kocham go na zabój i był odważniejszy niż sam diabeł w pierwszą noc w piekle, ale gdyby miał przyjść, już by tu był.

Dan był zadziwiająco dobrej myśli.

— Nie wiem, na co mógł trafić. Po prostu zróbcie głęboki wdech i starajcie się trzymać wyobraźnię na wodzy.

Clay spróbował, ale bezskutecznie. Teraz sekundy dosłownie pełzły. Z wielkich koncertowych głośników płynęło *Ave Maria*. Pomyślał: Sprzedałbym duszę za odrobinę porządnego rock and rolla, na przykład *Oh, Carol* Chucka Berry'ego, U2 i *When Love Comes to Town*...

Na zewnątrz tylko ciemność i gwiazdy, i to jedno migające, zasilane z baterii światełko.

— Podsadź mnie — powiedział Tom, zeskakując z automatu. — Jakoś przecisnę się przez to okienko i postaram się go odnaleźć.

— Tom — zaczął Clay. — Jeśli myliłem się co do tych materiałów wybuchowych w bagażniku...

394

— Pieprzyć bagażnik i materiały wybuchowe! — rzekł rozdrażniony Tom. — Chcę tylko znaleźć Jor...

— Hej! — krzyknął Dan i zaraz dodał: — Hej, wszystko w porządku! Jest tam!

Uderzył pięścią w ścianę obok okna.

Clay odwrócił się i zobaczył dwie plamy światła, które rozbłysły w ciemnościach. Z dywanu nieprzytomnych ciał leżących na ogromnym placu zaczęła unosić się mgła i światła autobusu zdawały się przebijać gęsty dym. Migotały i Clay wyraźnie zobaczył Jordana, siedzącego za kierownicą autobusu i usiłującego dojść, co do czego służy.

Światłu zaczęły przesuwać się naprzód. Długie światła.

— Tak, kochanie — szepnęła Denise. — Zrób to, mój słodki. — Stojąc na skrzynce, jedną ręką chwyciła dłoń Dana, a drugą Claya. — Jesteś cudowny, tylko jedź.

Światła zaczęły przesuwać się w bok, oświetlając drzewa stojące daleko na lewo od otwartej przestrzeni pokrytej dywanem śpiących telefonicznych.

— Co on robi? — prawie jęknął Tom.

— Musi ominąć wystającą ścianę gabinetu śmiechu — wyjaśnił Clay. — Wszystko w porządku. — Zawahał się. — Myślę, że wszystko w porządku.

Jeśli nie omsknie mu się noga. Jeżeli nie pomyli pedału hamulca z pedałem gazu, nie wjedzie w ścianę tego przeklętego gabinetu śmiechu i nie ugrzęźnie tam.

Czekali i światła przesunęły się z powrotem, oświetlając ścianę Kashwakamak Hall tuż nad ziemią. W ich blasku Clay zobaczył, dlaczego zajęło to Jordanowi tyle czasu. Nie wszyscy telefoniczni byli nieprzytomni. Wielu z nich — zakładał, że to ci z uszkodzonym oprogramowaniem — nie położyło się i nie zasnęło. Dziesiątkami kręcili się bez celu po całym terenie, czarne sylwetki oddalające się nierównymi falami od placu, usiłujące wydostać się po ciałach śpiących, potykające się, upadające, powstające i idące dalej przy wypełniających ciszę nocy dźwiękach *Ave Maria* Schuberta. Jeden z nich, młody człowiek z przypominającą zmarszczkę, długą raną ciętą na czole, dotarł do budynku i zaczął iść, trzymając się ściany, jak ślepiec.

— Wystarczy, Jordanie — mruknął Clay, gdy światła dotarły do głośników na drugim końcu placu. — Zaparkuj i zabieraj się stamtąd w cholerę.

Wydawało się, że Jordan go usłyszał. Światła znieruchomiały. Przez moment w mroku poruszały się tylko sylwetki krążących niespokojnie telefonicznych i mgła unosząca się nad ciepłymi ciałami śpiących. Potem usłyszeli warkot silnika — usłyszeli go nawet przez tę głośną muzykę — i światła skoczyły naprzód.

— Nie, Jordanie, co ty robisz? — wrzasnął Tom.

Denise zachwiała się i byłaby spadła ze skrzynki, gdyby Clay nie objął jej wpół.

Autobus wjechał w śpiące stado. Przejechał po nim. Przednie światła zaczęły unosić się i opadać, to kierując się ku nim, to na moment unosząc ku niebu, żeby zaraz znów opaść. Autobus skręcił w lewo, wyrównał kurs i zjechał w prawo. Przez moment jego cztery reflektory oświetliły jednego z nocnych spacerowiczów, zmieniając go w sylwetkę wyciętą z czarnej dykty. Clay zobaczył, jak telefoniczny podnosi ręce, jakby cieszył się ze strzelonego gola, a potem znika pod maską pędzącego autobusu.

Jordan wjechał samochodem w sam środek stada i zatrzymał go, z zapalonymi światłami i mokrą maską. Osłoniwszy dłonią oczy przed blaskiem, Clay zdołał dostrzec małą postać — odróżniającą się od innych szybkością i koordynacją ruchów — która wyłoniła się z bocznych drzwi autobusu i zaczęła iść w kierunku Kashwakamak Hall. Nagle Jordan upadł i Clay pomyślał, że już po nim. Chwilę później Dan zawołał: „Jest tam, jest!" i Clay znów zobaczył chłopca, kilka jardów dalej i na lewo od miejsca, w którym widział go ostatnio. Widocznie Jordan przeszedł kawałek na czworakach po ciałach śpiących, zanim znów spróbował wstać.

Kiedy Jordan ponownie znalazł się w mglistych strumieniach światła reflektorów mikrobusu, rzucał olbrzymi cień i dopiero wtedy zobaczyli go wyraźnie. Nie jego twarz, gdyż znajdowała się w cieniu, lecz szaleńczy i zwinny sposób, w jaki przebiegał po ciałach telefonicznych. Śpiący byli wciąż nieprzytomni. Ci, którzy nie zasnęli, lecz znajdowali się w pobliżu Jordana, nie zwracali na niego uwagi. Jednak kilku przytomnych i znajdujących się blisko próbowało go złapać. Jordan dwukrotnie wymknął się im, ale za trzecim razem jedna z kobiet złapała go za włosy.

— Puść go! — wrzasnął Clay. Nie widział jej, ale był dziwnie pewien tego, że to kobieta, która kiedyś była jego żoną. — Puść go!

Nie posłuchała, ale Jordan złapał ją za nadgarstek, wykręcił rękę, przykucnął i zdołał się wyrwać. Kobieta jeszcze próbowała go złapać za koszulę, lecz nie zdołała i poczłapała w swoją stronę.

Clay zauważył, że wielu zainfekowanych telefonicznych gromadziło się wokół mikrobusu. Zapalone światła zdawały się ich przyciągać.

Clay zeskoczył z automatu (tym razem to Dan Hartwick uchronił Denise przed upadkiem) i chwycił łom. Wskoczył z powrotem i rozbił szybę okna, przez które patrzyli.

— Jordanie! — ryknął. — Za budynek! Biegnij za budynek!

Słysząc głos Claya, Jordan podniósł głowę i potknął się o coś — o czyjąś nogę, rękę lub szyję. Kiedy wstawał, z dyszącej ciemności wyłoniła się dłoń i złapała go za gardło.

— Boże proszę, nie — szepnął Tom.

Jordan rzucił się naprzód, jak środkowy napastnik rugby, mocno pracując nogami, i wyrwał się z uścisku. Chwiejnie pomknął przed siebie. Clay widział jego przestraszone oczy i gwałtownie poruszającą się pierś. Kiedy podbiegł bliżej, Clay usłyszał, jak spazmatycznie łapie oddech.

Nie uda mu się, pomyślał. Nigdy. A jest już tak blisko, tak blisko.

Jednak Jordanowi się udało. Dwaj telefoniczni chwiejnie maszerujący wzdłuż ściany nie zwrócili na niego uwagi, gdy przebiegał obok nich, kierując się na drugą stronę budynku. Czwórka w środku natychmiast zeskoczyła z automatu i pobiegła przez salę jak zawodnicy sztafety, z Denise na czele.

— Jordanie! — zawołała, podskakując i stając na palcach. — Jordan, Jordy, jesteś tam? Rany boskie, dzieciaku, powiedz, że tam jesteś!

— Jestem... — chrapliwie wciągnął powietrze — ...tu. — Kolejny zdyszany oddech. Clay ledwie zdawał sobie sprawę z tego, że Tom śmieje się i klepie go po plecach. — Nie wiedziałem... że... tak trudno... rozjeżdżać ludzi.

— Co ty tam wyprawiałeś? — krzyknął Clay. Dobijało go to, że nie może złapać tego chłopca i najpierw go uściskać, a potem nim potrząsnąć i ucałować ten jego głupi dziób. Dobijało go, że nawet go nie widzi. — Mówiłem, żebyś podjechał jak najbliżej, a nie wjeżdżał w sam środek gromady, do kurwy nędzy!

— Zrobiłem to... uff-uff!... za dyrektora. — Jego głos był teraz nie tylko zdyszany, ale i wyzywający. — Oni zabili dyrektora. Oni i ten ich Łachmaniarz. Oni i ten ich durny rektor Harvardu. Chciałem, żeby za to zapłacili. Żeby on za to zapłacił.

— Dlaczego tak długo uruchamiałeś autobus? — spytała Denise. — Umieraliśmy ze strachu!

— Niektórzy z nich nie śpią i wszędzie ich pełno — odparł Jordan. — Są ich chyba setki. Cokolwiek jest z nimi nie tak... a może wręcz przeciwnie... ta zmiana... rozszerza się coraz szybciej. Rozłażą się na wszystkie strony, zupełnie zagubieni. Musiałem wciąż zmieniać kierunek marszu. W końcu dotarłem do autobusu od środka placu. A potem... — Parsknął śmiechem. — Silnik nie chciał zapalić! Uwierzycie? Raz za razem przekręcałem kluczyk i słyszałem tylko ciche kliknięcie. O mało nie oszalałem, ale nie poddałem się. Ponieważ wiedziałem, że dyrektor byłby rozczarowany.

— Och, Jordy... — westchnął Tom.

— Wiecie, co to było? Musiałem zapiąć ten głupi pas. Pasażerowie nie muszą tego robić, ale autobus nie ruszy, dopóki kierowca nie zapnie swojego. W każdym razie trochę to trwało, ale w końcu tu jestem.

— Czy możemy zakładać, że bagażnik nie był pusty? — zapytał Dan.

— Możecie zakładać jak jasna cholera. Jest zapchany czymś, co wygląda jak czerwone cegiełki. Jest ich tam mnóstwo. — Jordan zaczynał oddychać spokojniej. — Są przykryte kocem. Na wierzchu leży telefon komórkowy. Ray przymocował go do paru tych cegiełek taśmą elastyczną, taką jak do skoków na bungee. Komórka jest włączona i to jest taka z portem jak faks lub inny przyrząd, żeby można było przesyłać dane do komputera. Kabel biegnie od telefonu między te cegiełki. Nie widziałem, gdzie się kończy, ale założę się, że jest podłączony do detonatora. — Znów nabrał tchu. — I na wyświetlaczu są słupki zasięgu. Trzy.

Clay kiwnął głową. Miał rację. Kashwakamak miało być strefą poza zasięgiem telefonii komórkowej, zaczynającą się od bocznej drogi prowadzącej na teren Expo Północnych Okręgów. Telefoniczni zaczerpnęli tę wiedzę z głów niektórych normalnych i wykorzystali ją. Napis Kashwak = Ni-Fo rozprzestrzeniał się jak ospa. Czy jednak któryś z telefonicznych spróbował zadzwonić z terenu Expo? Oczywiście, że nie. Dlaczego mieliby to robić? Telepaci nie potrzebują telefonów. A kiedy należysz do stada — będącego jednością — telefony są podwójnie zbyteczne, jeśli można tak powiedzieć.

Jednak w rzeczywistości telefony komórkowe działały tu na pewnym niewielkim obszarze, a dlaczego? Ponieważ potrzebowali ich pracownicy wesołego miasteczka, pracujący dla firmy New England Amusement Corporation. A w dwudziestym pierwszym wieku ci pracownicy — tak jak obsługa tras koncertowych, scen objazdowych i ekipy filmowe na planie — potrzebowała telefonów komórkowych, szczególnie w takich odludnych miejscach, gdzie nie było telefonii przewodowej.

Co z tego, że nie było tu masztów przekazujących wychodzące i napływające sygnały. Ściągną sobie pirackie oprogramowanie i zainstalują własny. Nielegalne? Oczywiście, ale sądząc po tych trzech słupkach, które widział Jordan, działało, a ponieważ było zasilane z akumulatora, działało nadal. Zainstalowali przekaźnik w najwyższym punkcie Expo. Umieścili go na szczycie wieży spadochronowej.

12

Dan ponownie przeszedł przez salę, wspiął się na automat i spojrzał.

— Otaczają autobus grubym pierścieniem — zameldował. — Najwięcej ich jest przed światłami. Jakby myśleli, że w środku ukrywa się jakaś supergwiazda. Na pewno rozdeptali tych, na których stoją. — Odwrócił się do Claya i wskazał brudny telefon komórkowy Motoroli, który Clay trzymał w dłoni. — Jeśli masz to zrobić, proponuję, żebyś się pospieszył, zanim któryś z nich postanowi wsiąść do tego przeklętego autobusu i odjechać.

— Powinienem wyłączyć silnik, ale pomyślałem, że wtedy zgasną światła — powiedział Jordan. — A chciałem, żeby oświetlały mi drogę.

— W porządku, Jordanie — powiedział Clay. — Nic się nie stało. Zamierzam...

Jednak w kieszeni, z której wyciągnął telefon komórkowy, nie było nic więcej. Skrawek papieru z numerem zniknął.

13

Clay i Tom gorączkowo szukali go na podłodze, a Dan ponuro meldował z automatu, że pierwszy telefoniczny właśnie wdarł się do autobusu, kiedy Denise wrzasnęła:

— Przestańcie. Zamknij się!

Wszyscy znieruchomieli i spojrzeli na nią. Clayowi serce podeszło do gardła. Nie mógł nadziwić się swojej głupocie. Ray umarł za to, ty głupi śmieciu! — wrzeszczał na siebie w myślach. On umarł za to, a ty zgubiłeś kartkę!

Denise zamknęła oczy i podniosła złożone dłonie do pochylonej głowy. Potem zaintonowała pospiesznie:

— Niech święty Antoni temu dopomoże, który coś zgubił i znaleźć nie może.

— Co to jest? — zapytał ze zdumieniem Dan.

— Modlitwa do świętego Antoniego — wyjaśniła spokojnie. — Nauczyłam się jej w szkółce parafialnej. Zawsze skutkuje.

— Litości — jęknął Tom.

Zignorowała go, skupiając całą uwagę na Clayu.

— Nie ma jej na podłodze, prawda?

— Nie sądzę, nie.

— Jeszcze dwóch weszło do autobusu — zameldował Dan. — Włączył się migacz. Któryś z nich musiał usiąść za...

— Proszę, zamknij się, Dan — powiedziała Denise. Nadal patrzyła na Claya. Wciąż spokojnie. — Jeśli zgubiłeś ją w autobusie albo przed budynkiem, to już jej nie znajdziemy, prawda?

— Tak — odparł z ciężkim sercem.

— Zatem wiemy, że tam jej nie zgubiłeś.

— Skąd to wiemy?

— Ponieważ Bóg by na to nie pozwolił.

— Chyba zaraz... pęknie mi głowa — zauważył Tom dziwnie opanowanym głosem.

Ponownie nie zwróciła na niego uwagi.

— Której kieszeni nie sprawdziłeś?

— Sprawdziłem każdą... — zaczął Clay i urwał.

Nie odrywając oczu od Denise, wsunął palce do kieszonki na zegarek, wszytej w większą przednią kieszeń swoich dżinsów. Kawałek papieru był tam. Clay nie pamiętał, żeby go tam wkładał, ale był tam. Wyjął go. Starannym pismem zmarły zapisał na karteczce numer: 207-919-9811.

— Podziękuj ode mnie świętemu Antoniemu — powiedział Clay.

— Jeśli to się uda — odparła — poproszę świętego Antoniego, żeby podziękował Bogu.

— Deni? — rzekł Tom.

Odwróciła się do niego.

— Podziękuj Jemu i ode mnie.

14

We czwórkę siedzieli pod podwójnymi drzwiami, przez które tu weszli, licząc, że osłoni ich stalowa płyta. Jordan przykucnął z tyłu budynku, pod wybitym oknem, przez które wyszedł.

— Co zrobimy, jeśli wybuch nie wywali żadnej dziury w ścianie tego budynku? — zapytał Tom.

— Coś wymyślimy — odparł Clay.

— A jeśli bomba Raya nie eksploduje? — zapytał Dan. — Weźmiemy długi rozbieg i kopniemy ją — powiedziała Denise. — No już, Clay. Nie czekaj na fanfary.

Otworzył komórkę, spojrzał na ciemny wyświetlacz i uświadomił sobie, że powinien sprawdzić zasięg, zanim posłał Jordana na zewnątrz. Nie przyszło mu to do głowy. Nikt z nich o tym nie pomyślał. Głupota. Prawie taka sama jak zapomnienie o tym, że skrawek papieru z zapisanym numerem telefonu schował do kieszonki na zegarek. Wcisnął włącznik. Telefon pisnął. Przez chwilę nic się nie działo, a potem pojawiły się trzy słupki, jasne i wyraźne. Wystukał numer, a potem położył kciuk na klawiszu z napisem CALL.

— Jordanie, jesteś gotowy?

— Tak!

— A wy, ludzie? — spytał Clay.

— Zrób to, zanim dostanę zawału — rzekł Tom.

Oczami duszy Clay zobaczył koszmarnie realistyczny obraz: Johnny-ojej leżący tuż obok miejsca, gdzie zatrzymał się wyładowany materiałem wybuchowym autobus. Leżący na plecach z szeroko otwartymi oczami i rękami splecionymi na piersi okrytej podkoszulkiem Red Soksów, słuchający muzyki, podczas gdy jego mózg odbudowywał się w nowy i dziwny sposób.

Odepchnął ten obraz od siebie.

— Niech święty Antoni pomoże — powiedział bez żadnego konkretnego powodu, a potem nacisnął klawisz, łącząc się z telefonem komórkowym w bagażniku autobusu.

Zdążył powiedzieć w myślach sto dwadzieścia jeden i sto dwadzieścia dwa, zanim cały świat za murami Kashwakamak Hall wybuchnął i huk eksplozji łapczywie pochłonął *Adagio* Thomasa Albinoniego. Szyby we wszystkich okienkach, znajdujących się pod sufitem od strony trawiastego placu, wyleciały wepchnięte podmuchem. Otwory rozbłysły szkarłatnym światłem, a potem cały południowy koniec budynku rozleciał się, sypiąc gradem desek, szkła i siana. Drzwi, pod którymi siedzieli, zdawały się uginać. Denise obronnym gestem objęła rękami brzuch. Na zewnątrz rozległ się przeraźliwy wrzask. Przez moment ten dźwięk rozcinał Clayowi czaszkę niczym piła łańcuchowa. Potem ucichł. Natomiast wrzask w jego uszach nie milkł. Wrzask ludzi smażących się w piekle.

Coś wylądowało na dachu. Było tak ciężkie, że cały budynek się zatrząsł. Clay podniósł Denise. Spojrzała na niego oszalałym wzrokiem, jakby nie wiedziała, kim jest.

— Chodź! — krzyczał, ale ledwie słyszał swój głos. Jakby te dźwięki przedzierały się przez warstwę waty. — Chodź, wynośmy się stąd!

Tom już wstał. Dan też chciał, ale upadł, spróbował jeszcze raz i tym razem mu się udało. Chwycił Toma za rękę. Tom złapał dłoń Denise. We troje powlekli się w kierunku otworu na

403

końcu budynku. Tam znaleźli Jordana, który stał między stertami porozrzucanego siana i patrzył na skutki jednego połączenia telefonicznego.

15

Tą gigantyczną stopą, która nadepnęła na dach Kashwakamak Hall, okazał się spory fragment autobusu. Gonty płonęły. Tuż przed patrzącymi, za niewielką stertą płonącego siana, leżały do góry nogami dwa płonące fotele. Ich stalowe szkielety zmieniły się w spaghetti. Z nieba spadał deszcz ubrań: koszule, kapelusze, slipki, szorty, suspensorium, płonący biustonosz. Clay spostrzegł, że bele siana ułożone wzdłuż ściany budynku jako izolacja wkrótce zmienią się w morze płomieni. Wydostali się w samą porę.

Cały teren targowy, na którym odbywały się koncerty, potańcówki i rozmaite konkursy, był usiany płonącymi szczątkami, ale kawałki eksplodującego autobusu poleciały jeszcze dalej. Clay dostrzegł płomienie między drzewami stojącymi co najmniej sto jardów od miejsca wybuchu. Na południe od miejsca, gdzie stali, palił się gabinet śmiechu i Clay zauważył coś — wydawało mu się, że to płonący ludzki tors — co utkwiło w połowie wysokości wieży spadochronowej.

Samo stado zmieniło się w krwawą masę martwych i umierających telefonicznych szaleńców. Ich łączność telepatyczna uległa zerwaniu (chociaż słabe prądy tej dziwnej psychicznej siły sporadycznie wstrząsały nim, sprawiając, że włosy stawały mu dęba i ciarki przechodziły po plecach). Clay zrobiłby to, nawet gdyby sobie wyobraził, jakie będzie okropne — nawet w pierwszych sekundach po wybuchu nie próbował wmawiać sobie, że nie — jednak ten widok był makabryczny.

W świetle pożarów ujrzeli więcej, niżby chcieli. Okaleczone i porozrywane ciała były okropne — kałuże krwi, poodrywane kończyny — ale porozrzucane części garderoby i buty były jeszcze gorsze, jakby część stada po prostu wyparowała pod wpływem straszliwej siły eksplozji. Jakiś mężczyzna szedł w ich kierunku, zaciskając dłonie na szyi w daremnej próbie zatamowania krwi, która spływała mu przez palce — i w blasku płonącego dachu Kashwakamak Hall wydawała się pomarańczowa — podczas gdy wnętrzności kołysały mu się na wysokości krocza. Kolejne mokre zwoje wysuwały się, gdy przechodził obok, szeroko otwierając niewidzące oczy.

Jordan coś mówił. Clay nie słyszał go przez krzyki, wycia i coraz głośniej trzaskające za plecami płomienie, więc nachylił się do chłopca.

— Musieliśmy to zrobić, tylko tyle mogliśmy — powiedział Jordan. Spoglądał na bezgłową kobietę, na mężczyznę bez nóg, na czyjeś rozszarpane ciało, które zmieniło się w koryto pełne krwi. Nieco dalej dwa następne fotele z autobusu leżały na dwóch płonących kobietach, które umarły, trzymając się w objęciach. — Musieliśmy to zrobić, tylko tyle mogliśmy. Musieliśmy to zrobić, tylko tyle mogliśmy.

— Zgadza się, dzieciaku, przyciśnij twarz do mojego boku i chodź — odparł Clay i Jordan natychmiast go posłuchał.

Wprawdzie szło się w ten sposób bardzo niewygodnie, ale Clay nie chciał, by Jordan oglądał ten koszmar.

Ominęli skraj pola biwakowego stada, zmierzając w kierunku tego, co byłoby wesołym miasteczkiem i parkiem rozrywki, gdyby nie Puls. Gdy szli, Kashwakamak Hall płonęła coraz mocniej, rzucając więcej światła na plac. Ciemne postacie — najczęściej nagie lub w resztkach odzieży, zdartej przez podmuch eksplozji — chwiały się i zataczały. Clay nie miał pojęcia, ile ich tam było. Nieliczni przechodzący w pobliżu grupki uciekinierów nie okazywali żadnego zainteresowania: albo szli dalej w kierunku placu, albo zagłębiali się w las na zachód od terenów wystawowych, gdzie zdaniem Claya czekała ich śmierć z wychłodzenia, jeśli nie odtworzą przynajmniej szczątkowej świadomości zbiorowej. Nie sądził, żeby zdołali to zrobić. Częściowo z powodu wirusa, ale głównie dlatego, że Jordan wjechał autobusem w sam środek stada i uzyskał maksymalny promień rażenia, tak jak oni wtedy z cysternami z propanem-butanem.

Gdyby wiedzieli, że wykańczając jednego starego człowieka, doprowadzą do czegoś takiego... pomyślał Clay. Tylko skąd mogli wiedzieć?

Dotarli na szutrowy parking, na którym pracownicy wesołego miasteczka ustawiali furgonetki i barakowozy. Tutaj na ziemi leżało mnóstwo przewodów elektrycznych, a przestrzeń między wozami była zastawiona gratami typowymi dla rodzin, które żyją w drodze: ruszty, gazowe grille, krzesła ogrodowe, hamaki, mały wieszak na pranie, które zapewne wisiało na nim prawie od dwóch tygodni.

— Znajdźmy jakiś pojazd z kluczykami i wynośmy się stąd w cholerę — rzekł Dan. — Oczyścili drogę dostawczą, a jeśli dopisze nam szczęście, zdołamy dojechać sto sześćdziesiątą na północ tak daleko, jak będziemy chcieli. — Pokazał palcem. — Powyżej tej linii prawie wszystko jest ni-fo.

Clay zauważył furgonetkę z napisem LEM PRACE MALARSKIE I HYDRAULICZNE z tyłu. Sprawdził drzwi, które okazały się otwarte. Wnętrze było zapchane skrzynkami po mleku, przeważnie pełnymi różnych hydraulicznych części, ale w jednej znalazł to, czego szukał: farby w aerozolu. Wziął cztery pojemniki, upewniwszy się, że są pełne albo prawie pełne.

— Po co ci one? — zapytał Tom.

— Później ci powiem — odparł Clay.

— Wynośmy się stąd, proszę — odezwała się Denise. — Nie mogę już tego znieść. Spodnie mam mokre od krwi.

Zaczęła płakać.

Wyszli na plac między Krazy Kups a niedokończoną kolejką dla dzieci, nazwaną Charlie Puf-Puf.

— Patrzcie — rzekł Tom, pokazując palcem.

— O... mój... Boże — cicho wykrztusił Dan.

Na daszku budki kasjera leżały zwęglone i dymiące resztki bluzy — czerwonej bluzy z kapturem. Wielka plama krwi rozlewała się wokół dziury, zapewne wyszarpanej przez kawałek rozerwanego autobusu. Zanim krew zupełnie zabarwiła materiał, Clay zdołał odczytać trzy litery, ostatni żart Łachmaniarza: HAR.

16

— W tej pierdolonej budce nikogo nie ma, a sądząc po rozmiarach dziury, przeszedł bez znieczulenia operację na otwartym sercu — powiedziała Denise — więc kiedy już się napatrzycie...

— Na południowym końcu placu jest jeszcze jeden mały parking — oznajmił Tom. — Stoją tam eleganckie samochody. Lepszej klasy. Może dopisze nam szczęście.

Dopisało, ale nie z eleganckim samochodem. Mały van z napisem TYCO EKSPERCI OD OCZYSZCZANIA WODY stał zaparkowany przed kilkoma samochodami lepszej klasy, skutecznie blokując im wyjazd. Pracownik Tyco przezornie zostawił kluczyki w stacyjce, zapewne z tego powodu. Clay usiadł za kierownicą i zabrał ich daleko od pożaru, rzezi i tych wrzasków; powoli i ostrożnie jechał drogą dostawczą do skrzyżowania oznaczonego billboardem pokazującym szczęśliwą rodzinę, która przestała istnieć (jeśli kiedykolwiek istniała). Tam Clay zatrzymał wóz i wrzucił jałowy bieg.

— Ktoś z was będzie musiał poprowadzić — rzekł.

— Dlaczego, Clay? — zapytał Jordan, ale po tonie jego głosu Clay poznał, że chłopiec już wie.

— Ponieważ ja tu wysiadam — odrzekł.

— Nie!

— Tak. Zamierzam odszukać mojego chłopca.

— On niemal na pewno leży gdzieś tam martwy — powiedział Tom. — Nie chcę być nieprzyjemny, ale bądź realistą.

— Wiem, Tom. Wiem także równie dobrze jak wy, że może nie zginął. Jordan mówił, że rozchodzili się na wszystkie strony, zupełnie zagubieni.

— Clay... kochany... — wtrąciła się Denise. — Nawet jeśli żyje, może błądzić w lesie z na pół oderwaną głową. Nie chcę tego mówić, ale wiesz, że to prawda.

Clay kiwnął głową.

— Wiem też, że mógł odejść wcześniej, kiedy byliśmy zamknięci, i pójść drogą do Gurleyville. Niektórzy zdołali dotrzeć aż tam. Sam widziałem. Inni też tam zmierzali. Wy też ich widzieliście.

— Nie ma się co spierać z artystą, co? — spytał ze smutkiem Tom.

— Nie — rzekł Clay — ale może ty i Jordan zechcielibyście wysiąść ze mną na chwilę.

Tom westchnął.

— Czemu nie?

17

Kilku telefonicznych, wyglądających na zagubionych i oszołomionych, przeszło obok nich, kiedy stali przy małej furgonetce firmy oczyszczającej wodę. Clay, Tom i Jordan nie zwracali na nich uwagi, a telefoniczni odwzajemniali się tym samym. Na północnym zachodzie horyzont barwiła pomarańczowoczerwona łuna, gdyż Kashwakamak Hall paliła się razem z rosnącym za nią lasem.

— Tym razem bez wielkich pożegnań — powiedział Clay, starając się nie widzieć łez w oczach Jordana. — Mam nadzieję, że się jeszcze spotkamy. Weź to, Tom. — Podał mu telefon komórkowy, którym posłużył się do wywołania eksplozji. Tom posłuchał. — Jedźcie na północ. Sprawdzajcie, ile pokazuje słupków. Jeśli natraficie na drogowe „rafy", porzućcie pojazd i idźcie dalej, a kiedy droga znów będzie przejezdna, znajdźcie następny samochód lub furgonetkę. Zapewne będziccie mieli zasięg w okolicach Rangeley, gdzie latem pływano na żaglówkach, jesienią polowano, a zimą jeżdżono na nartach. Dalej będzie czysto i powinniście być bezpieczni.

— Założę się, że już jesteśmy bezpieczni — rzekł Jordan, ocierając oczy.

Clay kiwnął głową.

— Możesz mieć rację. W każdym razie kierujcie się zdrowym rozsądkiem. Kiedy znajdziecie się co najmniej sto mil na północ od Rangeley, znajdźcie jakąś chatę, dom lub coś takiego, zgromadźcie zapasy i zostańcie na zimę. Wiecie, co stanie się z nimi w zimie, prawda?

— Jeśli stado się rozpadło i nic będzie migrowało, niemal wszyscy umrą — powiedział Tom. — Przynajmniej wszyscy znajdujący się na północ od linii Masona-Dixona.

— Też tak uważam. Zostawiłem na desce rozdzielczej pojemniki z farbą w aerozolu. Mniej więcej co dwadzieścia mil malujcie na szosie napis T-J-D, wielkimi literami. Rozumiecie?

— T-J-D — powtórzył Jordan. — Jak Tom, Jordan, Dan i Denise.

— Właśnie. Postarajcie się, żeby napis był duży, ze strzałką, jeśli postanowicie skręcić w inną drogę. Jeśli będzie to żwirowa droga, malujcie napis na drzewach, zawsze po prawej stronie drogi. Tam będę go szukał. Zrozumieliście?

— Zawsze po prawej — powtórzył Tom. — Jedź z nami, Clay. Proszę.

— Nie. Nie utrudniajcie mi tego, co jest już dostatecznie trudne. Za każdym razem, gdy będziecie musieli porzucić pojazd, zostawiajcie go na środku drogi i z napisem T-J-D. Dobrze?

— Dobrze — powiedział Jordan. — Ale lepiej nas znajdź.

— Znajdę. Przez jakiś czas ten świat będzie niebezpiecznym miejscem, ale już nie tak niebezpiecznym jak do niedawna. Jordanie, muszę cię o coś prosić.

— W porządku.

— Jeśli znajdę Johnny'ego i okaże się, że najgorsze, co mu się przytrafiło, to przejście przemiany, co powinienem zrobić?

Jordan otworzył usta.

— Skąd mam wiedzieć? Jezu, Clay! Chcę powiedzieć... Jezu!

— Wiedziałeś, że oni się przeprogramowują — przypomniał Clay.

— Odgadłem to!

Clay wiedział, że to było coś więcej. Znacznie więcej. Zdawał sobie również sprawę, że Jordan jest wyczerpany i przerażony. Przyklęknął przed chłopcem i ujął jego dłoń.

— Nie bój się. Nie może z nim być gorzej, niż już jest. Bóg wie, że nie.

— Clay, ja... — Jordan spojrzał na Toma. — Ludzie to nie komputery. Tom! Powiedz mu to!

— Ale komputery są jak ludzie, czyż nie? — rzekł Tom. — Ponieważ budujemy to, co znamy. Wiedziałeś o przeprogramowaniu i o robaku. Teraz powiedz mu, co o tym myślisz. I tak pewnie nie znajdzie swojego chłopaka. A jeśli... — Tom wzruszył ramionami. — Tak jak powiedział. Czy może z nim być gorzej?

Jordan zastanowił się, przygryzając wargę. Wyglądał na okropnie zmęczonego i miał krew na koszuli.

— Jedziecie? — zawołał Dan.

— Daj nam jeszcze minutę — powiedział Tom. — Jordanie?

Jordan milczał jeszcze przez chwilę. Potem spojrzał na Claya i powiedział:

— Potrzebny byłby ci drugi telefon komórkowy. I musiałbyś zabrać go gdzieś, gdzie jest zasięg...

RATOWANIE SYSTEMU

1

Clay stał na środku drogi numer 160 w miejscu, gdzie w słoneczny dzień padałby cień billboardu, i obserwował tylne światła, dopóki nie znikły mu z oczu. Nie mógł pozbyć się wrażenia, że już nigdy nie zobaczy Toma i Jordana (zwiędłe róże, szeptał mu jakiś głos), ale nie pozwolił mu rozwinąć się w złe przeczucie. W końcu spotkali się już dwukrotnie, a czyż nie powiadają, że do trzech razy sztuka?

Potrącił go przechodzący telefoniczny. Mężczyzna miał połowę twarzy pokrytą krzepnącą krwią i był pierwszym rannym zbiegiem z Expo Północnych Okręgów, jakiego Clay widział. Zobaczy ich więcej, jeśli się nie pospieszy, tak więc ruszył stosześćdziesiątką, znów kierując się na południe. Nie miał żadnego powodu przypuszczać, że jego syn podążył na południe, ale liczył na to, że jakieś resztki świadomości — dawnej świadomości — podpowiedzą Johnny'emu, że tam jest jego dom. W ten sposób Clay przynajmniej wiedział, dokąd się kierować.

Mniej więcej pół mili na południe od bocznej drogi napotkał następnego telefonicznego, tym razem kobietę, przechadzającą się tam i z powrotem w poprzek drogi, niczym kapitan na mostku swego statku. Obrzuciła Claya takim przenikliwym spojrzeniem, że podniósł ręce, gotowy się bronić, gdyby go zaatakowała.

Nie zrobiła tego.

— Kto up-ta? — zapytała, a Clay w myślach usłyszał wyraźnie: *Kto upadł? Tato, kto upadł?*

— Nie wiem — powiedział, ostrożnie przechodząc obok. — Nie widziałem.

— Gdzie ja-em? — zapytała, krocząc jeszcze szybciej, a on usłyszał w myślach: *Gdzie ja jestem?*

Na to nie próbował odpowiedzieć, ale przypomniała mu się Pixie Ciemna, pytająca: *Kim jesteś? Kim ja jestem?*

Przyspieszył kroku, ale nie dostatecznie. Przechadzająca się kobieta zawołała za nim coś, co go zmroziło.

— Kim Pi-Ci?

A w jego głowie to pytanie odbiło się przerażająco zrozumiałym echem. *Kim jest Pixie Ciemna?*

2

W pierwszym domu, do którego się włamał, nie było broni, ale znalazł długą latarkę, którą oświetlał każdego napotkanego telefonicznego, zawsze zadając to samo pytanie, jednocześnie usiłując przekazać je myślami, niczym rzucany na ekran obraz magicznej lampy: *Widziałeś chłopca*. Ani razu nie otrzymał odpowiedzi i odbierał tylko słabnące impulsy myślowe.

W drugim domu stał na podjeździe ładny dodge ram, ale Clay nie odważył się go zabrać. Jeśli Johnny był na tej drodze, to poruszał się na piechotę. Gdyby Clay jechał samochodem, mógłby przeoczyć chłopca. W spiżarni znalazł puszkowaną szynkę Daisy, otworzył ją załączonym otwieraczem i jedząc, wrócił na drogę. Najadł się do syta i już miał wyrzucić resztę w krzaki, gdy zobaczył starego telefonicznego stojącego przy skrzynce pocztowej i spoglądającego na niego smutnym, głodnym wzrokiem. Clay podał mu resztę szynki, a stary ją wziął. Potem, mówiąc głośno i wyraźnie, starając się odtworzyć w myślach obraz Johnny'ego, Clay spytał:

— Widziałeś tego chłopca?

Stary przeżuł szynkę. Przełknął. Zdawał się namyślać. Powiedział:

— Szedł wolno.

— Wolno — powtórzył Clay. — Dobrze. Dzięki.

Poszedł dalej.

W trzecim domu, milę dalej na południe, znalazł w piwnicy strzelbę .30-30 oraz trzy pudełka naboi. W kuchni w ładowarce na szafce stał telefon komórkowy. Ładowarka nie działała — oczywiście — ale kiedy wcisnął przycisk telefonu, ten pisnął i natychmiast ożył. Pokazywał tylko jeden słupek, ale to nie dziwiło Claya. Punkt przemiany telefonicznych znajdował się na samej granicy zasięgu.

Z komórką przypiętą do paska ruszył do drzwi, trzymając w jednej ręce naładowaną strzelbę, a w drugiej latarkę, kiedy nagle poczuł się zupełnie wyczerpany. Zatoczył się, jakby ktoś uderzył go gumowym młotkiem w skroń. Chciał iść dalej, lecz ta odrobina zdrowego rozsądku, która mu pozostała, powiedziała, że musi się przespać i sen może być teraz rozsądną rzeczą. Jeśli Johnny gdzieś tam był, to prawdopodobnie też teraz spał.

— Przejdź na dzienną zmianę, Clayton — wymamrotał. — W środku nocy i przy latarce nie znajdziesz nawet psiego gówna.

Dom był mały — zapewne pary ludzi w podeszłym wieku, pomyślał, sądząc po zdjęciach w salonie, jednej sypialni i poręczach zamocowanych wokół toalety w łazience. Łóżko było starannie posłane. Położył się na nim, nie wchodząc pod kołdrę, jedynie zdjąwszy buty. Gdy tylko się położył, zmęczenie przygniotło go jak głaz. Nie wyobrażał sobie, że mógłby wstać w jakimkolwiek celu. W pokoju unosił się zapach perfumowanej saszetki, zapach starszej pani, pomyślał. Babciny zapach. Był równie słaby jak Clay. Gdy tak leżał w ciszy, masakra na Expo wydawała się odległa i nierealna jak pomysł komiksu, którego nigdy nie miał narysować. Zbyt okropny. Trzymaj się „Mrocznego Wędrowca", powiedziałaby Sharon — jego dawna, słodka Sharon. Trzymaj się swoich kowbojów Apokalipsy.

Jego umysł zdawał się odrywać i unosić nad ciałem. Powrócił — leniwie, bez pośpiechu — do ich trojga stojących przy furgonetce Tyco, na moment przedtem, nim Tom i Jordan ponownie do niej wsiedli. Jordan powtórzył to, co powiedział jeszcze w Gaiten, o tym, że ludzkie mózgi są w istocie tylko bardzo pojemnymi twardymi dyskami, a Puls wymazał je do czysta. Jordan powiedział, że Puls podziałał na ludzkie mózgi jak impuls elektromagnetyczny.

„Zostało tylko samo jądro — powiedział Jordan. — A tym jądrem była żądza mordu. Jednak ludzki mózg to organiczny twardy dysk, który próbuje się odbudować. Zaprogramować na nowo. Tylko że w oryginalnym kodzie sygnałów był błąd. Nie mam na to dowodu, ale jestem przekonany, że te zachowania stadne, telepatia, lewitacja... wszystko to jest skutkiem tego błędu. A ten błąd był tam od początku, tak więc stał się częścią nowego oprogramowania. Nadążacie?".

Clay skinął głową. Tom też. Chłopiec patrzył na nich, na jego usmarowanej krwią twarzy malowało się zmęczenie i szczerość.

„Jednak pulsowanie cały czas jest emitowane, prawda? Ponieważ gdzieś tam działa komputer zasilany z akumulatora i wciąż wykonuje swój program. Program jest felerny, więc tkwiący w nim błąd ulega mutacjom. W końcu komputer przestanie słać sygnał albo jego program zmutuje do tego stopnia, że sam się wyłączy. Jednak do tego czasu... może uda ci się go wykorzystać. Mówię może, rozumiesz? Wszystko zależy od tego, czy mózg robi to, co robią dobrze chronione komputery, kiedy trafi je impuls elektromagnetyczny".

Tom zapytał, co też takiego robią. A Jordan posłał mu słaby uśmiech.

„Ratują system. Wszystkie dane. Jeśli tak się dzieje z ludźmi i zdołasz skasować program telefonicznych, może odtworzy się dawny program".

— Mówił o ludzkim oprogramowaniu — wymamrotał Clay w ciemnościach sypialni, wdychając ten słodki, słaby zapach perfumowanej saszetki. — O ludzkim oprogramowaniu, zapisanym gdzieś głęboko. W całości.

Odpływał, zasypiał. Jeśli miało mu się coś śnić, to miał nadzieję, że nie będzie to masakra na Expo Północnych Okręgów.

Tuż przed zaśnięciem pomyślał, że może po dłuższym czasie telefoniczni zmieniliby się na lepsze. Owszem, zrodziła ich przemoc i koszmar, lecz narodziny zawsze są trudne, często gwałtowne, a niekiedy straszne. Kiedy zaczęli zbierać się w stada i łączyć myślami, stali się mniej agresywni. Z tego, co wiedział, nie wypowiedzieli wojny normalnym, jeśli nie uznać przymusowej przemiany za wypowiedzenie wojny. Represje po zniszczeniu ich stad były okropne, ale zupełnie zrozumiałe. Gdyby pozostawiono ich w spokoju, może w końcu okazaliby się lepszymi gospodarzami Ziemi niż tak zwani normalni. Z pewnością nie kwapiliby się do kupowania pożerających benzynę terenówek z napędem na cztery koła, nie przy ich zdolnościach lewitacji (i raczej szczątkowym nastawieniu konsumpcyjnym). Do diabła, nawet ich gust muzyczny zaczynał się poprawiać.

Tylko jaki mieliśmy wybór? — pomyślał Clay. Instynkt samozachowawczy jest jak miłość. Równie ślepy.

Wtedy zapadł w sen i nie śniła mu się rzeź na Expo. Śnił, że jest w namiocie do gry w bingo, a gdy prowadzący oznajmił: „B-12 to słoneczna witamina!" — ktoś pociągnął go za nogawkę. Zajrzał pod stół. Johnny był tam i uśmiechał się do niego. I gdzieś dzwonił telefon.

3

Nie wszyscy pozostali przy życiu telefoniczni przestali być agresywni i stracili swoje niezwykłe zdolności. Około południa następnego dnia, zimnego i wietrznego, niosącego w powietrzu przedsmak listopada, Clay przystanął, by obserwować dwóch z nich, zaciekle walczących na poboczu drogi. Najpierw walczyli na pięści, potem się drapali nawzajem, a w końcu przeszli do zwarcia, zderzając się głowami i gryząc w policzki oraz szyje. W trakcie starcia powoli zaczęli unosić się w powietrze. Clay patrzył z otwartymi ustami, jak wznieśli się prawie na dziesięć stóp, wciąż walcząc, z szeroko rozstawionymi nogami, jakby stali na jakiejś niewidzialnej podłodze. Potem jeden z nich wbił zęby w nos przeciwnika, który nosił podartą i zakrwawioną koszulkę z wydrukowanym na piersi napisem **HEAVY FUEL**. Odgryzacz Nosów odepchnął **HEAVY FUELA**. Ten zachwiał się i runął jak kamień na ziemię. Gdy spadał, krew tryskała mu z rozerwanego nosa. Odgryzacz Nosów spojrzał w dół, chyba dopiero wtedy zdał sobie sprawę z tego, że wisi piętro nad ziemią, i też spadł. Jak słonik Dumbo, który zgubił swoje magiczne piórko, pomyślał Clay. Odgryzacz Nosów skręcił sobie nogę w kolanie i leżał w kurzu, ze ściągniętymi wargami odsłaniającymi zakrwawione zęby, warcząc na przechodzącego Claya.

Jednak ci dwaj byli wyjątkiem. Większość telefonicznych, których Clay mijał (przez cały ten dzień i następny tydzień nie spotkał żadnego normalnego), wyglądała na zagubionych i oszołomionych po utracie zbiorowej świadomości. Clay wciąż myślał o tym, co powiedział mu Jordan, zanim wsiadł z powrotem do vana, który pojechał ku lasom na północy, gdzie nie było zasięgu: „Jeśli robak nadal będzie mutował, następne przemiany nie dadzą ani telefonicznych, ani normalnych, tylko coś pośredniego".

Clay pomyślał, że to coś w rodzaju Pixie Ciemnej, tylko trochę bardziej zaawansowane. *Kim jesteś? Kim ja jestem?*

Widział to pytanie w ich oczach i podejrzewał — nie, wiedział — że te pytania chcieli zadać, kiedy zaczynali bełkotać. Wciąż pytał: „Czy widzieliście chłopca?" i próbował przekazywać im obraz Johnny'ego, ale teraz nie liczył już na sensowną odpowiedź. Przeważnie nie otrzymywał żadnej. Następną noc spędził w przyczepie mieszkalnej około pięciu mil na północ od Gurleyville, a następnego ranka trochę po dziewiątej wypatrzył niewielką postać siedzącą na krawężniku przed Gurleyville Café, w środku obejmującego zaledwie jeden kwartał centrum miasteczka.

To niemożliwe, pomyślał, ale przyspieszył kroku, a kiedy podszedł trochę bliżej — dostatecznie blisko, żeby być prawie pewnym, że to dziecko, a nie niski dorosły — zaczął biec. Nowy plecak podskakiwał mu na plecach. Jego stopy odnalazły miejsce, gdzie zaczynał się krótki chodnik Gurleyville, i zaczęły stukać o beton.

To był chłopiec. Bardzo chudy chłopiec o włosach sięgających prawie do ramion, okrytych koszulką Red Soksów.

— Johnny! — krzyknął Clay. — Johnny, Johnny-ojej!

Zaskoczony chłopiec obrócił się w kierunku, z którego dobiegł go krzyk. Rozdziawił usta. W jego oczach nie było nic prócz lekkiego przestrachu. Rozejrzał się na boki, jakby zamierzał uciec, ale zanim zdążył zrobić choć krok, Clay porwał go w ramiona i obsypał pocałunkami jego brudną, obojętną twarz i rozdziawione usta.

— Johnny — powiedział. — Johnny, przyszedłem po ciebie. Naprawdę. Przyszedłem po ciebie. Przyszedłem.

I w pewnej chwili — być może tylko dlatego, że ten trzymający go mężczyzna zaczął kręcić się z nim w kółko — chłopczyk zarzucił rączki na szyję Claya. A także coś powiedział. Clay nie chciał uwierzyć, że był to pusty dźwięk, równie pozbawiony sensu jak świst wiatru w szyjce pustej butelki po napoju. To na pewno było słowo. Może „kpada", jakby chłopiec próbował powiedzieć „padam z nóg".

A może było to „dada", bo tak jako szesnastomiesięczne dziecko po raz pierwszy nazwał swojego ojca. Clay wybrał to ostatnie. Chciał wierzyć, że ten blady, brudny, niedożywiony dzieciak trzymający go za szyję nazwał go tatusiem.

4

To było niewiele jak na początek, myślał tydzień później. Jeden dźwięk, który mógł być słowem, jedno słowo, które może miało brzmieć „tata".

Teraz chłopiec spał na legowisku w szafie w sypialni, ponieważ tam się zagnieździł, a Clay zmęczył się nieustannym wyciąganiem go spod łóżka. Ciasne niemal jak macica wnętrze szafy najwidoczniej mu odpowiadało. Może był to rezultat przemiany, przez którą przeszedł razem z innymi. Też mi przemiana. Telefoniczni z Kashwak zmienili jego syna w wystraszonego idiotę, nawet niemającego stada, które koiłoby jego lęk.

Na dworze z szarego wieczornego nieba sypał śnieg. Zimny wiatr podrywał go wężowymi splotami z nieoświetlonej głównej ulicy Springvale. Wydawało się, że jest za wcześnie na śnieg, ale oczywiście nie było, szczególnie tak daleko na północy. Zawsze narzekało się, kiedy spadał w Święto Dziękczynienia, a jeszcze bardziej, gdy sypał przed Halloween, ale wtedy ktoś przypominał, że mieszkamy w Maine, a nie na Capri.

Zastanawiał się, gdzie są teraz Tom, Jordan, Dan i Denise. Zastanawiał się, jak poradzi sobie Denise, kiedy przyjdzie rozwiązanie. Pomyślał, że pewnie sobie poradzi — ta dziewczyna była twarda jak gotowana sowa. Zastanawiał się, czy Tom i Jordan myślą o nim równie często jak on o nich i czy tęsknią za nim tak, jak on za nimi — za poważnym spojrzeniem Jordana i ironicznym uśmiechem Toma. Nie napatrzył się na ten uśmiech: to, przez co razem przeszli, wcale nie było zabawne.

Zadawał sobie pytanie, czy ten tydzień, który spędził z synem, był najbardziej samotnym okresem w jego życiu. Pomyślał, że odpowiedź na to pytanie brzmi: tak.

Spojrzał na telefon komórkowy, który trzymał w dłoni. Myślał o nim częściej niż o czymkolwiek innym. Czy wykonać jeszcze jeden telefon. Kiedy włączył komórkę, na jej wyświetlaczu pojawiły się słupki, solidne trzy słupki, ale wiedział, że bateria w końcu się wyczerpie. Nie mógł również liczyć na to, że Puls będzie trwał wiecznie. Akumulatory, dzięki którym sygnał płynął do satelitów telekomunikacyjnych (jeśli tak było i jeżeli to jeszcze trwało), mogły się wyczerpać. Albo Puls mógł zmutować w zwykłą falę nośną, idiotyczny szum lub przeraźliwy pisk, jaki słyszało się po omyłkowym połączeniu z czyimś faksem.

Śnieg. Śnieg dwudziestego pierwszego grudnia. Czy to naprawdę dwudziesty pierwszy? Stracił rachubę dni. Jedno wiedział na pewno: telefoniczni wymierali tam z każdą kolejną nocą. Johnny mógł być jednym z nich, gdyby Clay go nie odszukał.

Pytanie tylko, co odnalazł?

Co uratował?

Dada.

Tata?

Może.

Chłopiec z pewnością od tamtej pory nie wydał z siebie żadnego zrozumiałego dźwięku. Chętnie spacerował z Clayem... ale równie chętnie mógł pójść gdzie oczy poniosą. Kiedy to robił, Clay musiał go łapać, tak jak łapie się malca usiłującego wysiąść z samochodu na parkingu przed supermarketem. Robiąc to, Clay mimo woli myślał o nakręcanym robocie, którego miał jako dziecko, i o tym, jak zabawka zawsze trafiała w kąt pokoju i stała tam, bezsensownie poruszając nogami, dopóki nie obróciło jej się przodem w kierunku środka pomieszczenia.

Johnny stoczył krótką, rozpaczliwą walkę, kiedy Clay znalazł samochód z kluczykiem w stacyjce, ale gdy zapiął chłopcu pas, zamknął drzwi i ruszył, Johnny znów się uspokoił i siedział jak zahipnotyzowany. Odkrył nawet przycisk opuszczający szybę, zamknął oczy, lekko uniósł głowę i pozwolił, by wiatr owiewał mu twarz. Clay patrzył, jak wiatr rozwiewa długie, brudne włosy jego syna i myślał: Mój Boże, jakbym jechał z psem.

Kiedy natrafili na drogową „rafę", której nie zdołali objechać, i Clay pomógł Johnny'emu wysiąść z samochodu, odkrył, że syn zmoczył spodnie. Utracił nie tylko umiejętność mowy, ale i korzystania z toalety, pomyślał ze strachem. Jezu Chryste. Okazało się, że miał rację, ale konsekwencje nie były tak poważne ani przykre, jak Clay przypuszczał. Johnny nie umiał już korzystać z toalety, ale jeśli się Clay zatrzymał i wypuścił go z samochodu, chłopiec robił siusiu, jeśli mu się chciało. Kiedy opróżniał pęcherz, patrzył sennie w niebo. Może śledził lot przelatujących tam ptaków. Może nie.

Nienauczony korzystać z toalety, ale oswojony. Clay mimo woli znów pomyślał o psie, którego kiedyś miał.

Tylko że psy nie budzą się co noc i nie wrzeszczą przez piętnaście minut.

5

Tamtą pierwszą noc spędzili w domu niedaleko Newfield Trading Post i kiedy Johnny zaczął krzyczeć, Clay myślał, że umiera. I chociaż chłopiec zasnął w jego ramionach, nie było go, kiedy Clay gwałtownie się ocknął. Johnny już nie leżał w łóżku, tylko pod nim. Clay wczołgał się pod łóżko, w duszną jaskinię pełną kurzu, gdzie sprężyny wisiały zaledwie pół cala nad jego głową, i chwycił chude ciałko, sztywne jak szyna kolejowa. Wydawane przez chłopca dźwięki były głośniejsze, niż mogły wydobywać się z takich małych płuc i Clay zrozumiał, że są wzmocnione przez to, że słyszy je również w swojej głowie. Wszystkie włosy, nawet łonowe, stanęły mu dęba.

Leżąc pod łóżkiem, Johnny wrzeszczał prawie przez piętnaście minut, a potem przestał równie nagle, jak zaczął. Zwiotczał. Clay musiał przycisnąć ucho do jego boku (w tej ciasnej przestrzeni chłopiec zdołał jakoś objąć jedną ręką jego szyję), żeby upewnić się, że mały oddycha.

Wyciągnął Johnny'ego, bezwładnego jak worek z pocztą, po czym umieścił zakurzone i brudne ciało z powrotem na łóżku. Leżał przy nim z otwartymi oczami niemal godzinę, zanim zapadł w nieprzytomny sen. Rano łóżko znowu było puste. Johnny ponownie wczołgał się pod nie. Jak zbity pies szukający najciaśniejszego kąta. Niepodobne do wcześniejszego zachowania telefonicznych, wydawało się... No tak, oczywiście, Johnny nie był taki jak oni. Johnny był czymś nowym. Niechaj Bóg ma go w opiece.

6

Teraz siedzieli w tej przytulnej chacie dozorcy przy Springvale Logging Museum. Było tu mnóstwo jedzenia, piec opalany drewnem i czysta woda z ręcznej pompy, nawet chemiczna toaleta (chociaż Johnny z niej nie korzystał; Johnny załatwiał się na podwórzu). Wszystkie wygody, nowoczesne mniej więcej w 1908 roku.

Czas płynął spokojnie, jeśli nie liczyć nocnych ataków Johnny'ego. Clay miał czas do namysłu i teraz, stojąc przy oknie salonu i obserwując tumany śniegu pędzące ulicą, podczas gdy syn spał w swojej kryjówce w szafie, zdał sobie sprawę z tego, że nie ma się co już dłużej zastanawiać. Nic się nie zmieni, chyba że za jego przyczyną.

„Potrzebny byłby ci drugi telefon komórkowy — powiedział Jordan. — I musiałbyś zabrać go gdzieś, gdzie jest zasięg".

Tutaj był zasięg. Wciąż był. Dowodziły tego słupki na wyświetlaczu telefonu.

„Czy może z nim być gorzej, niż już jest?" — zapytał Tom. I wzruszył ramionami.

Oczywiście, on mógł wzruszyć ramionami, no nie? Johnny nie był jego dzieckiem. Tom miał teraz swojego syna.

„Wszystko zależy od tego, czy mózg robi to, co robią dobrze chronione komputery, kiedy trafi je impuls elektromagnetyczny, powiedział Jordan. Ratują system".

Ratują system. To krótkie zdanie miało w sobie moc.

Tylko że najpierw trzeba było skasować program telefonicznych, żeby zrobić miejsce na to czysto teoretyczne przeprogramowanie, a pomysł Jordana — żeby ponownie poddać Johnny'ego Pulsowi, zwalczyć pożar ogniem — wydawał się tak niesamowity, tak niebezpieczny, zważywszy na fakt, że Clay nie miał pojęcia, w jakim kierunku poszły mutacje Pulsu... gdyby założyć (gdyby babcia miała wąsy, toby była dziadkiem, tak, tak, tak), że ten wciąż działa.

— Ratują system — szepnął Clay.

Na zewnątrz zrobiło się prawie zupełnie ciemno i tumany śniegu wyglądały jeszcze bardziej upiornie.

Puls się zmienił, Clay był tego pewien. Przypomniał sobie pierwszych napotkanych telefonicznych, którzy nie spali w nocy, tych przy remizie ochotniczej straży pożarnej w Gurleyville. Walczyli o stary wóz strażacki, jednak robili coś jeszcze: rozmawiali. Nie wydawali z siebie nieartykułowanych dźwięków przypominających słowa, ale naprawdę rozmawiali. Nie była to swobodna ani błyskotliwa wymiana zdań, lecz mimo to rozmowa. „Odejdź. Ty idź. Do diabła". I to powtarzane raz po raz: „Mójóz". Ci dwaj różnili się od pierwszych telefonicznych — telefonicznych epoki Łachmaniarza — a Johnny różnił się od nich. Dlaczego? Ponieważ robak wciąż żerował, wywołując mutację Pulsu? Zapewne.

Ostatnie słowa, które powiedział mu Jordan, zanim ucałował go na pożegnanie i odjechał na północ, brzmiały tak: „Jeśli użyjesz nowej wersji oprogramowania przeciw tej, którą telefoniczni wprowadzili Johnny'emu i innym, być może programy zniszczą się wzajemnie. Ponieważ właśnie to robią robaki. Niszczą".

A wtedy, jeśli stare oprogramowanie gdzieś tam jest... jeżeli zostało zachowane...

Nagle Clay wrócił myślami do Alice — Alice, która straciła matkę, Alice, która znalazła sposób, by być dzielna, przenosząc swoje obawy na dziecięcy bucik. Mniej więcej cztery godziny marszu od Gaiten, na drodze numer 160, Tom zaprosił inną grupkę normalnych, żeby przysiedli się do nich na przydrożnym parkingu. „To oni — powiedział jeden z mężczyzn. To ci z Gaiten". Inny poradził Tomowi, żeby poszedł do diabła. A Alice zerwała się na równe nogi. Skoczyła na równe nogi i powiedziała...

— Powiedziała, że my przynajmniej coś robiliśmy — rzekł Clay, spoglądając na pogrążającą się w mroku ulicę. — A potem zapytała ich: — A co wy zrobiliście, kurwa?

Oto miał swoją odpowiedź, udzieloną przez martwą dziewczynę. Stan Johnny'ego-ojej nie poprawi się. Clay miał dwie możliwości: pozostać przy tym, co ma, albo próbować coś zmienić, dopóki jeszcze może. Jeśli istotnie mógł.

Przyświecając sobie latarką, poszedł do sypialni. Drzwi szafy były otwarte i zobaczył twarz Johnny'ego. Śpiąc z policzkiem opartym na dłoni i włosami opadającymi na czoło, wyglądał niemal tak jak ten chłopiec, którego Clay tysiąc lat temu pocałował na pożegnanie, zanim wyjechał do Bostonu z teczką rysunków do „Mrocznego Wędrowca". Był trochę chudszy, ale poza tym prawie taki sam. Dopiero kiedy się zbudził, widać było różnice. Rozdziawione usta i pustkę w oczach. Zgarbione ramiona i bezwładnie zwisające ręce.

Clay otworzył drzwi szafy na oścież i uklęknął przed legowiskiem. Kiedy oświetlił latarką twarz Johnny'ego, chłopiec poruszył się i znów znieruchomiał. Clay nie był wierzący, a wydarzenia kilku ostatnich tygodni nie pomogły mu się nawrócić, ale jednak znalazł swojego syna, miał go tutaj, tak więc pomodlił się do kogokolwiek, kto mógł go teraz słuchać. Modlitwa była krótka i rzeczowa: Niech święty Antoni temu dopomoże, który coś zgubił i znaleźć nie może.

Otworzył klapkę i włączył komórkę. Zapiszczała cicho. Zapalił się bursztynowy wyświetlacz. Trzy słupki. Clay zawahał się, ale jeśli miał gdzieś zadzwonić, to tylko pod jeden numer: ten, pod który dzwonił Łachmaniarz i jego przyjaciele.

Wprowadził trzy cyfry, a potem wyciągnął rękę i potrząsnął Johnnym. Chłopiec nie chciał się obudzić. Jęknął i próbował się odsunąć. Potem chciał obrócić się na drugi bok. Clay nie mógł mu na to pozwolić.

— Johnny! Johnny-ojej! Obudź się!

Potrząsnął nim mocniej i robił to, aż w końcu chłopiec otworzył oczy i spojrzał na niego pustym wzrokiem, czujnie, lecz bez śladu zaciekawienia. Było to spojrzenie źle traktowanego psa, które łamało Clayowi serce za każdym razem, gdy je widział.

To ostatnia szansa, pomyślał. Czy naprawdę chcesz to zrobić? Szanse nie mogą być większe niż jedna na dziesięć.

Jednak jakie były szanse odnalezienia Johnny'ego? Albo dajmy na to, skoro mowa o szansach, że Johnny opuści Kashwakamak przed wybuchem? Jedna na tysiąc? Na dziesięć tysięcy? Czy zamierzał patrzeć na to czujne, lecz obojętne spojrzenie, gdy Johnny ukończy trzynaście, piętnaście i dwadzieścia jeden lat? Gdy jego syn będzie spał w szafie i srał na podwórku?

„Przynajmniej coś zrobiliśmy", powiedziała Alice Maxwell.

Spojrzał na wyświetlacz nad klawiaturą. Numer 911 widniał tam wyraźny i czarny jak przeznaczenie.

Johnny'emu opadały powieki. Clay jeszcze raz energicznie nim potrząsnął, nie dając mu zasnąć. Zrobił to lewą ręką. Kciukiem prawej nacisnął klawisz CALL. Zdążył policzyć w myślach *sto dwadzieścia jeden* i *sto dwadzieścia dwa*, zanim napis PROSZĘ CZEKAĆ na małym wyświetlaczu telefonu zmienił się na komunikat POŁĄCZONO. Kiedy to się stało, Clayton Riddell nie zostawił sobie czasu do namysłu.

— Hej, Johnny-ojej — powiedział. — Fo-fo-ci-ci.

I przyłożył synowi telefon komórkowy do ucha.

30 grudnia 2004 — 17 października 2005
Center Lovell, Maine

Chuck Verrill redagował tę książkę i wykonał wspaniałą robotę. Dzięki, Chuck.

Robin Furth dostarczyła danych o telefonach komórkowych i podsunęła kilka teorii na temat tego, co może być jądrem ludzkiej osobowości. Dobre informacje to jej zasługa; błędy wynikłe z niezrozumienia to moja wina. Dzięki, Robin.

Moja żona pierwsza przeczytała rękopis i powiedziała kilka słów zachęty. Dzięki, Tabby.

Mieszkańcy Bostonu i Nowej Anglii zauważą, że w kilku wypadkach dość swobodnie poczynałem sobie z geografią. Cóż mogę powiedzieć? Pozwolę sobie na mały żart: to wchodzi w zakres pisarskiego terytorium.

O ile mi wiadomo, FEMA nie otrzymała żadnych funduszów na wyposażenie przekaźników telefonii komórkowej w awaryjne źródła zasilania, ale powinienem przypomnieć, że wiele tych przekaźników istotnie ma zapasowe źródła zasilania na wypadek przerw w dopływie prądu.

S.K.

Stephen King mieszka w stanie Maine razem z żoną, pisarką Tabithą King. Nie ma telefonu komórkowego.

Spis treści

Polecamy powieści Stephena Kinga

REGULATORZY

Wentworth w stanie Ohio – typowe amerykańskie miasteczko, w którym wszyscy się znają, a każdy nowy dzień nie różni się od poprzedniego. Do Wentworth właśnie wkracza przeznaczenie: przyjazną, senną ulicę Topolową pochłonie surrealistyczny koszmar obracając ją w pustynię zniszczenia i desperacji. Nadchodzą siły zła, a wraz z nimi postacie i pojazdy z telewizyjnego serialu MotoGliny 2200, niosąc śmierć przerażonym mieszkańcom. Ci, którzy ocaleją, znajdą się w innym świecie, gdzie wszystko, nawet najstraszniejsze, jest możliwe... Czy cierpiący na autyzm chłopiec, jego ciotka i starzejący się pisarz Johnny Marinville będą zdolni stawić czoło Regulatorom i ocalić Wentworth przed zagładą?

DESPERACJA

Górnicze miasteczko Desperacja, położone w odludnej części środkowej Nevady, staje się miejscem niezwykłych, przerażających wydarzeń. Niegdyś kipiące życiem, od pewnego czasu sprawia wrażenie porzuconego przez mieszkańców. Zostały tylko kojoty, węże, skorpiony i myszołowy... oraz miejscowy policjant Collie Entragian, mianujący się jedynym przedstawicielem prawa na zachód od Pecos, który patroluje przebiegającą obok drogę nr 50. Podróżni, jacy trafili tu zrządzeniem losu, a wśród nich rodzina Carverów i jadący 700-funtowym harleyem sławny pisarz Johnny Marinville, nigdy nie dotrą do celu swojej podróży, a ich przeznaczeniem będzie poznać prawdziwy sens słowa „desperacja".

ROSE MADDER

Pewnego dnia Rosie Daniels decyduje się porzucić swojego męża, przed którym odczuwa paniczny strach, i pod przybranym nazwiskiem rozpocząć nowe życie. Ucieka do innego miasta, gdzie wkrótce zdobywa ciekawą pracę, nawiązuje znajomości i przyjaźnie. W sklepie ze starociami kupuje niezwykły obraz zatytułowany „Rose Madder", który – jak się okazuje – pozwala przeniknąć do innego świata. Tymczasem tropem kobiety podąża jej mąż Norman, psychopatyczny policjant, gotowy zabić każdego, kto mu się sprzeciwi. Jest już coraz bliżej, śledzi jej przyjaciół, zdobywa jej adres. Tylko ucieczka w świat „Rose Madder" może ocalić życie Rosie...

Saga MROCZNA WIEŻA

Mroczna Wieża to najgłośniejszy cykl powieściowy Stephena Kinga, uważany przez samego autora za ukoronowanie jego twórczości. Wielowątkowa, składająca się z siedmiu części saga *fantasy* jest przez wielu czytelników stawiana obok sławnej trylogii Tolkiena. Zainspirowana poematem Roberta Browninga „Sir Roland pod Mroczną Wieżą stanął" i „Władcą Pierścieni", opowiada o Rolandzie, ostatnim rewolwerowcu, ścigającym obdarzonego czarodziejską mocą człowieka w czerni i poszukującym tajemniczej Mrocznej Wieży w świecie, gdzie czas zatracił jakiekolwiek znaczenie, zniszczonym przez wojny, zaludnionym przez wszelkiego rodzaju mutanty, demony i wampiry.